本書由全國古籍整理出版規劃領導小組資助出版

國家清史編纂委員會・文獻叢刊

桐城派名家文集

14

曾國藩選集
張裕釗選集
黎庶昌選集

主編 嚴雲綬 施立業 江小角

時代出版傳媒股份有限公司
安徽教育出版社

圖書在版編目（CIP）數據

桐城派名家文集. 第14卷，曾國藩選集、張裕釗選集、黎庶昌選集 / 嚴雲綬，施立業，江小角主編. —合肥：安徽教育出版社，2014
ISBN 978-7-5336-7888-3

Ⅰ.①桐… Ⅱ.①嚴…②施…③江… Ⅲ.①中國文學—古典文學—作品綜合集—清代 Ⅳ.①I214.91

中國版本圖書館CIP數據核字（2014）第143584號

桐城派名家文集 ⑭曾國藩選集、張裕釗選集、黎庶昌選集
TONGCHENGPAI MINGJIA WENJI

出 版 人：鄭 可
質量總監：張丹飛
策劃統籌：吳壽兵 錢 江 夏業梅
責任編輯：夏業梅 吉 利 黄 文
特約編輯：潘務正
裝幀設計：何宇清
責任印製：王 琳

出版發行：時代出版傳媒股份有限公司 安徽教育出版社
地 址：合肥市經開區繁華大道西路398號 郵編：230601
網 址：http://www.ahep.com.cn
營銷電話：（0551）63683011，63683013
排 版：安徽創藝彩色製版有限責任公司
印 刷：安徽新華印刷股份有限公司

開 本：787×1092 1/16
印 張：36.75
字 數：512千字
版 次：2014年10月第1版 2014年10月第1次印刷
本册定價：308.00元
全套定價：5480.00元

國家清史編纂委員會出版委員會

總序

戴逸

二〇〇二年八月，國家批准建議纂修清史之報告，十一月成立由十四部委組成之領導小組，十二月十二日成立清史編纂委員會，清史編纂工程於焉肇始。

清史之編纂醞釀已久，清亡以後，北洋政府曾聘專家編寫清史稿，歷時十四年成書。識者議其評判不公，記載多誤，難成信史，久欲重撰新史，以世事多亂不果。中華人民共和國成立後，中央領導亦多次推動修清史之事，皆因故中輟。新世紀之始，國家安定，經濟發展，建設成績輝煌，而清史研究亦有重大進步，學界又倡修史之議，國家採納衆見，決定啓動此新世紀標志性文化工程。

清代爲我國最後之封建王朝，統治中國二百六十八年之久，距今未遠。清代衆多之歷史和社會問題與今日息息相關。欲知今日中國國情，必當追溯清代之歷史，故而編纂一部詳細、可信、公允之清代歷史實屬切要之舉。

編史要務，首在採集史料，廣搜確證，以爲依據。必藉此史料，乃能窺見歷史陳迹。故史料爲歷史研究之基礎，研究者必須積累大量史料，勤於梳理，善於分析，去粗取精，去僞存真，由此及彼，由表及裏，進行科學之抽象，上升爲理性之認識，才能洞察過去，認識歷史規律。史料之於歷史研究，猶如水之於魚，空氣之於鳥，水涸則魚逝，氣盈則鳥飛。歷史科學之輝煌殿堂必須巋然聳立於豐富、確鑿、可靠之史料基礎上，不能構建於虛無飄渺之中。吾儕於編史之始，即整理、出版文獻叢刊、檔案叢刊，二者廣收各種史料，均爲清史編纂工程之重要組成部分，一以供修撰清史之用，提高著作質量，二爲搶救、保護、開發清代之文化資源，繼承和弘揚歷史文化遺產。

清代之史料，具有自身之特點，可以概括爲多、亂、散、新四字。

一曰多。我國素稱詩書禮義之邦，存世典籍汗牛充棟，尤以清代爲盛。蓋清代統治較久，文化發達，學士才人，比肩相望，傳世之經籍史乘、諸子百家、文字聲韻、目録金石、書畫藝術、詩文小説，遠軼前朝，積貯文獻之多，如恒河沙數，不可勝計。昔梁元帝聚書十四萬卷於江陵，西魏軍攻掠，悉燔於火，人謂喪失天下典籍之半數，是五世紀時中國書籍總數尚不甚多。宋代印刷術推廣，載籍日衆，至清代而浩如烟海，難窺其涯涘矣。清史稿藝文志著録清代書籍九千六百三十三種，人議其疏漏太多。武作成作清史稿藝文志補編，增補書一萬零四百三十八種，超過原志著録之數。彭國棟亦重修清史稿藝文志，著録書一萬八千零五十九種。近年王紹曾更求詳備，致力十餘年，遍覽群籍，手抄目驗，成清史稿藝文志拾遺，增補書至五萬四千八百八十種，超過原志五倍半，此尚非清代存留書之全豹。王紹曾先生言：『余等未見書目尚多，即已見之目，因工作粗疏，未盡鈎稽而失之眉睫者，所在多有。』清代書籍總數若干，至今尚未能確知。

清代不僅書籍浩繁，尚有大量政府檔案留存於世。中國歷朝歷代檔案已喪失殆盡（除近代考古發掘所得甲骨、簡牘外），而清朝中樞機關（內閣、軍機處）檔案，秘藏內廷，尚稱完整。加上地方存留之檔案，多達二千萬件。檔案爲歷史事件發生過程中形成之文件，出之於當事人親身經歷和直接記録，具有較高之真實性、可靠性。大量檔案之留存極大地改善了研究條件，俾歷史學家得以運用第一手資料追踪往事，了解歷史真相。

二曰亂。清代以前之典籍，經歷代學者整理、研究，對其數量、類别、版本、流傳、收藏、真僞及價值已有大致瞭解。清代編纂四庫全書，大規模清理、甄别存世之古籍。因政治原因，查禁、篡改、銷燬所謂『悖逆』、『違礙』書籍，造成文化之浩劫。但此時經師大儒，聯袂入館，勤力校理，盡瘁編務。政府亦投入巨資以修明文治，故所獲成果甚豐。對收録之三千多種書籍和未收之六千多種存目書撰寫詳明精切之提要，撮其內容要旨，述其體例篇章，論其學術是非，叙其版本源流，編成二百卷四庫全書總目，洵爲讀書之典要、後學之津梁。乾隆以後，至於清末，文字之獄漸戢，印刷之術益精，故而人競著述，家嫻詩文，各握靈蛇之珠，衆懷崑岡之璧，千舸齊發，萬木争榮，學風大盛，典籍之積累遠邁從前。惟晚清以來，外强侵凌，干戈四起，國家多難，人民離散，未能投入力量對大量新出之典籍再作整理，而政府檔案，深藏中秘，更無由一見。故不僅不知存世清代文獻檔案之總數，即書籍分類如何變通，版本庋藏應否標明，加以部居舛誤，界劃難清，亥豕魯魚，訂正未遑。大量稿本、鈔本、孤本、珍本，土埋塵封，行將澌滅。殿刻本、局刊本、精校本與坊間劣本混淆雜陳。我國自有典籍以來，其繁雜混亂未有甚於清代典籍者矣！

三曰散。清代文獻、檔案，非常分散，分別庋藏於中央與地方各個圖書館、檔案館、博物館、教學研究機構與私人手中。即以清代中央一級之檔案言，除北京第一歷史檔案館所藏一千萬件以外，尚有一大部分檔案在戰爭時期流離播遷，現存於臺北故宮博物院。此外，尚有藏於沈陽遼寧省檔案館之聖訓、玉牒、滿文老檔、黑圖檔等，藏於大連市檔案館之內務府檔案，藏於江蘇泰州市博物館之題本、奏摺、録副奏摺。至於清代各地方政府之檔案文書，損毁極大，但尚有劫後殘餘，璞玉渾金，含章蕴秀，數量頗豐，價值亦高。如河北獲鹿縣檔案、吉林省邊務檔案、黑龍江將軍衙門檔案、河南巡撫藩司衙門檔案、湖南安化縣永曆帝與吳三桂檔案、四川巴縣與南部縣檔案、浙江安徽江西等省之魚鱗册、徽州契約文書、内蒙古各盟旗蒙文檔案、廣東粤海關檔案、雲南省彝文傣文檔案、西藏噶厦政府藏文檔案等等，分別藏於全國各省市自治區，甚至清代兩廣總督衙門檔案（亦稱葉名琛檔案），英法聯軍時遭搶掠西運，今藏於英國倫敦。

清代流傳下之稿本、鈔本，數量豐富，因其從未刻印，彌足珍貴，如曾國藩、李鴻章、翁同龢、盛宣懷、張謇、趙鳳昌之家藏資料。至於清代之詩文集、尺牘、家譜、日記、筆記、方誌、碑刻等品類繁多，數量浩瀚，北京、上海、南京、廣州、天津、武漢及各大學圖書館中，均有不少貯存。豐城之劍氣騰霄，合浦之珠光射日，尋訪必有所獲。最近，余有江南之行，在蘇州、常熟兩地圖書館、博物館中，得見所存稿本、鈔本之目録，即有數百種之多。

某些書籍，在中國大陸已甚稀少，在海外各國反能見到，如太平天國之文書。當年在太平軍區域内，爲通行之書籍，太平天國失敗後，悉遭清政府查禁焚燬，現在中國，已難見到，而在海外，由於各國外交官、傳教士、商人競相搜求，攜赴海外，故今日在外國圖書館中保存之太平天國文書較多。二十世紀，向達、蕭一山、王重民、王慶成諸先生曾在世界各地尋覓太平天國文獻，收獲甚豐。

四曰新。清代爲傳統社會向近代社會之過渡階段，處於中西文化衝突與交融之中，產生一大批内容新穎、形式多樣之文化典籍。清朝初年，西方耶穌會傳教士來華，携來自然科學、藝術和西方宗教知識。乾隆時編四庫全書，曾收録歐几里得幾何原本，利瑪竇乾坤體儀，熊三拔泰西水法、簡平儀説等書。迄至晚清，中國力圖自强，學習西方，翻譯各類西方著作，如上海墨海書館、江南製造局譯書館所譯聲光化電之書，後嚴復所譯天演論、原富、法意等名著，林紓所譯茶花女遺事、黑奴籲天録等文藝小説。中學西學，摩蕩激勵，舊學新學，鬥妍爭勝，知識劇增，推陳出新，晚清典籍多别開生面、石破天驚之論，數千年來所未見，飽學宿儒所不知。突破中國傳統之知識框架，書籍之内容、形式，超經史子集之範圍，越子曰詩云之牢籠，發生前所未有之革命性變化，出現衆多新類目、新體例、新内容。

清朝實現國家之大統一，組成中國之多民族大家庭，出現以滿文、蒙古文、藏文、維吾爾文、傣文、彝文書寫之文書，構成爲清代文獻之組成部分，使得清代文獻、檔案更加豐富，更加充實，更加絢麗多彩。

清代之文獻、檔案爲我國珍貴之歷史文化遺產，其數量之龐大、品類之多樣、涵蓋之寬廣、内容之豐富在全世界之文獻、檔案寶庫中實屬罕見。正因其具有多、亂、散、新之特點，故必須投入巨大之人力、財力進行搜集、整理、出版。吾儕因編纂清史之需，賈其餘力，整理出版其中一小部分；且欲安裝網絡，設數據庫，運用現代科技手段，進行貯存、檢索，以利研究工作。惟清代典籍浩瀚，吾儕汲深綆短，蟻銜蚊負，力薄難任，望洋興嘆，未能做更大規模之工作。觀歷代文獻檔案，頻遭浩劫，水火兵蟲，紛至沓來，古代典籍，百不存五，可爲浩嘆。切望後來之政府學人重視保護文獻檔案之工程，投入力量，持續努力，再接再厲，使卷帙長存，瑰寶永駐，中華民族數千年之文獻檔案得以流傳永遠，霑溉將來，是所願也。

二〇〇四年

前言

桐城派興起於清代康熙之際，延續至民國初年，前後達兩個世紀之久。其陣營之壯大，內涵之豐富，在中國文化學術史上，實屬罕見。近百年來，社會變遷，貶之者較多，譽之者亦不乏人，分歧頗大。自上世紀八十年代以後，在解放思想大潮的推動下，不少學人已不約而同地認識到：作爲清代文化學術領域內一種重大的存在，桐城派是一個繞不過去的話題。可以説，没有對桐城派系統、深入的研究，要想寫好清代文學史、學術史、文化史，當非常困難。而且，不少桐城派作家的社會實踐活動，涉及清代社會的諸多方面，如政治、經濟、軍事、教育、學術、文藝等，有些影響至爲深遠；且其詩文中史料甚豐，值得治史者細心發掘。然而，由於種種原因，桐城派所受到的學術關注，還很難説與其重要的歷史地位、影響相稱。很多研究有待於深化，不少的領域還是空白。文獻資料的搜尋、整理則長期停留在分散、零星的狀態。

桐城派名家文集係國家清史編纂委員會文獻組的規劃項目。此項目的確定與實施，無疑使桐城派文獻資料的整理工作邁入了一個新階段。其便利學人，推進桐城派研究的作用，自不待言。桐城派自興起、形成，歷經發展、變化，兩百多年中，直接或間接與桐城派相關聯的作者，可能近千人。影響所及，北達京都，南逾五嶺，東及吴越。文獻遺存十分豐富。我們此次從其發展過程中選擇各個階段的若干代表人物的文集，編纂整理，試圖爲廣大讀者提供一套大體上能體現桐城派不同階段特徵的文獻資料；在以歷史發展綫索爲主的基礎上，適當兼顧地域的因素。本着上述意圖，文集收入的作家爲：戴名世、方苞、劉大櫆、姚範、姚鼐、吴德旋、陳用光、方東樹、姚椿、管同、劉開、姚瑩、梅曾亮、吴敏樹、曾國藩、龍啓瑞、戴鈞衡、王拯、方宗誠、張裕釗、黎庶昌、薛福成、吴汝綸、賀濤、范當世、馬其昶、姚永樸、姚永概，共二十八人。持此一編，基本上可以感知桐城派演化的不同階段的根本特徵，亦能從中窺探清代社會某些方面的情景。

文集分甲、乙兩編。甲編收入姚範、吳德旋、陳用光、方東樹、姚椿、管同、劉開、姚瑩、吳敏樹、龍啓瑞、戴鈞衡、王拯、方宗誠、薛福成、馬其昶、姚永樸、姚永概等十七位作家詩文集。因爲在本項目擬訂規劃時，上述十七位作家的詩文尚未見到整理本出版，所以此次編纂、整理時，盡力求全：在對其已刊刻作品進行校勘、標點的同時，又儘可能蒐集其未刊稿，希望由此提高資料的完整性。乙編爲戴名世、方苞、劉大櫆、姚鼐、梅曾亮、曾國藩、張裕釗、黎庶昌、吳汝綸、賀濤、范當世等十一位作家的文章選集。上述作家，或爲桐城派開宗立派的大師，或爲推進桐城派轉變、發展的巨匠，其詩文本當全部匯録，但考慮到均已有整理本出版，因此本文集以其文選入編，雖然未能以全貌示人，但經過編者認真選擇、整理的文選，當亦能在基本方面體現出各位作家的文章風貌。

國家清史編纂委員會、國家清史編纂委員會項目中心與文獻組對桐城派名家文集的編纂十分重視，給予了多方面的指導與扶持。安徽省哲學社會科學界聯合會、中共桐城市委員會、桐城市人民政府從始至終對整理工作提供各項支持，諸多實際困難得以化解。顯然，若無上述各方面的關心，文集必然很難完成。時代出版傳媒股份有限公司安徽教育出版社一向重視文化傳承，扶持學術，毅然承當了文集的出版工作。在此，謹對一切關心、支持本項目的機構、人士深致謝忱！

桐城派名家文集乃是文化學術界第一次較大規模的桐城派文獻資料整理工程，難度可想而知。而我們則學力有限，每每有力不從心之憾。因此，文集内難免有不少疏誤之處。出版之後，希望得到廣大讀者的積極回應，給予指正。

嚴雲綬　施立業　江小角

二〇一一年九月廿五日

凡例

一、桐城派名家文集分甲、乙兩編；甲編收入姚範、吴德旋、陳用光、方東樹、姚椿、管同、劉開、姚瑩、吴敏樹、龍啓瑞、戴鈞衡、王拯、方宗誠、薛福成、馬其昶、姚永樸、姚永概等十七位作家詩文集，乙編爲戴名世、方苞、劉大櫆、姚鼐、梅曾亮、曾國藩、張裕釗、黎庶昌、吴汝綸、賀濤、范當世等十一位作家選集。

二、凡收入甲編的名家文集均保持其原刻本編次。不同年代刊行的文集或詩集按其刊刻年代先後編排。有輯佚稿者按文、詩分類編年，附於原刻文集之後；年代不明者，酌情處置。

三、每位作家文集前之整理説明，簡要説明作家、著作版本的主要情况。甲編各文集後附録清人所撰寫的年譜、附記、墓志銘等相關資料。

四、底本之選擇兼顧底本完整性與準確性兩原則。若兩者不能兼顧，則以訛誤少、校刻精之本作底本，其殘缺部分以他本配補。

五、凡底本不誤而他本誤者，一般不出校記。

六、底本之明顯的版刻錯誤，如因形近致誤的『己』、『已』、『巳』之類，可以依據上下文予以辨識者，逕改之，不出校記。

七、凡底本之訛、脱、衍、倒，確有實據者，予以改正，并以符號標識。以圓括號表示誤字或應删之字，改正之字置於括號後；以方括號表示增補之字。

八、文中脱漏、殘缺或難以辨識之處用方框表示。

九、底本與他本文异，但義可兩通、難以取捨者，以校記説明。一般虚字有异而文義無殊者，可不出校。

十、文字盡量保持原貌，通假字、异體字一般均依原文，不改爲現代通行體，亦不求統一。過於冷僻之字可酌改爲通行字。文中如有外文詞語之翻譯與現在通行譯法不同者，不作改動，仍存原譯。同一譯名在文集中前後相异者，亦存原譯，不予統一。

十一、校記力求簡短，摘引正文時僅舉所校詞語。校記置於該篇篇末。

十二、文中引文與原書小异但不失其本意者，不改動亦不出校。節引原書文字大异且失其原意者，出校説明，但不改正。

十三、標點符號依照一九九六年中華人民共和國國家標準標點符號用法的規定使用。考慮到古代漢語的特點，原則上不使用省略號、破折號、着重號和連接號。

十四、凡直接引用的文字用雙引號表示，若引文中復有引文，則加單引號。古人引書多述其大意或節略其文，凡此等處不用引號。

總目

曾國藩選集

點校　方寧勝　楊懷志

整理説明

曾國藩（一八八一——一八七二），原名子城，字伯涵，號滌生。湖南湘鄉（今雙峰）人。清道光十八年（一八三八）中進士，選庶吉士，散館授翰林院檢討，自此開始爲期十二年的京官生涯。曾任四川鄉試正考官，翰林院侍講學士、内閣學士等，擢禮部右侍郎，歷署兵部、吏部侍郎。咸豐三年（一八五三）一月，正在家鄉爲母服喪的曾國藩，奉咸豐帝諭旨，幫同辦理湖南團練，對抗勢頭正盛的太平軍。他以募兵制代替世兵制，任用儒生爲將佐，朝夕訓練，於咸豐四年初，練成水陸兵弁共一萬七千餘人的湘軍，誓師出戰。經歷十年苦戰，於同治三年（一八六四）攻占太平天國首都天京，曾國藩亦因此被封爲一等毅勇侯，加太子太保。次年，率軍進剿捻軍，却無收效，遂於同治五年十二月回兩江總督原任，後調任直隸總督，因在奉旨查辦「天津教案」中執行「忍辱求和」政策，遭到朝野各界責難。於同治九年九月復任兩江總督，不到兩年病死南京，終年六十一歲，謚文正。

曾國藩不僅是清末洋務事業的首創者和「同治中興」的首功之臣，而且是一位在文學理論與創作方面取得很高成就的古文大家。他早年取法桐城派，與桐城派有較深的淵源，并且在繼承的基礎上對桐城派文論與創作有所改造和創新。在文與道的關係上，曾國藩採納并發展了周敦頤、張載、姚鼐等人「文以載道」的思想，强調「衛道」與「立言」相結合，以「見道之多寡」與「爲文之醇駁」作爲衡量人物高下的標準。爲此，他於姚鼐「義理、考據、辭章」之外，增加了「經濟」，四者相並，以與「孔門四科」德行、文學、言語、政事相比附。他接受了道咸時期「致用之學」的積極影響，强調義理的中心地位，以義理規範經濟，以經濟充實義理，再佐以考據和辭章，以求得文章充實飽滿，筆力雄健。爲療救桐城派文章空疏之弊，他突破了姚鼐古文辭類纂不選經、子類文章及六朝文的局限，特意編選了經史百家雜鈔，將姚氏所列十三卷文體歸並爲九類，其另列的「典章」一類，主要着眼於政事，體現了他的經世致用的文學觀。

在文章的藝術風格方面，曾國藩特別推重大氣磅礴的陽剛之美，力圖矯正桐城派文章規模狹小、氣體纖弱的不足。他要求廣泛吸取辭賦和駢儷之文的藝術特色，主張文章造境求氣象光明俊偉，造句求雄奇愜適，倡導奇偶相兼、駢散結合的文風。他將文章陽剛、陰柔之美分别概括爲『雄、直、怪、麗』和『茹、遠、潔、適』，歸納爲氣勢、識度、情韻、趣味『四象』，並稱『有氣則有勢，有識則有度，有情則有韻，有趣則有味』，而『古人絶好文字，大約於此四者之中，必有一長』（曾文正公家訓，同治四年六月）。從曾國藩的創作實踐來看，他的文章也確實頗多雄直之氣，驅邁之勢，語言富麗，條理明暢，自成一家。

與此同時，曾國藩還積極致力於古文創作隊伍建設，多方延攬人才，在他的言傳身教之下，幕賓張裕釗、吴汝綸、薛福成、黎庶昌等皆推重桐城派文章，又不以桐城家法爲限，才識宏裕，聞見開廣，以善治古文著稱，被稱爲『曾門四弟子』。正是由於他們的出現，曾國藩對桐城派的中興才告完成。

曾國藩一生勤於著述，涉筆廣泛，後人輯之爲曾文正公全集，有光緒十四年鴻文書局校印本（一百八十五卷）、光緒二十八年、二十九年刻本（一百一十六卷）等多種版本，至於其單種著作版本更多。此次選編曾國藩選集，以曾氏古文爲主，酌選雜著、奏議、家書，不涉及詩。古文以曾氏家藏稿本之鈔正本爲底本，參校傳忠書局同治十三年、光緒二年兩個刻本。雜著選文均以同治傳忠書局刻本爲底本。該本中收有季仙九師五十壽序、錢選制藝序、雲槳山人詩序，光緒傳忠書局本將其析出收入文集，此次將其選入，亦循例附入古文之末。奏議、家書均從光緒傳忠書局曾文正公奏議、曾文正公家書中選入。文章編排以原刻本卷次爲序。點校工作遵行國家清史編纂委員會文獻整理工作通則要求，並參照、吸取當代諸家成果。因水平有限，編校中難免存在疏失錯漏，祈請讀者批評指正。

方寧勝　楊懷志

目録

順性命之理論

嘗謂性不虛懸，麗乎吾身而有宰； 命非外鑠，原乎太極以成名。是故皇降之衷，有物斯以有則； 聖賢之學，惟危惕以惟微。蓋自乾坤奠定以來，立天之道，曰陰與陽，静專動直之妙，皆性命所彌綸； 立地之道，曰柔與剛，静翕動闢之機，悉性命所默運。是故其在人也，絪緼化醇，必無以解乎造物之吹噓。真與精相凝，而性即寓於肢體之中。含生負氣，必有以得乎乾道之變化。理與氣相麗，而命實宰乎賦畀之始。以身之所具言，則有視、聽、言、動，即有肅、乂、哲、謀。其必以肅、乂、哲、謀爲範者，性也； 其所以主宰乎五事者，命也。以身之所接言，則有君、臣、父、子，即有仁、敬、孝、慈。其必以仁、敬、孝、慈爲則者，性也； 其所以綱維乎五倫者，命也。此其中有理焉，亦期於順焉而已矣。

請申論之： 性渾淪而難名，按之曰理，則仁、義、禮、智，德之賴乎擴充者，在吾心已有條不紊也。命於穆而不已，求之於理，則元、亨、利、貞，誠之貫乎通復者，在吾心且時出不窮也。有條不紊，則踐形無虧，可以盡己性，即可以盡人物之性。此順乎理者之率其自然也。時出不窮，則泛應曲當，有以立吾命，即有以立萬物之命。此順乎理者之還其本然也。彼夫持矯揉之説者，譬杞柳以爲桮棬，不知性命，必致戕賊仁義，是理以逆施而不順矣。高虛無之見者，若浮萍遇於江湖，空談性命，不復求諸形色，是理以惝怳而不順矣。惟察之以精，私意不自蔽，私欲不自撓，惺惺常存，斯隨時見其順焉。守之以一，以不貳自惕，以不已自循，栗栗惟懼，斯終身無不順焉。此聖人盡性立命之極，亦即中人復性知命之功也夫！

録自曾文正公文集卷一。

朱心垣先生五十六壽序

於余爲兄弟行，結交最少，久而彌摯者，屈指無幾人也，則有若朱嘯山富春； 於余爲父執，又早器余，余愛慕而不敢侮者，亦無幾人也，則有若姻伯心垣先生。嘯山爲先生冢嗣，其交余也，先生實令之也。先是，先生與家嚴君同學，互相掖重，兩家世好既篤，重之以婚姻，故余知先生特詳。

前歲丙申，先生年五十，嘯山謀稱觴，乞余以言侑爵。先生曰：『是何爲者？傳曰「恒言不稱老」。今吾方託堂上之蔭，將不以禮處我乎？抑以諛詞誣我乎？且古者下壽六十，今吾猶未也。』固請，不獲。又數年，嘯山舉於鄉，偕余北上，從容謂曰：『吾父所以固辭頌禱者，善則歸親，義不得專也。今吾欲丐子文，爲寒門作家慶圖，使吾父上有以承祖父母歡，下有以自娱，而即以爲吾父壽，可乎？』余曰：『可。昔董召南隱居孝義，昌黎韓子爲詩紀其事；姚氏三瑞堂世以孝稱，東坡亦作詩美之。今君欲以娱重闈者娱其親，是孝子等而上之之義也。賢哉！吾不能以詩壽先生，請覼陳君家天倫之樂，以娱先生之志。』

今夫科名宦達，豈以寵身，亦藉爲顯揚之資也。先生以第一人補弟子員，再躓場屋，遂棄舉業。其天懷恬淡，視青紫不值一吷耳。乃其督課子姪，則鋭意進取，惟恐後時。討論史事，旁及制藝書學，皆得窾卻而勖以法度。在先生，豈徒欲弋取時榮哉？不過欲博膝下之歡，使老人聞之曰：『阿孫才，今試已列前茅矣；阿孫能，可以與賢書選矣。』因而鼓舞後進，怡然忘老。此其可娱者，一也。君家田園足以自給，先生周視原野物土之宜，稻粱之外，雜蒔嘉蔬。種秫二頃，穫以釀酒，名曰延齡。殺鷄佐之，但以奉親，不以勸客，有餘則庋置焉。門外方塘，廣可百畝，旁置小艇，宜釣宜網。當春種魚，秋則取之，以强半供甘旨，其他則請所與子姓醉飽，波及羣下。其可娱者，又一也。君家早歲頗有外侮，自先生綜家政，敬宗收族，祖免以下，一視同仁。閭里細民，强梗者鋤之，不肖者勸之，貧無告者周恤之，竭力之所勝而不德焉。比來一境怗然。曩時箕舌之怨，雀角之争，皆以潛消，而高堂暮齒亦得晏安無患。其可娱者，又一也。抑聞之：夫妻好合，兄弟既翕，父母其順矣。先生早占炊臼，續以鸞膠，不聞有遇虐後母之事，非刑於之道乎？方鳳臺先生之以計偕入都也，先生曰：『予弟行役，不可以勞門閭之望。丈夫何憚萬里哉？』乃杖策送弟北征，而衛以俱返，不賢而能之乎？邇年以來，弟姪能文者，先生爲之延師課讀；　肄武者，爲之料量魚服竹閉之具，使之皆得成名。以故床笫之間秩如也，昆弟翼翼如也，寢門之内訢訢如也。此甚可娱者，一也。又，先生熟於形家之言，往爲大母卜佳城，備極勞瘁，終乃永臧。今腰脚尚健，暇則陟層嶺，披蒙茸，裹糧而從一奚。游覽既審，歸而告於堂上曰：『某水某山，大人所經歷也，有佳兆，當貴至徹侯。某宅某田，大人所釣弋之所也，居之，後必昌。』因與指畫形勢，兼誦撼龍疑龍之經，而堂上亦傾聽不倦，或佯諾之，微笑其幻渺。此亦可娱之一端也。

夫天倫之樂，豈有形哉？日用優游之地，行之而不著，習矣而不察，道路傳爲盛談，或油然興感。而當境者行其心之所安，視爲固有而不足怪。以先生之德之遇，凡所謂可以自娱即以娱親者，皆已自得之而自忘之。不知此中真樂，雖三公不足以易也。卻老延年之道，有進於此者乎？嘯山歸述吾言，酌而祝焉可也。嘯山拜曰：『善！』遂書以爲之序。

錄自曾文正公文集卷一。

田崑圃先生六十壽序

道光某年月，爲我年伯崑圃先生六十初度。其嗣君敬堂同年，丐余以文爲壽，且曰：『古者，稱壽不必攬揆之辰；　壽人以序，抑非古也。然震川歸氏、望溪方氏嘗爲之，是或有道焉。』余曰：『然。壽序者，猶昔之贈序云爾。贈言之義，粗者論事，精者明道，旌其所已能，而蕲其所未至。是故稱人之善，而識小以遺鉅，不明也；溢而飾之，不信也；述先德而過其實，是不以君子之道事其親者也；　爲人友而不相勖以君子者，不忠也。今子所以壽親者，於意云何？』敬堂曰：『吾父固好質言。凡生平庸行，衆人所恒稱道者，不足爲君述。吾父早歲以課徒爲業，迄今幾四十年。嘗曰：「塾師鹵莽塞責，誤人子弟不淺，吾不敢也。」戊戌，雨公幸成進士，選庶常。吾父書來，戒以初登仕版，勿輕干人。』

於戲！安得此有道之言乎？蓋自秦氏燔羣籍，教澤蕩然。漢武帝始立五經於學宮，使諸生各崇本師，置博士，舉明經，而聖言乃絶而復續。明太祖以制義取士，竝立程朱之義，使天下翕然尊尚，而聖賢之精蘊，始照灼於幽明。二君者，蓋見夫學校之不可復，故定爲功令，使人以此爲禄利之途，而陰以崇儒術而闡大義。由今言之，明聖道於煨燼之餘，而炳若日星，表宋儒之精理，使僻陬下士皆得聞道者，不得不歸功於二君。然使人人以詩書爲干澤之具，援飾經術而蕩棄廉耻者，又未始非二君有以啓之也。今世之士，自束髮受書，即以干禄爲鵠，惴惴焉恐不媚悦於主司。得矣，又挾其術以釣譽而徼福。禄利無盡境，則干人無窮期。下以此求，上以此應，學者以此學，教者以此教，所從來久矣。百步之矢，視其所發，差若毫釐，謬以千里。振古君子多途，未有不自不干人始者也。小人亦多途，未有不自干人始者也。今先生之誡子，首在不輕干人，則平日之立教，所謂不誤人子弟者，概可知矣！出處取與之間，士大夫或置焉不講，而鄉里老師耆儒，往往以教其家，繩其門徒。吾父課徒山中，亦有年所，每戒小子，輒曰：『儉約者不求人。』與先生辭旨略同。而吾黨郭君雨三，亦得父訓以成名。當交相毖勉，力求所以自立者，以圖無忝所生。不然，先生不欲誤人子弟，而吾輩一離膝下，乃反自誤其身，日愒月玩，委棄而不克自振，終且不免於干人也。吾言不足以重先生，而猶不敢諛詞欺吾友。是或爲先生之所許乎？敢以爲長者壽。

録自曾文正公文集卷一。

朱玉聲先生七十三壽序

天可補，海可填，南山可移，日月既往，不可復追。其過如駟，其去如矢，雖有大智神勇，莫可誰何。夸父之追，魯陽之揮戈，陶士行之惜陰，有以哉！有以哉！

余與朱堯階以道光十年論交於長沙，當時相見恨晚。曾幾須臾，遂閱一終一星終矣。前歲戊戌，余乞假旋里，值玉聲先生七十誕辰，堯階以壽親之文見屬。余忻然不辭。遷延未報，一諾三年。甚哉！光陰之遷流如此，其足畏也。人固可自暇逸哉？以余玩愒時日，有言不踐，學問不加進，而堯階不務顯揚之實，徒欲以祝史徽言娱親志，二者均非先生之所許也，何足以爲先生壽？雖然，吾與堯階交舊矣，不可不略抒固陋，表先生之闇修，以徵其所以延齡之由，以卜將來無量之祜，以慰吾堯階，以勖吾堯階也。

蓋先生則可謂不自暇逸者矣。先生少失怙，既冠，又失恃。家故貧，破屋數椽。兄弟謀析産，先生以其稍完者付諸昆，而指其隙地一弓自予。去之賈，不數年致千金，已而散去。又如是，又散去。屢裕屢絀，晏如也。先生有嫂早寡，窮不能自存。乃爲之謀生計，撫孤兒，終節婦之世，無衣食慮。復出資，爲之表其節，聞於有司，與其大母併建總坊。尤慷慨好義。宗族中有不能自贍者，佽之必給；有没不能終葬具者，周之必無缺禮。子姪有游惰無常職者，掖之培之，視其材必俾有成。他如聯族譜，建支祠，治祖塋，置祭産，凡事關本原之大者，經之營之，有廢必舉，有初必終。故其所以屢絀者，人皆知之，爲其急公也，爲其義也。其所以屢裕者，人或不知。傳曰：『民生在勤，勤則不匱。』先生之所爲常致充盈，綽綽有餘者，勤而已矣，不自暇逸而已矣。計自少壯以洎今日，拮据飄摇，幾無虚日。今夫天恢恢大圓，終古磨旋；今夫山終古常峙，海終古常流，其盛大而生物不測，由其不貳，不貳故不息，不息故久。夫人也，亦若是焉矣。守其樸者完其素，勞其力者貞而固。户樞不敝，磨鐵不蝕，胥是道也。以先生之不自暇逸而得康强逢吉，又何疑乎？又何疑乎？

余與堯階相友以心，相砭以道義。今堯階幸得啜菽飲水，承歡膝下；而余一官匏繫，既不能拾遺補闕，有絲毫裨益於時，又不能歸侍晨昏，又不得奉板輿以迎養，余自是有羈旅之感矣。風有陟岵之章，雅有四牡之什，皆以行役在外，睠懷門閭。孔子曰：『父母之年，不可不知也。』願吾堯階佩玦管，調滑甘，愛光陰如拱璧，舞綵服如嬰兒。由是而後，先生樂孫曾之蕃昌，欣琴瑟之静好，耄耋期頤，怡然忘老，則堯階庶不負讀書之志，不忝於盛德大業耳。君子進德修業，欲及時也。時乎！時乎！事親者可或忽乎！此所以勖堯階，以慰堯階，而即以爲先生壽者爾。

録自曾文正公文集卷一。

吴君墓誌銘

吾邑吴君榮楷，既以道光辛丑成進士，將之官浙江。乃手其先人狀，請曰：『吾父母棄養十二年矣，窀穸之事，粗已安吉，尚未有以銘幽室，子其爲我銘之。』固辭，不獲。

按狀：先生姓吴氏，諱文深，字致遠，湘鄉人。曾祖文章、祖太若、父振世，皆以願謹稱。家故饒，振世公既老，攜資客游常德，先生從之行，留明遠翁家居。明遠，先生兄也。常德去湘鄉千餘里。逾二年而振世公卒。鄰里無行者利其有，率衆闖然至喪次，叫囂隳突，雜以胥役。先生雞斯徒跣，擊胸如壞墻，號泣向衆曰：『孤兒在此！環顧無功緦之戚，無密友、幹僕。若輩不哀吾喪而迫人於難，是可忍乎！且胥役何爲者？孤兒請以泣血濺縣官之庭矣！』衆瞠視，各鳥獸散。乃部署喪事，從容扶櫬歸湘。時先生年十六歲也。

既歸，事母益謹。然家益落，遂與明遠翁經營生計。惟母養特豐，他則皆從儉約。久之，復稍裕。吴氏自鼎革後，譜牒散佚，先生力爲倡修。特徵詳核，數年而成。既又倡修家祠，明遠翁捐基地數十畝，先生竭力締搆。夫其拮据漂摇之際，旁午未遑，而能敬宗收族，先其大者，可謂知本矣。道光某年某月某日卒，年八十有四。葬某縣某里某原。配宋孺人合葬焉。

宋孺人少先生十餘歲，既來歸，尤耐艱劬。振世公之客常德，孺人不逮事也；逮事姑，曲意承歡，如恐失之。性好恤窮困，鄰婦紡績無資，則罄所有給之。先是，明遠翁常外出，有子名榮林者，絶穎異。先生擇師督讀，視猶己子，遂以成立，爲名諸生。已而榮楷兄弟皆從之受業。孺人之視榮林也，不以爲姪也，以爲師也。邑人咸謂先生之教子，孺人實贊之云。某年月日以疾卒，年六十有一。子二人：長榮楠，邑庠生；次即榮楷。孫光煦，邑庠生；次某，次某。女孫七人。銘曰：

少而禦侮豪强伏，長而克家宗族睦，耄而韜光訥且樸。訥乎樸乎？黑而雌者福乎？斧之藻之，舟之方之，夫子之協，琴瑟以將之。宰樹青青，有桐有梓。我銘諸石，以妥泉宫，以昌其孫子。

録自曾文正公文集卷一。

【校】

〔一〕鈔本作吴致遠先生夫婦墓誌銘，此據傳忠書局本改。

彭母曾孺人墓誌銘

天道五十年一變，國之運數從之，惟家亦然。當其隆時，不勞而坐獲；及其替也，憂危拮据而無少補救，類非人所爲者。昔我少時，鄉里家給而人足。農有餘粟，士世其業，富者好施與，親戚存問，歲時饋遺繈屬。自余遠游以來，每歸故里，氣象一變，田宅易主，生計各蹙，任恤之風日薄。嗚呼！此豈一鄉一邑之故哉！

王姑彭孺人，吾祖之伯姊。其冢婦，又吾姑也。兩世之好，視他戚尤厚已。王姑之未嫁也，事吾曾祖王父母，以孝聞。既適彭宜仁先生，相夫敬克厥愛，無片言稍忤。自吾成童以後，王姑已五十餘，其堂上舅姑八十有奇矣。每見王姑奉甘旨，未嘗不潔；議酒食，未嘗不豫；大而課讀勸農，未嘗不營慮；小而廁牏灑掃，未嘗不躬親也。蓋余所見賢母，無如王姑勤者。早歲物産殷饒，内奉菲薄，外圖豐潔。比年以來，稍稍歉絀矣。己亥秋，余將入都供職，走辭王姑。視其庭除，氣象不侔。憫其愈勤，又驚其衰，爲之泣。王姑亦泣。蓋心知其不可復見，而哽咽不能言也。竟以次年春卒。豈不悲哉！

王姑生乾隆二十九年甲申十一月十七日，卒於道光二十年庚子三月二十三日，壽七十有七。葬湘鄉二十四都西坤山陽，首辛趾乙。子三人：長慶齡，予姑夫也，先孺人二年卒；次慶吉，次慶也，好學能文。孫六人：毓耒、毓楛、毓橘、毓椿、毓杖、毓麓；女一，孫女一人。銘曰：

懿我王姑，既莊以嫕。佩管舟鷊，德容棣棣。勖哉夫子！儷光儕鴻。五十餘載，無遂有終。曷瘁厥躬，言育我鞠。無耻我罍，實繁旨蓄。離離令問，匪邇伊遥。貽澤之蔭，何幽不喬。南山崪崒，宰樹青青。弗騫弗拜，萬代千齡！

録自曾文正公文集卷一。

余安人墓誌銘

攸縣余世校客京師五年，聞母訃，將奔喪，以銘墓之文來請，且曰：『世校生不能侍槃匜，歿不能視含殮，是罪人也！先生幸次吾母淑行，以光幽室。』

按狀：安人姓譚氏，衡山舉人昌明之孫，廣西巡檢禹門之女。七歲喪母，事繼母以孝聞。適攸別駕余君君山，褖順衷和，翼翼如也。久之，別駕君之漢陽分府任，以家事屬安人。時堂上舅已棄養，姑老矣，諸子弱小不識事。安人謀初毖終，鉅細必躬，祭必虔奉，免薨必時。委諸子於學，朝而鬮饎禮師，夕而課男，旋課女。課畢而紡績，而經營錢布。如是者十餘年，而精力衰矣。道光辛丑某月某日以疾卒，春秋六十有七。以某年某月某日，葬某縣某里某原。子四人：長世柄；次即世校，廩貢生；次世芳；次生春，縣學生。女一，孫九人，某某。

世校之入都也，安人拊其背而戒之曰：『去，去！强飯！鄉里齷齪，終不得進取。京師文物殷轔，賢士大夫繹繹如繁星。汝往勖哉！名自可致，學可染人，道德有軌途可循，而青紫可拾也。往矣，勿吾念！』今世校雖不得爵位，而業日進，聲聞日敷，謂非安人之教哉？嗚呼！可謂知其大者已，是宜銘。銘曰：

維車有輔員於輻，維矢有房利於鏃。維壺有賢，維家之福。光光別駕，亦載其贇；愔愔碩人，既詒斯肄。雖則詒肄，無儀以無躓。無躓於山，曰巢於顛。口卒瘏兮手復胼，鳳之雛兮谷之遷。不得反哺兮涕漣漣，銘幽表淑兮千萬年。石不爛，山不騫！

録自曾文正公文集卷一。

烹阿封即墨論

夫人君者，不能徧知天下事，則不能不委任賢大夫；大夫之賢否，又不能徧知，則不能不信諸左右。然而左右之所譽，或未必遂爲藎臣；左右之所毀，或未必遂非良吏。是則耳目不可寄於人，予奪尤須操於上也。

昔者，齊威王嘗因左右之言而烹阿大夫、封即墨大夫矣。其事可略而論也。自古庸臣在位，其才莅事則不足，固寵則有餘。易譏覆餗，詩賡鵜梁，言不稱也。彼既自慚素餐，而又重以貪鄙，則不得不媚事君之左右。左右亦樂其附己也，而從而譽之。譽之日久，君心亦移，而位日固，而政日非。己則自矜，人必效尤。此阿大夫之所爲可烹者也。若夫賢臣在職，往往有介介之節，無赫赫之名，不立異以徇物，不違道以干時。招之而不來，麾之而不去。在君側者，雖欲極譽之而有所不得。其或不合，則不免毀之。毀之而聽，甚者削黜，輕者督責，於賢臣無損也；其不聽，君之明也，社稷之福也，於賢臣無益也。然而賢臣之因毀而罷者，常也。賢臣之必不阿事左右以求取容者，又常也。此即墨大夫之所爲可封者也。

夫惟聖人，賞一人而天下勸，刑一人而天下懲，固不廢左右之言而昧兼聽之聰，亦不盡信左右之言而失獨照之明。夫是以刑賞悉歸於忠厚，而用舍一本於公明也夫！

録自曾文正公文集卷一。

王翰城刺史五十壽序

古無生日之禮。顔氏家訓稱：『江南風俗，是日有供頓聲樂。』蓋此禮始於齊梁之間，後世自貴逮賤，無不崇飾；開筵稱壽，習以爲典。癸卯夏，王君翰城將出牧冀寧，即於是秋五十壽辰，同人或謀祝之。翰城曰：『非古也。』其友人曾國藩亦曰：『非古也。』雖然，子將別矣，不可無以贈子。

蓋古者四十而仕，五十服官政。服政云者，爲大夫以長人，布政得自專也。古者建官無冗，立法無繁，故任人靡不專，而事靡不理。後世天下之事萃於六曹，六曹之屬無慮千計。法令日密，吏胥便之。每事至吏，以意討例，官則睨吏意以行。吏頤使，則官可之；吏目止，則官否之；屬官所左，卿長亦左之。事無定見，惟衆之隨。故近日服官得專政者，内惟樞府，外惟牧令。樞府數人，或意見各歧，則得專者尤莫如牧令也。牧令朝行一政，朝及於民。福民，則我實福之也；殃民，則我實殃之也。然牧令或不賢，往往不自爲政。上則伺大府之喜怒，下則時胥徒之向背，雖欲自專而有所不能。

翰城讀書四十餘年，今以服政之日，爲天子之刺史，吾知其能自專矣。夫爲刺史而得自專，而不爲大府與胥徒箝制者，豈徒然哉？其殆必有所以矣。翰城勉乎哉！他日聞有供頓聲樂，躋堂而稱壽者，必天子所付託刺史之百姓也。

子行矣，吾以是贈，即以爲祝焉。

録自曾文正公文集卷一。

陳岱雲室易安人墓誌銘

道光二十四年正月，陳君岱雲喪其配易安人，則大戚，哀溢於禮。已而謂國藩曰：『子知吾之哀乎？吾祖自康熙間由茶陵徙長沙，六世百餘年，今其存者五人。吾門祚之衰可知也！吾父之没，至今十六年，而死亡相繼，凡十三役。吾母之不能一日以歡可知也。吾妻從宦五年，既没而斂，求祖衣無一完者，吾之貧可知也。人之居此世者謂何？吾欲不過哀，得乎？』則又曰：『吾妻之賢，子宜有所知，請爲銘。』余曰：『然，固知之。』

蓋安人卒之前一歲，陳君嘗大病。余朝夕存問，備得安人侍疾狀。他日，又得陳君所述，以是頗詳。陳君之病凡三閲月矣，安人單憂極瘁，衣不解帶者四十餘日，凡可以自致者，無弗致也。久之，則禱於室神，求促其身之齡以益夫壽，猶不應。六月丙戌，乃割臂和藥以進。當是時，安人之母弟易光蕙及陳君之友三數人者皆在，惶愕不知所爲。國藩則仰天歎曰：『陳氏累世賴以不墜者，獨此人耳，而有他乎？』然已無可奈何。明日，疾乍平，則皆訝。光蕙覘安人衣袖血迹，稍廉得之，不敢以詢。又數日，疾漸瘳，乃詢之。安人曰：『其有之，此不幸事耳，勿復言，傷病者心也。』道微俗薄，舉世方尚中庸之説，聞激烈之行，則訾其過中，或以罔濟尼之。其果不濟，則大快奸者之口。夫忠臣孝子豈必一一求有濟哉？勢窮計迫，義不反顧，效死而已矣。其濟，天也；不濟，於吾心無憾焉耳。

安人本醴陵人，居長沙，處士昌綱之孫，歲貢生履元之子，以孝謹特爲父母所愛。生二十歲矣，而難其適。有王秀才者，自負知人，謂歲貢君曰：『茶陵陳某，神仙人也。即擇婿，不可失。此子今貧，不能衣食，數年後，當爲達官。不者，且抉吾目也。』是時，陳君之元配没二年矣。既歸陳，不逮事舅，以事其父者敬姑，而以事其母者致愛焉。以是得姑歡。凡修所職，皆衷於大體，無鉅細必慤。詩曰：『何有何無，黽勉求之。』茲可謂賢矣，況有至行足感神明者哉？

安人生於嘉慶某年月日，年三十有一。生子男二人：長遠謨；次遠濟，生四十日而安人卒。女一人。將以某年某月某日歸葬於某縣某鄉某原。余既重其請，乃先期銘之，以激懦者，亦少塞陳君之悲。陳君名源兗，今爲翰林院編修，纂修國史也。銘曰：

民各有天惟所治，燾我以生託其下。子道、臣道、妻道也，以義擎天譬廣厦，其柱茍頹無完瓦。自今無以身代者，有一於此雙蓋寡。憂勞積劇焉可支？天之所隕非人尸。跖修淵短誰敢訾？銘茲大節貞厥垂，有他淑行以類推。

録自曾文正公文集卷一。

五箴并序

少不自立，荏苒遂洎今茲。蓋古人學成之年，而吾碌碌尚如斯也，不其戚矣！繼是以往，人事日紛，德慧日損，下流之赴，抑又可知。夫疢疾所以益智，逸豫所以亡身，僕以中才而履安順，將欲刻苦而自振拔，諒哉其難之歟！作五箴以自創云。

立志箴

煌煌先哲，彼不猶人。藐焉小子，亦父母之身。聰明福禄，予我者厚哉！棄天而佚，是及凶災。積悔累千，其終也已。往者不可追，請從今始。荷道以躬，輿之以言。一息尚存〔一〕，永矢弗諼。

居敬箴

天地定位，二五胚胎。鼎焉作配，實曰三才。儼恪齋明，以凝女命。女之不莊，伐生戕性。誰人可慢？何事可弛？弛事者無成，慢人者反爾。縱彼不反，亦長吾驕。人則下女，天罰昭昭。

主静箴

齋宿日觀，天鷄一鳴。萬籟俱息，但聞鐘聲。後有毒蛇，前有猛虎。神定不懾，誰敢予侮？豈伊避人，日對三軍。我慮則一，彼紛不紛。馳騖半生，曾不自主。今其老矣，殆擾擾以終古。

謹言箴

巧語悦人，自擾其身。閑言送日，亦攪女神。解人不誇，夸者不解。道聽途説，智笑愚駭。駭者終明，謂女賈欺〔二〕。笑者鄙女，雖矢猶疑。尤悔既叢，銘以自攻。銘而復蹈，嗟女既耄。

有恒箴

自吾識字，百歷及兹〔三〕。二十有八載，則無一知。曩者〔四〕所忻，閲時而鄙。故者既抛，新者旋徙。德業之不常，日爲物遷〔五〕。爾之再食，曾未聞或愆。黍黍之增，久乃盈斗。天君司命，敢告馬走。

録自曾文正公文集卷一。

【校】

〔一〕『一息尚存』曾氏家書作『一息尚活』。
〔二〕『賈欺』曾氏家書作『實欺』。
〔三〕『及兹』曾氏家書作『洎兹』。
〔四〕『曩者』曾氏家書作『曩之』。
〔五〕『日爲物遷』曾氏家書作『曰爲物遷』。

鈔朱子小學書後〔一〕

右小學三卷，世傳朱子輯。觀朱子癸卯與劉子澄書，則是編子澄所詮次也。其義例不無可訾，然古聖立教之意、蒙養之規，差具於是。

蓋先王之治人，尤重於品節。其自能言以後，凡夫灑掃、應對、飲食、衣服，無不示以儀則。因其本而利道，節其性而不使縱，規矩方圓之至也。既已固其筋骸，劑其血氣，則禮樂之器蓋由之矣，特未知焉耳。十五而入太學，乃進之以格物，行之而著焉，習矣而察焉。因其已明而擴焉，故達也。班固藝文志所載『小學類』，皆訓詁文字之書。後代史氏，率仍其義。幼儀之繁，闕焉不講。三代以下，舍佔畢之外，乃別無所謂學，則訓詁文字要矣。若揆古者三物之教，則訓詁文字者，亦猶其次焉者乎！仲尼曰：『行有餘力，則以學文』，『繪事後素』。不其然哉？余故録此編於『進德門』之首，使昪弟子姓知幼儀之爲重。而所謂訓詁文字，別録之『居業門』中。童子知識未梏，言有刑，動有法，而蹈非彝者，鮮矣。

是編舊分内外，内篇尚有稽古一卷，外編嘉言、善行二卷，採掇頗淺近，亦不録云。

録自曾文正公文集卷一。

【校】

〔一〕鈔本『書鈔小學後』，此從傳忠書局本。

書歸震川文集後〔一〕

近世綴文之士，頗稱述熙甫，以爲可繼曾南豐、王半山〔二〕之爲之。自我觀之，不同日而語矣。或又與方苞氏并舉，抑非其倫也。蓋古之知道者，不妄加毀譽於人，非特好直也。内之無以立誠，外之不足以信，後世君子耻焉。

自周詩有崧高、烝民諸篇，漢有『河梁』之詠，沿及六朝，餞别之詩，動累卷帙，於是有爲之序者。昌黎韓氏爲此體特繁，至或無詩而徒有序，駢拇枝指，於義爲已侈矣。熙甫則不必餞别而贈人以序，有所謂賀序者、謝序者、壽序者。此何説也？又彼所爲抑揚呑吐、情韻不匱者，苟裁之以義，或皆可以不陳。浮芥舟以縱送於蹏涔之水，不復憶天下有曰海濤者也。神乎？味乎？徒詞費耳。然當時頗崇茁軋之習，假齊梁之雕琢，號爲力追周秦者，往往而有。熙甫一切棄去，不事塗飾，而選言有序，不刻畫而足以昭物情，與古作者合符，而後來者取則焉，不可謂不智已。人能宏道，無如命何！藉熙甫早置身高明之地，聞見廣而情志闊，得師友以輔翼，所詣固不竟此哉！

録自曾文正公文集卷一。

【校】

〔一〕據傳忠書局本，文中『有光』均改爲『熙甫』。

〔二〕鈔本作『曾鞏、王安石』，此據傳忠書局本改。

祭湯海秋文

赫赫湯君，倏焉已陳。一呷之藥，椓我天民。豈不有命！藥則何辜？死而死耳，知君不悔。

道光初載，君貢京朝。狂名一鼓，萬口囂囂。春官名揭，如纛斯標。奇文驟布，句鶩字梟。羣兒苦誦，自瞑達朝。上公好士，維汪與曹。大風噓口，吹女羽毛。舐筆樞府，有銛如刀。儕輩力逐，一虎衆猱。曹司一終，稍遷御史。一鳴驚天，墮落泥滓。坎坎郎官，復歸其始。羣雀款門，昨鼂之市。窮鬼噴沫，婢歎奴恥。維君不羞，復乃不求。天脱桎梏，放此詩囚。伐肝蕩肺，與命爲仇。被髮四顧，有棘在喉。匪屈匪阮，疇可與投？

忽焉狂走，東下江南。秦淮夜醉，笙吹喃喃。是時淮海，戰鼓殷酣。狣夷所躪，肉阜血潭。出入賊中，百憂内惔。寅歲還朝，左抱嬌娥。示我百篇，兒女兵戈。三更大叫，君泗余哦。忽瞠兩眸，曰余乃頗。瀝膽相要，斧門掊鎖。嗟余不媚，動與時左。非君謬尋，誰云逮我？王城海大，塵霧滔滔。惟余諧子，有隙輒遭。聯車酒肆，袒肩載號。煮魚大嚼，宇内兩饕。授我浮邱，九十其訓。韓悍莊夸，孫卿之醞。鏖義鬭文，百合逾奮。俯視符充，其言猶糞。我時譏評，君曾不愠。

我行西川，來歸君迓。一語不能，君乃狂罵。我實無辜，詎敢相下？骨肉寇讎，朋游所訝。見豕負途，或張之弧。羣疑之積，衆痏生膚。君不能釋，我不肯輸。一日參商，萬古長訣。吾實負心，其又何説？凡今之人，善調其舌。君則不然，喙剛如鐵。鋒棱所值，人誰女容？直者棄好，巧者興戎。昔余痛諫，君嘉我忠。曾是不察，而丁我躬。傷心往事，泪墮如糜。以君毅魄，豈曰無知？鬼神森列，吾言敢欺？酹子一滴，庶攄我悲！

録自曾文正公文集卷一。

召誨

賢與不肖之等，奚判乎？視乎改過之勇怯以爲差而已矣。日月有食，星有離次。其在於人，言有尤，行有悔，雖聖者不免。改過什於人者，賢亦什於人；改過伯於人者，賢亦伯於人。尤賢者尤光明焉，尤不肖者怙終焉而已。

人之生，氣質不甚相遠也，習而之善，既君子矣。其有過，則其友直諫以匡之。又有友焉，巽言以挽之。退有撻，進有旌。其相率而上達也，奚禦焉？習而之不善，既小人矣。其有過，則多方文之。爲之友者，疏之則心非而面諛，戚之則依阿苟同，憚於以正傷恩。其相率而下達也，奚禦焉？茲賢者所以愈賢，而不肖者愈不肖也。

吾之友有某君者，誋余曰：『子與某相好不終，是子之失德。子盍慎諸？』又有某君，誋余曰：『聞子之試於有司，則嘗以私干人，是大不可！』二子者之言，卒聞之，若不遜於吾志。徐而繹之，彼無求而進逆耳之言，誠敬我也。既又自省：吾之過，其大者視此或倍蓰，而其多或不可枚數，二子者蓋舉一隅也。人苦不自知耳。先王之道不明，士大夫相與爲一切苟且之行，往往陷於大戾，而僚友無出片言相質确者，而其人自視恬然，可幸無過。且以仲尼之賢，猶待學易以寡過，而今曰無過，欺人乎？自欺乎？自知有過而因護一時之失，展轉蓋藏，至蹈滔天之姦而不悔，斯則小人之不可近者已！爲人友而隱忍和同，長人之惡，是又諂臣媚子之亞也。書曰：『有言逆於女心，必求諸道；有言遜於女志，必求諸非道。』余故筆之於册以備觀省，且示吾友能爲逆心之言者。

録自曾文正公文集卷一。

王蔭之之母壽序

壽序，非古也。明歸太僕數鄙之而數爲之，以爲崑山之俗，張此尤盛。閭巷之士，狃於習而不求其說。立言者雖知其事微薄，而不忍拒孝養者之請，牽率以從事，宜也。當是時，吾同年王君蔭之，以其母黄太安人之壽，屬予爲序云。

蔭之知言者也，不宜循世俗故事以娱其親。仲尼曰：『麻冕，禮也。今也純，儉。吾從衆。』積習染人，甚於丹青久矣。雖爲父母者，亦皆以生日爲慶，以文字道其生平爲祥。人子因而順之，不亦可乎？先是，贈君琴雅先生之棄養，蔭之與其仲氏皆未冠，季尚毁齒耳。內而饘粥零雜，外而官租私逋，皆太安人摧畫之。贈君以諸名，鄉里宿負故無券主者，以是弛責。太安人曰：『夫子信者也，是固然無疑。』立貨別業盡償之。贈君疾革，命曰：『雖饑寒，毋令吾兒廢學。』家故微也，又歲經水潦，益流落。太安人力支之，卒不令諸子遷業。初服舅姑之服，繼服夫之服，哀毁至矣，皆節以禮。喪女子者四，喪子婦者五，悲傷之餘，亦以禮裁之。蓋蔭之之爲余述者如此。

易曰：『地道無成，而代有終。』方贈君顧命諄諄，豈必後嗣果自成立？今蔭之通籍，爲天子近臣，文章爾雅，率諸弟子姓爲醞樸之學，所謂代終非邪！國家以大器儲詞臣，不敎之以吏事，使之優游成德，以養公輔之望，至深厚也。以國藩之不肖，謬廁斯任，無足言矣。如蔭之者，要當博觀約守，仔肩天下，而後無忝是職。不然，彼太安人時時稱贈君之末命以相申儆者，豈徒在禄仕通顯也哉？歐陽公之母常述父訓以教子，卒爲有宋名臣。彼何人也，吾何畏彼哉？蔭之誠能日進不怠，太安人當益顧之適志，怡然忘老矣。余承蔭之之命，終不敢以世俗之義爲長者誦也，於是爲道其大焉者。

録自曾文正公文集卷一。

江小帆之母壽序

古者設科有目，如漢曰賢良方正，曰直言極諫，曰軍謀宏遠，曰淳厚質直。唐曰秀才，曰明經，曰進士，曰明法，曰明字，曰明算。若此者，不一其稱，惟人主之所欲而因時命名，所謂目也。明初盡革前制，取士止進士一科，則有科而無目矣。既成進士，天子親策於廷，臨軒唱第，分甲授職。一甲止三人，曰狀元、榜眼、探花，制所定也，士大夫稱爲鼎甲云。進取之途既隘，天下魁傑瑰瑋之士，莫不甘心於專科，搤腕以求所謂鼎甲者。而巴蜀滇黔，西南萬里，或數百年而不得一人，蓋其難也。慈父母之於子，總角則祝之，而令子順孫，承歡堂上，亦無先於此者。至於今五百年矣。

同年友江君小帆，故吾楚郴人也，徙居四川之大竹。道光戊戌，以第三人及第，四川之鼎甲自小帆始。而小帆退然貶抑，躬躬不足。問之，曰：『母教也。』余曰：『何如？』則盡述太安人之賢，及贈君春湖先生之德而再誦焉，且曰：『吾母今年六十矣。吾子嫻古文義法，其爲我詮次太安人懿行，略仿今世之壽敘，而益以箴言勖余，使吾母歡慰，而吾亦奉以爲事親之則。可乎？』余曰：『可。』

蓋江氏之自楚而蜀，家微矣。贈君之與昆弟析居，受田僅三畝耳，而折償宿負者略半。贈君力貧績學，授讀鄉里，稍佐饔飧，太安人蒔蔬藝菽，以精潔羞舅姑，而以其惡者自御。小帆兒時，嘗隨太安人鋤豆於北原，拾木棉於西澗之陂。每語及此，未嘗不太息禄養之已晚也。嘉慶庚申、辛酉之間，四川遭教匪之亂，鄉鄰依堡砦以居。賊來恃堡爲固，賊去還家事耕作。太安人提挈子女，裹糗糧，與贈君奔竄於風雨谿谷之中，其事尤艱阻，卒以無恐。小帆既官編修，太安人就養京師，而贈君道卒長安。哀毁之餘，毫髮盡禮，與前服舅姑之服略同。計太安人數十年中，困於貧，厄於兵，顛沛於喪事，而亦以勞矣。傳所謂『動心忍性，生於憂患』，其不信然邪？

士大夫由科第通籍，大抵先人茹其辛而後人食其報。如小帆之掇取巍科，三持文衡，以詞賦受聖主特達之知，豈可不知其所自邪？自古舉士之法，未有三百年不變者。帝不沿樂，王不襲禮，物窮則易，固其理也。經義取士，亦已久矣。議者多謂帖括道卑，難收得人之效。小帆勉旃，益務通經達用，使天下後世謂偉人某某者，未嘗不出制義之科也。既以塞辨者之口，又有以慰高堂無窮之望。事親之則，不當如是乎？太安人聞之，其必不訾吾言矣。遂書以爲壽。

録自曾文正公文集卷一。

求闕齋記

國藩讀易，至臨而喟然歎曰：剛侵而長矣。至於八月有凶，消亦不久也，可畏也哉！天地之氣，陽至矣，則退而生陰；陰至矣，則進而生陽。一損一益者，自然之理也。

物生而有耆欲，好盈而忘闕。是故體安車駕，則金輿鏓衡不足於乘；目辨五色，則黼黻文章不足於服。由是八音繁會不足於耳，庶羞珍膳不足於味。窮巷甕牖之夫，驟膺金紫，物以移其體，習以蕩其志，嚮所搤捥而不得者，漸乃厭鄙而不屑御。旁觀者以爲固然，不足訾議[一]。故曰：『位不期驕，禄不期侈。彼爲象箸，必爲玉杯。』積漸之勢然也。而好奇之士，巧取曲營，不逐衆之所爭，獨汲汲於所謂名者。道不同不相爲謀，或貴富以飽其欲，或聲譽以厭其情，其於志盈一也。夫名者，先王所以驅一世於軌物也。中人以下，蹈道不實，於是爵禄以顯馭之，名以陰驅之，使之踐其迹，不必明其意。若君子人者，深知乎道德之意，方懼名之既加，則得於内者日浮，將耻之矣。而淺者譁然騖之，不亦悲乎！

國藩不肖，備員東宫之末，世之所謂清秩。家承餘蔭，自王父母以下，並康彊安順。孟子稱『父母俱存，兄弟無故』，抑又過之。洪範曰：『凡厥庶民，有猷有爲有守，不協於極，不罹於咎，女則錫之福。』若國藩者，無爲無猷，而多罹於咎，而或錫之福，所謂不稱其服者歟？於是名其所居曰『求闕齋』。凡外至之榮，耳目百體之耆，皆使留其缺陷。禮主減而樂主盈。樂不可極，以禮節之，庶以制吾性焉，防吾淫焉。若夫令問廣譽，尤造物所靳予者，實至而歸之。所取已貪矣，况以無實者攘之乎？行非聖人而有完名者，殆不能無所矜飾於其間也。吾亦將守吾闕者焉。道光二十五年五月曾國藩謹記。

録自曾文正公文集卷一。

【校】

〔一〕鈔本無此句，據傳忠書局本補入。

送郭筠仙南歸序

凡物之驟爲之而遽成焉者，其器小也；物之一覽而易盡者，其中無有也。郭君筠仙與余友九年矣，即之也温，挹之常不盡。道光甲辰、乙巳兩試於禮部，留京師，主於余。促膝而語者四百餘日，乃得盡窺其藏。甚哉！人不易知也。將别，於是爲道其深，坿於回路贈言之義，而以吾之忠效焉。

蓋天生之材，或相千萬，要於成器以適世用而已。材之小者，視尤小者則優矣，苟尤小者琢之成器，而小者不利於用，則君子取其尤小者焉。材之大者，視尤大者則絀矣，苟尤大者不利於用，而大者琢之成器，則君子取其大者焉。天賦大始，人作成物。傳曰：『人不天不因，天不人不成。』不極擴充追琢之能，雖有周公之才，終棄而已矣。

余所友天下賢士，或以德稱，或以藝顯，類有以自成者。而若筠仙躬絶異之姿，退然深貶，語其德若無可名；學古人之文章，入焉既深，而其外猶若鉏鋙而不安。其無所成者與？匠石斫方寸之木，斤之削之，不移瞬而成物矣。及乎裁徑尺之材以爲榱桷，不閲日而成矣。及至伐連抱之梗枏，爲天子營總章太室之梁棟，經旬累月而不得成焉。其器愈大，就之愈艱。淺者欲以一概律之，難矣。且所號爲賢者，謂其絶拘攣之見，曠觀於廣大之區，而不以尺寸繩人者也。若夫逢世之技，智足以與時物相發，力足以與機勢相會，此則衆人之所共覩者矣。君子則不然，赴勢甚鈍，取道甚迂，德不苟成，業不苟名，艱勤錯迕，遲久而後進。銖而積，寸而累，既其純熟，則聖人之徒；其力造焉而無扞格，則亦不失於令名。造之不力，歧出無範，雖有瓌質，終亦無用。

孟子曰：『五穀不熟，不如荑稗。』誠哉斯言也！筠仙勖哉！去其所謂扞格者，以蘄至於純熟，則幾矣。人亦病不爲耳。若夫自揣既熟，而或不達於時軌，是則非余之所敢知也。

録自曾文正公文集卷一。

送謝吉人之官江左序

吾湘鄉當乾隆時，人才殷盛。鄧筆山爲雲南布政使〔一〕，羅九峰爲禮部侍郎〔二〕，而謝薌泉先生爲御史。三人者，皆起家翰林，而御史君名震天下。是時，和珅柄國，聲張勢厲，家奴乘高車橫行都市無所憚。御史君巡城遇焉，捽之出而鞭之，火其車於衢，世所稱『燒車御史』者也。

其後二十餘年，御史君之子果堂，以河南縣令卓薦召見。上從容問曰：『汝即「燒車御史」之子乎？』不數月，遷四川知府。又十餘年，而謝吉人邦鑑復以進士出爲江南縣令。吉人，御史君之孫，而知府君之弟之子也。將之官，其常所酬酢者，或爲詩送之。吉人乃索予爲序，而乞言以糾其不逮。於是拜手告曰：

子今長人矣。四封之內，尊無與二。堂上頤指，堂下趨者百人。所識窮乏，仰而待命。設館以延賓友，貌敬而情離。即有不善，彼所謂趨者、待命者、貌敬者，或知之而不諫，或諫焉而不力。吾以其身巍然處於衆人之上，而聰明識量又誠越而倍之，前有唯，後有諾，於是予聖自雄之習囂然起矣。而左右之人，又多其術以餂我。内之傲者日勝，外之欺者日衆，兹其所以舛也。

昔者宓子賤治單父，孔子曰：『子何施而衆悦？』對曰：『此地民有賢於不齊者五人，不齊事之而稟度焉，皆教不齊所以治人之道。』孔子歎曰：『其大者乃於此乎有矣。』魯使樂正子爲政，孟子曰：『好善優於天下。』東漢龐參爲漢陽太守，先候隱居任棠。棠不與言，但以薤一大本、水一盂置户屏前，抱兒孫伏户下。參會其意，曰：『水者，欲吾清也；拔大本薤，欲吾擊彊宗也；抱兒當户，欲吾開門恤孤也。』故古人之學，莫大乎求賢以自輔。小智之夫，矜己而貶物，以爲衆人卑卑，無足益我。夫不反求諸己，而一切掩他人之長而蔑視之，何其易與？詩曰：『國雖靡止，或聖或否；民雖靡膴，或哲或謀，或肅或乂。』謂求賢而終不能得者，非篤論也。

今震澤宰左君青峙，吾湘鄉之賢者也。任俠而不矜，諳事而不計利害。子往試求之，必有所以益子者。友仁以礪德，利器以善事。既以上繩祖武，又以紹諸鄉先輩之徽。『無棄爾輔，員於爾輻。』青峙，子之輔也。抑吾聞江南爲仕宦鱗萃之邦，或因青峙而得盡交其賢士大夫，是尤余所望也。

録自曾文正公文集卷一。

【校】

〔一〕『爲雲南布政使』，原鈔本作『出爲方伯』，此據傳忠書局本。

〔二〕『爲禮部侍郎』，原鈔本作『至位卿貳』，此據傳忠書局本。

書扁鵲倉公傳

司馬遷敘述扁鵲、倉公，具詳病者主名及診脈之法、藥齊之宜，繁稱數十事，累牘不休。余嘗求之，非有義也。周官醫師：食醫、疾醫、瘍醫、獸醫之屬，隸於冢宰。訾陽伏陰，節宣補救，亦宰世者之所有事。爲良醫立傳，無所不可。要以略著大指，明小道之不可廢，與日者、龜策諸傳相附，摭一二事以爲類，足矣。繁稱奚爲者？夫執技以事上，名一能以濟人，此小人之事也。大人者，德足以育物，智足以役衆，彼誠有所擇，不宜於此津津也。若遷實通方術，而藉以自矜其多能，斯又淺者徒也。

録自曾文正公文集卷一。

易問齋之母壽詩序

古者以言相贈處，至六朝、唐人朋知分隔，爲餞送詩，動累卷帙，於是别爲序以冠其端。昌黎韓氏爲此體尤繁。間或無詩而徒有序，於義爲已乖矣。元、明以來，始有所謂壽序者。夫人之生，饑食而渴飲，積日而成年。苟不已，必且增至六十、七十。又不已，則至大耋、期頤。彼特累日較多耳，非有絶特不可幾之理也。胡序之云？而爲此體者，又率稱功頌德，累牘不休。無書而名曰序，無故而諛人以言，是皆文體之詭，不可不辨也。

道光乙巳六月，爲易柳恭人七十誕辰。嗣君問齋郎中，徵求士大夫之詩至數十篇，而囑余爲序其簡端。問齋其能辨文體者矣。余讀諸君詩，知恭人事贈君先生，豈非所謂代有終者哉？初，先生以長且賢，理家事，無劇易必躬，佔畢之業稍棄矣。恭人來歸，一代任焉，米鹽淩雜，不復關白。先生由是得專精舉子業。嘉慶戊午舉於鄉，戊辰遂成進士。蓋内顧無憂，壹志以底於成，恭人之力也。先生官陝西，恭人以舅姑春秋高，留侍養，不隨之官所。既而太夫人就養秦中，恭人又留治家務。既而先生移官山東，恭人仍留里居。計先生官游三十餘年，而恭人僅一入秦，再之山東之郯，不過三年耳。

婦人類以從官爲榮，鄉里齷齪，不足自適。一旦朱幘翟茀，稱爲命婦，入則鼎食，出則武夫前呼，侍女如雲。此常情所最稱意。恭人恬然不以爲榮，獨習勞居僻鄉，爲先生經畫家政。敗袇敝革，儲以待用，甘麤糲以自菲。歲時親戚，承問無缺。藥餌餘糧，全活貧弱下户，躬操作以率先子婦。此其識有過人者。以視擁象輿以命婦自炫，頤使侍婢俯仰如神者，其賢否當有辨也。

詩人之祝女子曰：『無非無儀。』易此而以才能自詡，則於道爲悖矣。如恭人者，所事不出閨闥，所行不越庸德，獨其相夫以發名成業，而不慕從官之榮，此有人所難能，而其他蓋可知矣。余故揭其大者著於篇。若其稱述懿行，頌禱繁祉，則諸君之詩實詳，故不及云。

録自曾文正公文集卷一。

何傳巖先生夫婦壽序

國藩讀詩，至常棣之篇而歎曰：「旨哉！仁人之言也。朋友平居宴樂，有急則掉臂不顧。兄弟，天性也，非至不仁，可以手足而胡越乎？」

同年友何君丹谿官編修，其兄璜谿，官武昌同知，兄弟相敬愛，至篤無已。他日，余謂丹谿曰：「子之親，未耄也。二君者皆不迎養，於義謂何？」則告曰：「吾大父母之棄養，吾父七齡耳，實依兩世父以生。世父長曰晴瀾，次曰雲巖。吾父曰傳巖，事兩兄維虔，謀必諮，出必告，有財必歸之，有疾侍藥必躬，至以身禱。雲巖世父下世，事寡嫂尤恭。今吾父母之不肯就養官所，徒以長兄、寡嫂在耳。」余聞之悚然。當吾世而猶有嚴於弟道如此者乎？

又二年，而所謂長兄、寡嫂者相繼逝。璜谿執期之喪既除，因卓薦入見天子，遂乞假南歸，躬迎二親，養於武昌官舍。又明年丙午春，爲傳巖先生及張太恭人七十誕辰，同年生謀所以壽者，屬余爲頌禱之言。丹谿曰：「子毋效世俗人，世俗所爲壽序，至陋而非古。子但略述吾親實行，使吾昆弟子姓有所法而向善，而吾親亦將顧而忘老，足矣。勿虛諛也。」余曰：「子之親云何？」曰：「吾父年十八補縣學生，嘉慶癸酉以選拔貢入成均。凡試於鄉十六役，不得售。異時苗匪寇鄰縣，世父率鄉勇出堵賊。吾父守城，書檄調遣，胥出一手。事平，縣令暨監司適主鄉試闈事，欲因以私報，力謝之。教人以立品敦倫爲先，前後從游千餘〔一〕人。課徒所得餘金，則盡刊印世所傳感應篇註案者，以勸愚民。吾母以不逮事舅姑爲恨，事夫之兄如嚴上，事姒婦如姑。蓋體吾父友恭之誠如此。」

古者大功同財，自秦人子壯出分，後世沿以爲俗，兄弟有視如塗人者矣。而爲之婦者，伺其夫之旨而加刻焉。片語之隙，荆棘叢生，累世不能泯其嫌。夫一木之枝，或榮或悴，常也。而常人之情，睹他人之榮，則以爲分隔，於己無與；覩兄弟之榮，以其切近則相妬，相妬則爭。而榮者之視悴者，漠然而疏，望望焉若將浼己。蓋三物之教不行，而俗之偷也久矣。先生以次子嗣仲兄後，顧不肯隨二子之官，終不令己獨榮，而兄與寡嫂獨落莫。此其足以激薄俗爲何如？而其用心之仁厚，豈有極哉？余爲揭其大者，俾璜谿兄弟守此無怠，則先生與太恭人所以娱老者，或亦在此。即以爲長者壽可也。

録自曾文正公文集卷一。

【校】

〔一〕『從游千餘』，鈔本作『從游數千』，此據傳忠書局本校改。

新化鄒君墓誌銘〔一〕

君諱興愚，字子哲，鄒姓。先世由江西再遷至湖南新化居焉。有瑁玉者，以選拔貢生官永明縣教諭，是生祖詢，縣學生，於君爲高祖。曾祖某，祖某，皆不仕。父某，家貧，客游陝西紫陽。族子有先家於是者，遂因其户籍，補紫陽縣學廩膳生。生二子，長興魯，次即君。君生數歲而廩膳君卒，依母曾氏力食僅存，痛繩於學。年十六，仍補縣學生。二十五，舉道光庚子陝西鄉試。甲辰，再上公車，不第。歎曰：『吾不得禄，餓死無所損。然如吾母何？』益發憤，不歸，日刻錢以食。爲文務極思，同業者或不能究其指。明年乙巳二月，疾作，不得與禮部試，竟以六月九日卒於京師，年三十耳。

君性戇直，糾友之違，盡言無巽，有餽以財，辨義，無小；非其義却之，無大。安貧若天性然。庚子赴省試，其師陳僅資之金，君盡以金奉母，而自囊錢八百，負布被，徒步露宿行千里。僅益敬之。僅故爲紫陽令，見君文，奇之，憐愛如親戚，月繼米贍其家。久之，僅徙官他縣，移君家就養官所，而别以資贈君之京師。君且死，泣曰：『吾負大恩未報，命也。』遂絶。既卒，其友人江忠源職其後事，其從兄子律歸其喪紫陽。將立其兄子隆岱爲嗣，而國藩買石先事爲銘。銘曰：

是人非蚓，生世實艱。爰有狷者，伯夷是班。有投以幣，擲棄如菅。或泰於取，負恩如山。恩不果讎，母不終將。又寡厥配，厥氏維黄。僅遺孑息，天其俾臧。吾言可信，納券於藏。

録自曾文正公文集卷一。

【校】

〔一〕鈔本作鄒君墓誌銘，此據傳忠書局本改。

送周荇農南歸序

天地之數，以奇而生，以偶而成。一則生兩，兩則還歸於一。一奇一偶，互爲其用，是以無息焉。物無獨，必有對。太極生兩儀，倍之爲四象，重之爲八卦，此一生兩之説也。兩之所該，分而爲三，殺而爲萬，萬則幾於息矣。物不可以終息，故還歸於一。天地絪縕，萬物化醇；男女構精，萬物化生。此兩而致於一之説也。一者陽之變，兩者陰之化。故曰：一奇一偶者，天地之用也。

文字之道，何獨不然？六籍尚已。自漢以來，爲文者莫善於司馬遷。遷之文，其積句也皆奇，而義必相輔，氣不孤伸，彼有偶焉者存焉。其他善者，班固則毗於用偶，韓愈則毗於用奇。蔡邕、范蔚宗以下，如潘、陸、沈、任等比者，皆師班氏者也。茅坤所稱八家，皆師韓氏者也。傳相祖述，源遠而流益分，判然若白黑之不類。於是刺議互興，尊丹者非素，而六朝、隋、唐以來駢偶之文，亦已久王而將厭。宋代諸子乃承其敝，而倡爲韓氏之文。而蘇軾遂稱曰『文起八代之衰』。非直其才之足以相勝，物窮則變，理固然也。豪傑之士所見類不甚遠。韓氏有言：『孔子必用墨子，墨子必用孔子。不相用，不足爲孔墨。』由是言之，彼其於班氏相師而不相非明矣。耳食者不察，遂附此而抹摋一切。又其言多根六經，頗爲知道者所取，故古文之名獨尊，而駢偶之文乃屏而不得與於其列。數百千年無敢易其説者，所從來遠矣。

國家承平奕禩，列聖修禮右文，碩學鴻儒，往往多有。康熙、雍正之間，魏禧、汪琬、姜宸英、方苞之屬，號爲古文專家，而方氏最爲無類。純皇帝武功文德，亶邁古初。徵鴻博以考藝，開四庫館以招延賢儁。天下翕然爲浩博稽核之學，薄先輩之空言，爲文務閎麗。胡天游、邵齊燾、孔廣森、洪亮吉之徒蔚然四起。是時，郎中姚鼐息影金陵，私淑方氏，如碩果之不食，可謂自得者也。沿及今日，方、姚之流風稍稍興起，求如天游、齊燾輩閎麗之文，闃然無復有存者矣。間者，吾鄉人淩君玉垣、孫君鼎臣、周君壽昌乃頗從事於此，而周君爲之尤可喜。其才雅贍有餘地，而奇趣迭生，蓋幾於能者。夫適王都者，或道晉，或道齊，要於達而已。司馬遷，文家之王都也。如周君之所道，進而不已，則且達於班氏而不爲韓氏所非；又不已，則王都矣。

周君以道光乙巳成進士，選翰林院庶吉士。值皇太后萬壽，天子大孝，錫類臣下，得榮其親。將奉誥命以歸覲，出所爲文示余。余乃略述文家原委，明奇偶互用之道，假贈言之義，以爲同志者勖。嗟乎！區區而以文字相討論，是則余之陋而不賢者識小之類也。

録自曾文正公文集卷一。

送陳岱雲出守吉安序

道光二十五年十一月日長至，翰林編修茶陵陳君奉命出守吉安。明日入謝，上曰：『禮官章上，汝妻與請旌表，有諸？』即頓首敬謝：『臣源兖妻，蒙恩旌表孝行。』『其可旌奈何？』則隱約情事，具對十一。上嘉歎，所以尉敕良厚。陳君出，涕泣告人：『天子乃能省源兖家事，源兖何以報？』

先是，陳君嘗大病，妻易安人傾死力營救，最後刲臂和藥飲君。君病瘳而安人遘疾，又數月而生子，子生彌月而安人卒。余昔銘其墓，所稱『憂勞積劇，焉可支者』也。既歸喪，陳君之母語其親戚曰：『是善事我，又有功陳氏先祖。』語鄉人亦如之。鄉人上其行，有司以達於禮官，禮官章上，不數日，而陳君有吉安之命。於是陳君益不自克，且曰：『吾有君親殊恩，妻又貰我死。吾負三不報，其何以讎？』鄉人輒吁歎，日夜嗛然内疚。亡何，將出國門。國藩乃進而稱曰：

『子之方寸幾矣，抑未知所持也。夫忠孝者，每事而迹之，則日不勝，要惟行吾心之不得已者，斯可矣。民之初，蓋皆不忍於其所生。先王制爲事親之禮，温凊而定省，疾則嘗藥，諫則號泣，因人之情而爲文達之。其於事君也亦然。父母者，育我；天者，先父母而生我；君者，後天而成我者也。有不忍忘本於天者，而後愛身以及子姓；有不忍忘本於父母者，而後愛吾君以及人民庶物。故入而供弟子之職，出而力王家，勤民事。非直好爲觀美，内有所激發，不得已而爲之者也。先王之教既熄，人不能自道於道，乃始慕名號而從事，其中則漠無所動。滲灕以養親，而非必中有所愛；蹴踖以覲君，而非必中有所敬。及其居官，朝令曰編保甲，夕令曰興水利、復常平，擇名號尤美者而張之，漫不省其所以然。外之標識如彼，内而隳壞如此。故名目者，所以喪人之良心而墮凡事也。仲尼曰：「人而不仁，如禮何？」言本心既亡，不堪以文爲涂附之也。賢者思以易之，獨宜求諸心之不得已者耳。盜賊公行，不得已而立保甲；旱潦饑饉，不得已而興水利、常平，行之不合，不得已而思，亟思亟問，必盡善而後已。鍥而不舍，靡物不斷。古有刲臂療病而立應者，彼迫於無可如何，其神固已深入金石矣。今或浮慕奇行而以號於衆曰：「吾將效刲肉故事。」要名之念熾於中，責效之情流於外，則臨事必不爲，爲之且不應。然則子欲上不負君親，下不愧令妻，可以知所從事矣。吾辱相知重，他無可言者。』至離合之故，則别繫以詩。

録自曾文正公文集卷一。

書學案小識後

唐先生撰輯國朝學案，命國藩校字付梓。既畢役，乃謹書其後曰：

天生斯民，予以健順五常之性，豈以自淑而已，將使育民淑世而彌縫天地之缺憾。其於天下之物，無所不當究。二儀之奠，日月星辰之紀，氓庶之生成，鬼神之情狀，草木鳥獸之咸若，灑掃應對進退之瑣，皆吾性分之所有事。故曰：『萬物皆備於我。』

人者，天地之心也。聖人者，其智足以周知庶物，其才能時措而咸宜。然不敢縱心以自用，必求權度而絜之。以舜之濬哲，猶且好問好察；周公思有不合，則夜以繼日。孔子，聖之盛也，而有事乎好古敏求。顔淵、孟子之賢，亦曰『博文』，曰『集義』。蓋欲完吾性分之一源，則當明凡物萬殊之等；欲悉萬殊之等，則莫若即物而窮理。即物窮理云者，古昔賢聖共由之軌，非朱子一家之創解也。

自陸象山氏以本心爲訓，而明之餘姚王氏乃頗遥承其緒。其説主於良知，謂吾心自有天，則不當支離而求諸事物。夫天則誠是也。目巧所至，不繼之以規矩準繩，遂可據乎？且以舜、周公、孔子、顔、孟之知如彼，而猶好問好察，夜以繼日，好古敏求，博文而集義之勤如此，況以中人之質，而重物欲之累，而謂念念不過乎則，其能無少誣耶？自是以後，沿其流者百輩。間有豪傑之士思有以救其偏，變一説則生一蔽。高景逸、顧涇陽氏之學，以静坐爲主，所重仍在知覺。此變而蔽者也。

近世乾、嘉之間，諸儒務爲浩博。惠定宇、戴東原之流鈎研詁訓，本河間獻王『實事求是』之旨，薄宋賢爲空疏。夫所謂事者，非物乎？是者，非理乎？實事求是，非即朱子所稱『即物窮理』者乎？名目自高，詆毁日月，亦變而蔽者也。別有顔習齋、李恕谷氏之學，忍嗜欲，苦筋骨，力勤於見迹，等於許行之并耕，病宋賢爲無用。又一蔽也。由前之蔽，排王氏而不塞其源，是五十步笑百步之類矣；由後之二蔽，矯王氏而過於正，是因噎廢食之類矣。

我朝崇儒一道，正學翕興。平湖陸子、桐鄉張子，闢詖辭而反經，確乎其不可拔。陸桴亭、顧亭林之徒，博大精微，體用兼賅。其它巨公碩學，項領相望。二百年來，大小醇疵，區以別矣。唐先生於是輯爲此編，大率居敬而不偏於静，格物而不病於瑣，力行而不迫於隘。三者交修。採擇名言，略依此例。其或守王氏之故轍，與變王氏而鄰於前三者之蔽，則皆釐而剔之。豈好辯哉？去古日遠，百家各以其意自鳴，是丹非素，無術相勝。雖其尤近理者，亦不能饜人人之心而無異辭。道不同不相爲謀，則亦已矣。若其有嗜於此而取途焉，則且多其識，去其矜，無以聞道自標，無以方隅自囿。不惟口耳之求，而求自得焉。是則君子者已，是唐先生與人爲善之志也。道光二十五年館後學曾國藩謹識。

録自曾文正公文集卷一。

送唐先生南歸序

古者道一化行，自卿大夫之弟子與凡民之秀，皆上之人置師以教之。於鄉有州長、黨正之儔，於國有師氏、保氏。天子既兼君師之任，其所擇，大抵皆道藝兩優，教尊而禮嚴。弟子摳衣趨隅，進退必慎。內以有所憚而生其敬，外緝業以興其材。故曰：『師道立而善人多。』此之謂也。

周衰，教澤不下流。仲尼干諸侯不見用，退而講學於洙、泗之間，從之游者如市。師門之盛，振古無儔。然自是人倫之中，別有所謂先生、徒衆者，非長民者所得與聞矣。仲尼既没，徒人分布四方，轉相流衍。吾家宗聖公傳之子思、孟子，號爲正宗。其他或離道而專趨於藝，商瞿授易於馯臂子弓，五傳而爲漢之田何。子夏之詩，五傳而至孫卿，其後爲魯申培。左氏受春秋，八傳而至張蒼。是以兩漢經生，各有淵源。源遠流歧，所得漸纖，道亦少裂焉。有宋程子、朱子出，紹孔氏之絶學，門徒之繁擬於鄒魯。反之躬行實踐，以究羣經要旨，博求萬物之理，以尊聞而行知，數百千人，粲乎彬彬。故言藝則漢師爲勤，言道則宋師爲大，其説允已。元、明及我朝之初，流風未墜。每一先生出，則有徒黨景附，雖不必束脩自上，亦循循隅坐，應唯敬對。若金、許、薛、胡、陸稼書、張念芝之儔，論乎其德則闇然，諷乎其言則犁然而當理，考乎其從游之徒，則踐規蹈矩，儀型鄉國。蓋先王之教澤得以僅僅不斬，頑夫有所忌而發其廉恥者，未始非諸先生講學與羣從附和之力也。詩曰：『風雨如晦，雞鳴不已。』誠珍之也。今之世，自鄉試、禮部試舉主而外，無復所謂師者。間有一二高才之士，鉤稽故訓，動稱漢京，聞老成倡爲義理之學者，則罵譏唾侮。後生欲從事於此，進無師友之援，退犯萬衆之嘲，亦遂却焉。

吾鄉善化唐先生，三十而志洛閩之學，特立獨行，詬譏而不悔。歲庚子，以方伯內召爲太常卿。吾黨之士三數人者，日就而考德問業。雖以國藩之不才，亦且爲義理所薰蒸，而確然知大閑之不可踰。未知於古之求益者何如，然以視夫世之貌敬舉主與厭薄老成，而沾沾一得自矜者，吾知免矣。丙午二月，先生致仕得請，將歸老於湖湘之間。故作師説一首，以識年來嚮道之由，且以告吾鄉之人：苟有志於强立，未有不嚴於事長之禮而可以成德者也。

録自曾文正公文集卷一。

郭璧齋年伯六十壽序

莊子曰：『木以不材自全，雁以材自保，我其處材不材之間乎？』旨哉斯言！可以壽世矣。雖然，抑有未盡也。此其中有天焉。魁岸之材，有深自韜匿者，去健羨，識止足，天乃使之馳驅後先，殫精竭力而不能自怡；有鋭意進取者，天或反阨之，使之蓄其光彩，以昌其後而永其年。迹似阨之，實則厚之。材，鈞也，或顯而吝，或晦而光，非人所能自處也，天也。

我年伯璧齋先生，天之處之殆厚矣哉！先生少讀書，有大志。既冠，補博士弟子員，旋以優等食餼。屢躓場屋，貢入成均。試京兆，仍絀。權當陽校官數月，儒術濟濟，翕然景從。其居鄉也，外和而中直，不惡而人畏之。優伶雜劇，至不敢入境。諺曰：『桃李無言，下自成蹊。』直其表而影曲者，吾未之聞也。先生孝友可以施於政，尊行可以加人。課徒而得與校而士慕附，處於鄉而不肖知勸，此天予以有用之材也。使得所藉手，舞長褎而回旋，其展布當何如？顧乃蹭蹬棘闈，連不得志。前歲乙未，恭遇覃恩，臣僚得榮其親。維時先生之冢嗣觀亭前輩，既由翰林官西曹，兩世封贈如例。而先生猶以有事秋試，遷延不得請。於是先生槖筆鄉闈，十餘役矣。從游之士得其口講指畫，或皆扶摇直上。而觀亭前輩昆仲皆得庭訓，而翔步詞林，後先輝映。獨先生黜抑良久，曾不一騁騏驥之足，固可解乎？夫以先生之德之能，於科名何與輕重？其達觀内外，何嘗不睨青紫如糠秕？然終不自晝，誠欲有所白於時，而又惡夫庸庸者，一蹶而不復振，乃藉恬退之名，以文陋而售其巧。故思有以厲之耳。以志則如彼，以遇則如此，此豈盡有司之咎哉？蓋所謂天也。

天者，可知而不可知，無可據而自有權衡。崑山之玉，鄧林之大木，生非不材也。貢之廊廟，非不貴也。鑿之、琢之，尋斧縱之，剖其璞，傷其本，向之潤澤而輪囷者，蕩然無餘。天欲厚之，則不如韞於石而光愈遠；叢之豐草之中而蔭愈廣，而枝愈蕃。向使先生假鴻漸之羽，激昂雲路，揚厲中外，詎不快於志而裨益於時？而所發既宏，所積漸薄，天與於前，或靳於後。精神有時而竭，福蔭有時而單，是亦琢玉斫木之説也。謂能優游林泉，頤神彌性，如今日也乎？謂能澤流似續，光大門閥，如今日也乎？

本年某月，先生六十壽辰。次嗣君雨山，與余爲同年友，謬相知愛。將稱觴介壽，囑余以言侑爵。吾聞君子之事親也，可以無所不至。獨稱其親之善，則不敢溢詞以鄰於誣。君子之於友也，可以無所不至，道揚世德，則不敢虚述以近於諛。余悉先生嘉言篤行稔矣。今欲敷陳盛美，頌禱龐祺，深懼其諛也。故不具論。第論天之生材，此豐彼嗇，大有權衡。以徵先生所以延年受祉之由，亦使觀亭前輩昆仲知今日之蜚聲騰實，其鬱積者有自非一朝一夕之故也。欽念哉！欽念哉！小子竊禄於朝，蓋吾父之溷迹名場，撼頓不得伸，亦有年矣。持是以思，則先生之緝熙純嘏，天之厚之，正未有艾耳。質之先生，或以斯言爲不謬耶？

録自曾文正公文集卷一。

單縣典史張君墓誌銘

君諱鼎五，字薌塍，世居浙之蕭山。曾祖朝琮，直隸通永道。祖文瑞，山東青州府海防同知。考學斯，廣東主簿。主簿君兄弟三人，長偉山，次滌三，皆不仕。滌三以子湘崖官汀州知府故，贈官如其子。主簿君官粤，噤不一施，遽卒。君時五歲耳，依母童安人萬里返葬，孤貧赤立，斬焉自修。久之，乃游楚，依從兄黄陂令湘崖。湘崖由楚徙豫，三遷而官汀州知府。君壹從焉。居亡何，荆、梁教匪蠭起，蹂躪三省，兵餉縻萬萬。朝廷議民有輸金縣官，得除爲吏。嘉慶四年，君由是官山東，署沂水縣丞，補單縣典史。單故多豪右，素慢易尉。君抑桀扶尪，峻拒干謁，傷恤獄囚，痛與糞除，漉其污濕而時其凍餓。後三十年，君退歸。囚有流紹興者，塗遇君，匐伏叩頭，君錯愕。囚曰：『某單縣人也，清獄之惠不敢忘。』宦單十年，歎曰：『尉所得爲者，吾既爲之矣。吾所欲爲者，豈尉謂哉！』間竟移病歸。而山東舊僚酷慕君，累書招致。乃復薄游齊魯，傳客淮、泗之間。至七十二歲，始杜門不出。又一紀，乃考終云。

君於孝友，若趨利然。初喪父，童安人撫之，積劬僅存，内外無倚，寒饑力學。夙興，母爨汲，君負薪，恐傷母手，盡拔芒刺，然後之塾。或竟日無所得炊，母子對泣，已而互慰。汀州君以事牽連被劾，君營護奔告，凡四晝夜，行千餘里，卒脱汀州君。於是人人翕然伏君之内行也。道光壬寅十月四日卒。配陳安人，祗順敦儉，見者師效。子男子三人：長錫戊，浙江鄉試舉人；次百揆，以一甲進士通籍，爲翰林院編修；次百衢，殤。女子三人，長適某官某，次適某官某，次適某。孫某某。百揆之舉於鄉，與余同年，相善也。以某年月日葬君某縣某原，來徵銘。銘曰：

析楠作桷蒿作梁，大小易位今古傷。有嘉一尉仁且彊，皓首卑棲不得驤。身之乖時還厥子，慎終卜臧魂藏此。我最其行垂孔軌，萬千億年無壞毁。

録自曾文正公文集卷一。

紀氏嘉言序

士之修德砥行，求安於心而已。無欲而爲善，無畏而不爲不善者，此聖賢之徒中有所得而不惑者也。自中智以下，不自能完其性之分，大抵不勸不趨，不懲不改。聖人者因而導之以禍福之故，如此則吉，不如此則凶咎。使賢者由勉以幾安，愚者懼罰而寡罪。故易稱『餘慶』、『餘殃』，書戒惠逆影響。先王所以利民，其術至已。

自秦氏以力征得天下，踵其後者，率小役大，弱飼强。强横之氣充塞，而聖哲與姦宄同流轉於氣數之中。或且理不勝氣，善者不必福，而不善者不必抵於禍。於是浮屠氏者，乃乘其間而爲輪回因果之説。其説，雖積惡之人，立悔則有莫大之善。其不悛者，雖死而有莫酷之刑。民樂懺悔之易，而痛其不經見之慘虐，故懼而改行，十四五焉。今夫水無不下也，而趵突泉激而上升；火無不然也，而鹽井遇物不焚，燭至則滅，彼其變也。戾氣感而祥降，順氣感而災生，亦其變也。君子之言福善禍淫，猶稱水下火然也，道其常者而已。常者既立，雖有百變，不足以窮吾之説，是故從乎天下之通理言之，則吾儒之言不敝而浮屠爲妄；從乎後世之事變、人心言之，則浮屠警世之功與吾儒略同，亦未可厚貶而概以不然屏之者也。

河間紀文達公博覽强識，百家之書靡不辨其原而竟其歸。所著閱微草堂筆記五種，考獻徵文，搜神志怪，衆態畢具。其大旨歸於勸善懲惡，崇中國聖人流傳之至論，亦不廢佛氏之説。取愚民易入者，委曲剖晰，以聳其聽。海以内幾家置一編矣。宛平徐春泉大令好之尤篤，擇其彌精而足以警世者，別録一帙，名曰紀氏嘉言。其無關於勸懲者，則皆闌而不入。梓人畢役，以授國藩讀焉。世風日瀉，無欲而爲善，無畏而不爲不善者，不可得已。苟有術焉，可以驅民於醇樸而稍遏其無等之欲，豈非士大夫有世教之責者事哉？今余盜食天禄，曾不能絲毫補救於斯世斯民，觀徐君之汲汲於此，其使余增愧也。

録自曾文正公文集卷一。

金殿珊年伯夫婦六十壽序

往余讀韓退之符讀書城南詩，私怪彼不以聖賢之道教子，而誘之以公卿禄位，何其陋也！既伏思之，古今之所以設科取士，何爲也哉？豈不欲得明先王忠孝之道而力行之者，與之共天位乎？道莫備於羣經，故漢、唐重明經之選。而明及我朝，皆以經義試士，操其文以券其行，庶幾忠孝之彦之或出乎此。是上之人法固未嘗不良，而意固未嘗不美。即爲人父母者，冀其子以文行上達於朝廷，斯亦天理人情之至。然則退之之志，其亦未可深譏矣。

世衰而俗敝，應舉者不揆君公求士之本義，苟以獵取浮榮。少壯而違父母之養，窮老而不歸，眈眈於王畿勢要之場。未仕則發憤忘家，既仕則迎妻子與共安樂，而父母以衰晚之年與子婦幼孫曠隔，音書闊疏，享封誥之虛名，受枯寂寒饑之實禍，雖疾病戹苦，不忍告聞，以恐其子。而爲子者冥然不以介懷，方藉口於趙苞賊母、温嶠絶裾之義。夫彼既恝棄其親，尚何有於君國？本先撥矣，國家亦安貴此喪失良知之人，而歲舉數千百輩以糜無窮之禄糈哉？故吾嘗曰：『朝廷以忠孝求士未爲失，而士之應之大相悖也。父母以仕宦望子未爲失，而子之於親大相悖也。噫！此豈細故也哉！』

吾鄉金殿珊先生官翰林十載，宦況絶迫隘，力貧節用，歲寄少資以佐甘旨。既奉父諱，哀毀滅性。服闋矣，依母徐太恭人，不復欲仕。久之，嗣君可亭侍講舉於鄉，徐太恭人强先生攜子北上，乃襆被獨行，留賢配楊恭人養姑維謹。道光戊戌，可亭以第二人及第。先生曰：『兒輩幸有立，吾親老矣。』即告養歸，與其弟承歡左右，晷刻不離。於戲！先生其可謂無負朝廷之求，無忝父母之所期者矣。

歲丁未，爲先生六十壽辰。先歲，可亭以陝甘學使任滿受代，乃書告國藩曰：『僕將以瓜代之際，乞假省親，幸蒙天子錫類之恩，得捧誥軸歸獻堂上。吾父母誕辰洗爵上壽，子若敘述吾意，使吾親歡娱而盡釂，貺莫大焉。』又别紙述先生官侍御，直聲震世。家居訓課生徒，周恤族黨。恭人歉歲購婢賑窮，豐歲擇配遣之諸善行甚悉。余都不具論，獨著其拳拳愛親之意，俾可亭守此而不失；使吾鄉後進應舉之士，知舍此則悖乎朝廷之本義，雖得之不足爲榮，庶以救末俗之偷。而國藩守官八年，不克歸侍晨昏，又以誌余之抱慚而不能自克也。先生及恭人聞之，倘肯爲盡一觴乎？

録自曾文正公文集卷一。

隨州李君墓表（一）

道光二十六年某月，隨州李君年八十四，考終於里第。其兄之子户部主事樹人，聞赴京師，將去官持喪。余往弔，語之曰：『於古，期功之喪，仕者去職；緦之喪，士不得應舉。今子之歸，禮也。』樹人曰：『豈以爲禮？致吾哀爾！』且泣曰：『叔父葬有日，既埋石幽宮，維墓道當别立碣，將揭其行義以視來者，敬以屬先生。』則爲余縷述一一，甚詳。

樹人事予甚敬，又以禮請，余其可辭？惟君受性剛介，於事無所不敢。凡所力任，必自於公；或私於己，豪毛不以措意。人所愈憚，當之愈勇。嘉慶初，川、楚教匪蠭起，漢、沔、荆、襄蹂躪殆遍。隨州之西有環潭者，巨鎮也。賊將大掠而窟之。君戒鎮家出一人，負薪一束，執長竿籠一炬，臨水雁列。竟夕焚薪，火光亘六七里，賊不敢渡，隨以不陷。近村有田，久没於水，吏責賦於比鄰，民絶苦之。君遍哀諸司，乞蠲無田之賦，竟以得請。其他施於鄉者稱是。是故邑有舉也，非其倡不興；里有爭也，非其解不息。其貴盛也，人皆稱願之；其疾，皆奔視；其没也，哭之皆哀云。

李氏世居隨州，家微也。君少與其兄某發憤力學，自度終無以大其門，乃去爲賈，累致千金，一以資兄宦學，不問。久之，乃爲兄納金縣官，得除爲丞，稍遷至雲南嵩明州知州。而君亦以武學生入資爲都司。於是諸子翩翩，文學仕進，寖昌大矣。

君諱某，字某，曾祖某，祖某，皆不仕。考某，以嵩明君貴，誥封奉直大夫。子二人，長某，以嵩明君得子遲，與爲嗣，後遂不還。次某，孫某某。自嵩明君之没二十年，君撫諸孤，恩勤備至。樹人之官京師，君一資之，如資其兄。其視兄子不知其非己子，其視己子不知其非兄之子也。

嗚呼！自衆人論之，彼施於鄉者博矣；自知道者觀之，獨其施於家者，不可能耳。不可能也，則亦不可朽也。湘鄉曾國藩表。

録自曾文正公文集卷一。

【校】

〔一〕鈔本無『隨州』，據傳忠書局本補。

送江小帆同年視學湖北序

今天下郡縣牧民之吏，大抵以刑强齊之耳。任蚩蚩者自爲啄息，喜怒一不顧問。至其犯法，小者桎梏，大者棄市，豪强者漏網，弱者靡爛，苟以掩耳目而止。原國家所以立法之意，豈爾爾哉！蓋亦欲守土者，日教民以孝弟仁義之經，不率而後刑之。其率教而有文者，則以進於學使者而登之庠序。既登之矣，則以授於校官而常飭之。故古者飲射讀法，在今日則守令之職。而今之學政也者，不過因文藝以别羣士之優劣，因士之優劣以知守令教民之勤惰。故巡撫者，天子所使以察守土者養民之善與否也；

學政者，天子所使以察守土者教民之善與否也。

承平既久，法意寖失。郡縣有司不知三物爲何事，而教民之任，獨以責之學政與校官。而所謂校官者，類多衰疾晚暮之徒，其禄不足自贍，往往與學宫弟子爭錐刀之末；不特不克助宣教化，或轉餂言以蔽學政之耳目。彼學政者，孤懸客寄於一行省之中，守土者皆貌敬而神拒之，日儳精於文字，而角機智於千百詭弊之場，而欲以餘力教民以仁義孝弟之經，其不亦難矣哉！

然則如之何而可？弊之除也，先其甚者；利之興也，先其易者，其可矣。自功利之説中於膏肓，學者求速化之方，束髮而敝精於制藝，窮老而不休；六經至不能舉其篇目，何有於他書？今欲稍返積習，莫若使之姑置制藝而從事經史，奬一二博通之士以風其餘。於覆名扃試之外，別求旁搜廣採之術。凡郡縣莫不有書院，大率廪給其才者，而絀其不能者。名曰『膏火』，所以濟學校之不及也。學政下車之始，則牒各縣令曰：『明年吾視某縣學，當以某經試士能背誦否，某史試士能言否。其爲我播告徧隅，咸使知之。』牒校官曰：『吾按臨之始，每縣當選諸生廿人説書。有不至，惟女罰。』及其按郡，招諸生來前，果使背誦某經，説某史某卷大指。能誦説者，予以書院之廪資；尤能者倍之、三之；尤能者，牒送省會之書院，亦倍其廪資。其不能者，廪生削其餼，附生懲辱之。每縣試以三四人，則餘者懼矣。自六經外，如史、漢、莊、騷、説文、水經、文選，宋五子及杜、韓、歐、蘇、曾、王專集之屬，每縣使習一部焉。歲試使習者，科試則易之。覆名試以制藝，以彰朝廷之公令；面試説書，以鳴使者之私好。二者竝行而不悖，皆善矣，則拔而貢之成均。使彼邦之人曉然知吾好博通之才，庶幾由文以溯本，舉一以勸百。然後孝弟仁義之教可以漸而興也。乘傳所經之地，有書院焉，則入而詔諸生以大義。彼邦有搢紳多聞者，則禮而薦之爲郡縣書院之長。於是其亦可以樹之風聲矣。

同年友江君小帆之視湖北學也，所以講求職思者甚備。余乃別思一搜採之術，無啓弊之竇而有補教之旌者，於是以戔戔之説進焉。

録自曾文正公文集卷一。

陳岱雲太守爲母生日讌集賓僚詩序

易曰：『雷出地奮，先王以作樂崇德。』蓋古者雖有艱大阨塞，聖人窮力畢精，削除荒頽，人心夷悦，而後作樂以宣幽滯。譬若春雷奮發，而秋冬之沉痼蔽塞於地中，固已久矣。故曰：『患難所以開聖，憂勞所以興國。』古之通義也。至夫賢達之起卿大夫之家，莫不以然。其初類有非常之撼頓，顛蹶戰兢，僅而得全。疢疾生其德術，茶蘗堅其筋骨。是故安而思危，樂而不荒，如彼其自克也，豈偶然哉？

茶陵陳岱雲太守，成童而喪父。事無巨細，壹操於母劉太恭人。家故微也，又多奇閔，藥醫不絶於室，期功之喪不絶於門。椸無縷，盎無儲者，數數然也。方太守就傅於外，天盛寒，家惟二衾：一實以棉，一單衾耳。太恭人不忍子以寠凍爲人所詬，强以棉衾予太守，而自以單衾擁二幼子。太守不忍母寒而已獨温，則虚衾而終不御。太恭人亦終不以酷窮而令子廢學。居無何，太守以進士通籍爲翰林，而家之艱於謀食如故，而太恭人之勤約自刻亦如故。

道光二十四五年，天子以海氛初靖，亟思振興吏治，以修内而攘外，特簡近臣以守要郡。乙巳仲冬，太守用是有吉安之命。明年，量移廣信，於是禄入稍豐，寖寖怡裕矣。其年十一月，爲太恭人六十生日。太守開閣觴客，韻以絲竹，本省之僚屬，所部之士民，與他邦之客游兹土者凡若干人；爲詩歌上壽者，凡若干篇。乃書抵京師，囑國藩序之。夫陽不可盈，樂不可極。故禮主静而樂主反，勝則流矣。太守思前者慈母支持之艱，與今者天子簡用之重，將必有穆然深念者，是則承歡之大者歟？

録自曾文正公文集卷一。

前海寧州知州長沙李君母黄宜人墓誌銘

宜人，善化黄君孝職之子，長沙李君天錫之婦，敕贈奉直大夫熙臣府君之妻，而浙江海寧知州象昺之母也。海寧之爲良吏，楚之賢者與浙東西之士庶，莫不知聞。而海寧君曰：『非吾之能，繄吾母之勖。』宜人之歸李氏，家微也，歲入不足自贍，贈君則奔走以取給，大府之從事，郡縣吏之賓客，裘而往，葛而不歸，朔而寓書，再晦而不達，如是以爲恒。宜人挈巨省細，壹不假人。督二子入學，晨有責，夕有程。就傅之所需不足，則貨田宅資之。海寧以選拔貢生，廷試爲縣令。每獄成，宜人則詢曰：『毋已冤乎？』族黨有來官所者，則曰：『毋貧乎？』即有平反，而饋飲厚，則宜人喜；即無所平反，或饋飲稍廉，則愠見於色。故海寧之發名樹績，雖贈君亦嘗曰：『宜人之力也。』

海寧以道光戊戌奉贈君之喪歸葬。宜人雖老，習勤不改。又六年甲辰正月六日，年七十二以卒，即以其年某月日葬某鄉某原。有子二人：長象晟，先十年卒；次即海寧。孫六人，某某。曾孫二人，某某。宜人以道光十四年册立孝全皇后，恩敕封孺人。卒後一年，皇太后七十萬壽。天子推恩賜類，迺得誥贈宜人。又二年，乃諉余文其幽，將追事焉。

末世稱述列女，好道其奇特者，異則異矣，而難爲式也。方贈君客游四方，每出，屬曰：『上吾父母，下吾子，以付女。』及宜人侍姑疾三年，無絲毫異志。舅病大漸，贈君自客遠歸，越夕而遭喪，大慟不知所爲。而宜人於附身之具，已夙嚴矣。夫其教子也如彼，而其事親又如此。此殆庸行無足標絕者與！然而難可幾矣。

銘曰：

洞庭之南，有賢刺史。龜食筮祥，葬母於此。誰與銘者？漣水曾氏。深刻大書，以詔無止。

録自曾文正公文集卷一。

適朱氏妹墓誌

適朱氏妹，吾父之第三女子也。幼而病痾，父母恐不賓於壻，特慎許人。年二十二矣，友人某告余曰：『聞若爲女弟擇所歸。有朱氏子詠春，願而敦，訥而慈愛。必得佳壻，莫良此子。』

國藩卜之，吉，請於父母而嫁與之。道光十九年十月也。是歲國藩以初廁詞臣，乞假家居。而朱氏之諸昆，亦適有舉於鄉者。兩家父母、大父母各無恙。里人頗稱門祚之盛。親迎之夕，姻婭族黨會者數百人。越三日，内無長幼，皆以爲賢；　外無戚疏，皆以爲祥。　比及反馬之期，則舅姑之所職者，悉以委決新婦。　妹故明慧，粗解書數，條分件布，咸有節文。　由是遠近謂朱氏有賢幹婦矣。　二十六年丙午，以産難卒。　凡春秋二十有九，室於朱者八載。　有子一人，某。　即於九月某甲子葬於某縣某里某山。

吾姊妹四人，季者早殤，二長者竝窮約不得怡。　獨朱氏妹所處稍裕，而少遘痼疾，又離娩陀以死，何命之不淑也！　妹卒以八月晦日，不踰月而吾祖母棄養。　國藩竊禄京朝，發一家書而兩遭期功之喪，又何痛也！　於是泣識其略，使詠春追埋諸幽，且敘其内外家之系而聲以銘詩，以宣吾悲。　銘曰：

有女曾姓聖爲宗，父班泮水祖辟雍。　兩世大夫帝褒封，母江夫人劬且恭。　鞠兹惠質艱厥從，嬪朱其先國比莒。　納夫方軌轡如組，君舅鎮湘鄉所舉。　銘者母兄滌生父，濫羼朝官無寸補。

録自曾文正公文集卷一。

滿妹碑誌

滿妹，吾父之第四女子也。　吾父生子男女凡九人，妹班在末，家中人稱之滿妹，取盈數也。　生而善謔，旁出捷警，諸昆弟姊妹併坐，雖黠者不能相勝。　然歸於端静，笑罕至矧。　道光十九年正月晦日，以痘殤。　明日，吾兒子楨第相繼亡。

妹生於世十歲，兒三歲也。　即日瘞諸居室之背，高嵋山之麓。　吾母傷弱女與冢孫，哭之絶痛。　間命諸子曰：『二殤之葬也，無碑以識之，即墳夷級陊，誰復省顧者？』國藩敬諾。　亡何，繫官於朝。　公有執，私有濡，久不得卒事。　越八年，而適朱氏妹徂逝。　以其新悲，觸其夙疚。　愴然不自知何以爲人也。　於是粗述一二，遺家人植石墓北，且綴之辭，使有垂焉。　銘曰：

去家不能三百武，二殤相依宅兹土。　狐兔安敢侮！

録自曾文正公文集卷一。

君子慎獨論

嘗謂獨也者，君子與小人共焉者也。小人以其爲獨而生一念之妄，積妄生肆，而欺人之事成。君子懔其爲獨而生一念之誠，積誠爲慎，而自慊之功密。其間離合幾微之端，可得而論矣。

蓋大學自格致以後，前言往行，既資其擴充；日用細故，亦深其閱歷。心之際乎事者，已能剖晰乎公私；心之麗於理者，又足精研其得失。則夫善之當爲，不善之宜去，早晝然其灼見矣。而彼小人者，乃不能實有所見而行其所知。於是一善當前，幸人之莫我察也，則趨焉而不決。一不善當前，幸人之莫或伺也，則去之而不力。幽獨之中，情僞斯出，所謂『欺』也。惟夫君子者，懼一善之不力，則冥冥者有墮行；一不善之不去，則涓涓者無已時。屋漏而懔如帝天，方寸而堅如金石。獨知之地，慎之又慎。此聖經之要領，而後賢所切究者也。

自世儒以格致爲外求，而專力於知善知惡，則慎獨之旨晦。自世儒以獨體爲内照，而反昧乎即事即理，則慎獨之旨愈晦。要之，明宜先乎誠，非格致則慎亦失當；心必麗於實，非事物則獨將失守。此入德之方，不可不辨者也。

録自曾文正公文集卷二。

原才

風俗之厚薄奚自乎？自乎一二人之心之所嚮而已。民之生，庸弱者戢戢皆是也。有一二賢且智者，則衆人君之而受命焉，尤智者所君尤衆焉。此一二人者之心向義，則衆人與之赴義；一二人者之心向利，則衆人與之赴利。衆人所趨，勢之所歸，雖有大力，莫之敢逆。故曰：『撓萬物者莫疾乎風。』風俗之於人之心，始乎微，而終乎不可禦者也。

先王之治天下，使賢者皆當路在勢，其風民也皆以義，故道一而俗同。世教既衰，所謂一二人者，不盡在位，彼其心之所嚮，勢不能不騰爲口説而播爲聲氣。而衆人者，勢不能不聽命而蒸爲習尚。於是乎徒黨蔚起，而一時之人才出焉。有以仁義倡者，其徒黨亦死仁義(一)

而不顧；有以功利倡者，其徒黨亦死功利而不返。水流濕，火就燥，無感不讎，所從來久矣。今之君子之在勢者，輒曰：『天下無才。』彼自尸於高明之地，不克以己之所嚮，轉移習俗而陶鑄一世之人，而翻謝曰：『無才。』謂之不誣，可乎？否也。十室之邑，有好義之士，其智足以移十人者，必能拔十人中之尤者而材之。其智足以移百人者，必能拔百人中之尤者而材之。

然則轉移習俗而陶鑄一世之人，非特處高明之地者然也。凡一命以上，皆與有責焉者也。有國家者，得吾說而存之，則將慎擇與共天位之人；士大夫得吾說而存之，則將惴惴乎謹其心之所嚮，恐一不當，而壞風俗，而賊人才。循是爲之，數十年之後，萬有一收其效者乎，非所逆覩已。

録自曾文正公文集卷二。

【校】

〔一〕『亦死仁義』，鈔本作『亦以仁義死』，此據傳忠書局本校改。

唐鏡海先生七十生日同人寄懷詩序

善化唐太常先生以道光丙午致仕還湘。明年，年七十矣。五月七日，實初度之辰。六安吳君廷棟始爲寄懷詩，略寓詩人『戩穀』、『俾臧』之義。既而師宗竇君垿及某君、某君皆踵爲之。凡得詩若干首，大抵惜繼見之不可常，頌長者之多祉。先生之姊子黄君兆麟與其弟倬，命國藩爲之序。

竊嘗觀古之君子，其載德而荷道者，必有人焉帥而掖之，而後後者有所階而進；必有人焉輔而翼之，而後前者有所託而傳。水非水而不續，人非人而不承。蓋桐鄉張考夫先生之興，則有淩渝安、何商隱、沈石長諸子爲之附；太倉陸道威先生之起，則有盛聖傳、陳確庵、江藥園諸子爲之與。二先生之爲道，至寂寞也；而諸子者相從於太羹元音之際，殆於遯世不見稱而無怨，彼各有其志爾。唐先生之内召爲太常卿也，以道光庚子僦屋於内城之西南，分聽事四之一爲讀書之室，袤得周尺之步，廣半步耳。自國藩之修候，或月一至，或再三至，未嘗不見先生手一編，危坐其中。他人見者亦然。此所謂寂寞者非邪？民之情，好聲利而惡澹泊。淺者趨死禄仕，深者博文多藝，獵取浮譽，亦足以降其好勝之私。先生爲外吏二十年，蕭然無資積以自存，即當世之所謂迂闊，而其爲學也，又惟自治其身心之急，或不沾沾於文藝之短長。以故士之鶩才技而競聲稱者，亦罕過而勤焉。而吴、竇諸君子獨相尋於澹泊，究道而考德，夙參而莫造。既其違離，而作爲詩歌以抒懷想。斯豈曩者淩渝安、何商隱及沈、盛、陳、江之疇邪？何其篤也！

自明代以來，年齒至五十以上，則人多爲詩以祝之，諛媚殆於亡等。又有所謂壽序者，余昔書歸有光文集，已痛詆其陋，其他則又不足譏。今諸君子既舍聲利而別有所尚，而其爲詩又約旨斂辭，頌無溢量，豈不本末竝茂，不與人人同科者哉？於是畢讀而序之。世有達於文體之君子，庶終覽焉。

録自曾文正公文集卷二。

黄矩卿師之父母壽序

國家歲值大慶，必推恩羣下，褒及所生。而吾師昆明少司馬黄公，以乙巳覃恩，得封我太公通奉大夫，太母太夫人。越二年，丁未，太公壽八十，太母亦七十有四。是歲春初，天子以海内清晏，太和翔洽，必有人瑞以潤色休嘉，詔問一二品大臣有親年八十以上者，有司以聞。於是協揆濰縣陳公、司馬江寧何公、倉場侍郎新城陳公之母，司空濱州杜公之父及吾師之父母，竝以遐齡，上徹天聽，賚勞有差。

其三月，爲太公攬揆之辰。黄公稱觴京邸，以揚家慶，而銘君恩。門下士相與言曰：『陳、何諸公僅有母，杜公僅有父，因其所慶或觸所恤。獨吾師以名儒位九列，而二親大年，賓敬不衰。計德度祉，當世無雙。吾輩宜以文紀其盛，且遥致私忱於太公，若鞠膝奉斝者。』乃以諉國藩。

國藩伏思：自宋景濂以壽文入集，厥後踵爲之者，大抵甄敘行能，終以諛頌。雖以歸有光、方苞之博通，不能洗此陋習。夫無故而敘述人之生平事蹟，與無故而貢人以譽，二者皆達於文者之所譏也。惟因事而致其敬，相與爲辭，以示不忘，則古多有之。若魯侯作閟宫，奚斯有頌；晉獻文子成室，張老有禱。施之少者，有冠禮三加之辭；施之老者，有祝鯁祝噎之辭。其爲辭也，貴約而韻，質而不蔓，君子尚焉。

吾師自總角以逮服官，壹秉庭訓。其初入學，則督之以討源之功，先本而後華。及視學四川，無日不面戒之：弊孔之難塞，士之十拔而虞一失。官京朝，無時不寓書而申儆之：富貴之靡常，職思之不可須臾隕。故吾師仕卿貳而不驕，年五十而恂恂有弟子之色，未始非庭闈警敕之所致也。今太公太母巋然爲天下大老，親見其子爲聖主所毗，道德文章，冠冕人倫，其娛樂蓋可度而知。而吾輩出門下者，獨摭其教子之大節爲之祝詞，以託於因事致敬之義。此固吾師所深願，諒亦太公所許而不甚斁者已。於是及門各獻祝辭，而國藩爲之唱，且爲序之。詩曰：

我皇膺運，膏流滂溥。誕降醇耆，龐眉俣俣。實育公孤，陳何與杜。維我黄公，有恃有怙。怙也園綺，恃則孟桓。帝褒厥德，天露有溥。春回南詔，日永長安。仙醖三爵，僚寀同歡。

録自曾文正公文集卷二。

文小南之父七十生日壽詩序

道光二十有七年五月上旬，爲衡山荻堂文先生七十生日。嗣君小南以農部入贊樞垣，先二歲，迎養京師。至期將觴賓於邸第，以博堂上一日之歡。於是鄉之人官輦下者，各爲詩篇以致頌禱。奚斯歌魯，麥邱獻齊，幼之祝長與下之祝上，其誼一也。既成册，以授國藩而囑序焉。

竊嘗維人之所以久視於世，大端有二：一者所踐甚厚，居能移氣，傳所稱『取精多，用物宏』，亦自足延歷歲年，彼得之天焉者也。一者履孝蹈友，至行純備，其精力不使敝於亡等之欲；其惠氣所迓，亦自以貞於永久。此古守身之君子所從事者也。外是二者，則滔滔凡民，天下皆是。貿焉以生，懵焉以長，積日既多，亦不得不謂之修齡。要之，無譏焉耳。

先生總角孤露，公私赤立。非自營不得晏食，非自憤不得就學。其所踐之不厚，而不克一日爲貿焉以生之凡民，亦可知矣。先生茹艱漬苦，痛繩於學。奉母之教，事有命雖大不濡，過有敕雖細不貳。既而餼於學官，貢於成均。母王太宜人每告人曰：『吾寡居四十年，所堪報地下者，有子克家耳。』方贈君琴臺翁之棄養，先生甫四歲，有弟二齡耳。先生既績學發名，而弟鬱悒不得伸，又以脱略損資産。及其逝也，先生盡償其責，恤其嫠，而再以己子嗣焉。由此觀之，所謂履孝蹈友、至行淳備者非邪？洪範曰：『不協於極，不罹於咎，皇則受之。曰：予攸好德，女則錫之福。』如先生之孝友淳備，豈直不協吉、不罹咎之謂哉？殆所稱好德而宜錫以福者矣。然則先生迪嘉離祉，而小南之食報無涯，又何疑哉？國藩固亦凡民之貿焉生、懵焉長者。因緣際遇，忽不自知所踐之已厚。塵埃擾擾，敝精從欲；每覩先生之容，未嘗不内恧而興企也。故於鄉人之爲祝詩，輒爲推明致此之由，又以卜方來享年之未有届，爲序其略如此，亦别爲詩以附於後。詩曰：

昔我婦翁，衡之歐陽。屢道先生，宜表宜坊。我來日下，實交哲嗣。修謁長者，淵乎玉粹。强圉之歲，星煥南弧。下燭蘭茝，朗映中樞。大斗分頒，衆賓醉止。各摛祝辭，用介繁祉。

録自曾文正公文集卷二。

何母廖夫人八十生日詩序

道光二十有七年六月上旬，吾鄉道州何母廖夫人八十生辰。宫太保文安公之良配也。先期，鄉之人語國藩曰：『子夙陋明季文士遇人生日，輒以諛詞相混，爲不達於屬文之律，既聞其説矣。竊聞古者因事致敬，則相與爲辭，以篤不忘。魯侯作閟宫，奚斯有頌；晉獻文子成室，張老有禱。施之少者，有冠禮三加之辭；施之老者，有祝鯁祝噎之誼。及敦彝款識，亦往往祈以永命萬年。蓋前以表德音，後以勅方來，詩人之教也。今太和翔洽，人瑞蕃臻，而夫人以淳樸之德，克享遐齡；鄉之人相與作爲祝辭，託諸因事致敬之義，不亦可乎！』國藩曰：『其可。雖然，君子於其所尊敬，不敢爲溢量之語。故詩人戩穀、俾臧諸篇，其稱之也質，其祈願也無奢。今吾人欲託兹義，則摛辭之斂侈，可勿審諸？』

蓋夫人之歸何氏，家微也。文安公陋巷孤貧，貿力以食。晝而授徒，宵而自繩於學。春而出，長至而不歸。家中有無，壹委夫人。夫人綴畸緝斷，公私井井。厚其親以及其所愛，無或不豐。堅忍其身，以及其子，無或不嗇。嘗孿生二子，越三日而襁兒出汲，即子貞編修與其仲弟也。又嘗負兒入山採薪，竹萌拂左目，迄亦廢視。艱窮之境，殆非人履，而夫人泰然無不自得。迨文安公及第，以命服迎之入都，而守約帥初不變。既而公位尚書，天子倚如柱石，屢司文柄，門下士且盈千。編修昆季先後列甲乙科，諸孫蔚然興矣。而夫人卒帥初不變，非布衣不御，非粗糲不甘。蓋余得之見聞者如此。

夫稱述艱難以慰膺者而飭無窮，君子之義也。貢人以諛而長溢志，亦非君子所宜出也。以文安公創業之劬，而夫人承之之不易，推察受福離祉之由，亦豈惟型吾鄉哉！雖風天下可矣。然則撰擬祝詩，附諸古義，以博長者之娛，而與編修昆季相劭勉者，宜在於此，不得在彼。於是鄉之人各賦一詩，別繕爲册，而國藩和之，且次其語而爲之敍。詩曰：

九疑南奧，有溓一谿。在宋嘉佑，大賢所棲。閱祀七百，閎儒纘烈。光輔聖清，爲天喉舌。雖是閎儒，遭家未肥。舒屯倚困，爰有淑妃。宛宛女宗，亦班亦姑。百蘖在嘗，曰甘如蜜。臺星雖閟，婺女孔明。暉澤四濩，宜曜宜康。亦有似君，三館之特。開閤觴賓，以聲母德。有酒如池，有羞孔時。四筵盡醻，各補笙詩。

録自曾文正公文集卷二。

黎樾喬之兄六十壽序

國家歲逢大慶，嘉與臣下，既褒揚其所生，又令私其尤戚者，得推己所宜膺之封以貤封之。所以廣仁播誼，至無已也。

道光二十五年，皇太后七十萬壽。天子大孝錫類，凡一命以上，無不得曲展私親。吾鄉黎樾喬侍御，既榮其先人，因謝己所宜膺者，貤封其伯兄梅村先生爲中憲大夫，兄嫂爲恭人。明年，函錦軸齎至其家。又明年，梅村君六十生日，侍御謀所以篤兄歡者，乃放蘇氏兄弟以詩相壽之義，自爲一篇，以寓祈禱。又丐鄉人之老於文者各賦一章，爲老人光悦。既繕册，以授國藩而命序焉。且言曰：『吾兄天性樸誠，少依王父，嫺篤幼儀，王父棄養，雖丱也，哀毁如成人。及事二親，雖老也，愛慕如嬰兒。親有所欲，不以貧而不致；諸弟有所求，不以瑣而不謀。與人無賢愚，一飲以和。里有爭搆，一諭以理。初若難釋，徐亦枝開節解，怗然各退。故自家之子姓，鄉鄰之衆寡，無不沐其誠，服其直，所之亦之焉，有役則趨焉。吾嫂陳恭人祗順劬恭，羣女師慕。』蓋侍御爲余述者如此。

近世以來，士大夫相與爲縣遁之言。縣遁者，設與之論東方，則泛稱西事以應之，又變而之北，或變而之南。將東矣，則詭辭以遁之，虛懸其語而四無所薄，終不使其機牙一相抵觸。友朋會合，諮寒而問暄，同唯而共諾，漠然不能相仁。臣下入告，則擇其進無所拂、退無所傷者言之。一有不安，終不敢言。一時率爲孤縣善遁之習，背怨嚮利，所從來深已。往者辛丑、壬寅之際，海國不恬，侍御日夜憂維，傾智倒慮，思效片語以補萬一。國藩頗感其誠，又嘉其直。今即侍御所稱梅村君者觀之，以里巷雀鼠之小怨，無關於己之端，且竭誠以行直道如此，況於身有言責而目擊艱大者乎？

昔司馬相如讓巴蜀之民不能急公冒義，而歸咎於父兄之教不先。然則侍御慷慨樸質之風，亦可知其所自來矣。君之仁於鄉者如彼，教其弟子以施於邦國者又如此。其造福於物，蓋未有量。豈論區區一身之康强久視者哉！余善侍御之壽其兄有道，既推明其所以，而因以旁及乎薄俗之不可常，使覽者有警焉。

録自曾文正公文集卷二。

廣東嘉應州知州劉君事狀

曾祖永昌，皇贈武功將軍。祖開泰，康熙甲午科舉人，皇贈武功將軍。父文燦，雍正甲辰科武進士，山東兗沂鎮總兵。君諱廷楠，字讓木，河間獻縣人，縣學廩生。乾隆四十五年舉於鄉，五十二年丁未成進士。

時大學士和珅當國，有中貴人與君同里同姓，來告曰：『相國知子，欲一燕見。能往，吾導子，詞曹可致也。』君謝不能，卒以知縣歸班候選。嘉慶二年謁選，得廣東信宜縣。明年之官。五年攝惠州河源縣事。河源藍阿和、博羅陳爛屐四、永安曾鬼六，聚徒煽亂。君至縣三月，即擒阿和。且請於惠州知府伊秉綬及總督吉慶曰：『陳、曾不靖，時日久矣。今阿和就擒，翦其左翼。賊所負恃，以羅浮山爲窟耳。若裹糧入山，窮力四捕，陳、曾可弋也。』不聽，後二年遂有陳爛屐四、曾鬼六之亂。總督飲酖死，知府擬遣戍，而君以前請得不坐。

六年，量移潮州揭陽縣。揭亦劇邑也，莠民何阿常、李阿七倡爲天地會，聯八十餘鄉，分爲兩股，各二萬人。君單騎赴賊中，以編查保甲爲名，暗圖其山川形勢，出入門户。夜宿賊巢，示以不疑。八年正月二日，率兵討阿常。賊徒七千人，屯於赤巖頭。我兵裁五百，去賊五里而營，夜聞吹螺四面。衆譁曰：『賊至矣。』君令曰：『敢動者死！』於弇中設子母礮，佐以鳥鎗，近則發擊之。翳人與火，闃無聲影。賊不知虚實，竟引去。旦日，率所部登山，適會他軍亦至，乘勝追奔，焚賊三巢，阿常投首。阿七聞之，益糾餘孽謀再舉。君從健卒六十餘人，四晝夜馳行九百里，追及長樂，擒之。其年八月，又擒海盜姚阿麻。於是有送部引見之命矣。

大抵嶺以南，物産蕃阜，風氣殊於中土。諸洋互市，瑰貨日至，姦民逐利，起徒手至百萬者往往而有。奇技妖物，旁出不窮。乾、嘉之間，淫侈亡等矣。猶有不逞之徒，乃爲盜賊以自恣。小者劫奪，大者叛亂，窮則入海亡命。爲吏者莫敢誰何，苟以諱飾偷安，羣盜無憚，日以充斥。故君官廣東，所至以緝捕爲先，而大吏亦倚君如左右手。引見之命既下，大吏以捕務孔棘留，不得行。又二歲，勦獲朝陽鄭阿明、陸豐李崇玉，乃行。阿明會匪衆號四萬人，崇玉海盜號二萬也。入見，以功升知州，歸，復任揭陽。

十四年，徙知南海縣。是時，兩廣總督百公齡治尚威猛，懲刈姦宄。夜半，召君入密室，告曰：『吾欲有所縛，子能之乎？』君曰：『何也？』百公曰：『洋商吴阿三。』阿三者，大猾，資積巨萬，多干國紀。君歸，寅夜部勒胥役，不告所之，曰：『從余行，余曰取，取之；曰斬，斬之。』至，破門擒阿三。比還署，關説者數輩，賂金三萬。至雞鳴增五萬，平明十萬。不可，卒致阿三於法。

張保之寇海也，自嘉慶初年始也。後與其黨郭學顯内噬。學顯來降，保亦思歸義，首鼠進退。百公欲遣使納降，君請行。百公曰：『多與爾衛。』辭曰：『彼真降，使者無害；其僞也，雖衛何益？』從二僕，棹小舟，徑至海口。賊數百艘，交刃成列。保出，衆叱曰：『跪吾王。』曰：『吾天子命吏，豈屈若曹？且編民之不得，何王也？』即睨保曰：『吾以女爲海上豪傑，乃效匹夫怒目恐人。劉某畏死者，不來此矣。』保立起揖。君即屏左右，因語之曰：『十年來，粤中巨寇若藍阿和、何阿常、鄭阿明之屬，海盜若姚阿麻、李崇玉，今有存焉者乎？』保默然曰：『亡有。然今且奈何？』崇玉以殺掠平民之故，尚伏天誅；況保縱横海上十餘年，殺二總兵、一參將、三游擊，罪在不逭。今棄衆内首，則魚肉耳。』曰：『女何慮之淺也！朝廷并包海外，荒顡萌生，削逆育順，以勸來者，猶懼不繼。若革面自效，不訾之慶也。學顯貸死，有明徵矣。且智莫大於知幾，行莫虧於食言，禍莫酷於殺已降。女視劉某，豈誘人徼功者哉？吉之與凶，在此須臾。』保再拜謝曰：『謹受教。』乃泣送君歸。七日而張保降。

十九年，補嘉應州知州，嘘枯養瘠，相濡以澤。二十四年，攝廉州知府，簡法阜施，一如嘉應。君子於是知君之爲政，又能視地强弱，以時其威愛也。嘉慶二十五年，年六十八以卒。子六人：曰鳳翽；曰一士；曰鳳翼；曰書年，今官翰林院編修；曰逢年；曰其年，今官翰林院庶吉士。謹具歷官行義，牒付史館，俾傳循吏者採覽焉。前史官曾國藩謹狀。

録自曾文正公文集卷二。

武會試録序

道光二十有七年秋九月，武會試外圍既畢事，兵部臣以内場考官請，上命臣國藩偕臣王慶雲司其事。伏念臣楚南下士，至陋極愚，仰荷聖慈，逾格由翰林洊陟卿陪。負乘之占，夙夜兢惕。復膺簡命，承乏於茲，益用廩廩，如不克勝。謹偕臣慶雲悉心核閲，取士如額，恭繕試録，進呈御覽。臣例得颺言簡端。

臣聞宋臣張舜民之言曰：『自古守邊選將，未必專以攻戰爲事，要在精神折衝而已。』臣嘗深繹其言。若廉、藺在趙，强秦不敢加兵；魏尚守雲中，匈奴不敢南牧。及夫衛、霍、三明之徒，亦威棱四際，所在立功。彼其名將之精神，足以震懾萬里之外，而人主之求將，亦以精神感而召之，所謂戰勝廟堂者也。自唐宋以後，招致將才，不可必得，乃按圖而索驥。於是有武舉之科，有武學之額，有賜及第出身之目。宋慶、皇間，定武舉以策爲去留，弓馬爲高下。禄利之途一開，爪牙之士稍稍驤首。元明以來，循是不廢。然上以名求，下之人因襲是名而巧弋之。其以弓馬得者，不過挽彊引重，市井之麤材；而以策試中者，亦皆記録章句，瑣瑣無用之學。故論者謂人才之興，不盡由於科目。理固然也。

我朝定鼎以來，威燀無外。自虎賁宿衛，八旗禁旅，往往有熊羆不二心之臣，肩比而鱗萃。而各行省山澤猛士，又羅之以科舉，所以儲採干城之選，至周且當。顧循行既久，向之所謂市井挽彊、記録無用者，多亦儳乎其中。而臣之所職，又惟校此默寫孫、吴之數行，無由觀其内志外體，與其進退翔舞之節。而欲使韜鈐之材之必入於此，不遺於彼，臣誠不敢以自信。獨念聖天子神武震爍，臣等憑藉寵光，亦足增長剛氣，而以精神與多士相感召，庶幾廉、藺、魏尚之輩或出於此。區區之忱，不勝至願。傳曰：『同明相照，同氣相求。』雖不能必，志之而已。内閣學士兼禮部侍郎銜曾國藩謹敘。

録自曾文正公文集卷二。

送劉君椒雲南歸序

聖人之異於衆人者安在乎？耳、目、口、鼻、心知，百體皆得其職而已矣。天之生夫人也，耳職聽而目職視，口體職言動，心職思。非所聽而濫焉，非所視而淫焉，於官爲不法。可以視窮者而吾弗能盡焉，可以聽達者而吾弗能盡焉，於官爲不稱。其於口體心思也亦然。不稱者才絀，不法者知而奸之，罪又甚焉。聖人者不軌不耳，不度不目。其自一室之米鹽，推而極於天下之大，鬼神之幽，離於人倫，殺於萬事。凡視聽所宜晰無不晰，凡言動所宜審無不審，凡心思所宜條理無不條而理之。使夫一身得職，而天地萬物各安其分，以位以育，以效吾之官司，所謂踐形者也。周公之所以爲周公，孔子之所以爲孔子，其不以此也哉？

今之君子之爲學者，吾惑焉。耳無真受，衆耳之所傾亦傾之；目無真悦，衆目之所注亦注之。奸視而回聽，言不道而動不端。無過而非焉者，曹好所在，而不之趨焉，則不相賓，異矣。爲考據之説者曰：『古之人，古之人，如此則幾，彼則否。』爲詞章之説者曰：『古之人，古之人，如此則幾，彼則否。』起一强有力者之手口，羣數十百人蟻而附之。朝記而暮誦，課迹而責音，竭己之〔一〕耳目心思，以承奉人之意氣。曾不數紀，風會一變，蕩然澌滅。又將有他説者出，爲羣意氣之所會，則又焦神悴力而趨之。鈞是五官百骸也，不踐聖人之形，而逐衆人之好，疲一世以奔命於庸夫之毀譽，竟死而不悔，可謂大愚不靈者也。

漢陽劉君椒雲湛深而敦厚，非其視不視，非其聽不聽，内志外體，一準於法矣。而所以擴充官骸之用，又將推極知識，博綜百氏，以求竟乎其量。余猶懼其敝身心以役於衆好也，於其別也，書是以貞之。然余固亦頗涉前二説者之流，而奔命於衆好之場者，又因以自砭焉。

録自曾文正公文集卷二。

【校】

〔一〕『己之』，鈔本無，據傳忠書局本補。

曹頴生侍御之繼母七十壽序

往余讀後漢書列女傳，竊怪范氏自詡體大思精，而不達於修史之義。蓋司馬氏創立紀傳，以爲天地之所以不敝者，獨賴有偉人焉以經緯之。故備載聖君賢相、瑰智瑋材。謂若而人者，皆以倫次乾坤，法戒來葉。而范氏乃取數女子廁其間，於經世之旨何與焉？且其所載，如桓、孟之流，皆門内庸行，無絶特可驚之迹，抑又不足述。私蓄此疑久矣。既而思之，天下者，合億萬家以成天下者也。一家之中，男職外，女職内，其輕重略相等。而女子所處，往往有艱難迫隘。處之曲當，即日用飲食之恒，雖神聖當之，不能越乎其軌。然則婦女有可稱述，固不宜聽其幽隱而不彰，則范氏立篇之意，誠亦不爲無見也。

同年友曹潁生侍御之繼母李太恭人，未笄而歸贈公禹川先生。歸五年而寡處。贈公之仕江西，旅槖如灑。其歿也，責負如山。太恭人盡徹服御，壹償宿逋。既歸櫬，堂上老姑年八十矣。欲以夫喪入告，則重傷姑心，乃詭稱遷官遠郡。外則箴帨事姑，內則椎胸茹痛。其視侍御兄弟，戒敕而違嚴，逾所生者倍焉； 願望而慰喜，逾自得者倍焉。侍御爲詞臣，無日不厲以本原之學。官諫垣，巡視輦轂，無日不申儆之以君恩之不易，案牘之不可以漫慮。國藩嘗即是求之，豈所謂門內庸行無絶特可驚者耶？抑艱難迫隘，處之曲當，神聖不能越其軌者耶？今年春，爲太恭人七十生日。鄉之後進、年家之子，相與作爲祝詩以致祈禱，而命國藩序其端。

末世稱誦女史，好道其奇特者，或有刲臂徇身之事駭人聽覩。而苦節之婦，貞持數十年，冰蘗百端，兢兢細務，反不得與彼激烈者速一日之聲譽。參觀并論，久暫難易，較然可辨。自范氏創立女傳，厥後，晉、魏諸史皆踵爲之，率以奇特相勝。苟以新耳目而止，而門內庸行，恭儉劬苦，反或置而不道。使高者慕義而過激，常者無稱而不知勸，而後知范氏之識，猶有見於古聖人正家之大原，而未可深爲譏議也。余既承同人之屬，爲敘述其厓略，而因以明夫至庸至難之道，不事畸異，爲修史傳列女者訓焉。

録自曾文正公文集卷二。

楊母張孺人七十壽序

予既與湘潭袁漱六編修爲篤古之交，又申之以婚姻，於是通知其內外戚好，與其賢懿長者之行。歲在戊申某月，爲編修之妻之母楊母張孺人七十生日。編修來告曰：『往予家居，歲時慶燕，則鞠捧觴爲尊者壽。今官挂朝籍，而外姑既耄，不克前獻一尊，於心嗛焉。擬爲詩一章，遥展私忱，祝其彊飲彊食，深長難老。使妻之兄弟歌之，以侑其親。子如覩余，則請爲敘述作詩之意而併致之。』對曰：『敬諾。』

編修遂言曰：『外姑，吾邑張顧堂先生之孫，幼隨祖父汾州同知任。張，故巨家也。年二十，歸我外舅武陵楊介亭先生。先生之父雲齋公官邳州知州，外舅姑竝侍官所。邳州君之爲政，挈鉅釐細，秋毫必躬，傾身從公。凡私家之務，外焉委之介亭先生，内焉委其賢配劉太宜人，而外姑實贊襄之矣。外姑貫姑之勞，代夫之劬，先衆手而作，後一家而息。飲饌旨甘，非親調不以進；囊筐瑣雜，非手鐍不以告。由是闔署疏戚必是之爲倚，僕婢必是之爲服。邳州君既罷官，家湘潭，旋捐館舍。介亭先生以哀毁得心疾，或旬歲不省人事。而劉太宜人亦以年邁羸弱，不時疾作。外姑兩侍湯藥，夙嚴莫戒，既煩且殆。未幾，而太宜人棄養，介亭先生亦貞疾不瘳，沈廢二十餘年。外姑飾性篤終，畢慮自支。自藥餌以及諸奇珍産，凡可以衛夫之病，亡所不致。自己身以及子女之耆，凡所以損家之故，亡所不嗇。蓋其行誼之稱於人者，大率類此。』

國藩竊觀世禄之家，習佚崇奢，安坐而不事事，其端多起於婦人。孺人以張氏之子，室於楊氏。張氏屢葉承明，青赤之綬數十。孺人祖父皆爲外吏，叔父經田巡撫貴州，愨田守衢州，慧田官教諭，而楊氏以宰相尚書之後，華轂高蓋，世不絶人。孺人内外名家，履豐薦盛，其勢宜日即驕靡。乃惇謹樸懿，壹法乎貧薄遠慮者之所爲，可謂秉心塞淵，較然拔乎塵滓者也。其膺多福，不亦宜乎！編修之爲是詩，亦頗表其履泰思約之德，而推原其壽康之由。故余爲敘述大凡，亦以忝居婚媾之末，欲使吾家女子，聞此風範，知所效法焉。

録自曾文正公文集卷二。

荆門州學正郭君墓銘〔一〕

物有初皁，或嗇其終。有謐於後，而窒其躬。陶公之山，潛蟠卌載。雙雛雲興，呿騰滄海。持鐸再徇，當陽荆門。祁祁學子，如饑授飧。刑獄有箴，扇仁孔永。胡德之遐，光不長炳？八龍罔下，斑竹原中。埋我銘語，載奠幽宮。

録自曾文正公文集卷二。

【校】

〔一〕鈔本無『荆門州學正』，據傳忠書局本補。

錢港舫先生制藝序

自吾有知識以來，見鄉之老成夙學，篤於文律者，恒困頓無以自拔，或終身不得當於行省有司之試。而其所教之子若弟，往往分沾餘技，飛騰速化以去。及吾來京師，究詢四方魁桀特達之士，其先世多亦不遇。始謂不閎不亨，不詘不信，理則然矣。既深求其故，抑匪直爾也。制藝試士既久，陳篇舊句，盜襲相仍。有司者無以發覆而鈎奇，則巧爲命題以困之。乖割乎經文，釽析乎片語。由是爲文者，有鈎聯之法，有補斡之方，有仰逼俯侵之患。名目既繁，科條日密。雖過百人之智，窮十年之力，猶不能洞悉其窾郤。及其徹於心而調於手，而齒已日長，少時英光鋭氣，稍稍衰減矣。而子若弟之濡染焉者，自其未冠，已別開簡易於纖仄曲徑之中，使其才得以自騁。故前者難而因者易，勢固爲之也。

予與烏程錢君崙仙同舉進士，同出江陰季公之門，官詞曹也，同居於僧舍； 使蜀中也，先後同持文柄。間出其尊甫港舫先生遺稿示予，又知兩家庭訓，所歷之艱苦曲折，同者十得八九，而不合者蓋寡焉。予之蒙陋，於家大人之學，百不承一。即崙仙文鳴一時，視先生之孤詣覃思，要亦不無少遜焉。故敘先生之文而發其例於此，庶使有衡文之責者，知所措意也夫。

録自曾文正公文集卷二。

曹西垣同年之父母壽序[一]

予自道光乙未，以公車應禮部徵，即與同年友曹君西垣相善。時則有若鄭君敦謹、鄒君振傑、金君樹榮、王君永時、鄧君庭楠數輩，皆朝夕聚處，醉飽歡虞，意氣豐盛。明年，各報罷歸去。又二年戊戌，予成進士，假歸一載而後還朝。西垣亦再返再上，不常處京師。然予與西垣未嘗匝歲而不相遇，在京師未嘗五日而不見，見未嘗不深語，未嘗偶有射志也。夫人情多溺於所同，而蔽其所不見。與野人道巖廊纓紱，則茫然而駭； 與世禄之子語米鹽艱苦之事，則倦聽而思卧。予與西垣皆貧士也。自先世忠厚之積，田家耕織之劬，閭里歲時問遺之狀，兩家大率相類。故常抵掌稱道，彌瑣細而彌津津焉。

西垣之稱其親霽樓先生也，以爲勤無隙休，儉無毛棄。推讓昆弟，却肥而取瘠；教督孫子，多苛而少貰。稱其母柳太孺人也，以爲奉事舅姑，勺水必親嘗；鞠育五子，寸縷必手製。皆與吾父母之行，若合符契。以是西垣於諸同年中尤昵好矣。竊嘗慨夫世之馳逐於名位者，營營焉而未有已時。予壹不知其指歸謂何。方寸之口，一日之需無幾；七尺之軀，一歲之靡無幾，不必名位而後能給也，而人皆曰：『爲榮親計。』夫親之所賴於子者，定省甘旨，疾痛苛癢，請席請衽，亦不必名位而後能給也。求而不得，遠游遲滯，而父母之年加老焉。至於衰耄，而心思一見其子而口不言者，往往然也，人坐不察耳。

國藩竊禄冒利，去家十年，即西垣羈留京輦，亦越七載於兹。此又吾兩人所每懷内疚，而未敢須臾忘者也。歲在戊申，西垣以教習宗室子弟期滿，天子用爲縣令，將歸覲其親。適直先生及太孺人六十壽辰，同年鄭、鄒諸君咸爲詩贈送，而囑國藩序之。予乃追溯夫歷年之交契，因概論事親之道，在此不在彼者，以勖西垣安居而弗出，而誌予之愧焉。霽樓先生及柳太孺人聞之，其將陶然而盡一觴也夫！

録自曾文正公文集卷二。

【校】

〔一〕鈔本作曹年伯壽序，此據傳忠書局本，以符文意。

王静庵同年之母七十壽序

國藩嘗讀孝經，竊歎仲尼所稱之孝，與今之爲人子者之從事，則不侔矣。其言自天子以至庶人，其爲道各不同。蓋古者諸侯世國，大夫世家，士之子恒爲士，農之子恒爲農。貴有常尊，賤有定等，是以人各安其分而事其親，而無敢妄干。後世以制科爵人，或布衣旦莫而至公卿。於是人子咸思以禄仕尊其親，而父母亦惟恐其子終身庶人，而亟望其進取。徼幸躁競之徒，皆得藉口於榮親之説。此今之言孝與古之道異者，一矣。

經又曰：『立身行道，顯名於後世。』古之所謂名者，有孝悌之實，達乎州巷，播乎上下，稱其内行，無虧焉爾。後世輕德術而右文藝，雖有曾、閔之行，不敵帖括之工之馳譽速也。一藝之能，一文之善，至薄也。而國人稱願，父母亦嘉許焉。否則，聞譽不著，父母不忻。此今之言孝與古之道異者，二矣。

居今之日而悖俗從古，不藉禄與名而悦其親者，雖賢者有所不能。賢者之異於衆人，獨能於禄與名之外，别敦古人至行，以自力於門以内而已。同年友王君静庵，惇樸而願懿，自其少時，聞望已傾輩流。既成進士，官水曹。所謂禄與名亦既兼得，而其内行肫焉常若不足。奉母楊太宜人在官，夙問而莫勤，言警而行惕。每食，母以將子，子以慈母，未嘗不展轉温劭；每寢，未嘗不再三周察。爲予稱太宜人之德，自相夫教子以及娣姒、僕婢、澣濯、刀匕之微，未嘗纖末而不述。言及贈君東堂先生之遺事，未嘗不嗚噎。語太宜人少歲饑寒黽勉之狀，未嘗不茹喟無窮也！余以是敬之。處今之世，競逐於聲利之場，而其所事壹合乎孝經之道，固吾静庵之自厲乎？抑太宜人之敕於子而施於家者，有以軼乎恒俗萬萬矣。

今歲十一月，爲太宜人七十生日。同人多爲祝詩，囑國藩敘其端。余以素欽静庵之至行，不敢以末義陳長者之前。因慨論夫古今言孝之變，以勖静庵，亦以自策於隱微焉。

録自曾文正公文集卷二。

孫年伯六十壽序

程子有言：『科舉之學，不患妨功，但患奪志。』蓋學者之始業於制舉之文也，未嘗不稽經辨義，求肖於聖人之言，以得有司之一當。其志猶射者之在鵠，無惡於君子也。其後熏心仕宦，外以印綬饜其心目，内習一切苟得之術。猶挾寸餌以釣巨魚，既得則并其綸竿而棄之。曩時稽經辨義之志，則大爲纍纍若若者之所奪。此先儒所用爲慨然也。

通州孫鼎庵先生，皁學而績文。其於六經之藴，百氏精義之説，亦既轢其庭而據其席矣。乃屢應舉而不售，十進於省試，五上於春官，僅而得償，一似汲汲於科舉者。及其既得，則絶意仕宦，去之唯恐浼焉。其所求者，正鵠反身之道；而所棄者，紛華溺心之場。是豈非志定不奪之君子，軼於末流萬萬者哉？人之意量相去什佰千萬，至不齊也。鈞是試於科目也，或爭榮一時，偷以攫取富貴；或謀慮深遠，爲積累無窮之計。各蓄所懷，若背馳焉。先生之先人自高祖以下，兩世成名進士，官中外，各有聲。先生念非發憤特達，則無以趾前美而啓後光。於是既自繩於學，復篤敕其子。先日出而興，後鷄鳴而息。寢有誡，食有警。迨甲午歲，與嗣君蘭檢學士同舉於鄉，而刻厲不改。既而學士官詞曹，屢操文柄，門下士以百數，而先生猶不改。又數年，以甲辰得雋禮部，投紱歸去，高卧林下，宜可少弛矣，而自繩以課孫者，卒帥初而不改。窺其意，以爲不得有司者之甄採，終無以驗吾學之果成與否。而子弟少年桀驁之氣，非繩之以帖括繁重之業，終無以內於程範，而上紹累葉詩書之澤。於此見先生之意量爲何如？豈與夫尋常試於科目者比併而論短長哉！

今年十月，爲先生六十生日。同人各爲祝詩，彙書成帙，屬國藩序其端。余與學士同登乙科，又忝翰林後輩，幼承庭訓，聞家大人之論，急於科舉而濇於仕宦者，又與先生之識趣相類。故掇其大者著於篇，冀以博長者之歡娛。若其刑於家而式於鄉，醇德穆行，所以昭令問而膺多福者，雜見於同人詩歌中，非甚緒要，遂不及云。

録自曾文正公文集卷二。

善化夏母楊宜人墓誌銘〔一〕

宜人，寧鄉縣學士楊君開梅之孫，處士應灼之女，善化貤贈奉直大夫夏君諱某之子婦，贈奉直大夫諱某之配也。宜人在家，則温恭孝愷，偏獲於親，擇所宜歸，莫良夏氏。既歸，事舅貤贈君及姑劉太宜人，逆志而籌之，未命而赴之。甘旨之調，不躬不進。贈君之前所配黃宜人者已早卒，僅遺一女。有兄與嫂亦卒，遺三子。贈君又仍歲多病，家無巨細，壹委宜人。宜人共潔祭祀，斟藥禮醫，裁贏補絀，公私井井。視前女如己女，不敢毫末替焉；視己子如從子，不敢毫末加焉。督諸子之學，日省而月稽。師塾之饌，豐倍其室。就試於有司，出必戒，反必詰。其見録也，悦而不溢；其黜也，敕而不怒。以是諸子皆底於成。道光十七年，次子家泰舉於鄉。又三年庚子，長子家鼎舉焉。又三年癸卯，季子家升繼之。又二年乙巳，家泰登名於禮部，主政於吏部。值皇太后七十聖節，天子大孝錫類，遂得覃恩，褒封兩世。而家鼎亦以是年充景山官學教習。蓋自贈君之歿，至是二十年，中間郡縣行省之試獲雋者，無歲無人；而婚嫁喪紀之役，亦薦至不絶，皆宜人一心營治，而亦以勞肄甚矣。道光二十六年八月十九日以疾卒，春秋六十有八，即以其年十二月某日葬於寧鄉黄花塘鳳形山之陽。有子男六人：長次即家鼎、家泰；又次家豫，太學生；又次家謙，早卒；又次即家升也；又次家賁，出嗣從祖兄弟萬程後。女二人：長適蔣，前卒；次適侯。孫男十二，降服孫二人，孫女八，曾孫女二人。

宜人寬仁周摯，救困如焚，深達大義，不徇私愛。疾篤，顧言曰：『寄語鼎兒、泰兒，努力當官，無以家爲念。』以二子時在京師也。將奔喪，以銘屬國藩。越二年，乃銘之，而追内諸幽。銘曰：

杞悋賓周，别氏維夏。承馥遠牟，踵興達者。宛宛女宗，亦大其閭。迪將多子，併騁天衢。諸孤遺經，廿年手澤。彰其羣起，下報我特。報以吾職，不告實勞。職之靡負，厥伐斯高。鎸於樂石，千世其牢。

録自曾文正公文集卷二。

【校】

〔一〕鈔本無『善化』，據傳忠書局本補。

江岷樵之父母雙壽序

道光二十有九年春正月，吾友江君岷樵以縣令之官浙江。將行，告别於常所交知，其色若歉焉内疚。或問之曰：『得百里而長之，以子之才，行子之志，天下之至裕也；吴越湖山，天下之至怡也。而子歉焉疚者，何也？』岷樵曰：『古者學而入官，非以官學也。吾智術短淺，無以澤人，一負疚。吾父今歲年齒七十，吾母六十七矣，舍晨昏之養，而從事簿書；其或不職，又詒之羞，二負疚。抱此二者，吾奚以自克？』於是交知感其意，既以言贈别，又别爲歌詩，致祝於封翁一峰先生與陳太孺人，願長者眉壽無替，以尉薦游子孺慕之心。既編次成册，乃屬國藩序其端。

蓋先生之少，則貧乏甚矣。無田以爲賴，乃授徒而内其執贄之儀。口敝而手疲，昕警而夕戒。終歲之入，以十之六仰事堂上，而中分其四，半以爲俯畜之需，半以急鄉里之義舉。邑中立賓興會，以贍寒士省試之資，行鄉約以殲妖賊之反側，皆先生發之。其赴義也，蹈人之所不敢爲；而其自奉也，極世之所不能堪。太孺人承闕緝匱，壹秉夫志。或累歲食粥，而舅姑甘旨甚渥也。國藩與岷樵知好以來，爲余稱述者數數矣。

人情莫不耽逸而惡勞，饕富貴而羞貧賤。至學道之君子不然：或忍饑甘凍，窶於原、顔，而其中坦然有以自愉；或峨冠曳綬，呵前衛後，而憂思展轉，若旦夕不能自安者。彼各有其志也。南面而君一邑，息動而雷震，頤指而風行。僕從一怒，百姓重足。識者固當自惕，不當自憙。而浙水東西，自辛壬海上之役，創夷未復。有司者又刮其脂而吮其血，譬若醫者撫積瘵之人，有不蹙頞而思所振之，豈情也哉？岷樵自被命以後，諏賢而訪友，思其不逮而虞其墮職，惴惴焉内疚無已。此與先生之安貧自樂，其志趣同耶？否耶？吾聞岷樵之需次入京師也，先生屬曰：『吾不願女以美官博封誥，無使百姓唾詈吾夫婦，足矣。』於此見君子之教子，視世俗相去何如？而岷樵所以娱親而養志者，宜何道之從哉？諸君子之爲詩，依於古人戩穀難老之誼，所以祝禱先生與太孺人，至周且厚。余乃略述先生平日學道之意，以期岷樵之篤信而謹守，而因以博長者之歡娱。凡居官而言養親者，覽吾斯文，亦將有所興起焉。

録自曾文正公文集卷二。

新寧縣增修城垣記

道光二十有七年秋八月，祆人李世德、雷再浩爲亂於湖南之新寧。有司檄遠近：有能禽賊，予白金五百兩。於是吾友江忠源岷樵應募，部鄉兵縛賊送官司。取所謂五百金者，歸獻堂上，爲太公壽。太公曰：『長吏以賞罰驅民，矯而不受，是墮上之信也；資人之力而專其利，是刓己之廉也。信墮無以馭衆，廉刓無以立身。二者有一，將必不可。吾邑城垣傾圮久矣，若捐此金以興修，官必嘉之，衆必和之。衆與而功易集，城完而民得安枕，此十世之勳也。』岷樵從太公言，乃歸金於官而上其議。長寶道兵備使者楊公聞之，大悦，亦輸助五百金。知寶慶府事某公，知新寧縣事某公，各捐若干金以助役。邑之士夫耆長，亦鼓舞輸財，爭先輦運。兵事之後，刻日興工。人人如鶩鳥之願治其巢也。

大抵天下行省所隸，各有邊區，與他省所隸相際，去會垣動以千里。往往萬山叢薄，歧徑百出。姦人亡命，嘯聚其中，伺隙而爲變。捕之此，則逃之彼；鳥鼠奔竄，不可窮詰。或攻破山城，據爲窟穴。輒以號召叛徒，聲生勢長相望也。若鄖陽際陜西、湖廣之交，南贛際江西、福建之交，以前明原傑王守仁之才，經略數年，僅而得安。而南山老林際三省之交，嘉慶教匪之役，喪師縻饟，乃至不可勝計。新寧，亦山國也，實處湖南、廣西之交。匪人煽結，卵育其間。瞰蕞爾之山城，而欲據而有之，屢屢矣。往在道光十六年，藍正樽以一亡賴揭竿竊發，幾欲墮城而殺守吏。曾不一紀，李世德、雷再浩踵而逆命。豈不以下邑孤遠，城郭不完，有以誨盜而起亂萌哉？如又不從而修葺之，數歲以後，餘孽復滋，將思一逞於我。此垣墉之卑窳者，可長恃之以爲晏然乎？於是岷樵以二十八年二月舉工，先治城之四門。有樓跂然而高，有闉儼然而堅，赤白焕然，而改其舊。遂次第興築，雉高於前者幾尺，培而厚者幾尺。補缺垣若干丈，增睥睨若干。都計土工幾千幾百，石工幾千幾百，金木之工幾千，費錢幾百萬。以二十九年某月畢役。自是有可守之險，寇賊不敢規以爲利矣。

岷樵之來京師也，囑余敘其顛末，俾後之守土者，不時繕治，無苟毁成功云。禮部右侍郎曾國藩記。

録自曾文正公文集卷二。

黄仙嶠前輩詩序

古之君子所以自拔於人人者，豈有他哉？亦其器識有不可量度而已矣。試之以富貴貧賤，而漫焉不加喜戚；臨之以大憂大辱，而不易其常，器之謂也。智足以析天下之微芒，明足以破一隅之固，識之謂也。器與識及之矣，而施諸事業有不逮，君子不深譏焉。器識之不及，而求小成於事業，末矣。事業之不及，而求有當於語言文字，抑又末矣。故語言文字者，古之君子所偶一涉焉，而不齒諸有亡者也。昔者嘗怪杜甫氏，以彼其志量，而勞一世以事詩篇，追章琢句，篤老而不休，何其不自重惜若此！及觀昌黎韓氏稱之，則曰：『流落人間者，太乙一毫芒。』而蘇氏亦曰：『此老詩外，大有事在。』吾乃知杜氏之文字蘊於胸而未發者，殆十倍於世之所傳；而器識之深遠，其可敬慕又十倍於文字也。

今之君子，秋毫之榮華而以爲喜，秋毫之摧挫而以爲愠。舉一而遺二，見寸而昧尺。器識之不講，事業之不問，獨沾沾以從事於所謂詩者。興旦而綴一字，抵暮而不安；毁齒而鈎研聲病，頭童而不息。以咿嚘蹇淺之語，而視爲鐘彝不朽之盛業，亦見其惑已。

松滋黄仙嶠先生，質直而洞豁，泊然聲利之外。觀察於滇南，吏剔其姦，民宣其隱。於古人所謂器識事業者，亦既近而有之。間以其餘，發爲詩章，又能棄故攬新，約言豐義。而先生曾不以自鳴，退然若無以與於古者。人之度量相越，爲閎、爲隘、爲謙、爲盈，不可一二計也。國藩既受而卒讀，因爲擇其尤善者，得若干首，俾録而存之。世有終其身以治詩自名，而志趣或未廣者，觀先生此編，亦將内慚而有以自擴也夫。

録自曾文正公文集卷二。

祭禮部韓公祠文

維年月日，具官某，謹以清酒庶羞，致祭於先儒昌黎韓子之神：維先生之明德，宜祀百世。文人學子，皆所喻願。而禮典所載，獨配享先師孔子西廡，他無特祀。國藩前官翰林院、詹事府，皆有先生祠堂。今承乏禮部，亦祀先生於官署之西北隅，而皆稱曰『土地祠』。國藩履任之日，敬謹展謁。乃神象之旁，有先師孔子之木主，儼然在焉。竊以土地之稱，非經非訓。古者，惟天子得祭大地，諸侯則社以祭土，大夫以下，成羣立社。多者二千五百家，或百家以上；小者二十五家。蓋土爰稼穡，民生所賴。凡食毛踐土者，皆得祭以報功。義固然也。自唐以下，有城隍之祀。世傳張説所爲祭文及李陽冰碑記，舊已。今天下由京都以至行省郡縣，皆立廟以妥城隍。原易有『城復於隍』之占，禮有『八蜡水庸』之祭。高壘深池以捍民患。推社之義而爲之立祀，理亦宜之。獨土地之祀，不可究其從始。國藩所居之鄉，或家立一神，或村置一廟，大抵與古之里社相類。而京師官署，尤多有土地祠，往往取先代有名德者祀之。先生之生，未嘗莅官禮部。今歿已千年，所謂神在天上，如水之在地中，無所不際。而謂僅妥侑於一署之内、丈室之中，如古所稱社公云者，亦以黷慢甚矣。若先師孔子，則先生所誦法終身者也。先生嘗羡顔氏得聖人以爲依歸，若深自歎恨不得與於弟子之列；而無知者乃位孔子於尊容之旁。先生而果陟降在兹，其必蹙然不安也。國藩瞻禮之餘，詢諸胥吏，舉不辨其由來。舊例，春秋以蕭薌奉祀先生。國藩亦且循沿習之常，以致吾欽嚮之私。惟於孔子之位，措置失宜，則不敢須臾蹈故，懼干大戾。謹奉木主，爇香焚之。既敬告所以，因爲之詩歌，使工歌以人聲，冀先生之神安休於此。不腆之誠，庶爲歆鑒。詩曰：

皇頡造文，萬物咸秩。尼山纂經，縣於星日。衰周道溺，踵以秦灰。繼世文士，莫究根荄。炎劉之興，炳有揚、馬。沿魏及隋，無與紹者。天不喪文，蔚起巨唐。誕降先生，掩薄三光。非經不效，非孔不研。一字之惬，通於皇天。上起八代，下垂千紀。民到於今，恭循成軌。予末小子，少知服膺。朗誦遺集，尊靈式憑。濫廁秩宗，載瞻祠宇。師保如臨，進退維傴。位之不當，宣聖在旁。大祀躋僖，前哲所匡。我來戾止，神其安怙。敬奠椒漿，式告來葉。

録自曾文正公文集卷二。

祖四世元吉公墓銘

道光歲戊申，家叔父爲太高祖考妣置祠宇。其明年，又爲修其墳域。乃郵書於京師，命國藩記其源委。國藩於公爲六世孫，公之行事不盡悉。謹按家乘及傳聞於祖父者，以表於公之墓道。

公諱應貞，字元吉，遷湘四世祖也。少貧，手致數千金産，室廬數處，盡以予其子。而自置衡邑之靛塘灣田四十畝以老焉。公没後，子孫歲分其租以爲常。至嘉慶歲丁巳，家祖及族長尊三、以彰二公，糾族之人議積一歲之租，以爲公清明之祀。今所置圳上之田是也，家叔父所修祠宇在焉。而靛塘灣之田，族之人又於嘉慶壬申議永爲公祀田矣。獨公之墓未修，族衆憂之。家叔父乃慨然任之，糾工不一月竣，距公没時，已八十餘年矣。公生於康熙甲戌年二月廿三日辰時，没於乾隆甲申年八月十五日巳時。配劉太孺人，生於康熙乙亥年三月十二日未時，没於乾隆甲申年三月初二日子時。合葬於湘鄉大界鄉羅家屋塲後之陽。子六人：長楚材，次輔臣，次文炳，次明德，次兼山，次容若。國藩乃公次子輔臣公之玄孫也。銘曰：

昔公創業，源遠流長。服疇食德，寖熾而昌。蓯蘢鬱積，有耀其光。千秋宰樹，終焉允臧。

録自曾文正公文集卷二。

國子監學正漢陽劉君墓誌銘〔一〕

道光二十有八年九月十八日，吾友漢陽劉君卒於家，年三十有一。踰月，訃至京師，國藩爲位哭於舍旁道院。遂遍告諸友，皆相弔哭，有失聲者。明年某月某日，葬於某里某山劉氏先隴之次。國藩乃爲銘，伐石於都下，寓舟浮江，以達於漢。既不及事，則追而埋諸墳之趾。

君之爲學，其初熟於德清胡渭、太原閻若璩二家之書，篤嗜若渴，治之三反。既與當世多聞長者游，益得盡窺國朝六七巨儒之緒。所謂方輿、六書、九數之學，及古號能文詩者之法，皆已規〔二〕得要領。採名人之長義與己所考證，雜載於書册之眉，旁求秘本鉤校，朱墨竝下，達旦不休。久之，稍損心氣。又再喪婦，遂疾作，不良食飲。君自傷年少羸弱，又所業繁雜，無當於身心，發憤歎曰：『凡吾之所爲學者，何爲也哉？舍孝弟取與之不講，而旁騖瑣瑣，不以傎乎！』於是痛革故常，取濂洛以下切己之説，以意時其離合而反復之。先是，君官國子監學正，薄有禄入。而婦翁鄧氏資之數千金，歲益饒給。至是盡反金鄧氏，而移疾罷官，將家居，食力以爲養，蓋浩然自得以歸。歸未數月，而奄及於死，可哀也！

始君之歸，嘗語國藩：『没世之名不足較，君子之學，務本焉而已。吾與子敝精於讐校，費日力於文辭，以中材而謀兼人之業，徼幸於身後不知誰何者之譽。自今以往，可一切罷棄，各敦内行。没齒無聞，而誓不復悔。』

國藩敬諾。其後君歸，果黽勉孝恭，族黨大悦。規畫家政，條議纚具，而君遽卒。命之永不永不足憾，獨其事親從兄之志之美且堅，而不克竟其事，兹其可悲者也。而國藩之無似，不克踐死别之約，以一塞故人地下之望，此又余所深耻而切痛者也。

君諱傳瑩，字椒雲。曾祖良琨，祖方仍。世有隱德。父正柏，以君官封徵仕郎。母葉氏，封孺人。始娶湯，繼娶陳，皆前卒。終娶鄧氏。君之反婦家金，鄧贊成之。無子，以兄子世圭嗣。君之學業，其考覈載於書册之眉者，與其詩古文，皆不以刊布，惟搜得朱子所輯孟子要略一書，國藩爲校刻行於世，修君志也。銘曰：

竝吾之世，江漢之濱，有志於學者一人。其體魄藏於此土，其魂氣之陟降，將游乎在天諸大儒之門。敢告三光，幸照護乎兹墳。

録自曾文正公文集卷二。

【校】

〔一〕鈔本無『漢陽』二字，據傳忠書局本補。

〔二〕鈔本作『窺』，此據傳忠書局本改。

漢陽劉君家傳〔一〕

余既銘劉君椒雲之墓，其兄子世墀復寓書抵余：『季父之行義，蒙甄敘大凡。其爲學之次第，不幸遺書未成。世墀之愚，不可驟曉。其孤世圭尤幼。即他日長大，終無以窺尋先人甘苦。季父執友，莫篤先生。先生若哀吾昆弟，即别爲家傳，鎸諸家牒，所以不死季父而貺我劉宗，益厚無已。』

蓋椒雲之學之自得於中者，有不可襮諸文字者矣。其致功之迹，國藩實親見之而親討之，稱述以詔其諸子，吾之職也。

始椒雲嘗治方輿家言，以尺紙圖一行省所隸之地，墨圍界畫，僅若牛毛。縣以圓圍，府以叉牙，交錯成圍，不爲細字識别。晨起指誦曰：『此某縣也，於漢爲某縣；此某府某州也，於漢爲某郡國。』凡三四日〔二〕而熟一紙，易他行省亦如之。其於字書、音韻及古文家之説，亦皆刺得大指。其後益及天官、推算，日夜欲求明徹鋭甚。適會喪婦，勞憂致疾，乃稍稍自惜，慨然有反本務要之思矣。竊嘗究觀夫聖人之道，如此其大也。而歷世令辟與知言之君子，必奉程、朱氏爲歸。豈私好相承以然哉？彼其躬行，良不可及，而其釋經之書，合乎天下之公，而近於仲尼之本旨者，亦且獨多。誠不能違人心之同然，遽易一説以排之也。

自乾隆中葉以來，世有所謂漢學云者，起自一二博聞之士，稽覈名物，頗拾先賢之遺而補其闕。久之，風氣日敝，學者漸以非毁宋儒爲能，至取孔、孟書中心、性、仁、義之字，一切變更舊訓，以與朱子相攻難。附和者既不一察，而矯之者惡其恣睢。因并蔑其稽覈之長，而授人以詬病之柄，皆有識者所深憫也。椒雲初從事於考據，即已洞知二者之弊。既更憂患之餘，尤自斂抑，退然若無以辨於學術也者，默識而已矣。於是以道光二十八年二月，棄其所官之國子監學正，決然歸去，以從政於門内。積其謹以嚴父母之事，以達於凡事無所不嚴；積其誠以推及父母之所愛，若所不愛，無不感悦。其又不合，則考之禮經，覈之當世之會典，以權度乎吾心自然之則。必三善焉而後已。病中爲日記一編，記日日之細故，自責絶痛。將卒，又爲遺令，處分無憾。蓋用漢學家之能，綜覈於倫常日用之地，以求一得當於朱子。後之覽者，可以謂之篤志之君子邪？抑猶未邪？國藩爲發其擇術之意，既告其諸子，亦與異世承學者質證焉。

録自曾文正公文集卷二。

【校】

〔一〕鈔本無『漢陽』二字，此據傳忠書局本所加。

〔二〕鈔本作『凡四三日』，此據傳忠書局本。

孟子要略跋

朱子所編孟子要略，自來志藝文者，皆不著於録。朱氏經義考亦稱未見。寶應王白田氏爲朱子年譜，謂此書久亡佚矣。吾亡友漢陽劉茮雲傳瑩始於金仁山孟子集註考證内搜出，復還此書之舊。王氏勤一生以治朱子之業，號爲精核無倫，而不知要略一書具載金氏書中。即四庫館中諸臣，於金氏集註考證爲提要數百言，亦未嘗道及此書。蓋耳目所及，百密而不免一疏，事之常也。觀金氏所記，則朱子當日編輯要略，別爲註解，與集註間有異同。金氏於『人皆有所不忍』章云『要略註尚是舊説』，『桃應問曰』章云『要略註文微不同』。今散失既久，不可復覩，茮雲僅能排比次第，屬國藩校刻以顯於世，抑猶未完之本與！然如許叔重五經異義、余隱文尊孟辨之類，皆湮晦數百年矣，一旦於他書中刺取，掇零拾墜，遂復故物，則此書之出，安知不更有人焉搜得原註，以補今日之闕乎？天下甚大，來者無窮，必有能篤耆朱子之書，網羅以彌遺恨者，是吾茮雲地下之靈禱祀以求之者也。道光二十九年四月湘鄉曾國藩敘。

孟子之書，自漢、唐以來不列於學官。陸氏經典釋文亦不之及，而司馬光、晁説之之倫，更相疑詆。至二程子始表章之，而朱子遂定爲四書。既薈萃諸家之説爲孟子精義，又採其尤者爲集註七卷。又剖晰異同，爲或問十四卷，用力亦已勤矣。而兹又簡擇爲要略五卷。好之如此其篤也！蓋深造自得，則夫泳於心而味於口者，左右而逢其原，參伍錯綜而各具條理。雖以國藩之蒙陋，讀之亦但見其首尾完具，而不復知衡決顛倒之爲病，則其犂然而當於人人之心可知已。

國藩既承亡友劉君遺令，爲之排定付刻，因頗仿近思録之例，疏明分卷之大指，俾讀者一覽而得焉。大賢之旨趣，誠知非末學所可幸中，獨未知於吾亡友之意合邪？否邪？死者不可復生，徒使予茫然四顧而傷心也夫！曾國藩又識。

録自曾文正公文集卷二。

陳仲鸞同年之父母七十壽序（一）

天之生賢人也，大抵以剛直葆其本真。其回枉柔靡者，常滑其自然之性，而無以全其純固之天。即幸而苟延，精理已銷，恒幹僅存，君子謂之免焉而已。國藩嘗採輯國朝諸儒言行本末，若孫夏峰、顧亭林、黄梨洲、王而農、梅勿庵之徒，皆碩德貞隱，年登耄耋，而皆秉剛直之性。寸衷之所執，萬夫非之而不可動；三光晦、五嶽震而不可奪。故常全其至健之質，躋之大壽而神不衰。不似世俗孱懦竪子，依違濡忍，偷爲一切，不可久長者也。

同年生陳君仲鸞，與余交十餘年。每相與議論平生，慷慨不撓。或品第當世人倫，意所不可，睥睨譏切，無所復忌。同人或謂仲鸞居吏部曹司，身處卑冗，更事未深，宜其嚚嚚不詘。若移置要地，稍稍練習文法，亦且破觚而爲圓矣。既而仲鸞果以考第入直軍機。而戇直發憤，芒角森然，曾不減其曩者之舊。吾乃私怪生民剛直之性，其稟之有厚有薄，未可以一概度量也。間輒與仲鸞語家世之詳，及太公、太母之行。仲鸞爲余言封翁蔭召先生，生而伉爽，屢經艱險，履之如夷。遇人有心所不許，雖豪貴人，必唾棄之。即心之所許，雖孤嫠卑賤，必引而翼之。愈窮阨，愈禮敬與鈞。自親族、州閭，皆服其誠信。遠近紛難，就之決遺。凡所論斷，久而輒應。封母高太恭人，祇順惇篤，尊尚節義，蓋皆有剛直之風。然後知仲鸞之激烈不阿，雖受性獨厚，亦其稟之庭闈者，歲漸月染，涵濡之久而不自知也。人固視乎所習：　朝有嬈嫛之老，則羣下相習於詭隨；家有骨鯁之長，則子弟相習於矩矱。倡而爲風，效而成俗，匪一身之爲利害也。

今年八月，爲先生暨太宜人七十生日。年家之子，同官之良，咸稱觴仲鸞之邸第，作爲詩篇，以祝難老。屬國藩爲之序。余乃略述平昔與仲鸞言論大指，以著先生之節概。因推國初諸儒以剛直而享大年者，爲先生致善禱之誼，亦使世之君子，聞之而有所警焉。

録自曾文正公文集卷二。

【校】

〔一〕鈔本作陳年伯七十壽序，此據傳忠書局本改。

槐陰書屋圖記

吾師江陰季先生，自名其寓舍曰『槐陰補讀之室』，而屬人爲之圖。圖成於道光癸卯之夏，時先生方官内閣學士，職思簡易。曰『補讀』云者，以爲績學不夙，仕優而後補之，謙退之詞也。是年冬，先生視學安徽。三年還朝，則已掌吏部，或攝户部。又督漕於潞河，釐鹽於天津，蕩滌田賦積虧於兩浙。庶政倥偬，刻無暇晷，間遂有巡撫山西之命。於是先生手圖而告國藩曰：『吾昔名吾居室而圖之也，將以讀吾書也。今五六年間，腐精於案牘，敝形神於車塵馬足。曩之不逮，竟不克補。則今之悔，又果可補於後日乎？子爲我記之，志吾疚焉。』

國藩嘗覽古昔多聞之君子，其從事文學，多不在朝班，而在仕宦遠州之時。雖蘇軾、黄庭堅之於詩，論者謂其汴京之作少遜，不敵其在外者之殊絶。蓋屏居外郡，罕與接對，則其志專，而其神能孤往横絶於無人之域。若處京師浩穰之中，視聽旁午，甚囂而已矣，尚何精詣之有哉？我朝大儒林興，號爲邁古。然如睢州湯公、儀封張公、江陰楊公、高安朱公、臨桂陳公、合河孫公數賢人者，大抵爲外吏之日多，宦京朝之日少。即在京朝，其任職也專，其守法也簡，亦常日有餘光，人有餘力。今六部科條之繁，既三倍於百年以前。而先生之所歷，或一身而兼數職，一歲而更數役。每夕丑初趨離宫，待漏盡午而後返。曹官白事、判牘，莫夜不休。又以其間賓接生徒，宴會寮友，伺隙以求終一卷焉而不可得。視數賢人者之處京朝時，勢固不侔矣。此先生所用爲憮然也。

今者先生持節山西，政成而神暇，盡發遺編以補素願。蓋將與數賢人者，角其實而爭其光。而國藩忝竊高位，乃適蹈先生之所疚。往者不可償，來者不可必。故略述時事，令異世官朝籍者有考焉。

録自曾文正公文集卷二。

錢塘戴府君墓誌銘〔一〕

錢唐少司馬戴君，既葬其親資政府君、王太夫人六年，未有以聲諸幽，乃以命其友曾國藩。國藩爲譜其系，述其行，紀其恩遇，因及其息，以識其葬。

其系曰：周植湯後於宋，幽王時宋公謚戴，後遂以公族爲氏。聖與德，抉經闡教，襲爲通儒。傳至南唐，安爲銀青光禄大夫、上柱國，謚忠恭。子奢，始居新安之隆阜。孫處居上溪口，仍世爲徽人。至明崇禎間，有一美者，仕浙江都指揮經歷，子孫遂爲錢塘人。曾祖永荃，祖承徵，考佳瓚，兩世皆封朝議大夫。朝議君生四子：長道亨，鄉試爲舉人；次道立，議敘府同知；次道泰；府君諱道峻，字升甫，其季也。王太夫人考曰通泗，贈奉直大夫。其門族自爲風氣，杭人甲乙目之。

其行曰：府君綜治羣書，不以一流自域，不與横目之民爭利，不與逆攖者校曲直。改葬長兄之墓，迎主於家而時其祭。從父墓崩，易棺而遷葬。又葬其姊之夫，又葬其師之無主後者。少嗜碑碣，繼耆古扇，聚以千計。

老耆古金，泉刀布幣，兼收博考。既寄於三者，乃冥於萬物，陶然自娛，不爲執必。凡譽毁、窮通、有亡，壹等齊之，終其身不以關於慮也。太夫人操作暇豫，而供具倍於衆手，御下無甚色，而僕婢肅然。嫁衣毁於火而無戚容，將死而無哀語。

其恩遇曰：府君既補學官弟子，七試於鄉而七黜。以子熙貴，敕封儒林郎，誥封朝議大夫。既没，而熙躋卿貳，國恩例晉資政大夫。太夫人初封安人，繼贈恭人，亦例晉夫人。其息曰：男子三人：長即熙，以翰林三直南書房，再視廣東學，累官至兵部右侍郎；次曰煦，府學生，明天官、算術；次曰燾，議敘府同知。女子四人，皆歸士族。孫十一人：有恒，府學生；以恒、之恒，縣學生；可恒、如恒、果恒、其恒、斯恒、所恒、自恒、爾恒。孫女三人。曾孫三人：兆登、兆春、兆衡。曾孫女一人。

其葬曰：太夫人卒於道光十五年四月十八日，年六十七。明年九月十七日，葬於西湖之三臺山麓。越七歲，道光二十二年三月十七日而府君卒，春秋七十有三。即以其年十二月十一日，穿太夫人之域而合葬。既固既虔，永貞無紀。銘曰：

錢王湖濱有一士，十年内廷書畫史。曾使嶺南萬里行，又坐樞府統九兵。是爲府君之令子，實奉老親葬於此。既葬六載吾爲銘，下告誰何上日星。

錄自曾文正公文集卷二。

【校】

〔一〕鈔本無『錢塘』二字，此據傳忠書局本補。

跋衍聖公孔恭慤公墓誌銘刻本

漢碑載乙瑛、韓勅、史晨數人者，有功於孔林甚鉅。而史君二碑，既載其請祠之章，又敘其饗禮之盛；其補墻垣，治瀆井，種梓守冢諸績，至屢書不一書，功亦夥矣！此碑載恭慤公本以聖人之胄，而其有功孔林，又百倍於前哲。若更得善篆隸者，大書重刻，異世流傳，豈僅與史君輩比烈哉？

錄自曾文正公文集卷二。

崇仁謝君墓誌銘

君諱廷恩，字拜賡，姓謝氏。少則貧甚，讀書裁盡論語，遽去而之農，又之商。南入閩，西入蜀，逐物貴賤，轉徙常贏。嘗與鄧氏俱爲賈，主計者誤以金六百入君，君密歸其金，而戒主計者更易簿記。鄧氏由是厚德君，遠近布聞，人人爭欲相倚助矣。亦有天幸，所居恒獲，累致巨萬，羨輒散之。爲縣建義倉，構廩四十二間，貯穀萬六百石，捐金凡千三百斤。建育嬰堂，捐金二千兩。家置宗祠，捐穀若干斛。郡縣立羣祀廟，捐錢若干緡。學官於新進生，例取束脩之資。新進生或貧乏無所出，則又爲捐四百萬錢。君弱冠孤寒，蜎蜎赤立。商賈所入，盡委義舉。苟利於人，不以絲毫自爲顧計。苟力所能，劬勞百於人，不辭也。自太守、縣令爭欲致君，君終不一私謁。邑有大役，長官杖任，羣目相屬，君亦不以他人規我，稍爲辟縮。蓋行之五十載，靡財不可算，而君年亦七十矣。

先是，崇仁有黃洲橋，屢修屢毀，以資用浩博，莫敢大興。至是，君出任之，錘石鎔金，堰水淘沙，衆匠束手，仰君計畫。橋成，廣一丈九尺，袤四十七丈，費白金六萬而强。以七十二歲而經始，四載而畢。畢工二載而君卒，壽七十有七，道光二十一年九月廿四日也。祖亮弼，考上許，竝贈中憲大夫。君以急公聞於朝，議敘巡檢候選。又以子貴，贈中議大夫。配周氏、劉氏，皆贈淑人。子蘭階，候選州同。蘭生，進士，工部郎中；蘭英，優貢生；蘭墀，刑部員外郎；蘭馩，縣學生。女五人，孫男子十二人，女子九人。以某年某月日，葬於某鄉某原。既葬之幾歲，蘭墀屬予爲銘而追事焉。銘曰：

民之豐約，有尸在天。彼富而吝，終或餒焉。貧而能施，積乃如山。徒手十載，富埒周公。一毫匪義，神鑒厥衷。聚有神監，散有天視。利濟宏多，人天駢喜。佔畢豈久，僅盡魯論。因心之矩，粲其經綸。光儀既蟄，亦世承福。載表徽猷，以愧儒服。

録自曾文正公文集卷二。

歲暮設奠告王考文

嗚呼！維我王考，神馭徂賓。赴音來止，今越五旬。嗟我王考，令德淵爍。體秉純剛，内含貞淑。往在戊歲，小子南旋。扶依驩戲，左右盂盤。亥年歸朝，載違色笑。行履過差，辟咡無詔。十年京國，官繫私牽。轉蓬浮徙，莫傍本根。吾皇錫類，褒封父祖。志養則虧，虚榮奚補？三載寢疾，侍藥不躬。遂淪慈照，允蹈鞠凶。我父[一]我母，潸焉在疚。小子雖頑，不懲罪悔。疇昔提耳，彝訓猶存。十墮一守，痛懼難論。歲將更始，時物遷變。敬存庶羞，祇希僾見。尚饗！

録自曾文正公文集卷二。

【校】

[一]鈔本作『我公』，此據傳忠書局本改。

謝子湘文集序

嗚呼！士生今世，欲有所撰述以庶幾古作者之義，豈不難哉？自束髮受書，則有事舉子帖括之業。有司者割截聖人之經語，以試其能。偏全、虚實、斷續、鈎聯之際，銖有律，黍有程。而又雜試以詩賦、經義、策論。其爲品目，固已不勝其繁矣。而一二才桀之士，既挾羣藝以應有司之求，又别進慕乎古之能文者，以降其兼勝無已之心。於是乎目欲并視，耳欲四聽，敝精而費日，終不能達於古人之庭者，比比而是也。古之爲文者，其神專有所之，無有俗説龐言肴其意趣。自有明以來，制義家之治古文，往往取左氏、司馬遷、班固、韓愈之書，繩以舉業之法，爲之點，爲之圓圍，以賞異之；爲之乙，爲之鐵圍，以識别之；爲之評註以顯之。讀者囿於其中，不復知點圍、評乙之外，别有所謂屬文之法也者。雖勤劇一世，猶不能以自拔。故僕嘗謂末世學古之士，一厄於試藝之繁多，再厄於俗本評點之書，此天下之公患也。將不然哉！將不然哉！

南豐謝君子湘，與予同歲舉於鄉，又同登於禮部。其羣藝見採於有司者，固已趠絶與人人異。自君之生，予嘗見聞而内敬之矣。既殁，而其弟出君所爲古文示予，又知其志之可敬也。蓋以流俗之墮於所謂一再厄者，而以君之所得較之，其爲踰越可勝量哉？於是爲序而歸之。因道其通患，以慨夫末世承學之難焉。

録自曾文正公文集卷二。

書王雁汀前輩勃海圖説後

書孔氏疏云：『堯時，青州當越海而有遼東。』杜氏通典云：『青州之界，越海分遼東、樂浪、三韓之地，西抵遼水。』而胡氏渭曰：『漢武所開樂浪、玄菟二郡，乃古嵎夷之地。嵎夷，羲和所宅，朝鮮箕子所封。皆應在青州域内，不僅遼東而已。』據此數説，則禹時青州踰海而兼營州之地。理若可信。齊召南氏所謂『勢固自然』者也。前明遼東郡指揮使隸於山東布政司，明初，遼東士子尚附山東鄉試。厥後，以渡海之艱，改附順天。而遼東各州衛隸於山東，則終明之世不改。蓋亦猶上古之青州兼轄營州云爾。

我朝定宅燕京，與明代同。而遼左爲陪都重地，則與前明之二州二十五衛視同羈縻者，輕重迥別。故勃海之襟帶，旅順之門户，視前世猶加慎焉。雁汀先生之意，欲於隍城、石島之間，駐水師將領一員，登州、金州，南北兼巡。内以防盜匪之狙伏，外以懾夷人之闖入，可謂謀慮老成，操之有要者已。道光二十九年，御史趙東昕建『登州設立水師』之議。宣宗成皇帝下其事，令兵部、軍機處會議。當事者以迹近更張，格而不行。國藩時承乏兵部，頗知旅順要隘，宜别置嚴鎮，而不知康熙年間有嵩祝請『登州水師巡哨金州、鐵山』之説，亦遂附和，未遑他議。

今觀先生圖説所載實録各條，知國家機務尤大者，列聖廟謨，皆已籌及之。苟能推行而變通，則收功不可紀極也。故述前説以互證，亦以志余不學之耻焉。

録自曾文正公文集卷二。

養晦堂記

凡民有血氣之性，則常翹然而思有以上人。惡卑而就高，惡貧而覬富，惡寂寂而思赫赫之名。此世人之恒情。而凡民之中有君子人者，率〔一〕常終身幽默，闇然退藏〔二〕。彼豈與人異性〔三〕？誠見乎其大，而知衆人所爭者之不足深較也。

蓋論語載，齊景公有馬千駟，曾不得與首陽餓莩絜論短長矣。余嘗即其説推之，自秦、漢以來，迄於今日，達官貴人，何可勝數？當其高據勢要，雍容進止，自以爲材智加人萬萬。及夫身没觀之，彼與當日之厮役賤卒，污行賈竪，營營而生，草草而死者，無以異也。而其間又有功業文學獵取浮名者，自以爲材智加人萬萬。及夫身没觀之，彼與當日之厮役賤卒，污行賈竪，營營而生，草草而死者，亦無以甚〔四〕異也。然則今日之處高位而獲浮名者，自謂辭晦而居顯〔五〕，泰然自處於高明〔六〕。曾不知其與眼前之厮役賤卒，污行賈竪之營營者，行將同歸於澌盡，而豪毛無以少異。豈不哀哉！

吾友劉君孟容，湛默而嚴恭，好道而寡欲。自其壯歲，則已泊然而外富貴矣。既而察物觀變，又能外乎名譽。於是名其所居曰『養晦堂』，而以書抵國藩爲之記。

昔周之末世，莊生閔天下之士湛於勢利，汩於毁譽，故爲書戒人以闇默自藏，如所稱董梧、宜僚、壺子之倫，三致意焉。而揚雄亦稱：『炎炎者滅，隆隆者絶。高明之家，鬼瞰其室。』君子之道，自得於中，而外無所求。饑凍不足於事畜而無怨；舉世不見是而無悶。自以爲晦，天下之至光明也。若夫奔命於烜赫之途，一旦勢盡意索，求如尋常窮約之人而不可得，烏覩所謂焜耀〔七〕者哉？余爲備陳所以，蓋堅孟容之志，後之君子，亦觀省焉〔八〕。

録自曾文正公文集卷二。

【校】

〔一〕傳忠書局本無『率』字。

〔二〕傳忠書局本作『深退』。

〔三〕傳忠書局本作『彼豈生與人異性』。

〔四〕傳忠書局本無『甚』字。

〔五〕傳忠書局本『顯』下有『光』字。

〔六〕『泰然自處於高明』句，傳忠書局本作『氣足以自振矣』。

〔七〕傳忠書局本作『高明』。

〔八〕傳忠書局本此句下有『道光三十年，歲在庚戌，冬十月』句。

朱慎甫遺書序

瀏陽朱君文炦所爲書，曰易圖正旨者一卷，曰五子見心録者二卷，曰從學雜記一卷，文集一卷。嘉、道之際，學者承乾隆季年之流風，襲爲一種破碎之學。辨物析名，梳文櫛字，刺經典一二字，解説或至數千萬言。繁稱雜引，游衍而不得所歸。張己伐物，專抵古人之隙。或取孔、孟書中心性仁義之文，一切變更故訓，而别創一義。羣流和附，堅不可易。有宋諸儒周、程、張、朱之書，爲世大詬。間有涉於其説者，則舉世相與笑譏唾辱；以爲彼博聞之不能，亦逃之性理空虚之域，以自蓋其鄙陋不肖者而已矣。

朱君自弱冠志學，則已棄舉子業，而惟有宋五子之求。斷絶衆源，歸命於一。自六經之奥，百氏雜家有用之言，無不究索其終，折衷於五子。家貧，負母渡湖，招徒授學，取其入以爲養。養則獨腆，身有饑色。或勸以稍易其途，從事於時世所謂辨物梳文櫛字之學者，足以傾駴耳目，植朋廣譽。君笑曰：『吾於科目且棄而背之矣，其又屑覬彼邪？』卒以不顧。日抱遺訓，以自鐫其躬，繩過無小，克敬以裕，闇然至死而不悔。

嗚呼！君之於學，其可謂篤志而不牽於衆好者矣。惜其多有放佚，如大易粹言、春秋本義、三傳備説諸篇，今都不可見。其僅存者，又或闕殘，難令完整。其易圖正旨推闡九圖之義，與德清胡渭、寶應王懋竑氏之論不合。山居僻左，不及盡覯當世通人成説，小有歧異，未爲纇也。予既受讀終篇，因頗爲論定，以詒鄉人知觀感焉。

録自曾文正公文集卷二。

書周忠介公手札後

往余讀史忠正公集，見其乙酉四月十九日遺書五通，又廿一日絶筆一紙，其言至深痛，不可終讀。蓋視楊忠愍公獄中家書，猶或過之。乾隆四十二年，我高宗皇帝命摹勒史公絶筆於揚州梅花嶺祠壁；而楊公手書亦於邇歲摹刻於京師松筠庵祠中。忠臣志士，或鬱屈於一時，其精光終將大顯於世，不可得而閟也。門人潘生伯寅，頃以周忠介公被逮時手札視余，乃與前楊後史若出一轍。雖號爲『三仁』，殆無愧色。

世多疑明代誅鋤搢紳，而怪後來氣節之盛，以爲養士[一]實厚使然。余謂氣節者，亦一二賢臣倡之，漸乃成爲風會，不盡關國家養士之薄厚也。當忠介吴中就逮之時，其駢首殉難之五人者，顔佩韋等皆市人，周文元則輿隸耳。彼豈嘗邀朝廷一日之豢養，而且慷慨赴義如彼，況乎大夫有綱常風教之責者哉？

録自曾文正公文集卷二。

【校】

〔一〕鈔本作『乃爲養士』，據傳忠書局本校改。

黄田章氏譜序

歲壬辰，余與章君曉潭吉齋相見縣城，既又旅試省門。數相晤語，愛其恂恂謹飭，雅異流俗，因就叩其家世，知爲宋相郇公之裔。蓋公本閩人，致仕後卜居吾楚。其子姓散居善化、湘潭間，與吾邑黄田之族支派相衍。其祠墓、遺迹載在郡志，可考也。嗣余以翰林繫朝籍，遂不復見。今年春，章君郵書走京師，以族譜告成，乞余一言，弁諸簡首。

余惟郇公當宋寶元、康定、慶曆間，躋位宰輔，先後七八年。其時西夏用兵，軍書旁午；而契丹陰懷窺伺，有渝盟南侵之志。同朝名臣若杜、范、韓、富諸公或決策廟堂，或效力戎馬，靡弗竭忠盡慮，奮不顧身，以赴國家之難。而郇公位平章，典樞密，獨寂寂無所建白，一似優於德而絀於才者。然當韓、范更定法制之際，推誠相與，不爲異同。迨諸公以蒙讒出政府，而郇公亦遂辭職以去，則其賢蓋可知矣。史稱公當莊獻臨朝，不與内侍交語，實以清忠爲仁宗所褒嘆。及在書中，畏遠名勢，宗族親黨悉裁抑，不使幸進。其始終大節，卓卓可頌，夫豈無本而致然者？士大夫搢笏朝端，必能輕勢位，顧名義，絶攀援阿比之私，而後能傑然有以自立。若郇公之秉義不阿，豈非當官有職位所當奉爲法守者哉？宜其後裔熾昌繁衍，代有達人，歷今七八百年而世澤之延未艾也。

今章君篤念前徽，慨然以敬宗收族爲事，譜牒之修，蓋備且詳，可謂能繼前人之志者矣。吾聞章氏子弟多材雋英傑，蔚起彬彬，有文學可觀。章君倘能修禮教，明經術，誘後進而擴其器識，推述郇公之志事，使之知所效法，裕經綸之蘊，以效國家之用，則於茲譜其益光乎！余方繫官於朝，去桑梓十餘歲。其後進之秀，吾不及見之矣。如有能繼郇公而起者，告以吾説，其必不吾非焉，章君尚以余意勉進之哉！

録自曾文正公文集卷二。

劉母譚孺人墓誌銘

國藩不肖，幸得内交於當世之通才碩學、仁人君子，不爲不多。而莫夙於里中劉蓉孟容，誼亦莫隆焉。以是襮於人，人亦襮之，以謂兩人者，天下之至愛也。自余挂名朝籍，待罪六官，去父母之邦十有四年。孟容之巾屨儀度，不可接於吾之目，其語笑不可際於吾之耳，僅以書問勞遺，然且闊絶；或望甚，私怨喁喁。

咸豐二年六月，先太夫人棄養，孟容亦以五月二十八日喪母。國藩匍匐來歸，兩人者相遇於縣門，斬焉對泣。自傷老大，又離凶疚。而是時粤中逆賊，方渡湖而北，聯巨艦數千里，旌旗蔽江，謞言雷動。其後遂破漢陽，陷武昌。明年，又殘九江，掠安慶，入江寧、揚州而據之。烽火達於淮、徐，天下震駴。國藩以天子命，治團練於長沙，挾孟容以俱出。苦語窮日夜，相與悲憤追憾，誠不意世變遽已抵此！患氣之積，有自來也。五月辛亥，孟容將葬母於樂善里莧沖山之陽，乃不敢自致，謹致其太公之命曰：『四方多難，而陵谷有不可知。汝既獲私於曾君，葬有日，宜從曾君謀所以識於葬者。』遂督銘。銘曰：

譚有淑妃，衛姜之姨。仍世不墮，名媛紹之。來室於劉，莫逮先姑。繼姑曰謝，投温承愉。胡洪胡瑣，室事敦我。未賈先防，有置無頗。夫子人傑，是名振宗。畸以平劑，如羽諧宫。廣賚窮民，鄉亭大悦。身無華御，終年補綴。魚菽尸祭，爾饎必躬。孝婦篤敬，遂與天通。篤生五子，長其蓉也。徑晞淵騫，吾見亦寡。二仲竝殤，化爲黄土。次葵、次蕃，驂駕如舞。三女婉娩〔一〕，皆嫁士人。兩孫葩茁，玉立振振。長曰培基，幼者培垕。女孫惟四，不書誰某。乾隆辛亥，託生十月，六二春秋，返其大宅。受形之初，萬邦太和。畢命之歲，天地干戈。生死盛衰，難究難詳。感慨泐銘，以詔茫茫。

録自曾文正公文集卷二。

【校】

〔一〕鈔本作『三女婉婉』，據傳忠書局本改。

討粵匪檄

爲傳檄事：逆賊洪秀全、楊秀清稱亂以來，於今五年矣。荼毒生靈數百餘萬，蹂躪州縣五千餘里。所過之境，船隻無論大小，人民無論貧富，一概搶掠罄盡，寸草不留。其擄入賊中者，剥取衣服，搜刮銀錢；銀滿五兩而不獻賊者，即行斬首。男子日給米一合，驅之臨陣向前，驅之築城濬壕。婦人日給米一合，驅之登陴守夜，驅之運米挑煤。婦女而不肯解脚者，則立斬其足以示衆婦；船户而陰謀逃歸者，則倒抬其屍以示衆船。粵匪自處於安富尊榮，而視我兩湖、三江被脅之人，曾犬豕牛馬之不若。此其殘忍慘酷，凡有血氣者，未有聞之而不痛憾者也！

自唐、虞、三代以來，歷世聖人，扶持名教，敦叙人倫，君臣父子，上下尊卑，秩然如冠履之不可倒置。粵匪竊外夷之緒，崇天主之教，自其僞君僞相，下逮兵卒賤役，皆以兄弟稱之，謂惟天可稱父，此外凡民之父，皆兄弟也；凡民之母，皆姊妹也。農不能自耕以納賦，而謂田皆天王之田；商不能自賈以取息，而謂貨皆天王之貨；士不能誦孔子之經，而別有所謂耶穌之説、新約之書。舉中國數千年禮義人倫、詩書典則，一旦掃地蕩盡。此豈獨我大清之變，乃開闢以來名教之奇變，我孔子、孟子之所痛哭於九原！凡讀書識字者，又烏可袖手安坐，不思一爲之所也！

自古生有功德，没則爲神。王道治民，神道治幽。雖亂臣賊子窮凶極醜，亦往往敬畏神祇。李自成至曲阜，不犯聖廟；張獻忠至梓潼，亦祭文昌。粵匪焚郴州之學宫，毁宣聖之木主，十哲兩廡，狼藉滿地。嗣是所過郡縣，先燬廟宇。即忠臣義士，如關帝、岳王之凛凛，亦皆污其宫室，殘其身首。以至佛寺、道院、城隍、社壇，無廟不焚，無像不滅。斯又鬼神所共憤怒，欲一雪此憾於冥冥之中者也！

本部堂奉天子命，統師二萬，水陸并進，誓將卧薪嘗膽，殄此凶逆；救我被擄之船隻，拔出被脅之民人。不特紓君父宵旰之勤勞，而且慰孔、孟人倫之隱痛；不特爲百萬生靈報枉殺之讎，而且爲上下神祇雪被辱之憾。

是用傳檄遠近，咸使聞知：倘有血性男子，號召義旅，助我征剿者，本部堂引爲心腹，酌給口糧；倘有抱道君子，痛天主教之横行中原，赫然奮怒，以衛吾道者，本部堂禮之幕府，待以賓師；倘有仗義仁人，捐銀助餉者，千金以内給予實收部照，千金以上專摺奏請優敍；倘有久陷賊中，自拔來歸，殺其頭目，以城來降者，本部堂收之帳下，奏授官爵；倘有被脅經年，髮長數寸，臨陣棄械，徒手歸誠者，一概免死，資遣回籍。

在昔漢、唐、元、明之末，羣盜如毛，皆由主昏政亂，莫能削平。今天子憂勤惕厲，敬天恤民，田不加賦，户不抽丁。以列聖深厚之仁，討暴虐無賴之賊。無論遲速，終歸滅亡，不待智者而明矣。若爾被脅之人，甘心從逆，抗拒天誅，大兵一壓，玉石俱焚，亦不能更爲分别也。

本部堂德薄能鮮，獨仗『忠信』二字爲行軍之本。上有日月，下有鬼神；明有浩浩長江之水，幽有前此殉難各忠臣烈士之魂，實鑒吾心，咸聽吾言。檄到如律令，無忽！

錄自曾文正公文集卷三。

湘陰郭府君暨張安人墓誌銘

君諱家彪，字春坊，郭氏，湘陰人。生而温約夷愉，與人無競。不苟爲和翕，亦不爲介介踔異之行。卒然投之事變，若不克辨其是非曲直也者。及夫羣疑劫劫，徐出一言折之，關開節解，風生冰釋。雖强辯者，常默然而内自詘也。曾祖遇傑，貤贈奉直大夫。祖熊，貢生，誥贈奉直大夫。考詮世，縣學生。世父世遵，縣學廪膳生。世遵無子，以諸子家暾爲嗣，早世，乃復以君爲嗣。

家故饒贍，諸父豪宕好施，或日費數十萬錢無所惜。君亦夷然，不爲有亡顧慮。親故假貸，每盈其意。或他人相稱貸，要君一言爲質，及期，責償於君，輒量償之；又急，則又旅歸之。歲中爲人理宿逋，率三四役。久之，往往不讎，則毁其約契。會歲大祲，家以中圮，君故夙於澹泊，豐約不以易其度。布衣糲食，蕭然自得。益務濟人，廣儲方藥，病者踵門求乞，手劑與之。自尋常草木、馬勃、牛溲，以至丹砂、鐘乳，千歲之苓，尚方之參，諸奇珍物，可致與不可卒致，無所不蓄，蓋亦無所不施。其尤貧者，輔以羞餌，使人日再問焉。疾革，躬三問焉。君没後，里人劉氏言之，涕泗交頤也。

君生以乾隆五十九年八月廿四日，没以道光庚戌二月十六日，春秋五十有七。配張安人，少君二歲，以道光己酉七月十六日，先君没之七月而卒，春秋五十有四。

張安人柔婉懿恭，既篤既静。長沙舉人正旭之孫，永州府儒學訓導鵬振之子。自在其室，以逮爲婦爲母，莫不訓式。始時，家暾有婦吴氏，早寡而卞急；姑張太安人，性亦嚴厲，積不相善。張安人既嗣爲後，恭以事嚴姑而卑以承姒婦。先姑之意以隆其奉，以推及於姒娣小姑，無所不隆。詘己之身以薄其給，以達於己之子，若女若婦，無所不薄。上尉下薦，内外融融。閭里親族無少長，皆歎以爲不可及。覩其諸子貴盛，皆頷首歎以爲宜。其殁也，哭之皆哀有餘云。

子嵩燾，道光丁未科進士，改翰林院庶吉士。咸豐三年，以救援江西功，聖恩特授編修。崑燾，道光甲辰恩科舉人，宗室官學教習，國子監助教。崙燾，縣學生，候選訓導。其季曰先樾，早殤。孫六人。咸豐二年壬子歲三月十四日，嵩燾與其弟奉君之喪，葬於湘西善化楊梅山之原，張安人祔焉。又三年，歲在乙卯，國藩乃敘而銘之。銘曰：

我有執友，翰林郭君。至交金石，天下莫不聞；昔歲在戊，赴告親喪；徵我銘刻，用識幽藏。曾幾須臾，歲星周半，大地戈鋋，東南涂炭。我以喪歸，墨绖即戎。葬不極禮，筮不協從。維郭氏阡，在嶽之麓。雲合峰環，龜蓍竝穀。不肖之嗛，郭宗之祥。詩於堅石，以奠茫茫。

録自曾文正公文集卷三。

誥封光禄大夫曾府君墓誌

咸豐七年二月初四日，我顯考曾府君卒於湘鄉里第，春秋六十有八。男國潢、國葆謹視含斂，男國藩、降服男國華自江西瑞州軍營聞訃，男國荃自吉安軍營聞訃，皆奔喪來歸。天子廣錫類之仁，賜銀四百兩，經理喪事。閏五月初三日癸未，卜葬於二十四都周壁沖山内。從形家言，丙山壬向。去先世舊廬六里而强，去梁江新宅八里而近。

國藩少長至冠，未離親側。讀書識字，皆我君口授。自竊祿登朝，去鄉十有四年。逮待罪戎行，違晨昏者又五年。府君之至言懿行，不可得而盡識。僅從季父驥雲所，泣問近事。而昆弟子姓，諸姑姊妹，亦稱述音容，往往而悉。其述府君侍先大父疾病，至難能矣。

道光二十六年八月，大父病痿痹，動止不良。明年冬，疾益篤，喑不能言。即有所需，以頤使，以目求；即有苦，蹙額而已。府君朝夕奉事，常先意而得之。夜侍寢處，大父雅不欲頻煩驚召，而他僕殊不稱意，前後溲益數，一夕六七起。府君時其將起，則進器承之。少間，又如之。聽於無聲，不失分寸。嚴寒大溲，則令他人啓移手足，而身翼護之。或微沾污，輒滌除；易中衣，拂動甚微，終宵惕息。明旦，則季父入侍，奉事一如府君之法。久而諸孫、孫婦，內外長幼，感化訓習，爭取垢污襦袴，滌濯爲樂，不知其有臭穢。或挽篗輿游戲庭中，各有常程。大父病凡三載有奇，府君未嘗得一安枕，愈久而彌敬。是時，府君年六十矣。

吾曾氏家世微薄，自明以來，無以學業發名者。府君積苦力學，應有司之試十有七，始得補縣學生員。不獲大施，則發憤教督諸子。國藩以進士入翰林，七遷而爲禮部侍郎。歷官吏部、兵部、刑部、工部侍郎。遭逢兩朝推恩盛典，褒封三世。曾祖諱竟希，誥贈光祿大夫。曾祖妣彭氏，誥贈一品夫人。祖諱玉屏，累贈光祿大夫。祖妣王氏，累贈一品夫人。府君諱麟書，字竹亭，誥封中憲大夫，疊晉榮祿大夫、光祿大夫。妣江氏，誥封一品夫人。小子非材，微府君厚澤，曷克成立，以蒙茲光顯！於是泣述一二，并列刻系屬敬銘諸幽。若其懿德純行，宜傳不朽者，將以俟諸知言君子。銘曰：

西望新居，東望舊廬，此焉適中，羣山所都。我先人之靈，其尚妥於斯而永於斯乎！嗚呼！

男五人：國藩，配歐陽氏；國潢，監生，候選縣丞，配汪氏；國華，監生，即補同知，出繼叔父驥雲爲嗣，配葛氏，妾歐陽氏；國荃，優貢生，同知職銜，配熊氏；國葆，縣學生，配鄧氏。

女四人：長適王鵬遠；次適王家儲，壻先卒；次適朱氏，先卒，壻朱麗春；季女殤。

孫八人：紀澤，二品蔭生，配賀氏；紀梁，聘魏氏；紀鴻，聘郭氏；紀渠，聘朱氏；紀瑞，聘江氏；紀官，聘歐陽氏；紀湘，聘易氏；紀淞，聘王氏。孫女九人。

先大夫以咸豐七年丁巳五月，葬周璧沖。至九年己未八月十六日癸丑，改葬於二十九都臺洲之猫面腦。自丁巳九月男國荃復出治軍於吉安，至戊午六月男國藩復出治軍於浙江，皆以墨絰即戎。而男國華降服期滿，從軍皖北，竟殉難於廬江之三河鎮。至己未五月，諸子服闋。而男國潢亦治團練於鄉，男國葆亦從軍於湖北。歲月不居，人事遷變，輒因改葬，補記一二，俾後有考焉。男國荃附記。

先妣江夫人，生於乾隆乙巳年十一月初三日申時，春秋六十有八。咸豐壬子年六月十二日卯時，没於梁江新宅。原厝宅後山内，己未八月同日，改葬於此，與先大夫共一塋域。國荃又記。

録自曾文正公文集卷三。

葛寅軒先生家傳

先生諱大賓，字興森，號寅軒，葛姓。先世自蘇州徙居湖南，遂爲湘鄉人。曾祖世珍，祖生霞，父長添，世有隱德。先生幼而端重，動止異於常兒。長而益自檢制，終日危坐，言笑不妄。盛暑不袒，焚香把卷，默識恬吟。性耐劇飲，雖醉不亂；或久無酒，終亦不索，怡然若有以自得也。

乾隆之末，海内文人以靡麗辯博相高。昆明錢南園侍御灃，獨以剛方立朝，視學湖南，以正誼篤行風楚之人，所取率多端士。先生既受知於錢公，補縣學生員，益折節自繩，跬步必衷於古訓。學徒游其門，則先教之以忠孝大節，下至飲食起居，出處語默，取與毫釐，各有法式；從則貞吉，違則恥辱，至不得齒於人。聽者往往汗下。常稱錢公及其師湘潭朱聲越之學行，以勉其門人弟子。弟子高第者，我先大夫竹亭公及陳君道著籍最早。晚歲又得黄君星平、鄒君魯道，皆登甲科，知名於時；各秉師説，以教授鄉里，傳嬗賡續，篤守矩矱。吾鄉風氣淳古，士人循循，不敢背越禮法，以自放其亡等之欲。論者以爲淵源一本於先生。彼南面民，上司政教之柄，其流風餘韻，得比於一諸生被人之深且久如此者，曾幾人哉？

先生四歲喪父，哀毁若成人。年十三，值父忌日，出主以祭，主動仆地，粉面剥落，脱去『葛』字，微露『周』字，蓋木工飾周姓廢主爲之者也。先生痛哭引咎，告墓易主，卜日乃祭。事寡母左孺人也，巨細必躬，疾必嘗藥。生徒有饋，必歸以獻。嘗隆冬獨坐，心動，急自館所馳歸。入門，數呼母，母方與仲兄負暄後院，聞聲趨出，而屋後山忽頽，壓坐席破碎。里之人以謂先生誠孝之所感也。母歿，勺飲不入口者五日。既葬，衰服終其身，腰以下無復存寸縷。服闋，每祭必泣，盡哀，以爲常。兄弟五人，既分居矣，逋負累累，無以自存。先生則請於母，復同居如初。即有所入，絲髮不以自私。兄弟没，則庀其喪；無子，爲之立後。羣從諸婦，各受職業，室以大和。

道光二年，朝廷開孝廉方正之科，有司舉先生應詔，或勸之一詣京師謁選。先生曰：『是可以躁求耶？』十二年壬辰十月二十九日，卒於家，春秋七十有一。配左氏，前卒。時先生年纔三十有奇，終身不更娶。子二：長榮蔭，早没；次榮館。孫三：封泰、先晉、封梁。孫女二人，其一歸吾弟國華。曾孫鎮堡、鎮嶽。先晉，縣學生員，後其世父榮蔭，先生命也。篤慎而好學。積善之報，殆將於是乎在。

前史官曾國藩曰：『人之品類，至不齊也。唐代設科取士，名目繁多。宋司馬光請開十科以求賢，其目至爲賅簡。今世官人，專出於進士之一途，蓋有科而無目矣。會典所著特科有三：曰博學鴻詞，曰經學，曰孝廉方正。鴻博科再開，經學科一開，當時皆稱得人。孝廉方正之科，詔開六七次，而由之以踐歷顯仕者特少。或舉天下而無一人赴部應試者，則何也？豈朝廷所以旌别此科，其法有未善與？抑有司者漫不矜慎，舉非其人與？以湘鄉言之，道光初元舉先生，咸豐初元舉羅君澤南，未可謂都非其人也。夫誠得其人，在上者固當思所以致之耳！彼膺斯舉者，豈汲汲哉！』咸豐七年丁巳十一月壬辰立。

録自曾文正公文集卷三。

湘鄉縣賓興堂記

自古開國之主，以武功龕定禍亂，而繼體蒙業之君，恒以文德致太平。如漢，如魏，如宋，如陳，如拓拔魏，如高齊，如唐，如明，其第二世嗣爲帝者，皆謚曰文。我朝龍興遼瀋，太祖以神武肇基。其製造國書、右文布化、郊廟齋戒諸大典，多成於太宗文皇帝之世。蓋武以開之，文以守之；干戈方興，未遑雅教。非其志有不逮，亦其時會有不得兼者也。

咸豐二年，粵賊洪、楊之徒，既已踰嶺而北，由湖湘而犯江漢，長驅東下，入金陵而據之。遂北寇河朔，東躪瀛碣，西擾汾晉，中原糜沸。我湘鄉實始興義旅，轉戰於兩湖、江西、廣西、廣東、河南、安徽諸行省，所在破敵克城，聲威烜然，號曰『湘勇』。『湘勇』之名聞天下。一時宿將，如羅忠節公、王壯武公、李君續賓兄弟、蕭君啓江、劉君騰鴻、趙君焕聯、蔣君益澧，及余弟國荃輩，皆以仁勇爲士卒所親附，歷久而不渝。蓋武功之懋，非他州縣所可望而及。秦、漢稱山西出將。考之安定、天水、隴西諸郡，曾不能敵今日之一縣。可謂盛矣！其官斯土者，則有朱侯孫詒、唐侯逢辰、黄侯醇熙、賴侯史直，又皆一時賢儁，有循良之績。與邦人士講求吏治將略，互相稱美，訢合無間。同明相照，同氣相求，何其翕應者與！咸豐癸丑，唐侯臨莅兹邑，倡捐助餉，練勇防堵。越二年，申詳大憲，奏請增廣文武學額，聖恩加增，永爲定額。人爭頌唐侯之功不衰。是年天下士會試於禮部〔一〕，湘鄉獨無人赴部應試。唐侯喟然曰：『湘鄉之武，非無文也。今或無一士與於春官之試，豈余之不德，不足以興文教歟？抑軍興久而生事絀，公車之欲北者，不足於資歟？』於是捐金若干，買七都田六十三畝，爲賓興公費。又勸諭士民，捐買田宅若干，以子午卯酉年租入爲會試旅費，寅申巳亥年租入爲鄉試途費，辰戌丑未年租入爲歲科試卷費。置賓興堂，擇廉正者經紀之。立條明約，既簡既堅，以期久遠。自唐世長吏設賓主，陳俎豆，備管弦，行鄉飲酒禮，歌鹿鳴之詩以餞士，差具前古興賢之義，今猶略存其法，獨不得與計吏偕。士或起白屋，無所資藉，則刓廉捐義，媮爲一切，苟以集事，無匱乏。枉吾尺以求一日之直，彼有所迫而然也。

湘鄉山邑，多狷介自守之士。唐侯禮賢惠衆，所以愛士者甚重，則士之所以自待者，愈不得輕。入無仰事俯蓄之累，出無金盡裘敝可憐之色，摶心壹志，以道於君子之道，而委蛇以隱射乎有司者之程度，境裕而神暇，事半而功倍。然猶有失焉者，蓋什而不能以一二耳。方今大難削平，弓矢載櫜，湘中子弟忠義之氣，雄毅不可遏抑之風，鬱而發之於文。道德之宏，文章之富，將必有震耀寰區，稱乎今日之武功，而又將倍焉蓰焉者。余雖衰鈍，尚庶幾操左券於此，請以右券責之。咸豐八年五月曾國藩記。

録自曾文正公文集卷三。

【校】

〔一〕鈔本作『咸豐六年，天下士會試於禮部』，此從傳忠書局本。

母弟温甫哀詞

咸豐五年十月，賊目僞翼王石達開，引其黨自湖北通城竄入江西。別有廣東匪徒，曰周培春、葛耀明、關志江者，自湖南茶陵州竄入，與石逆相聚於新昌縣。周培春等投歸石逆部下，願爲前驅。石逆授之僞職將軍、總制、軍師、旅帥之類。兩逆黨者，合併爲一。江西亂民從之如歸。贛水以西，望風瓦解。十一月初十日，攻陷瑞州府。明日，陷臨江。晦日，袁州繼陷，遂圍吉安。明年正月二十五日，陷之。余檄副將周鳳山，率九江之師入援。二月十八日，復敗於樟樹鎮，而撫州、建昌兩府，以是月之季，相踵淪没。國藩躬率水陸諸軍，自湖口入援；而南康又没於賊矣。九江自爲賊踞如故。凡江西土地，棄之賊中者，爲府八，爲州若縣若廳五十有奇，天動地岌，人心惶惶，訛言一夕數驚，或奔走奪門相踐死。楚軍困於江西，道閉不得通鄉書，則募死士，蠟丸隱語，乞援於楚。賊亦益布金錢，購民間捕索楚人致密書者，殺而榜諸衢。前後死者百輩，無得脱免。

吾弟國華温甫，自湘中間關走武昌乞師，以拯江西。於是與劉騰鴻峙衡、吴坤修竹莊、普承堯欽堂，率五千人以行。而巡撫胡公奏請以温甫統領軍事，出入賊地。盛暑鏖兵，凡攻克咸寧、蒲圻、崇陽、通城、新昌、上高六縣。

以六月三十日鋭師翔於瑞州，由是江西、湖南始得通問。而温甫亦積勞致疾矣。七月十六日，棹小舟舁疾至南昌。兄弟相見，深夜愔愔，喜極而悲，涕泣如雨。弟疾寖劇，治之多方不效。至九月乃痊，復還瑞州營次。

瑞州故有南北兩城，蜀水貫其中。劉騰鴻軍其南，温甫與普承堯軍其西北。賊於東隅通外援，市易如故。七年正月，予率吴坤修之師，自奉新至東路，始合長圍。掘塹周三十里，温甫則大喜：『吾攻此城，久不舉。今兹事其集乎！』不幸遭先君子大故，兄弟匍匐奔喪。入里門，宗族鄉黨争來相吊，亦頗相慶慰。國藩得拔其不肖之軀，復有生還之一日，温甫力也。温甫既出嗣叔父，以咸豐八年二月降服期滿，復出抵李君續賓迪庵軍中。李君與温甫爲婚姻，益相與講求戎政，晨夕諮議。是時九江新破，强悍深根之寇一掃刮絶，李君威名聞天下。又克麻城，蹴黄安，喋血皖中，連下太湖、潛山、桐城、舒城四縣。席全盛之勢，人人自以無前。師鋭甚。温甫獨以爲常勝之家，氣將竭矣，難可深恃。時時與李君深語悚切，以警其下；亦以書告予盱上。竟以十月十日軍敗，從李君殉難廬江之三河鎮。嗚呼！痛哉！

曩吾弟以新集之師，千里赴援，摧江西十萬之賊而無所頓；今以皖北百勝之軍，萃良將勁卒，四海所仰望者而壹覆之。而吾弟適丁其戹，豈所謂命耶？常勝之不足深恃。吾弟之智，既及之矣，而不肯退師以圖全。營壘以十三夜被陷，而吾弟與李君，以初十之夕併命同殉，又不肯少待以圖脱免。豈所謂知命者耶？遂綴詞哭之。詞曰：

觵觵我祖，山立絶倫。有蓄不施，篤生哲人。我君爲長，魯國一儒；仲父早世，有季不孤。恭惟先德，稼穡詩書。小子無狀，席此慶餘。粲粲諸弟，雁行以隨。吾詩有云：『午君最奇。』挾藝干人，百不一售。彼麤穢者，乃居吾右。抑塞不伸，發狂大叫；雜以嘲詼，萬花齊笑。世不吾與，吾不世許。自謂吾虎，世棄如鼠。相舛相背，逝將去女。一朝奮發，仗劍東行；提師五千，往從阿兄。何堅不破？何勁不摧？躍入章門，無害無災。壎篪鼓角，號令風雷；昊天不吊，鮮民銜哀。見星西奔，三子歸來。弟後季父，降服以禮。匝歲告闋，靡念苞杞。出陪戎幄，匪辛伊李。既克潯陽，雄師北邁。剗潛剜桐，羣舒是嘬。豈謂一蹶，震驚兩戒！李既山頹，弟乃梁壞。覆我湘人，君子六千。命耶數耶？何辜於天！我奉簡書，馳驅嶺嶠。江北江南，夢魂環繞。卯慟抵昏，酉悲達曉。莽莽舒廬，羣凶所窟。積骸成嶽，孰辨弟骨。骨不可收，魂不可招。峥嶸廢壘，雪漬風飄。生也何雄，死也何苦！我實負弟，茹恨終古。予於道光甲辰寄諸弟詩有云：『辰君平正午君奇，屈指老沅真白眉。』辰君謂弟澄侯，生庚辰歲。午君謂温甫，生壬午歲。老沅謂沅甫也。

録自曾文正公文集卷三。

歐陽生文集序

乾隆之末，桐城姚姬傳先生鼐，善爲古文辭。慕效其鄉先輩方望溪侍郎之所爲，而受法於劉君大櫆，及其世父編修君範。三子既通儒碩望，姚先生治其術益精。歷城周永年書昌，爲之語曰：『天下之文章，其在桐城乎！』由是學者多歸嚮桐城，號『桐城派』。猶前世所稱江西詩派者也。

姚先生晚而主鍾山書院講席。門下著籍者，上元有管同異之、梅曾亮伯言，桐城有方東樹植之、姚瑩石甫。四人者，稱爲高第弟子，各以所得，傳授徒友，往往不絶。在桐城者，有戴鈞衡存莊，事植之久，尤精力過絶人，自以爲守其邑先正之法，禮之後進，義無所讓也。其不列弟子籍，同時服膺，有新城魯仕驥絜非、宜興吴德旋仲倫。絜非之甥爲陳用光碩士。碩士既師其舅，又親受業姚先生之門。鄉人化之，多好文章。碩士之羣從，有陳學受藝叔、陳溥廣敷，而南豐又有吴嘉賓子序，皆承絜非之風，私淑於姚先生。由是江西建昌有桐城之學。

仲倫與永福吕璜月滄交友，月滄之鄉人有臨桂朱琦伯韓、龍啓瑞翰臣、馬平王錫振定甫，皆步趨吴氏、吕氏，而益求廣其術於梅伯言。由是桐城宗派，流衍於廣西矣。

昔者，國藩嘗怪姚先生典試湖南，而吾鄉出其門者，未聞相從以學文爲事。既而得巴陵吴敏樹南屏，稱述其術，篤好而不厭。而武陵楊彝珍性農、善化孫鼎臣芝房、湘陰郭嵩燾伯琛、漵浦舒燾伯魯，亦以姚氏文家正軌，違此則又何求？ 最後得湘潭歐陽生。 生，吾友歐陽兆熊小岑之子，而受法於巴陵吳君、湘陰郭君，亦師事新城二陳。 其漸染者多，其志趨嗜好，舉天下之美，無以易乎桐城姚氏者也。

當乾隆中葉，海内魁儒畸士，崇尚鴻博，繁稱旁證，考核一字，累數千言不能休。 别立幟志，名曰『漢學』。 深擯有宋諸子義理之説，以爲不足復存，其爲文尤蕪雜寡要。 姚先生獨排衆議，以爲義理、考據、詞章，三者不可偏廢。 必義理爲質，而後文有所附，考據有所歸。 一編之内，惟此尤兢兢。 當時孤立無助，傳之五六十年，近世學子，稍稍誦其文，承用其説。 道之廢興，亦各有時，其命也歟哉！ 自洪、楊倡亂，東南荼毒。 鍾山石城，昔時姚先生撰杖都講之所，今爲犬羊窟宅，深固而不可拔。 桐城淪爲異域，既克而復失。 戴鈞衡全家殉難，身亦歐血死矣！

余來建昌，問新城、南豐兵燹之餘，百物蕩盡，田荒不治，蓬蒿没人，一二文士轉徙無所。 而廣西用兵九載，羣盜猶洶洶，驟不可爬梳。 龍君翰臣又物故。 獨吾鄉少安，二三君子尚得優游文學，曲折以求合桐城之轍。 而舒燾前卒，歐陽生亦以瘵死。 老者牽於人事，或遭亂不得竟其學； 少者或中道夭殂。 四方多故，求如姚先生之聰明早達，太平壽考，從容以躋於古之作者，卒不可得。 然則業之成否，又得謂之非命也耶？

歐陽生名勛，字子和，没於咸豐五年三月，年二十有幾。 其文若詩，清縝喜往復，亦時有亂離之慨。 莊周云：『逃空虚者，聞人足音跫然而喜。』而況昆弟親戚之謦欬其側者乎？ 余之不聞桐城諸老之謦欬也久矣！ 觀生之爲，則豈直足音而已！ 故爲之序，以塞小岑之悲，亦以見文章與世變相因，俾後之人得以考覽焉。 咸豐八年十二月曾國藩敘。

録自曾文正公文集卷三。

聖哲畫像記

國藩志學不早，中歲側身朝列，竊窺陳編，稍涉先聖昔賢魁儒長者之緒。 駑緩多病，百無一成； 軍旅馳驅，益以蕪廢。 喪亂未平，而吾年將五十矣。

往者，吾讀班固藝文志及馬氏經籍考，見其所列書目，叢雜猥多，作者姓氏，至於不可勝數，或昭昭於日月，或湮没而無聞。及爲文淵閣直閣校理，每歲二月，侍從宣宗皇帝入閣，得觀四庫全書。其富過於前代所藏遠甚，而存目之書數十萬卷，尚不在此列。嗚呼！何其多也！雖有生知之姿，累世不能竟其業，況其下焉者乎！故書籍之浩浩，箸述者之衆，若江海然，非一人之腹所能盡飲也。要在慎擇焉而已。余既自度其不逮，乃擇古今聖哲三十餘人，命兒子紀澤圖其遺像，都爲一卷，藏之家塾。後嗣有志讀書取足於此，不必廣心博騖，而斯文之傳，莫大乎是矣。昔在漢世，若武梁祠、魯靈光殿，皆圖畫偉人事蹟，而列女傳亦有畫像，感發興起，由來已舊。習其器矣，進而索其神，通其微，合其莫，心誠求之，仁遠乎哉？國藩記。

堯、舜、禹、湯，史臣記言而已。至文王拘幽，始立文字，演周易。周、孔代興，六經炳著，師道備矣。秦、漢以來，孟子蓋與莊、荀並稱。至唐，韓氏獨尊異之。而宋之賢者，以爲可躋之尼山之次，崇其書以配論語。後之論者，莫之能易也。茲以亞於三聖人後云。

左氏傳經，多述二周典禮，而好稱引奇誕；文辭爛然，浮於質矣。太史公稱莊子之書皆寓言。吾觀子長所爲史記，寓言亦居十之六七。班氏閎識孤懷，不逮子長遠甚。然經世之典，六藝之旨，文字之源，幽明之情狀，粲然大備。豈與夫斗筲者争得失於一先生之前，姝姝而自悦者哉？

諸葛公當擾攘之世，被服儒者，從容中道。陸敬輿事多疑之主，馭難馴之將，燭之以至明，將之以至誠，譬若御駑馬登峻坂，縱横險阻而不失其馳，何其神也！范希文、司馬君實遭時差隆，然堅卓誠信，各有孤詣。其以道自持，蔚成風俗，意量亦遠矣。昔劉向稱董仲舒王佐之才，伊、吕無以加；管、晏之屬，殆不能及。而劉歆以爲董子師友所漸，曾不能幾乎游、夏。以予觀四賢者雖未逮乎伊、吕，固將賢於董子。惜乎不得如劉向父子而論定耳。

自朱子表章周子、二程子、張子，以爲上接孔、孟之傳，後世君相師儒，篤守其説，莫之或易。乾隆中，閎儒輩起，訓詁博辨，度越昔賢；別立徽志，號曰漢學。擯有宋五子之術，以謂不得獨尊。而篤信五子者，亦屏棄漢學，以爲破碎害道，齗齗焉而未有已。吾觀五子立言，其大者多合於洙泗，何可議也？其訓釋諸經，小有不當，固當取近世經說以輔翼之，又可屏棄羣言以自隘乎？斯二者亦俱譏焉。

西漢文章，如子云、相如之雄偉，此天地遒勁之氣，得於陽與剛之美者也。此天地之義氣也。劉向、匡衡之淵懿，此天地温厚之氣，得於陰與柔之美者也。此天地之仁氣也。東漢以還，淹雅無慚於古，而風骨少隤矣。韓、柳有作，盡取揚、馬之雄奇萬變，而内之於薄物小篇之中，豈不詭哉！歐陽氏、曾氏皆法韓公，而體質於匡、劉爲近。文章之變，莫可窮詰。要之，不出此二途，雖百世可知也。

余鈔古今詩，自魏晉至國朝，得十九家，蓋詩之爲道廣矣。嗜好趨向，各視其性之所近，猶庶羞百味，羅列鼎俎，但取適吾口者，嚌之得飽而已，必窮盡天下之佳肴，辯嘗而後供一饌，是大惑也；必强天下之舌，盡效吾之所嗜，是大愚也。莊子有言：『大惑者，終身不解；大愚者，終身不靈。』余於十九家中，又篤守夫四人者焉。唐之李、杜，宋之蘇、黄，好之者十有七八，非之者亦且二三。余懼蹈莊子不解不靈之譏，則取足於是，終身焉已耳。

司馬子長，網羅舊聞，貫串三古，而『八書』頗病其略；班氏志較詳矣，而斷代爲書，無以覩其會通；欲周覽經世之大法，必自杜氏通典始矣。馬端臨通考，杜氏伯仲之間，鄭志非其倫也。百年以來，學者講求形聲、故訓，專治説文，多宗許、鄭，少談杜、馬。吾以許、鄭考先王制作之源，杜、馬辨後世因革之要，其於實事求是，一也。

先王之道，所謂修己治人、經緯萬彙者，何歸乎？亦曰禮而已矣。秦滅書籍，漢代諸儒之所掇拾，鄭康成之所以卓絶，皆以禮也。杜君卿通典，言禮者十居其六，其識已跨越八代矣！有宋張子、朱子之所討論，馬貴與、王伯厚之所纂輯，莫不以禮爲兢兢。我朝學者，以顧亭林爲宗。國史儒林傳褎然冠首。吾讀其書，言及禮俗教化，則毅然有守先待後，舍我其誰之志，何其壯也！厥後張蒿庵作中庸論，及江慎修、戴東原輩，尤以禮爲先務。而秦尚書蕙田，遂纂五禮通考，舉天下古今幽明萬事，而一經之以禮，可謂體大而思精矣。吾圖畫國朝先正遺像，首顧先生，次秦文恭公，亦豈無微旨哉！ 桐城姚鼐姬傳，高郵王念孫懷祖，其學皆不純於禮。然姚先生持論閎通，國藩之粗解文章，由姚先生啓之也。王氏父子，集小學訓詁之大成，夐乎不可幾已，故以殿焉。

姚姬傳氏言學問之途有三：曰義理，曰詞章，曰考據。戴東原氏亦以爲言。如文、周、孔、孟之聖，左、莊、馬、班之才，誠不可以一方體論矣。至若葛、陸、范、馬，在聖門則以德行而兼政事也。周、程、張、朱，在聖門則德行之科也，皆義理也。韓、柳、歐、曾、李、杜、蘇、黄，在聖門則言語之科也，所謂詞章者也。許、鄭、杜、馬、顧、秦、姚、王，在聖門則文學之科也。顧、秦於杜、馬爲近，姚、王於許、鄭爲近，皆考據也。此三十二子者，師其一人，讀其一書，終身用之，有不能盡。若又有陋於此，而求益於外，譬若掘井九仞而不及泉，則以一井爲隘，而必廣掘數十百井，身老力疲，而卒無見泉之一日，其庸有當乎？

自浮屠氏言因果禍福，而爲善獲報之説，深中於人心，牢固而不可破。士方其佔畢咿唔，則期報於科第禄仕；或少讀古書，窺著作之林，則責報於遐邇之譽，後世之名；纂述未及終編，輒冀得一二有力之口，騰播人人之耳，以償吾勞也。朝耕而暮穫，一施而十報，譬若沽酒市脯，喧聒以責之貸者，又取倍稱之息焉。禄利之不遂，則徼幸於没世不可知之名。甚者至謂孔子生不得位，没而俎豆之報，隆於堯舜。鬱鬱者以相證慰，何其陋歟！ 今夫三家之市，利析錙銖，或百錢逋負，怨及孫子；若通闤貿易，瓌貨山積，動逾千金；則百錢之有無，有不暇計較者矣。商富大賈，黄金百萬，公私流衍，則數十百緡之費，有不暇計較者矣。均是人也，所操者大，猶有不暇計其小者；況天之所操尤大，而於世人豪末之善，口耳分寸之學，而一一謀所以報之，不亦勞哉！商之貨殖同，時同，而或贏或絀；射策者之所業同，而或中或罷；爲學著書之深淺同，而或傳或否，或名或不名，亦皆有命焉，非可强而幾也。古之君子，蓋無日不憂，無日不樂。道之不明，己之不免爲鄉人，一息之或懈，憂也；居易以俟命，下學而上達，仰不愧而俯不怍，樂也。自文王、周、孔三聖人以下，至於王氏，莫不憂以終身，樂以終身，無所於祈，何所爲報？已則自晦，何有於名？惟莊周、司馬遷、柳宗元三人者，傷悼不遇，怨悱形於簡册，其於聖賢自得之樂，稍違異矣。然彼自惜不世之才，非夫無實而汲汲時名者比也。苟汲汲於名，則去三十二子也遠矣。將適燕晉而南其轅，其於術不益疏哉？

文周孔孟，班馬左莊，葛陸范馬，周程朱張，韓柳歐曾，李杜蘇黄，許鄭杜馬，顧秦姚王。三十二人，俎豆馨香。臨之在上，質之在旁。

録自曾文正公文集卷三。

孫芝房侍講芻論序

咸豐九年三月，善化孫芝房侍講鼎臣，以書抵余建昌軍中，寄所爲芻論，屬爲裁定。凡二十五篇，曰論治者六，論鹽者三，論漕者三，論幣者二，論兵者三，通論唐以來大政者七，論明賦餉者一。其首章追溯今日之亂源，深咎近世漢學家言，用私意分别門户。其語絶痛。明年四月，復得芝房書，則疾革告别之詞，而芝房以三月死矣！既爲位而哭，且以書告仁和邵君懿辰。於是爲敘諸簡首，而歸諸其孤。

蓋古之學者，無所謂經世之術也，學禮焉而已。周禮一經，自體國經野，以至酒漿廛市，巫卜繕稿，夭鳥蠱蟲，各有專官，察及纖悉。吾讀杜元凱春秋釋例，嘆邱明之發凡，仲尼之權衡萬變，大率秉周之舊典。故曰『周禮盡在魯矣』！自司馬氏作史，猥以禮書與封禪平準並列。班、范而下，相沿不察。唐杜佑纂通典，言禮者居其泰半，始得先王經世之遺意。有宋張子、朱子，益崇闡之。聖清膺命，巨儒輩出。顧亭林氏著書，以扶植禮教爲己任。江慎修氏纂禮書綱目，洪纖畢舉。而秦樹灃氏遂修五禮通考，自天文、地理、軍政、官制，都萃其中，旁綜九流，細破無内。國藩私獨宗之，惜其食貨稍缺，嘗欲集鹽漕、賦税國用之經，别爲一編，傳於秦書之次，非徒廣己於不可畔岸之域。先聖制禮之體之無所不賅，固如是也。以世之多故，握槧之不可以苟，未及事事，而齒髮固已衰矣！

往者，漢陽劉傳瑩茮雲，實究心漢學者之說，而疾其單辭碎義，輕笮宋賢。間嘗語余：『學以反求諸心而已，泛博胡爲？至有事於身與家與國，則當一一詳覈焉而求其是。考諸室而市可行，驗諸獨而衆可從。』又曰：『禮非考據不明，學非心得不成。』國藩則大韙之，以爲知言者徒也。未幾，茮雲即世。臨絶，爲先令處分後事，壹秉古禮。國藩既銘其墓，又爲家傳，纚道漢學得失、主客之宜，藏諸劉氏之祏。

君子之言也，平則致和，激則召爭；辭氣之輕重，積久則移易世風，黨仇訟爭而不知所止。曩者良知之説，誠非無蔽，必謂其釀晚明之禍，則少過矣。近者漢學之説，誠非無蔽，必謂其致粵賊之亂，則少過矣。芻論所考諸大政，蓋與顧氏、江氏、秦氏之指爲近。彼數子者，固漢學家所奉以爲歸者也。而芝房首篇，譏之已甚，其果有剖及毫釐千里者耶？抑將憤夫一二鉅人長德，曲學阿世，激極而一鳴耶？芝房之志大而鋭進也，與茮雲同。其卒也，寄書抵余以告永訣，亦與茮雲同。其自芻論外，別有詩十卷，文十一卷，河防紀略四卷。箸書之多與茮雲異，而其博觀而慎取則同。其嫉夫以漢學標揭也亦同，而立言少異。余故稍附諍論，以明不忍死友之義，亦以見二子者之不竟其志，非僅余之私痛也。咸豐九年五月，湘鄉曾國藩。

録自曾文正公文集卷三。

湖口縣楚軍水師昭忠祠記

咸豐八年七月，國藩將有事於浙江。道出湖口，廣東惠潮嘉道彭君雪琴，方庀局鳩工，建昭忠祠於石鐘山，祀楚軍水師之死事者，告余具疏上聞。八月疏入，報可。明年七月，國藩將有事於四川，再過湖口，則祠工已畢。祀營官蕭節愍公捷三以下若干人，後楹祀勇丁若干人。其東爲浣香別墅，前曰聽濤眺雨之軒，後曰蕓芍齋。齋後傅以小亭曰且閑亭，亭下有小池。度梁而南，穿石洞東出，曰梅塢。迤西少陟山，曰鎖江亭。其西絶高，曰觀音閣。閣外曰魁星樓，僧徒居之。又西曰坡仙樓，刻蘇氏石鐘山記其上。憑高望遠，吐納萬景；一草一石，煥然增新矣。

當楚軍水師之初立也，造舟始於衡陽，大戰始於湘潭。其後克岳州，下武昌，大破田家鎮。今福建提督楊君厚庵與雪琴暨諸君子，喋血於狂風巨浪之中，燔逆舟以萬計，轉戰無前，可謂至順。其後官軍深入彭蠡之内，賊乘水涸，大塞湖口，遏我舟使不得出。於是水師有外江、内湖之分，内者守江西，外者援湖北，騞然若割肝膽而判爲楚越，終古不得合併。至咸豐七年九月，攻克湖口，兩軍復合。蓋相持三年之久，死傷數千人之多，僅乃舉之。

方其戰爭之際，礮震肉飛，血瀑石壁。士饑將困，窘若拘囚；羣疑衆侮，積淚漲江，以求奪此一關而不可得，何其苦也！及夫祠成之後，祼薦鼓鐘，士女瞻拜；名花異卉，旖旎啾瑲；江色湖光，呼吸萬里；曠然若不復知兵革之未息者，又何樂也！時乎安樂，雖賢者不能作無事之顰蹙；時乎困苦，雖達者不能作違衆之歡欣。人心之喜戚，夫豈不以境哉！吾因是而思，夫豪傑用兵，或敝一生之力，擲千萬人之性命，以爭尺寸之土，不得則鬱鬱以死者，寧皆憂斯民哉！亦將以境有所迫，而勢有所劫者然也。若夫喜戚一主於己，不遷於境，雖處富貴賤貧，死生成敗而不少移易。非君子人者，而能庶幾乎？余昔久困彭蠡之内，蓋幾幾不能自克。感彭君新搆此祠，有登臨覽觀之美，粗爲發其凡焉。湘鄉曾國藩記。

録自曾文正公文集卷三。

武昌張府君墓表

君諱以誥，字兢安，號經圃，湖北武昌人。生而祇慎鞠躬，容儀幾幾，與人無疏戚，必先遂其所好而後己以聽之。所遇和順，則曰：『彼實宥我，余非能善此。』不順，或有曲蘙隱抑，則曰：『我之咎也，彼何罪？』即非禮相加，尤不肖，益泊然避之。即嚴事我，尤卑賤，尤磬折，與之鈞等。遠近從之者，洎未嘗見其有所抵觸拂戾也。

曾祖斯錕。祖維滄，國子監生。考本用，歲貢生，廣濟縣學訓導。訓導君既以能文鳴〔一〕於時。生二子，長曰以謨，成嘉慶戊辰進士。君以少子承父兄之業，折節力學，尤善爲制舉之文，每搆一篇，目營四海，精騖九天之上，不可得而究也。徐而洗心冥默，若無可言。往往鑿險鉤深，歸諸平淡，無有窕聲曼色。坐是屢擯於有司，君亦不少變以求速化。其爲之益勤，自七經、孟子，下逮有宋諸儒者之説，莫不鑽研，以是澤其文，訓其徒友，亦以是行之於宗族鄉黨。里有貧不能舉婚喪者，别差等周之。宿負逋租，無多寡壹蠲之。乞人有强暴者，羣乞擁之山中，將椎殺之。一人瘖曰：『此張某家墓地也。張公長者，無以訟事污累長者。』相與徙之他所，主者果大困。於是，識者歎君之德感及頑族矣。

道光四年八月望日，以疾卒，春秋六十有三。配余孺人。子二：善鏞，縣學生；善準，歲貢生。孫成，縣學生；裕銘、裕鈞，縣學廩生；裕鎮、裕釗，道光丙午舉人。諸子孫皆以文行紹其家學，而裕釗賢而能古文，日昌大不可量。君以道光十七年三月壬辰，葬於大冶縣杉木橋東之張家山。凡二十二歲。咸豐九年，裕釗致父之命，乞余表其墓。

自制科以四書文取士，强天下不齊之人，一切就瑣瑣者之繩尺，其道固已隘矣。近世有司，乃竝無所謂繩，無所謂尺。若閉目以探庚中之豆，白黑大小，惟其所值。士之蓄德而不苟於文者，將焉往而不黜哉？余爲述一二，以彰君之懿行，亦深譏當世。君子有衡文取士之責者，尚知警焉。湘鄉曾國藩表。

録自曾文正公文集卷三。

【校】

〔一〕鈔本作『名』，此據傳忠書局本改。

翰林院庶吉士遵義府學教授莫君墓表

君諱與儔，字猶人，一字傑夫，貴州獨山人，先世居江南上元縣。有名先者，明弘治時，從征都勻苗，因留守家焉。三傳至如爵，累官游擊，君高祖也。祖嘉能；考强，州學附生。兩世皆以君貴，敕封文林郎、翰林院庶吉士。妣皆封孺人。

君少隨兄與班讀書發聞。兄没，持期服，不與有司之試。旋以州學廪生中嘉慶三年舉人。明年己未，成進士，改翰林院庶吉士，爲紀文達公及洪編修亮吉所器異。六年，散館，改知縣，署四川茂州事，徙鹽源縣知縣。縣俗：富人好買無徵之田，貧人鬻産，售九存一，仍輸全賦，久輒逃亡。君按籍責賦富人，而貰其隱占之罪。河西有寧遠子税所，府隸横徵。君上言，税所非經病民，得裁去。木里喇嗎左所有山，産銀銅。郡守徇姦民之求，請布政司符縣開礦，君持不可。上狀，以爲『木里喇嗎去鹽源且二千里，朝廷特羈縻之，非真利其土也。彼土莜糧，不足於食。朝定開廠，暮聚萬人，運夫倍之，不幸鑪礦寡耗，衆散爲盜，非土司受其殃，則吾蜀承其敝。且姦民所呈地圖，開礦去左所經堂甚遠。今得左所人訊之，銅礦得十分二銀者，即經堂山也。貪小利，賈大釁，事誠不便』。大吏韙君狀，檄君往左所覆勘。春暮鏟雪而行；至，則礦山者果在其經堂右。其衆嚴兵以待，既瞻君貌，又聆温語，乃皆解甲羅拜，謝『使君幸奠我居，世世不敢忘行事』。縣令入土司境，户率錢二百五十，雜市鷄豚百物，居有供，行有饋。君盡却其物，又懸之禁。比還，老幼遮道獻酒。其酋項克珠進銅佛爲壽，填咽苦不得前。由是舉治行卓異，政以大成。充甲子科鄉試同考官，以父憂去職。服闋，母張太孺人年七十餘矣，遂以終養請。凡事母十有四年，入則牽衣索棗，聽於無聲；出則生徒雲從，多文而栗。

既除母喪，吏部檄之復起。君北行至襄陽，歎曰：『吾壯也，猶不能枉道事人，今能老而詭隨耶？』立歸，請改教職。選遵義府學教授。遵義之人，習聞君名，則爭奏就而受業。學舍如蜂房，又不足，乃僦居半城市。旦暮進諸生而詔之：『學以盡其下焉者而已；上焉者，聽其自至可也。程、朱氏之論，窮神達化，乃不越灑掃應對日用之常。至六藝故訓，則國朝專經大師，實邁近古。其稱易惠氏，書閻氏，詩陳氏，禮江氏，説文詁釋，有段氏、王氏父子。』蓋未嘗隔三宿不言，言之未嘗不津津；聽者雖愚滯，未嘗不怡如旱苗之得膏雨也。久之，門人鄭珍與其第五子友芝，遂通許、鄭之學，充然西南碩儒矣。

道光二十一年七月二十二日，卒官，春秋七十有九。將絶，戒曰：『貧不能歸葬，葬吾遵義可也。』其明年十二月二日，葬縣東青田山。配唐氏，繼配李氏。子九人：希芝；次殤；次方芝，州學增生；秀芝；友芝，辛卯科舉人；庭芝，拔貢生；瑶芝；生芝，州學附生；祥芝，湖南候補縣丞。女七人。孫十一人。曾孫五人。君所爲書，有二南近説四卷，仁本事韻二卷。詩文雜稿爲族子攜至廣西佚去，友芝掇輯，編爲四卷。友芝又别記君言行爲過庭碎録十二卷。既葬十有八年，友芝以書抵國藩，乞爲文表其墓。

當乾隆之季，海内矜言考據，宗尚實事求是之説，號曰漢學。嘉慶四年，仁宗親政，大興朱文正、儀征阮文達，以巨儒爲會試總裁。是科進士，如姚文田秋農、王引之伯申、張惠言皋聞、郝懿行蘭皋，皆以樸學播聞中外。科目得人，可云極盛。君於是時寂寂無所知名。及君出而爲吏，恩信行於異域；退而教授，儒術興於偏陬。校其所得，與夫同年之炳炳者，孰爲多寡，未易遽定也。余爲表章一二，士之孤行而憂無和者，可自壯也。湘鄉曾國藩表。

録自曾文正公文集卷三。

經史百家雜鈔題語（一）

姚姬傳氏之纂古文辭，分爲十三類。余稍更易爲十一類：曰論著，曰詞賦，曰序跋，曰詔令，曰奏議，曰書牘，曰哀祭，曰傳志，曰雜記，九者，余與姚氏同焉者也。曰贈序，姚氏所有而余無焉者也。曰敘記，曰典志，余所有而姚氏無焉者也。曰頌贊，曰箴銘，姚氏所有，余以附入詞賦之下編。曰碑志，姚氏所有，余以附入傳志之下編。論次微有異同，大體不甚相遠，後之君子，以參觀焉。

村塾古文，有選左傳者，識者或譏之。近世一二知文之士，纂録古文，不復上及六經，以云尊經也。然溯古文所以立名之始，乃由屏棄六朝駢儷之文而返之於三代、兩漢，今舍經而降以相求，是猶言孝者敬其父祖而忘其高曾，言忠者曰『我家臣耳，焉敢知國』，將可乎哉？余鈔纂此編，每類必以六經冠其端，涓涓之水，以海爲歸，無所於讓也。

姚姬傳氏撰次古文，不載史傳，其説以爲史多不可勝録也。然吾觀其奏議類中，録漢書至三十八首，詔令類中，録漢書三十四首，果能屏諸史而不録乎？余今所論次，採輯史傳稍多，命之曰經史百家雜鈔云。

録自曾文正公文集卷三。

【校】

〔一〕此篇家鈔本僅有標題而無正文，現據光緒傳忠書局本選入。

經史百家簡編序〔一〕

自六籍燔於秦火，漢世掇拾殘遺，徵諸儒能通其讀者，支分節解，於是有章句之學。劉向父子勘書秘閣，刊正脱誤，稽合同異，於是有校讎之學。梁世劉勰、鍾嶸之徒，品藻詩文，褒貶前哲，其後或以丹黄識別高下，於是有評點之學。三者皆文人所有事也。

前明以四書經藝取士，我朝因之。科場有勾股點句之例，蓋猶古者章句之遺意。試官評定甲乙，用硃墨旌別其旁，名曰圈點。後人不察，輒仿其法以涂抹古書，大圈密點，狼藉行間。故章句者，古人治經之盛業也，而今專以施之時文；圈點者，科場時文之陋習也，而今反以施之古書。末流之遷變，何可勝道！惟校讎之學，我朝獨爲卓絶。乾、嘉間巨儒輩出，講求音聲、故訓、校勘，疑誤冰解的破，度越前世矣。

咸豐十年，余選經史百家之文，都爲一集，又擇其尤者四十八首，録爲簡本，以詒余弟沅甫。沅甫重寫一册，請余勘定，乃稍以己意分別節次，句絶而章乙之，間亦釐正其謬誤，評騭其精華，雅與鄭竝奏，而得與失參見，將使一家昆弟子侄，啓發證明，不復要塗人而强同也。

録自曾文正公文集卷三。

【校】

〔一〕此篇家鈔本僅有標題而無正文，現據光緒傳忠書局本選入。

箴言書院記

國藩以道光戊戌通籍於朝，湘人官京師者，多同時輩流。其射策先朝，耆年宿望，凋散略盡。而少詹事益陽胡雲閣先生，獨爲老師祭酒。鄉之人，就而考德稽疑，如幽得燭，衆以無隕。而哲嗣潤之，亦以編修趾美名父，回翔館閣，今兵部侍郎、湖北巡撫，海内稱爲宫保胡公者是也。

少詹君晚而纂弟子箴言十四卷，國藩實嘗受而讀之。自灑掃應對，以暨天地經綸，百家學術，靡不畢具。甄録古人嘉言，衷以己意，辭淺而指深，要使學者自幼而端所習，隨其材之小大，董勸漸摩，徐底於成而已。

竊嘗究觀夫天之生斯人也，上智者不常，下愚者亦不常，擾擾萬衆，大率皆中材耳。中材者，導之東而東，導之西而西；習於善而善，習於惡而惡。其始瞳焉無所知識，未幾而騁耆欲，逐衆好。漸長漸貫，而成自然。由一二人以達於通都，漸流漸廣，而成風俗。風之爲物，控之若無有，鰌之若易靡；及其既成，發大木，拔大屋，一動而萬里應，窮天人之力，而莫之能禦。先王鑒於此，欲民生蚤慎所習，於是設爲學校以教之：琴瑟鼓鐘以習其耳，俎豆登降以習其目，詩書諷誦以習其口，射御投壺以習其筋力，書升以作其能，而郊遂以作其耻。故其高材，則道足濟天下，而智周萬彙。其次亦不失爲圭璧自飭之士。賈生有言：『習與正人居之，不能毋正。猶生長於齊，不能不齊言也。』其不然歟？

侍郎自開府湖北以來，即以移風易俗爲己任。自部曲之長，郡縣之吏，暨百執事，片善微長，不敢自襮，而褒許隨之。曰：『爾之發見者微，而善端宏大，不可量也。』或有過差，方圖蓋覆，譴亦及之。曰：『此猶小眚，過是，誅罰重矣。』與其新，不苛其舊；表其獨，不遺其同。上下兢兢，日有課，月有舉。當世推湖北人才極盛。侍郎則曰：『吾先人箴言中，育才之法如此。吾詎能繼述，直什一耳！』咸豐十年，侍郎治鄂六載矣，功成而化洽。又以一湖之隔，吾教成於北，而反遺吾父母之邦，其謂我何？於是建箴言書院，將萃益陽之士而大淑之。置良田以廩生徒，儲典籍以饋孤陋。寬其塗轍，而嚴其教條。崇實而黜華，賤通而尚介。循是不廢，豈惟一邑之幸！即漢之十三家法，宋之洛、閩淵源，於是乎在。

後有名世者出，觀於胡氏父子仍世育才肫肫之意，與余小子慎其所習之説，可以興矣。咸豐十一年六月曾國藩記。

録自曾文正公文集卷三。

鄧湘皋先生墓表

先生新化鄧氏，諱顯鶴，字子立。晚歲學成，遠近稱爲『湘皋先生』。先生自甫掇科名，即已厭薄仕進，慨然有志於古之作者。與同里歐陽紹洛磵東以詩相厲。客游燕、齊、淮陽、嶺南，所至悲愉抑塞，一寓於詩。覼幽刺怪，遏之使平，終歲顓顓，誓不履近人之藩，而又耻不逮古人。每有篇什，輒就磵東，與相違覆，引繩落斧，剖晰毫釐；書問三反，或終不得當，交嘲互訟，神囚形瘁。已而，室極得通，則又互慰大歡，以爲解此者，天下之至豪也。

先生以嘉慶九年甲子科舉於鄉。道光六年，大挑二等，官寧鄉縣訓導。凡十有三年，引疾歸。其遺外時榮而有事箸述，與磵東略同。然磵東持律矜嚴，體勢稍褊；先生則波瀾益壯，跌宕昭彰。磵東墻宇自峻，與人少可；先生則闡揚先達，奬寵後進，知之惟恐不盡，傳播之惟恐不博且久。用是門庭日廣，而纂述亦獨多。詩歌所不能表者，益爲古文辭以彰顯之。其於湖南文獻，搜討尤勤，如饑渴之於食飲，如有大譴隨其後驅迫而爲之者。以爲洞庭以南，服嶺以北，旁薄清絶，屈原、賈誼傷心之地也，通人志士，仍世相望；而文字放佚，湮鬱不宣，君子懼焉。於是搜訪濱資郡縣名流佳什，輯資江耆舊集六十四卷。東起灘源，西接黔中，北匯於江，全省之方輿略備，巨製零章，甄採略盡，爲沅湘耆舊集二百卷。遍求周聖楷楚寶一書，匡謬拾遺，爲楚寶增輯考異四十五卷。繪鄉村經緯圖以詔地事，詳述永明播越之臣以旌忠烈，爲寶慶府志百五十七卷，武岡州志三十四卷。衡陽王夫之，明季遺老，國史儒林傳列於册首，而邦人罕能舉其姓名，乃旁求遺書，得五十餘種，爲校刻者百八十卷。瀏陽歐陽文公元全集久佚，流俗本編次失倫，爲覆審補輯若干卷。大儒周子權守邵州，録其微言，副以傳譜之屬，爲周子遺書若干卷。所至釐定祀典，褒崇節烈，爲召伯祠從祀諸人録一卷，朱子五忠祠傳略考證一卷，五忠祠續傳一卷，明季湖南殉節諸人傳略二卷。嗚呼！可謂勤矣！

蓋千秋者，人與人相續而成焉者也。惟衆人甘與草木者伍，腐而腐耳。自稍有智識，即不能無冀於不朽之名。智尤大者，所冀尤遠焉。人能宏道，無如命何。或碌碌而有聲；或瑰材而蒙詬；或佳惡同、時同、位同，而顯晦迥別；或覃思孤詣，而終古無人省録。彼各有幸有不幸，於來者何與？先生乃舉湖南之仁人學子薄技微長，一一掇拾而光大之，將非長逝者之所託命耶？何其厚也！

先生生於乾隆四十二年十二月十六日，卒於咸豐元年閏八月二十五日，春秋七十有五。曾祖元臣。祖勝逵。父長智。妻曹氏，仁厚淑慎，里黨欽之。妾何氏。子二：琳，廩貢生，候選訓導，前卒；琮，道光丁酉科拔貢生，癸卯科舉人，父殁後一月，以毁終。女子子三人。孫四：光黼，光緗，光紱，光組。曾孫大程。自先生以名儒篤行昌其家，羣從子姓，皆孝友力學。兄子瑶尤賢而能文章。先生之書，其不繫於湖南文獻者，又有南村草堂詩鈔二十四卷，文鈔二十卷，易述八卷，毛詩表二卷，校勘玉篇廣韻札記二卷，自訂年譜二卷，瑶皆敬謹弆藏。其未刻者，皆寫定，可傳於世。

先生内行完粹，教澤在人，瑶所爲行狀甚詳，兹故不著。獨著其治詩之精，與其有功於鄉先哲者，揭於墓道，以式鄉邦而訊異世。湘鄉曾國藩表。

録自曾文正公文集卷三。

湖北按察使趙君神道碑

君諱仁基，字厚子，號悔廬，武進趙氏。五世祖恭毅公申喬，户部尚書，清正有大節，爲世名臣。恭毅次子鳳詔，官太原知府者，君高祖也。曾祖諱枚，廩膳生員，舉孝廉方正。祖匯增，監生。考鍾書，舉人，豐縣訓導。兩世皆以君貴，贈朝議大夫。妣楊氏、惲氏，皆贈恭人。

君少而端視矩行，恒言無誑。年十三，居王考之喪，哀禮周至，父老驚歎。毗陵故文獻之邦，名儒相望，君出而從訓導君於豐縣，趨庭問業；歸而造請里巷耆宿，若李君兆洛、陸君繼輅、吴君育、周君儀暐輩，咸從捧手，稽經講藝，穆然如笙磬之克諧。其學既大進，譽望亦翕翕日隆。以試於有司，則連蹇而不得一當。久之，嘉慶丙子，乃北上應順天鄉試，未歸而遭母惲恭人之喪。又五年，再試順天，未歸而又遭父訓導君之喪。君性篤孝，兩丁大故，不克親視含斂，平生以爲至痛。又以壯年喪元配高淑人，復喪繼配錢淑人，復喪其長子鑄。客游湖北，孑身浮寄，塊然若委枯枝於大澤，廢興不復厝意。蓋自道光五年舉於鄉，六年以進士官知縣，而君年且近四十。人世紛華之念，洗除盡矣！

初仕爲江西宜春縣，旋補崇仁縣知縣，調安徽涇縣知縣，既又署懷寧縣事。所至，判決滯獄，感格凶頑。齋禱於深室，而四境時雨立應。道光十三年，捕獲桃源掘河姦民陳端。優詔褒勉，賞戴花翎，以直隸州升用。明年，補滁州知州。召見便殿，宣宗嘉之。歸任滁州、六安州。甫歷數月，即升平陽府知府。在晉數月，又升江西南贛兵備道。君感荷恩知，益思有以自靖。名捕椎埋盜鑄，鹽梟大猾，躬追而捦治之。禁止鴉片，約堅條明。是時，天子方申嚴詔，拒絕西洋。而英吉利窺天津，陷定海，割香港，寇廣東省城。君綜理南安糧臺，晨夜憂勞，自傷無裨於時。時海氛日棘，往往被酒泣下，或力疾繞室旁皇。適奉升湖北按察使之命，閱十八日而卒。實道光二十一年六月十九日也。春秋五十有三。

君既再失偶，最後娶方淑人。子熙文，某官；烈文，某官。女三人：適增生李□生，候選主事周騰虎，烏程縣知縣陳鐘英。孫六人。咸豐六年七月某甲子，葬於荆溪之東山。

所箸書有江水論一卷，雜文一卷，歌詩曰幽棲集、登樓集等者凡七卷，和陶詩一卷，詞一卷。君中懷淡定，中歲頻遘憂戚，泊然不知窮通得喪之於己何與。自詩篇外，若無一足關其慮；自獎誘後進外，若無一堪自愉樂者。論者疑其超曠忘世，及海上事起，乃獨鬱鬱不能終日。豈有大志者，常頹然不易測耶？抑中年悲感，晚節一觸而不自克耶？匪可詳已。銘曰：

達人離垢，遺棄萬事；聖人忘身，不忘拯世。迹若相反，義乃相成。趙公落落，衷道而行。積困始亨，將大厥施。方駕而稅，誰實尸之？有子克家，志亢行俯。天右勞臣，永錫來許。

錄自曾文正公文集卷三。

季弟事恒墓誌銘

同治元年十一月十八日丙寅，我季弟殁於金陵軍中。逾月，喪過安慶，國藩設次哭奠如禮，遣之反葬。弟名國葆，字季洪，後更名貞幹，字事恒。少則落落，自將脱去町畦，視人世毁譽，及書史褒譏𡟭惡，不甚厝意；不隨衆爲疑信，時或詰難參伍，大破羣惑。嘗應縣試及學政試，再冠其曹。已而厭薄舉業，不肯竟學。

咸豐三年，國藩奉詔討賊，召募水陸諸軍。季弟挈六百人以從，提督楊載福、侍郎彭玉麟，始皆客季弟所，爲僚佐。季亟薦此二人爲英毅非常器，己願下之。四年三月，岳州兵敗。季又亟白諸將無罪，己願獨坐之。其後楊、彭二人果以水師雄視東南，而諸將亦次第登用，掇取高官大名。獨季弟黯黮歸去，築室紫田山中，柴門絶人事，身與世若兩不相收。

八年十月，母弟國華戰殁三河。季則大慟，誓出殺賊，以報兄仇而雪前耻。鄂帥胡文忠公方廣求將材，命季分領千人，自黄州建旆而東。十年正月，連克太湖、潛山。三月，始與叔弟國荃會師以圍安慶。十一年八月，克之。明年，爲今皇帝元年。弟以正月師次三山。三山者，宣、池羣賊四萃之區。軍入援絶，寇十倍我，乃以計招降三縣義民之陷賊者，噢咻而厲使之。得四千人，編伍約法，用破魯港，克繁昌，下南陵、蕪湖。而國荃亦以是時克東西梁山，徇和州、當塗，奪彩石。兄弟復會師，進薄金陵之雨花臺。江東久虐於兵，沴疫繁興，將士物故相屬。弟病亦屢瀕於危，定議假歸養疾。適以援賊大至，强起戰守四十六日，賊退而疾甚，不可復治矣。

季弟初以功敘儒學訓導，加國子監學正銜。克復安慶，晉秩同知，賞戴花翎。厥後，連克繁昌三縣，天子雖以國藩前有辭賞之奏，猶特賜迅勇巴圖魯名號。至大破援賊，晉階知府。命下而弟不及見矣！事聞，遂追贈按察使，照軍營病故例議恤。詔書謂朝廷早欲擢用，特以國藩懇辭，留以有待。嗚呼！聖主之於臣家，恩寵不訾。獨惜國家欲大用吾弟，與吾弟欲得當以報國，兩相須於微莫之中，而卒不克少待以竟厥志。嗚呼！兹所謂命焉者非耶！

季弟生以道光八年九月二十日，春秋三十有五。曾祖諱竟希，妣彭氏。祖諱玉屏，妣王氏。父諱麟書，妣江氏。三代皆封光禄大夫，妣皆一品夫人。配鄧氏，先弟十月卒。兄弟五人，自仲氏國潢外，四人者皆從事戎行。季無子，以國潢子紀渠嗣。同治二年，某月某日甲子，葬於某里某山之陽。輒敘次事狀，繫以銘語，以寫吾哀。銘曰：

智足以定危亂，而名譽不竝於時賢；忠足以結主知，而褒寵不逮於生前；仁足以周部曲，而妻孥不獲食其德；識足以祛羣疑，而文彩不能伸其説。嗚呼予季！缺憾孔多。天乎人乎？歸咎誰何？矢堅貞而無怨，倘彌久而不磨。

録自曾文正公文集卷三。

歐陽氏姑婦節孝家傳

節母蔡氏，生三歲而室於歐陽，事玉光府君，家微也。姑劉孺人，端嚴匡敕，無所假借。節一朝之食，分之二日；并三人之事，責之一手。舉家事精麤劇易，壹委節母，不以何問他人。節母則先雞鳴而興，豫其未至；後斗轉而息，補其闕遺。箕拘無塵，井汲無濡，半米寸薪，必珍必戒。諸娣姒次第入門，節母躬其難者，讓其易者。自親舍及衆私室，衣垢則浣之，綻裂則補綴，初不問其所自來。羣從子女，寒則衣之，饑則慈以甘糍，就湢浴爲之潔除。羣從或忘其母而母節母，節母亦忘其非己出也。

乾隆三十年乙酉，舅席珍府君卒。明年，玉光以毁死。劉孺人大戚。節母於時年二十有八。長子惟本，甫三歲，少者成材未期耳。入則泣血柴立，茹蘖自盟；出則抱子奉姑，怡聲亹亹。益屏去華飾，先姑意之未發而從事。約其口與體，以及其孤子女，無所不約；勤其力以率其妯娌與其子姓，傭奴各有專職。土無寸曠，人無晷暇；俯拾仰取，賓祭有經；猪雞肥碩，蔬果怒生。方節母事姑之初，歲入穀二十石；逮姑之暮年，穀近千石。惟本讀書屬文，試於郡縣有聲矣，年二十七歲而卒；婦蔡氏亦以節著。

節婦蔡氏，少歸歐陽惟本，節母之冢婦也。乾隆四十三年戊戌，歲大饑。節婦將嫁，其父輔世，貧不能具禮。宗族或助之結褵之資，凡得錢三千有奇，父爲裝遣之。節婦陰返其錢，置秆薦中而繫鑰匙其端。父歸而室無見糧，引鑰則錢在焉。泣曰：『孝哉吾女！留此以活我也。』惟本没時，節婦亦二十八歲。由是捐棄萬事，壹從節母求所以事祖姑劉孺人之法。黎明，劉孺人興，節母執笄侍左，節婦自右約之。及盥，節母奉水，節婦奉槃。及食，婦具饌，母侑之。及寢，三世聯床，聽於無聲。劉孺人即怒，節母負墻竦懼，節婦從容改爲，以適厥指。即疾病，婦煮藥，母嘗而後進。夜則番宿遞侍，衣不解帶。一夕，節母起，墮床，折脅二骨。節婦號泣，就援之。母戒屏息，無令劉孺人得聞知也。劉孺人晚而喪明，手足痿痹，挽筐輿，日游庭中。節母肩前，節婦肩後。其後劉孺人九十而終，節母且六十矣，二脅骨者竟無恙。其後二十餘年，盗入室劫母衣，刃傷節婦指及肘，創甚，亦不醫，而竟無恙。論者以爲孝徵，神或相之云。道光九年，節母没，實年九十有六。二十三年，節婦没，實八十有三。其前五年，歲在己亥，均旌表節孝如例。

前史官曾國藩曰：節婦之孫女子四人，次二者歸於我外舅福田先生，篤行君子也，數爲余誦述兩世事狀。余昔官禮部，見各行省題旌婦女，凡烈婦殉夫者，別具一疏。高宗皇帝常下詔非之，不予旌表，以爲行不貴苟難也。然末俗士論，往往以矯激卓絶之行爲難。觀歐陽姑婦之節，亦似庸行無殊絶者。而純孝兢兢，事姑至六十年、五十年之久而不渝，天下之至難，孰逾是哉！

録自曾文正公文集卷三。

鳴原堂論文序

常棣爲燕兄弟之詩，小宛爲兄弟相戒以免禍之詩，而皆以脊令起興。蓋脊令之性最急，其用情最切。故常棣以喻急難之誼；小宛以喻征邁努力之忱。余久困兵間，温甫、沅浦兩弟之從軍，其初皆因急難而來。沅浦堅忍果摯，遂成大功，余用是獲免於戾。因與沅弟常以暇逸相誡，期於夙興夜寐，無忝所生。爰取兩詩脊令之旨，名其堂曰『鳴原堂』云。曾國藩記。

録自曾文正公文集卷三。

王船山遺書序

王船山先生遺書，同治四年十月刻竣，凡三百二十二卷。國藩校閲者，禮記章句四十九卷，張子正蒙註九卷，讀通鑑論三十卷，宋論十五卷，四書、易、詩、春秋諸經稗疏、考異十四卷，訂正訛脱百七十餘事。軍中鮮暇，不克細紬全編，乃爲序曰：

昔仲尼好語求仁，而雅言執禮，孟氏亦仁禮并稱，蓋聖王所以平物我之情，而息天下之爭，内之莫大於仁，外之莫急於禮。自孔、孟在時，老、莊已鄙棄禮教。楊、墨之指不同，而同於賊仁。厥後衆流歧出，載籍焚燒，微言中絶，人紀紊焉。漢儒掇拾遺經，小戴氏乃作記，以存禮於什一。又千餘年，宋儒遠承墜緒，横渠張氏乃作正蒙，以討論爲仁之方。船山先生註正蒙數萬言，註禮記數十萬言，幽以究民物之同原，顯以綱維萬事，弭世亂於未形。其於古昔明體達用，盈科後進之旨，往往近之。

先生名夫之，字而農，以崇禎十五年舉於鄉。目覩是時朝政，刻覈無親，而士大夫又馳騖聲氣，東林、復社之徒，樹黨伐仇，頹俗日蔽。故其書中黜申、韓之術，嫉朋黨之風，長言三嘆而未有已。既一仕桂藩，爲行人司。知事終不可爲，乃匿迹永、郴、衡、邵之間，終老於湘西之石船山。

聖清大定，訪求隱逸。鴻博之士，次第登進。雖顧亭林、李二曲輩之艱貞，徵聘尚不絶於廬。獨先生深閟固藏，邈焉無與。平生痛詆黨人標謗之習，不欲身隱而文著，來反脣之訕笑。用是其身長遯，其名寂寂，其學亦竟不顯於世。荒山敝榻，終歲孳孳，以求所謂育物之仁，經邦之禮。窮探極論，千變而不離其宗；曠百世不見知，而無所於悔。先生没後，巨儒迭興，或攻良知捷獲之説，或辨易圖之鑿，或詳考名物、訓詁、音韻，正詩集傳之疏，或修補三禮時享之儀，號爲卓絶。先生皆已發之於前，與後賢若合符契。雖其箸述太繁，醇駁互見，然固可謂博文約禮，命世獨立之君子已。

道光十九年，先生裔孫世全始刊刻百五十卷。新化鄧顯鶴湘皐實主其事。湘潭歐陽兆熊曉晴贊成之。咸豐四年，寇犯湘潭，板毁於火。同治初元，吾弟國荃乃謀重刻，而增益百七十二卷，仍以歐陽君董其役。南匯張文虎嘯山、儀徵劉毓崧伯山等，分任校讎。庀局於安慶，蔵事於金陵。先生之書，於是蠡備。後之學者，有能秉心敬恕，綜貫本末，將亦不釋乎此也。曾國藩敘。

録自曾文正公文集卷三。

閩浙總督季公墓誌銘

公諱芝昌，字雲書，號仙九，姓季氏。道光之末，咸豐之初，公以正卿内知樞密，外督封疆。朝廷亟以大事相屬，而公慊然自以爲不足。海内賢士，亦第宗其文章，而若忘其政事之美。公於文裁量完密，宫徵鏘鳴，當世歎爲臺閣夷懌之音，而又忘其營度之苦。至其身世備歷諸艱，則知者尤少也。

季氏世家江陰。公曾祖諱愔。祖諱熙，歲貢生，累葉窮約。至考諱麟，字晴郊者，始以拔貢、舉人官鉅鹿縣知縣。嘉慶十四年，公侍王父從鉅鹿君於官所，又迎婦於衛輝。婦翁爲王蘇儕嶠，以翰林出守大郡。兩家皆科第名宦，政聲溢於河朔，寖寖光大矣。無何，歲貢君卒於鉅鹿，鉅鹿君坐不身捕妖民褫職，遣戍新疆。逾年，没於戍所。公所生長子既殤，又殤一女，又殤次子。而鉅鹿君有官逋，簿責益急，籍家産輸之官。親知不相省録，胥吏侵侮，殆無人理。厥後，以道光元年舉順天鄉試。三年，考取國子監學正學録，薄宦京師，生事日絀。蓋至十二年，成一甲三名進士，而公之困厄，餘二十載矣。

既以巍科改翰林院編修，明年散館，則大爲宣宗所褒，御書『魁』字於卷之傳别，而大臣亦自登公首選，旋又以大考翰詹列高等，簡授山東學政。任滿還京，充戊戌會試同考官。明年己亥大考，復列高等。奉使江西主考、浙江學政，累遷至内閣學士，兼禮部侍郎。由是舉朝慕公遇合之隆。臺省耆宿，交口稱公詩賦，以諷勉後進。儕輩斂衽，皆以爲不及；高才未達，皆傳鈔而模範之。雖天子亦以君臣文字契合，爲足樂也。

公在浙，丁母憂。道光二十三年，服闋入都，與考試差。翼日召對，宣宗嘉歎公文，以謂：『他人竭蹶喘汗有不能到，汝則沛乎有餘，譬之於射，汝穿楊百中矣！』語畢大笑。公且感且悚，退而以『不失鵠』名其齋。是歲，擢禮部、吏部侍郎，督學安徽。公益兢兢，恐無以育才厚俗，上負主知。

二十六年，受代還朝。明年，充會試知貢舉、殿試讀卷官、經筵講官。衡文之事，無役不從。四方學徒，翰林新進，輻輳造門請業。而上察公忠謹廉介，可任艱巨，不復欲以校文角藝相屬。蓋科目取士既久，至爭聲律一字之得失，而置軍國於不問。宣宗晚歲，遠覽唐季明末之陋，恤焉思有以易之，亦預憂治安之不可深恃也。二十八年，命公爲倉場侍郎。是冬，命偕定郡王載銓，查辦長蘆鹽務，及天津所屬倉庫。二十九年，命偕大學士耆英，查詢東南兩河冗員浮費。又命公馳赴浙江，釐剔鹽務，清查倉庫。凡政有奸弊叢雜，輒屬公梳抉而廓清之。公晝夜稽覈，不吴不揚，盡得要領，而於人無所乖迕。使浙未返，有詔簡授山西巡撫。甫至晉，又内召爲軍機大臣。三十年，宣宗升遐，與諸王大臣受遺輔政。文宗繼序，益欲以艱大付公。會廣西軍興，南服不靖，遂命公總督閩浙。公鈎校官書，發舊牘與新事雜治，廢寢忘食。未幾疾作，陳請開缺，勿許。咸豐二年，病益劇。屢疏乞退，温旨慰留。最後，十一月，詔許回籍調理。三年正月，返蘇之常熟家焉。二月，金陵淪陷，賊乃日熾，公聞之大痛。自以朝廷重臣，出涖海疆，不能濟弱扶傾，副聖主倚畀之意；而時事糜爛，又不克力疾强起，以效尺寸。往往獨夜悲泣，或爲詩歌以鳴積鬱。至咸豐六年，而得偏痹之症。十年，蘇、常失陷，挈家北渡。又聞九月淀園之變，益憂憤内傷，不復可支矣。是歲十一月三十日，薨於通州，春秋七十。

自公之貴，三代皆贈光禄大夫，如公官。曾祖妣趙氏，祖妣趙氏，妣史氏，皆贈一品夫人。妻王夫人，妾郭恭人，皆前卒。妾吴氏，公没後自裁以殉。旌表如例。子念貽，道光庚戌進士，翰林院編修，加四品卿銜。女二人，長適翰林院編修陳彝；次適鉅野縣知縣張彭年。孫綸全、邦楨，曾孫厚堃、厚基、厚鎔。公卒時，渴葬通州城東。同治四年八月十八日，始卜葬於江陰長山南麓。

當公在閩引疾，方怪宏才若彼，重任如此，何遽謙讓勇退！及歸田數載，而憂國乃更甚於當官之時。而當世之自以爲能負荷非常者，覆轍相屬，乃不忍聞。然後知君子欲然之抱，誠不易量度哉！嗚呼！是可銘已。銘曰：

兩社貞卜，實啓季宗。世閎休德，集於我公。十韜一襮，積塞乃通。發爲宏篇，藻火笙鏞。輶軒四出，使節落旄。冥索章句，盡拔其豪。靡幹不采，何埴不陶？天子曰諮，時有屯蹇；道有平頗，著在前典。良臣斡之，天回斗轉。斂此鴻文，謨奠乾坤。入筦天樞，出帥海濱。鋤姦詰蠹，萬緒交紛。每況彌恭，若虛若無。讓賢避位，長往江湖。心摧形瘁，與世同臞。我貢春官，出公門下；斯鑄斯鎔，或躍於冶。岱宗雲頽，有隕如瀉。紀績埋幽，用詔來者。

録自曾文正公文集卷三。

仁和邵君墓誌銘〔一〕

位西，仁和邵氏，諱懿辰，與國藩交二十餘年矣。咸豐十年二月，賊入杭州，五日而復。七月，位西訪余祁門軍次。語余以城破時，盡室陷賊中。賊退，乃挈家東徙紹興。老母考終，纍得盡禮，欲乞師以援兩浙。不果，遂別去。明年十一月，杭州再陷。位西之妻余恭人，二子順年、順國，轉徙滬上。余聞而迎致之安慶。順年語余以城破時，盡室饑困。其父麾家人出避，圖延宗祀，亦詭詞自稱將出，遂泣別，不復相聞。國藩心知位西烈士也，必不苟免。其家固知之，以無定問，不敢發喪。同治三年二月，杭州克復。順年奔哭周詢，具得三日不食，罵賊遇害狀。實以十一年十二月朔日殉難。於是始除次執喪，赴告遠近。浙江巡撫上其事，天子下詔褒恤。然後知親在則避，親没則死。賢者遭難，如是其不苟也。

位西之學，初以安溪李文貞公、桐城方侍郎爲則，擯斥近世漢學家言。爲文章，務先義理，不事縟色繁聲，旁徵雜引以追時好。厥後，以舉人仕京師，爲内閣中書、刑部員外郎，入直軍機處。與上元梅曾亮伯言、臨桂朱琦伯韓數輩游處。博覽國故朝章，其文益奥美盤折，亦頗采異己之説以自廣。詢訪高才秀士，折節造請，交譽互證，酣恣而不厭，狎習而彌虔。然位西性故戇直，往往面折人短，以謂『書籍所無，公何得漫爾』？不應，再糾焉；猶不獲，三諫焉。無問新故疏戚、貴賤時否，一切蹙頞相繩，人不能堪。終以此取戾於世。大學士琦善公在獄，嘗發十九事難之；大學士賽尚阿公視師廣西，手疏七不可諍之。諸公貴人，病其陗直，由是齟齬不得安其位。

咸豐四年，坐濟寧防河無效，吏議鐫職。位西既罷歸，則大覃思經籍，簒箸尚書通義、孝經通義、詩古文若干卷。饑餓圍城之中，猶箸禮經通論，誦聲鏘然，徹於巷外。亂後，僅得禮經一卷，文三十餘首，刻之淮安。蓋不能什之一二，餘則散佚矣。

位西之曾祖王父寶勤，王父又曾，父宗贄，本生父鳳儀，世箸清德。

有兄懿藩，早喪，無子，以順年後之。有女二人。順年歸自杭州，未得父尸，大痛遘疾。同治四年六月十三日，没於金陵。余恭人少而刲股療親，晚而事姑有聲。既痛其夫，又悲其子，七月十二日亦卒。嗚呼，傷已！國藩於是命順國與其壻鄭興儀，具位西衣冠，葬之西湖二龍山。以余恭人及順年祔。順年之妻伊氏，前死賊中。至是，亦以衣冠祔葬。銘曰：

城有時而爲湖，海有時而成田。物固有非常之變，烏可以常理測彼昊天。善不必福久矣，曾不自夫子而始然。愍東南之大戾，仁聖與螻蟻而同捐。著述盡其蕩盡，僅吊煨燼之殘編。文之精者不復存，存者又未必果傳。獨其耿耿不磨之志，與日星而長懸。魂無遠而不之，魄則依妻子以全。庶上爲神祇所許，而下爲百世學者之所憐。

録自曾文正公文集卷三。

【校】

〔一〕原鈔本作邵君墓誌銘，此據傳忠書局本改。

江忠烈公神道碑

公諱忠源，號岷樵，新寧江氏。曾祖登佐，太學生。祖獻鵬。父上景，歲貢生。母陳太夫人，生子四，公其長也。少而豁朗英峙，以縣學附生，選爲道光十七年丁酉科拔貢生，旋中是科鄉舉。久客京師，以大挑得教職。與曾國藩、陳源兖、郭嵩燾、馮卓懷數輩友善。嘗從容語國藩：『新寧有青蓮教匪，亂端兆矣！』既歸二年，而復至京。余戲詰公：『青蓮會匪竟如何？何久無驗也？』公具道家居時，陰戒所親，無得染彼教。團結丁壯，密繕兵仗，事發有以禦之。逮再歸，而果有雷再浩之變。公部署夙定，一戰破焚其巢。誘賊黨縛再浩，磔之。湖廣總督上其功，賞戴藍翎，以知縣用。公入都謁選，又語國藩：『前事雖定，而大吏姑息，不肯痛誅餘黨。難猶未已。』逾年，而復有李沅發之變。又逾年，而廣西羣盜蠭起，洪秀全、楊秀清之徒出，大亂作矣！

公爲縣令浙江歲餘。咸豐元年，丁家艱歸。大學士賽尚阿公督師廣西，馳疏調公赴粵。既至，則大爲副都統烏蘭泰公所賓敬。事無巨細，必再諮而後行；人無疏戚貴賤，必察公意嚮而薄厚之。敘公之勞，請擢同知直隸州，換戴花翎。公亦竭誠贊畫，募楚勇五百人助戰。湖南鄉勇出境討賊，自此始也。

烏公慷慨負氣，與提督向公榮，積有違言。公以書曉譬，烏公禮下之已甚，冀感動向公，卒不能得。逮圍賊於永安，復代爲一書抵向公，力諫圍師缺隅之說，請合圍而盡殲之，又不能得，因引疾歸。歸而永安賊出，大敗官軍，遂至桂林。公聞警，募勇倍道赴援，將終佐烏公以平嶺表。未至而烏公陣没。自是獨領一隊，賊中往往指目『江家軍』矣。既解廣西之圍，旋大捷於蓑衣渡。賊不得掠舟而北，衡、永以安。賊攻長沙，公與力爭南門天心閣，築堅壘，據要害，長沙以完。賊之渡洞庭而東也，實惟咸豐二年十月之杪，旌旗帆檣，蔽江而下。公痛時事之益壞，怨吾謀之不見納，悵然不復欲東。巡撫張公亮基亦奏公留守湖南。是冬，破賊目晏仲武於巴陵，剿平徵義堂會匪於瀏陽。明年春，署湖北按察使，翦叛民劉立簡於通城，膞陳北斗於崇陽。皆以疲卒千餘，蕩寇數萬。天子褒歎。由是有幫辦江南軍務之命。

公拜疏，將赴金陵，中途聞廣濟宋關佑爲亂，移師討之。事甫定，而朝廷命公速救鳳陽。不數日，而江西巡撫檄公速援南昌。公曰：『金陵、鳳陽，雖有朝命，然殘破之區，效遲而事易；江西雖無朝命，然完善之土，禍急而事難。吾當先其難者。』遂挈師由九江踔四百里，猋入南昌。翌日賊至，則設施略備，上下恃以無恐。賊晝夜環攻，闕地十道，分擾旁郡，以眩我謀，終不得窮公方略。凡九十餘日而圍解。上嘉公功，賞二品頂戴，賜翎管、班指諸物。厥後田家鎮失利，上疏自劾。詔旨雖許鐫四級，然旋有安徽巡撫之命，又詔公楚皖一體，當相緩急爲去留，不必拘於成命。蓋聖主倚公辦賊，不復中制，而海内企踵喁喁，亦咸知非公莫屬也。

公以爲武昌差足自保，廬州新立行省，危在旦夕，法宜經營淮南，以分吴楚賊勢。遂拜疏自鄂之皖，⿰酉賣雨而行。將卒終歲奔命，道病，公亦病。至六安，病甚。六安吏民遮道請留，不許。舁疾竟達廬州，部分未定而賊大至。公設策應敵，一如守長沙、南昌時。而城無見糧，藥鉛罄竭。元從之士，不滿千人。諸軍屯四十里外，觀望莫救。公弟忠濬，自楚來援，爲賊所梗，咫尺不得通問。公病益困，不食數日矣。城陷，發憤投水死。咸豐三年十二月十七日也，春秋四十有二。越八日，募人入賊中，負公尸以出。事聞，天子震悼。追贈總督，賜祭葬，命廬州及湖南、江西皆立專祠，褒公三代如其官，予謚忠烈。

咸豐五年，劉公長佑間關歸公喪新寧。六年某月，葬於某里某山。公弟三人，仲即忠濬，以兵事積功至道員，歷官安徽、四川布政使。次忠濟，戰功最偉，殉難岳州，予謚壯節。次忠淑，縣學附生，保敘知府。夫人陳氏，無子，以弟子孝椿爲嗣。妾楊氏，公既没，而生子孝棠。

國藩昔與公以學行相切礪。文宗御極，薦公以應求賢之詔。公嘗疏請三省造舟練習水師。又嘗寓書國藩，堅囑廣置礮船，肅清江面，以弭巨禍。其後，國藩專力水軍，幸而有成，從公謀也。自公之薨，忠濬等數乞余文，表公墓道。大義相許，神人共鑒，余其敢讓！軍興以來，死事者多矣！或邂逅及難，而幸廁忠義之林，何可勝道！當公赴江西之急，有詔令至金陵。及赴廬州之急，有詔且留楚中。宜可少安，以惜有用之身；而公必蹈危地，甘死如飴，但求無疚於神明。豈所謂皎然不欺者耶？嗚呼忠已！余既揭其用兵始末，乃竝述他行義，聲之銘詩，用告異世治國聞者。銘曰：

儒文俠武，道不竝張；命世英哲，乃兼厥長。惟公之興，頽俗實匡。明明如月，肝膽芬芳。有師鄧君，有友鄒子；卧病長安，朝夕在視。亦有曾生，燕南旅死；謀歸三喪，反葬萬里。兩以躬致，義泣鬼神；近古之俠，孰與比倫？ 作宰吴越，風教露養； 秀水振饑，翼民以長。 蘇其枯胔，衣以文襁。 儒吏之風，竝時無兩。 藴此兩美，風雷入懷； 砰然變化，陰闔陽開。 宜戡大難，重奠九垓； 半駕而税，天乎人哉！ 楚師東征，倏逾十秋。 三十萬人，金甲貔貅； 死者半之，白骨嵩邱。 人懷忠憤，如報私仇； 千磨百折，有進無休。 終殪元惡，盡復名城。 天河蕩穢，海宇再清。 公創其始，不覩其成。 九原可作，慰以兹銘。

録自曾文正公文集卷三。

張君樹程墓誌銘〔一〕

君諱善準，字樹程，號平泉，晚更自號愚公，武昌張氏。 考諱以誥，國藩嘗表其墓，既詳其世矣。 君孕育前徽，出入造次，不離古先之訓。 既補縣學生員，以制舉之文震耀於時。 主學政者，每嗟賞之，舉以爲羣士式。 君顧不以自憙，獨有志於樸學之塗，篤好浚儀王氏困學紀聞，崑山顧氏日知録二書。 删取其要，别爲一編，手寫數通，亟繹而不厭，博覽而彌深。 前所謂舉業者，漸高簡而不諧於衆，遂爲歲貢生以終。 與之游者，但見其於科目仕宦，窮通得喪，豐約毁譽，泊乎未有以干其慮也； 及聞時政安危，賢不肖進退當否，乃憂之樂之，如其家事，則相與怵焉起敬。

粤賊之起，賢人君子，往往殉難，或闔門同盡。 君聞輒悼痛，語及卓行奇節，則泫然泣下，如喪周親。 一夕，篝鐙讀書，忽甚悲失聲。 舉家驚起，趨視，君方手一編，顧曰：『有傳胡巡撫祭李帥文至者，余讀之，不覺哀而一號耳。』胡巡撫者，益陽胡文忠公林翼； 李帥者，湘鄉李忠武公續賓。 時方戰没三河，天下所共傷也。 自是，兵事利鈍，家人相戒，不敢以聞。 閭里過從，相與遺懷望治，道吉語以忘憂，君一接以恭謹。 遇耇長，怡聲讙對，如恐傷之。 自敵以下，褒能獎善，温温致敬，終不以有故而加慢。 姻好或有患難疾疢，早夜省視，匍匐護持，時其有無而周濟焉。 人咸謂君爲慈惠之師，緩急可倚杖矣。

然君性實剛介，嫉惡如讎，深恨昏墨之吏，暨士人居家者財利與賈豎競錙銖者。 以謂天下大亂，端由此輩。 意不快，則昌言誅責，唾而斥之； 或以書抵友朋，其語絶痛。又嘗戒其子裕釗：『汝才薄，慎無求仕；苟仕，慎無爲身家謀。居民上而黷貨，是穿窬也，神不福矣。』聞者凜凜，然後知君之德，不得僅以仁厚名也。

同治三年十二月十日，卒於家。春秋六十有九。所箸有史學提要續編六卷。妻金氏，秉禮習勞，儉而澤物。子二人，長裕鍇，次即裕釗，舉人，積學能文。女子二人。孫幾人，某某。某年月日，葬君於某縣某山。裕釗來徵銘。銘曰：

訥訥哲人，斯須繩矩；遇事激發，剛亦不吐〔二〕。慟恤忠良，有涕如雨；譏貶姦貪，有舌如斧。能好能惡，是謂至仁。邈然物外，未侵一塵。樊口之南，重湖之濱；藏骨黃壤，垂範千春。

録自曾文正公文集卷三。

【校】

〔一〕原鈔本作張樹程墓誌銘，無『君』字，此從傳忠書局本。

〔二〕原鈔本作『剛亦能吐』，此從傳忠書局本改。

衡陽彭氏譜序

吾少時讀家譜，曾子十五世孫據，以關内侯避王莽之亂，南遷爲南州諸曾之祖。私怪據事蹟不見於他書，舊譜於何取徵？後讀歐陽文忠公集，見其答曾子固書，亦以關内侯據爲疑，引史例以諷之，乃知吾曾氏本據爲始遷之祖，相沿且千歲，由來舊矣。歐陽公譜牒之學，號爲精審。然其所箸唐宰相世系表，於巨族既推其本源出於某帝某王，又歷叙漢世名賢，如琅邪王氏，已稱出周靈王子晉之後，而又叙王吉、王駿之系；蘭陵蕭氏，已稱出帝嚳之後，而又叙蕭何、望之之系；相承不絶，如屈伸指而數庭樹，略無參稽猶豫之辭。公嘗譏司馬遷不能闕疑，後人又譏歐陽氏不善闕疑，所謂目能見千里而不能自見其睫也。

君子慎度身世，信諸心，則蒙大難、決大計而不懼；未信諸心，則雖坦途而不肯輕試。其於臨文，亦若是焉可耳。衡陽彭雪琴侍郎，以諸生從戎，十有三載，肅清長江，克名城以百計，殕巨憝於金陵。當其提挈饑軍，出入鋒鏑，誓不與此賊同戴三光。天下稱爲烈士。及夫勛勞日著，朝廷授爲安徽巡撫，授爲漕運總督，皆屢疏固辭不拜。退然若漆雕之内不自信，卒不輕於一試，又何慎也！

同治四五年間，東南大定。侍郎與其宗長老修訂彭氏家譜。彭氏本貫江西之泰和，至明世，有曰聲揚者，始遷於衡。其後八傳，曰步南者，肇修譜牒。我朝康熙中，再修之。道光十三年，侍郎之考贈光禄君，三修之。及是，四次修撰。族之材儁子弟，奮迹師中，積功累伐，珥貂相望，簪紱雲興，皆著於録。彭氏日益光大矣！

其系表，斷自聲揚公。凡前世達人，暨同姓異望之顯者，别爲一編，不與本宗相淆。蓋凛凛乎闕疑之誼云。國藩之先世，亦自江西遷居衡陽；至明季，更遷湘鄉。而祠廟今尚在衡，與彭氏擊柝相聞，墟煙相接。曩者不揆愚陋，嘗慨然欲重訂家譜，述其可知者而差其可疑者，區爲别録。不求盡合於歐、曾大儒，但求慊於吾心。久困兵間，未遑執簡。感侍郎急於先務，故爲之序，以答其請，因抒余之夙懷。同治五年十月曾國藩撰。

録自曾文正公文集卷三。

大潛山房詩題語

山谷學杜公七律，專以單行之氣運於偶句之中；東坡學太白，則以長古之氣運於律句之中。樊川七律，亦有一種單行票姚之氣。余嘗謂小杜、蘇、黄，皆豪士而有俠客之風者。省三所爲七律，亦往往以單行之氣，差於牧之爲近，蓋得之天事者多。若能就斯塗而益闢之，參以山谷之倔强，而去其生澀，雖不足以悦時目，然固詩中不可不歷之境也。

省三用兵，亦能横厲捷出，不主故常。二十從戎，三十而擁疆寄，聲施爛然，爲時名將。惟所向有功，未遭挫折，蔑視此虜之意多，臨事而懼之念少。若加以悚惕戒慎，豪俠而具斂退氣象，尤可貴耳。余覽其詩卷既畢，因題數語以勖勉之。同治五年十一月，曾國藩書於周家口軍次。

録自曾文正公文集卷三。

金陵軍營官紳昭忠祠記

嗚呼！軍興以來，死事者多矣，而金陵尤爲忠義之所萃云。

咸豐二年十二月，賊陷武昌、漢陽，掠取巨舟萬數。三年正月，蔽江東下，連陷九江、安慶、蕪湖各城，遂破金陵，據爲僞都。城中官紳與駐防之軍民竝及於難。當是時，天子已命向榮爲欽差大臣，自湖北逐賊而東，至則城陷已逾旬日。又繼陷鎮江、揚州兩府，而都統琦善亦以欽差大臣由河南進至揚州。自是，後廣西元從諸軍駐金陵者，號爲江南大營；北來新集諸軍駐揚州者，號爲江北大營。鎮江別屯一軍，則金陵分兵駐之，與揚州之師相爲犄角。未幾，揚州之賊分支北竄河南、直隸；金陵之賊分支西竄江西、湖北；而鎮江之賊，破我營壘；別有粵人爲亂，攻陷上海。其冬，北軍克復揚州、儀徵，羣賊移據瓜洲。四年，督師琦公卒。托明阿接統北軍。五年，江蘇巡撫吉爾杭阿克復上海，移師圍攻鎮江。六年春，南路賊陷寧國，北路賊復陷揚州。托明阿罷職，德興阿接統北軍，旋克揚州。其夏，巡撫吉公戰没於高資，金陵大營亦陷。督師向公退守丹陽，已而病卒。朝廷命和春爲欽差大臣，而命張國樑爲總統。七年冬，南軍克復鎮江，北軍同日克瓜洲。八年，南軍築長圍以困金陵之賊，北軍大挫於浦口；賊陷江浦、天長、儀徵、揚州、六合。張國樑北援揚州，克之。九年，德興阿劾罷，江北不復置帥，以江南大帥兼轄。十年正月，張國樑克九洑洲。二月，皖南羣賊攻陷杭州，江南遣張玉良援杭，克之。三月，賊破建平、東壩、溧陽，羣萃金陵，攻陷大營，我師潰奔，常州、蘇州繼陷。是後馮子材等堅守鎮江，都興阿等堅守揚州，數年無恙。

蓋自咸豐癸丑以迄庚申，耳目衆著之事，大略如此。其餘南軍攻取旁近郡縣，若太平、蕪湖、丹陽、溧水、溧陽、高淳、句容，屢克屢陷，不常其得失。或北援揚州、江浦，警報朝聞，南師夕渡。而城外賊壘，濱江要隘，亦無月不事攻戰，擲千百性命以爭尺寸之土。當時中外盛稱江南勁旅，聲威出北軍上遠甚。諸路告急，金陵往往分兵四出援剿，其致敗亦終以此。始至之秋，即遣虎嵩林馳援上海，既又遣和春赴援廬州。寧國失守，則遣鄧紹良自浙援之。數年，鄧君戰亡，又遣鄭魁士繼之。賊圍衢州，則遣周天受等援浙；賊入延建，又濟師以援閩。近者數百里，遠者二三千里，孤軍轉斗，累月不歸。饋餫乖時，忍饑赴敵，膏涂原野，莫相收恤。而金陵之賊，見我軍遠征者多，居守者少，營壘空虚，炊煙日減，晝夜謀所以覆我者。咸豐六年，大營失陷，正坐壘闊兵單之故。最後十年之役，則長圍已成，汛地愈廣。我軍分兵救浙，不能遽返。而自浙回竄之賊，皖南江北之賊，十道竝進，乃一發而不可禦。將士方冀合圍之後，犁穴擒渠，策勳有期。不意倉皇潰敗，有如沙飛河決，蕩析南奔，死亡不可勝數。其僅有存者，張玉良收集餘燼，以攻嘉興，以守杭州。至明年，杭城再陷，而金陵大營八萬人者，蕩然無復留遺矣。

當諸將屯駐秣陵，向公榮、張公國樑，最負重望。其餘智者竭謀，勇者殫力，亦豈不切齒圖功，思得當以報國。事會未至，窮天下之力而無如何。彼六七僞王者，各挾數十萬之衆，代興迭盛，橫行一時。而上游沿江千里，亦足轉輸盜糧。及賊勢將衰，諸酋次第僵斃，而廣封騃豎，至百餘王之多，權分而勢益散。長江既清，賊糧漸匱。厥後楚軍圍金陵，兩載而告克。非前者果拙而後者果工也。時未可爲，則聖哲亦終無成；時可爲，則事半而功倍也。皆天也。

既克三載，同治六年之冬，乃建昭忠祠於蓮花第五橋，祀先後死事者。同堂而異室，其中一室，祀三年二月江寧初陷時守城殉難之員；其東一室，祀三年至十年城外大營傷亡之員；其西一室，祀城内及江寧七屬紳士，而外郡紳士死於此者亦與焉；又東一室，祀金陵將領出援各路，死於寧國及浙江等處者；又西一室，祀鎮江及揚州死事之員。鎮江本金陵所分之軍，揚州亦與金陵一體，其後又歸南軍兼轄故也。工既竣，粗爲記其梗概。至於歷年戰爭，良將猛士之勞，攻牢保危之策，將具於國史，兹不復備述云。

録自曾文正公文集卷四。

新寧劉君墓碑銘[一]

君諱時華，字廷材，號寶泉。先世自江西徙湖南之新寧。曾祖有義。祖儒禹，府學增生。父世貴，太學生。家貧，爲商賈，化居以自給。君生有至性，不忍其父久勞市廛，乃跪請曰：『大人宜少休。兄學且有成，弟弱，兒願代父勞而服賈矣。』遂游資於江、漢之間，量物度時，廣取而節用；後人而往，先人而歸；家用阜康，親以大悦。父病，在視終宵。醫者言痰咸可生，淡則死。君輒以手承痰嘗之，味淡，因大哭。父没，母亦前卒，則推其所以事父者以事繼母。歸自武昌，繼母不懌，長跪自陳遲歸之咎。繼母病，服勞達旦，營治藥物，必自其手，不自他人。繼母没，則推其所以事親者，以事長兄而蓄季弟。兄病，調護年餘。兄卒，弟後卒，則又推恩以恤其嫠，以鞠其孤子。厥後，兩家孤兒皆成立，兩嫠皆旌表於朝，壽皆七十、八十，涕泣頌君之德不敢忘云。

新寧，山邑也。僻在楚南、黔、粤之交，巨嶺層巒，穹窿雜襲，鬱撓而不得少舒。自古未聞偉人傑士出於其間，亦乏甲乙科第。居民治生纖嗇，有唐魏之風。獨君與江太公一峰，輕財好義，不屑屑於自殖。江君之子謚忠烈者，仕至安徽巡撫；而君之子蔭渠，今爲直隸總督；并有勳伐，爲時名臣。蓋褊陋之俗一變，而山川之氣昌矣。當君初賈異縣，頗求饒益以娱親心。既而經紀有方，智足以擴其業，利足以仁其三族。所得資財，隨手散去。壹以濟物爲功，息耗都不訾省。鄉里除道成梁，捐金錢惟恐不贍；施藥療疾，惟恐不周。嘗遇益陽大水，買小舟拯百人，蒿葬數百人。新寧大饑，飯鄰里親舊粟，日半升，全活無算。又嘗修育嬰堂，建忠義節孝祠，皆縣中前此所無，自君創之。城東北有義冢，歲歲常以冬春培其阤塋，而植其僕碑。城南有義塾，器物缺乏，常於君家取給焉。人或謂：『君歲入幾何？施諸人者什七，而自謀不及什三，後將難繼。何不頗買田宅，爲子孫稍立基業？』君笑謂：『家有薄田，自足供疏食，焉用多爲？吾以人情爲田，以培養士類爲種。耕不計年，穫不計世。庸詎知留貽子孫者，不更大乎？』逮君没而門内鼎興。

君子四人：長名長佑，即蔭渠也，以拔貢生歷官廣西巡撫、兩廣總督、直隸總督，加兵部尚書銜；　次長佐，某官；　次長伸、長健，某官。孫某某。曾孫永祚、永祺。天子褒長佑功，贈君暨君之祖父皆爲光禄大夫。君配鄭氏，暨祖妣某氏，妣李氏、曾氏，皆爲一品夫人。蓋君言於是果驗。爲善之報，抑何捷也！鄭太夫人恭儉寬仁，悉秉夫教，姒婦、娣婦寡居，敬之，終身有恩紀。君卒以道光三十年六月十四日，壽六十有一。太夫人先三日卒，壽五十有九。是歲十二月某甲子，合葬新寧西鄉楊溪村之鸞嶺。昔道光丁未、戊申間，江忠烈公嘗爲余稱道蔭渠之賢，兼述其世德。及蔭渠入京，聞親之訃，求余文銘其墓。展轉兵間，久疏文字，越今十有七年，始得表而銘之。銘曰：

舉世奔利，獨行抱義。庸德庸言，感格天地。外救饑溺，内扶諸孤。仁心難慊，百憂一愉。孰云不顯，在幽彌馨；孰云無報，如影隨形。神覩在室，奇福在庭。郎君崛起，爲國干城。削平寇亂，鼎祭鐘銘。自天錫寵，褒榮先隴。夫彝之南，萬山環拱。我表其阡，來者欽竦。

録自曾文正公文集卷四。

【校】

〔一〕原鈔本作誥贈光禄大夫劉君墓誌銘，此從傳忠書局本。

户部員外郎彭君墓表

君諱永思，號兩峰，世居湖南長沙。少而峻整自將，忱恂縝栗，呐呐如不能語；　事至則剖晰毫釐，枝分縷解，辨窮萬變而斷以片言。長老往往驚異，以爲吏才，天所授也。年三十二，以嘉慶五年庚申舉於鄉。十四年己巳成進士，即用知縣。明年，署雲南嵩明州知州，斷獄八百，民譽翔洽。徙補楚雄縣。楚雄故附郭劇邑。君至，一以治嵩明者治之，訟牒入，立判紙尾，期以某日質訊。出則聽民遮道自言，停輿研鞫。前者辭窮，後者大畏。或就逆旅操筆定讞，且判且詰，決遣如神。尤善爲離參之法。離參者，如欲知豆價，則先以麥問甲，次以稻問乙，次以粱問丙，離其事，異其人，而旁參之，然後進退以定豆價，百不失一。君用此術多奇中。他人效之，亦不能得民情僞也。大吏以君既政成，常使兼聽鄰縣之訟。大姚有薛繼賢者殺人，獄成，省中覆覈，則詭辭翻異。問官數易，爰書數十易，終不能決。君訊之七晝夜，卒以參鞫其子，乃得情實，論決如律。某官解餉銀至省，發封則失銀，而得數石，以獄屬君。君察石有蟲嚙痕，非道途間物。因問輦運之卒：『寧覺馱負左右欹乎？頗憶欹側始何日乎？』卒對：『某日過某店，始覺右欹。』君自省返楚雄，挾此獄與卒與石俱行。途中雜採羣石，較之皆不類。至某店，得石與蟲嚙者類。一鞫而伏，遂抵旅店主人於法。

五侯神者，不知所起，淫祀也。土民與江西客商爭祀，搆訟數十年。君以黷祭宿獄，終無已時。令舁神像至縣庭，取筆判八字曰：『爾像不滅，訟端不絕。』立飭吏卒，捽而毀之。兩造相顧，愕眙而散。蓋君之明而能斷，類如此。

嘉慶十七年，大姚令上變，告：烏龍口有衆數千，嘯聚爲亂。郡守夜召君問策，君立與區畫，草數書抵旁縣，戒勿輕動。遣數人僞與賊暱者，風使解散。而潛發輕兵掩捕，擒七十人，罪數人而事定。於是遠近又歎君才堪濟變也。

在滇六年，凡三署大姚，四署廣通，兩署南安州，再爲鄉試同考官。上官方以治行卓異薦君，而君以父命，不樂久爲吏，遂援例改就京職。官户部員外郎、貴州司行走，兼管廣東司。議蠲逋賦，釐定鹺政，多所匡贊。道光二年丁家艱，歸。自是山居二十載，養母教子，收族振貧，祭田義渡，凡諸善舉，皇然如有失而急圖之。陶然與販夫農父相狎，自忘其爲宰官之身。人亦忘之，亦愈敬之。道光二十二年八月二十一日以疾卒，春秋七十有四。

曾祖從美，祖必化，貤贈奉直大夫。考勝桂，誥封奉政大夫，以五世同堂，獲旌於朝。祖妣氏范，妣氏黄，皆封宜人。君之配黄恭人，以賢孝特爲舅姑所倚。嘗一從夫雲南官舍，而未及從宦京師。凡綜理彭氏家政七十餘年，敕始毖終，内外秩秩，室靡棄物，里無違言。姒婦有先亡者，叔早逝者，撫其諸子；女公早寡者，撫其孤甥，曲有恩紀。齒逾八十，猶篝燈紡績不倦。同治元年閏八月二日告終，蓋九十有六矣。子申甫，道光乙未科舉人，候選通判。婦陶氏，安化文毅公女也。女三，皆適士人。

孫樹森，同治甲子科舉人。志本、序本、豐本、孚本。孫女十二。申甫以道光壬寅九月某甲子，葬君於長沙之文家段蓮花臺。同治壬戌閏八月某甲子，葬恭人於木魚山。墳壠相望，約二百步而近，屬國藩表其墓。於是敘述大節而綴以銘。銘曰：

流水不腐，古傳斯語；賢侯之明，積勤所補。壽母之壽，本諸勞苦。居上而逸，天所不許。降福者天，宰天者人。治獄陰德，恒大厥門。科名賡續，有子有孫。更千萬，長裕後昆。

録自曾文正公文集卷四。

金陵湘軍陸師昭忠祠記

同治三年六月既望〔一〕，大軍克復金陵。國藩至自安慶，犒勞士卒，見吾弟國荃面顔焦萃，諸將枯瘠，神色非人。蓋盛暑攻戰，晝夜暴露城下，半月而未息。余既驚痛而撫慰之，乃偏行營壘，周視所開地道，覽戰爭之遺蹟。彭君毓橋、劉君連捷、蕭君孚泗、朱君南桂，相與前導而指示曰：『某所某將盡命處也，某所賊困我之地也。』諸君所不備述，吾弟又太息而縷述之。弟之言曰：

『自吾圍此城，壯士多以攻堅而死。賊於城外環築堅壘數十，大者略與城埒，攢以小營，障以長塢，甃石如鐵，掘塹如川，牢不可拔。我軍以元年五月之初，始克江寧鎮、三汊河、大勝關各壘。二年五月，李臣典等克雨花臺及南門各壘；劉連捷等會同水師克九洑洲、中關、下關各壘。其江東橋之壘，則陳湜等於八月克之。上方門、高橋門、七甕橋、土山、方山各壘，則蕭慶衍、蕭孚泗等於九月克之。是時，朱南桂亦克博望鎮，趙三元等亦克中和橋、秣陵關。至十月，克解溪、隆都、湖墅，而東南剗削略盡。三年正月，彭毓橋、黄潤昌等乃克鍾山高壘，賊所署爲天保城者也。每破一壘，將士須臾隕命，率常數百人，回首有餘慟焉。其穿地道以圖大城者，凡南門一穴，朝陽至鍾阜門三十三〔二〕穴，篝火而入地，崖崩而窟塞，則縱橫聚葬於其中。賊或穿隧以迎我，薰以毒煙，灌以沸湯，則趫者幸脱，而憨者就殲。最後神策門之役，城陷矣而功不成；龍膊之役，功成矣而死傷亦多。』於是歎攻堅之難，而逝者之可憫也。毓橋之言曰：

『我軍薄雨花臺，未幾疾疫大行，兄病而弟染，朝笑而夕僵，十幕而五不常爨；一夫暴斃，數人送葬，比其反而半殕於途。近縣之藥既罄，乃巨艦連檣，徵藥於皖鄂諸省。當是時也，羣醫旁午，而僞王李秀成等大至。援賊三十萬，圍我營者數重。我軍力疾禦之。一夕，築小壘無數，障糧道以屬之。江賊益番休迭進，螘傅環攻，累箱實土以作櫓楯，挾西洋開花礮自空下擊，子落則石裂鐵飛，多掘地道，屢陷營壁。凡苦守四十五日，至冬初而圍解，軍士物故殆五千人。會有天幸，九帥獨免於病，目不交睫者月餘，而勤劬如故；雖鎗傷輔頰，血漬重襟，猶能裹創巡營。用是轉危而爲安。靖毅公則病後過勞，竟以不起。』九帥者，軍中舊呼國荃之稱；靖毅者，吾季弟貞幹謚也。連捷之言曰：

『李酋解圍去後，率衆渡江，連陷江浦、和州、含山、巢縣，皆我軍新取之城，得而復失。九帥乃分兵守西梁山，遣連捷與彭毓橘輩救援江北，既解石澗埠之圍，破運漕、銅城閘之賊，遂偕水師連收四城，江北大定，劇賊益衰。然我衆死者亦不可勝數也。』南桂之言曰：

『方金陵官軍圍困之際，同時鮑超之軍亦困於寧國，水師亦困於金柱關。金柱關者，水陽江及羣湖所自出，蕪湖之藩衛也。九帥乃分兵守東梁山，而遣南桂與朱洪章、羅洪元輩力扼此關，夾河而與之上下，亂流而相攻。卯而戰，酉而不休，水營捷，陸營或挫，一夕數起，一餐屢輟，凡七閱月而事稍定。百里內外，白骨相望。時聞私祭夜泣之聲，天下之至慘也。』於是國荃與諸將泣進稱曰：

『此軍經營安慶，翦伐沿江諸城，凋喪尚少。獨至金陵而死於攻、死於守、死於疾疫、死於北援巢、和，南援蕪湖、太平，乃籌計而不能終。今存者幸荷國恩，封賞進秩，而没有抱憾無窮。鷄鳴山下，有賊造府第一區，若奏建昭忠祠，春秋致祭，庶以慰忠魂而塞吾悲耳！』

國藩具疏上聞，制曰：『可。』黄君潤昌爰董其事，取有册可稽者，造神主一萬一千六百三十有奇，無册者始闕焉。甫歷三載，楹棟杗橈，墻宇皴陊。同治六年，省中僚友集議，廓而新之。基扃固護，籩豆有嚴。國藩乃追敘所聞於諸君者，而繫以詩章，用備樂歌。詩曰：

人無貴賤，夭壽賢愚，終歸於死，萬古同途。死而得所，身殄魂愉。六朝舊京，逆竪所都。濯征十載，莫竟天誅。嗟我湘人，銳師東討。非祕非奇，忠義是寶。下誓同袍，上盟有昊。昊天藐藐，成務實難。祚我百順，阸我千艱。狂寇所噬，刈人如菅。沴厲乘之，積骴若山。偉哉多士，夷險一節。萬死靡他，心堅屈鐵。鑒彼巧偷，守茲貞拙。縷血所藏，後土長熱。卒收名城，獲醜捡王。寵賁冥漠，千祀馨香。新廟孔赫，彝斝將將。天子之錫，烈士之光。

録自曾文正公文集卷四。

【校】

〔一〕『六月既望』，鈔本作『六月十六日』，此從傳忠書局本。

〔二〕光緒傳忠書局本作『三十六』。

書儀禮釋官後

侍郎胡君季臨，重刻其曾祖王父樸齋先生所著儀禮釋官寄示國藩，屬爲識於簡端。

余嘗從皇清經解中得讀此書，粗識崖略。先生治禮，崇信鄭氏，而於鄭說之歧誤者，亦不苟爲附和。如燕禮宜以膳宰爲主人，而辨註釋爲宰夫者之非。司宮即周禮之宮人，而指註比於小宰者之失。左右正即僕從之官，若書之『左右攜僕』，詩之『膳夫左右』。而證註中稱樂正、僕人正者之謬。特牲『士有私臣而歎』，註謂『士無臣者之疏』，其說既允矣。至於曲證旁通，往往即一事而洞見本原。先王之制禮也，因人之愛而爲之文飾以達其仁，因人之敬而立之等威以昭其義，雖百變而不越此兩端。先生以爲士喪、既夕二篇所言：甸人、管人、夏祝、商祝、冢人、卜人、隸人、遂匠之屬，皆公家之臣來執事者也。又以爲諸侯之官，其爵必降等於天子。聖人別嫌明微之意寓乎其間，使周之諸侯遵而守之，何至有僭越而置六卿稱縣公者？由前之說，則臣下之喪，君既臨其小斂，又遣官助其百役，有若家人骨肉，愴惻纏綿。由後之說，則侯國之百職庶司，不敢毫髮僭擬於天王。恩誼之篤如彼，名分之嚴若此。此皆禮之精意，祖仁本義，又非僅考核詳審而已。

儀禮一經，前明以來，幾成絶學。我朝巨儒輩出，精詣鴻編，迭相映蔚，而徽州一郡尤盛。自婺源江氏永崛起爲禮經大師，而同邑汪氏紱、休寧戴氏震，亦皆博洽，爲世所宗。其後歙縣金氏榜、凌氏廷堪，并有撰述，無慚前修。

先生世居績溪，與諸儒地相比、時相接。其入國史儒林傳，列於江氏、汪氏之次，而哲孫培翬，又能紹其家學，著儀禮正義，薈萃羣言，衷於至當。徽州爲朱子父母之邦，典章文物，固宜非他郡所敢望。而胡氏世傳禮教，故家文獻，綿延無替，亦足使篤古之士低徊而興慕也。曾國藩識。

録自曾文正公文集卷四。

湘鄉昭忠祠記

咸豐二年十月，粵賊圍攻湖南省城。既解嚴，巡撫張公亮基檄調湘鄉團丁千人至長沙，備防守。羅忠節公澤南、王壯武公鑫等，以諸生率千人者以往。維時國藩方以母憂歸里，奉命治團練於長沙。因奏言：團練保衛鄉里，法當由本團醵金養之，不食於官，緩急終不可恃，不若募團丁爲官勇，糧餉取諸公家。請就現調之千人，略仿戚元敬氏成法，束伍練技，以備不時之衛。由是吾邑團卒，號曰『湘勇』。

三年春，平土寇於衡山，破逆黨於桂東。其夏，粵賊圍江西省城。國藩募湘勇二千、楚勇千人，羅忠節公輩率之東援。初戰失利，營官謝邦翰、易良幹等殉難。湘勇之越境勦賊，將領之力戰捐軀，實始於此。余聞而悼之，議立忠義祠於縣城，祀湘人與於南昌之難者。

其冬，余奉命籌備舟師，乃募湘勇水陸萬人。明年，率之東討。岳州之役，陸兵敗挫，雖旋有湘潭之捷，而湘士中熸。既而整軍再出，羅公暨李忠武公續賓率湘勇以從。於是大雋於岳州，克武、漢，下蘄、黄，破田家鎮，復江西弋陽、信州、寧州。又以其間由江還鄂，掃蕩枝縣，再克武昌省會。

咸豐五六年間，羅、李湘勇之名震天下，而王壯武公與劉武烈公騰鴻，蕭壯果公啓江，暨巡撫蔣公益澧，皆提湘勇征戰湖北、江西、廣西、廣東等省，所在有聲。然羅公、王公、劉公遂以六七年間先後徂謝，而將士傷亡者滋益多。前所議建之忠義祠，規制隘庳，不足以嚴典祀。咸豐八年秋，國藩乃與李公具疏會奏，請立昭忠祠於湘鄉，令有司春秋致祭。天子許之。吾邑軍士，没有餘榮已。

未幾而舒城、三河之難作，李公殉節，部下死者殆六千人。國藩私憂，以謂湘中士氣恐不復振。其後李公之弟勇毅公續宜，重輯部曲，轉戰皖北。張忠毅公運蘭及唐總戎義訓輩之師，轉戰皖南。而吾弟國荃遂以湘士克復安慶、金陵兩省。蔣公暨楊公昌濬亦用湘人平浙江，伐福建。張忠毅公亦戰没於閩。東南數省，莫不有湘軍之旌旗，中外皆歎異焉。

其西北諸道，則提督劉君松山追逐捻匪於河南、山東、直隸，征叛回於陝西、甘肅； 而按察使陳君湜防守山西。其西南諸道，則蕭壯果公率師入蜀； 而巡撫劉公蓉屢平蜀寇； 總督劉公嶽昭暨諸湘軍，又自蜀而南入黔，西入滇。一縣之人，征伐遍於十八行省，近古未嘗有也。

當其負羽遠征，乖離骨肉； 或苦戰而授命，或邂逅而戕生； 殘骸暴於荒原，凶問遲而不審； 老母寡婦，望祭宵哭，可謂極人世之至悲。然而前者覆亡，後者繼往； 蹈百死而不辭，困厄無所遇而不悔者，何哉？豈皆迫於生事，逐風塵而不返與？亦由前此死義數君子者爲之倡，忠誠所感，氣機鼓動，而不能自已也。

君子之道，莫大乎以忠誠爲天下倡。世之亂也，上下縱於亡等之欲，姦僞相吞，變詐相角，自圖其安而予人以至危，畏難避害，曾不肯捐絲粟之力以拯天下。得忠誠者起而矯之，克己而愛人，去僞而崇拙； 躬履諸艱而不責人以同患； 浩然捐生，如遠游之還鄉而無所顧悸。由是衆人效其所爲，亦皆以苟活爲羞，以避事爲恥。嗚呼！吾鄉數君子所以鼓舞羣倫，歷九州而戡大亂，非拙且誠者之效與？亦豈始事時所及料哉？

今海宇粗安，昭忠祠落成有年，而邑中壯士效命疆場者，尚不乏人。能常葆此拙且誠者，出而濟世，入而表里，羣材之興也不可量矣！又豈僅以武節彪炳寰區也乎？

録自曾文正公文集卷四。

羅忠節公神道碑銘

公諱澤南，字仲嶽，號羅山，湘鄉羅氏。咸豐四五年間，公以諸生提兵破賊，屢建大勛。朝野歎仰，以爲名將，而不知其平生志事裕於學者久矣。

公之學，其大者以爲天地萬物，本吾一體。量不周於六合，澤不被於匹夫，虧辱莫大焉。凛降衷之大原，思主静以研幾，於是乎宗張子而著西銘講義一卷，宗周子而著人極衍義一卷。幼儀不慎，則居敬無基；異説不辨，則謬以千里。於是乎宗朱子而著小學韵語一卷、姚江學辨二卷。嚴義利之閑，窮陰陽之變，旁及州域形勢，百家述作，靡不研討。於是乎有讀孟子劄記二卷、周易本義衍言若干卷、皇輿要覽若干卷、詩文集八卷。其爲説雖多，而其本躬修以保四海，未嘗不同歸也。

始，公家世貧甚。曾祖王父日阮、王父拱詩，皆以公貴，贈通奉大夫。父嘉旦，公没後，賞加頭品頂戴。曾祖王母蕭氏、王母賀氏、母蕭氏，皆贈夫人。公少就學，王父屢典衣市米，節縮於家，專餉於塾。年十九，即藉課徒取貲自給。喪其母，又喪其兄，旋喪王父。十年之中，連遭期功之戚十有一。嘗以試罷，徒步夜歸。家人以歲饑不能具食，妻以連哭三子喪明。公益自刻厲，不憂門庭多故，而憂所學不能拔俗而入聖；不耻生事之艱，而耻無術以濟天下。

其後年逾三十，乃補學官附生。逾四十，乃以廪生舉孝廉方正。假館四方，窮年汲汲，與其徒講論濂洛關閩之緒，瘏口焦思，大暢厥旨。未幾，兵事起，湘中書生多拯大難、立勳名，大率公弟子也。

咸豐二年，粤賊攻圍長沙。縣令召公練鄉勇，以備不虞。省城解圍，明年春，巡撫張公亮基檄公帶勇至長沙。維時國藩奉命督治團練，因與公講求束伍技擊之法，晨夕訓練，擊土寇於桂東，擒逆黨於衡山。其夏，賊圍江西省城，乃益募湘勇二千，輔以新寧之勇、鎮筸之兵，檄公赴援南昌。湘軍越境討賊，自此始矣。既解南昌之圍，復破賊於安福。歸及衡州，殲土匪於永興。四年春，湖北之賊大舉南侵，官軍失利於岳陽，克捷於湘潭。提督塔齊布公追賊至岳州，余檄公與李公續賓佐之。公扼大橋以遏其衝，凡七戰而羣賊潰，岳州平，乘勝逐北，連復三縣。將攻武昌，公手一圖，就余決策。師出兩路，以塔公進洪山一路，而自請攻花園一路，當其堅者。如其策，果克武昌、漢陽兩城。賊既東奔，追及於興國，大膊於田家鎮。公提卒二千，禦數十倍之寇，蹙之江濱，挂石墜崖死者萬計。而水師亦斷横江鐵鎖，燔賊舟數千。當是時，公名震天下。前此累功保至道員花翎，至是有寧紹臺道之命，加按察使銜。

既而引兵北渡，克廣濟、黄梅，賞葉普鏗額巴圖魯名號。又引兵南渡，攻圍九江，進規湖口。賊堅守不可遽下。適會水師，分兵入宫亭湖，江上之軍不利，而湖北諸軍屢敗。賊自黄梅長驅西上，武昌再陷。公太息深憂，歎世變之未已也，益討部衆而申儆之，或解説周易以自遣云。時别賊陷饒州、弋陽。公入江西援剿，大戰弋陽，克之。賊陷廣信，又戰信州，克之。又以其間收復德興、景德鎮。東路甫定，而義寧復陷。公軍渡湖、漢而西，至則示形杭口，而暗進鰲嶺，屯高峰以瞰敵，設三伏以要之。四戰而賊大熸。義寧既克，有詔加布政使銜。公以書抵國藩，具論吴楚形勢：欲取九江、湖口，法當先圖武昌；欲取武昌，法當先清岳、鄂之交。於是馳疏，以公回援武、漢。朝廷嘉焉。遂略通城，克崇陽，挫衄於濠頭堡，大捷於蒲圻。將達武昌，巡撫胡文忠公歡迎勞問，凡事諮而後行。城外賊壘，鏟除略盡，殄滅有緒矣。公以霧中搏戰，中槍子傷，創甚，咸豐六年三月初八日卒於軍，春秋五十。事聞，天子震悼，照巡撫例賜恤，二子皆賞給舉人，三省建立專祠，予謚忠節。

公在軍四載，論數省安危，皆視爲一家骨肉之事，與其所註西銘之指相符。其臨陣審固乃發，亦本主静察幾之説。而行軍好相度山川脈絡，又其講求輿圖之效。君子是以知公之功，所蓄積者夙也，非天幸也。配張氏，誥封夫人，妾周氏。子兆作，配胡氏；兆升，配曾氏，國藩第三女也。余與公以學行相勖，又相從於金革，申之以婚姻，乃摭其大節，銘諸墓道。銘曰：

漸車之淵，積潦縱横；崇朝即涸，卷勢收聲。大江西來，其源萬里；澤溥寰區，不矜厥美。無本者竭，有本者昌。羅公淵默，所蓄孔長。洞澈天人，潛晞往聖；

一物未康，終虧吾性。提師苦戰，荆揚二州；斧彼凶豎，爲民復讐。矯矯學徒，相從征討；朝出鏖兵，暮歸講道。洛閩之術，近世所捐；姚江事業，或邁前賢。公慎其趨，既辨其詭；仍立豐功，一雪斯耻。大本内植，偉績外充。兹謂豪傑，百世可宗。

録自曾文正公文集卷四。

日慎齋詩草序

李生春甫，余癸卯典試蜀中所得士也。時生方少，貌玉立，文似韓慕廬，翛然塵埃之表。心賞之，勖以讀書希古而别。而生侍老親疾，累年不應禮部試。丁未，爲百韻詩貽余，余賦詩報之曰：『不見李生今四載，我有情懷浩如海。』又曰：『女曹報國好身手，似我蹉跎已老醜。』思之，抑勖之也。

庚戌春正月，生入都來見，遂成進士，官翰林。余大喜。壬子夏散館，改官刑部，余重惜之，生悒悒不自得。予持節江西，生以詩送行，有惘然若失意。既聞以同知之任滇中。會天下多故，久不得生消息。不數年，聞生官知府，奉使徵餉，遇賊不屈，死矣。余大慟，淚如雨下。其門人韓西舫孝廉，以生滇中詩集并毁於賊，搜羅散佚，得十之五，由吴春海太史寄余，屬爲序。

余何言？烏虖！天賦生以穎異之資，復予生以清華之選。其待生不可謂不厚，乃乍予之而乍奪之，使之鬱伊無憀，激而爲一官萬里之行。夫以生之才，中外皆可自效。使天益其年以富其學，其建樹當可想見。即其詩之所詣，當不僅若此。然死者人所不免，犯敵捐軀與老死牖下，其輕重固自有别，而絶不意生之死之慘毒如是，且竝其詩殉之，亦零落無存，而僅僅掇拾於風霜兵燹之餘也。悲夫！

回憶癸卯識生後，以詩倡酬，而今已矣。莊叟曰：『身非女有，此天地之委形也。』生既浩然長往矣，何有於身後之名？然則余爲生悲，竝悲及生之詩，亦達士之所笑也。雖然，莊論達矣，而亦未盡也。如生忠魂英魄，歷劫不化，當如睢陽爲厲以殺賊，非泯泯以没者。況夫朝廷恤之，門人思之；有增秩之文，有延世之賞，有遺集之刻以永其傳，均有身盡而我不與之俱盡者在，生亦可以含笑九京也夫！

苗先篪墓誌銘

録自曾文正公文集卷四。

君諱夔，字先篪，肅寧苗氏。自幼讀書，即異常童，不好爲科舉文藝，而竊耆六書形聲之學。讀許氏説文，若有夙悟。精研而力索，滯解而趣昭。已又得顧處士炎武音學五書，慕之彌篤，曰：『吾守此終身矣。』年二十餘，即簒毛詩韻訂，繼又簒廣籀一書。授徒窮鄉，制藝試帖之屬，不中有司程度，學子稍稍引去。君益冥心孤往，孑焉寡儔。問之河間城外，得漢時君子館磚，又得開元瓦於獻王墓旁。私獨欣喜，以爲神者餉我，以慰寂寞。

久之，道光十年，縣令王君聞而敬異，聘君主講翼經書院。明年，爲學使沈侍郎維鐈所知，舉辛卯科優貢生。高郵大儒王氏念孫父子聞君之説，禮先於君，遂與暢論音學源流。由是譽望日隆。督學使者爭欲致之幕下，與共衡校。初隨編修汪君振基衡文山西，繼隨祁文端公寯藻衡文江蘇。所至甄拔宿儒，周覽山水。又以其暇編摩撰述，從事於其所謂聲韻之學。

道光二十一年，祁公還京師，乃醵金刻君所箸説文聲訂若干卷、説文聲讀表七卷、毛詩韻訂十卷、建首字讀一卷。君以爲許叔重遺書，多有爲後人妄删或附益者，乃訂正説文聲類八百餘事。顧氏音學所立古音表十部，宏綱已具，然猶病其太密，而『戈』『麻』既雜西音，不應別立一部，於是併『耕』、『清』及『蒸』、『登』於『東』、『冬』部，併『歌』、『戈』於『支』、『脂』部，定以七部，櫽括羣經之韻。書出，識者歎其精審。又數年，侍讀馮君譽驥視學山東，國藩薦君偕往，役未畢而先歸。於是君亦齒衰而倦游矣。

道光之末，京師講小學者，卿貳則祁公及元和吴公鍾駿，庶僚則道州何紹基子貞、平定張穆石舟、晉江陳慶鏞頌南、武陵胡焯光伯、光澤何秋濤願船。君既習於祁公，又與諸君傾抱寫誠，契合無間。子貞嘗命工圖己及石舟及君三人貌，蓑笠而處田間。蓋三人者，皆同年優貢，又皆有逸士之風，謂宜與負耒者伍也。

君既泊然無營，暇則徒步造訪諸君，與辨論前世音學，暨近人江、戴、段、孔諸家部分之多寡，意指之得失，褒譏亭決，窮日夜不倦。間亦過余劇談。歸自山東，余從容問：『東士亦有覃究説文者乎？有得見吾子著述者乎？』曰：『有之。』『何以知之？』曰：『吾書中有自稱夔按云者，東人稱引及焉。曾不知夔之爲誰氏名也。』則相與拊掌大笑。君徐又曰：『吾家有戇僮，昨者日晏，吾責「豎子，何不具食？」僮輒報以「錢物罄矣，欲以何具？」吾柔聲謝之，僮乃不遜，竟去。吾今方躬治爨耳。』則又相與大笑。蓋君處困約，有以自怡如此。他日，君又語余曰：『吾窮於世久矣。甘之若飴，死無所恨。獨平生著書，尚有數種未及刊刻，不能無耿耿於懷。』

自余咸豐初出京，展轉兵間，至同治七年重入都門，昔之與君游者，十人蓋八九死。君之嗣子玉璞來告，君以咸豐七年五月初七日逝矣，春秋七十有五。抱君所箸書曰説文聲讀考者，曰集韻經存者，曰韻補正者，曰經韻鈎沈者，述君遺命，謂當送國藩觀覽，且以銘墓之文相屬。君且死，戒其子『必葬我衆書叢中』。其子乃擇君生平尤嗜之書，納諸棺中以徇。嗚呼！斯亦篤古之徵已。銘曰：

視以多歧而瞢，聽以雜奏而聾。技之精者，不能兩工；苦思專一，可與天通。課形而得聲，勘異而得同。黜陟百氏，惟許君是崇。胡學之旁達，而遇之不豐？抱此孤賞，永奠幽宮。

録自曾文正公文集卷四。

李忠武公神道碑銘

公諱續賓，字迪庵，湘鄉李氏。湘軍之興，威震海內。創之者羅忠節公澤南，大之者公也。

咸豐三年，賊圍江西省城。國藩募湘勇三千往援，公隨忠節公以行。初至失利，右營主者戰没，公代領其衆。自是忠節公將中營，公將右營，所嚮有功。在江西克復太和、安福，歸至湖南，克復永興。明年，粵賊犯岳州，忠武公塔齊布率師禦之。余檄忠節公與公助之，所部僅千人耳，賊衆數十倍。塔公控其東，湘軍扼其西，盛暑鏖兵，出奇制勝，凡兩旬而岳州平。轉戰而北，連下三城。八月，進攻武昌、漢陽，克之。十月，大戰於田家鎮，破之。田家鎮者，江流盤折逼隘之處。其南岸爲半壁山，峭壁斗絶。賊以鐵鎖横江，萬舟翔集，氣鋭甚。公手刃怯卒三人，士皆殊死戰，連破賊壘。而水師亦乘機斷鐵鎖，焚賊舟。好事者至摩崖以紀績。

公前以累功，保至直隸州知州，至是記名以知府用，賞給摯勇巴圖魯名號，旋有安慶府之命矣。

先是，湖南水師中江而下，陸師趨江之南岸，湖北陸師趨江之北岸。南軍屢捷，羣寇蜂屯北岸。於是公輩引兵北渡，掃蕩廣濟、黄梅之賊。既又南渡，會攻九江郡城之賊。城堅不可遽下，又議分兵先剿湖口、梅家洲之賊。無何累攻不克，水師失利，北軍撓敗。金陵逆渠，益縱羣凶西上。武昌、漢陽再陷，南軍孤立潯陽。國藩以爲大戚，公亦深憂之，痛世亂之靡有届也。

五年二月，信州告警，公與忠節公自潯馳援，迭克廣信府城及弋陽等四縣。東路甫定，遂建西援武昌之議。大捷於義寧，小挫於通山，下崇陽，略通城，跐羊樓峒，搗蒲圻，掇咸寧，次第戡定。乃以十一月杪，師次武昌。巡撫胡文忠公林翼大喜，事無鉅細，唯忠節公與公言是聽。忠節挈持大綱，其戰守機宜，胥公主之。公含宏淵默，大讓無形，稠人廣坐，終日不發一言。遇賊則以人當其脆，而己當其堅；糧仗則予人以善者，而己取其窳者。士卒歸心，遠近慕悦。

咸豐六年三月，忠節公中鎗不起，公接統全軍，衆志愈厲，鏟平城外悍賊之壘，刦勦寇石達開來援之衆。周城掘塹，引江水入湖，困以長圍。十一月，再克武昌、漢陽。天子偉其功，賞加布政使銜，記名以按察使用。未幾，提兵而東，再薄九江。九江賊酋林啓榮者，堅忍得衆，内與小池口、湖口、梅家洲諸城首尾相捄，外與皖廬之賊互爲聲援。公既掘長塹以圍潯，又分軍援剿江北，舟載奇兵，夜襲湖口之背。遲明，水師至而陸軍伏發，立克兩城。事聞，拜浙江布政使。明年四月，卒克九江，殄滅無遺，天下快之。賞穿黄馬褂，加巡撫銜。公每建一功，晉一秩，數省官民，歡抃稱道，若寵榮之在躬。或歌誦戰狀以爲樂，傳播中外。浙人仕京朝者，疏請敕公東兵以救浙難。而胡文忠公以皖中糜爛，請留公軍圖皖而固鄂。天子許之。公乃整旅入皖，踰月，連下潛山、太湖、桐城、舒城四縣。師次三河，毀賊九壘。而逆酋陳玉成等四面來援，截我糧路。我軍鋭氣日渫，師少而半潰。公力戰終日，自度事不可爲。夜半，怒馬陷陣，死之。咸豐八年十月初十日也。諸將堅守營壘，又三日而俱敗，又六日而桐城守兵亦敗。前後死者殆六千人，無苟活者。

疏入，文宗震悼。手詔曰：『惜我良將，不克令終！尚冀其忠靈不昧，他年生申甫以佐予也。』追贈總督。湖北、江西、安徽、湖南立祠，予謚忠武，賞騎都尉兼一雲騎尉世職。

公之先人，世有令德。曾祖本桂，祖詩白，皆以公貴，贈榮禄大夫。父登勝，公没後特恩加封光禄大夫。曾祖妣張氏、賀氏、王氏，祖妣戴氏，母蕭氏，皆封一品夫人。

公端凝敦篤，愛人不尚美言，而意溢於色，色餘於辭。雖他軍之將士，逃難之流民，皆歸之若父兄。聞其死，哭之皆慟，至不忍聞。同治二年，朝廷遣官賜祭。三年，克復金陵，推恩有功之臣，賞二等輕車都尉世職。配謝夫人。子三，其二殤亡。光久，欽賜舉人，引見，賞六部員外郎，又以兼襲二世職，併爲男爵。孫二人，某某。咸豐九年，葬公於湘鄉四十三都黄牯沖星子山之陽。同治八年某月某日，改葬某鄉某山，丐余文其墓道之碑。余既觕敘戰績，乃兼述其懿德而繫以銘。銘曰：

器有洪纖，因材而就。次者學成，大者天授。嶽嶽李公，表裏完好。匪琢匪追，動合大道。羅公講學，遠紹洛閩；公分其緒，摳衣恂恂。出而禦寇，戎馬艱辛；入而問道，克己求仁。誰侮誰尤？責躬獨厚。胸劈衆流，曾不出口。負重含汙，浩如山藪。險趨人先，利居衆後。豈無贏財？不阜我私。不忍己飽，而人獨饑。分餉諸軍，蘇槁噓骴。返自潯陽，少憩武昌。將請於朝，覲親還湘。王事有嚴，離局匪遑。斯願不遂，茹涕闇傷。遣將分兵，助我東征。擇良而予，出以至誠。四分五剖，精鋭星散；自攜部曲，疲羸居半。損己濟物，近古無倫。終焉師熸，以仁隕身。行類大愚，乃動鬼神。公功久著，爛若三辰。德或不顯，考此銘文。

録自曾文正公文集卷四。

李勇毅公神道碑銘

公諱續宜，字克讓，號希庵。兄弟五人，忠武公諱續賓，次居四，公其季也。余既銘忠武公之墓，兹不復具其家世。公少好深湛之思，强探力索，洞徹幽微。師事羅忠節公澤南，常以躬行不逮爲耻。

咸豐三年，羅公募勇援救江西，公遂參軍事，以功累晉知縣、同知，賞戴花翎，而名顧不顯。六年冬，湘軍再克武昌、漢陽。巡撫胡文忠公奏公有勞，特爲兄續賓所掩耳。有詔以知府選用，賞加道銜。既而隨兄圍攻九江。

明年，以事省余瑞州軍中，遂偕諸將圍攻瑞州。會皖北羣賊上竄蘄、黄，公乃自瑞挈千七百人回救湖北。師至黄州，與胡文忠公併轡謀野，周覽形勢，自巴河、蘄水、廣濟、黄梅，六戰破賊壘無算，遂會克小池口。由是，公之威名與忠武公差頡頏矣。公率所部既集九江，忠武公乃得以其間分兵克復湖口，連下彭澤、小孤、梅家洲諸城。公又以偏師却湖口之賊，禦竄陷麻城、黄安之寇。忠武公乃得專力破滅九江，皆公之助也。湖北事已大定，胡文忠公以皖中久困水火，奏請敕忠武公廓清皖北，而留公以固楚疆。天子亦南憂江淮，絶重李氏昆季矣。無幾何而有舒城、三河之變，忠武公殉難，將士死者六七千人，天驚地岌。公在黄州，哀迫之際，經緯萬端。入則損食悲咽，出則拊循潰卒；思鄉者遣歸，願留者編伍；哺粟賜衣，接以温語；差討諸將之罪，而簡用其良。部署麤定，適胡文忠公以母喪奉詔起復，相與申儆簡練，而湘軍復振。

明年夏，劇賊石達開竄擾湖南，圍攻寶慶。公時新奉荆宜施道之命，統兵自鄂援湘。朝廷壯之。師抵長沙，進自資水之西，四戰而解寶慶之圍。圍中官軍三萬，與饑困之民，一時得蘇。衆聲大和，論功賞加布政使銜。當是時，余與胡公方議併力規取安慶省城。余弟國荃與將軍多隆阿分圍安慶、桐城。公自湖南東還，駐軍兩路之中曰青草塥者，大敗逆酋陳玉成於挂車河，布陳之廣，近世罕聞。旋拜安徽按察使。十一年，又有安徽巡撫之命。公具疏，以謂『逆酋圖解安慶之圍，悉鋭西竄，必犯湖北，以攻我之所必救。湖北爲衆軍根本，臣宜提師回援，不能遽受皖撫之事』。比公馳抵武昌，而賊已犯黄州、德安兩府五縣。其別賊自江西至者，又陷興國、大冶等縣。公經營七月，始將列城恢復，安慶亦藉以告克。而胡公薨於位，文宗亦晏駕。八音遏矣。

今上嗣位，褒安慶功，賞穿黄馬褂，調補湖北巡撫。既又命移撫安徽。公初莅安慶，繼駐六安，屢奉密詔，以苗沛霖叛服無常，詢問剿撫機宜。公復疏，謂『苗沛霖官至道員，公犯不韙，圍撫臣於壽州，陷其城，屠其衆，乃復詭言求撫，此豈足信？不過假稱反正，號召近縣，養成羽翼。若正彼叛逆之名，人人得而誅之。而寬其黨羽，使爲我用，彼勢日孤，終成禽耳』。天子韙之。公又以時解潁州之圍，克霍邱之城，綏撫各圩，陰散逆黨，選任賢吏，安民墾田，功緒漸彰矣。詔授爲欽差大臣。而公適聞訃，丁母憂，不克受事。朝廷命仍署理巡撫。三疏陳謝，始奉命賞假百日，回籍治喪。

公既以苦思遘病，徹夜不寐，夙患咯血，至是增劇。歸里後，六奉詔旨起復，墨绖視師。公以哀慕未忘，而嬰疾轉篤，請假四十日調養。既而輿疾就道，又請假四月，並開巡撫之缺。朝廷鑒其至誠，所請未嘗不許，而以淮南事棘，又未嘗不敦促上道，詔召相銜。至冬初，再疏自陳病狀。公亦自知不起，遂以同治二年十月二十八日卒於家，春秋四十有一。敕照總督例賜恤，三省建立專祠，予謚勇毅。配彭氏。子光英，特賞直隸州知州。同治三年，某月某甲子，葬某處某山；八年某月某甲子，改葬某山。

公與忠武公皆負重名；淡於榮利，昆弟同之。忠武好蓋覆人過，公則嫉惡稍嚴；忠武戰必身先，驍果縝密；公則規畫大計，而不甚校一戰之利。至其臨陣，百審一發，發無不捷，成功一也。余不詳敘戰狀，而略述公言以綴之銘。銘曰：

凡戰有機，鬼神翕闢。静如山寒，終日闃寂；動若電飛，百霆齊擊。蓄勢宜久，氣囂宜渟。此公之言，吾耳所聆。凡公勳績，好謀乃成。博籌多算，終格神明。匪直戰事，學道亦然。精思力踐，誠可達天。立功雖偉，公不自賢；立德未竟，齎志九泉；我銘昭之，永詔萬年。

録自曾文正公文集卷四。

唐確慎公墓誌銘

公諱鑒，號鏡海，唐氏。先世自江西豐城徙居湖南之善化。四傳至諱煥者，以舉人官至山東平度州知州，公之祖也。生子仲冕，以進士即用知縣，官至陝西布政使，公之父也。平度君以子貴，誥贈通奉大夫。配李氏、譚氏，俱封夫人。譚夫人没而葬於山東之肥城。布政君及配寧夫人皆踵葬肥城。公以父命，徙籍山東，故又爲肥城人焉。

少而邁異精勤，嗜學如渴，以廩生入貲爲臨湘縣訓導。嘉慶十二年舉於鄉，十四年成進士，改翰林院庶吉士。又二年，授職檢討；又六年，補浙江道監察御史，充甲戌科會試同考官，戊寅科順天鄉試同考官。坐論淮鹽引地一疏，吏議鐫級，以六部員外郎降補，會宣宗登極，詔中外大臣各舉所知。諸城劉文恭公鐶之薦公，由是有廣西知府之命。厥後再爲平樂府知府，一爲安徽寧池太廣道，量移江安十府糧道，拜山西按察使，遷貴州按察使，擢浙江布政使，遷江寧布政使。敭歷於外，蓋二十年。

其守平樂也，亭平民傜之獄而解其仇，屢磔劇盜，境內肅然。是時布政君解組東歸，僑居金陵。公聞母病，即引疾去官，省親江南。既遭内外之艱，皆北葬肥城，廬墓讀禮。服闋，以例仍發廣西，再守平樂。道光十二年，廣東、湖南生傜爲亂，公出防邊圉，内譏姦宄，往來富川、賀縣，安撫熟傜，獸擾而兒蓄之。設立五原學舍，延師教讀，群傜大悅。擒郡中煽亂者譚于先等十餘人，立斬以徇；而貰其脅從千餘，火其名籍，一無所問。其按察貴州也，平反疑獄，歸美令長，曰：『非吾能正之，某縣尹來省自易之耳。』其在江寧，拯災修廢，百度畢張。時總督陶文毅公澍寢疾，公代行使院政事，文牘如山，賓僚填咽，昧爽而勤職，丙夜而不休，忘寢輟餐，形神交瘁。而言者乃劾其多病近藥，廢閣公事，又雜摭他端以相訾毁。朝廷遣使者按問，率無左驗。宣宗知公端謹，一切弗論。忌者或憚其方嚴。未幾，内召爲太常侍卿，道光二十年四月也。

公潛研性道，宗尚洛閩諸賢，所至以是敕其躬，亦以牖於人，亦時時論著以垂於後。在翰林時，著有朱子年譜考異、省身日課、畿輔水利等書；在廣西著讀易反身録，居喪著讀禮小事記。官平樂時，延納人士入署，親與講授。設立義塾，誨誘寒畯。官貴州時亦如之，官江寧亦如之。及入爲九卿，又著易牖、學案小識等書，扶掖賢俊，倡導正學。時如今相國倭仁艮峰、侍郎吴廷棟竹如、侍御竇垿蘭泉、何文貞公桂珍輩，皆從公考德問業。國藩亦追陪几杖，商搉古今。觀其陋室危坐，精思力踐，年近七十，斯須必敬。蓋先儒堅苦者亞，時賢殆不逮也。

已而致仕南歸，主講金陵書院。文宗踐阼，有詔召公赴闕。凡進對十有五次，中外利弊，無所不罄。諭旨以其力陳衰老，不復强之服官。令還江南，矜式多士。公至金陵，學徒益盛。以賊犯湖南，急欲歸展先塋。咸豐三年，乃自浙還湘，卜居於寧鄉之善嶺山，深衣疏食，泊然自怡。晚歲著讀易識，編次朱子全集，别爲義例，以發紫陽之藴。十一年辛酉正月十八日疾卒，春秋八十有四。其家函封遺疏，郵寄東流軍中。國藩以聞，天子軫悼，予謚確慎。配王氏、楊氏，皆封夫人，前卒。無子，以弟子爾藻嗣。女四人，適某某。孫男三人，某某。孫女三人。某年月日，葬公某縣某鄉某山。又八年，國藩始追爲之銘。銘曰：

俗學徇時，行與名釣。孰捐其華，而練其要？唐公翼翼，與世殊趨。懼明戒旦，篤信程朱。有譏其隘，或諷以迂；浩然不顧，履我康衢。顯皇初政，詔徵國老；造膝前陳，嘉謨要道。願致吾君，上躋軒昊。進退以禮，斂兹宏抱。宦游所至，我求童蒙；晚居京國，羣彦景從。何才不育？有金皆鎔；以善孳善，偕之大同。播此芬韻，昭示無窮。

録自曾文正公文集卷四。

歐陽府君墓誌銘

先生諱凝祉，初名鰲，晚易今名，字福田，歐陽氏。先世自江西徙居衡陽。曾祖天鼎，祖心璥，父順源，併有清德。曾祖妣氏劉，治家嚴肅；祖妣氏蔡、妣氏蔡均以節孝旌表於朝，國藩所作歐陽氏姑婦節孝家傳者也。

先生三歲而孤，恪遵母訓，跬步必謹。母或戒之無觸忤人，即終身不以言色加人。或戒以慎無耽酒，即没齒不近杯勺。稍長，嶷然自厲於學，不假董督，日坤月增。既入爲學官弟子，旋補廩膳生，遠近歸仰，交幣迎致。適館課徒凡四十年，主講蓮湖書院者又十年，門下生著籍數百人。其高第者，與之稽經講藝，兼及敕躬之道，成物之方。其不帥教，則訶求觽責，屏斥門墻之外。初雖怨望，後常悔憾，自愧不爲良師所齒。從之游者，恒守繩矩，雖垂老而憚之如初。

先生疏於治生，臨財則辨別精審，若將浼焉。一歲中學徒束脩之貲不足自給，往往隨事散去。少以孤童，爲叔父成材所養，晚節竭力賙之。宗祀不足於資，先捐金以成之。議爲衡陽裁減錢漕浮費，有啖以利而尼其事，峻辭却之，事成而合邑德之。其他人事問遺，率常謝絶。人謂先生少貶其節，可致饒裕。先生獨謂『取舍有義，神明難欺。吾心所不許者，天道亦不與也』。

道光末，以歲貢生注選訓導。同治初誥封奉直大夫。配邱氏，誥封宜人。子二人：柄銓，廩貢生，候選訓導；柄鈞，光禄寺署正。女子二：長者歸于國藩，次適彭治官。孫六人：定果，湖北候補同知直隸州；定楙，候選縣丞；定枚，府學生員；定樞、定楫、定榦。孫女五人。曾孫二人。同治八年五月初九日疾卒，春秋八十有四。

自七十以後，不復授徒遠方，家居課孫，細字鈔書，講論不倦。同治六年，歲在丁卯，孫定枚入學爲附生。先生以嘉慶丁卯入學授室，至是六十年矣。乃用昔者成婚之日，燕客受賀，遠近歎美。夫婦既皆八十，而先生之伯兄八十有五，暇輒過從，相與道幼時瑣語以爲歡，自詡爲家門之祥，人亦祥之。夫其孝友雍雍，敦善不怠，殆所謂無怍於天人者，又復奚憾於其死邪？嗚呼！可銘也已。銘曰：

衡西兩世，貞節之門；實生令德，孝子孝孫。上承慈訓，下啓後昆。位豈須顯？身蹇道尊；名豈須震？多士崇信。小叩大鳴，甄陶羣儁；獎誘自寬，壇宇自峻。七十碩師，還山娱老。耄而從兄，推梨讓棗。亦有孫曾，質文完好。金籯匪貴，一經是寶。家有休徵，英彦輩興；門有上瑞，和氣薰蒸。其休其瑞，人世同稱。若考隱德，吾銘可憑。

録自曾文正公文集卷四。

國朝先正事略序

余嘗以大清達人傑士超越古初，而紀述闕如，用爲嘆憾。道光之末，聞嘉興錢衎石給事儀吉，仿明焦竑獻徵録，爲國朝徵獻録，因屬給事從子應溥寫其目録，得將相、大臣、循良、忠節、儒林、文苑等凡八百餘人，積二三百卷，借名人之碑傳，存名人之事蹟。自别京師，久從征役，而此目録册者不可復覯。同治初，又得鄢陵蘇源生文集，具述其師錢給事於徵獻録之外，復節録名臣爲先正事略。於是知錢氏頗有造述，不僅鈔纂諸家之文矣。又二年，而得吾鄉李元度次青所箸先正事略，命名乃適與錢氏相合。前此二百餘年，未有成書。近三十年中，錢氏編摩於汴水，次青成業於湖湘，斯足徵通儒意趣之同，抑地下達人傑士，其靈爽不可終閟也。

自古英哲非常之君，往往得人鼎盛。若漢之武帝，唐之文皇，宋之仁宗，元之世祖，明之孝宗。其時皆異材勃起，俊彦雲屯，焜耀簡編。然考其流風所被，率不過數十年而止。惟周之文王暨我聖祖仁皇帝，乃閲數百載而風流未沫。周自后稷十五世，集大成於文王。而成、康以洎東周，多士濟濟，皆若秉文王之德。我朝六祖一宗，集大成於康熙。而雍、乾以後，英賢輩出，皆若沐聖祖之教。此在愚氓，亦似知之。其所以然者，雖大智莫能名也。聖祖嘗自言：年十七八時讀書過勞，至於咯血而不肯少休，老耄而手不釋卷。臨摹名家手卷，多至萬餘；寫寺廟扁榜，多至千餘。蓋雖寒畯，不能方其專。北征度漠，南巡治河，雖卒役不能踰其勞。祈雨禱疾，步行天壇，并醯醬虀鹽而不御。年逾六十，猶扶病而力行之。凡前聖所稱至德純行，殆無一而不備。上而天象、地輿、曆算、音樂、考禮、行師、刑律、農政，下至射御、醫藥、奇門、壬遁，滿、蒙、西域、外洋之文書字母，殆無一而不通，且無一不創立新法，别啓津途。後來高才絶藝，終莫能出其範圍。然則雍、乾、嘉、道累葉之才，雖謂皆聖祖教育而成，誰曰不然？

今上皇帝嗣位，大統中興，雖去康熙益遠矣，而將帥之乘運會，立勛名者，多出一時章句之儒，則亦未始非聖祖餘澤陶冶於無窮也。如次青者，蓋亦章句之儒從事戎行。咸豐甲寅、乙卯之際，與國藩患難相依，備嘗艱險，厥後自領一隊，轉戰數年，軍每失利，輒以公義糾劾罷職。論者或咎國藩執法過當，亦頗咎次青在軍偏好文學，奪治兵之日力，有如莊生所譏挾策而亡羊者。久之，中外大臣數薦次青緩急可倚，國藩亦草疏密陳：『李元度下筆千言，兼人之才，臣昔彈劾太嚴，至今内疚，惟朝廷量予褒省。』當時雖爲吏議所格，天子終右之，起家復任黔南軍事。師比有功，超拜雲南按察使。而是書亦於黔中告成。

聖祖有言曰：『學貴初有決定不移之志，中有勇猛精進之心，末有堅貞永固之力。』次青提兵四省，屢蹶仍振，所謂貞固者非邪？發憤箸書，鴻編立就，亦云勇猛矣。願益以貞固之道持之，尋訪錢氏遺書，參訂修補，矜練歲年，慎褒貶於錙銖，酌羣言而取衷，終成聖清鉅典，上躋周家雅頌誓誥之林，不尤足壯矣哉！同治八年三月曾國藩序。

録自曾文正公文集卷四。

重刻茗柯文編序

武進張大令式曾，將重刻其曾祖王父皋聞先生茗柯文集，而以寫本示余，屬爲之序。

蓋文章之變多矣。高才者好異不已，往往造爲瑰瑋奇麗之辭，仿效漢人賦頌，繁聲僻字，號爲復古。曾無才力氣勢以驅使之，有若附贅懸疣，施膠漆於深衣之上，但覺其不類耳。敘述朋舊，狀其事迹，動稱卓絶，若合古來名德至行備於一身。譬之畫師寫真，衆美畢具，偉則偉矣，而於其所圖之人固不肖也。吾嘗執此以衡近世之文，能免於二者之譏實鮮，蹈之者多矣。

皋聞先生編次七十家賦，評量殿最，不失銖黍。自爲賦亦恢閎絶麗，至其他文，則空明澄徹，不復以博奥自高。平生師友多超特不世之才，而下筆稱述，適如其量。若帝天神鬼之監臨，褒譏不敢少溢，何其慎歟！

自考據家之道既昌，説經者專宗漢儒，厭薄宋世『義理』、『心性』等語，甚者詆毁洛閩，披索疵瑕。枝之搜而忘其本，流之逐而遺其源。臨文則繁徵博引，考一字，辨一物,累數千萬言不能休,名曰『漢學』。前者自矜創獲,後者附加偏詖而不知返,君子病之。先生求陰陽消息於易虞氏,求前聖制作於禮鄭氏,辨説文之諧聲,剖晰毫芒,固亦循漢學之軌轍。而虚衷研究,絶無陵駕先賢之意,萌於至隱,文辭温潤,亦無考證辨駁之風。盡取古人之長,而退然若無一長可恃。意其藴蓄者厚,遏而蔽之,能焉而不伐,斂焉而愈光。殆天下之神勇,古之所謂大雅者歟!

張氏之先,兩世賢母撫孤課讀。一日不能再食,舉家習爲故常。孝友艱苦,遠近嘆慕。自粤賊縱横,東南糜爛,常、潤等郡,室廬蕩然。張氏之窮約,殆有甚於疇昔。書籍刻板,皆摧燒不復可詰矣。余昔讀張氏諸書,既欽其篤行,兹重覽茗柯文編,樂其復顯於世也,乃忘其陋而序之。

録自曾文正公文集卷四。

郭依永墓誌銘

依永,名剛基,一名立篪,姓郭氏。吾友筠仙中丞嵩燾之子,而國藩之第四女壻也。少而羸弱善病,就學數歲,猶戒其師無過督責。年十四五,筠仙奉命巡撫廣東,依永從親於南海使院,遂志研求,學以大進。其後從親還湘,益有慕乎古人述作之林。自場屋經義律賦試帖,以至唐人楷法,名家繪畫,皆窺其藩而究其趣,而於古近體詩爲之尤勤。同治七年,以試藝冠其曹,補縣學生員。父兄或詔以專事科舉之業,而於詩姑輟焉。依永以爲志廣塗遠,安能敦敦獨事舉業?退輒矯首長吟,叢稿滿室。有龍光輔樹棠者、老僧東林者,年皆六十,與爲忘年交。時時相從倡和不厭。或騎駿馬,挾一僮,薄暮游古寺,覓句以歸,用是自適。

依永之詩,嵯峨蕭瑟,如秋聲夜起,萬彙傷懷;又如閲盡陵谷千變,了知身世之無足控摶者。長老皆怪名門少年,不應有此。東林亦嘗詰之。依永則自謂:『吾每爲詩,百感中來,不可遏抑。』竟以同治八年十二月四日病卒,年才二十有一。曾祖某,祖某,皆以筠仙貴,誥贈榮禄大夫。曾祖妣氏某,祖妣氏某,妣氏陳,皆誥贈一品夫人。子二:本含,本謀。女生月餘而殤。疾革,援例爲員外郎。同治九年某月某甲子，將以品官禮葬於某縣某山。

嗚呼！衰齡而哭子，仁慧而不壽，皆人世所謂不幸。然聖賢有遭之者矣，豈天之所可否，與人間所稱善惡禍福，其説絶不類邪？抑人事紛紜萬變，造物者都不訾省，一任其殃慶顛倒，漫無區別邪？天人感應之故，自昔久無定論。依永之生，其詩已頗知一得喪、齊彭殤之旨。今其既死，殆將沛然而大覺矣。於是述吾所聞，爲之銘辭以質幽遐，亦塞筠仙之悲。銘曰：

吾聞君子之畏天命，有如孝子之事庭闈。苟遭禍謫，敬受不疑。恭若申生，順若伯奇。又聞道家之言，與化推移。縱心任運，有若委衣。雖宗旨之各别，要安命而無違。覽依永之詩篇，似多見道之詞。胡含愁而鬱鬱？豈其中有不自持？修德之報或爽，雖神聖不能測其微。主之人者，爲吾能爲；主之天者，吾安敢與知？等死生於晝夜，信長短之有涯。存者抑情而復禮，逝者奠魄而永綏。

録自曾文正公文集卷四。

金陵楚軍水師昭忠祠記

咸豐九年，今侍郎彭公玉麟建水師昭忠祠於湖口，既刻石敘述戰事，又屬余爲之記。維時湖口以下，長江千里，皆賊地也。其明年，金陵官軍潰敗，蘇、浙淪陷。國藩奉命總制兩江，乃議設淮揚水師一軍，以黄君翼升統之。又二年，議設太湖水師一軍，以李君朝斌統之。厥後兩君者，皆沿江遵海以達於蘇、松、常州諸内河；而上游吴楚之交，惟彭公與總督楊公嶽斌之師羅列如故。咸豐十一年，克復安慶；同治元年，下蕪湖金柱關及東西梁山；二年，克九洑洲；三年，遂克金陵；而蘇州省會及所屬郡縣以次廓清，水師皆有力焉。余憫死事者之多，於是又奏建昭忠祠於金陵，以妥將士之靈。

蓋自湖口而下，賊中無復大隊礮船與我角逐水上。然我衆臨敵授命者，往往不絶。若乃高城巨壘，千礮狙伏，陸軍進攻，水師和之，一堞未攀，駢尸山積。或連朝環擊，卒不能下，或創殘滿目，僅收一栅。甚者如九洑洲之役，攻剿三四日，凋耗二千人，唱凱於公庭，飲泣於私舍。又或支河小港，扼守要隘，賊以短兵槍彈，迫我舟師。前者屢僵，後者堅拒，終不得少移尺寸。又或倉卒赴援，内洋行師，如福山之役，輕舟顛簸於海濤颶風之中，須臾沉溺以數百計，此皆耳目昭著。其餘邂逅捐軀，夷傷而不振者，不可勝數也。

今東南大定，已逾五年。長江別立經制，水師將士新故更代，優游無事。欲問數年前戰爭之迹，已罕能言其狀者，況更溯十載以前！若楊公之縱横江上，出入鋒鏑，以摧方張之寇；彭公之芒鞋徒步，以赴江西之急，又孰能道其仿佛？安樂之時，不復好聞危苦之言，人情大抵然與？

君子之存心也，不敢造次忘艱苦之境，尤不敢狃於所習，自謂無虞。禮俗政教，邦有常典。前賢猶因時適變，不相沿襲，況乎用兵之道，隨地形賊勢而變焉者也，豈有可泥之法，不敝之制？今之水師，蓋因粤賊之勢，立一時之法，幸底於成耳。異日時易世殊，寇亂或興，若必狃於前事，謂可平粤賊者，即可概平天下無窮之變，此非智者所敢任也。惟夫忠臣謀國，百折不回，勇士赴敵，視死如歸，斯則常勝之理，萬古不變耳。其他器械財用，選卒校技，凡可得而變革者，正賴後賢相時制宜，因應無方，彌縫前世之失，俾日新而月盛。又烏取夫顓己守常，姝姝焉自悦其故迹，終古而不化哉？

今朝廷開方略之館，戰功將著於信史，不復備述。麤述殉難者之慘，使來者怵然起敬。又因推論兵家之變化無常，用破吾黨自是之見，庶久而知所儆畏云。

録自曾文正公文集卷四。

大界墓表

王考府君以道光二十九年十月四日棄養，倏歷二十三年。當初葬時，吾父以書抵京師，命國藩爲文，紀述先德，揭諸墓道。國藩竊觀王考府君威儀言論，實有雄偉非常之概，而終老山林，曾無奇遇重事一發其意。其型於家、式於鄉邑者，又率依乎中道，無峻絶可驚之行。獨其生平雅言，有足垂訓來葉者，敢敬述一二，以示後昆。

府君之言曰：『吾少耽游惰，往還湘潭市肆，與裘馬少年相逐，或日高酣寢。長老有譏以浮薄，將覆其家者。余聞而立起自責，貨馬徒行。自是終身未明而起。余年三十五，始講求農事。居枕高嵋山下，壠峻如梯，田小如瓦。吾鑿石決壤，開十數畛而通爲一。然後耕夫易於從事。吾昕宵行水，聽蟲鳥鳴聲以知節候，觀露上禾顛以爲樂。種蔬半畦，晨而耘，吾任之；夕而糞，庸保任之。入而飼豕，出而養魚，彼此雜職之。凡菜茹手植而手擷者，其味彌甘；凡物親歷艱苦而得者，食之彌安也。吾宗自元明居衡陽之廟山，久無祠宇。吾謀之宗族諸老，建立祠堂，歲以十月致祭。自國初遷居湘鄉，至吾曾祖元吉公，基業始宏。吾又謀之宗族，別立祀典，歲以三月致祭。世人禮神徼福，求諸幽遐。吾以爲神之陟降，莫親於祖考，故獨隆於生我一本之祀，而他祀姑闕焉。後世雖貧，禮不可隳；子孫雖愚，家祭不可簡也。吾早歲失學，壯而引爲深耻，既令子孫出就名師，又好賓接文士，候望音塵，常願通材宿儒，接迹吾門，此心乃快。其次老成端士，敬禮不怠，其下汎應羣倫。至於巫醫、僧徒、堪輿、星命之流，吾屏斥之惟恐不遠。舊姻窮乏，遇之惟恐不隆。識者觀一門賓客之雅正疏數，而卜家之興敗，理無爽者。鄉黨戚好，吉則賀，喪則吊，有疾則問，人道之常也，吾必踐焉，必躬焉。財不足以及物，吾以力助焉。鄰里訟争，吾嘗居間以解兩家之紛。其尤無狀者，厲辭詰責，勢若霆摧而理如的破，悍夫往往神沮。或具樽酒，通殷勤，一笑散去。君子居下，則排一方之難；在上，則息萬物之囂。其道一耳。津梁道塗，廢壞不治者，孤嫠衰疾無告者，量吾力之所能，隨時圖之，不無小補。若必待富而後謀，則天下終無可成之事。』

蓋府君平昔所恒言者如此。國藩既稔聞之，吾父暨叔父又傳述而告誡數數矣。

府君諱玉屏，號星岡。聲如洪鐘，見者憚懾；而温良博愛，物無不盡之情。其卒也，遠近感唏，或涕泣不能自休。配我祖妣王太夫人，孝恭雍穆，娣姒欽其所爲，自酒漿縫紉以至禮賓承祭，經紀百端，曲有儀法。虔事夫子，卑詘已甚，時逢愠怒，則竦息減食，甘受折辱以回眷睞。年逾七十，猶檢校内政，絲粟不遺。其於子婦孫曾，羣從外姻，童幼僕嫗，皆思有惠逮之。權量多寡，物薄而意長，閲時而再施。太夫人道光二十六年九月十八日卒，春秋八十，葬於木兜沖。其後三年，而府君卒，春秋七十有六，葬於八斗沖，遷太夫人柩祔焉。其後十年，爲咸豐九年己未十二月，均改葬於大界。

府君之先，六世祖曰孟學，初遷湘鄉者也。曾祖曰元吉，別立祀典者也。祖曰輔臣，考曰竟希。曾祖妣氏曰劉，祖妣氏曰蔣，曰劉，妣氏曰彭。以國藩忝竊禄位，府君初貤封中憲大夫，後累贈爲光禄大夫、大學士、兩江總督。祖妣初封恭人，後累贈爲一品夫人。聖朝推恩，追而上之，竟希公累贈光禄大夫，妣彭氏亦贈一品夫人。府君生吾父兄弟三人，仲父上臺早卒，季父驥雲無子，以吾弟國華爲嗣。孫五人，軍興以來，惟國潢治團練於鄉，四人者皆託身兵間。國華、貞幹没於軍，國藩與國荃遂以微功列封疆而膺高爵，而高年及見吾祖者，咸謂吾兄弟威重智略，不逮府君遠甚也。其風彩亦可想已。曾孫七人，玄孫七人，凡茲安居足食，列於顯榮者，繄維祖德是賴。於是敘其大致，表於斯阡，令後嗣無忘彝訓，亦使過者考求事實，知有衆徵，無虚美云。長孫太子太保、武英殿大學士、兩江總督、一等毅勇侯國藩謹撰，第四孫太子太保、兵部侍郎、前湖北巡撫、一等威毅伯國荃謹書。

録自曾文正公文集卷四。

臺洲墓表

嗚呼！惟我先考先妣，既改葬於臺洲之十三年，小子國藩，始克表於墓道。

先考府君諱麟書，號竹亭，平生劬勞於學，課徒傳業者蓋二十有餘年。國藩愚陋，自八歲侍府君於家塾，晨夕講授，指畫耳提，不達則再詔之，已而三覆之；或攜諸途，呼諸枕，重叩其所宿惑者，必通徹乃已。其視他學僮亦然。其後教諸少子亦然。嘗曰：『吾固鈍拙，訓告若輩鈍者，不以爲煩苦也。』府君既累困於學政之試，厥後挈國藩以就試。父子徒步槖筆以干有司，又久不遇。至道光十二年，始得補縣學生員。府君於是年四十有三，應小試者十七役矣。

吾曾氏由衡陽至湘鄉，五六百載，曾無人與於科目秀才之列。至是乃若創獲，何其難也。自國初徙湘鄉，累世力農，至我王考星岡府君，乃大以不學爲恥，講求禮制，賓接文士，教督我考府君，窮年磨厲，期於有成。王考氣象尊嚴，凜然難犯。其責府君也尤峻，往往稠人廣坐，壯聲訶斥；或有所不快於他人，亦痛繩長子。竟日嗃嗃，詰數愆尤。間作激宕之辭，以爲豈少我邪？舉家聳懼，府君則起敬起孝，屏氣負墻，蹴踖徐進，愉色如初。王考暮年大病，痿痹瘖啞，起居造次，必依府君，暫離則不怡，有請則如響。然後知夙昔之備責府君，蓋望之厚而愛之篤，特非衆人所能喻耳。

咸豐二年，粵賊竄湘，攻圍長沙，府君率鄉人修治團練，戒子弟，講陣法，習技擊。未幾，國藩奔母喪回籍，奉命督辦湖南團練。明年，又奉命治舟師，援剿湖北。府君僻在窮鄉，志存軍國。初令季子國葆募勇討賊，既又令三子國華、四子國荃募勇，北征鄂，東征豫章，矗有成效。而府君遽以咸豐七年二月四日棄養。閲一年，而國華殉難於三河。又四年而國葆病歿於金陵。朝廷褒恤，併予美謚。而國藩與國荃遂克復安慶、江寧兩省。雖事有天幸，然亦賴先人之教，盡驅諸子執戈赴敵之所致也。初，國藩以道光間官京師，恭遇覃恩，封王考暨府君皆爲中憲大夫，祖妣暨先母皆爲恭人。逮咸豐間，四遇覃恩，又得封贈，三代皆爲光禄大夫，妣皆一品夫人。今上嗣位，四遇覃恩，又以戰績，兄弟謬膺封爵。於是曾祖府君儒勝，王考府君玉屏，暨府君皆封爲大學士、兩江總督、一等侯爵；曾祖妣氏彭，祖妣氏王，先妣氏江，仍封一品夫人。嗚呼！叨榮至矣！

江太夫人爲湘鄉處士沛霖公女，來嬪曾門，事舅姑四十餘年，饎爨必躬，在視必恪，賓祭之儀，百方檢飭。有子男五人，女四人，尺布寸縷，皆一手拮據。或以人衆家貧爲慮，太夫人曰：『某業讀，某業耕，某業工賈。吾勞於内，諸兒勞於外，豈憂貧哉？』每好作自强之言，亦或諧語以解劬苦。咸豐二年六月十二日疾卒，九月二十二日葬於下要里宅後。府君以七年閏五月初三日葬於周壁沖，至九年八月某日并改葬於臺洲之猫面腦。府君有弟二人，仲曰上臺，年二十有四而没。府君視病年餘，營治醫藥，旁皇達旦。季曰驥雲，推甘讓善，老而彌恭。無子，以國華爲之嗣。後府君三年而没。女四人者，其二先卒，其二繼逝。諸子今存者，惟國藩與國潢、國荃三人。諸孫七人，曾孫七人。於是略述梗概，以著先人懿德，垂蔭無窮。而小子才薄能鮮，忝竊高位，兢兢焉惟不克負荷是懼云。

録自曾文正公文集卷四。

湖南文徵序

吾友湘潭羅君研生，以所編撰湖南文徵百九十卷示余，而屬爲序其端。國藩陋甚，齒又益衰，奚足以語文事？竊聞古之文，初無所謂法也。易、書、詩、儀禮、春秋諸經，其體勢聲色，曾無一字相襲。即周秦諸子，亦各自成體。持此衡彼，畫然若金玉與卉木之不同類，是烏有所謂法者？後人本不能文，强取古人所造而摹擬之，於是有合有離，而法不法名焉。

若其不俟摹擬，人心各具自然之文，約有二端：曰理，曰情。二者人人之所固有。就吾所知之理，而筆諸書而傳諸世，稱吾愛惡悲愉之情，而綴辭以達之，若剖肺肝而陳簡策。斯皆自然之文。性情敦厚者，類能爲之。而淺深工拙，則相去十百千萬而未始有極。自羣經而外，百家著述，率有偏勝。以理勝者，多闡幽造極之語，而其弊或激宕失中；以情勝者，多悱惻感人之言，而其弊常豐縟而寡實。自東漢至隋，文人秀士，大抵義不孤行，辭多儷語。即議大政，考大禮，亦每綴以排比之句，間以婀娜之聲，歷唐代而不改。雖韓、李鋭志復古，而不能革舉世駢體之風。此皆習於情韻者類也。宋興既久，歐、蘇、曾、王之徒，崇奉韓公，以爲不遷之宗。適會其時，大儒迭起，相與上探鄒魯，研討微言。羣士慕效，類皆法韓氏之氣體，以闡明性道。自元明至聖朝康、雍之間，風會略同，非是不足與於斯文之末。此皆習於義理者類也。

乾隆以來，鴻生碩彦，稍厭舊聞，别啓途軌，遠搜漢儒之學，因有所謂考據之文。一字之音訓，一物之制度，辨論動至數千言。曩所稱義理之文，淡遠簡樸者，或屏棄之，以爲空疏不足道。此又習俗趨嚮之一變已。

湖南之爲邦，北枕大江，南薄五嶺，西接黔蜀，羣苗所萃，蓋亦山國荒僻之亞。然周之末，屈原出於其間，離騷諸篇爲後世言情韻者所祖。逮乎宋世，周子復生於斯，作太極圖說、通書，爲後世言義理者所祖。兩賢者，皆前無師承，創立高文。上與詩經、周易同風，下而百代逸才舉莫能越其範圍。而況湖湘後進，沾被流風者乎？茲編所録，精於理者蓋十之六，善言情者，約十之四；而駢體亦頗有甄採，不言法而法未始或紊。惟考據之文搜集極少。前哲之倡導不宏，後世之欣慕亦寡。研生之學，稽說文以究達詁，箋禹貢以晰地志，固亦深明考據家之說。而論文但崇體要，不尚繁稱博引，取其長而不溺其偏，其猶君子慎於擇術之道歟！

録自曾文正公文集卷四。

江寧府學記

同治四年，今相國合肥李公鴻章改建江寧府學，作孔子廟於冶城山，正殿門廡，規制麤備。六年，國藩重至金陵。明年，菏澤馬公新貽繼督兩江，賡續成之。鑿泮池，建崇聖祠、尊經閣及學官之廨宇。八年七月工竣。董其役者，爲候補道桂嵩慶，暨知縣廖綸、參將葉圻。既敉既周，初終無懈。

冶城山顛，楊、吳、宋、元皆爲道觀，明曰朝天宮。蓋道士祀老子之所也。道家者流，其初但尚清静無爲；其後乃稱上通天帝。自漢初不能革秦時諸時，而渭陽五帝之廟，甘泉泰一之壇，帝皆親往郊見。由是聖王祀天之大典，不掌於天子之祠官，而方士奪而領之。道家稱天，侵亂禮經，實始於此。其他煉丹燒汞，采藥飛昇，符籙禁呪，徵召百神，捕使鬼物諸異術，大率依託天帝。故其徒所居之宮，名曰『朝天』，亦猶稱『上清』、『紫極』之類也。

嘉慶、道光中，宮觀猶盛，黄冠數百人。連房櫛比，鼓舞甿庶。咸豐三年，粵賊洪秀全等盜據金陵，竊泰西諸國緒餘，燔燒諸廟，羣祀在典與不在典，一切毁棄，獨有事於其所謂天者，每食必祝；道士及浮屠弟子併見摧滅。金陵文物之邦，淪爲豺豕窟宅。三綱九法，埽地盡矣。原夫方士稱天以侵禮官，乃老子所不及料。迨粵賊稱天以恫羣神而毒四海，則又道士輩所不及料也。聖皇震怒，分遣將帥，誅殛凶渠，削平諸路。而金陵亦以時戡定，乃得就道家舊區，廓起宏規，崇祀至聖暨先賢先儒。將欲黜邪慝而反經，果操何道哉？ 夫亦曰隆禮而已矣。

先王之制禮也，人人納於軌範之中。 自其弱齒，已立制防，灑掃沃盥有常儀，羹食肴胾有定位，緌纓紳佩有恒度。 既長，則教之冠禮，以責成人之道； 教之昏禮，以明厚別之義； 教之喪祭，以篤終而報本。 其出而應世，則有士相見以講讓，朝覲以勸忠； 其在職，則有三物以興賢，八政以防淫。 其深遠者，則教之樂舞，以養和順之氣，備文武之容； 教之大學，以達於本末終始之序，治國平天下之術； 教之中庸，以盡性而達天。 故其材之成，則足以輔世長民； 其次，亦循循繩矩。 三代之士，無或敢遁於奇邪者，人無不出於學，學無不衷於禮也。

老子之初，固亦精於禮經。 孔子告曾子、子夏，述老聃言禮之説至矣。 其後惡末世之苛細，逐華而悖本，斫自然之和； 於是矯枉過正，至譏禮者忠信之薄而亂之首，蓋亦有所激而云然耳。 聖人非不知浮文末節，無當於精義，特以禮之本於太一，起於微眇者，不能盡人而語之。 則莫若就民生日用之常事爲之制，修焉而爲教，習焉而成俗。 俗之既成，則聖人雖没，而魯中諸儒，猶肄鄉飲、大射禮於冢旁，至數百年不絶。 又烏有窈冥誕妄之説，淆亂民聽者乎？

吾觀江寧士大夫，材智雖有短長，而皆不屑詭隨以徇物。 其於清静無爲之旨，帝天禱祀之事，固已峻拒而不惑。 孟子言：『無禮無學，賊民斯興。』今兵革已息，學校新立，更相與講明此義，上以佐聖朝匡直之教，下以闢異端而迪吉士。 蓋廩廩乎企嚮聖賢之域，豈僅人文彬蔚，鳴盛東南已哉！ 同治九年二月曾國藩記。

録自曾文正公文集卷四。

寧津龐君墓誌銘〔一〕

君姓龐氏，諱朋，字君錫，以字行，更字百朋。 先世有自昌黎遷河間之寧津者，遂爲寧津縣人。 大考復還，考自誠，皆以君子際雲貴，誥贈通奉大夫。 祖妣孫氏，妣李氏，皆贈夫人。

君少而篤行劬學，事父母，存得其歡心，殁能盡禮。 有兄四人，以父命析居。 君所應得資産，皆擇取劣下者，又稍稍推其所有，以全友愛。讀羣經及諸子書，能得要領，手録口誦，鍥鏤疲而自勉不衰。尤耆宋儒程子、朱子之説，顧躬行何如，不爲空論。屢試輒黜。最後儀徵吴文節公視學直隸，乃識君，以爲績學之士，擢置上第，補邑增生。君既不屑爲速化之術，不得以其所學襮之於世，則擇後生儁穎有志之材，鍛厲而淬濯之，範成其器。出君門下者，率有聞於鄉里。而君之子秉彝訓，被知於有司，通籍而仕者二人。

當咸豐癸丑之歲，粤匪渡河北竄，畿輔被擾。運河以西，郡縣騷動，咸欲團結鄉勇，各固境圉。君建議阻運河而守，可省勁兵數萬，籌畫垂定，會鄰邑爽約，計以不行。然寧津終得保全者，資君所訓練鄉兵萬人之力。由是遠近人知君不獨學優行高，又有應變戡亂之略也。

際雲仕京師，仕熱河，數迎養。君耽於田園之樂，到官所，未幾輒復旋里。年七十有六，以咸豐九年己未三月初五日卒於家。同治九年庚午，誥贈通奉大夫，如其子際雲官。娶同邑宋氏，專静煦願，天性儉勤，事舅姑事夫，里之人稱曰賢婦；教成其子，服官中外，所在著績，人曰太夫人之誨實然，稱爲賢母。以子際雲貴，累封一品夫人，就養揚州，逾月，終於揚州公廨，實同治九年十一月初八日，壽九十。距通奉公卒時，十有一年矣。子三人：際韶，力耕不仕；際咸，舉人，官户部主事；際雲，由翰林改官刑部，以軍功洊擢江南鹽巡道，權兩淮都轉鹽運使司。女子二人，適楊惠琇、李萬倉。孫二人：作森，澤鑾。孫女十八，嫁者七人。先是，江蘇巡撫丁公之母某太夫人將以九十生日稱觴，先一日而卒。際雲在揚州，亦將以十一月十四日肆筵娱賓，爲母宋太夫人壽，而太夫人先六日卒。江南之人皆謂兩太夫人德稱其福，而微以不得旅進祝嘏爲歉。夫壽至九十，有賢子孫，此人間所不多覯。兩太夫人可以無憾，豈藉一二日之宴樂以爲榮觀哉？獨國藩重奉朝命，莅兩江，疏陳衰年多疾，不任艱劇，不宜久點高位。既不得請，則私恃友朋之同官江南者，匡余之不逮而共底於治。今丁、龐二公先後以母憂去職，或南踰嶺嶠，或北歸燕薊，於余心不能無離别之愴爾！

際雲於咸豐丁未，考覺羅官學教習，庚戌考國子監學正，余皆閱取其文，故執摯於余。又館余家，教余子者數年，同官江南亦數年。爲余言通奉公太夫人之德甚悉，將以明年扶柩還里，豫來乞銘。銘曰：

通奉之阡，祔者夫人；孝視其事親，共視其事舅。行視其身，學視其所尊；慈惠感人，視諸其鄰。種德斂福，視其子孫；其永不朽，視兹銘文。

録自曾文正公文集卷四。

【校】

〔一〕鈔本作誥贈通奉大夫龐君合葬墓誌銘，此從傳忠書局本。

遵義黎君墓誌銘

君諱愷，字雨耕，晚自號石頭山人，遵義黎氏。曾祖國柄。祖正訓，廩貢生。考安理，舉人，山東長山縣知縣。長山君二子，長曰恂，字雪樓，雲南大姚縣知縣；君其次也。雪樓厚重寡言，氣蓋一世；君則倜儻通易，周覽羣書。兄弟間自爲師友。長山君少遭不造，備歷艱險，既見二子之成，乃大歡慰。二子翼翼趨承，食必佐餕，饋必奉槃，應唯猶嬰兒也。

嘉慶十八年，逆賊林清等倡亂，內煽京師，外起滑縣，河南北、山東、直隸震動。時長山君仕山東，雪樓侍於官所，訛言四起。或告於貴州曰：『長山破矣，縣令殉城死矣，雪樓殉父矣。親屬都無存者，僅存兩孺子，漂轉吳楚間去矣。』君於時奉母楊太宜人在家，聞則北望號痛，請於母，刻日戒途，赴山東之難。至長山，則闔門故無恙，傳者妄也。由是遠近以孝歸之。君曰：『父兄得全，幸也。庸有稱乎？』

雪樓之自桐鄉以憂歸也，家居十五六年，君晨夕造請，進止雍雍，語或不合，亦敬應之，而徐理之，終無所忤。雪樓嘗病喉痹，絕言與食。君午夜禱於宗祏，泣曰：『我不及兄，兄不可死。必死者，請以我代。』喉亦旋愈。其敬嫂也如嚴其兄，其訓羣從如教其子，蓋歷久而不改，至其終身，亦卒不少懈。

居京師，有友曾某之喪，新尸獰厲，雖其兄亦畏惡不敢近。君就舉而斂之，必恪必躬，見者感歎。

君少而善病，長山君雅不欲强之學，而博涉多通，窺見百家要指，以縣學生中式道光乙酉科舉人，十五年乙未大挑二等，補貴陽府開州訓導。二十二年十二月辛卯，以疾卒官，春秋五十有五。卒之日，囊無十金之蓄。士無識不識，莫不惜君之位不稱其德，又不獲耆壽以昌其教澤也，嗛焉若有憾於天地。至其孝友篤行，饜於人人之心者，則誠服而更無遺憾。然則君之自省與後之論世者，亦可以無憾已。君配張氏。妾吴氏、劉氏。子四人：庶壽，咸豐辛亥科舉人；庶蕃，壬子科舉人，候選知州；庶昌，以諸生獻策闕廷，天子褒嘉，特授知縣，候補直隸州知州；庶誠。女五人，皆適士族。孫四人。孫女五人。咸豐七年四月，葬君於河西小青棡林。其後閲十五年，庶昌乞余追爲之銘。銘曰：

賢聖盛業，豈貴高名？其道甚邇，事親從兄。穆穆碩儒，黔南之特。韜斂英奇，以修内則。聞變趨庭，萬里戴星；禱疾身代，感徹百靈。胡誠不格？何施不普？化彼梟狼，澤以甘雨。生徒濟濟，飭爾五常。白華孔絜，馨我膠庠。亦有賢嗣，文行竝卓；埋石兹邱，永貞喬嶽。

録自曾文正公文集卷四。

海寧州訓導錢君墓表

君諱泰吉，字輔宜，號警石。先世本何氏，明洪武中，有依海鹽錢翁鞠育者，遂承錢姓。厥後徙居嘉興，代有聞人。至文端公而益大。文端公諱陳羣，以侍郎予告，特加刑部尚書，晉贈太傅，君曾祖也。祖汝愨，早卒。本生祖汝恭，安慶府同知。父復，大興縣知縣。

君少而苦學，潛心孤往。從兄曰儀吉者，字衎石，博通羣籍，早有高名，君事之師友之間，兄弟常以純儒相勉。蓋自弱冠後，遠近已盛稱『嘉興錢氏二石』云。

衎石以翰林改官户部，擢御史給事中，久處京師，其後客游廣東、汴梁。君則以廩貢爲海寧州訓導者，近三十年，與給諫君離多合少，而書問叢沓，諮詢學術，動逾數千言。自周秦諸子、馬班羣史、許鄭詁訓、杜馬典章、洛閩之淵源、唐宋名賢之詩古文辭，以及目録、校讐、金石、書畫、方志、雜説，一孔半枝，無所不詢，蓋亦無所不辨。或獻一疑而詰難十返，或尚論前哲，評騭時流，雜以嘲詼鄙諺，窮極理趣。故二石家書，蔚然天下之至文也。

給諫晚而搜刻經説，刊正訛謬。君自中年即好校古書，假人善本及先輩評説之册，寫而註之眉端。如史記、前後漢書、晉書、集韻、元文類、禮記集説等編，皆勘校數周，一字之舛，旁求衆證。嘗著曝書雜記以發其凡。

嘉慶中，海内猶尚考據之説，尊漢而黜宋，先博覽而後躬行。獨桐城姚氏鼐，恪守程、朱，孤行不惑，宗主義理，不薄考據。而二石風指乃與姚氏相近，其論文亦頗法姚氏。嘗稱『以爲字體故訓者，漢儒之小學也；曲禮少儀者，宋儒之小學也。二者皆扶植基本，而宋重明倫，於道爲尤尊』。兄弟相與修飭人紀，誦述先德。給諫輯盧江錢氏藝文略，君則撰清芬世守録，皆表一門之懿行，以播芳馨而詒典則。先是，文端公嘗進呈其母畫册，高宗賜題十詩，發還原册，並書『清芬世守』四字。逮文端公致仕還鄉，高宗寄賜册卷詩篇，累數千首。君裒輯此録，具載君臣賡和，曠古無倫。又記錢氏十餘世翰墨，及名公巨儒題詠，上以著祖宗文獻之盛，下以勗後人孝友於弗替。其敘軼事，述彝訓，懇懇乎懼來葉之遺墮。有味哉，其言之也！

咸豐庚申、辛酉之際，粤賊縱横浙中，君輾轉播遷，最後由江西以達安慶，國藩乃獲與相見。以漂泊兵間，偷得骨肉完聚也，則爲之破顔一喜。語及世事滄桑，邱墓成毁不可知，則又盡焉以悲。其明歲，同治二年十一月廿日，卒於安慶旅舍。將殁，猶以先世文字之責未能及身整理爲恨，足以知其志之所存已。君配胡氏，誥封恭人。子二：長炳森，道光甲辰舉人，出爲冢兄學源後，前卒；次應溥，以拔貢官吏部主事、軍機處行走，加四品卿銜。君以子貴，累封朝議大夫。女六人。孫七人。孫女三人。

君所著，又有學職禾人考、海昌備志、甘泉鄉人稿。亂後板毁，僅有存者。古今才智之士，常思大有爲於世，其立言常雄駿自喜。若文章不求雄駿，而但求平澹；德業不求施於世，而但求善於一身一家。此殆非智者愉快事也。具無所不能之才，斂之又斂，彌晦焉而彌愉快，則其自得於中者必大矣。夫自得之學，惟君其庶幾哉！

録自曾文正公文集卷四。

季仙九師五十壽序〔一〕

粤以庚子之年，建寅之月，我仙九夫子大人奉命視學浙江。門弟子等攜侯芭之酒，薦顯父之蒲，恭餞於國門之外。清風在道，輿從無嘩，擊節而歌，林木鏗其振韻；刺船一去，海濤起而移情。是歲九月，爲夫子五秩壽辰。乃復謀郵陳皇邸，遥慶龐褫，以祝史之徽言，希君子之善禱。奚斯頌魯，麥邱祝齊，斯事雖細，不可闕也。獨是二首六身，乃藝林之陳語；交梨火棗，亦仙界之浮詞。使徒侈説長生，掞張繁祉，比附陀移之國，揣侔兜率之天，文勝則史，不其諛矣！若第羨聲華之盛，誇遭遇之隆，則無雙之譽，久齊聲於許慎；稽古之力，宜蔑視夫桓榮。中朝大官，咸詢以今事古事；海内英彦，早仰爲經師人師。覼縷稱揚，抑又贅矣。夫葆真純固，當推其致此之由；美意延年，要識其本原之量。毋諛毋贅，請得而言。

今夫連抱之材，經雪虐風饕而成用；步光之劍，因千鬭萬灌而稱神。從古至今，偉人畸士，莫大劬勞撼頓，忍性動心。何者？精神以磨煉而强，智慮以艱危而邃。夫子承廉吏之門風，屬紹庭之多故。楊太尉代傳清德，朱仲卿家靡餘財。昔橋蔭之尚依，已罍空之欲耻。既而槐花强踏，桂樹初攀，跋浪南圖，出門西笑。陸生遠適，鴻鵠之品望斯高；伯樂難逢，驊騮之霜蹄屢蹶。由是以吴中才士，爲國子先生。黄甲看人，青氈作客，守生涯於粗繒大布，嘗世味於朝齏莫鹽。開篋而觀，殘稿多於敝服；借車而出，飛埃盛於同雲，蓋至壬辰年，以第三人及第，而前此之抑塞屈蟠，非一日矣。然且不概於心，彌貞於道。刀無厚而善藏，玉有輝而待賈。此我夫子之歷練也。

若夫雙騶稱娱，四牡駪征，採東岱之琳民，傳南宫之衣鉢，藥籠儲於江右，竹箭採於會稽。英蕩持衡，旋回舞袖。斯固時人所震蕩，今昔所同矜也。而夫子匔匔如畏，毣毣殫思；巨眼澄空，初心辛苦。魚龍夜冷，燒銀燭以照遺珠；桃李春開，灑金壺而濡甘露。其於外也，砥節首公，樹聲示肅。潁川文學，能爲執俎之容；魯國諸生，半在門墻之内。修明雅術，實竭勛勞。今春，去浙之前二日，猶指鬢髮示國藩曰：『昔校士臨淄，猷爲靡鹽。既勤三載，遂見二毛。異時歸自浙東，此毿毿者殆浩然矣。』鞅掌獨賢，周詩有北山之什；苞苴不竭，漢使無南越之裝。此我夫子之靖共也。

聖朝廷試詞臣，數年一舉。夫子再登上考，洊陟崇階。蘇頲爲文，書史防其脱腕；相如作賦，天子幸其同時。中外人士，亦既傾風而仰鏡，企彩而翹華矣。而乃進思退思，大讓小讓，下問不恥，多聞闕疑。懼書馬之訛，慎霓雌之辯。早朝罷則陳書編覽，夜漏深而吟事方酣。一字未安，較輜銖於同輩；片長必奬，假毛羽於後生。推之石奮家風，過路馬而必軾；晏嬰儉德，衣狐裘而累年。此我夫子之敬慎也。

昔者崔邠側帽，潘岳舉輿。母養之隆，稱爲盛事。彼皆鄰於寵飾，未必篤於屬離，我夫子行不違仁，恩能錫類。感枯魚之銜索，詠有獺之在河。陟岵載瞻，萬里而白雲無極；循陔言采，三春而愛日常暉。曩者瞻依，今茲孺慕。殊恩既被，令問斯皇。朱壽昌五十之年，效萊子而添彩戲；衛尚書八座之母，有中丞以問起居。敦牟卮匜，龍爲炙而玉爲酒；嫡星卿月，前有輝而後有光。猶復喜懼交深，形聲密察。幾同廁牏之親滌，無改菽水之昔歡。此我夫子之孝思也。

夫端玉常堅，蘊蓄者久也；户樞不敝，勤動者恒也。慎戒必恭，聖有謨訓；大德必得，古有明徵。準斯四者，可以言壽矣。國藩醉翁門下之人，補闕春官之士。良苗不實，有負煙鋤；庸櫟非材，曾經月斧。金丹許换，共絳帳以聆音；玉署叨陪，乃霓裳之同詠。遥想錦樹山高之地，黄花酒熟之天；籌添望海之樓，弧設重雲之會。官吏黎收而拜，門人繈屬而來。習瓠葉者五百人，祝靈椿以八千歲。何其盛也！繫匏有職，負笈難從。徒瓦奏而桴宣，莫奉觴而僎爵。區區此志，能不懷哉！道阻而長，溯洄在西湖之水；光遠有耀，茀蔚瞻南極之星。鋪張洪算，肸飾龐祺，知有能者，匪所詳矣。

録自曾文正公文集卷四。

【校】

〔一〕原鈔本無，據光緒傳忠書局本選入。

錢選制藝序〔一〕

乘椎輪於金根玉輅之旁，夫人以爲陋矣；服草衣卉服於袞冕黼裳之朝，夫人以爲悖矣。甚哉！時之不可已也。泥橇而山樏，夏葛而冬裘，適時則貴，失時則捐。昔馮唐終身不遇，而曰：『文帝好老，而臣尚少；武帝好少，而臣已老。』豈曰非材？如不遇時何！矧夫習制藝以弋取科名，而有不附聲比貌，求合時宜者乎？雖然，趨時之道，豈一端哉？天下之事，其始蓋有一二巧者標新領異，以駴羣聽。其次則能者慕效之，又其次則拙者剽竊之。慕而效之，是謂風氣；剽而竊之，是謂流弊。不數十年，而昔之新且異者將厭棄矣，則又有巧者移易之。又數十年，而亦厭棄矣。人情賤同而思異，物窮則變，自古然也。故善趨時者貴先時，不貴後時。場屋之文，何獨不然？

國家以制藝取士，二百年來，爲體屢遷。乾隆、嘉慶之際，學者研練經義，負聲振彩，醲鬱葩華。道光初年，稍患文勝，詞豐而義寡，梔蠟其外而塗泥其中者，往往而有。於是有志者慨然思以易之，刊其支蔓，矯以清真。當其始出，若撥霧而見山，厭肥膩而飲太羹也。而今已二十年矣。諺曰：『城中好高髻，四方高一尺；城中好廣眉，四方成半額。』自往者標爲清真之目，近乃頗事佻巧，拋棄詩書。或一挑半剔以爲顯，排句疊調以爲勁。抑之無實，揚之無聲。所謂歷久而厭棄者，其不然乎？所謂物窮則變者，其將在兹乎？善趨時者，當以此時振翱翔之骨，發鏗訇之響，熔經史而鑄偉詞。揆以好異之人情，驗以將變之風氣。吾知必有合也。

僕不敏，嘗欲採近科墨，匯爲一帙，以爲趨時者先聲之導。人事滋劇，卒鮮休暇。同年錢君崙仙頃出兹編見示，揀新汰弊，先得我心。苟有能者慕效，則風氣從此移易。錢君其巧者與？抑吾又有説焉。風氣者，必變者也；而規矩者，不變者也。今夫斫木爲輿，軫方以象地，蓋圓以象天，可規可萬，可水可縣，可量可權，而後出而合轍。深衣之制，袂圓以應規，曲袷如矩以應方，兼以應直應平，而後非奇邪之服。制藝之有規矩，先輩蓋詳言之。錢君此選，奇正濃淡，不名一能。要其引繩削墨，其有悖於前人之程式者鮮矣。苟舍是而別求先時之巧，是猶行遠者有説輻之占，製錦者之不得要領也。將可乎哉？

録自曾文正公文集卷四。

【校】

〔一〕以下兩篇據光緒傳忠書局本選入。

雲槳山人詩序 代季師作

自韓愈氏有言：『歡愉之詞難工，窮苦之音易好。』歐陽公效之，亦稱『詩必窮而後工』。後之論者，大率祖述其説，以謂宮音和温，難於聳聽；商音淒厲，易以感人。故盛世之巨公，其詩歌往往不及衰世之孤臣逐客；而廟堂卿相，例不能與窮巷憔悴專一之士角文藝之短長。數十年來，人人相與持是説而不變，所從來久已。

芝昌嘗究觀詩教之終始，竊獨以爲未必然也。鄭氏所撰三百篇譜，大抵成周盛時賢人有位之作爲多。東遷以降，王迹既熄，詩亦替矣。西漢蘇、李，東漢班、張，號爲能詩，亦當兩京全盛之日。李唐之世，詞人百輩，累迹而興。然世所稱爲四唐者，雖愚者亦知有初、盛而貶中、晚。蓋聲音之道，與政相通。國家鼎隆之日，太和充塞，庶物恬愉，故文人之氣盈而聲亦上騰。反是，則其氣歉而聲亦從而下殺。達者之氣盈矣，而志能斂而之内，則其聲可以薄無際而感鬼神；窮者之氣既歉，而志不克劃然而自申，則瓮牖窮老而不得一篇之工，亦常有之。然則謂盛世之詩不敵衰季，卿相不敵窮巷之士，是二者殆皆未爲篤論已。

吾師長白宫保相國光輔聖主二十餘年，智深而量遠，果決而閑定。暇日以所爲詩二册見示，芝昌受而讀之。簡肅清夷，不名一能。篇帙不繁，而行役之作，扈從之章，生平政績，略備於斯。抑有詩史之遺意。其於六朝、唐、宋諸家，若合衆金以融一冶，而鑄爲重器。觀者但知器之良，而忘其所採誰氏之金也。於時皇清承平已二百祀，重熙累洽，遐邇禔安。跂行喙息之倫，莫不茹仁踐義，時會可謂極隆，而吾師入總百揆，出領三輔。門生故吏，吐哺延接；天憲出内，曹司百事，手批口答，日以百計。而乃從容揮斥，時從事於吟詠，若行所無事者。

才分之優絀，什百千萬，如此其遠也。觀吾師所際之時，與夫詩之所詣，而後知曩之宗韓、歐之説者，亦所謂察其一，未覩其二者哉！

讀既竟，因附陳微義，識於簡端，用質知言者焉。道光二十有七年九月某日，門人季芝昌謹序。

録自曾文正公文集卷四。

應詔陳言疏 三月初二日

奏爲應詔陳言事：

二月初八日，奉皇上諭令，九卿科道有言事之責者，於用人、行政一切事宜，皆得據實直陳，封章密奏。仰見聖德謙沖，孜孜求治。臣竊維用人、行政，二者自古皆相提并論。獨至我朝，則凡百庶政皆已著有成憲，既備既詳，未可輕議。今日所當講求者，惟在用人一端耳。方今人才不乏，欲作育而激揚之，端賴我皇上之妙用。大抵有轉移之道，有培養之方，有考察之法，三者不可廢一，請爲我皇上陳之。

所謂轉移之道，何也？我朝列聖爲政，大抵因時俗之過而矯之，使就於中。順治之時，瘡痍初復，民志未定，故聖祖繼之以寬；康熙之末，久安而吏弛，刑措而民偷，故世宗救之以嚴；乾隆、嘉慶之際，人尚才華，士騖高遠，故大行皇帝斂之以鎮静，以變其浮夸之習。一時人才循循規矩準繩之中，無有敢才智自雄、鋒芒自逞者。然有守者多，而有猷有爲者漸覺其少。大率以畏葸爲慎，以柔靡爲恭。以臣觀之，京官之辦事通病有二，曰退縮，曰瑣屑。外官之辦事通病有二，曰敷衍，曰顢頇。退縮者，同官互推，不肯任怨，動輒請旨，不肯任咎是也。瑣屑者，利析錙銖，不顧大體，察及秋毫，不見輿薪是也。敷衍者，裝頭蓋面，但計目前剜肉補瘡，不問明日是也。顢頇者，外面完全，而中已潰爛，章奏粉飾，而語無歸宿是也。有此四者，習俗相沿，但求苟安無過，不求振作有爲，將來一有艱巨，國家必有乏才之患。我大行皇帝深知此中之消息，故亟思得一有用之才，以力挽頹風。去年京察人員，數月之内，擢臬司者三人，擢藩司者一人，蓋亦欲破格超遷，整頓積弱之習也。無如風會所趨，勢難驟變。今若遽求振作之才，又恐躁競者因而幸進，轉不足以收實效。臣愚以爲欲使有用之才不出範圍之中，莫若使之從事於學術。漢臣諸葛亮曰：『才須學，學須識。』蓋至論也。然欲人才皆知好學，又必自我皇上以身作則，乃能操轉移風化之本。臣考聖祖仁皇帝登極之後，勤學好問，儒臣逐日進講，寒暑不輟；萬壽聖節，不許間斷；三藩用兵，亦不停止；召見廷臣，輒與之往復討論。故當時人才濟濟，好學者多。至康熙末年，博學偉才，大半皆聖祖教諭而成就之。今皇上春秋鼎盛，正與聖祖講學之年相似。臣之愚見，欲請俟二十七月後，舉行逐日進講之例。四海傳播，人人嚮風。召見臣工，與之從容論難。見無才者，則勖之以學，以痛懲模棱罷軟之習；見有才者，則愈勖之以學，以化其剛愎、刻薄之偏。十年以後，人才必大有起色。一人典學於宫中，群英鼓舞於天下，其幾在此，其效在彼，康熙年間之往事，昭昭可觀也。以今日之委靡因循，而期之以振作；又慮他日更張偾事，而澤之以詩、書。但期默運而潛移，不肯矯枉而過正。蓋轉移之道，其略如此。

所謂培養之方，何也？凡人才未登仕版者，姑不具論。其已登仕版者，如内閣、六部、翰林院最爲薈萃之地，將來内而卿相，外而督撫，大約不出此八衙門。此八衙門者，人才數千，我皇上不能一一周知也。培養之權，不得不責成於堂官。所謂培養者，約有數端：曰教誨，曰甄別，曰保舉，曰超擢。堂官之於司員，一言嘉獎，則感而圖功；片語責懲，則畏而改過。此教誨之不可緩也。榛棘不除，則蘭蕙減色；害馬不去，則騏驥短氣。此甄別之不可緩也。嘉慶四年、十八年，兩次令部院各保司員，此保舉之成案也。雍正年間，甘汝來以主事而賞人參，放知府；嘉慶年間，黄鉞以主事而充翰林，入南齋。此超擢之成案也。蓋嘗論之，人才譬之禾稼，堂官之教誨，猶種植耘耔也；甄別則去其稂莠也；保舉則猶灌溉也；皇上超擢，譬之甘雨時降，苗勃然興也；堂官常常到署，譬之農夫日日田間，乃能熟悉穡事也。今各衙門堂官，多内廷行走之員，或累月不克到署，與司員恒不相習，自掌印、主稿數人而外，大半不能識面，譬之嘉禾、稂莠，聽其同生同落於畎畝之中，而農夫不問。教誨之法無聞，甄別之例亦廢，近奉明詔保舉，又但及外官，而不及京秩，培養之道，不尚有未盡者哉！自頃歲以來，六部人數日多，或二十年不得補缺，或終身不得主稿；内閣、翰林院員數，亦三倍於前，往往十年不得一差，不遷一秩，固已英才摧挫矣。而堂官又多在内廷，終歲不獲一見，如吏部六堂，内廷四人；禮部六堂，内廷四人；户部六堂，皆直内廷；翰林兩掌院，皆直内廷。在諸臣隨侍御園，本難分身入署，而又或兼攝兩部，或管理數處。爲司員者，畫稿則匆匆一面，白事則寥寥數語，縱使才德俱優，曾不能邀堂官之一顧，又焉能達天子之知哉！以若干之人才，近在眼前，不能加意培養，甚可惜也。臣之愚見，欲請皇上稍爲酌量，每部須有三、四堂不入直内廷者，令其日日到署，以與司員相砥礪。翰林掌院，亦須有不直内廷者，令其與編、檢相濡染。務使屬官之性情、心術，長官一一周知。皇上不時詢問，某也才，某也直，某也小知，某也大受，不特屬官之優劣粲然畢呈，即長官之深淺亦可互見。旁考參稽，而八衙門之人才，同往來於聖主之胸中。彼司員者，但令姓名達於九重，不必升官遷秩，而已感激無地矣。然後保舉之法、甄别之例，次第舉行乎舊章。皇上偶有超擢，則楩枏一升，而草木之精神皆振。蓋培養之方，其略如此。

所謂考察之法，何也？古者詢事、考言，二者并重。近來各衙門辦事，小者循例，大者請旨，本無才猷之可見，則莫若於言考之。而召對陳言，天威咫尺，又不宜喋喋便佞，則莫若於奏摺考之矣。國家定例，内而九卿科道，外而督撫藩臬，皆有言事之責。各省道員，不許專摺謝恩，而許專摺言事。乃十餘年間，九卿無一人陳時政之得失，司道無一摺言地方之利病，相率緘默，一時之風氣，有不解其所以然者；科道間有奏疏，而從無一言及主德之隆替，無一摺彈大臣之過失，豈君爲堯、舜之君，臣皆稷、契之臣乎？一時之風氣，亦有不解其所以然者。臣考本朝以來，匡言主德者，孫嘉淦以自是規高宗，袁銑以寡欲規大行皇帝，皆蒙優旨嘉納，至今傳爲美談；糾彈大臣者，如李之芳參劾魏裔介，彭鵬參劾李光地，厥後四人，皆爲名臣，亦至今傳爲美談。自古直言不諱，未有盛於我朝者也。今皇上御極之初，又特詔求言，而褒答倭仁之諭，臣讀之至於抃舞感泣。此誠太平之象。然臣猶有過慮者，誠見我皇上求言甚切，恐諸臣紛紛入奏，或者條陳庶政，頗多雷同之語，不免久而生厭；彈劾大臣，懼長攻訐之風，又不免久而生厭。臣之愚見，願皇上堅持聖意，藉奏摺爲考覈人才之具，永不生厭斁之心。涉於雷同者，不必交議而已；過於攻訐者，不必發鈔而已。此外則但見其有益，初不見其有損。人情狃於故常，大抵多所顧忌，如主德之隆替，大臣之過失，非皇上再三誘之使言，誰肯輕冒不韙？如藩臬之奏事，道員之具摺，雖有定例，久不遵行，非皇上再三迫之使言，又誰肯立異以犯督撫之怒哉？臣亦知内外大小，羣言併進，即浮僞之人，不能不雜出其中。然無本之言，其術可以一售，而不可以再試，朗鑒高懸，豈能終遯！方今考九卿之賢否，但憑召見之應對；考科道之賢否，但憑三年之京察；考司道之賢否，但憑督撫之考語。若使人人建言，參互質證，豈不更爲覈實乎？臣所謂考察之法，其略如此。三者相需爲用，并行不悖。

臣本愚陋，頃以議禮一疏，荷蒙皇上天語褒嘉，感激思所以報。但憾識見淺薄，無補萬一。伏求皇上憐其愚誠，俯賜訓示，幸甚。謹奏。

録自曾文正公奏議道光三十年。

議汰兵疏 三月初九日

奏爲簡練軍實以裕國用事：

臣竊維天下之大患，蓋有二端：一曰國用不足，一曰兵伍不精。

兵伍之情狀，各省不一。漳、泉悍卒，以千百械鬥爲常；黔、蜀冗兵，以勾結盜賊爲業；其他吸食鴉片，聚開賭場，各省皆然。大抵無事則游手恣睢，有事則雇無賴之人代充，見賊則望風奔潰，賊去則殺民以邀功。章奏屢陳，諭旨屢飭，不能稍變錮習。

至於財用之不足，内外臣工，人人憂慮。自庚子以至甲辰，五年之間，一耗於夷務，再耗於庫案，三耗於河決。固已不勝其浩繁矣。乙巳以後，秦、豫兩年之旱，東南六省之水，計每歲歉收，恒在千萬以外，又發帑數百萬以賑救之。天下財産安得不絀？宣宗成皇帝每與臣下言及開捐一事，未嘗不咨嗟太息，憾宦途之濫雜，悔取財之非計也。臣嘗即國家歲入之數與歲出之數而通籌之，一歲本可餘二、三百萬。然水旱偏災，堯、湯不免。以去年之豐稔，而江、浙以大風而災，廣西以兵事而緩，計額内之歉收，已不下百餘萬，設更有額外之浮出，其將何以待之？今雖捐例暫停，而不别籌一久遠之策，恐將來仍不免於開捐。以天下之大，而無三年之畜，汲汲乎惟朝夕之圖，而貽君父之憂，此亦爲臣子者所深耻也。

當此之時，欲於歲入常額之外，别求生財之道，則搜括一分，民受一分之害，誠不可以妄議矣。至於歲出之數，兵餉爲一大宗。臣嘗考本朝緑營之兵制，竊見乾隆四十七年增兵之案，實爲兵餉贏絀一大轉關，請即爲我皇上陳之：

自康熙以來，武官即有空名坐糧。雍正八年因定爲例：提督空名糧八十分，總兵六十分，副將而下，以次而減，下至千總五分，把總四分，各有名糧。又修製軍械，有所謂公費銀者；紅白各事，有所謂賞恤銀者，亦皆取給於名糧。故自雍正至乾隆四十五年以前，緑營兵數雖名爲六十四萬，而其實缺額常六、七萬。至四十六年增兵之議起，武職坐糧，另行添設養廉，公費、賞恤另行開銷正項，嚮之所謂空名者，悉全挑補實額，一舉而添兵六萬有奇，於是費銀每年二百餘萬。此臣所謂餉項贏絀一大轉關者也。是時海内殷實，兵革不作，普免天下錢糧已經四次，而户部尚餘銀七千八百萬。高宗規模宏遠，不惜散財以增兵力。其時大學士阿桂即上疏陳論，以爲國家經費，驟加不覺其多，歲支則難爲繼。此項新添兵餉，歲近三百萬，統計二十餘年，即須用七千萬，請毋庸概增。旋以廷臣議駁，卒以增設。至嘉慶十九年，仁宗覩帑藏之大絀，思阿桂之遠慮，慨增兵之仍無實效，特詔裁汰。於是各省次第裁兵一萬四千有奇。宣宗即位，又詔抽裁冗兵，於是又裁二千有奇。乾隆之增兵，一舉而加六萬五千，嘉慶、道光之減兵，兩次僅一萬六千。國家經費耗之如彼其多且易也，節之如此其少且難也。

臣今冒昧之見，欲請汰兵五萬，仍復乾隆四十六年以前之舊。驟而裁之，或恐生變，惟缺出而不募補，則可徐徐行之，而萬無一失。醫者之治瘡疤，甚者必剜其腐肉而生其新肉。今日之劣弁羸兵，蓋亦當量爲簡汰以剜其腐者，痛加訓練以生其新者。不循此二道，則武備之弛，殆不知所底止。自古開國之初，恒兵少而國强。其後兵愈多，則力愈弱；餉愈多，則國愈貧。北宋中葉，兵常百二十五萬，南渡以後，養兵百六十萬，而軍益不競。明代養兵至百三十萬，末年又加練兵十八萬，而孱弱日甚。我朝神武開國，本不藉緑營之力。康熙以後，緑營屢立戰功，然如三藩、準部之大勛，回疆、金川之殊烈，皆在四十六年以前。至四十七年增兵以後，如川、楚之師，英夷之役，兵力反遠遜於前。則兵貴精而不貴多，尤爲明效大驗也。八旗勁旅，亘古無敵，然其額數，常不過二十五萬，以强半翊衛京師，以少半駐防天下，而山海要隘，往往布滿，國初至今，未嘗增加。今即汰緑營五萬，尚存漢兵五十餘萬，視八旗且將兩倍。權衡乎本末，較量乎古今，誠不知其不可也。近者廣西軍興，紛紛徵調外兵，該省額兵二萬三千，土兵一萬四千，聞竟無一人足用者。粤省如此，他省可知。言念及此，可勝長慮。臣聞各省之兵，稍有名者，如湖南之鎮筸、江南之壽春、浙江之處州，天下不過數鎮。裁汰之法，或精强之鎮不動，而多裁劣營；或邊要之區不動，而多裁腹地；或營制太破，歸而并之；或汛防太散，撤而聚之。是在兵部之精審，督撫之體察，未可鹵莽以從事耳。誠使行臣之説，闕出不補，不過六年，五萬可以裁畢。以一馬二步計之，每年可省餉銀一百二十萬。十年以外，於經費大有裨益。此項銀兩不輕動用，督撫歲終奏解户部，另行封存，專備救荒之款，永塞開捐之路。養兵爲民也，備荒亦爲民也，塞捐以清仕途，尤愛民之大者也。一分一毫，天子無所私利於其間，豈非三代公心，賢於後世搜括之術萬萬者哉！

若夫訓練之道，則全視乎皇上精神之所屬。臣考本朝以來大閲之典，舉行凡二十餘次。或於南苑，或於西廠，或於蘆溝橋、玉泉山，天弧親御，外藩從觀，軍容一肅，藩部破膽。自嘉慶十七年至今，不舉大閲者四十年矣。凡兵以勞而强，以逸而弱。承平日久，京營之兵既不經戰陣之事，又不見搜狩之典，筋力日懈，勢所必然。伏求皇上於三年之後，行大閲之禮，明降諭旨，早示定期。練習三年，京營必大有起色。外省營伍，勢難遍求皇上先注意數處，物色將才，分布天下要害之地。但使七十一鎮之中有十餘鎮可爲腹心，五十餘萬之中有十餘萬可爲長城，則緩急之際，隱然可恃，天子之精神一振，山澤之猛士雲興，在我皇上加意而已。昔宋臣龐籍汰慶曆兵八萬人，遂以大蘇邊儲；　明臣戚繼光練金華兵三千人，遂以蕩平倭寇。臣書生愚見，以爲今日論兵，正宜法此二事。謹鈔録乾隆增兵，嘉慶、道光減兵三案進呈，伏乞飭下九卿、科道詳議。斯道甚大，臣鮮閱歷，不勝悚惶待命之至。謹奏。

録自曾文正公奏議咸豐元年。

敬呈聖德三端預防流弊疏 四月二十六日

奏爲敬陳聖德，仰贊高深事：

臣聞美德所在，常有一近似者爲之淆。辨之不早，則流弊不可勝防。故孔門之告六言，必嚴去其六弊。臣竊觀皇上生安之美德，約有三端。而三者之近似，亦各有其流弊，不可不預防其漸，請爲我皇上陳之。

臣每於祭祀侍儀之頃，仰瞻皇上對越肅雍，跬步必謹，而尋常莅事，亦推求精到，此敬慎之美德也。而辨之不早，其流弊爲瑣碎，是不可不預防。人臣事君，禮儀固貴周詳，然苟非朝祭大典，難保一無疏失。自去歲以來，步趨失檢，廣林以小節被參；　道旁叩頭，福濟、麟魁以小節被參；　内廷接駕，明訓以微儀獲咎；　都統暫署，惠豐以微儀獲咎，在皇上僅予譴罰，初無苛責之意。特恐臣下誤會風旨，或謹於小而反忽於大，且有謹其所不必謹者。行禮有儀注，古今通用之字也。近來避皇上之嫌名，乃改爲行禮禮節。朔望常服，既經臣部奏定矣，而去冬忽改爲貂褂。御門常服挂珠，既經臣部奏定矣，而初次忽改爲補褂。以此等爲尊君，皆於小者謹其所不必謹，則於國家之大計必有疏漏而不暇深求者矣。夫所謂國家之大計，果安在哉？即如廣西一事，其大者在位置人才，其次在審度地利，又其次在慎重軍需。今發往廣西人員不爲不多，而位置之際未盡妥善。姚瑩年近七十，曾立勛名，宜稍加以威望，令其參贊幕府，若泛泛差遣委用，則不能收其全力。嚴正基辦理糧臺，而位卑則難資彈壓，權分則易致牽掣。夫知之而不用，與不知同。

用之而不盡，與不用同。諸將既多，亦宜分爲三路，各有專責：中路專辦武宣大股，西路分辦泗、鎮、南、太，東路分辦七府一州。至於地利之説，則欽差大臣宜駐扎橫州，乃可以策應三路。糧臺宜專設梧州，銀米由湖南往者，暫屯桂林，以次而輸於梧；由廣東往者，暫屯肇慶，以次而輸於梧。則四方便於支應，而寇盜不能劫掠。今軍興一載，外間既未呈進地圖，規畫全勢，而内府有康熙輿圖，乾隆輿圖，亦未聞樞臣請出，與皇上熟視審計。至於軍需之説，則捐輸之局萬不可開於兩粵，捐生皆從軍之人，捐資皆借湊之項，輾轉挪移，仍於糧臺乎取之。此三者皆就廣西而言，今日之大計也。即使廣西無事，而凡爲臣子者，亦皆宜留心人材，亦皆宜講求地利，亦皆宜籌畫國計，圖其遠大，即不妨略其細微。漢之陳平，高祖不問以決獄；唐之房、杜，太宗惟責以求賢。誠使我皇上豁達遠觀，罔苛細節，則爲大臣者不敢以小廉曲謹自恃，不敢以尋行數墨自取竭蹶，必且穆然深思，求所以宏濟於艱難者。臣所謂防瑣碎之風，其道如此。

又聞皇上萬幾之暇，頤情典籍；游藝之末亦法前賢，此好古之美德也。而辨之不細，其流弊徒尚文飾，亦不可不預防。自去歲求言以來，豈無一二嘉謨至計？究其歸宿，大抵皆以『無庸議』三字了之。間有特被獎許者，手詔以褒倭仁，未幾而疏之萬里之外；優旨以答蘇廷魁，未幾而斥爲亂道之流。是鮮察言之實意，徒飾納諫之虛文。自道光中葉以來，朝士風氣專尚浮華，小楷則工益求工，試律則巧益求巧。翰、詹最優之途，莫如兩書房行走，而保薦之時，但求工於小楷者。閣部最優之途，莫如軍機處行走，而保送之時，但取工於小楷者。衡文取士，大典也，而考差者亦但論小楷、試律，而不復計文義之淺深。故臣常謂欲人才振興，必使士大夫考古來之成敗，討國朝之掌故，而力杜小楷、試律工巧之風，乃可以崇實而黜浮。去歲奏開日講，意以人臣陳説古今於黼座之前，必不敢不研求實學，蓋爲此也。今皇上於軍務倥傯之際，仍舉斯典，正與康熙年三藩時相同。然非從容召見，令其反復辨説，恐亦徒飾虛文而無以考覈人才。目前之時務雖不可妄議，本朝之成憲獨不可稱述乎！皇上於外官來京，屢次召見，詳加考覈。今日之翰、詹，即異日之督撫、司道也，甫脱乎小楷、試律之間，即與以兵、刑、錢、穀之任，又豈可但觀其舉止便捷、語言圓妙，而不深究其深學真識乎？ 前者，臣工奏請刊布御制詩文集，業蒙允許。臣考高祖文集刊布之年，聖壽已二十有六； 列聖文集刊布之年，皆在三十、四十以後； 皇上春秋鼎盛，若稍遲數年再行刊刻，亦足以昭聖度之謙沖，且明示天下以敦崇實效、不尚虛文之意。風聲所被，必有樸學興起，爲國家任棟梁之重。臣所謂杜文飾之風，其道如此。

臣又聞皇上娛神淡遠，恭己自怡，曠然若有天下而不與焉者，此廣大之美德也。然辨之不精，亦恐厭薄恒俗而長驕矜之氣，尤不可以不防。去歲求言之詔，本以用人與行政并舉。乃近來兩次諭旨，皆曰黜陟大權，朕自持之。在皇上之意，以爲中無纖毫之私，則一章一服，皆若奉天以命德。初非自執己見，豈容臣下更參末議，而不知天視自民視，天聽自民聽，國家設立科道，正民視民聽之所寄也。皇上偶舉一人，軍機大臣以爲當，左右皆曰賢，未可也； 臣等九卿以爲當，諸大夫皆曰賢，未可也； 必科道百僚以爲當，然後爲國人皆曰賢。黜陟者，天子一人持之； 是非者，天子與普天下人共之。宸衷無纖毫之私，可以謂之公，未可謂之明也。必國人皆曰賢，乃合天下之明以爲明矣。古今人情不甚相遠，大率戇直者少，緘默者多，皇上再三誘之使言，尚且顧忌濡忍，不敢輕發苟見； 皇上一言拒之，誰復肯干犯天威。如禧恩之貪黷，曹履泰之污鄙，前聞物論紛紛，久之竟寂無彈章，安知非畏雷霆之威而莫敢先發以取罪哉！自古之重直臣，非特使彼成名而已。蓋將藉其藥石，以折人主驕侈之萌，培其風骨，養其威棱，以備有事折衝之用，所謂疾風知勁草也。若不取此等，則必專取一種諧媚軟熟之人，料其斷不敢出一言以逆耳而拂心，而稍有鋒芒者，必盡挫其勁節而銷鑠其剛氣。一旦有事，則滿庭皆疲苶沓泄，相與袖手，一籌莫展而後已。今日皇上之所以使賽尚阿視師者，豈不知千金之弩輕於一髮哉？蓋亦見在廷他無可恃之人也。夫平日不儲剛正之士，以培其風骨而養其威棱，臨事安所得人才而用之哉！目今軍務警報，運籌於一人，取決於俄頃，皇上獨任其勞，而臣等莫分其憂，使廣西而不遽平，固中外所同慮也。然使廣西遽平，而皇上意中或遂謂天下無難辦之事，眼前無助我之人，此則一念驕矜之萌，尤微臣區區所大懼也。昔禹戒舜曰：『無若丹朱傲。』周公戒成王曰：『無若殷王受之迷亂。』舜與成王，何至如此！誠恐一念自矜，則直言日覺其可憎，佞諛日覺其可親，流弊將靡所底止。臣之過慮，實類乎此。

此三者辨之於早，只在幾微之間；若待其弊既成而後挽之，則難爲力矣。臣謬玷卿陪，幸逢聖明在上，何忍不竭愚忱，以仰裨萬一。雖言之無當，然不敢激切以沽直聲，亦不敢唯阿以取容悦。伏惟聖慈垂鑒。謹奏。

録自曾文正公奏議咸豐元年。

備陳民間疾苦疏十二月十八日

奏爲備陳民間疾苦，仰副聖主愛民之懷事：

臣竊聞國貧不足患，惟民心涣散，則爲患甚大。自古莫富於隋文之季，而忽致亂亡，民心去也；莫貧於漢昭之初，而漸致乂安，能撫民也。我朝康熙元年至十六年，中間惟一年無河患，其餘歲歲河決，而新莊、高堰各案，爲患極巨；其時又有三藩之變，騷動九省，用兵七載，天下財賦去其大半，府藏之空虚，殆有甚於今日。卒能金甌無缺，寰宇清謐，蓋聖祖愛民如傷，民心固結而不可解也。我皇上愛民之誠，足以遠紹前徽。特外間守令，或玩視民瘼，致聖主之德意不能達於民，而民間之疾苦不能訴於上。臣敢一一縷陳之：

一曰銀價太昂，錢糧難納也。蘇、松、常、鎮、太錢糧之重，甲於天下。每田一畝，産米自一石五六斗至二石不等，除去佃户平分之數與抗欠之數，計業主所收，牽算不過八斗。而額徵之糧已在二斗内外，兑之以漕斛，加之以幫費，又須(各)去米二斗。計每畝所收八斗，正供已輸其六，業主只獲其二耳。然使所輸之六斗，皆以米相交納，則小民猶爲取之甚便。無如收本色者少，收折色者多。即使漕糧或收本色，而幫費必須折銀，地丁必須納銀。小民力田之所得米也，持米以售錢，則米價苦賤而民怨；持錢以易銀，則銀價苦昂而民怨。東南産米之區，大率石米買錢三千，自古迄今，不甚懸遠。昔日兩銀换錢一千，則石米得銀三兩。今日兩銀换錢兩千，則石米僅得銀兩五錢。昔日賣米三斗，輸一畝之課而有餘。今日賣米六斗，輸一畝之課而不足。朝廷自守歲取之常，小民暗加一倍之賦。此外如房基，如墳地，均須另納税課。準以銀價，皆倍昔年。無力監追者，不可勝計。州縣竭全力以催科，猶恐不給，往往委員佐之，吏役四出，晝夜追比，鞭樸滿堂，血肉狼藉，豈皆酷吏之爲哉！不如是，則考成不及七分，有參劾之懼；賠累動以巨萬，有子孫之憂。故自道光十五年以前，江蘇尚辦全漕，自十六年至今，歲歲報歉，年年蠲緩，豈昔皆良而今皆刁？蓋銀價太昂，不獨官民交困，國家亦受其害也。浙江正賦與江蘇大略相似，而民愈抗延，官愈窮窘，於是有『截串』之法。『截串』者，上忙而預徵下忙之税，今年而預截明年之串。小民不應，則稍減其價，招之使來。預截太多，闕分太虧，後任無可復徵，使循吏亦無自全之法，則貪吏愈得藉口魚肉百姓，巧誅横索，悍然不顧。江西、湖廣課額稍輕，然自銀價昂貴以來，民之完納愈苦，官之追呼亦愈酷。或本家不能完，則鎖拿同族之殷實者而責之代納。甚者或鎖其親戚，押其鄰里。百姓怨憤，則抗拒而激成巨案。如湖廣之耒陽、崇陽，江西之貴溪、撫州，此四案者，雖閭閻不無刁悍之風，亦由銀價之倍增，官吏之浮收，差役之濫刑，真有日不聊生之勢。臣所謂民間之疾苦，此其一也。

二曰盜賊太衆，良民難安也。廬、鳳、潁、亳一帶，自古爲羣盜之藪。北達豐、沛、蕭、碭，西接南、汝、光、固，此皆天下腹地，一有嘯聚，患且不測。近聞盜風益熾，白日劫淫，捉人勒贖，民不得已而控官。官將往捕，先期出示，比至其地，牌保輒詭言盜遁。官吏則焚燒附近之民房，示威而後去；差役則訛索事主之財物，滿載而後歸，而盜實未遁也。或詭言盜死，斃他囚以抵此案，而盜實未死也。案不能雪，贜不能起，而事主之家已破矣。呑聲飲泣，無力再控。即使再控，幸得發兵會捕，而兵役平日皆與盜通，臨時賣放，泯然無迹；或反藉盜名以恐嚇村愚，要索重賄，否則，指爲盜伙，火其居而械繫之；又或責成族鄰，勒令縛盜來獻，直至縛解到縣，又復索收押之費，索轉解之資。故凡盜賊所在，不獨事主焦頭爛額，即最疏之戚，最遠之鄰，大者蕩産，小者株累，比比然也。往者嘉慶川、陝之變，盜魁劉之協者，業就擒矣，太和縣賣而縱之，遂成大亂。今日之劣兵蠹役，豢盜縱盜，所在皆是，每一念及，可爲寒心。臣在刑部見疏防盜犯之稿，日或數十件，而行旅來京言被劫不報、報而不準者，尤不可勝計。南中會匪名目繁多，或十家之中，三家從賊，良民逼處其中，心知其非，亦姑且輸金錢、備酒食以供盜賊之求而買旦夕之安。臣嘗細詢州縣所以諱盜之故，彼亦有難焉者。蓋初往踩緝，有拒捕之患；解犯晉省，有搶奪之患；層層勘轉，道路數百里，有繁重之患；處處需索，解費數百金，有賠累之患；或報盜而不獲，則按限而參之，或上司好粉飾，則目爲多事而斥之。不如因循諱飾，反得晏然無事。以是愈釀愈多，盜賊橫行，而良民更無安枕之日。臣所謂民間之疾苦，此又其一也。

三曰冤獄太多，民氣難伸也。臣自署理刑部以來，見京控、上控之件，奏結者數十案，咨結者數百案，惟河南知府黃慶安一案、密雲防禦阿祥一案，皆審系原告得實，水落石出。此外各件，大率皆坐原告以虛誣之罪，而被告者反得脱然無事。其科原告之罪，援引例文，約有數條：或曰申訴不實，杖一百；或曰驀越進京告重事不實，發邊遠軍；或曰假以建言爲由，挾制官府，發附近軍；或曰挾嫌誣告本管官，發烟瘴軍。又不敢竟從重辦也，則曰懷疑誤控，或曰訴出有因，於是有收贖之法，有減等之方，使原告不曲不直，難進難退，庶可免於翻案，而被告則巧爲解脱，斷不加罪。夫以部民而告官長，誠不可長其刁風矣。若夫告姦吏舞弊，告蠹役作贓，而謂案案皆誣，其誰信之乎？即平民相告，而謂原告皆曲，被告皆直，又誰信之乎？聖明在上，必難逃洞鑒矣。臣考定例所載，民人京控，有提取該省案卷來京覈對質訊者，有交督撫審辦者，有欽派大臣前往者。近來概交督撫審辦，督撫發委首府，從無親提之事；首府爲同寅彌縫，不問事之輕重，一概磨折恫喝，必使原告認誣而後已。風氣所趨，各省皆然，一家久訟，十家破産，一人沉冤，百人含痛，往往有纖小之案，累年不結，顛倒黑白，老死囹圄，令人聞之髮指者。臣所謂民間之疾苦，此又其一也。

此三者皆目前之急務。其盜賊太衆、冤獄太多二條，求皇上申諭外省，嚴飭督撫，務思所以更張之。其銀價太昂一條，必須變通平價之法。臣謹臚管見，另擬銀錢并用章程一折，續行入奏。國以民爲本，百姓之顛連困苦，苟有纖毫不得上達，皆臣等之咎也。區區微誠，伏乞聖鑒。謹奏。

録自曾文正公奏議咸豐元年。

筆記二十七則選十四

禮

古之君子之所以盡其心、養其性者，不可得而見，其修身、齊家、治國、平天下，則一秉乎禮。自内焉者言之，舍禮無所謂道德；自外焉者言之，舍禮無所謂政事。故六官經制大備，而以周禮名書。春秋之世，士大夫知禮、善説辭者，常足以服人而强國。戰國以後，以儀文之瑣爲禮，是女叔齊之所譏也。荀卿、張載兢兢以禮爲務，可謂知本好古，不逐乎流俗。近世張爾岐氏作中庸論，淩廷堪氏作復禮論，亦有以窺見先王之大原。秦蕙田氏輯五禮通考，以天文、算學録入爲觀象授時門；以地理、州郡録入爲體國經野門；於著書之義例，則或駁而不精；其於古者經世之禮之無所不該，則未爲失也。

赦

牧馬者，去其害馬者而已；牧羊者，去其亂羣者而已。牧民之道，何獨不然。諸葛武侯治蜀，有言公惜赦者。答曰：『治世以大德，不以小惠。故匡衡、吴漢不願爲赦。先帝亦言：「吾周旋陳元方、鄭康成間，每見啓告治亂之道悉矣，曾不語赦也。若劉景升季玉父子，歲歲赦宥，何益於治？」』蜀人稱亮之賢。厥後費禕秉政，大赦。河南孟光責禕曰：『夫赦者，偏枯之物，非明世所宜有也。』國藩嘗見家有不肖之子，其父曲宥其過，衆子相率而日流於不肖。又見軍士有失律者，主者鞭責不及數，又故輕貰之。厥後衆士傲慢，常戲侮其管轄之官。故知小仁者，大仁之賊，多赦不可以治民，溺愛不可以治家，寬縱不可治軍。

世澤

士大夫之志趣、學術果有異於人者，則修之於身，式之於家，必將有流風餘韻傳之子孫，化行鄉里，所謂君子之澤也。就其最善者約有三端：曰詩書之澤，禮讓之澤，稼穡之澤。詩書之澤，如韋玄成議禮，王吉傳經，虞、魏之昆，顧、陸之裔，代有名家，不可殫述。我朝如桐城張氏，自文端公而下，巨卿碩學，世濟其美。宣城梅氏，自定九徵君以下，世精算學。其六世孫梅伯言郎中曾亮，自謂莫紹先緒，而所爲古文詩篇，一時推爲祭酒。高郵王氏，自文肅公安國以下，世爲名儒，而懷祖先生訓詁之學，實集古今之大成。國藩於此三家者，常低徊歎仰，以爲不可及。禮讓之澤，如萬石君之廉謹，富平侯之敬慎。唐之河東柳氏，宋之藍田吕氏，門庭之内，彬彬焉有君子之風。余所見近時搢紳，未有崇禮法而不興，習傲慢而不敗者。稼穡之澤，惟周家開國，豳風陳業。述生理之艱難，導民風於淳厚，有味乎其言之。近世張敦復之恒産瑣言，張楊園之農書，用意至爲深遠。國藩竊以爲稼穡之澤，視詩書、禮讓之澤尤爲可大、可久。吾祖光祿大夫星岡公嘗有言曰：『吾子孫雖至大官，家中不可廢農圃舊業。』懿哉至訓，可爲萬世法已。

悔吝

吉凶悔吝，四者相爲循環。吉，非有祥瑞之可言，但行事措之咸宜，無有人非鬼責，是即謂之吉。過是則爲吝矣。天道忌滿，鬼神害盈，日中則仄，月盈則虧，易爻多言貞吝。易之道，當隨時變易，以處中當變，而守此不變，則貞而吝矣。凡行之而過，無論其非義也，即盡善之舉，盛德之事，稍過，則吝隨之。余官京師，自名所居之室，曰求闕齋，恐以滿盈致吝也。人無賢愚，遇凶皆知自悔，悔則可免於災戾。故曰：『震無咎者，存乎悔。』動心忍性，斯大任之基；側身修行，乃中興之本。自古成大業者，未有不自困心横慮、覺悟知非而來者也。吝則馴致於凶，悔則漸趨於吉。故大易之道，莫善於悔，莫不善於吝。吾家子弟將欲自修，而免於愆尤，有二語焉，曰：『無好快意之事，常存省過之心。』

儒緩

論語兩稱『敏則有功』。敏，有得之天事者，才藝贍給，裁決如流，此不數數覯也。有得之人事者，人十己千，習勤不輟，中材以下，皆可勉焉而幾。余性魯鈍，他人目下二三行，余或疾讀不能終一行。他人頃刻立辦者，余或沉吟數時不能了。友人陽湖周弢甫騰虎，嘗謂余儒緩不及事。余亦深以舒緩自愧。左傳齊人責魯君不答稽首，因歌之曰：『魯人之皋，數年不覺；使我高蹈，惟其儒書。以爲二國憂。』言魯人好儒術，而失之皋緩。故二國興師來問也。漢書朱博傳：齊部舒緩養名，博奮髯抵几曰：『觀齊兒欲以此爲俗邪？』皆斥罷諸吏。門下掾贛遂，耆老大儒，拜起舒遲。博謂贛老生不習吏禮，令主簿教之，拜起閑習。又以功曹官屬，多褒衣大袑，不中節度；敕令掾史衣皆去地三寸。此亦惡儒術之舒緩，不足了事也。通鑒：凉驃騎大將軍宋混曰：『臣弟澄政事愈於臣，但恐儒緩，機事不稱耳。』胡三省註曰：『凡儒者多務爲舒緩，而不能應機，以趨事赴功。』大抵儒術非病，儒而失之疏緩，則從政多積滯之事，治軍少可趁之功。王昕儒緩，見北史，王憲從孫；唐相張鎰儒緩，見通鑒二百二十八卷。

名望

知識愈高，則天之所以責之者愈厚；名望愈重，則鬼神之所以伺察者愈嚴。故君子之自處，不肯與衆人絜量長短。以爲己之素所自期者大，不肯自欺其知識以欺天也；己之名望素尊，不肯更以鄙小之見貽譏於神明也。

居業

古者英雄立事，必有基業。如高祖之關中，光武之河內，魏之兖州，唐之晉陽，皆先據此爲基，然後進可以戰，退可以守。君子之學道也，亦必有所謂基業者。大抵以規模宏大、言辭誠信爲本。如居室然，宏大則所宅者廣，託庇者衆；誠信則置址甚固，結構甚牢。易曰：『寬以居之。』謂宏大也。『修辭立其誠，所以居業』，謂誠信也。大程子曰：『道之浩浩，何處下手？惟立誠才有可居之處。誠便是忠信；修省言辭，便是要立得這忠信。若口不擇言，逢事便說，則忠信亦被汩沒，動蕩立不住了。』國藩按：立得住，即所謂居業也。今世俗言：『興家立業』是也。子張曰：『執德不宏，信道不篤，焉能爲有？焉能爲亡？』亦謂苟不能宏大、誠信，則在我之知識浮泛動蕩，指爲我之所有也不可，指爲我之所無也亦不可。是則終身無可居之業，程子所謂立不住者耳。

英雄誡子弟

古之英雄，意量恢拓，規模宏遠，而其訓誡子弟，恒有恭謹斂退之象。

劉先主臨終敕太子曰：『勉之！勉之！勿以惡小而爲之，勿以善小而不爲。惟賢惟德，可以服人。汝父德薄，不足效也。汝與丞相從事，事之如父！』西涼李暠手令戒諸子，以爲『從政者，當審慎賞罰，勿任愛憎，近忠正，遠佞諛，勿使左右竊弄威福。毀譽之來，當研覈真僞。聽訟折獄，必和顔任理，慎勿逆詐億必，輕加聲色，務廣諮詢，勿自專用。吾莅事五年，雖未能息民，然含垢匿瑕，朝爲寇仇，夕委心膂，麤無負於新舊。事任公平，坦然無類，初不容懷有所損益。計近則如不足，經遠乃爲有餘。庶亦無愧前人也。』宋文帝以弟江夏王義恭都督荆湘等八州諸軍事，爲書誡之曰：『天下艱難，國家事重，雖曰守成，實亦未易，隆替安危，在吾曹耳！豈可不感尋王業，大懼負荷！汝性褊急，志之所滯，其欲必行；意所不存，從物回改，此最弊事！宜念裁抑。衛青遇士大夫以禮，與小人有恩，西門安於矯性齊美。關羽、張飛，任偏同弊。行己舉事，深宜鑒此！若事異今日，嗣子幼蒙，司徒當周公之事，汝不可不盡祇順之理。爾時天下安危，決汝二人耳！汝一月自用錢，不可過三十萬。若能省此益美。西楚府舍，略所諳究，計當不須改作，日求新異。凡訊獄多決，當時難可逆慮，此實爲難。至訊日，虛懷博盡，慎無以喜怒加人！能擇善者而從之，美自歸已；不可專意自決，以矜獨斷之明也。名器深宜慎惜，不可妄以假人，昵近爵賜，尤應裁量。吾於左右，雖爲少恩，如聞外論，不以爲非也。以貴凌物，物不服；以威加人，人不厭。此易達事耳。聲樂嬉游，不宜令過。蒱酒漁獵，一切勿爲。供用奉身，皆有節度。奇服異器，不宜興長。又宜數引見佐史，相見不數，則彼我不親。不親，無因得盡人情；人情不盡，復何由知衆事也。』數君者，皆雄才大略，有經營四海之志，而其教誡子弟，則約旨卑思，斂抑已甚。

伏波將軍馬援，亦曠代英傑。而其誡兄子書曰：『吾欲汝曹聞人過失，如聞父母之名。耳可得聞，口不可得言也。好議論人長短，妄是非政法，此吾所大惡也，寧死不願子孫有此行也！龍伯高敦厚周慎，口無擇言，謙約節儉，廉公有威。吾愛之重之！願汝曹效之！杜季良豪俠好義，憂人之憂，樂人之樂，父喪致客，數郡畢至。吾愛之重之！不願汝曹效也！效伯高不得，猶爲謹敕之士，所謂刻鵠不成尚類鶩者也。效季良不得，陷爲天下輕薄子，所謂畫虎不成反類狗者也。』此亦謙謹自將，斂其高遠之懷，即於卑邇之道。蓋不如是，則不足以自致於久大。藏之不密，則放之不準。蘇軾詩：『始知真放本精微。』即此義也。

氣節　傲

自好之士多講氣節。講之不精，則流於傲而不自覺。風節守於己者也，傲則加於人者也。漢蕭望之初見霍大將軍光，不肯露索挾持。王仲翁譏之。望之曰：『各從其志。』魏孫資、劉放用事，辛毗不與往來。子敞諫之，毗正色曰：『吾立身自有本末，就與孫、劉不平，不過令吾不作三公而已。』宋顧愷之不肯降意於戴法興等，蔡興宗嫌其風節太峻，愷之曰：『辛毗有言：孫、劉不過使我不爲三公耳。人稟命有定分，非智力可移。』因命弟子原著定命論以釋之。此三事者，皆風節之守於己者也。若汲黯不下張湯，宋璟不禮王毛仲，此自位高望尊，得行其志已，不得以風節目之矣。然猶不可謂之傲也。以傲加人者，若蓋寬饒之於許伯，孔融之於曹操，此傲在言詞者也。嵇康之於鍾會，謝靈運之於孟顗，此傲在神理者也。殷仲文之於何無忌，王僧達之於路瓊之，此傲在儀節者也。息夫躬歷詆諸公，暨艷彈射百寮，此傲在奏議者也。此數人者，皆不得令終。大抵人道害盈，鬼神福謙，傲者內恃其才，外溢其氣，其心已不固矣。如蓋、孔、嵇、謝、殷、王等，僅以加諸一二人，猶且無德不報，有毒必發。若息夫躬、暨艷之褊忤同列，安有幸全之理哉？

裴子野曰：『夫有逸羣之才，必思沖天之據。』蓋俗之量，則僨常均之下。其能守之以道，將之以禮，殆爲鮮乎！大抵懷材負奇，恒冀人以異眼相看。若一概以平等視之，非所願也。韓信含羞於噲等，彭寵積望於無異。彼其素所挾持者高，誠不欲與庸庸者齊耳。君子之道，莫善於能下人，莫不善於矜。以齊桓公之盛業，葵邱之會微有振矜，而叛者九國。以關公之忠勇，一念之矜，則身敗於徐晃，地喪於吕蒙。以大禹之聖，而伯益贊之以滿招損，謙受益。以鄭伯之弱，而楚莊王曰：『其君能下人，必能信用其民矣。』不自恃者，雖危而得安；自恃者，雖安而易危。自古國家，往往然也。故挾貴、挾長、挾賢、挾故勳勞，皆孟子之所不答；而怙寵、怙侈、怙非、怙亂，皆春秋士大夫之所深譏爾。

文

文字者，以代語言，記事物名數而已。其留〔流〕別大率十有一類。著作敷陳，發明吾心之所欲言者，其爲類有二：無韻者曰著作，辯論之類；有韻者曰詞賦，敷陳之類。人有所著，吾以意從而闡明之者，其爲類一，曰敘述註釋之類。以言告於人者，其爲類有三：自上告下，曰詔誥檄令之類；自下告上，曰奏議獻策之類；友朋相告，曰書問箋牘之類。以言告於鬼神者，其爲類一，曰祝祭哀吊之類。記載事實以傳示於後世者，其爲類有四：記名人，曰紀傳碑表之類；記事蹟，曰敘述書事之類；記大綱，曰大政典禮之類；記小物，曰小事雜記之類。凡此十一類，古今文字之用，盡於此矣。其九類者，佔畢小儒，夫人而能爲之。至詞賦敷陳之類，大政典禮之類，非博學通識殆庶之才，烏足以涉其藩籬哉？

造句約有二端：一曰雄奇，一曰愜適。雄奇者，瑰瑋儁邁，以揚、馬爲最；詼詭恣肆，以莊生爲最；兼擅瑰瑋詼詭之勝者，則莫盛於韓子。愜適者，漢之匡、劉，宋之歐、曾，均能細意熨貼，樸屬微至。雄奇者，得之天事，非人力所可强企。愜適者，詩書醞釀，歲月磨煉，皆可日起而有功。愜適未必能兼雄奇之長；雄奇則未有不愜適者。學者之識，當仰窺於瑰瑋儁邁，詼詭恣肆之域，以期日進於高明。若施手之處，則端從平實愜適始。

友人錢塘戴醇士熙，嘗爲余言：『李伯時畫七十二賢像，其妙全在鼻端一筆，面目精神，四肢百體，衣褶靴紋，皆與其鼻端相準相肖。或端拱而凝思，或欹斜以取勢，或若列仙古佛之殊形，或若鱗身蛇軀之詭趣，皆自其鼻端一筆以生變化，而卒不離其宗。』國藩以謂斯言也，可通於古文之道。夫古文亦自有氣焉，有體焉。今使有人於此，足反居上，首顧居下。一脛之大幾如要，一指之大幾如股，則見者謂之不成人。又或頤隱於齊，肩高於頂，五官在上，兩髀爲脅，則見者亦必反而却走。爲文者，或無所專注，無所歸宿，漫衍而不知所裁，氣不能舉其體，則謂之不成文。故雖長篇巨製，其精神意趣之所在，必有所謂鼻端之一筆者。譬若水之有干流，山之有主峰，畫龍者之有睛。物不能兩大，人不能兩首，文之主意亦不能兩重，專重一處而四體停勻，乃始成章矣。

知道者，時時有憂危之意，其臨文也亦然。仲尼稱：『易之興也，其於中古乎？作易者其有憂患乎？』又曰：『於稽其類，其衰世之意邪？』蓋深有見於前聖之危心遠慮，而揭其不得已而有言之故，即夫子之釋咸四、困三、解上等十一卦之爻辭，抑何其惕歷而深至也！蓋飽經乎世變之多端，則常有跋前疐後之慎；博識乎義理之無盡，則不敢爲臆斷專決之辭。自孟子好爲直截儁拔之語，已不能如仲尼之謙謹，而況其下焉者乎？後世如諸葛武侯之書牘，紆餘簡遠，差明此義；而曾子固亦有宛轉思深之處，外此則辭與意俱盡，尚何謙謹之有？或辭之所至，而此心初未嘗置慮於其間，又烏知所謂憂危者哉？

斂侈伸縮

凡爲文，用意宜斂多而侈少；行氣宜縮多而伸少。推之孟子不如孔子處，亦不過辭昌語快，用意稍侈耳。後人爲文，但求其氣之伸。古人爲文，但求其氣之縮。氣恒縮，則詞句多澀，然深於文者，固當從這里過。

古文辭類篹正誤

桐城姚姬傳郎中鼐所選古文辭類篹，嘉、道以來，知言君子羣相推服，謂學古文者求諸是而足矣。國藩服膺有年，竊見其中亦小有謬誤，茲摘舉如左：

司馬遷自序中述其父太史公談論六家要指，諸家互有得失，而終以道家爲本。此自司馬氏父子學術相傳如是。其指要則談啓之，其文辭則遷之爲之也。在自序篇中，僅文中之一段，故無首尾裁成之迹。今姚氏割此爲一篇，而標其目曰太史公談論六家要指，失其義矣。遷作五帝本紀、夏本紀所引堯典、禹貢等書，尚多改經文之舊，此述其父之語，豈獨無所删改？且如管晏列傳中，管仲自述感鮑叔之言，豈得遂録以爲管仲之文？淮陰侯傳中，韓信説高祖定三秦一節，豈得遂録以爲韓信之文邪？

漢書匡衡傳『成帝即位，衡上疏，戒妃匹、勸經學、威儀之則曰』云云。國藩按：此疏凡三條，妃匹一也，經學二也，威儀三也。自『妃匹之際』至『遠技能止』，第一節，言妃匹也；自『竊見聖德純茂』至『宜究其意止』，第二節，言經學也；自『臣又聞聖主之自爲動静周旋』至末，第三節，言威儀也。今姚氏録此文，標其目曰：戒妃匹勸經學疏，是於三條獨遺其一，而於班書所敘，若未之深究者，亦一失也。

君子　小人

陳容有言曰：『仁義豈有常？蹈之則爲君子，違之則爲小人。』大哉言乎！仁者，物我無間之謂也。一有自私之心，則小人矣。義者，無所爲而爲之謂也。一有自利之心，則小人矣。同一日也，朝而公正，則爲君子；夕而私利，則爲小人。同一事也，初念公正，則爲君子；轉念私利，則爲小人。惟聖罔念作狂，惟狂克念作聖，所爭只在幾微。君子無終食之間違仁，造次必如是，顛沛必如是，一不如是，則流入小人而不自覺矣。所謂小人者，識見小耳，度量小耳。井底之蛙，所窺幾何，而自以爲絶倫之學；遼東之豕，所異幾何，而自以爲蓋世之勳。推之以孑孑爲義，以硜硜爲信，以齪齪爲廉，以皆識淺而易以自足者也。君臣之知，須積誠以相感，而動疑主恩之過薄；朋友之交，貴積漸以相孚，而動怨知己之罕覯，其或兄弟不相容，夫婦不相信，父子不相亮，此皆量褊而易以滋疑者也。君子則不然，廣其識，則天下之大，棄若敝屣；堯、舜之業，視若浮雲。宏其度，則行有不得，反求諸己。己所不欲，勿施於人。烏有所謂自私自利者哉？不此之求，而詡詡然號於衆曰：『吾君子也！』當其自詡君子深信不疑之時，識者已嗤其爲小人矣。

克勤小物

古之成大業者，多自克勤小物而來。百尺之樓，基於平地；千丈之帛，一尺一寸之所積也；萬石之鐘，一銖一兩之所累也。文王之聖，而自朝至於日中昃，不遑暇食。周公仰而思之，夜以繼日，幸而得之，坐以待旦。仲山甫夙夜匪懈，其勤若此，則無小無大，何事之敢慢哉？諸葛忠武爲相，自杖罪以上，皆親自臨決。杜慧度爲政，纖密一如治家。陶侃綜理密微，雖竹頭木屑皆儲爲有用之物。朱子謂爲學須銖積寸累，爲政者亦未有不由銖積寸累而克底於成者也。

秦始皇衡石量書，魏明帝自案行尚書事，隋文帝衛士傳餐，皆爲後世所譏，以爲天子不當親理細事。余謂天子或可不親細事，若爲大臣者，則斷不可不親。陳平之問錢穀不知，問刑獄不知，未可以爲人臣之法也。凡程功立事，必以目所共見者爲效。苟有車必見其軾，苟有衣必見其敝。苟爲博物君子，必見其著述滿家，抄撮累篋。苟爲躬行君子，必見其容色之晬盎，徒黨之感慕。苟善治民，必見其所居民悦，所去見思。苟善治軍，必見其有戰則勝，有攻則取。若不以目所共見者爲效，而但憑心所懸揣者爲高，則將以虚薄爲辯而賤名檢，以望空爲賢而笑勤恪。何晏、鄧颺之徒，流風相扇，高心而空腹，尊己而傲物，大事細事皆墮壞於冥昧之中，親者賢者皆見拒於千里之外，以此而冀大業之成，不亦悖哉？孔子許仲弓南面之才，而雍以居敬爲行簡之本，蓋必能敬乃無廢事也。

我宣宗成皇帝臨御三十年，勤政法祖，每日寅正而興，省覽章奏，卯正而畢，事無留滯。道光二十九年，聖躬不豫，自夏徂冬，猶力疾治事，不趨簡便。三十年正月十四日，始命皇四子代閱章奏，召見大臣，即今上皇帝也。對事甫畢而宣宗龍馭上賓，蓋以七十天子篤病半載，其不躬親庶政者僅彌留之頃耳，爲人臣者其敢自暇自逸，以不親細事自諉乎？

録自《曾文正公全集》雜著。

筆記十二篇

才德

司馬温公曰：『才德全盡，謂之聖人； 才德兼亡，謂之愚人； 德勝才謂之君子，才勝德謂之小人。』余謂德與才不可偏重。譬之於水，德在潤下，才即其載物溉田之用； 譬之於木，德在曲直，才即其舟楫棟梁之用。德若水之源，才即其波瀾； 德若木之根，才即其枝葉。德而無才以輔之則近於愚人，才而無德以主之則近於小人。世人多不甘以愚人自居，故自命每願爲有才者； 世人多不欲與小人爲緣，故觀人每好取有德者，大較然也。二者既不可兼，與其無德而近於小人，毋寧無才而近於愚人。自修之方，觀人之術，皆以此爲衡可矣。吾生平短於才，愛我者或謬以德器相許，實則雖曾任艱巨，自問僅一愚人，幸不以私智詭譎鑿其愚，尚可告後昆耳。

誠神

大聖固由生知，而其平生造次，克念精誠，亦迥異於庸衆。聞韶盡善，則亡味至於三月； 讀易寡過，則韋編至於三絕。文王則如見於琴，周公則屢入於夢，至誠所積，神奇應焉。故麟見郊而增感，鳳不至而興歎，蓋其平日力學所得，自信爲天地鬼神所不違也。即至兩楹夢奠之際，禱神爲臣之請，亦皆守禮循常，較然不欺。其後，曾子易簀，誦戰兢之詩，而自幸知免，猶有聖門一息不懈之風。後世若邵子之終，馬、程諸人咸集，朱子之没，黄、蔡諸子並臨，亦皆神明朗徹，不負所學。昔人云：『善吾生者乃所以善吾死也。』若非精誠積於畢生，神志寧於夙昔，豈能取辦於臨時哉。

兵氣

田單攻狄，魯仲連策其不能下，已而果三月不下。田單問之，仲連曰：『將軍之在即墨，坐則織簣，立則仗鍤，爲士卒倡。將軍有死之心，士卒無生之氣。聞君言，莫不揮涕奮臂而欲戰，此所以破燕也。當今將軍東有夜邑之奉，西有淄上之娛，黄金横帶而騁乎淄、澠之間，有生之樂，無死之心，所以不勝也。』余嘗深信仲連此語，以爲不刊之論。

同治三年，江寧克復後，余見湘軍將士驕盈娱樂，慮其不可復用，全行遣撤歸農。至四年五月，余奉命至河南、山東剿捻，湘軍從者極少，專用安徽之淮勇。余見淮軍將士雖有振奮之氣，亦乏憂危之懷，竊用爲慮，恐其不能平賊。莊子云：『兩軍相對，哀者勝矣。』仲連所言以憂勤而勝，以娱樂而不勝，亦即孟子『生於憂患，死於安樂』之指也。其後余因疾病，疏請退休，遂解兵柄，而合肥李相國卒用淮軍以削平捻匪，蓋淮軍之氣尚鋭。憂危以感士卒之情，振奮以作三軍之氣，二者皆可以致勝，在主帥相時而善用之已矣。余專主憂勤之説，殆知其一，而不知其二也。聊志於此，以識吾見理之偏，亦見古人格言至論，不可舉一概百，言各有所當也。

勉强

魏安釐王問天下之高士於子順，子順以魯仲連對。王曰：『魯仲連强作之者，非體自然也。』子順曰：『人皆作之，作之不止，乃成君子；作之不變，習與體成，則自然也。』余觀自古聖賢豪傑，多由强作而臻絶詣。淮南子曰：『功可强成，名可强立。』中庸曰：『或勉强而行之，及其成功一也。』近世論人者，或曰某也嚮之所爲不如是，今强作如是，是不可信。沮自新之途，而長偷惰之風，莫大乎此。吾之觀人，亦嘗有因此而失賢才者，追書以志吾過。

忠勤

開國之際，若漢、唐之初，異才畸士，豐功偉烈，飆舉雲興，蓋全繫夫天運，而人事不得與其間。至中葉以後，君子欲有所建樹，以濟世而康屯，則天事居其半，人事居其半。以人事與天爭衡，莫大乎忠勤二字。亂世多尚巧僞，惟忠者可以革其習；末俗多趨偷惰，惟勤者可以遏其流。忠不必有過人之才智，盡吾心而已矣；勤不必有過人之精神，竭吾力而已矣。能剖心肝以奉至尊，忠至而智亦生焉；能苦筋骸以捍大患，勤至而勇亦出焉。余觀近世賢哲，得力於此二字者，頗不乏人。余亦忝附諸賢之後，謬竊虚聲，而於忠勤二字，自愧十不逮一。吾家子姓，倘將來有出任艱巨者，當勵忠勤以補吾之闕憾。忠之積於平日者，則自不妄語始；勤之積於平日者，則自不晏起始。

才用

雖有良藥，苟不當於病，不逮下品；雖有賢才，苟不適於用，不逮庸流。梁麗可以衝城，而不可以窒穴，犛牛不可以捕鼠，騏驥不可以守閭。千金之劍以之析薪，則不如斧；三代之鼎以之墾田，則不如耜。當其時當其事，則凡材亦奏神奇之效，否則鉏鋙而終無所成。故世不患無才，患用才者不能器使而適宜也。魏無知論陳平曰：『今有尾生孝已之行，而無益勝負之數，陛下何暇用之乎？』當戰爭之世，苟無益勝負之數，雖盛德亦無所用之。余生平好用忠實者流，今老矣，始知藥之多不當於病也。

史書

史記敘韓信破魏豹，以木罌渡軍，其破龍且以囊沙壅水，竊嘗疑之。魏以大將柏直當韓信，以騎將馮敬當灌嬰，以步將項它當曹參，則兩軍之數殆亦各不下萬人，木罌之所渡幾何？至多不過二三百人，豈足以制勝乎？沙囊壅水，下可滲漏，旁可橫溢，自非興工嚴塞，斷不能築成大堰，壅之使下流竟絶。如其寬河盛漲，則塞之固難，決之亦復不易。若其小港微流，易塞易決，則決後未必遂不可涉渡也。二者揆之事理，皆不可信。敘兵事莫善於史記，史公敘兵莫詳於淮陰傳，而其不足據如此。孟子曰：『盡信書，則不如無書。』君子之作事，既徵諸古籍，諏諸人言，而又必慎思而明辨之，庶不至冒昧從事耳。

陽剛

漢初功臣惟樊噲氣質較粗，不能與諸賢並論，淮陰侯所羞與爲伍者也。然吾觀其人有不可及者二：沛公初入咸陽，見秦宮室帷帳，狗馬重寶，婦女以千數，意欲留居之。噲輒諫止，謂此奢麗之物，乃秦之所以亡，願急還霸上，無留宮中，一也。高祖病卧禁中，詔户者：無得入羣臣！噲獨排闥直入，諫之以昔何其勇，今何其憊，且引趙高之事以爲鑒，二也。此二事者，乃不愧大人格君心者之所爲。蓋人稟陽剛之氣最厚者，其達於事理必有不可掩之偉論，其見於儀度必有不可犯之英風，噲之鴻門披帷，拔劍割彘，與夫霸上還軍之請，病中排闥之諫，皆陽剛之氣之所爲也。未有無陽剛之氣，而能大有立於世者。有志之君子養之無害可耳。

漢文帝

天下惟誠不可掩，漢文帝之謙讓，其出於至誠者乎！自其初至代邸，西鄉讓三，南鄉讓再，已歉然不敢當帝位之尊，厥後不肯建立太子，增祀不肯祈福，與趙佗書曰『側室之子』，曰『棄外奉藩』，曰『不得不立』。臨終遺詔：戒重服，戒久臨，戒厚葬。蓋始終自覺不稱天子之位，不欲享至尊之奉。至於馮唐衆辱而卒使盡言，吴王不朝而賜以几杖，匄羣臣言朕過失，匡朕不逮，其謙讓皆發於中心惻怛之誠，蓋其德爲三代後僅見之賢主，而其心則自愧不稱帝王之職而已矣。夫使居高位者而常存愧不稱職之心，則其過必鮮，況大君而存此心乎！吾嘗謂爲大臣者，宜法古帝王者三事：舜、禹之不與也，大也；文王之不遑也，勤也；漢文之不稱也，謙也。師此三者而出於至誠，其免於戾矣乎。

周亞夫

周亞夫剛正之氣，已開後世言氣節者之風。觀其細柳勞軍，天子改容，已凛然不可犯。厥後將兵，不救梁王之急，不肯侯王信，不肯王匈奴六人，皆秉剛氣而持正論，無所瞻顧，無所屈撓。後世西漢若蕭望之、朱雲，東漢若楊震、孔融之徒，其風節略與相近，不得因其死於非命而薄之也。惟其神鋒太雋，瞻矚太尊，亦頗與諸葛恪相近，是乃取禍之道，君子師其剛而去其傲可耳。

言命

孟子言治亂興衰之際，皆由人事主之，初不關乎天命，故曰『以齊王由反手也』，曰『可使制梃以撻秦楚之堅甲利兵』，皆以人謀而操必勝之權。所謂禍福無不自己求之也。董子亦曰『治亂廢興在於己，非天降命不可得反』。與孟子之言相合。孔子曰：『天生德於予，桓魋其如予何！』『天之未喪斯文，匡人其如予何！』亦似深信在己者之有權。然鳳鳥不至，河不出圖，有『吾已矣夫』之歎，又似以天命歸諸不可知之數。故其答子服景伯曰：『道之將行，命也；道之將廢，命也。』語南宫适曰：『君子若人，尚德若人。』隱然以天命爲難測。聖賢之言微旨不同，在學者默會之焉耳。

功效

苟有富必能潤屋，苟有德必能潤身，不必如孔子之温良恭儉，孟子之睟面盎背，而後爲符驗也。凡盛德之君子，必有非常之儀範。是真龍必有雲，是真虎必有風，不必如程門之游、楊、尹、謝，朱門之黄、蔡、陳、李，而後爲響應也。凡修業之大人，必有景從之徒黨，斯二者其幾甚微，其效甚著，非實有諸己，烏可幸致哉！辛未

録自曾文正公全集雜著。

將赴天津示二子

余即日前赴天津，查辦毆斃洋人焚毁教堂一案。外國性情凶悍，津民習氣浮囂，俱難和叶。將來搆怨興兵，恐致激成大變。余此行，反復籌思，殊無良策。余自咸豐三年募勇以來，即自誓效命疆埸。今老年病軀，危難之際，斷不肯吝於一死，以自負其初心！恐邂逅及難，而爾等諸事無所稟承。兹略示一二，以備不虞：

余若長逝，靈柩自以由運河搬回江南歸湘爲便。中間雖有臨清至張秋一節，須改陸路較之全行陸路者差易。去年由海船送來之書籍、木器等過於繁重，斷不可全行帶回。須細心分别去留，可送者分送，可毁者焚毁。其必不可棄者，乃行帶歸，毋貪瑣物而花途費。其在保定自制之木器，全行分送。沿途謝絶一切，概不收禮。但水路略求兵勇護送而已。

余歷年奏摺，令胥吏擇要鈔録，今已鈔一多半。自須全行擇鈔，鈔畢後，存之家中，留於子孫觀覽，不可發刻送人。以其間可存者絶少也。余所作古文，黎蒓齋鈔録頗多，頃渠已照鈔一分，寄余處存稿。此外，黎所未鈔之文，寥寥無幾，尤不可發刻送人。不特篇帙太少，且少壯不克努力，志亢而才不足以副之。刻出，適以彰其陋耳。如有知舊勸刻余集者，婉言謝之可也。切囑！切囑！

余生平略涉儒先之書，見聖賢教人修身，千言萬語，而要以不忮不求爲重。忮者，嫉賢害能，妒功爭寵。所謂『怠者不能修，忌者畏人修』之類也。求者，貪利、貪名，懷土、懷惠，所謂『未得患得，既得患失』之類也。忮不常見，每發露於名業相侔、勢位相埒之人。求不常見，

每發露於貨財相接、仕進相妨之際。將欲造福，先去忮心。所謂『人能充無欲害人之心，而仁不可勝用也』。將欲立品，先去求心，所謂『人能充無穿窬之心，而義不可勝用也』。忮不去，滿懷皆是荊棘；求不去，滿腔日即卑污。余於此二者，常加克治，恨尚未能掃除淨盡。爾等欲心地乾淨，宜於此二者痛下工夫，並願子孫世世戒之！附作忮求詩二首錄右。

歷覽有國有家之興，皆由克勤克儉所致。其衰也，則反是。余生平亦頗以勤字自勵，而實不能勤，故讀書無手鈔之冊，居官無可存之牘。生平亦好以儉字教人，而自問實不能儉。今署中內外服役之人，廚房日用之數，亦云奢矣。其故由於前在軍營，規模宏闊，相沿未改。近因多病，醫藥之資，漫無限制。由儉入奢，易於下水！由奢反儉，難於登天！在兩江交卸時，尚存養廉二萬金。在余初意，不料有此。然似此放手用去，轉瞬即已立盡。爾輩以後居家，須學陸梭山之法，每月用銀若干兩，限一成數，別封秤出。本月用畢，只準贏餘，不準虧欠。衙門奢侈之習，不能不徹底痛改。余初帶兵之時，立志不取軍營之錢，以自肥其私，今日差幸不負始願！然亦不願子孫過於貧困，低顏求人。惟在爾輩力崇儉德，善持其後而已。

孝友爲家庭之祥瑞，凡所稱因果報應，他事或不盡驗，獨孝友則立獲吉慶。反是，則立獲殃禍，無不驗者。吾早歲久宦京師，於孝養之道多疏。後來展轉兵間，多獲諸弟之助，而吾毫無裨益於諸弟。余兄弟姊妹，各家均有田宅之安，大抵皆九弟扶助之力。我身歿之後，爾等事兩叔如父，事叔母如母，視堂兄弟如手足。凡事皆從省嗇，獨待諸叔之家，則處處從厚；待堂兄弟以德業相勸，過失相規，期於彼此有成，爲第一要義。其次則親之欲其貴，愛之欲其富；常常以吉祥善事，代諸昆季默爲禱祝，自當神人共欽。温甫、季洪兩弟之死，余內省覺有慚德，澄侯、沅甫兩弟漸老，余此生不審能否相見。爾輩若能從孝友二字切實講求，亦足爲我彌縫缺憾耳！

附忮求詩二首

善莫大於恕，德莫凶於妒。妒者妾婦行，瑣瑣奚比數。己拙忌人能，己塞忌人遇。己若無事功，忌人得成務；己若無黨援，忌人得多助。勢位苟相敵，畏逼又相惡。己無好聞望，忌人文名著。己無賢子孫，忌人後嗣裕。爭名日夜奔，爭利東西騖。但期一身榮，不惜他人污。聞災或欣幸，聞禍或悦豫。問渠何以然？不自知其故。爾室神來格，高明鬼所顧。天道常好還，嫉人還自誤。幽明叢詬忌，乖氣相迴互。重者災汝躬，輕亦減汝祚。我今告後生，悚然大覺悟。終身讓人道，曾不失寸步；終身祝人善，曾不損尺布。消除嫉妒心，普天零甘露。家家獲吉祥，我亦無恐怖。右不忮。

知足天地寬，貪得宇宙隘。豈無過人姿？多欲爲患害。在約每思豐，居困常求泰。富求千乘車，貴求萬釘帶。未得求速償，既得求勿壞。芬馨比椒蘭，磐固方泰岱。求榮不知饜，志亢神愈忲。歲燠有時寒，日明有時晦。時來多善緣，運去生災怪。諸福不可期，百殃紛來會。片言動招尤，舉足便有礙。戚戚抱殷憂，精爽日凋瘵。矯首望八荒，乾坤一何大！安榮無遽欣，患難無遽憨。君看十人中，八九無倚賴。人窮多過我，我窮猶可耐。而況處夷途，奚事生嗟慨？於世少所求，俯仰有餘快。俟命堪終古，曾不願乎外！右不求。

錄自曾文正公全集雜著。

課程十二條

一、敬。整齊嚴肅，無時不懼。無事時心在腔子里，應事時專一不雜。清明在躬，如日之升。

二、靜坐。每日不拘何時，靜坐四刻，體驗來復之仁心。正位凝命，如鼎之鎮。

三、早起。黎明即起，醒後勿沾戀。

四、讀書不二。一書未完，不看他書。東翻西閱，徒務外爲人。

五、讀史。丙申年購廿三史，大人曰：『爾借錢買書，吾不惜極力爲爾彌縫，爾能圈點一遍，則不負我矣。』嗣後每日圈點十葉，間斷不孝。

六、謹言。刻刻留心，第一工夫。

七、養氣。氣藏丹田。無不可對人言之事。

八、保身。十二月奉大人手諭曰：『節勞，節欲，節飲食。』時時當作養病。

九、日知所亡。每日讀書記録心得語，有求深意是徇人。

十、月無亡所能。每月作詩文數首，以驗積理之多寡，養氣之盛否。不可一味耽着，最易溺心喪志。

十一、作字。飯後寫字半時。凡筆墨應酬，當作自己課程。凡事不待明日，愈積愈難清。

十二、夜不出門。曠功疲神，切戒切戒。道光二十二年在京日記。

録自曾文正公全集雜著。

格言四幅書贈李芋仙

身到，心到，眼到，手到，口到。

身到者，如作吏則親驗命、盜案，親查鄉里； 治軍則親巡營壘，親冒矢石是也。心到者，凡事苦心剖析，大條理，小條理，始條理，終條理，先要擘得開，後要括得攏是也。眼到者，着意看人，認真看公牘是也。手到者，於人之短長，事之關鍵，隨筆寫記，以備遺忘是也。口到者，於使人之事，警衆之辭，既有公文，又不憚再三苦口叮嚀是也。余近與寮友論治事之法，録貽芋仙共證之。

讀古書以訓詁爲本，作詩文以聲調爲本，事親以得歡心爲本，養生以少惱怒爲本，立身以不妄語爲本，治家以不晏起爲本，居官以不要錢爲本，行軍以不擾民爲本。

右八者，余庚申六月書於日記册中，用以自警。厥後軍事無利，每於家書中録此，以誡子弟。芋仙屬書居官格言，因録一通。此八者，後四語尤爲吃緊，或出或處，不可離也。

以才自足，以能自矜，則爲小人所忌，亦爲君子所薄。

老、莊之旨，以此爲最要。故再三言之而不已。南榮趎贏糧至老子之所。老子曰：『子何與人偕來之衆也？』國藩每讀之，不覺失笑。以仲尼之温、恭、儉、讓，常以周公才美驕吝爲戒。而老子猶曰：『去汝之躬矜與容智。』雖非事實，而老氏之所惡於儒術者，舉可知已。莊生尤數數言此。吾最愛徐無鬼篇中語曰：『學一先生之言，則暖暖姝姝，而私自悦也。』又曰：『以賢臨人，未有得人者也； 以賢下人，未有不得人者也。』

古之善爲詩古文者，其工夫皆在詩古文之外。若尋行數墨，以求之索之，愈迫，則去之愈遠矣。

余好讀歐陽公送徐無黨南歸序，乃知古之賢者，其志趣殊不願以文人自命。東坡讀少陵許身稷契及舜舉十六相等句，以謂『此老胸中大有事在。』大抵經綸雷雨，關乎遭際，非人力所能强。至於襟期澹泊，遺外聲利，則學者人人可勉也。時咸豐十一年在東流大營

録自曾文正公全集雜著。

書贈仲弟六則

清

記曰：『清明在躬。』吾人身心之間，須有一種清氣。使子弟飲其和，鄉黨薰其德，庶幾積善可以致祥。飲酒太多，則氣必昏濁；說話太多，則神必躁擾。弟於此二弊，皆不能免。欲葆清氣，首貴飲酒有節，次貴說話不苟。

儉

凡多欲者不能儉，好動者不能儉。多欲如好衣、好食、好聲色、好書畫古玩之類，皆可浪費破家。弟嚮無癖嗜之好，而頗有好動之弊。今日思作某事，明日思訪某客，所費日增而不覺。此後講求儉約，首戒好動。不輕出門，不輕舉事。不特不作無益之事，即修理橋梁、道路、寺觀、善堂，亦不可輕作。舉動多則私費大矣。其次，則僕從宜少，所謂食之者寡也。其次，則送情宜減，所謂用之者舒也。否則今日不儉，異日必多欠債。既負累於親友，亦貽累於子孫。

明

三達德之首曰智。智即明也。古來豪傑，動稱英雄。英即明也。明有二端：人見其近，吾見其遠，曰高明；人見其粗，吾見其細，曰精明。高明者，譬如室中所見有限，登樓則所見遠矣，登山則所見更遠矣。精明者，譬如至微之物，以顯微鏡照之，則加大一倍、十倍、百倍矣。又如粗糙之米，再舂則粗糠全去，三舂、四舂，則精白絶倫矣。高明由於天分，精明由於學問。吾兄弟忝居大家，天分均不甚高明，專賴學問以求精明。好問若買顯微之鏡，好學若舂上熟之米。總須心中極明，而後口中可斷。能明而斷謂之英斷，不明而斷謂之武斷。武

斷自己之事，爲害猶淺； 武斷他人之事，招怨實深。惟謙退而不肯輕斷，最足養福。

慎

古人曰欽、曰敬、曰謙、曰謹、曰虔恭、曰祇懼，皆慎字之義也。慎者，有所畏懼之謂也。居心不循天理，則畏天怒； 作事不順人情，則畏人言。 少賤則畏父師，畏官長。 老年則畏後生之竊議。 高位則畏僚屬之指摘。凡人方寸有所畏憚，則過必不大，鬼神必從而原之。若嬉游、鬥牌等事而毫無忌憚，壞鄰黨之風氣，作子孫之榜樣，其所損者大矣。

恕

聖門好言仁。 仁即恕也。 曰富，曰貴，曰成，曰榮，曰譽，曰順，此數者，我之所喜，人亦皆喜之。 曰貧，曰賤，曰敗，曰辱，曰毀，曰逆，此數者，我之所惡，人亦皆惡之。 吾輩有聲勢之家，一言可以榮人，一言可以辱人。榮人，則得名、得利、得光耀。 人尚未必感我，何也？ 謂我有勢，幫人不難也。 辱人則受刑、受罰、受苦惱，人必恨我次骨。 何也？ 謂我倚勢欺人太甚也。 吾兄弟須從恕字痛下工夫，隨在皆設身以處地。我要步步站得穩，須知他人也要站得穩。所謂立也。我要處處行得通，須知他人也要行得通。所謂達也。今日我處順境，預想他日也有處逆境之時； 今日我以盛氣淩人，預想他日人亦以盛氣淩我之身，或淩我之子孫。常以恕字自惕，常留余地處人，則荊棘少矣。

靜

静則生明，動則多咎，自然之理也。家長好動，子弟必紛紛擾擾。朝生一策，暮設一計，雖嚴禁之而不能止。欲求一家之安静，先求一身之清静。静有二道： 一曰不入是非之場，二曰不入勢利之場。鄉里之詞訟曲直，於我何干？ 我若强爲剖斷，始則賠酒飯，後則惹怨恨。官場之得失昇沉，於我何涉？ 我若稍爲干預，小則招物議，大則挂彈章。不若一概不管，可以斂後輩之躁氣，即可保此身之清福。

録自曾文正公全集雜著。

勸誡淺語十六條

勸誡州縣四條

上而道府，下而佐雜，以此類推。

一曰治署內以端本。

宅門以內曰上房、曰官親、曰幕友、曰家丁；頭門以內曰書辦、曰差役。此六項者，皆署內之人也。爲官者欲治此六項人，須先自治其身。凡銀錢一分一毫，一出一入，無不可對人言之處，則身邊之人不敢妄取，而上房、官親、幕友、家丁四者皆治矣。凡文書案牘，無一不躬親檢點，則承辦之人不敢舞弊，而書辦、差役二者皆治矣。

二曰明刑法以清訟。

管子、荀子、文中子之書，皆以嚴刑爲是，以赦宥爲非。子産治鄭，諸葛治蜀，王猛治秦，皆用嚴刑，以致乂安。爲州縣者，苟盡心於民事，是非不得不剖辨，讞結不得不迅速。既求迅結，不得不刑惡人，以伸善人之氣；非虐也，除莠所以愛苗也，懲惡所以安良也。若一案到署，不訊不結，不分是非，不用刑法，名爲寬和，實糊涂耳、懶惰耳、縱姦惡以害善良耳。

三曰重農事以厚生。

軍興以來，士與工商，生計或未盡絶。惟農夫則無一人不苦，無一處不苦。農夫受苦太久，則必荒田不耕；軍無糧，則必擾民；民無糧，則必從賊；賊無糧，則必變流賊，而大亂無了日矣！故今日之州縣，以重農爲第一要務。病商之錢可取，病農之錢不可取。薄斂以紓其力，減役以安其身；無牛之家，設法購買；有水之田，設法疏消。要使農夫稍有生聚之樂，庶不至逃徙一空。

四曰崇儉樸以養廉。

近日州縣廉俸，入款皆無着落，而出款仍未盡裁，是以艱窘異常。計惟有節用之一法，尚可公私兩全。節用之道，莫先於人少。官親少，則無需索餽應之繁；幕友、家丁少，則減薪工雜支之費。官厨少一雙之箸，民間寬一分之力。此外衣服、飲食，事事儉約，聲色洋煙，一一禁絶；不獻上司，不肥家産。用之於己者有節，則取之於民有制矣。

勸誡營官四條

上而統領，下而哨弁，以此類推。

一曰禁騷擾以安民。

所惡乎賊匪者，以其淫擄焚殺，擾民害民也。所貴乎官兵者，以其救民安民也。若官兵擾害百姓，則與賊匪無殊矣。故帶兵之道，以禁止騷擾爲第一義。百姓最怕者，惟强擄民夫、强占民房二事。擄夫則行者辛苦，居者愁思；占房則器物毁壞，家口流離。爲營官者，先禁此二事，更於淫搶壓買等事一一禁止，則造福無窮矣。

二曰戒煙賭以儆惰。

戰守乃極勞苦之事，全仗身體强壯，精神完足，方能敬慎不敗。洋煙、賭博二者，既費銀錢，又耗精神，不能起早，不能守夜，斷無不誤軍事之理。軍事最喜朝氣，最忌暮氣，惰則皆暮氣也。洋煙癮發之人，涕洟交流，遍身癱軟；賭博勞夜之人，神魂顛倒，竟日痴迷，全是一種暮氣。久驕而不敗者，容或有之；久惰則立見敗亡矣。故欲保軍士常新之氣，必自戒煙賭始。

三曰勤訓練以禦寇。

訓有二端：一曰訓營規，二曰訓家規。練有二端：一曰練技藝，二曰練陣法。點名、演操、巡更、放哨，此將領教兵勇之營規也；禁嫖賭、戒游惰、慎語言、敬尊長，此父兄教子弟之家規也。爲營官者，待兵勇如子弟，使人人學好，個個成名，則衆勇感之矣。練技藝者，刀矛能保身，能刺人；槍礮能命中，能及遠。練陣法者，進則同進，站則同站；登山不亂，越水不雜，總不外一熟字。技藝極熟，則一人可敵數十人；陣法極熟，則千萬人可使如一人。

四曰尚廉儉以服衆。

兵勇心目之中，專從銀錢上着意。如營官於銀錢不苟，則兵勇畏而且服；若銀錢苟且，則兵勇心中不服，口中譏議，不特扣減口糧缺額截曠而後議之也。即營官好多用親戚本家，好應酬上司朋友，用營中之公錢，謀一身之私事，也算是虚糜餉銀，也難免兵勇譏議。欲服軍心，必先尚廉介；欲求廉介，必先崇儉樸。不妄花一錢，則一身廉；不私用一人，則一營廉；不獨兵勇畏服，亦且鬼神欽伏矣。

勸誡委員四條

嚮無額缺，現有職事之員，皆歸此類。

一曰習勤勞以盡職。

觀於田夫農父，終歲勤勞而少疾病，則知勞者所以養身也。觀於舜、禹、周公，終身憂勞，而享壽考，則知勞者所以養心也。大抵勤則難朽，逸則易壞，凡物皆然。勤之道有五：一曰身勤。險遠之路，身往驗之；艱苦之境，身親嘗之。二曰眼勤。遇一人，必詳細察看；接一文，必反復審閱。三曰手勤。易棄之物，隨手收拾；易忘之事，隨筆記載。四曰口勤。待同僚，則互相規勸；待下屬，則再三訓導。五曰心勤。精誠所至，金石亦開；苦思所積，鬼神亦通。五者皆到，無不盡之職矣。

二曰崇儉約以養廉。

昔年州縣佐雜，在省當差，並無薪水銀兩；今則月支數十金，而猶嫌其少。昔年舉貢生員在外坐館，不過每月數金；今則增至一兩倍而猶嫌其少。此所謂不知足也。欲學廉介，必先知足。觀於各處難民，遍地餓莩，則吾輩之安居衣食，已屬至幸。尚何奢望哉？尚敢暴殄哉？不特當廉於取利，并當廉於取名。毋貪保舉，毋好虛譽，事事知足，人人守約，則氣運可挽回矣。

三曰勤學問以廣才。

今世萬事紛紜，要之，不外四端：曰軍事，曰吏事，曰餉事，曰文事而已。凡來此者，於此四端之中，各宜精習一事。習軍事，則講究戰攻防守、地勢賊情等件。習吏事，則講究撫字催科、聽訟勸農等件。習餉事，則講究丁漕釐捐，開源節流等件。習文事，則講究奏疏條教、公牘書函等件。講究之法，不外學問二字。學於古，則多看書籍；學於今，則多覓榜樣。問於當局，則知其甘苦；問於旁觀，則知其效驗。勤習不已，才自廣而不覺矣。

四曰戒傲惰以正俗。

余在軍日久，不識術數、占驗，而頗能預知敗征。大約將士有驕傲氣者必敗，有怠惰氣者必敗。不獨將士然也，凡委員有傲氣者亦必僨事，有惰氣者亦必獲咎。傲惰之所起者微，而積久遂成風俗。一人自是，將舉國予聖自雄矣；一人晏起，將舉國俾晝作夜矣。今與諸君約：多做實事，少說大話，有勞不避，有功不矜。人人如此存心，則勛業自此出，風俗自此正，人材亦自此盛矣。

勸誡紳士四條

本省鄉紳，外省客游之士，皆歸此類。

一曰保愚懦以庇鄉。

軍興以來，各縣皆有紳局。或籌辦團練，或支應官軍，大抵皆斂錢以集事。或酌量捐資，或按畝派費，名爲均勻分派，實則高下參差。在局之紳耆少出，不在局之愚懦多出；與局紳有聲氣者少出，與局紳無瓜葛者多出；與局紳有夙怨者不惟勒派多出，而且嚴催凌辱；是亦未嘗不害民也。欲選紳士，以能保本鄉愚懦者爲上等。能保愚懦，雖僞職亦尚可恕；凌虐愚懦，雖巨紳亦屬可誅。

二曰崇廉讓以奉公。

凡有公局，即有經管銀錢之權，又有勞績保舉之望。同列之人，或爭利權而相怨，或爭保舉而相軋，此不廉也。始則求縣官之一札以爲榮；繼則大柄下移，毫無忌憚。衙門食用之需，仰給紳士之手；擅作威福，藐視官長，此不遜也。今特申戒各屬紳士，以敬畏官長爲第一義。財利之權，歸之於官；賞罰之柄，操之自上。即同列衆紳，亦互相推讓，不爭權勢。紳士能潔己而奉公，則庶民皆尊君而親上矣。

三曰禁大言以務實。

以諸葛之智勇，不能克魏之一城；以范、韓之經綸，不能制夏之一隅。是知兵事之成敗利鈍，皆天也，非人之所能爲也。近年書生侈口談兵，動輒曰克城若干，拓地若干，此大言也。孔子曰：『攻其惡，無攻人之惡。』近年書生，多好攻人之短，輕詆古賢，苛責時彥，此亦大言也。好談兵事者，其閱歷必淺；好攻人短者，其自修必疏。今與諸君子約：爲務實之學，請自禁大言始。欲禁大言，請自不輕論兵始，自不道人短始。

四曰擴才識以待用。

天下無現成之人才，亦無生知之卓識。大抵皆由勉强磨煉而出耳。淮南子曰：『功可强成，名可强立。』董子曰：『强勉學問，則聞見博；强勉行道，則德日起。』中庸所謂『人一己百，人十己千』，即勉强工夫也。今士人皆思見用於世，而乏用世之具。誠能考信於載籍，問途於已經，苦思以求其通，躬行以試其效，勉之又勉，則識可漸進，才亦漸充。才識足以濟世，何患世莫己知哉！

以上十六條，分之，則第一等人，各守四條；合之，則凡諸色人，皆可參觀。聖賢之格言甚多，難以備述；朝廷之律例甚密，亦難周知。只此淺近之語，科條在此，黜陟亦在此，願我同人共勉焉。咸豐十一年九月曾國藩識。

録自曾文正公全集雜著。

勸學篇示直隸士子

人才隨士風爲轉移，信乎？曰：是不盡然，然大較莫能外也。前史稱燕趙慷慨悲歌，敢於急人之難，蓋有豪俠之風。余觀直隸先正，若楊忠愍、趙忠毅、鹿忠節、孫徵君諸賢，其後所詣各殊，其初皆於豪俠爲近。即今日士林，亦多剛而不摇，質而好義，猶有豪俠之遺。才質本於士風，殆不誣與！

豪俠之質，可與入聖人之道者，約有數端。俠者薄視財利，棄萬金而不眄；而聖賢則富貴不處，貧賤不去，痛惡夫墦間之食、龍斷之登。雖精麤不同，而輕財好義之迹則略近矣。俠者忘己濟物，不惜苦志脱人於戹；而聖賢以博濟爲懷。鄒魯之汲汲皇皇，與夫禹之猶己溺，稷之猶己饑，伊尹之猶己推之溝中，曾無少異。彼其能力救窮交者，即其可以進援天下者也。俠者輕死重氣，聖賢罕言及此。然孔曰成仁，孟曰取義，堅確不移之操，亦未嘗不與之相類。昔人譏太史公好稱任俠，以余觀此數者，乃不悖於聖賢之道。然則豪俠之徒，未可深貶，而直隸之士，其爲學當較易於他省，烏可以不致力乎哉？

致力如何？爲學之術有四：曰義理，曰考據，曰辭章，曰經濟。義理者，在孔門爲德行之科，今世目爲宋學者也。考據者，在孔門爲文學之科，今世目爲漢學者也。辭章者，在孔門爲言語之科，從古藝文及今世制義、詩賦皆是也。經濟者，在孔門爲政事之科，前代典禮、政書，及當世掌故皆是也。

人之才智，上哲少而中下多；有生又不過數十寒暑，勢不能求此四術徧觀而盡取之。是以君子貴慎其所擇，而先其所急。擇其切於吾身心不可造次離者，則莫急於義理之學。凡人身所自具者，在耳、目、口、體、心思；日接於吾前者，有父子、兄弟、夫婦；稍遠者，有君臣，有朋友。爲義理之學者，蓋將使耳、目、口、體、心思，各敬其職，而五倫各盡其分，又將推以及物，使凡民皆有以善其身，而無憾於倫紀。夫使舉世皆無憾於倫紀，雖唐、虞之盛有不能逮，苟通義理之學，而經濟該乎其中矣。程、朱諸子遺書具在，曷嘗舍末而言本、遺新民而專事明德？觀其雅言，推闡反復而不厭者，大抵不外立志以植基，居敬以養德，窮理以致知，克己以力行，成物以致用。義理與經濟初無兩術之可分，特其施功之序，詳於體而略於用耳。

今與直隸多士約：以義理之學爲先，以立志爲本，取鄉先達楊、趙、鹿、孫數君子者爲之表。彼能艱苦困餓，堅忍以成業，而吾何爲不能？彼能置窮通、榮辱、禍福、死生於度外，而吾何爲不能？彼能以功績稱當時，教澤牖後世，而吾何爲不能？洗除舊日晻昧卑污之見，矯然直趨廣大光明之域；視人世之浮榮微利，若蠅蚋之觸於目而不留；不憂所如不耦，而憂節概之少貶；不恥凍餒在室，而恥德不被於生民。志之所嚮，金石爲開，誰能禦之？志既定矣，然後取程、朱所謂居敬窮理、力行成物云者，精研而實體之。然後求先儒所謂考據者，使吾之所見，證諸古制而不謬；然後求所謂辭章者，使吾之所獲，達諸筆札而不差，擇一術以堅持，而他術固未敢竟廢也。其或多士之中，質性所近，師友所漸，有偏於考據之學，有偏於辭章之學，亦不必遽易前轍，即二途皆可入聖人之道。其文經史百家，其業學問思辨，其事始於修身，終於濟世，百川異派，何必同哉？同達於海而已矣。

若夫風氣無常，隨人事而變遷。有一二人好學，則數輩皆思力追先哲；有一二人好仁，則數輩皆思康濟斯民。倡者啓其緒，和者衍其波；倡者可傳諸同志，和者又可禪諸無窮；倡者如有本之泉放乎川瀆，和者如支河溝澮交匯旁流。先覺後覺，互相勸誘，譬之大水小水，互相灌注。以直隸之士風，誠得有志者導夫先路，不過數年，必有體用兼備之才，彬蔚而四出，泉涌而雲興。

余忝官斯土，自愧學無本原，不足儀型多士。嘉此邦有剛方質實之資，鄉賢多堅苦卓絶之行，臚述舊聞，以勖羣士；亦冀通才碩彦，告我昌言，上下交相勸勉，仰希古昔與人爲善、取人爲善之軌，於化民成俗之道，或不無小補云。

録自曾文正公全集雜著。

諭紀澤紀鴻日課四條

一曰慎獨則心安。自修之道，莫難於養心。心既知有善知有惡，而不能實用其力，以爲善去惡，則謂之自欺。方寸之自欺與否，蓋他人所不及知，而己獨知之。故大學之『誠意』章兩言『慎獨』。果能『好善如好色，惡惡如惡惡臭』。力去人欲，以存天理，則大學之所謂『自慊』，中庸之所謂『戒慎』、『恐懼』，皆能切實行之，即曾子之所謂『自反而縮』，孟子之所謂『仰不愧，俯不怍』，所謂『養心莫善於寡欲』，皆不外乎是。故能慎獨，則內省不疚，可以對天地，質鬼神，斷無行有不慊於心則餒之時。人無一內愧之事，則天君泰然，此心常快足寬平。是人生第一自强之道，第一尋樂之方，守身之先務也。

二曰主敬則身强。『敬』之一字，孔門持以教人。春秋士大夫亦常言之，至程朱則千言萬語不離此旨。內而專靜純一，外而整齊嚴肅，敬之工夫也；出門如見大賓，使民如承大祭，敬之氣象也；修己以安百姓，篤恭而天下平，敬之效驗也。程子謂：『上下一於恭敬，則天地自位，萬物自育，氣無不和，四靈畢至。聰明睿智，皆由此出。以此事天饗帝，蓋謂敬則無美不備也。』吾謂敬字切近之效，尤在能固人肌膚之會，筋骸之束。莊敬日强，安肆日偷，皆自然之徵應。雖有衰年病軀，一遇壇廟祭獻之時，戰陣危急之際，亦不覺神爲之悚，氣爲之振，斯足知敬能使人身强矣。若人無衆寡，事無大小，一一恭敬，不敢懈慢，則身體之强健又何疑乎？

三曰求仁則人悦。凡人之生，皆得天地之理以成性，得天地之氣以成形。我與民物，其大本乃同出一源。若但知私己，而不知仁民愛物，是於大本一源之道已悖而失之矣。至於尊官厚禄，高居人上，則有拯民溺救民饑之責。讀書學古，粗知大義，即有覺後知覺後覺之責。若但知自了，而不知教養庶彙，是於天之所以厚我者，辜負甚大矣！孔門教人莫大於求仁。而其最切者，莫要於『欲立立人，欲達達人』數語。立者，自立不懼，如富人百物有餘，不假外求。達者，四達不悖，如貴人登高一呼，羣山四應。人孰不欲己立己達？若能推以立人達人，則與物同春矣。後世論求仁者，莫精於張子之西銘，彼其視民胞物與，宏濟羣倫，皆事天者性分當然之事。必如此，乃可謂之人。不如此，則曰悖德，曰賊。誠如其說，則雖盡立天下之人，盡達天下之人，而曾無善勞之足言，人有不悦而歸之者乎？

四曰習勞則神欽。凡人之情，莫不好逸而惡勞。無論貴賤、智愚、老少，皆貪於逸而憚於勞，古今之所同也。人一日所著之衣、所進之食，與一日所行之事、所用之力相稱，則旁人韙之，鬼神許之，以爲彼自食其力也。若農夫織婦，終歲勤動，以成數石之粟，數尺之布，而富貴之家終歲逸樂，不營一業而食必珍羞，衣必錦綉，酣豢高眠，一呼百諾，此天下最不平之事，鬼神所不許也！其能久乎？

古之聖君賢相，若湯之昧旦丕顯，文王日昃不遑，周公夜以繼日，坐以待旦，蓋無時不以勤勞自勉。無逸一篇，推之於勤則壽考，逸則夭亡，歷歷不爽。爲一身計，則必操習技藝，磨煉筋骨，困知勉行，操心危慮，而後可以增智慧而長才識。爲天下計，則必己饑己溺，一夫不獲，引爲餘辜！大禹以周乘四載，過門不入，墨子之摩頂放踵，以利天下，皆極儉以奉身，而極勤以救民。故荀子好稱大禹、墨翟之行，以其勤勞也。軍興以來，每見人有一材一技，能耐艱苦者，無不見用於人，見稱於時。其絶無材技，不慣作勞者，皆唾棄於時，饑凍就斃。故勤則壽，逸則夭！勤則有材而見用，逸則無能而見棄。勤則博濟斯民，而神祇欽仰！逸則無補於人，而神鬼不歆。是以君子欲爲人神所憑依，莫大於習勞也。

余衰年多病，目疾日深，萬難挽回。汝及諸侄輩，身體强壯者少，古之君子修己治家，必能心安身强，而後有振興之象，必使人悦神欽，而後有騈集之祥。今書此四條，老年用自儆惕，以補昔歲之愆。並令二子，各自勖勉！每夜以此四條相課，每月終以此四條相稽，仍寄諸侄共守，以期有成焉！

録自曾文正公家書教子書。

張裕釗選集

點校　汪長林

整理説明

張裕釗（一八二三—一八九四）字廉卿，號濂亭（廉亭），湖北武昌縣（今鄂州市）符石鄉龍塘張村人。道光丙午（一八四六）舉人，後官内閣中書不到二年（一八五零—一八五一年七月），即因時局日下，『自度其才不足拯當今之難』（贈吳清卿庶常序），遂辭官還鄉。張裕釗『素性嚴介』、『淡泊』（張沆、張濬哀啟），無名利之求，清代七百名人傳稱：『國藩既成大功，出其門者多通顯，裕釗相從數十年，獨以治文為事。』一生篤志好學，以授徒為業，以培植人才為務，『偶得一儁異之士，則如獲卄璧，欣喜不可言喻』（哀啟），曾先後主講於武昌勺庭書院，南京鳳池書院，保定蓮池書院，武昌江漢、經心書院，及襄陽的鹿門書院等。為清末著名的書法家、桐城派古文家、教育家及詩人。

其古文深得桐城家法之真傳，與黎庶昌、薛福成、吳汝綸號稱『曾門四弟子』，深受曾國藩之器重。曾國藩曾預言門徒中『可望有成就者，端推此人』（曾國藩日記咸豐九年九月初八日）。在四弟子中，其他三人均不同程度地受到洋務思潮的影響，唯張裕釗始終恪守桐城家法，真正是『得之桐城者宜還之桐城』（抱潤軒文集書張廉卿先生手札後）。張裕釗為文思力精深，能『以柔筆通剛氣，旋折頓錯，自達其深湛之思，並以經術輔之，於國朝諸名家外，能自闢蹊徑，為百年來一大家』（桐城文學淵源考卷十）。黎庶昌稱其古文『淵雅超逸』，『論醇辭足』（續古文辭類纂序）。他本人也認為自己的部分作品上可與西漢人比肩，下則不讓於方、姚、梅諸人（濂亭文集答李佛笙太守書）。

雖然吳汝綸曾推尊張裕釗古文能『變而後大』，『自成一家』（吳汝綸文集與姚仲實），但實際上，張裕釗在古文上的成績主要還是創作，其之於理論，則仍不脫三祖家法，及乃師文正公之巢臼。如云：『夫學固所以明道，然不先之以考證，雖其說甚美，而馴故、制度之失其實，則於經豈有當焉？故裕釗常以為道與器相備，而後天下之理得。』（與鐘子勤文烝書）又云：『文章之道，莫要於雅健』，而要臻於此境，惟『廣獲而精導，熟諷而湛思，舍此則未有可以速化而襲取之者也』（答劉生書）。所謂『熟諷』，目的就在『因聲求氣』。『姚氏暨諸家因聲求氣之説，為不可易也。吾所求合於古人者，由氣而通其意，以及其辭與法，而喻乎其深』（答吴至甫書），等等。

張裕釗身後除書法作品廣為流傳外，還有古文作品一百餘篇，詩歌二百七十余首流傳於世。其古文被門人及故交結集為濂亭文集、濂亭遺文及論學手札；詩歌則為故友結集為濂亭遺詩。清人別集總目、清人詩文集總目提要、中國近代史文獻必備書目等記張氏文集傳本情況達二十餘條。去其重複，基本上可分為如下三種：

一是濂亭文集系統。始由張裕釗弟子查燕緒收集張氏部分古文彙集成冊，刻成於光緒八年七月蘇州查氏木漸齋。收文凡八十五篇。題為『濂亭文集』，有『門人海甯蔣佐堯謹署』字樣；扉頁『光緒壬午秋七月查氏木漸齋刊板蘇州』字樣，為雙行題款。目録下有『門人海甯查燕緒編次』字樣，目録結尾有『門人漢陽李鳳高校字』字樣。

光緒二十四年，大冶黄肇宏再刊於陝西時。省去了查本的目録，編次人、校字人、版心題署等內容。收文次第及數量悉同查本，顯然為查本之重刻。

宣統元年上海埽葉山房又據查氏刊本石印。此本收文悉準查本，但補録了查燕緒的濂亭文集後跋一篇（未補入目録）。此後又於宣統三年、民國七年、民國十二年等進行過重印。

二是濂亭遺文系統。此類傳本始為遵義黎氏刊本，封題為『濂亭遺文』四字，扉頁有『光緒乙未秋遵義黎氏刊』字樣。此本共收集張裕釗遺文二十九篇，與濂亭文集無重復之文。

宣統二年（一九一零）由陶子麟重刊於鄂城，是為鄂城精刻本，又稱武昌刻本。此本封題為『濂亭遺集』，左下署『守敬題』三字；扉頁雙行題署『宣統庚戌刊於鄂城』。於第五卷卷尾有『武昌省陶子麟刊』字樣。該本除刊刻號為精工外，還輯補了大冶殷君墓誌銘一文。

民國甲寅年（一九一六），張裕釗之孫孝移重刻先人遺集，與文集、遺詩，合為濂亭集。馬其昶序其始末云：『今先生孫孝移既重刻遺集於京師，而復取查本刻之，合為全集。』（抱潤軒文集濂亭集序）此本行格版式基本上套用鄂城刻本，於第五卷卷尾有『受業大冶殷壽兆校字』字樣。續修四庫全書集部別集類所收濂亭遺文五卷既為此本，但續修所謂『據遼寧省圖書館藏清光緒八年查氏木漸齋蘇州刻本影印』云云，顯然失考，因為木漸齋並未刊刻過濂亭遺集。

三是手稿本、抄本、選本。手稿本蓋有三種：一是張濂卿先生詩文稿不分卷。一是張廉卿先生論學手札二卷。一是清宣統三年（一九一一）上海文明書局編輯的張濂卿先生尺牘一卷。其抄本，據清人詩文集總目提要記載有二種，一是南京圖書館藏濂亭文稿，乃傳抄張濂卿先生詩文稿而成；一是上海圖書館藏張廉卿雜文。另據清人別集總目記載，國家圖書館還藏有濂亭文集的光緒抄本。其選本主要有民國四年（一九一五），上海進步書局的明清八家文抄本；民國二十年（一九三一），徐世昌輯明清八家文抄，等等，但所選之文均不出濂亭文集與濂亭遺文之範圍。

比短量長，本次整理即以木漸齋本濂亭文集與鄂城本濂亭遺文作底本，以黃肇宏陝西刊本、宣統元年埽葉山房刊本、遵義黎氏刊本、張孝移刊本、張濂卿先生詩文稿本及上海圖書館藏張廉卿雜文抄本等作為主要參校本。根據體例要求，其論學手札和濂亭遺詩，因分別由湖北美術出版社和接力出版社重版過，故不在本次收錄之目；其部分佚作，亦只能有待於將來整理全集時再作輯錄。限於水平，本書在點校過程中肯定存在不妥之處，誠乞廣大專家學者批評指正。

汪長林

目録

卷一　論辨

禹貢三江考

自漢以來，說經之紛出而不可紀者，其莫甚於禹貢之『三江』乎？說『三江』，班氏志爲最先，亦最爲近之，然要不能以無失也。而近世之說者，率墨守班氏以爲不易，則皆信漢人而過者耳。

夫漢人之說，誠近古而得實矣。雖然，必以其實考之，考之而得其實，是誠古人之說也，吾從之宜也。考其實而不得，甚者與實相背戾，雖古之說，吾未之敢從矣。然則何以考之？還以禹貢之言與說者所稱之地考之而已。按之禹貢，驗之其所稱之地而合，則得之矣；按之禹貢，驗之其所稱之地而不合，則其說失之矣。吾故有取於顧甯人氏以北江、中江、南江，傅於郭景純之以岷江、松江、浙江爲三江者，爲得其實也。景純之說，全謝山亦嘗取之。全氏之取景純是也，其謂三江不必涉北江、中江之文者非也。禹貢固明言『東爲北江』、『東爲中江』矣，舍三江而北江、中江將安處乎？夫有北、有中，則有南，兼南、北、中爲三江，此皆其相因以至而必無可置辯者也，而謂三江不涉北江、中江，其可乎？彼全氏獨疑江之不可通於松江、浙江耳，疑班氏志所謂中江者之非禹蹟耳。

吾謂江誠不可通於浙江，若松江則固卽禹貢之中江，而爲禹所通者。夫全氏取景純之言，而未得其指也。景純固以爲松江爲禹貢之中江矣，其所爲江賦有曰：『表神委於江都，混流宗而東會。注五湖以漫漭，灌三江而瀰沛』者，卽墨子所謂禹『南爲江、漢、淮、汝，東流之，注五湖之處，以利楚荆、越、南夷之民』者也。景純之松江，班氏志之中江，禹貢之中江，一而已。吾獨以班氏志之南江與所謂『分江水』者，爲非其實耳。考班氏之意，蓋以中江與南江皆江之所爲也，不知中江江爲之者，南江則自爲一江，而非江爲之者。奚以知之？以禹貢之文知之。禹貢曰『東爲中江』，不云爲南江也。如江而更爲南江，禹貢必言之矣，不能遺之矣。以禹貢之不言，而知南江之自爲一江也。且以形勢求之，江固不可通於（衍）〔一〕南江矣。夫班氏志之中江卽松江，此必無以易之者也，乃其所謂『南江在吳南東入海』者，以其地考之，則適亦松江而已。且班氏於石城之分江水，云『至餘姚入海』，而未以爲南江。於吳之南江，但云『東入海』，而不云至餘姚，其各分爲二水。抑或更以分江水爲南江，蓋頗不可究詰。酈善長乃徑合以爲一，備箸其所經歷，言之鑿然。然其所舉之地，故皆窮岫複嶂，萬山之所蟠結，而謂江水經行於其中，其孰從而信之邪？

自乾嘉以來，言禹貢者若金蘂中、姚姬傳、錢學淵、孫淵如、阮芸臺之徒，壹歸命於班氏之書。其於班氏之混南江於中江，與分江水之不可達於餘姚，蓋亦微知其然而不勝其信之篤也，乃益爲之傅合疏鏬，辯說紛紜，左右遷貿，故卒不得其所安；而阮氏又益繪南江圖而爲之考，稽之於經，察之以形勢，而無一可通者。大惑者終身不解，豈不信哉？吾故曰：南江者，自爲一江而非江爲之者也，舍景純所謂浙江無以處之矣。國語載伍子胥之言曰：『吳越之地，三江環之。』夫不南盡浙江，故不足以環吳越之境，此南江之爲浙江於古可徵，全氏所謂『景純之三江，實盡揚州之大望』，而顧氏之言『考之於經而不謬』者也。

余又觀班氏所謂『分江水』『至餘姚入海』者，與水經沔水篇之『東至石城爲二』，及鄭康成之說『東迆』略同。而說文所謂『江水至會稽、山陰爲浙江』者，其說亦頗相類，而益明箸其爲浙江。浙江之稱南江，其自古所傳，而漢人猶及聞之者歟？然展轉膠轕，而卒疑莫能明者，蔽於必以南江爲江所分，而不知其自爲一江也，其讀禹貢誠未審耳。夫有北江、中江，則必有南江者，此禹貢所未言，而可因其言以求之者也，吾之所敢知也；以南江爲江水所分者，此禹貢所未言，而後人以其意言之者也，吾之所不敢知也，況以地求之而往往不合者邪？

吾因是而思漢以後之說彭蠡者，其不審亦若是云爾。夫曰『東匯澤爲彭蠡』，明彭蠡漢水所自匯，乃因其所匯之澤而揭其名曰『彭蠡』，與他水故無與焉。酈氏之說滄浪也，得之矣。以禹貢之文，江、漢之水道，參以禹貢山水澤地記〔二〕之說彭蠡者考之，吾斷以彭蠡之在江北，而非後世之所謂湖、漢水者也。

録自濂亭遺文卷一。

【校】

〔一〕衍：遵義黎氏刊本（以下簡稱『黎本』）以墨丁删去，是。

〔二〕禹貢山水澤地記：見水經注卷四十，作『禹貢山水澤地所在』。

策蓮池書院諸生

問：史記有禮書、有封禪書，漢書有禮樂志、又有郊祀志，祀典於五禮爲吉禮，宜與禮不得析而爲二，後世史家猶能知之，司馬遷、班固氏之書爲百代祖述，智故皆不足以及此歟？不然其義類各有所取而不可以此義裁之歟？抑此二家者固不免或得或失歟？夫博甄制度，亭決疑異，讀史者之所宜先事也。有得有失而莫之辨，考古而不能知其意，學欲以自慊何由？其各悉意精思以對。

問：自朱子作詩集傳專攻小序，說詩乃頗與毛、鄭歧異。元明以來，學者宗之。國朝諸儒，祖述漢氏，薄棄宋賢。陳啟源氏始力詆朱子，一返毛、鄭之舊，乾嘉以後，曼衍益甚。於是，集傳一書僅爲習帖括者之所循習，耆儒碩老及稍有志於古者，一深擯而不之及矣。夫異毛、鄭不自朱子始也，歐陽氏固已啟之矣。彼豈好爲異論，抑實於志有所不能安者歟？或謂漢儒之學長於考證，宋儒之學長於辭義，毛、鄭及朱子互有得失，不可偏廢似已。然毛公訓詁傳豈果舉義理，文辭而一不之及歟？朱子集傳固時不免臆斷，亦豈無確有依據爲前人所不逮者歟？且毛、鄭得者謂何，失者謂何，朱子之所得所失謂何，能洞見其竅要，一一指實言之而不謬歟？世皆謂毛公遵小序，然即篇首關雎一詩，其說與小序固已齟齬而不合矣，世顧弗之察耳。蘇子由氏於小序獨採首一語，而其餘則無取焉，其說果然歟？否歟？鄭康成依毛傳作箋，然其與毛公異者抑何多也，即其同者，亦豈能悉得毛公之意歟？鄭與毛且不能盡同，況能胥強後之人而同之歟？孔子論詩之言，著在論語。孟子之說詩也，曰：『不以文害辭，不以辭害志。以意逆志，斯爲得之。』秉孔、孟之指，以進退百代後儒之說，孰得孰失，必有能辨之者。

問：古稱舜總大麓，禹宅百揆，伊尹、萊朱爲湯左右相，同召公爲保，周公爲師。然殷周之世，任保衡、位冢宰者，伊、周而已。漢承秦，置丞相一人，或左右並建，三公之職，軼輕軼重，其得失可得而言歟？魏晉以降，歷代因時變襲，宰臣尤爲定制，或身居宰相之官而不與聞機務，或名非宰相而實爲秉鈞之眞官者，名實舛迕，上下眩貿。以孔子『正名』之義推之，設官之失莫此爲甚矣。能具別條流本始以究其所終極歟？昔漢何武謂『今丞相獨兼三公之事，宜建三公官，分職分政，以考功效』，而宋王華又謂『宰相頓有數人，天下何由得理』。夫宰相之職，所以毗輔天子，總萬幾，正百官，治兆民也。兼任則患事權之不一，專任則違衆獨斷之弊生，甚者啟權臣擅政之漸。然天下窮萬事萬物，未有不貞於一而不亂者也。今欲斟酌古今，權度時宜，窮蔽極變，而擇取其衷，於斯二者奚從？其各悉意以對。

問：近日治尚書者，謂古文家說必本史記，今文家說必本尚書大傳，是已。然禹貢一篇，史遷夏本紀僅易訓詁，尚書大傳初無可蒐討，其西漢古今文家說尚有見於他書可考求者歟？且孰爲古文家，孰爲今文家，能分明〔一〕言之歟？自西漢師說既微，馬、鄭以下諸儒說此篇尤乖異，今姑舉一二事言之。若揚州之彭蠡，說者以爲湖漢水。然湖漢水自北入江，非漢水所匯，與經不合，且與桑欽謂『在彭澤縣北』者尤相違。雍州之終南、惇物，舊說以終南爲太壹山，惇物爲武功山，是二山已。而漢無極山碑云有『終南之惇物，岱宗之松楊，越之篠蕩』，以惇物屬終南，與松楊、篠蕩並稱，此又何說歟？夫古今水道遷徙無常，山岳雖終古〔二〕不遷，而今昔主名因時互異，執今之山川以考古之地理，墨守後儒之說以釋虞夏之書而不顧其安，宜其牾牴而不合矣。今諸生能博學詳說，剖晰然疑，以定一是，誠善之善者已。不然，偏觀衆說，而得其閒精力〔三〕鉤考，而微窺其端緒，亦因疑生悟、緣滯求通之一機也，是所望於有志篤學者。

問：杜氏通典爲歷代制度淵藪，其尤卓絕古今者何事？馬氏文獻通考視通典稍不逮已，然固自有高出世俗不可磨滅者，能具言其得失歟？鄭夾漈通志，說者謂不可以並杜、馬，然其二十略覃精極思，亦豈無卓識宏議非人所能及者歟？國朝乾隆中，通典、通志、通考皆有欽定續編。又欽定皇朝通典、通志、通考及大清會典諸書，雲漢天章，超越百代，一辭莫贊已。其杜、馬而外，則又有宋白之續通典、王圻之續文獻通考。宋書已亡佚，然時有見於他書者，能考求其所長歟？王氏續通考，世或以明人之書少之。然昭代鉅儒，博稽典禮，往往徵引其書，則是書其果可廢歟？又此外，典志之書，有可與杜、馬諸書相輔而行者，能舉其最要者歟？儒者讀書稽古，雖一介之士，皆與有天下之責焉。將欲通知古今，講求經世之大法，稽諸古而不悖，施之今而可行，其必自諸書始矣。然其孰得孰失，孰先孰後，異同之迹，長短之數，淺深博狹之量，神明通變之宜，不先昭然於其心，則亦未有能與於此者也。其各極意言之，將以覘諸生之所志焉。

問：子思作中庸，昭明聖祖之德。然孔子曰『中庸』，而子思曰『中和』者，釋孔子之言也。『中和』，卽『中庸』也。六經箸天下萬事萬理，不可紀極，要其歸，則『中和』二言足以蔽之矣，故曰『中庸之爲德也，其至矣乎』。中庸一書，言『性』、『道』、『教』，言『戒慎』、『恐懼』，言『慎』『獨』，言『費』『隱』，言『微』『顯』，言『誠』『明』，言『至聖』、『至誠』，言『尊德性』、『道問學』，言『小德川流』、『大德敦化』，一皆『中和』之義而已。中庸與易相表裏，易系辭傳言『顯』『仁』、『藏』『用』、『盛德大業』，言『專』『直』『翕』『闢』，言『智崇禮卑』。文言傳於『乾』之『九二』，言『庸言之信，庸行之謹』，言『閑邪存其誠』；於『九三』，言『忠信』，言『脩辭立其誠』；於『坤』之『六二』，言『敬以直內，義以方外』；於『六五』，言『黃中通理，正位居體』，並與『中和』之言，若合符節。推而至於論語之『一貫』、『忠恕』、『文章』、『性』、『道』，大學之『格』、『致』、『誠』、『正』，孟子之『知天』、『事天』，亦莫不同斯恉。曾子固有言『詩書之文，歷世數十，作者非一，而其言未始不相爲終始』，諸子之言，亦若是焉爾。此固先聖之至道，義理之大宗，洙泗鄒魯之所以覺牖乎百世，而有宋諸賢之所以奮起乎千載之後，紹聖而作儒者也。然諸子之書，皆兼『中和』二者言之。堯之命舜，惟曰『允執厥中』而已，則益高遠精邃，夐乎不可尚也。其諸仲尼所謂『君子之中庸』、『君子而時中』者歟？學者束髮受書，四子、六經，童而習之，有能悉取以上所舉諸書之言，條分縷晰，句櫛字比，辨其孰爲『中』之屬，孰爲『和』之屬，同條共貫，渙然冰釋，而怡然理順者乎？斯可謂善學者已。

問：周官大司徒及職方氏皆掌天下圖輿，圖所從來尚已。後世晉裴秀、唐賈躭、明朱思本所爲地圖，並見稱於世，今或佚不傳。然裴氏所云『分率』、『準望』諸法，實製圖之軌則，能言其所以然歟？國朝内府輿圖爲武進李氏所本，胡文忠公皇朝中外一〔四〕統輿圖益恢而大之。顧其閒亦有得有失，有詳有略，且以目驗證之，亦時有舛誤，能言其大要歟？近者，諸行省及南之長江，東南之海道，北界俄羅斯之地，旁及諸地志，或往往有圖，亦頗有精善可稱者歟？夫史學莫要於地理，而山川阨塞，河渠水利，原隰土宜，疆域遠近，尤經世者之所必知。是故有考古之學，有知今之學。考古以何者爲先，知今以何者爲要，二者固相須爲用，然果孰在所緩，孰在所急歟？今世之士，問以郡邑而不能舉其名，東西朔南不辨其爲何方，即閒有從事圖繪者，亦多擇焉不精，語焉不詳。蓋圖譜之學亡，而後世之治與三代、兩漢之不相及也久矣。自泰西人入中國，其所繪輿圖詳盡精確，無毫髮差失，殆所謂『禮失而求諸野』者，吾中土之人亦頗能言其所長乎？今日之事，有心者其必以輿圖爲當務之急矣。將欲差量遠邇，周知險易，使覽者不出戶而知天下，果操何術以致之？其極意詳悉言之，無有所隱。

問：班氏漢書地理志推本山川國邑，以綴詩、書、周官、春秋，詳哉其言之也。然其言詩，地理與毛詩或異；說禹貢，與諸家尤多舛迕，其所用者果誰氏之說歟？又其所載桑欽說，與水經有不同，何歟？班氏所志，誠號稱精核，然亦閒有謬誤爲後人所糾正者，能約舉數事以實之，且言其謬誤之所由致歟？後世治輿地，楊權班氏者衆矣，然往往乖錯瞀亂，與班氏不合，能言其所以然之故歟？考史者必先明地理，班氏志上稽聖籍，下開歷代諸史志郡国輿地者之先，固地理之鈐鍵，而學者之所宜盡心也。其究之切之，具箸於篇。

問：自有明陳季立，國朝顧甯人、江愼修之徒，闡明古音，而唐以來所謂葉韻之非，人能知之已。然古書之韻，尚閒有錯迕岐出而不合者。段若膺撰六書音均表，於所不諧，仍以合韻概之，其誠然邪？抑更有說以處此邪？六書雖〔五〕假借爲難明，亦惟假借爲最要。假借多原於音聲，必明乎此，而假借之說乃益以明，能一一推闡之歟？且許君以『本無其字，依聲託事』說假借，而焦里堂有云：『麓』、『録』二字本皆有者也，何必借『録』爲『麓』？『壺』、『瓠』二字，本皆有者也，何必借『瓠』爲『壺』？疑之最久，叩諸深通六書之人，說之皆不能了。番禺陳氏謂實因東漢以前無分部，字書故至歧異。其說頗爲近是，切究之，實不盡然，能具言其故歟？昭代諸儒，其於小學，誠深博矣，而於此二端，尚未有灼見其所以然者，是所望於好學深思之士焉。

問：自歐陽公爲集古録，厥後趙明誠、洪適之屬繼之，遞有纂録，論者謂歐公考證疎略，不逮洪适諸人。然以其書與後之金石家校，果孰爲優劣歟？國朝諸儒，崇尚考證，金石專家尤夥。其最爲精善者何人，其各有專長者何在，能約略言之歟？夫蒐考金石，固亦好古之徵，游藝之一事。其最資於學問者，蓋莫先於小學，然要惟三代、兩漢之金石而已，能具言其所以然之故歟？又其次，則參考史事。然司馬温公作通鑑，惟王勝之能讀一過，況重以歷代諸史？又其外雜史、傳記、譜録之屬，殆不可數，學者童而習之，白首而不能究，復欲參稽以金石，其無乃騖其近小而不急者，而轉遺其大且遠者歟？又其甚者，旁羅古刻，校其年歲之遠近，字數之多寡，乃至一點畫、一波磔之間，排比鉤稽，不遺餘力，顓顓以自旌異，號爲專門名家之學而夸於世，致遠之君子，則奚取於是？抑以歐陽子大賢，而亦且留意於是，則又若未可以厚非也。其無乃更有說以處此歟？其悉意言之，無有所隱。

問：周官晚出，其置博士又自劉歆始，東漢以後，儒者往往疑之，自有宋程、朱二子論定，學者乃益尊信其書。然其中實有繁碎支離，非古之制者。程子以爲漢儒之所撰入，其信然歟？抑亦更有說歟？至於〔六〕決爲周公致太平之書，而非後世一切之治所能及者，果何在歟？大綱閎恉，能舉其要最而灼見其所以然歟？自周衰，而聖人之道不明於世，古今世變，日益懸絕，生民不與被仁聖之澤，而成周之盛，不可復見於後世者數千年於茲矣。後世臣主知道者鮮，雖頗竊周公創制之善，然睹其法而不知其意，不能化裁通變以盡利而宜民。若新莽之誦六藝以文姦言，王安石之以經術禍天下無論已。唐太宗英主，而承『膳夫』『酒正』，王及后、世子不會之文，以啟承乾驕縱之失。其他若宇文氏師放周制建設六官，特亦粗迹而已。其有能脩冢宰、宮府之治以匡其君；祖小司徒會卒伍、大司馬制軍之法以用其民，具得周官之精意，確然見諸施行而收其成效者，信可謂卓然者歟！蓋秦漢以降一人而已，能舉其人而言其設施運量之詳，與其深謀遠慮之所在歟？諸生通經致用，坐而言者，將以起而行也。苟有智足以及此者，其說周官必有超然獨得，異於經生之爲之者矣。其具著於篇。

問：兵者，有国之重寄，廢興存亡，恆必由之。自漢以來，諸史斷代爲書，所紀兵事，或詳或略。杜氏通典、馬氏文獻通考始兼總言之，而陳氏歷代兵制又爲馬氏之所本。然杜、馬二書言兵義例乃頗殊異，抑孰得而孰失歟？古者寓兵於農，後世專用召募，而兵與民始分。若漢之更卒，唐之府兵，猶有三代遺意。數傳而後，亦頗有募兵以從事者歟？其舉天下之兵，盡出於召募之眾，始於何時？能言其事勢流極之所由致歟？自兵民分，而區內財賦耗於養兵者泰半，議者或欲復古者兵農合一之制，其說果可行歟？夫古今時勢異宜，契舟求劍，膠柱鼓瑟，適足以亂天下。雖然，近代以還，固時有用民兵而收其效者。其張弛變通，抑亦有微權以寓其閒者歟？小不可以敵大，寡不可以敵眾，用兵之常也。然宋、明自中葉以來，兵額皆百有餘萬，而卒以亂亡，其故安在？有国者欲爲彊兵之計，其道果何由歟？且自古內外彊弱之勢，壹視兵爲輕重。內重則有姦臣指鹿之患，外重則有大國問鼎之憂，此尤治兵之要，而國家之所以爲安危者也。將欲使內外相制，輕重相權，有二者之利而無其害，其於兵勢分合、文武左右之際，宜必有善所處者矣。其各精思以對。

錄自濂亭遺文卷三。

【校】

〔一〕明：黎本作『晣』。

〔二〕古：黎本作「占」。
〔三〕力：黎本、張孝移本作「心」。
〔四〕一：黎本、張孝移本作「壹」。
〔五〕雖：黎本、張孝移本作「惟」。
〔六〕於：黎本、張孝移本作「其」。

策經心書院諸生

問：自秦政剗滅古文，燔除詩書，而聖人之道幾絕。漢興，諸儒抱遺訂墜，六經賴以牖明，厥用力甚勤，且其功亦誠不朽。又維時去古未遠，經師轉相傳授，先聖遺緒，亦未泯絕。自諸儒所纂述，三代遺文墜典，逸禮舊制，往往而在。且其說經之詞，時有精深閎博，曼邈絕倫，確然可信爲洙泗之微言大義，非後世儒生之智所能及者，信可謂卓然不磨者歟？然分離乖隔，不合乎六經之旨者，亦頗雜然出其間。蓋兩漢儒林，雖號稱極盛，要其淹貫卓絕〔一〕，深造自得，能窺見聖人之涯涘者，一代之中僅乃數人而已。自利禄之涂開，其隨聲是非，黨同伐異，碎義便辭，以違離道本，如劉子駿、班孟堅之所譏者，殆不可勝數也。諸生鉤考羣籍，研窮傳注，能取其人別白言之歟？且其說之或醕或駁，或淺或深，或得或失，能牖述其概，約舉數端以實之歟？夫師心蔑古，游談無根，與夫株守舊說，甚者甯背周、孔而不敢議許、鄭，彼此相笑，其失維均。苟能辨漢儒之得失，舍其短而用其長，於二者之失庶其免乎？

問：姚姬傳氏古文辭類纂，特列詞賦一門，其識爲宋以來言古文者所不及。自張皋文氏有七十家賦鈔，而曾文正公經史百家雜鈔亦多録詞賦，然所取或彼此殊異，將指歸各有所在歟？抑其間或不能互有得失歟？班孟堅謂『賦者古詩之流』，古之作者感物造耑，才智深美，其指皆幽杳未易識，後人不審，各以其意說之。若宋玉高唐〔二〕、登徒子好色諸賦，則以爲諷諫淫惑。淮南小山招隱士，則以爲閔屈原。今考其辭指，或未必若是，其諸家所說，或不免失之歟？枚叔七發，侈陳聲色游觀之靡，而末乃歸之要言妙道，第如所云，則其義亦儉矣。抑更有微恉寓乎其間者乎？司馬長卿封禪文、楊子雲劇秦美新，亦詞賦之流也，並以諛媚爲世詬病。然史遷謂長卿詞賦與詩之風諫無異，孟堅尤推重子雲，韓退之亦以揚、馬爲豪傑之士，與孟、屈並稱。長卿、子雲誠從諛者，三子何以言之若是？招魂爲屈子之作，史遷具有明文，而楚辭乃著之宋玉。且世所傳宋玉大言、小言與司馬長卿美人諸賦，都不類晚周、盛漢人諸語。若此，皆重可疑者。夫讀古人之書，而不能知其意，其與束書不觀相去幾何？諸生劬學有年，當有好學深思，能灼見乎此，辨之而不惑者。

録自濂亭遺文卷三。

【校】

〔一〕絕：黎本、張孝栘本作「詭」。

〔二〕唐：底本、張孝栘本作「堂」。據黎本改。

卷二　序跋

書鄭氏易注後

往者余嘗論，卜筮人之書亡而易象亡，故易不可見。而昔人亦謂春秋以無魯史策書，終不得盡覩聖人褒譏筆削之旨。故是二經分離乖異，卒不可通，此學者之所深悼也。

烏乎，春秋之不可知也已矣。何也？其義必坿於事，而事之存焉者寡也。後之學者，知其所可知者而已，其事之亡而不能盡知也，慎闕其疑焉耳，雖有聖人者作，亦不可得而知之也。至於易則又不然。天地萬物之情效，聖人察焉，而箸其象於易。聖人者雖已往，道常縣箸於天地萬物，而集於人人之心。人殫盡其心，以求其象之所比，彼聖人之周知而不遺者，誠不敢望矣，而未嘗不可時識其一二。由學者之憚盡其心，故其說終不可得而明也。然則象之亡也，非象之終不可明，而治易者之過也。爲漢氏之說者，鑿焉以言象，而非易之所爲象；爲晉宋氏之說者，一棄象不言，而象遂以亡。

烏乎，使象而果可棄也，則聖人奚爲是紛然者以疑後世也？道莫妙於觀其所庽，通而之於無方，故聖人之必有取乎是也。故曰：『易者，象也。象也者，像也。』舍象以言易，而得失者半焉。迹之不存，而精亦無所麗而形矣。且彼之棄象者，亦非以象爲果可棄也，激於昔之鑿以言象者之誣，而遂並棄之也，是又漢人之以象言易者之害於象也。

是書蓋浚儀王氏所輯，而近人復坿益之，其中固不無可採。然至其『爻辰』諸說，皆偏詭無當於易，宜其爲晉宋人所不取，而近世或猶有纂而述之者，可以爲大惑也。夫學者於易象之尚有可求，顧莫肯一盡焉。而至於春秋之不可知者，乃必務〔一〕詭說以求其一當，獨何與？

録自濂亭文集卷一。

【校】

〔一〕務：抄本作『務求』。

重刊毛詩古音考序

自唐顔師古、章懷太子注兩漢書，始有合均之説。後〔一〕之治毛詩者，踵〔二〕襲其誤，均所不諧，則概以葉命之，而三百篇暨三代、兩漢之古書，殆於不可讀矣。其後吳棫、楊慎之徒，稍稍窺見涯涘，頗寤古今音讀之殊〔三〕，然卒未有能深探本原、洞曉其旨趣者。陳氏季立〔四〕乃始力〔五〕闢扃奧，爲毛詩古音考一書，於是古音之説，炳若日月。國朝諸大儒，益因其舊，推廣〔六〕而精求之，引伸觸類，旁推交通，匪獨音均之學大明，三百篇暨古有均之書，可得而讀而已。

六書之指，象形、象事、會意而外，形聲、轉注、叚借三者，其本皆原由於聲音。是故必明乎古音，而後訓詁明，訓詁明而後六經之説可得而知。我朝經學，度越前古，實陳氏有以啟之，雖其後顧、江諸賢之書，宏博精密，益加於前時，然陳氏創始之功，顧不偉哉！有明一代，蔑棄古學，譌謬相循，沈潛遺籍，傑出玄解，陳氏一人而已。且今世之士，承康、雍、乾、嘉以來諸儒之遺緒，搜採逸文，考定古義，譬之駕輕車就熟路，人皆得勉焉。陳氏生當有明之季，舉世汨於浮游膚陋妄庸之學，獨刻意稽古，覃精冥悟，卓爲百代之先覺，斯至難能者耳。今觀其所爲『本證』、『旁證』，及所附讀詩拙言，旁羅襍襲，究極幽渺，可不謂〔七〕好學深思，心知其意者歟？

嘗以謂古今學術，與世風尚轉移。當其標幟所樹，舉天下之人，賓敬而奔趨，雷同而響應，景附而猋合，雖有高明之才，不能不爲所震駴，俛焉以從之。一旦風會遷變，棄其舊而新是圖，曏時之所尊尚，澌焉有若腐朽漂梗，隨雺埃以俱盡。夫惟特立之君子，高蹈遠覽，不與世俗貿遷，獨爲絶學於舉世不爲之日，深造自得，而卓然不謬於古人，夫然後獨立於百世而不可磨滅。孟子所以稱『豪傑之士』者，此也。

陳氏是書，刊於萬秝丙午，乾隆中，濰川徐氏嘗重梓以行，而傳本蓋少。往在京師，友人李君士棻購得此書，肅甯苗仙麓先生聞，乃再拜求之，其難得如此。余嘉陳氏有功於古，懼其書之遂泯，使後之治古音者，無以攷其朔也，於是爲付諸梓人，以廣其傳焉。屈宋古音義，陳氏所以左右是書者也，並附刊於其後云。

録自濂亭文集卷一。

【校】

〔一〕後：稿本作『是後』。

〔二〕踵：埽葉本作『蹈』。

〔三〕頗寤古今音讀之殊：稿本無此八字。

〔四〕陳氏季立：稿本作『陳季立氏』。

〔五〕力：稿本作『洞』。

〔六〕廣：稿本作『擴』。

〔七〕謂：埽葉本作『爲』。

書元后傳後

班氏次元后傳居王莽前，著漢之所自〔一〕亡，以尤成帝也。烏乎！漢外戚之禍，由來漸矣，於成帝何譏焉？自高祖用權謀武力，蹈秦、項之瑕，遂踐天子。天下既定，任刀筆之吏爲一切之治，不復知治之有本，君人者之先自治也。是以宫廷之内，放無禮度，苟任情縱欲而已。身没未幾，而呂氏之禍讎焉，漢不亡者，幸耳。自是以後，弊制相尋，沿習爲故。周勃之出，郅都之死，王信之侯，趙綰、王臧之廢，一自太后主之。轅固譏黄老幾不免，而田、竇之獄，雖以天子是魏其，不直武安，而不能不絀於東宫。竇嬰、灌夫，卒就夷滅。孝景用王夫人，廢栗太子。及武帝，而戾園且以反誅。衛皇后、李夫人，出微賤，體至尊，而莫有非之者。乃益任衛青、霍去病、李廣利之徒，北征匈奴，西伐大宛，窮兵數十年，海内彫耗，幾且大亂。其實皆以女寵耳。諸侯王化之，外内亂，鳥獸行，滂興紛出，君子有所不忍聞也。陵夷至於成帝，寵趙氏姊弟以殄其世；益尊崇諸舅，根據盤互，訖爲亂基。哀、平之世，傅氏、王氏，更迭盛衰，壹視母后上下。而元后壽考，王莽獲助，卒傾漢室。君若臣邈不與聞乎道，而治亡其本，禍變之來，豈一日之故哉！

昔者先王知治天下之必以其道也，是故謹『非幾』之戒，重冢宰之職，立宫府之制，嚴内外之治，本身以徵之民，由家而漸之國。於是，爲序其父子、夫婦、長幼、卑尊，而倫紀正；明教化，崇禮讓，辨等列，而禮俗成。上下定，基扃隆固，後世以安。漢之興也，蕭何、曹參之徒，實爲相國，脩法令，愼筦籥，因陋就簡而已。典禮制度且不能上稽之古，況至於端本正表，治內及外之道，其君未之或聞，其下又孰有能知之者乎？ 司馬遷之述漢初也，有微詞焉，後之人尠足以識之耳。 其後賈生興於孝文之世，請改正朔，易服色，分王諸侯王，定經制，興禮教，諭教太子，禮貌大臣，信可謂卓然者歟！ 然於君人者修己正家之道，無一及焉。

道之不明也久矣，吾於是知劉向之盛稱董生非妄也。『正身以正朝廷』之言，『正誼』、『明道』之說，孔孟既没，而程朱未興，千餘歲之中，孰能與於此哉？ 惜乎武帝之不能用也。

録自濂亭文集卷一。

【校】

〔一〕所自： 稿本作『所以』。

書萟文志後

余讀班固萟文志，甚高其辭，與班氏它所爲文異甚，後讀司馬貞史記索隱引劉向別錄語，則班氏志所有者，往往而在，然後知爲向之辭而固取之者也。 固爲漢書，所取司馬遷、楊惲、馮商、楊雄、劉向父子甚衆，今亶知太初以前本司馬遷，三統秝本劉歆而已，其它並已不可見。 而是篇傑然出於班氏之書，考求而乃知其出於劉向。 甚矣，文高下不可假也。

固之文於東漢人最爲崫出，而與司馬遷、相如、劉向、楊雄較，則不逮遠甚。 其中時有其辭之高而非固所能爲者，雖於今不可考，然可以意而知也。 烏乎！ 非夫昔之人所謂好學深思，心知其意者，彼且不以爲妄言乎哉？

録自濂亭文集卷一。

再書萟文志後

余既辨班氏萟文志爲劉向書，又歎向之文至深懿，於西漢季稱爲最。 然於今可見者，若說苑、新序、烈女傳，皆雜引往事，無過〔一〕傳記之書； 其所爲文，獨有所校書目錄〔二〕序，及班氏與楚詞〔三〕所錄數篇存耳，它亡者甚多，余尤惜焉。 烏乎！ 古書之亡者衆矣。 班氏志，箸古以來作者不可數，其辭必皆遠出於今之人，而十不獲存一二。

且余又觀儒者治經，易、春秋，尤穿鑿乖異。所以然者，易以卜筮人之書亡而象亡，春秋則昔人所謂不得魯史策書，聖人褒譏筆削之意，終無由知者是也。使是二者存，則聖人之意豈不可見哉？嗟乎〔四〕！尚書獨存二十九篇，歐陽氏至乃慨慕於日本殊域之僞册。其自漢氏以來，經師儒者捃拾蒐討，竭蹶補苴，反覆鉤考，卒判離缺略，疑莫能定者，不可勝數也。〔五〕

六經，聖人經世之志，而諸多不具。自茲以後，窮千萬歲，更不可復得。讀班氏書，獨茫然以縣其慕思於百世之上也，又不暇爲諸爲書者，悲已！

録自濂亭文集卷一。

【校】

〔一〕無過：埽葉山房本（以下簡稱『埽葉本』）、上海圖書館藏張廉卿雜文抄本（以下簡稱『抄本』）作『近於』。

〔二〕目録：抄本作『戰國策目録』。

〔三〕與楚詞：抄本無。

〔四〕嗟乎：抄本作『悲夫』。

〔五〕其自……不可勝數也：抄本作『至若詩小序真僞尚斷斷未已，禮經固缺略尤多也』。

書魏其武安傳後

魏其既失勢，引灌夫爲援，而其後遭〔一〕禍，乃徒以灌夫故。不然，魏其卽與武安隙，禍不至若是酷也。且灌夫既抗爲義烈之行自喜矣，卽又何取於武安之臨況魏其以爲榮也？進退失據，適足以殃其身而已。

富貴顯赫之途，庸鄙之夫，十而八九焉。意得志溢，則貿然惟勢利〔二〕之知，而不復識其餘，彼固其所耳。達識之君子，其有遇此，則惟有正己而審其義之所宜處而已矣，無所求逞於其間。或乃不勝其褊志，務欲以意氣相還，以搏一日之勝，其卒也乃與禍會，可不謂大惑乎？魏其、灌夫之事，可以爲炯戒者也。

嗟乎，負才尚氣之士，而期之以知道，誠亦難之。若灌夫者，固不足道。自史策以來所記畸行烈士，往往而受禍若此者，蓋不可勝數也。彼其負絶俗之資而齪齪者，以卑瑣庸陋之材，侈然而肆於其上，無賢若否，而一切以勢轄之，彼誠有所不可忍耳，則夫不惜其身之危，而快志於一決，豈得已哉！豈得已哉！烏乎！悲夫。

録自濂亭文集卷一。

【校】

〔一〕遭：抄本作『遘』。

〔二〕勢利：抄本作『利勢』。

書外戚世家後

余讀外戚世家，後附褚先生所次脩成君、衛皇后、尹、邢、鉤弋夫人事，詞甚工。褚少孫宜不及是，然抑非太史公之舊。蓋如鉤弋夫人者，其時不相及矣。其楊惲、馮商諸人之所爲而少孫取之者歟？

方望溪氏謂是篇篇首『漢興』至『居北宮』，史公之舊，『秦以前尚略矣〔一〕』二語，及後『迎立代王』數語，皆褚少孫爲之者。以今觀之猶信。然余謂其後『及李夫人卒』云云，亦少孫妄羼入之耳，非史公語也。是篇前後摹次瑣事絕可喜，而其間時雜入褚少孫語，乃甚不類，譬如以敗礫錯珠璧中，知文者望而能識之已。

且褚少孫生當西京之盛，文採冠絕古今，而其補史記，乃卑陋鄙淺，多可哂者，殆非人意所及。東漢文章之衰，蓋肇於此。然至於唐，而士乃有崫出奮起於千載之後者，文字卓然與前古比隆。人固貴自樹立哉！文之與時盛衰上下，世俗耳，豪桀者奚謂然？

録自濂亭文集卷一。

【校】

〔一〕尚略矣：底本作『尚已』，今據史記外戚世家、光緒二年武漢張氏校刊方望溪評點史記校改。

書越世家後

蠡長子重棄千金，以殺其弟。嗇於財者，於天下事尠有不債者也，甚則殃禍隨之。且莊生之受千金，固將終歸之矣。使蠡少子往，非獨其子不死，千金固〔一〕自若也。蠡之所籌，與其長子相去何如哉？鄙瑣吝刻之夫，視此可以反已。

雖然，蠡之智若是，而其子卒不免於死，何也？蠡者，以其險很而游刃於無爲者也。退處天下之後，萬物莫能與之角，神者瞰之。夫莊生者，固亦與蠡同其術者耳。適相值而受其不祥，非必冥冥中果有主持是者，故陰以敗之。其氣餤與其機，先有以來之也，禍乃發於智之所不及。

嗚呼！句踐之彊也，數傳而亡。彼以其詐力，豈不萬魯、衛也哉。

録自濂亭文集卷一。

【校】

〔一〕固：抄本作『故』。

鍾祥縣志後序

滎成孫君某，攝縣事鍾祥，與邑人謀輯縣志，而余適游於郢，孫君以舊志所次建置、沿革、山川、隄防、藩封頗疏訛，屬爲考定。已，余復爲孫君言：『志莫要於地理。今既頗有緒，當更爲圖輔之。』因益爲述晉裴秀氏所論制圖『分率』、『準望』之說。孫君召繪人，屬余居旁指授，復爲圖若干幅。顧余以客游，苦孤陋，無所是正。又中值寇警，蒼黄卒遽，常用瞿然，慮未能盡副孫君相屬之意也。

然余因是得盡識邑中疆域、風土、與江山之勝概。暇日登城東北隅，俯漢江而思禹迹，攬蘭臺之勝，慨然想騷人之遺芬。顧瞻四郊，山川蟠結，庶其有秀異博通之

民，伏處於澗阿之間者乎？余將往從，陟絕巘，蔭茂林，詠歌楚人之詞，以求其意。滂〔一〕徵舊事，蒐採遺忘，益相與遠想，高寄於遼絕曠邈之境。獨以是悅焉相羊，悵望而不能已也。

録自濂亭文集卷一。

【校】

〔一〕滂：埽葉本作『旁』。

高湻縣志序

高湻自明弘治四〔一〕年始立縣，正德中，縣令頓銳肇輯邑志。嘉靖丙戌迄國朝乾隆辛未，續修者五。由乾隆辛未至今，百有三十年，時遷事貿，紀載闕如。光緒六年，江甯謀修府志，郡中令屬邑各以志上。於是，權高湻縣麗江楊君偕邑人士，以六〔二〕月開局纂輯，粤十二月書成。延余至高湻屬爲是正，而弁言於其首。且告以明年孟春之月卽付〔三〕梓矣。余取其書觀之，蓋乾隆辛未以前，悉遵舊志，乾隆辛未後，各依類綴緝，以次比埘。既周既愼，罔有訛舛敓遺。於是爲序而歸之。

高淳北距江甯省治僅百餘里，東密邇蘇、常諸郡，然其風氣乃樸質純懿，爲他郡縣之所不及。始余至高淳，自江甯買舟，道太平入縣境，重湖相襲，平疇廣野彌望。周歷井里，訪問謠俗：野無奇民，市無瓌貨。士大夫雖鼎貴，出不以肩輿；貧民亦無執輿轎之役者。其民皆力農田，奉法，畏長官。其士〔四〕皆崇禮讓，勵廉隅，以儒素相尚；任事於公，必單心畢慮，不避艱劬，不爲己毛髮私利。而粵逆之亂，永成鄉士民倡義抗賊，慷慨赴難，忠義尤爲卓然。江表人文科第冠天下，然俗或傷浮薄抏巧，高淳一邑獨純龐若是，亦異矣！

古者天子省方巡守，命太史陳詩以觀民風；命市納賈以觀民之所好惡。周官：『誦訓，掌[道]方志，以詔觀事。[掌]道方慝，以詔辟忌，以知地俗。』『訓方氏，掌道四方之政事，與其上下之志，誦四方之傳道。』漢丞相張禹使屬潁川朱贛條天下風俗，班固氏因之作地理志，於民質良楛，俗尚貞淫，尤三致意焉。風俗者，天下所以治亂安危者也。有天下者，甚重之。風俗誠美，民氣誠固，何憂乎寇亂？何畏乎遠人？何憚乎邪說？何恤乎奇技淫巧？自世既衰，民俗日壞，而海內自道、咸以來，饑饉薦臻，兵革繼起，區寓凋耗，生計迫蹙，民窳而俗益敝。余走四方，所至奇衺巧詐鏠出，不可究殫。外侮內憂，機牙潛伏，有識之士以爲隱憂。烏乎！安得率土之內，民風之懿，皆如斯邑者哉？

余既以時日迫遽，於邑之舊聞軼事，未暇考問翔實。又其書皆已周慎詳覈，誠不敢增損一字。獨爲道其風俗之美，以志余慕望之思。又使在上者聞之，知所以施治於高淳者，且益旌異之，使夫澆瀉浮靡之俗，有所觀示焉。若夫章志貞教，益興起人才，隮風隆古，則在良有司與邑之士君子而已。

錄自濂亭文集卷一。

【校】

〔一〕四：底本作『□』，今據民國七年高淳縣誌所載張裕釗序補。

〔二〕六：底本作『□』，今據民國七年高淳縣誌所載張裕釗序補。

〔三〕付：埽葉本作『發』。

〔四〕士：底本作『土』。據黃肇宏陝西刻本（以下簡稱『黃本』）、埽葉本改。

辨司馬相如封禪文〔一〕

世皆譏司馬相如封禪文，以爲從諛。余以謂不然。相如之爲此，正以諷武帝之封禪耳。其書亡慮皆詭激儻蕩之辭，以譎諷封禪之矯誣。其篇首謂『罔若淑而不昌，疇逆失而能存』，陳義廩廩，而末乃歸之『湯武至尊嚴，不失肅祗；舜在假典，顧省闕遺』，可以知其恉已。稱述大漢之德，而以爲度越成周，人之觀之，以爲誠然邪？抑亦使人悟其不然者邪？且爲諛者，以求寵利也。求寵利不及身上之，而俟之既死邪？既死而出其書者，沒而不忘忠諫，又其刺譏深至。懼武帝知而怒之而以是獲罪也，而世乃以爲徒諛，甚者以爲類俳，何其謬論者歟？

且相如非弟詞人已也。蓋太史公甚重之，故於其書有取焉，以其與己志有同焉云爾。相如之事武帝，惟建開西夷邛、筰、冉駹置郡爲可譏。史公書固明箸之，未嘗爲之諱也。其難蜀父老、諭巴蜀檄，雖爲人主文過，而亦寓諷諭之意。若其他，則皆忠諫之詞也。諫獵書，其詞顯，人莫不知之。它所爲詞賦，其詞隱，故鮮知者，其實一而已。子虛、上林，以警荒淫。大人，以譏求仙。哀二世，稱古以感今也。長門，傷夫婦之道苦也，其序亦相如所自爲，皆詭辭，非實事也。封禪文，則以諫封禪也。言之重焉，辭之複焉，懇懇也若是，太史公故亟稱之，以謂『與詩之風諫無異』〔二〕者也。且太史公、韓退之之智出於後之人也遠矣，太史公以比之詩大小雅，而韓退之推以爲『豪傑之士』而躋之屈原、孟軻之列，相如誠從諛者，而二子言之若是哉？豈非以其恉遠，其辭文，實足以上嗣風雅，而庶幾乎家父、凡伯之流者哉？

自王迹熄而詩亡，離騷作而文辭之士興。洎於有漢，風流衍溢，作者彌眾。然其詞皆原於三百篇之遺，其用意皆至深遠難識，無苟爲之者也。以其難識，世乃徒觀其外而議之耳。往余嘗論楚辭招魂爲屈子哀楚懷王而慟頃襄，高唐、神女以思屈子，登徒子好色賦並爲己之不遇而作，枚乘七發、淮南小山招隱士，皆以諫吳王、淮南之毋反。聞以語人，或信或否。

烏乎！久矣。夫士鹵莽於書，而好學深思者之難其人，非一世也。莊周、荀卿、屈原、宋玉、賈誼、枚乘、司馬遷、相如、楊雄之書，由周、漢以來至於今，且數千歲，而罕有知其意者，況其爲周、孔者哉！

録自濂亭遺文卷一。

【校】

〔一〕稿本題作『書司馬相如封禪文後』。

〔二〕史記司馬相如列傳云：『相如雖多虛辭濫說，然其要歸引之節儉，此與詩之諷諫何異？』

翊翊齋遺書序

自有宋程朱諸儒倡明道學，古昔聖人所以覺世牖民之意，昭然大明於世，人乃始皆曉然於學者，所以學爲仁義也。爲功於聖人，有裨於天下後世，豈不大哉。

逮其後，原遠而末〔一〕分，學者或攌於狹陋，偲偲奉一先生之言，而不能博文約禮，究極乎本末〔二〕始終、廣大精微之致，固已不免於通儒之譏已。又其甚者，膚學鯫生，束書不觀，其於六經宏深之蘊，天人之故，古今之賾，懵乎未之有聞，乃攟拾諸朽腐熟爛之言，曼衍以爲書，且握管而暮已盈篋，用自號於世曰：『吾所爲學，道學也。』不知其書乃爲有識者之所深鄙，棄絕而不欲觀。又其益甚者，立身行事，大盭乎聖賢之教，乃亦攟拾語言，曼衍以爲書，益侈然義然號於世曰：『吾所爲學，道學也。』於是所謂道學者，始大爲世所詬病，而仁義道德之說，至爲人之所不敢道，其原胥起於此。是程朱之罪人而已矣，其所爲書可焚也。

桐城馬一齋先生，躬行實踐，不事表襮，所爲翊翊齋遺書，皆心得之言，絕遠乎攟拾曼衍之爲者，惜乎世之知之者少。其曾孫某，爲重梓以廣其傳，而問序於裕釗。裕釗心悼夫世之爲道學者久矣，欲求如先生者見之而不可得也，故樂爲序其書，以致余之意焉。

録自濂亭文集卷一。

【校】

〔一〕末：底本作『未』。據黃本改。

〔二〕末：底本作『未』。據黃本改。

退學軒同懷遺藁序

丹徒韓叔起比部有二子：長曰省齋景脩，季曰任之景伊，並有懿才，能紹其家學；又飭身砥行，翩翩自祇慎；益發憤讀古書，爲詩歌頗有可喜者，而皆以早死。叔起既重悼慟，暇日出其遺詩各若干篇視予，且屬爲之序。自予往歲交叔起，則聞叔起二子之賢，未見也。今二子死矣，而予乃從叔起讀其詩，悲夫！

且詩書之族，有子弟能勵名行，用鉤繩矩矱自約敕〔一〕，蚤夜治術業以不墜遺緒，此可爲嘉尚者已。又能慕古作者，刻意爲文辭，思與之追逐，而不屑自儕於世俗，是其可愛惜宜何如哉！而或不幸促其年壽，至且兄若弟相繼夭折，僅一二殘編遺墨掇出於死喪之餘，則宜見之者瘉益以爲可愛而惜之每加甚焉。自天下之人，識與不識，亦莫不於邑太息而不能已，矧其爲父子之親者，尚可言邪！尚可言邪！

夫叔起誠傷悼無所爲計，而欲得予之一言以不死其子也。於是爲序而歸之，以塞其悲。

光緒二年夏五月，武昌張裕釗。〔二〕

録自濂亭文集卷一。

【校】

〔一〕敕：埽葉本作『束』。

〔二〕據抄本補。

藝文奇偯序目

右所録，上自虞夏，下至於茲，凡爲文若干篇。天人之賾，古今之變，道德之蘊，治亂之機，精微閎博之旨，雄深偉麗之詞，略具於此矣。

自邃古以至於今，且千萬歲，盛衰興廢轉嬗，芒乎浩乎，若氛若霧，雖天子王公之貴，燀赫盛大之列〔二〕，不一瞚而渺不知其何往，獨賴有文字紀載，古與今乃以相續於無窮。又必其見乎詞者，閎懿深潤，足饜人人之心，而所載之道與事，乃益顯故久而不敝，此君子必於是殫心焉者歟？雖然，古之人吾既不及見矣，其來吾又莫能相待，獨抱此孤苦鬱積之思，遙相證於渺杳遼廓之區，韓退之曰：『吾誠樂而悲之。』信乎！其可爲樂且悲也。

録自濂亭遺文卷一。

【校】

〔一〕列：黎本、張孝栘本作『烈』。

國朝三家詩鈔序

余録國朝施愚山、姚姬傳、鄭子尹三家詩，於施愚山得五律若干首，於姚姬傳得七律若干首，於鄭子尹得七古若干首，乃爲序其端曰：

五律自李杜外，惟王、孟最工，而施愚山獨能近之，故吾取焉。姚姬傳氏自述其作詩之旨在『鎔鑄唐宋』，然以余觀之，獨七律爲最工耳。鄭子尹崛起黔徼，而其七古乃能躋攀東坡，縱横肆恣，不主故常，豈不詭哉！

國朝詩集行世，無慮數百家，章章炳著，爲世所傳述者，亦無慮數十家。然其卓然自立，不媿古人，獨此三家而已。而三家之中，其最善者，又惟獨此一體，何其難也。豈古今人才質果不相及歟？抑世之毅然不惑，好學深思，力追古人而與之並者，故尠其人歟？雖然，於國朝詩家獨推此三人者，余一人之私言也，豈敢謂有當於世之人哉？世或有以余所論爲謬而訾之者，余固未敢與之辯也。

録自濂亭遺文卷一。

勸戒淺語序代

曾文正公勸戒淺語十六條，余讀而好之。嘗謂宜校刊一册，俾文武官吏暨諸人士咸有所遵守焉。以語彭小皋都轉，都轉欣然願任其事。刻既竣，屬余爲弁其首。

余惟文正公盛烈偉績冠一代，其訏謨石畫，高文大册，天下既皆傳誦而被服之矣。至其他播諸語言，形諸簡牘，雖單詞常語皆有味，其言之使人尋繹而不可窮。蓋道不足而强言，雖振厲其氣，雕繪其詞，而卒無以饜乎人人之心。深造道德，而自得於其心，則凡所言，而莫非至道之所寓。

若此十六條者，雖曰『淺語』，然使一人循而行之，則足以爲善人。合天下之人循而行之，則足以爲善治。所謂『言近而指遠』者，天下之至言也。抑又觀世之長官大吏，亦時有條教號令宣佈遠邇，然在上者以文具施之，在下者亦以空言置之，相習爲故事而已。若文正之在當時，則教出於上，而風偃於下矣，其誠足以動之故也。

今是册出，余尤願官吏人士篤守而力踐之，庶文正公之遺軌，猶可追尋於今日；而於都轉拳拳之雅，其亦可以無負也已。

録自濂亭遺文卷一。

日本岡鹿門千仞藏名山房文鈔序

自泰西人創興輪舟，馳騾大瀛海之上，上天下地，日星所燭，霜露所濡，窮幽極遐，靡不洞闢。我國家長駕遠撫，柔服燾冒，交通市易，申結盟約者，殆數十國。而日本與中國同處亞細亞洲，相去萬里而近，脣齒輔車，依倚比附，其壤地於諸國爲最邇。且自隋唐以還，使命往來，至於今不絕，其好睦於諸國爲最夙。又其人皆好文學，敦詩書，服習周孔，秩敘彝倫，其俗尚又於諸國爲最相類。夫以密邇之邦，重以久舊之睦與大同之俗，然則國家辨通好四方萬國五大洲之地，而於日本宜爲尤親，豈不然哉？

往歲，朝廷命黎君蒓齋使於日本，長子沆實從久之，從其國人岡君鹿門遊甚驩。岡君從長子沆所見余所爲文而耆之，君固將來游中土，因屬長子沆以書爲之導。航海西來，道滬上，至吳門，歷杭州，以達四明，北抵京師。今又將南行，窮閩粵，泝江漢，乃迂道過保陽，訪余於蓮池講舍，猥欲以師事相推。且攜所爲書曰尊攘紀事本末、米利堅志、法蘭西志者相詒。又出其所爲文請是正。

余聞君負絕人之姿，而有高世之志，於其國及吾中國振古以來治亂得失之故，無不窺；於今日西北以往殊鄰絕黨，舟車兵械技巧之製，會盟戰攻之事，無所不究切，慨然將欲有所振於其國者也。噤不得施，弢斂奇特，抱獨而處。故其文深思長計，目營四海，才氣横出，雜遝並集，無所禁圉。雖其間時亦縱横旁軼，或不可以繩尺批根。

方屬余引以纓徽，而君顧迫欲行不及待。且以君之才與志若是，亦非可以區區之繩尺施其間。抑余獨有取於君之用心，有慨於余之志者也，乃爲序其首以歸諸君。它日君持歸之示邦之人，宜益知君之足以有爲。又憬然於余之言，深喻乎輔車脣齒之誼，而瘉益相固結，患則相恤，敗則相救，安同其福，危同其憂。然則余之與君，豈徒以文字相尚云爾哉？其所期有進於是者矣。

録自濂亭遺文卷一。

養浩堂詩集序

環大海内外諸國，自高麗、越南舊奉職貢爲本朝外蕃，其盟好之邦，惟日本於中國最親。不啻惟地比壤除，抑亦以詩書文史，涵濡濯沐，有以通其志氣者焉。蓋天地之道大矣，惟文也足以達之而傳其精，雖千歲之遠，億萬里之外，而無所不能至。天地之道，日新而不已，則文明亦日闢而莫知所窮。自泰西肇造火輪舟車，辨馳五大部洲之域，中國、日本咸與結約互市，危機釁端，伏見不常，議者僉以爲憂。吾則以謂周孔之教，當益大被海以外，同文於罔極耳。不數十百年，可決知其必出於是者也。烏乎！惟日本於諸國爲先覺矣。

自隋唐以來，日本與中國通且千餘歲，其人士類好文，耽述作，所在藏經籍圖史甚富，彌絕精善。往者，友人黎蒓齋使於日本，於其書〔一〕得中國逸書及古本書數十種，刊行於中國，中國學士莫不重惜，以爲奇寶。蒓齋故以學問文章爲中外推重，其所從僚佐，亦皆一時知名士，而日本又多文學之彦，居閒相與游覽宴集，賦詩贈答，相得驩然。故至今稱蒓齋使日本，其風流勝事，他國使臣之所未有也。而日本宫内員宫島君栗香者，寬敦有明略，喜爲詩，與蒓齋交尤篤。是時余長子沆亦從蒓齋往，乃亦益與君善。而君有子彦，穎敏好學，尤有遠志純行。蒓齋及長子沆既歸，踰年，而君乃命其子彦來中國從余游，今七年矣。其後，蒓齋再使日本，與君益投分無閒，唱酬往還，殆無虚日。蒓齋屢以書告余，道日本宫島君之賢。而君嘗取往從蒓齋及長子沆相與筆談語，裝爲卷，命彦以視余，其相好也如是。蓋日本於中國爲最親，而君於中國之人乃彌加厚焉，豈非斯文之所感通者然與？

君詩有前後集若干卷，其國三條君、勝君及中國何君、黄君、沈君，皆嘗爲之序，蒓齋亦一再序之。至是，復以後集問序於余。

余曰：君詩之工，諸君子論之詳矣，奚更以余言爲？顧余於君不可以默也，乃獨道君相尚之雅及日本與中國輔車之誼，皆收效於文學； 所以能先乎諸國，終且必南車之導者而歸諸君。 異日者，由日本以往，日引歲漸，浸進而益遠，其將極天所覆，悉瀛海殊鄰絕黨之區，而爲萬國同風之盛乎？ 夫水涸而木解，春風動者蟄蟲振。 是故君子者，見末而知本，觀指而覩歸。 烏乎！惟君其必有慨於余言也夫！

録自濂亭遺文卷一。

【校】

〔一〕書：黎本、張孝移本作『國』。

韻香閣詩集序

光緒十二年八月，劉景韓觀察之夫人孔氏以疾卒。觀察哀傷之，既具最夫人淑德嬍行爲之傳，又刊其遺詩，以譒當世之能爲文辭者，俾弁其簡端，而過以及於裕釗。裕釗故譾薄，尤於詩無所曉。 然觀諸君子所爲序言，於夫人詩詞之工，既具論之矣。 裕釗因其言以求之，則亦觕能識之。

蓋天下之至美者，無愚智庸奇，皆能知其爲美也。精金良玉，珍羽奇卉，雖庸人孺子，未有不知其美者也。以裕釗之闇於詩，而於夫人之詩猶足以知之，則其詩之工可知也已。 抑裕釗竊聞，詩之爲道至難能矣。 往代不具論，且以國朝二百餘年之閒稱詩者，無慮數百千人。當其抗心高厲，伸紙振筆，莫不欲横絕乎一世而遠期以千秋。 然其引繩落斧，曲中矩度，而究極幽渺，卓然無怍於古人者，蓋千百人乃一二人而已耳。 夫以伊昔以來，窮海内魁彦俊桀，單精畢思，皓首而不能至者，而夫人以一女子能之，其爲難能而可貴何如哉！ 宜觀察於夫人之卒，悲傷感悼而不能以已也。 余故亦樂爲言之，得坿以聞於後焉。

録自濂亭遺文卷一。

跋明三原焦公家書

平江鍾君〔一〕，以所藏明三原焦公家書視裕釗。 裕釗受而觀之，蓋公分巡河東時所示其子兵事也。 公大節稟然，其書既可貴重。 又所述戰事，多本傳所未及載，尤足以補史氏之遺，是重可寶也。

始公以抗疏忤羣小媾禍，幾不測。後以僉都御史巡撫大同，不見容，卒罷歸。及公家居，亢賊不屈死，而明亦未幾亡矣。明季流賊之陷京師，實自山西入。今觀公是書，戰績炳著處，計畫尤周盡，使終官山西，竟其用，明疆事或未遽至是亟也。娼嫉之病人國，傷哉！

余觀自古忠臣拂士，後世得其遺文手澤，臧弆葆貴，雖一字若廾璧，愛之如不克見。而並時之人，乃至戕其身而不忌，排陷之不遺餘力。當其世者，遇之而不見惜；後人惜之，而又莫能相遇。古與今相續，而胥若一也，余莫之能知也。悲夫！

書凡十紙，其第二紙、第三紙皆有公名印記，第九紙書『王家允』爲『王家印』，與史亦少異。

同治七年夏閏月二十五日，武昌張裕釗敬跋。

録自濂亭文集卷一。

【校】

〔一〕鍾君：抄本作『鍾君亦皋』。

跋明周忠毅公手蹟〔一〕

丹徒趙季梅舍人所藏明周忠毅公手書疏藁五篇，褋文藁十有三篇，裝池爲二卷，將致諸丹徒之焦山，與山寺舊所藏楊忠愍公遺蹟並垂於不朽，而屬裕釗跋其後。

車舝之詩曰：『高山仰止，景行行止。』自古碩人名賢，其流風遺躅，皆足以興起後世。然或有能知，有不能知。至於忠貞義烈，則無愚智賢不肖，其慕望愛悅，一而已矣。雖庸愚婦孺、貪夫盭人，聞義烈之事，未有不慺動而歎息者也。史傳所記，幹濟之臣，文儒之彥，經師理學，畸士高流，後世議論時有軒輊異同，亶語及犯危難、厲死節之賢，未有不翕然帖服，稱誦之如不容口者也。豈非人心直道之公，窮古今而不可泯没者歟？抑所謂賢哲之行，其成於偏至者，尤足以感人歟？自百世之下，聞其風，慕其義，頑廉懦立，歌思之如不克見，況其忠言讜議，出自手寫，光氣隱然溢出楮墨？睹其書，如遇其人，其可爲葆貴，當何如哉！宜舍人之珍而惜之，且謀以藏之名山，傳之無窮。而人之見之，亦莫不歔欷流泋，感喟而不能已也。

抑又觀忠愍之死以嚴嵩，而公之死也，由馮銓之惎忠賢。嵩與銓故皆以書名者，今或唾棄不復收。公及忠愍，不聞善書，一二遺墨，乃崇重若球璧，其貴賤懸絶也若是，而况其人乎？士或震炫於勢物，苟容身以求富貴，而悼節義爲不可爲，彼獨未一遊心於無窮之世耳，覩二公之蹟，其可以知所返已。至諸奏疏、雜文與忠毅軼事，舍人既具次之矣，故不復述。

光緒戊寅冬十月，武昌張裕釗敬跋。

録自濂亭文集卷一。

【校】

〔一〕稿本題作『明周忠毅公手蹟跋』。

題羅少邨都轉曾文正胡文忠手蹟冊子

光緒元年冬十月，裕釗自江南返里門，晤少邨都轉武昌省垣。都轉出此册見示，裕釗盥讀既卒，竊以爲自古名臣大賢遺墨流傳後世，得之者莫不葆而惜之，况其身所親炙，並與有嚴事之義，書問往還，情語肫至，其爲可寶貴，宜何如邪？

裕釗以咸豐戊午，始晤都轉於青山曾文正公舟中。都轉年甫及冠，意氣偉然。而是時粵賊方躪擾東南，曾文正、胡文忠及今侍郎彭公，治兵於吴楚之交，義聲竦動天下。今忽忽且二十年，曾文正、胡文忠曁卷中張、莊諸公皆先後薨逝，獨侍郎彭公幸尚無恙，都轉亦年幾彊仕，而裕釗則且頹然老矣。

大難既夷，方内鼏甯。而裕釗與都轉相與追述往舊，乃若隆時盛事，邈乎其不可及，有莫知其所以然者。輒以是撫卷太息，相對欷歔〔一〕而不能已也。

録自濂亭文集卷一。

【校】

〔一〕歔：底本作『戲』。據黄本、埽葉本、抄本改。

題毗陵趙氏畊讀傳家圖

同治七年秋，裕釗以送湘鄉相國之直隸總督任來江甯。江甯承亂後，殘剝一無有。閒欲求故家文物、先賢遺迹，益渺焉無復存者矣。俛仰今昔，從友人述時事，多可悕者。

一日，陽湖趙惠甫司馬以其先世所謂畊讀傳家圖者視余。余觀之，則深慨慕若不可爲懷也。圖爲司馬伯高祖副使君所傳。其前紀自恭毅公以上至西溪府君，耕稼讀書，醕德善行，爲圖五； 次圖恭毅平苗事； 次末則所圖恭毅長嗣侍讀君也。

當聖祖仁皇帝休烈，醲澤覆燾薄海内外，於時臣主一德，倚付得人，皆得展其力用。銷患折難，應時有功，海内用以無事。至於乾隆之世，天下晏然，百姓富樂壽考。而名臣之子孫，得以雍容翰墨，追述前光。敦龐純固，文採功烈之美，照耀於來葉。豈非國家極盛之時，事乃有若是哉？ 烏乎！ 邈矣。

録自濂亭文集卷一。

題完白山人石交圖

同治戊辰秋，裕釗晤懷甯鄧君守之江甯。鄧君出視裕釗石交圖，圖中爲其尊人石如先生及上元梅石居先生相與集於寄圃者，湘鄉相國取兩先生字名之。遺芬高致，恍若可接。所謂寄圃故居，江甯城北偏也。

東南經亂後，所在焚棄殫盡。自裕釗來江甯，訪求往迹，蕩然無一樹石之遺。披斯圖，覩兩先生之倘羊於彼者，恍焉乃若唐〔一〕虞上世人。鄧君年今七十餘，老矣，而裕釗乃遇於此，因得見往昔盛時前輩風流之懿，抑猶足幸者邪。深夜寒雨，時時秉燭譚舊事，可喟也。

録自濂亭文集卷一。

【校】

〔一〕唐： 抄本作『黄』。

卷三　贈序

送劉殿壎序

前吾之世，千百載之遙，雜然而生，蠢然而食且息者，不知其幾也。並吾之世，四海九州之廣，雜然而生，蠢然而食且息者，不知其幾也。而有人焉，固亦雜然而生，蠢然而食且息於其間，而獨傑然出於羣焉生而食且息者之倫。若是者殆千萬不知其幾之人乃時得一人，而天之特命於是，以爲凡爲人者之先，而厚之若極其至也。雖然，天既獨厚是而生之，而命之，至其卒之所就，則其數固亦與天相權，而終視其人之所命諸志，以承乎天者之至不至。蓋能至者又十而時一二耳，豈不謂難哉！

吾友漢陽劉子殿壎，裕釗始遇之衆人之中，一見而知其異於凡爲人者。久與處，而徐叩之，其有爲凡爲人者之所未有。察乎天人，勤乎古今，行甚懿，質甚毅，趣甚高，豈天之將特命於是而厚之也歟？何其出於人之遠也。夫天之所以命殿壎者，裕釗既推而得之。若夫承天之至不至，則惟殿壎所自爲耳。任諸天，則凡爲人者也。

殿壎將東游，裕釗爲祖其行，書以訊之。

録自濂亭文集卷二。

送梅中丞序

物之生，其始則皆類也。及其長，而成虧美惡善否，遼以判焉。土石之出乎地，金錫之礦於山，百植草木之布濩乎原野，同日星之所章耀，霜露之所煦育，當其初未有能區而別之者也。燠寒遞嬗，歲年遷貿。善者，旁魄碩偉，殊絕等夷；不善者，卷局剝落，甚乃夭閼不遂，則其成毀往往懸焉。及其爲世用也，則有爲棟桴，爲柱石，爲黼黻，爲弓劍，爲寶圭，爲彝鼎、尊罍，爲琹、瑟、鐘、磬、竽、笙、塤、籥、簫、篪、篴、管、舂牘、應、雅，有爲棖，爲柣，爲闑〔一〕，爲棖，爲椹，爲杙，爲甓，爲瓦，爲瓿，爲罌，爲釜，爲筥，爲斗，爲筲，爲鉗，爲鑿，爲漏卮，爲敗絮，爲死灰，爲礫石，爲溝中之斷。雖一區之産，一本之支，而其高下、庸奇、貴賤相萬也。豈物之所自爲者，固有善有不善耶？抑其命於天者，一成而不可易耶？

中丞南昌梅公，當世鉅公名人也。始公以道光丙午舉於江西，而裕釗亦以是年舉於湖北。洎庚戌居都中，試國子監學正學録，同受知於曾文正公之門。於時俱旅食京師，逐逐未有奇也。逾二年，粤賊入楚，裕釗自京師歸，公遂成進士，入詞垣，後出典大郡，瀳擢監司。同治十年，曾文正公自直隸復督兩江，招裕釗主講席江甯，而公已開藩白下，巍然稱名卿矣。逮今歲既入覲，還道拜浙江廵撫之命，德業煇光，葢益將大顯於世。而裕釗甘自棄於閒闃寂寞之地，沉淪枯槁，頑然猶昔時。人之能不能，豈可同日道哉？

夫其遼濶夐絶至是極者，豈惟天實命之，彼其所自爲則然耳。雖然，物之生，其終雖異，而其始之同者不能忘也。人各念其故，不自知其分之殊，而彼此相戀嫪者，情之所不能已也。澗阿薄植，覩松柏之上雲霄而陵倒影，垂蔭乎無垠，而眇焉隱處其下，其自終於不材則已矣，抑豈能無少意於高仰者之眷我同乎？故於公之道出金陵，輒爲文祖之，且祝公之宜有造於浙也。然裕釗與公，自此其益遠矣。

録自濂亭文集卷二。

【校】

〔一〕闃：底本、黄本、埽葉本均訛作「闑」。據抄本改。

贈范生當世序〔一〕

余以今年三月，因通州張生謇晤其同里范生當世邗江舟次。范生出所爲文示余，余讀之，其辭氣誠盛昌不可禦，深歎異，以爲今之世所罕覯也。洎七月生偕泰興朱生銘盤來金陵，復攜所爲文，求余爲是正，且懇懇問爲文法甚至。余既取其文，稍稍點定。於其歸，告之曰：

生誠志乎文。夫文必有其本，匪第以文而已。生獨不見夫雲乎？軋忽輪囷，滃然起於山川之間，潢洋浩渺，旁魄乎大地。及其上於天也：鴻絧縝紛，駢闐膠輵。瓣若層臺，矗若崇墉。澹乎若波，崒乎若峯。旁唐日光，與風駭碭。倏忽萬變，光色照爛，爣閬澔汧。蟉若龍者，騰若猱者，蹲若虎者，奔若驥者，翥若鴻者，厲若隼者，漾若儵者；罨若葢者，揚若旆者，曳若帶者，緐若菌者，縈若藻荇者； 曄若葩華，槮若長松； 爛若黼繡，媥〔二〕若鼎鐘； 嫿若美姝，嶷若列仙。 奇變俶詭，千彙億形，不可殫陳。 久立騁望，震炫敞網，蕩精駴神。 至其施利澤於天下也： 罣牢宙合，錦絡天地，歕岱欱海。 乘駭猋，驅疾雷，砰震雹，雨九野，植百昌。 昭蘇品彙，覆幬無外，恩渥澤覃。 風止雨霽，不一瞚〔三〕而倏歸於無有。 積之無垠，出之無窮，舒之無方，歛之若亡。 然後知鼎之所爲，一變化於自然，而皆其餘也。

烏乎，生誠觀乎是，豈徒以其文乎哉？ 即其文，又孰有尚焉者哉？

録自濂亭文集卷二。

【校】

〔一〕稿本題作『贈範生銅士序』。 按范當世字銅士。

〔二〕媥： 底本作『媥』。 依黃本、埽葉本改。

〔三〕瞚： 諸本字皆訛從『日』，今改。 按『目』與『日』形近易訛，如『昨』或訛作『昨』，『昈』或訛作『昈』，『睡』或訛作『晆』等。

送黎蒓齋使英吉利序〔一〕

泰西自前古不通中國。 洎明中葉，利瑪竇、艾儒畧之徒，始以其術游內地。 國朝開統，聖祖仁皇帝嘉西洋秝祘之精，特旌異之，於是來者益衆。 閩粤瀕海之區，市舶稍稍集矣，百有餘年。 至於道光之際，而海疆始有兵革之事。 其後國家懷柔綏服，一務兼容並包，遠撫長駕，威德覃於遐裔。 是以殊域輻湊，通互市、結盟約者，至五十有餘國。

泰西人故擅巧思，執堅刃。 自結約以來，數十年之間，益鐫鑿幽渺，智力鏠起角出，日新無窮。 其創造輿舟、兵械、火器，暨諸械器之工，研極日星、緯曜、水、火、木、金、土、石、聲、光、氣化之學，上薄九天，下縋九幽； 剝剔造化，震駴神鬼； 申法警備，碻若金石； 發號施令，疾馳若神。 又以其舟車之力，窮極六合四遠，五大洲之地，無所不洞豁。 徬徉四達，競相師放，精能俶詭，甚盛益興。 天地剖泮以來，所未嘗有也。

蓋嘗論天地之化，古今之紀，天人相與構會，陰陽以之盪摩，窮則變，變則通，而世運〔二〕乃與爲推移。 上古人民鳥獸錯處，巢窟之居，毛血之食，羽革之衣。 聖人者作，立君臣上下，興修禮樂制度，備物制用，通變宜民，遞相損益，天下文明。虞、夏、殷、周之世，稱極盛焉。周道衰而至於秦，一革除先王之法，封建、井田、學校、典禮、文物，掃地俱盡，更立新制，卒漢唐之世不能易也。唐末之亂，以訖五季，輾轉遷貿，盡迻其故，田賦、兵制、選舉、學術、俗化，與兩漢以來泮渙殊絕。宋明以還，承而用之。而蒙古及聖清之有天下，混一華裔，方制數萬里，土〔三〕宇版〔四〕章，跨越百代，若今日其尤世變之大且劇乎。天實開之，人之所不能違也。而當世學士大夫，或乃拘守舊故，猶尚鄙夷詆斥，羞稱其事，以爲守正不撓。烏乎！司馬長卿有言：『鷦鵬已翔於寥廓，而羅者猶視夫藪澤。』豈非其惑歟？夫以學士正人之不智乎此，於是當事乃一切以求能習知此者而任之，則其所得，乃皆庸猥汙〔五〕下賈豎、輿隸之流，稍能通彼語言，與一二瑣事者也。如彼等者，烏足以任此？適足爲遠人之所嗤而已矣。

邇者一二遠識之士，稍知二者之弊，議欲得儁異志節之彥，相與精求海國之要務，以籌備邊事。蓋彊本折衝，尊主庇民之計，誠莫先乎此。而朝廷方簡重臣，通使諸外國，使遐邇中外，益通達無阻。於是，黎君蒓齋自州牧授三等叅贊大臣，從使英吉利。將行，問贈言於裕釗。

夫覘國之道，柔遠之方，必得其要，必得其情。得其要，得其情，而吾之所以應之者，乃知所設施。且卽吾所爲，乘時順天，承敝易變，使民不勌者，神而明之，利而用之，亦可以得其道矣。蒓齋之賢，其必能心喻乎此，以俟異時受任國家之重，而副海內之望也。它日歸，吾將從而訊之。

録自濂亭文集卷二。

【校】

〔一〕稿本題作『送黎蒓齋使西域序』。

〔二〕運：底本作『道』。據黃本、埽葉本改。

〔三〕土：底本作『士』。據黃本、埽葉本改。

〔四〕版：埽葉本作『販』。

〔五〕汙：埽葉本作『汗』。

贈查生燕緒序

查生燕緒從余遊，質〔一〕甚篤厚，可嘉尚。余嘗語以學古人之道，而貇乎若有意乎其間也。今生且歸矣，而意甚戀戀於余，雖余亦重惜生之遠也。

雖然，生所居乃在粵東海濱之地，去楚數千里，而今茲從余於此，始余與生意皆不及是也。鵾鳴而風旋，月麗於天，而蜃蛤盈虛於淵。詩書問學之業，道與志通，而氣機密應於其間，莫或知其所以然。雖萬里之外，殊鄰絕域，邈不相接之區，而常一旦猝然其忽合。故夫君子之相與冥契於其心也，亦惟其道之合焉。形迹之離合，又無所論已。〔二〕今生苟未能志乎古人之道，以蕲赴乎余言，雖相從於此，不啻遠也。生誠志乎古人之道，以蕲赴乎余言，雖舍余而去，不啻邇也。

余他日或將遠游四方，以遂其生平之所欲至。而生年方盛，必非久汶汶處閭里者。其能遷生，而生已卓然進於古之人乎？余且灑然喜且幸，謂生未始余違者也。

甲子正月某日。

録自濂亭文集卷二。

【校】

〔一〕質：抄本作『生質』。

〔二〕形迹……論已：抄本作『又無所論於其外焉，形迹之離合而已。』

送黃蒙九序

易曰：『君子之道，或出或處，或默或語。』孟子之稱孔子，則曰：『可以止則止，可以仕則仕。』君子之仕不仕，惟其可焉耳，未嘗有所意於其間，曰『吾必爲此』與『必爲彼』也。然吾觀伊尹師保太甲，周公相成王，其君臣之遇至矣。伊尹既反太甲於桐，則復政而告歸。周公營洛邑成，作誥，亦孳孳以『明農』爲言。卽至後世，所號稱名臣，身居顯列，而累疏求退，見於史牒者，往往而是。

蓋賢者之於世，雖是心不能一日以忘。至其於富貴寵利，則泊乎一無與於其身，而不以毫髮爲吾重輕。故其仕也，則能外勢榮，明得喪，壹惟其職與其志之所必爲。一有不合，則奉身而去，若脫屣耳。後之君子，其仕也，非盡欲行其志也，大都以其榮與利者也。故得志則泰然其自恣，卹乎若恐失之；不得志則輾轉怫惘，侘焉若不可以終日，一惟時之榮若悴爲遷貿，而進退乃無一可者。其志先亂，中無所爲自得者以御其外也，其遂沉溺，不亦宜乎？

同年友黄君蒙九，以知府官江南，嘗筦征榷通州，攝海州，皆有能名，衆謂蒙九且顯矣。一旦決然假歸，上官留之不可得。江南之官吏，皆稱以爲難，唯裕釗亦以是偉蒙九也。雖然，君子之出處，要惟其志之無累，豈徒以迹之顯晦爲隆汙哉？今蒙九之去，吾未知其於志果有所不得行，浩然決去，以求得其所自慊者邪？抑尚有所不獲已，而於心固未能以自釋者邪？

蒙九且行，索裕釗一言爲贈。裕釗爲書此，還以敂之。

録自濂亭文集卷二。

送湘鄉相國曾公之任直隸總督序

今上御極之七年，王師既清河北，方内晏甯。天子穆然深惟保世之永圖，謂直隸蕃輔京師，居九州維首，宜得文武重臣，肇治於兹，於是命大學士一等毅勇侯曾公自兩江移鎮其地。詔下，東南之民含公再造之德，聞將以我公行，歎者於室，涕者於塗；當晝旁皇，入莫寤辟。薦紳先生，耆艾俊髦，謳思慕惜，相視瞿然。皆曰：『公盛德閎烈，并包運量，無遠邇，躬出入水火，奪我民焚溺之餘，磐石坐之。我東南之人，自頂至踵皆公賜。自公來至於今，我婦子倚公，不憂死亡，民以公爲父，士以公爲師。公一朝去我，我自今其疇依乎？』又曰：『公既龕大難，自以勳之高，位之崇也，常廩廩焉懷盛滿之懼。私獨意公既已成大功，其或者將遂公之志，舍我民而不之顧也，我則益無冀矣。』

裕釗曰：『不然。惟天子舉社稷之安、天下之治屬之公，固將以公先事於邦畿，而後迺徧及乎天下。公之治在天下，賢其在我南人也，我南人則益有賴矣。且方咸豐初亂起，海内蕭然，以乏才爲憂，謂羣盜且不可制。自公起視師，其間盇亦嘗蹈險難，處危疑，勢岌岌不自保。然公以忠臣之義，惟吾分宜所自效，禍福成敗，一不以概其心，毅然獨肩天下之至鉅而不懾，忠誠激發，一決罔顧。卒天下之人，不期而應之，羣策羣力，川赴海會，遂以有成功。夫應龍興而雲屬焉，不崇鼂而百穀徧渥其膏，莫或知其所由，精之所通使然也。周易有之，在豫之坤曰：「由豫，大有得，勿疑。朋盇簪。」其公之謂與？

雖公之今日由前志也，且以上自天子，下及元元之民〔一〕，壹委〔二〕心託命，貇貇於公若此，而公安能恝然而已乎？公之澤將益大被於我，我其可無恤。』

衆皆曰：『子之言然。衆以詩祖公，請即以子言爲之序。』

録自濂亭文集卷二。

【校】

〔一〕民：埽葉本作『心』。

〔二〕委：埽葉本作『悉』。

送吳筱〔一〕軒軍門序

光緒六年，國家以索取伊犁地，再遣使至俄羅斯，議未決。於是徵調勁旅，分布諸邊爲備，命宿將統之。而山東登、萊、青諸郡，三面阻海，其燕臺尤當番舶往來要隘。有詔命山東巡撫周公督辦山東軍務，而以浙江提督吳公副焉。

吳公於時方留防江南，且行，謂裕釗：『吾實駑下不任是。又始至，人與地不相習，吾之心實惴惴焉。吾蚤夜以思，盡吾力之所能爲，其濟若否則聽之。吾以誠自處，而以謙處人。勞則居先，而功則居後。若是其免乎？』

裕釗曰：大哉！言乎。易中孚、謙之明夷，其辭皆曰：『利涉大川。』以實心任事，事無大必濟。能下人者，衆附而功集焉。公誠率是言而允蹈之，奉以終始，甯惟山東，雖以濟天下可也。天下之患，莫大乎任事者好爲虛僞，而士大夫喜〔二〕以智能名位相矜。自夷務興，內自京師，外至沿海之地，紛紛藉藉。譯語言文字，製火器，脩輪舟，築礮壘，歷十有餘年，縻帑金數千萬，一旦有事，責其效而茫如捕辰。不實之禍，至於如此！海外諸國，結盟約，通互市，帆檣錯於江海，中外交際，糾紛錯襍，闐咽膠轕。國家宿爲懷柔包荒，以示廣大，雖元臣上公，忍辱含詬〔三〕，一務屈己。而公卿將相大臣，彼此之間，上下之際，一語言之違，一醻酢之失〔四〕，刻繩互競，忿恨懟忮，莫肯先下置國之恤，而以勝爲賢。撻於市而辭於室，忘其大恥而修其小忿，何其不心競者歟？國之所以無彊，外侮之所以日至，其不以此歟？今公之所稱，故乃一反是，異於〔五〕今之君子者矣。中丞周公，故與裕釗舊也，裕釗夙知之，其執誠與謙，宜亦與公同。二公協恭同德，揖志以輯東土，裕釗撟首而眄成功之有日也。公行矣。公之往，其駐師必於登州。吾聞登州城闉之上，有蓬萊閣焉，自昔海右雄特勝處也。異日者，公與周公大功告成，海寓清晏，裕釗雖老〔六〕矣，猶思蹇〔七〕裳往從二公晏集於斯閣，稱述今日之言，而券其信。俾倪東海之上，憑檻而舉一觴，雖二公其亦韙裕釗爲知言乎？其爲樂豈有極乎？

錄自濂亭文集卷二。

【校】

〔一〕筱：稿本作『小』。

〔二〕喜：埽葉本作『熹』。

〔三〕詬：埽葉本作『垢』。

〔四〕失：底本作『先』。據黄本、埽葉本改。

〔五〕於：底本作『子』，黄本、埽葉本作『乎』。依稿本改。

〔六〕老：底本作『耄』。據黄本、埽葉本改。

〔七〕蹇：埽葉本作『褰』。

送張生謇之山東序〔一〕

通州張生，力學行，治古文，而益有意於當世之務。余嘗以其文學可蘄至於古人，其用足效於世也。生舊居軍門吳公幕中，吳公故賢者，甚重生，倚生如左右手；生亦齦齦效忠直，不倚娿〔二〕爲負。天下推吳公，亦益知生。及今茲吳公奉詔襄山東軍事，益以生偕往。

余爲祖其行，且曰：昔韓退之贈李生之行，以謂〔三〕『李生在南陽公之側，有所不知，知之未嘗不爲之思；有所不疑，疑之未嘗不爲之言。勇不動於氣，義不陳乎色。南陽公舉措施爲，不失其宜，天下之所窺觀稱道洋洋者，抑亦左右前後有其人乎！』又曰：『舉之不以吾所稱，待之不以吾所期，李生之言，不可出諸其口矣。』退之蓋重惜李生，懼其忠不見庸，而爲是言也。今生之於吳公，固無慮是，而生不言，生則後李生，不能辭其責矣。

且夫負越俗之資，有高世之志，則莫不欲有所立於時。雖然，必有其位，必有其權。權與位之得，是有命焉，非人之所能必也。抑又有時焉，不可驟而致也。不得其權與其位與其時，得有其權與位者而佐之，道乎而志應，諫從而言聽，功之立，志之行，其在人也，猶其在己也。士之有蘊於內，不得其權與位，又不得其人，鬱積奇偉，噤不得用，黯黮以終身，功不章於世，利澤不得施於人，何可勝道？ 生其亦得矣，生益勉乎哉！

海氛日惡，天下震駴迷謬，譏貶儒術，土苴聖制，崩首島夷。生亮吳公，經武伐謀，料敵制勝。戮鯨鯢〔四〕於東海，築京觀成山、之罘之上。刷盪國恥，張我皇靈。下逮甿庶，靡不厭服。俾天下心折儒生之效，關其口而奪之氣，豈不偉哉！ 豈不偉哉！ 余日夜傾耳跂足，以望之生也。

録自濂亭文集卷二。

【校】

〔一〕稿本題作「贈張生謇序」。

〔二〕娶：埽葉本作「阿」。

〔三〕謂：埽葉本作「為」。

〔四〕岰：黄本、埽葉本作「鯢」。

送合肥李相國督師秦中序

同治七年，合肥相國李公既定河北，承命以湖廣總督還鎮武昌。明年冬，復詔公督師滇黔。未及行，而陝西事方棘，乃又詔公援陝西。議者以陝西自昔王者所都，山河四塞，於古爲重地，故朝廷以公往。裕釗以謂不然。

夫古今世變，與時推移，形勢亦因之殊異。自國朝都燕京，威德覃於海外。由京師以東，起碣石，循海而南，踔禹貢青、徐二州之域，包吳廣陵至閩淛右轉，薄廣州，遐方殊鄰，舟航輻湊，浮海泝江，琛賮達於江漢。天子命公建節鄂中，據上游，以臨制東南；攬江海，握樞要之勢也。廟算之所圖遠矣。

若夫秦隴、滇黔，介居鹵陲領阸之閒，於方今形勢猶爲次之。然朝廷以公往，非重其地，獨任公治之也。善爲國者，靖內以及外。削平寇亂，用兵之道，先其易者而後治其難。今秦隴、滇黔之寇，非有不可量之志，深固久遠之謀，直撫御失宜，以至斯耳。夫以公文武之資，帥素練之衆，以治羣賊，譬猶鼓炎火以爇焦葦也，一舉而燄熸燼〔一〕滅無餘蓄矣。二陲既定，迴斾東指，返於舊鎮，脩舉政治，以備不虞； 淵居密運，以銷折未萌之患。薄海之地，萬里之遙，專坐而制之。凶狡窺覦之徒，卻顧而不敢動。

寂處而雷聲，隱幾而清天下，斯迺朝廷所以始終任公之意也。裕釗用敢推論其事以祖公行，且卜公來返之有日云。

録自濂亭文集卷二。

【校】

〔一〕燼：埽葉本作『盡』。

贈吳清卿庶常序

人才之貴於天下，無古今一也。雖然，才應世而世需之，其間則亦有辨焉。運會之所趨，氣機之所啟，魁桀儁異之士，雲興猋合，肩臂相摩於前，而趾相躡於後，雖有盤錯鉅艱，而才皆足以周其用。若是者，常樂才之盛而忘其難。朝野祉福而康樂〔一〕，薄海內外，晏然而無事。中庸之士，平進富貴，守成法，襲故迹，皆足以施於世。若是者，雖乏才，而猶未以爲憂。若夫時數之阸，屯艱之會，寇訌於內，敵伺於外，民窮而俗敝，兵疲而財匱，闒冗嵬瑣之徒，紛綸襍遝，浩若蕭艾之被乎野； 間稍能自異，又窘跼儒緩，不適於時用。中外之安危，生民之植若僵，汎汎乎若羣木〔二〕之漂於中流，四顧而不知所屆。其如是，人才之足貴，乃倍蓰什伯於向所稱二者之時。雖疲行者之資車，病涉者之資舟，寒者之於裘褐，餓者之於餰鬻，不足以喻之矣。夫自古禍難之興，其需才也尤至，而人才之寡乏，每獨甚於此時。幸有其人，又或有所抑沮牽繫而不獲底於成； 能成矣，而世或不能盡其用。需之如彼其亟也，其成而爲世用也，又如此其難，則其可爲慕望而愛惜何如哉！

吳中吳庶常清卿，懿才而遠志，服儒者之學，而不忘當世之務，凡今日之利病，民甿之疾苦，無所不究其意。裕釗以同治戊辰冬識之於江甯。明年春，復相從游處於吳門者十有餘日。及今茲來武昌，行從合肥李相國西入秦，葢將益練習於時務以畜其才，而非有時俗人之見也。且行，索裕釗一言爲贈。

裕釗廢於時久矣。自度其才不足拯當今之難，退自伏於山澤之間。然區區之隱，則未能一日以忘斯世。其耳之所聞，目之所接，愴焉感於其心。今見庶常，則欣忭愛慕而不知所以置其情，其樂徇其請而爲之言也，豈有愛乎？於是極道其然，而書以詒之。雖然，尤望庶常之終底於成而爲世用，以副望君者之志也。

録自濂亭文集卷二。

【校】

〔一〕康樂：抄本作「樂康」。

〔二〕羣木：抄本作「木」。

送李佛生序

佛生既罷官，居於江南。日讀書不輟，尤瘉篤好莊子，爲書後數百言，稱其有合於聖人之道。

余謂莊子者，負絕異之資，乖於時而一切以取自快者也。其於聖人之道，本之差不能一〔一〕髮，末乃大馳而絕遠。至於流極，而弊益不勝。釋氏得其精，以爲空寂；王、何得其粗，以爲誕縱。誕縱之弊，蔑棄禮法，蕩廢時務，天下於是大亂。空寂之弊，去人倫，無君臣、父子、上下，乃胥斯民而爲夷。莊子疾時垢濁，務洸洋激詭以譏切當世，奔趨勢物之徒，不知其弊，乃至於此。道之不明也，愚不肖不及，賢智過之。由莊子而後，高才偉異之士，身不得其處而誤於所之者，豈可勝道哉？

蓋嘗試論事功之途，詩書文章之業，與人世所謂勢位富厚〔二〕，君子未嘗必舍而不事也，有道以御之，故所之而不窮。後之君子，溺志富貴無論已，其少有志者，欲有所樹，則務取天下之業之可以爲名者託焉，期自章異於流俗，而未嘗循於其本。故方其志得氣盛，力足以觀駭一世，貴賤賢否之倫，横厲乎無雙。及其久之，倦而思返，顧視身世，遐不足以自樂；反之內而碭無可據，愛惡攻取，又從撓之。覩老莊、浮屠之書，一旦得其所爲一死生、齊得喪而眇萬物者，則大憙之。於是蠲棄百爲，解弛墮〔三〕壞，頹敗不可振救。生猶是人也，而質則已亡矣。且學儒者之學，服聖人之言，於卒也乃以異端爲歸，何其悖歟！

夫彼未知聖人之道之有其自得者也，惴慄以爲危，蕩夷以爲安。不以榮喜，非必於惡而逃之也；不以悴悲，亦非其往而不能返也。得志則措諸事，事立而世正焉斯已耳，我無與也；不得志則寓〔四〕諸言，百世之下，有能遵而行之者，猶其在吾身也。其衡諸道也不過，而傳之久也無弊。隤乎其至適，確乎得其所歸，以與夫老莊、浮屠之所稱，孰爲同乎大順而卽乎人心者乎？知道者以謂孰賢乎？

佛生將北遊，索一言以爲贈。余以佛生才高而不得志，慁其過而流於是也，爲書此以詒之。

録自濂亭文集卷二。

【校】

〔一〕一：據黄本、埽葉本、抄本補。

〔二〕厚：埽葉本作『貴』。

〔三〕墮：埽葉本作『墜』。

〔四〕寓：抄本作『施寓』。

贈蔣寅昉序

天下之士，奔走喧囂叢猥之地，耳之所聽熒，目之所眩慄，眾之所尊而尊之，眾之所賤而賤之。信於眾而卬然其增仰，詘於眾而頹然其增俯。逐逐日輕重於世之人，此遷彼貿，返焉求其所爲我，而將不得其所存也。若夫偃卬一室，圖書充積，窮歲時處其中，曠乎晤昔之人於邃古之上，而下以隱相期於千萬世之來者；鼂夕晦明，日星緯曜，四時寒暑，草木榮落，環相代於吾前而壹與爲無窮。若彼者，苟非其志之所趣，雖有甚美，未有能奪而易之者也，况其爲眾人之得失者哉？

海甯蔣君寅昉，好讀書，藏圖籍數十萬卷，其篤好之深，殆非世人所能易也。遭粵賊陷浙東西，出走海上，泝江以至於楚，轉徙江漢之間。然必以其藏書自隨，不少時委去，蓋好之至於此。王師既定兩浙，寅昉告余將東歸。

余惟寅昉與余自此日遠矣。然寅昉既歸且至，去其鄉者馳驅顛躋之勞，稍葺舊廬，發書而讀之，獨坐空堂，寥廓闃寂，與時俗人邈不相聞，於以思余之所云者，其有不引領西望，默相喻於千里之外者乎？

録自濂亭文集卷二。

送富桂卿都護入覲序

國家發祥勿吉，肇基遼瀋，遂以有天下。太祖高皇帝既宅都瀋陽，命曰盛京。世祖受命，盛京、甯古塔、黑龍江並設官吏，宿兵衛〔一〕以充奉上都。康熙中，甯古塔、黑龍江復改置將軍鎮守，而甯古塔將軍尋移鎮吉林之烏喇城。參錯碁峙，雄踞海右，世所稱『東三省』者也。地西起山海關，東薄海，南鄰高麗，北接俄羅斯，方萬九千里。山川蟠積，巖疆險固。民俗樸忠雄武，材木、鹽、鐵、金、珠、玉石、砮矢、人葠、狐、貂、熊、鹿、虎、豹、馬、牛、羊之產，沃饒冠天下。自太祖、太宗、世祖資之以奄有區夏，訖康、雍、乾、嘉，廟堂有所誅討，八旗勁旅，所至有功，東三省天下莫强焉。歲久，忸忕治安，稍益挺懈，屬日有俄人之虞，咸以爲憂。

會天子方詔中外大臣博議邊事，於是江甯副都統吉林富君，疏陳東三省利病及施設所宜謀畫，周悉甚至。而兩江總督劉公，復密疏薦君『忠勇明練，且舊居東土〔二〕，諳習事宜，可屬以重任』。有詔召君至京師，衆知天子且屬君以東事也。君顧深退抑，自以弗堪任。且行，謂裕釗：『愛我莫子若，子何以益我？』

裕釗曰：『東三省，龍興舊壤，形便之勝，物產之豐，鎧馬之精疆，士民之純固，莫與爲比，患獨難得其人耳。夫擅富强之資，席可爲之勢，不務求得其人，修政自彊。舉先朝丕基，寶地萬里，憖聽其若沉若浮而莫爲之所，一旦有虞，瞠目變色相視，不知所出。已乃甘低首下心，撤藩開戶，揖豺狼、窫窳而進之，使天下忠臣志士，拊膺叩心，雷聲憤歎，謀國何其謬計者歟？且攻守之宜，强弱之勢，用兵長短之數，非有常也。昔我太祖之興，明人常倚恃火器，碭突我軍，太祖獨專任騎射，堅定奮發，猶終踣而勝之。今彼之所長我得兼，勞逸之形、主客之勢我得制，賢能如君，朝廷誠舉是畀之以起衰振弊，强本折衝，至易也。今天下患莫適任事者，得能任事如君善矣，裕釗復何言？抑裕釗乃私獨懼君之勇任事耳。且夫乘積弊之餘，處狃常蹈故之俗，驟而矯之，則人情之所不順。衆怠而我奮，衆窳而我良，彼實不能，乃倪其旁而有媢心焉。恬蕩以爲無涯，處子嬰兒，與物委蛇，徐蹈其巇而握其機，持之以堅刃，摩之以歲時，及其久也，披郤道竅，冥運闇移，蠖伏雷動，鬼神聽隨，天地開曙，改觀易慮，功立而衆莫知其爲之。古之任大事者，所以能信其志而無夭閼，要諸〔三〕其終而不隳，未有不由此者也。疆主芘民，張國雪恥，率是道行之，蔑不濟矣。吾告子止於是矣。』

君憬曰：『信然。子爲我書而志之。』遂書以祖君行。

録自濂亭文集卷二。

【校】

〔一〕兵衛：埽葉本作『衛兵』。

〔二〕土：底本作『士』。據黄本、埽葉本改。

〔三〕要諸：埽葉本作『諸要』。

送張振軒宫保還粵東治所序

光緒八年，合肥相國李公以憂解直隸總督，詔兩廣總督張公來權其任。明年，法蘭西方搆於越南，事日急。於是，天子命李相國仍權直隸總督，而命張公還兩廣任。蓋居中秉軸，密參機宜，愼固根本者，固相國之責，而兩廣密邇越南，審機度勢，建威銷萌，亦非公莫屬也。始公提一旅討羣盜，雷動電邁，霆振風揮，功績炳著，洊擢監司，遂秉節鉞。所至威德流行，童耋謳詠。然公癐益撝謙篤愼，尊禮賢士，以身下之，絧絧如畏然。薄海仰流，庶萌〔一〕跂踵。

自國家懷柔包荒，日月照臨，天所覆燾，莫不來賓。海外奇技異物，火器輪舟，諸瓌新俶詭駭怪曠古不睹〔二〕之事，並交於中國。海濱萬里之地，夷舶叢湊，桀敖矛戟，晷刻變殊。鎮撫扞禦，艱危萬涂。踔西域而東，而南海實綰其衝，瓌貨異産，金鎰崇崒。瀕海廣、瓊、高、雷、惠、潮諸郡，其民皆忸怢夷俗，曉習機牙，撫之貔貅，棄之窫窳。故兩廣於今日尤爲南服重鎮，最天下。今天下語邊事者，皆競言製械器，譯語言文字，通商阜財，築壘守險，一切以依倣太西之法，籌備守禦之術無不至，而裕釗以爲抑其次也。

夫窮天下古今，尊主芘民，批患折難之要，一言以蔽之曰：得人而已矣。往者，粵賊之亂，躪十有六省，陷六百餘城。曾文正公以名德重臣，踔起湘中，既夙負知人之鑒，又益慕想殊尤，虛佇賢喆，早夜旁求，皇皇若不及。豪俊響應，猋合景從，卒屈羣策，殄除巨寇，十五載之難，一朝而夷之，區寓底定，甿庶更生，近事之明效也。今我公昕夕孜孜，優賢禮士，夫果力追文正公之軌而允蹈之，九州之大，必有魁桀之士起而應之者。乃舉議者之所云，次第而布之，一皆確然收其實效，於以絕窺覦之萌，維區內磐石苞桑之固，而奠定永永無疆之休，雖與文正公先後輝暎於數十年之閒可也，夫我公豈有讓焉。

裕釗用敢推大公之盛美，且致其區區之意以祖公行。蓋將以爲天下慶，非獨以謂兩粵之幸，與近事之無足慮已也。

録自濂亭遺文卷二。

【校】

〔一〕萌：黎本、張孝栘本作『明』。

〔二〕睹：黎本、張孝栘本作『睹』。

卷四　壽序

湘鄉相國曾公五十有八壽序

往者湘鄉相國曾公閲壽五十，爲咸豐十年，裕釗鄭觴詞稱引南山有臺之詩以爲祝，且必公當平賊致太平。越五年，大軍克金陵，粤賊平。及今歲，捻賊亦平。裕釗私獨驩然謂往者壽公語，固終效邪。及是天子詔公自兩江移督直隸，於是公年五十有八矣。南中人士之在金陵者，惜公之去而不可留也，謀以公誕日，衆執爵爲壽，乃復以壽言屬之裕釗。

裕釗惟公提一旅起湘中，義聲感〔一〕動天下，豪儁魁桀，才節偉人，雲興而從之。淵謀羣策，雷動神應，萬衆一謼〔二〕，順風而邁。遂南清江表，北至於河朔，匈妖〔三〕蕩息，天地清曙。手援赤子出之水火之中，燾冒煦育，瀕萎而蘇。十五年之間，而海内大定，澤流於千里，文武威德，忠誠愷惻，徧乎於中外。鴻卿鉅人，學士大夫，隴畝山澤之甿，外薄四海髽首魋結之遠人，愛悦而歌頌之於千萬年，永世無極。顧公則澹乎不以自有，若春風之被物，翛然漂浮雲而過乎寥廓之表，而百菓草木皆甲坼〔四〕也，則裕釗烏足以知公之所爲哉？

抑又聞之，成萬物而不有其功者，天之道也，是故歷古今而不毁。君子法之，常虚其中，以與物相衙。雖震動憂勤，苦身勞形，而内不撓。利澤被於人，功高乎百世，而不以己與，是故其神全。其神全，故物莫之能傷，而祉福麋壽應焉。莊周有言：『汝游心於澹，合氣於漠，順物自然而不爲私焉，則天下治矣。』又曰：『緣督以爲經，可以保身，可以長生。』周之言與夫聖賢之旨，固若有間，而自通人者觀之，則其理未嘗不可以相發。

然則天祚聖清，其將益佑我公黄髮壽耇，輔成萬世無疆之庥乎？夫裕釗往者之言既驗矣，今之言此，其必有合也。

録自濂亭文集卷三。

【校】

〔一〕感：埽葉本作『震』。

〔二〕譁：埽葉本作「呼」。
〔三〕妖：埽葉本作「奴」。
〔四〕坼：底本、黄本作「圻」。據埽葉本、抄本改。

王覲臣副戎五十壽序

人之盛衰，果以其壯與老乎哉？人生十年曰幼，二十曰弱，三十、四十而曰壯，曰彊，五十始衰，至於八十、九十而爲老與耄者，世之大常也。然商、周之際，師尚父老起海濱，而鷹揚於牧之野；漢趙充國遭諸羌畔，獨自請馳至金城，年亦且七十餘矣，其規恢宏遠，而計慮周盡，雖盛壯之人不能過也。由是觀之，人之所以爲盛衰，無亦以其志若氣耳。志氣頽，而恭然其不能振，雖若年二十、三十、四十，不啻其老焉耳；志定而氣充，神王而守固，雖若八十、九十，不啻其壯焉耳，而得謂之衰且老乎？而況其未及是者乎？

天下之務，莫不以志氣爲盛衰。若夫受任軍旅之事，國之虎臣，則尤以其壯勇膂力爲用者也。故其盛衰强弱，而天下乃與爲輕重。平居無事，總三軍之衆，營陳之制，饟糈之數，擊刺角力敎練之法，將士之材鄙勇怯，車甲兵械之良楛，皆以一心嘗嚌稱量而識其利病。一日有變，提數千萬人之命，爭勝負存亡之機，而俯仰縣於嘘吸，芒乎艱哉。非夫志足以帥氣，歷百變而不撓者，烏足以任此哉！

往者海内兵起，軍帥武臣，遭遇事會，攘兇盪寇，人自奮於功名。大難既夷，國家甄勞賚功，所以褒寵優渥之已甚，其上者錫爵傳胙，榮施於孫子。原其初，類皆起於庸沽屠販、市井田野之夫。一旦高門豐屋、名園膏壤、琦服玉饌，帷帳狗馬、婦女象犀、珠玉瓌〔一〕物，充積爛漫於前，貴極富溢，心蕩志盈，濡首酣豢，而驕侈至於無等，肆焉自以爲天壤之内，莫我尊且賢者。彼其人固尚犖然壯佼也，身則未老而其質固已敝矣。天地之道，老者祧而穉者嗣，遞相嬗而日新以不窮。故私嘗獨論今日之事，欲贊桀俊，厲武節，爲彊本折衝之計，莫若差擇戎臣之中，視其名位之稍後者，任之以事而察其材，徐焉而乃以希其成功，其他則皆所謂物之既老者也。

副戎王君覲臣，樂善而不衿，與人交必爲之盡。吾黨故時樂從之游，而悉其爲人，葢其志與氣有足多者。

先是，君亦以從軍隸諸將麾下。其後特爲曾文正公所器，累官至副將，任江甯左營游擊，兼治新兵營。其申儆軍政，率厲戎卒，勤而篤，公而明，嚴威而不殘，警敏而無欺，所治軍嫖姚精整，爲一時冠，眾莫不稱之。又洞明諸務，於人之情僞，事之利鈍，無所不究悉。居常義勇激發，時時思一得當以報君上，未有因也。始君雖在軍中，故未嘗特將，其所蘊蓄鬱而未施。今方內雖鄉甯，然伏莽之戎，諸行省往往而在，東南瀕海萬里之地，疆事尤絕重鉅。自朝廷及中外大吏，孳孳以求將帥之才爲亟，以君之所挾如是，所謂稺者嗣，而日新以不窮者，其將在茲乎？君年甫五十，其氣益方盛而未衰。然雖由是而進，以至於八十、九十，吾知其猶今日也，師尚父之烈，非後世所敢望已。且使君得如趙充國者，益老其材，而寄之以疆埸之任，豈非國家之所重賴哉？

今茲九月，爲君五十覽揆之辰，裕釗與同志諸君謀爲君壽，不敢爲世俗虛美之辭，獨爲論當今之勢，與其勗君於無期者，而書以祝之。

録自濂亭文集卷三。

【校】

〔一〕瓌：底本作『壞』。據黃本、埽葉本、抄本改。

范月槎觀察六十壽序

昔列禦寇、莊周疾當世之士騖於功利，湛於智詐，漸毒以失其性而賊其生。故其所稱若紀渻子、季咸、庚桑楚之倫，皆取必於所謂心與天游而神無郤者，以謂全身而養生，道莫尚乎此。然二子之言，雖亦曰以治天下，而要其歸，則壹爲夫絕棄世俗、自放於物外者言之。蓋其恉出於有激，因以是極其一偏之恉，而肆其洸洋連犿之辭，曼衍以窮年耳。若夫游乎世而接乎物，軒冕珪組之榮無所却而志不滓，醻酢贈答之文弗廢而性不汩，非有所激於時，而自率其素冲乎？其虛也，汎乎其無所繫也。斯則眞所謂其天全者矣，足以全身而養生者矣。蓋嘗論夫人之生，其天無不全也。耆欲既興，而自鐫之，而自鑠之。爭攲愛惡攻取以焚其中，眇聲曼色珍琦淫巧以熒其外。日劘刃於彫靡驕債〔一〕毒害之鄉，慒自以爲得，而不知其智之鑿而天之不全也。有而忘貪忮之機，遠燔灼之酷，邕容而樂，豈憺蕩而相羊以遊乎天者？其神完，其氣恬而不競，而其祉福之多，年壽之永，豈有量乎？故曰：是誠足以全身而養生也。

觀督范丈月槎先生，質厚而氣和，貌恭而行愻。其學也，於書之善者，博購而廣聚之，氾覽而不劬，然以適其所好而已，非欲以奇博炫於衆而上人也。其仕也，自舉京兆試，歷中外，官至觀督，一聽其自至而已，非有慕於榮利而求得之也。其遇人也，無親疏貴賤，無愚智賢不肖，和而易，儉而裕，氾愛而一視；而人之遇之，無親疏貴賤，無愚智賢不肖，亦莫不慕而悅也。茲所謂其天全者，非與？

先生於裕釗故丈人行，而常弟畜裕釗。自少時同歲補學官弟子，中又重以婣連，每赴有司試至省門，及其後走京師，相從奉手游處之日爲多。當是時，先生從子紫函、鶴生，與一時英俊之士，皆年少志盛，弦歌酒讌，酣飲笑謔，劇醉歡呼，輒連旬日，而先生沖然夷懌，狎久而不厭，衆皆樂就之。後値寇亂，諸人士散處四方，或零落不復相見，裕釗亦離十年，始得遇先生於江南。追念舊游，怳焉如隔世事，而先生顧益沖夷瘉於曩時，貌若加豐，而神若加王，乃以今茲巋然登六十壽。然後歎身世之多故，盛衰離合之不可常，而先生之道沖而用之不窮，至於耆艾而不衰，爲不可及也。

裕釗年少於先生數歲，而體貌故蚤以日槁，鬚髮大〔二〕半白矣。撫今追昔，俛仰數十年之間，愾焉太息。瞻先生之光儀，慕望不可得至，乃推其所以致此者，以效其愛悅之私，而質諸先生，且卽爲獻壽之乘韋云。

録自濂亭文集卷三。

【校】

〔一〕僨：埽葉本作「憒」。

〔二〕大：抄本作「太」。

吳育泉先生暨馬太宜人六十壽序

裕釗往者則聞桐城吳侍讀至甫善爲文，常欲一識之不可得。同治七年秋來江甯，廼晤至甫相國曾公使署。索其文讀之，誠辨博英偉氣逸發不可銜控，裕釗深退避以爲不能及也。而至甫顧盛推余文，且稱其尊人育泉先生、母氏馬太宜人，並以明歲登壽六十，欲得裕釗一言爲壽。裕釗謝不能，至甫則固以請。因益爲言：先生居約而能施，積行而不求聞。少常客游，而孝弟充裕。太宜人又能曲喻先生之志而推行之，潔治甘旨，振救貧乏，資用或不能繼，則脱佩服出質相佐助，桐城人稱家法之善曰『吴氏』。方存之者，裕釗舊遊也。亦道先生躬至行，不釣取聲譽，而人人信其一言。至甫稱其父母皆信，宜其有賢子者。存之故亦桐城人也。

裕釗自少時治文事，則篤耆桐城方氏、姚氏之説，常誦習其文。私嘗怪雍、乾以來，百有餘年，天下文章迺罕與桐城儷者。閒獨聞龍眠、浮渡諸山水，古所稱絶勝也。姚氏之言以謂：黄、舒之間，山川奇傑之氣，藴蓄且千年，宜有儒士興於今，理固當有是邪？歸時往來楚皖之交，泛舟浮大江中流，望皖西北諸山，隱然出雲表，其隆崒秀異，絶可偉也。乃心念方氏、姚氏，往往稱其鄉多隱德君子伏匿澗谷之中，今宜尚有其人處於彼者乎？時時欲一往遊焉。其後得交存之，今復交至甫，又因至甫及存之聞先生，裕釗於桐城有爲我主者矣。

異日，余儻得遂其往游之志，幸見先生暨太宜人期頤壽耇，摳衣栗階，敬舉一觴。因得奉幾杖從先生後，偏攬龍眠、浮渡之勝，訪桐城諸老之舊聞，益偕存之、至甫，抵掌論文，究極幽眇，而相與徜徉肆乎山水之間，其爲快且幸宜何如也？敬奉此爲壽言，獻諸先生，俟他日爲之徵。

録自濂亭文集卷三。

蔣之醕觀詧暨李恭人五十壽序

觀詧蔣公以咸豐十年畢陬之月閲壽五十，而恭人李氏登五十壽之年則爲咸豐八年，既再踰歲矣。其令子某[一]，將以今茲月設燕召賓爲公壽，且爲恭人壽，而以壽言請於裕釗。

裕釗惟壽言之作，葢原於古詩之遺。行葦之四章曰『酌以大斗，以祈黄耇』，閟宮之八章曰『魯侯燕喜，令妻壽母』。所以道其功德，而祝其壽考，其辭必皆託於詠歌，以永其言，相與往復稱誦而不厭。古人忠愛之厚，辭義之懿，於此猶可見焉。今觀詧公起鄉里，從軍江西、湖北諸行省，所至戰績炳然，它日固宜在史氏記。而恭人克脩内職，使公得揖志於王事，淑德懿行，既著稱於鄉邑，又將坿公以傳載於無期。是皆無待於裕釗之枝言爲。惟謹以覽揆之辰，竊庶幾詩人之義，作爲詩歌，以爲公與恭人稱觴之辭。其辭曰：

皇撫區夏，九服繩繩。覃及殊方，莫不我承。寢兵櫜武，同我文治。塗飾萬品，恬以無事。多士承風，遺蛇進退。躭溺所安，以武爲忌。包荒容納，姦萌其隩。窺窬竊發，一熾莫掃。衡嶽嵂崒，造天與齊。湘資蕩潏，交流其涯。篤生英哲，除時之穢。犖犖羣公，相望宇內。公與其間，驂騑並驅。惟孝惟忠，誓心無渝。奮迹江右，推鋒之始。自鄂趨黃，載〔二〕驟勞止。彊圉之歲，楚疆孔亟。訖摧逆燄，俶資公力。旗纛琱戈，所指賊靡。南中載謐，厥功孰紀？饋人以福，疇爾多壽。神甚人謀，爾助爾佑。勤效〔三〕於國，教行於家。有齊淑人，義葉齊扶。公忘其私，恭人是治。樂羊、皇甫，於今有之。有子能賢，媚於君親。以勞躋顯，惟教無斁。祉福麗褫，相踵於門。克與人施，乃協於天。太常之績，衛鼎之銘。此詩其信，請爲之賡。

録自濂亭文集卷三。

【校】

〔一〕某：抄本作『溶川太守』。

〔二〕載：抄本作『戰』。

〔三〕勤效：抄本作『公勤』。

范鶴生六十壽序

余以光緒六年夏游山左，適范鶴生以郎中改官觀察江右，道過濟南，不期而遇於山左使院。余與鶴生樂甚。鶴生間語余：『吾與子總角相好，其後出接世事，所識海內雋偉魁桀之士雖衆，然其交最夙而今尚老而存久而不厭者，莫吾與子若。吾明年六十矣，子可無一言？且子以文章名一世，可使余名氏不見於子文耶？』

余笑應曰：『然。始余齔歲與君同時補學官弟子，余年甫十六，君亦裁十七耳。明年鄉試，試録遺，學使方公以余與君及嘉魚李爽階士塏三人齒最穉，顧從者舁一桌床居堂皇中，令環坐余三人，用以異之。余三人相視而笑，左右觀者逌然。固尚能記此邪？』君聞爲解顔。『其後，余與君及君伯兄子珹，並以道光丙午舉於鄉，時亦甫踰弱冠，意氣方盛，爾我投分無間。蓋自往者歲以試事至省垣，洎後走京師，應禮部試，未嘗不偕。而吾鄉一時英俊，若同邑金小畹伯華、柯根臣茂枝、黄岡吴又桓榮、錢香畹崇蘭、羅田熊卧雲五緯、江夏張星階渠、洪蘭陔調笙昆季，皆年少志美，猋起鱗萃，相與飲酒賦詩，詼嘲謔浪，窮極一時之樂。已而君兄弟相繼成進士，而海内兵革俶擾，蒼黄沸亂，紛糾萬端，余息影歛迹，放浪江海之間，與君睽違乖隔，離十餘年不相見。逮君奉諱歸，甫得聚處兩載，尋復别去。又十年，而今乃一遇於此。握手相視，君齒落頭童，余亦鬢髩皓白，頹然衰且老矣。追念往時朋好相從掎裳聯轡之人，乃邈焉無一存者，顧余與君猶得白首相逢，邂逅卮酒，而君且登壽六十。俯仰今昔之際，撫人事之變遷，是其可爲慶幸而益重以感喟者也。』於是相與憫然者已久。

及今兹九月，君覽揆之辰屆矣，溯洄昔歲之言，怦焉動於其心。故於君生平之懿，當世所共聞知者，皆不暇以詳，獨追述前語，用爲君壽，亦已明余兩人相與之摯也。

録自濂亭文集卷三。

曾劼剛侍郎五十壽序

曾劼侯侍郎以今兹仲冬之月閲壽五十，京師士大夫咸洗觶爲壽。酒半，裕釗起而言曰：

夫富貴顯榮，康強壽考，至於期頤而不衰，此昔之人所謂吉祥善事，而人情之所同願也。雖然，必其人才德邁衆，謀謨幹局魁長乎寓内，而其身實係乎一世之重輕，則薄海之人，莫不想慕愛悦，祝其祜祉，而願其耇駘。以其久存於世，非獨一人之福，而天下人之盛福也。

往者，咸豐之初，海内俶擾，太傅文正公藴偉抱，起湖湘，傾誠殫智，迴斡一代之全局。忠憤激發，倡動宇宙，豪俊景從，卒手夷大難，更新乾坤，河岳不傾。盛德殊烈，垂於永世。而是時海疆事變，方乘閒並作，上下憂危，羣議炫沄。文正公以爲不量彼己，而輕挑彊敵，是以其國注也； 不修備，而媮久無事，是自削也。是以戢鋭養威，外壹務爲懷柔，而内自憤發，以徐圖自彊之術。日夜與在事數鉅公，通變更俗，興起諸務。年歲垂暮，志事未竟。率土士民，同聲歎息，以迄於今。

天祚聖清，偉人繼世，篤生我劼侯侍郎，實纘公志而紹述之。自往昔文正公敭歷南服，侍郎從侍左右，朝涵夕漬，即已博極羣籍，洞曉古今治亂得失之故。益講求時務，無所不究切。尤以畺事孔殷，所係乃絶艱大，故於彼我彊弱、短長之數，語言、文字、學術異同，舟輿器械良苦利鈍，財賄生殖，萬貨百昌贏詘盛衰，皆博考深思，而心知其故。既嗣爵官中朝，天子以侍郎之練於夷務也，命往使英吉利、法蘭西二國。二國賓敬歎服，咸曰：『不媿曾文正公之胄。』上章之歲，中俄違言，復詔侍郎自二國往衂其角，俄人弭伏。先後往來諸國，凡八年而後歸。其於華夷政俗機務孰得孰失、孰利孰病、孰盈孰虚、孰工孰窳，旁及海外諸國小者大者、新者久者、慤者黠者、競者緑者，以至殊鄰絶黨、人民謠俗、物產器用，千品萬彙，洪鉅密微，默識洞貫，總八極而內於寸心。故自朝野上下，無遠邇，無愚智貴賤，莫不以爲洞明時務未有及侍郎者也。

顧侍郎之所自命，不惟以此效於眾而已，乃痛益思承文正公之志而竟其緒，蓋未嘗以一日忘焉。且文正公之舉也，當其時固亦不乏危疑震撼，互沮交訌，艱阻扞格不可行之端，然公絶不以自沮，行以至誠之心，而持以堅定之力，勤勞十有五載，而訖以成功。今侍郎之以身肩任天下之重而不疑，猶公志也。然承踵常襲故之後，而創非常之原，將批患折難，建威銷萌，燀皇靈而讋四極，其必腐心淬精，磨以歲月，曠日彌久，而後乃底績可知也。然則天下之慕賴侍郎，而祝其黃髮齯齒，永綏麋壽，以輔成聖清永世無疆之業，豈有極乎！豈有極乎！

裕釗曩在京師，以文字受知文正公時，年甫及壯，侍郎年才舞象耳，相見故甚驩。其後，裕釗齒日益長，侍郎德業乃日益進。今裕釗老矣，衰頹朽鈍，碌碌無所短長，獨幸媮得視息人閒行，躬覩侍郎偉烈殊勳之集，而遠踵先德之盛美，其爲驩喜慶幸，蓋尤倍於常人。用敢推大侍郎之志事，所以緝熙前光，而爲舉世之所慕望頌禱者，以祝無期之壽。

録自《濂亭遺文》卷二。

黎蒓齋夫婦雙壽序

咸同以來，國家肇與海外諸國結約，通互市。其後，益遣重臣出使諸國，軺傳旌節，紛馳海上。蓋自道光中葉，海疆俶擾，禍釁迭起循生，山海縣鬲，罔參彼己，張弛競緎，不中節度。變益繁滋，積歲踰時，日瘉延蔓。朝廷憂勞旰食，寤想長策，以謂天下之故，無大小遠邇，未有不得其情能理者也。乃欲使使者周知諸國山川、風土、民俗、國勢、政治情僞之倪，强弱之形，緩急之候。解紛伐謀，洞燭機要。釁兆而先之謀，事至而備已具，用意至深遠也。

然能副朝廷之意以克有成功而誠利於國者，則曾襲侯侍郎之於俄羅斯，吾友遵義黎君之於日本二事最。俄羅斯之隙也，以中國之索還伊犁也。前者使臣既與成言矣，天子復弗俞，乃復命曾侍郎往。侍郎開示曲直，落彼角牙，卒更其約，俄人弭平。日本之役，則以朝鮮故。朝鮮民作亂，燔日本使館。日本既有辭，謀以兵攻朝鮮，事且岌岌。黎君方以使命駐日本東京，再假電郵，趣中國疾以兵往，先日人至，卒平朝鮮亂黨，執其倡亂者以歸，二國帖然。微侍郎，西北且大擾；微黎君，朝鮮殆矣。定變之功，侯其偉哉！俄事已，天子嘉侍郎之績，自某官驟擢某官，累遷戶部侍郎。而日本之役，中國有事於朝鮮者，亦咸膺楙賞，獨黎君不言功，功亦卒不録。當世持公議者皆稱道其事，歸美於君，以其功不録爲惜。然君之無負在君國，君之功在天下，君固無憾已。既君自日本奉諱歸，服闋，天子乃復命君爲出使日本大臣，於是人皆曉然，於君之賢，天子故終知之，而天下之公之不可泯也。

君再使日本之三年，實光緒十五年。其年八月，爲君覽揆之辰，而君配莫夫人，亦以九月登壽六十。人吏之從君使日本者，謀執爵爲君與夫人壽，書來屬裕釗爲一言，以裕釗故知君稔也。

先是，君以諸生上書言當世事，爲天子所嘉。既出仕，以文學志節爲曾文正公所重，爲海内名賢所推。官於江南，所至有治績，爲民甿所慕思。以參贊使歐美諸國者再，又再爲出使日本大臣。守義達變，不激不屈，無失國體，其事爲中外所悅服。又廣蒐唐宋以來佚文祕笈之存於日本者，殫精校刊，成古逸叢書若干卷，流布中土，爲藝林所葆貴。其盛烈滿衍，固詩人所謂『樂只君子，邦家之光』，宜祝其『眉壽』『黄耇』，『保艾爾後』者。然裕釗獨偉君之策朝鮮以解日本。其事雖奄閟於一時，而固當昭顯於後禩，足以爲永世無窮之壽。惟余之壽君，其言乃欲假是以增重也，故尤樂爲道之。

始君之使日本也，莫夫人獨奉太夫人居滬上。及再使，夫人始從至日本。夫人事舅姑稱孝，於族媚有禮，於婢侍有恩，士大夫之家稱賢媛必曰『莫夫人』。君宣力王事，無内顧憂繄，夫人之力居多。今君以偉抱鴻譽，照耀海東，遠使萬里，而有室家琴瑟静好之樂。遭值吉日令辰，以偕老之慶稱觴於室，而吾中土暨東國之英彦豪儁，豈容愉揚，捧斝於庭。允矣哉！一時之盛事，千秋之美譚也。敢敬述君之績著於日本宜爲天下後世所知者，以爲侑觴之助。

録自濂亭遺文卷二。

榮仲華將軍五十有八壽序

今上御極之十有九年，青龍在昭陽大芒駱之歲，日在降婁之月，爲西安將軍榮公五十有八覽揆之辰。直隸、江蘇、江西、河南、湖北人士之官於秦者，將爲公祝嘏之辭，敬舉一觴，而以其辭屬之。

裕釗惟國家龍興遼海，奄有區寓，勁旅猛士，猋奮龍驤，類宗冑親賢，總戎仗鉞，用集大勳。暨康雍以來，三藩之變，西北外藩之畔，東南海寇之俶擾，中土回民苗疆之役，四川、湖廣、陝西教匪之役，膺丈人長子之任以奏膚功者，亦皆宗室〔一〕英賢，戚里俊傑。次亦豐沛、南陽故家舊族，與元從之苗裔，炳著國史，鬱爲功宗懿歟？煒哉！所從來者遠矣。逮咸豐中，粵賊肇亂，捻逆、苗逆相繼蠢動，湘鄉曾文正公踔起湖湘，胡文忠、左文襄臮今李相國諸公，躡踵並興，雷動風舉，豪俊如雲，用遂削平大難，綏定九服。然其人類皆漢臣，而八旗名將若塔忠武、多忠勇諸公之屬，僅寥寥數人，亦訖不克竟其成功。故論者謂咸、同軍事爲本朝三百年來用兵之一變，彼此一時，亦其運會之所趨者然歟？

自寇亂既平，薄海稍稍安集。然邊垂釁患，時時閒作，區內鴟義奪攘之徒，伏莽思逞者，所至而是，識者以爲隱憂。裕釗私獨謂古平陂往復之故，視其機兆以爲徵者也。往者，王迹肇基，則人才輩出。今日之事，將脩政彊本，銷壓亂萌，上追聖祖、高宗之烈，而返之隆盛之世。天祚聖清，其必有遼瀋舊土之英奮起其閒，乃足回積重之勢，而綰全局之轉者乎？猗歟！若公者殆其人乎？

公開國功臣直義公之裔也。勳舊世澤，涵育閎長。及公祖、考兩世，父子兄弟並忠勇激發，取義成仁，天語有『世篤忠貞』之褒，錫賚優渥。公承前趾舊伐，年未及冠，則慨然欲有所効於國，志節風採，遠出流輩矣。天子既嘉公忠臣之後，克篤前烈，而明德勲親若恭邸、若醕邸，並雅重公。公益〔二〕意憂勞國事，不避艱阻，宣勤効力，歷二十年，遂自部郎洊長冬官。然以剛毅廉正，於時頗有所齟齬，乃以疾引退，而忌公者猶齗齗未已。頃之，復以事鐫二級。維〔三〕天子終重念公，未幾復起家爲蒙古正藍旂都統。尋簡授西安將軍。西安雖處一隅，然以公之忠勤幹略，其風聲固自足被乎天下。滿洲人士徧布中外，必有聞風興起，雲蒸霧集，以效朝廷之用，而蔚成中興之業者。當公之引退也，人或以公中蹶爲惜，不知乃天之降監於公，將益老其材而昌其烈，以翊成皇朝無疆之緒耳。

蓋自昔名德重臣，未有不由困厄憂勤而致者也。史册所載不暇論，近若曾文正、胡文忠之儔，皆備歷嶮巇磨淬，而後以有成功。今天眷佑有清，而篤生我公以肩其任，其舛迕盤錯，固宜有若是者。然則自今以往，公之受天之祜，駘耇祉福，以至於無期，其亦不待數計龜卜，而可券其必然者乎？

裕釗衰朽枯槁，伏處山澤，無聞於世也久矣，與公未嘗有一日之知。顧獨辱公下顧之雅，私獨景佩，以爲自曾文正公而後，折節下士，殆未有如公者。故竊樂道公之大節，所以繫天下之重，必且長生久視而未有艾者，以爲期頤之祝。至若公孝於親，篤於友，取與不苟，勤學多聞，醕德懿行甚眾，皆未遑備論，且皆天下之所傳說而稱頌者，亦無以裕釗之言爲也。

録自濂亭遺文卷二。

【校】

〔一〕室：黎本、張孝栘本作『家』。

〔二〕益：黎本、張孝栘本作『蓋』。

〔三〕維：黎本、張孝栘本作『惟』。

夏潤之孫桐之母姚宜人六十壽序

永年孟生慶榮，暇日爲裕釗言其嘗所受知夏範卿明府之賢，令永年有治行可紀。余聞獨心善之。因問孟生明府里居、家世何也。生具以實對，乃益述夏氏世德之懿，家法之善。且稱明府之配姚宜人，尤以淑德〔一〕著稱族鄙。其母家，桐城姚氏也。其高祖，姚惜抱所爲彙香七叔父壽序『貫一弟作令有聲』者也。宜人生長名族，漸漬詩禮，孅夙若性。成父母以孝稱，嘗封臂以療母病。既歸明府，克勤克儉，明辨大體，內外稱宜。又自少嫻吟咏，益與其兄同受畫法於外家金陵張氏，繪事之工，擅絕一時。論者謂姚氏女士，固宜其異於人者。有子孫桐潤之，恂恂孝謹，力於學行，爲光緒壬午舉人。明府既殫心民事，閫以內壹委宜人。潤之之賢，抑亦其母教也。余聞，益善之。

頃之，孟生告余：『以今茲光緒乙酉正月爲宜人誕日，壽六十矣。潤之謀於慶榮：「孫桐之族及外族，故皆世仕宦。然吾母畢生，一以樸素自將，視人世奢靡汰侈，泊如也。乃瘉益淡於榮利，雖對榮觀，燕處超然。往居官舍，常與吾父商約歸隱。圖繪詩歌，時時一寄意焉。今吾母之壽，凡世俗之所炫熒、紛華、烜赫，皆不足稱吾母，獨其生平故好風雅，子能爲孫桐得武昌張先生一言以壽吾母者，則吾心慊矣。」先生能許之乎？』

裕釗聞良久，乃謂孟生：『壽序非古也，且余言何足以重宜人？』雖然，裕釗往故嘗聞湘鄉曾文正公亟譏壽序之失，以謂無書而名曰序，無故而諛人以言，皆文體之詭，不可不辨。顧文正公論文，最服膺姚惜抱氏，裕釗亦舊從文正公爲姚氏學，姚氏之集，則有壽序矣。且雖以文正公之言若是，然其生平所爲壽序，乃不下數十篇。裕釗則以謂吾友爲人子，而欲以是娛其親而必卻之，亦人情之所不得也。無已，獨稱其父母之賢以勖其子，使持以壽其親，因益勉爲賢，以爲親娛。其體雖非古，其義則不爲無取耳。觀文正公之作，每每多勸勵其子之言，猶此志也。然則潤之欲壽其母，裕釗將何以答其意哉？

蓋俗之溺於利也久矣。子之所以順親悅親者，曰富貴利達也。親之所願於其子者，曰富貴利達也。推而至於夫婦之閒，夫之所以庇其妻，妻之所以仰於其夫，亦莫不曰富貴利達也。當世之士大夫，一沈於室家之累，身之不顯，則內媿其妻子，而若不可爲人。爲子者，亦若惟是可以奉承其親，非是則危不可以爲子。悉家人父子，䘏乎惟一官之得失爲愉戚，若奉槃水，執重器，兢兢羣奔命於其中，惴若懷萬鎰之重以涉重淵，而悲其失墜。嗟乎！彼將何所不至歟？夫俗之日壞，而人才之所以不振，職是故而已。

今潤之稱宜人淡於榮利，常與明府有偕隱之志，宜明府之爲賢吏也。抑其所以教潤之者，蓋不問而可知。潤之不敢以世俗之榮爲宜人稱觴，而獨有取於裕釗之一言，則其能率宜人之教，又可知也。充是以往，他日之所以立乎其位可知耳矣。異日者，宜人年考益高，親見潤之能於其官以無忝前烈，其爲祉福驩欣，豈可意計，復何待裕釗之言爲輕重也哉？故裕釗於孟生所述宜人之懿不具論，獨以是裒潤之頌祝宜人，且持此義以質之惜抱氏及文正公，其亦以爲知言者邪？宜人故好文，且又姚氏族，潤之持是以爲宜人壽，宜人聞之，儻亦以斯言爲不可棄者邪？

録自濂亭遺文卷二。

【校】

〔一〕德：黎本、張孝栘本作『懿』。

賀蘇生夫婦雙壽序

往者，裕釗以癸未之歲，主講保定蓮池書院，則聞深州賀君蘇生有君子之行。既友人吳摯甫告余以賀生濤者能爲古文，詢其家世，知爲君之子也。明年，賀生以選授大名學官，至省城，執弟子禮來謁，因得觀其所爲文，蓋已造古人之堂而行入其室矣。其爲人益純明質厚，無世俗之見入於其心，余心異而深重之。居無何，君復以學官秩滿來省城，乃始得相見。揖其貌，粹然德人之容；與之語，藹然仁人之言，信其爲君子者。先是，賀生與其弟沅，以同治庚午同舉於鄉。其後，復以丙戌同時成進士，服官中外，人皆以爲君榮。然裕釗獨以賀生能抗志追古之作者，而思與之並爲，尤足以顯大其親。而君躬君子之行，名稱信於人人，宜其子之賢若是也。及裕釗去保定之五年，賀生以書來，稱：『吾父以甲午之歲登壽七十，而吾繼母陳太恭人亦以是年登壽六十有九，敢請爲一言以紀其慶。』

蓋裕釗於君父子，至難忘矣。昔姚惜抱嘗謂：『以天下才俊之多，而能爲古文者蓋少。有能爲之，必豪傑也。』然則雖以裕釗走四方，所交多海内勝流，故宜其於生尤不釋也。抑人之生也，當其少壯，莫不盛意氣，憙交游。及其老也，精力既頽，而追思往昔故舊，罕有存者。間得一二耆長，年輩相若，情志相類，則恆樂與處焉。且以俗之益薄，古道之日衰，耆年宿德，老成典型，乃彌足系人敬慕之心，而不能以已。自裕釗去保定，道海上以歸武昌，尋泝漢、沔，客襄陽，復踰商洛以入秦中，奔走萬有餘里，訪求鄉里舊時朋好，及其他平生握手言笑之人，苓落殆盡。重遠適他邦，落寞塊居，顧視無可與語者。每私獨念君眉壽耆德，而家有賢子，思幸一相見，山川遼絶，邈不可得，傍徨慕思，鬱陶乎余〔一〕心。今乃聞君與其夫人之壽，固樂爲奮筆而言之，況君之子，裕釗之所睠睠而又重以請邪？於是作爲詩歌，揚厲君與其夫人之盛美，宜其祉福老壽者，以附於詩人『稱彼兕觥』之義。其詞曰：

南山之猗，有杞有椅。西山之麓，有瓚有玉。愉愉吉人，其原有菽。簡而不亢，恭而不黷。伐其角牙，夷其城壘。和以天倪，同彼與己。弛張取與，愛憎譽毁。稱物平施，如衡中水。以德薰人，不求人知。人有被者，久乃思之。善氣斯翔，祥風載扇。嘉禎來萃，繁祉曼羡。亦有淑配，繼室陳媛。翕若鼓琴，衎衎宴宴。既齊既遬，無逸無倦。有前者子，床繞栔旋。孰毛孰裏，忘其後先。諸子既長，克諧以孝。秉父之德，漸母之教。麟震鳳騫，文採並耀。君子偕老，顧之而笑。我黻子佩，惟德之肖。陽春之鼂，日麗景明。醃醃蘭馨，噰噰鳥鳴。君子燕喜，稱觴於庭。簪紱濟濟，鞠⿰月卺升堂。酌彼玉斝，壽考無疆。皤然一叟，萬里相望。郵此頌諸〔二〕，維以不忘。

録自《濂亭遺文》卷二。

【校】

〔一〕余：黎本、張孝移本作「予」。

〔二〕諸：黎本作「詩」。

代某公梅小巖方伯暨雷夫人五十壽序〔一〕

自元時置中書行省，而明代更爲布政司，國朝因之。其職自郡縣守令至於丞簿除授更調黜陟，無所不掌；自漕糧征榷軍糈吏禄，與其它凡百錢穀出内，無不綜。而咸豐以後，天下用兵，財費浩穰，衆務猥宂，一集於布政司。布政司以上，乃有督撫。然督撫總其成，察其善不而已，其辨論官材，籌量食貨，一省之鉅政，責成委寄，繄布政司是任。

若夫江蘇財賦，甲於海内。其金陵又居南北之衝，平居接待官吏，省視簿書，鉤校金穀贏縮，自朝至於日昃無暇晷；朝廷遣使，兼圻大吏，四方冠蓋往來賓餞，襁屬於國門之外。重〔二〕軍興以來，江甯爲兵事所終始，大難既定，百廢叢脞，故艱鉅殷繁，號爲天下最。居其位者，非夫天之畀純，神明茂清，而精力贍固，敻乎出〔三〕於衆人者，烏足以勝此哉？且夫人之任事，鉅細劇易贏詘，視其精神資力以爲受者也。譾材簿德，與之一官一邑，而皇皇若不足進乎此者，或裁足稱而已。其上者乃投之艱大，而沛乎其若有餘。人之度量相越如此其不可齊也，一存諸其賦予乎天者而已矣。

南昌小巖方伯，何其天之厚之若是歟。方伯〔四〕蚤歲取甲乙科，入翰林，復由部郎薦居諫垣，幹局隱然，遠近想聞其風采。後典郡粵東，聲譽焯起，受兩朝特達之知，洊擢今任，蓋歷中外二十有餘年矣。始，方伯官京師，嘗奉命返鄉里，與治團練，擊賊市汊，破之。在粵東，弭恩平〔五〕土〔六〕客民之難。再擊賊東江，平之。南北水洋盜俶擾，往擊，大破之。又討賊曹沖，應時殄滅。所至益講求時務，尤精九章、秝〔七〕術，旁逮泰西機器、火器制造之法，無所不究悉。

及開藩白下，尤以兼綜諸務爲一時倚賴。人士之賢不肖，財貨之盈絀，下至閭里市井幽隱銖兩毛髮之事，皆心識其然而躬自釐剔之。前後任江南大吏若曾文正公，馬端敏公，順昌丁公，香山何公，濰縣、合肥兩張公，暨今總督開縣李公，皆當世鉅公偉人也，其爲治張弛競絿異施，性量剛柔溫肅緩急異齊，方伯以一身處其間，奉法順流，維匡劑和，無所不得其理。及江甯一郡守兩縣令，仰承大藩，順以無事，儻乎忘其所居之爲劇任也。乃至於他郡縣，坐以照之，不勞而治。以其暇日，賓接賢士大夫，虛己歛容，禮下之已甚，若不自知其爲達官貴人者。豈非所謂天之畀純，神明茂清，而精力贍固，夐乎出於衆人者歟？

今者焉逢閹茂之歲，日在星紀之月，爲方伯五十覽揆之辰，而配雷夫人亦以是歲登五十壽。夫人故有淑德，能治内政以佐方伯； 而諸令嗣亦能嶄然見頭角；方伯諸昆季，又并有聞於時〔八〕，江南吏民咸喜悅而慶頌之。夫方伯之稟於天者厚，故其成諸能者博，而施諸人者廣，則其壽於世之必永也，又何疑乎？ 方今區寓鼎甯，天子厪思維新之治，尤孳孳以委任疆臣爲亟，方伯之簡在帝心也有日矣。其由是畀寄一方，開府建節，布德施惠，以答望澤之甿； 垂恩儲祉〔九〕，欺頤老壽，而輔成聖清無窮之烈，固不待諏龜灼兆而可決其信然者也。

某等幸得從方伯後，同官江南，稔知方伯之〔十〕治績與其行事，深愧以爲不〔十一〕逮。顧其慕望愛悅之私，結於中而不能已也。乃以方伯誕日，篹〔十二〕爲祝嘏之辭，偕諸寮友，敬獻之左右。方伯以某爲知言者，其必欣然而舉一觴也夫。謹序〔十三〕。

錄自濂亭遺文卷三。

【校】

〔一〕稿本題作『代梅小巖方伯五十壽序』。

〔二〕重：抄本作『重以』。

〔三〕乎出：埽葉本作『出乎』。

〔四〕何其……方伯：十一字據抄本補。

〔五〕恩平：底本、黄本、埽葉本、抄本作『平恩』。據稿本改。

〔六〕土：底本、黄本作『士』。據稿本、埽葉本、抄本改。

〔七〕秝：抄本作『秝』。

〔八〕夫人故有……聞於時：三十六字據抄本補。

〔九〕祉：埽葉本作『社』。

〔十〕之：據抄本補。

〔十一〕不：抄本作『不能』。

〔十二〕篹：抄本作『篹次』。

〔十三〕謹序：據抄本補。

代某公譚母謝太夫人六十壽序〔一〕

天下言長生之術祖老子。老子之言曰：『我有三寶，寶而持之。一曰慈，二曰儉，三曰不敢爲天下先。』慈，故能勇；儉，故能廣；不敢爲天下先，故能成器長。老子論道主虛無淸淨，爲儒者所譏，而道家之徒宗之。然由其道者，往往能高世俗，延壽命，遠於危辱夭閼之患。善乎許氏月南之說曰：『老子學易而有得於「坤」者也，故曰「元牝」，曰「守雌」，曰「知其白守其黑」，曰「柔弱[者]生之徒」，曰「不敢爲天下先」。』夫坤道無成而代有終，地道也，妻道也，臣道也。〔二〕是故以柔弱爲守，以慈、儉、不敢先天下爲寶。君子之於世也，有開物成務之功，有先知先覺之任，所謂虛無淸淨、守雌處後者，誠不足以盡之。若夫閫內之行，如老子所稱『三寶』，則固〔三〕婦德之懿，而母教之至善者也。自後世之士，離世絕俗，遊方之外者，服膺乎此，猶足以遠禍致福，而永其天年，況處閨閫之中者，於斯苟有合焉，其受天之祜，茀祿穈〔四〕壽，永永無極，豈不宜哉！豈不宜哉！

湘潭譚青崖軍門，其封翁某君，以樸行箸於鄉里，遺命以忠厚爲訓。配謝太夫人，克守封翁之教，所以治其家而訓其子者，壹出乎是。自其事舅姑〔五〕也，和娣姒也，睦族婣也，勤而篤，悱而摯，周復而不厭，劬瘁而益厲，惟恐一人之不獲其意者。又躬執苦約，匑匑祗愼，退然如不勝衣。信所謂能慈能儉，不敢先人者歟？篤生青崖軍門、翠崖參戎，並以材武勇毅顯於當世。自兵事起，從戰湖南北及江西、江南、河南諸行省，斬將搴旗，攻城撕邑，不可勝數。名譽流聞，功績昭著。兄弟儕於顯列，而父母受其榮封。太夫人顧而樂之，有餘快焉。

往者，某耳軍門昆弟戰績，以謂其人計剛厲武猛，不可狎邇。及晤軍門，乃敦樸退愻，有若太史公稱李將軍『悛悛如鄙人，口不能道辭』者。老子論『三寶』，而推極之於用兵，曰：『夫慈，以戰則勝，以守則固。天將救之，以慈衛之。善爲士者不武，善戰者不怒，善勝敵者不爭，善用人者爲之下。』然則軍門昆弟所以致果克敵，揚名顯親，無亦所得於太夫人之教爲多，而有合於老氏之旨者乎？

太夫人以今茲彊圉赤奮若之歲，登壽六十。軍門稱觴於室，同人肅衣冠粟階稱壽。某乃推太夫人之德，實備乎老子之『三寶』，而適符乎『坤』之所謂『柔順利貞』者。是則無疆之慶，太夫人既自裕之矣，期頤老福，其又何疑焉？遂書以爲侑觴之辭。

録自濂亭遺文卷三。

【校】

〔一〕稿本題作『譚母謝太夫人六十壽序代』

〔二〕周易文言：『地道也，妻道也，臣道也，地道無成而代有終也。』

〔三〕固：底本作『君』。據稿本、黄本、埽葉本、抄本改。

〔四〕麋：底本、黄本作『糜』，埽葉本作『麋』。據抄本改。

〔五〕姑：底本、黄本作『始』。據稿本、埽葉本、抄本改。

代某公黄昌岐軍門六十壽序

昔唐李勣佐高祖、太宗定天下，以勇智稱。然嘗謂『薄福之人，不足與成功名』，臨事選將，必訾相其奇庬〔一〕福艾者。〔二〕諒哉！斯恉也。勳名之際，榮顯之塗，茀祿之基，豈盡人力之所能致？天實命之矣。自古材武雄傑之倫，勇足以摧萬衆，謀足以奪三軍，何世無之？或不遭用武之時，汶汶無所試。遭其時矣，或困抑沉淪，噤不得施用；既用矣，又或中道戹阻，而功未竟，爵位不顯於世，材不得盡其長。其或遘遇事會，建殊勛，躋顯列，是可謂得其志已。迨其後也，乃復有躬會危機，疑謗交訌，至於怫鬱以終老，奄闕而不得信。遠覽千歲之上，近觀百年之間，若是者不可勝數也。若夫結髮從戎，義勇激發，乘機應時，積功累閥，渥被寵榮，窮極貴盛，臂力未衰，而功成身退。居有園池第宅之適，珠玉玩好、管弦絲竹之樂，無所不得其求，當世之務，渺不關於其慮，而康强老福，永保性命之期。人事之不齊，世途之阻艱，如彼其甚也，身獨贏〔三〕若是，是非所謂天授者邪？

長沙黄昌岐軍門，當咸豐初亂起，湘鄉曾文正公治水師於湖南，軍門起營伍從擊賊大〔四〕湖南北，屢著績效。其在軍果勢勇鋭，將以敦愨，故所至有功。自是轉戰諸行省，於江西克九江，於安慶、於金陵、蘇州克省城，及其後平定捻賊，皆與有成勞。其他破堅禽敵，攻下城壘，不可殫記。以功累官淮揚鎮總兵，灕擢江南長江水師提督，封三等男。先後恩寵稠疊，賞賚紛綸，聲烈憚燀〔五〕

赫，同時武臣，罕與爲儷。寇亂既平，一旦稱疾引退，僑寓金陵城中，治園亭，蒔卉木，時從平生故舊杯酒游讌以爲樂。及今歲巋然登六十壽，而體貌豐碩强固猶昔時。

由軍興以來，諸將帥履危蹈難，舛互錯牾，亦何可窮？軍門一身，而勛名祉福壽考備焉。出有成功，處有慶譽，豈非天哉！豈非天哉！夫天之所啟，不可禦也。軍門其自是期頤黄髮，永享令名，錫蕃釐而無有極乎！

録自濂亭遺文卷三。

【校】

〔一〕稿本體作『代黄昌岐軍門六十壽序』。

〔二〕庬：底本、黄本作『龐』。據稿本、抄本改。

〔三〕新唐書李勣傳：『臨事選將，必訾相其奇庬福艾者遣之。或問故，答曰：「薄命之人，不足與成功名。」』太平廣記卷169選將云：『李瓘每臨陣選將，必相有福祿者而後遣之。人問其故。對曰：「薄命之人，不足與成功名。」君子以為知言。』

〔四〕羸：抄本作『羸』。

〔五〕大：埽葉本作『太』。

〔六〕燀：底本、黄本作『憚』。據稿本、埽葉本、抄本改。

周海舲軍門六十壽序代

昔周之興，至於成康之際，六服承德大化既翔洽矣。然康王嗣位，而羣臣進戒之辭曰『張皇六師，無壞我高祖寡命』，及康王『報誥』，亦惓惓於『熊羆之士』、『不二心之臣』。蓋國家當有事之秋，整軍經武，四征弗庭，爪牙腹心，竭忠効力於疆埸之閒，布德抗棱，故罔有敵於天下。逮寇難既夷，偃兵弛備，武節日隳，而凶狡窺窬之釁作，君子聽鼓鼙之聲，則思將帥之臣。當承平無事之秋，其殆較右武之世爲尤急也。且時方用武，果執壯勇少年推鋒之倫，輻湊並進，皆可以收其力用。若夫海宇恬熙，將長慮卻顧，銷壓亂萌，則尤惟老成持重，謀定而後動者，爲足賴焉。詩曰：『方叔元老，克壯其猶。』漢唐之世，趙充國、張仁願之徒，並以老成〔一〕宿將，握重兵，屯緣邊，不動聲色而威制萬里之外，四夷讋憚，爲之喙息。保有功名，康强祉壽，與國無窮，聲名光輝傳於百禩，莫不稱頌，以爲虓臣之魁傑、中興之耆耇。其繫重天下，而爲衆人之所禱祝，歌其功烈而願其期頤，豈有極歟！豈有極歟！

吾鄉周海舲軍門，以雄武沈毅爲時名將。自咸豐初兵起，軍門練團勇，保鄉里，賊至輒破走。閒從官軍擊賊皖北諸州郡，每有斬獲。其後，從今宮太傅伯相李公討粵賊於江蘇，從曾文正公及李公討捻賊於安徽、江蘇、河南、湖北、山東、直隸諸行省。於江蘇克嘉定、崑山、江陰、無錫、金匱、常州諸郡縣，戰功號爲多。又轉戰千里，肅清楚、皖、吳、越之交，壹是底定。於諸行省，與捻寇相追逐，南薄江、漢，北渡河，東至於海。偕諸將斬馘諸盜魁，羣醜殄夷，勳績〔二〕焯箸。前後以功累官至提督，由卓勇巴圖魯改法福齡阿巴圖魯，疊拜賞穿黃馬褂〔三〕之命，及諸珍物之賜。軍中榮之。

先是，軍門故蚤失怙恃，而大母某太夫人在堂，年考益高。賊既平，一旦以兵屬其哲弟薪如軍門，陳請歸養。於是家居不出者十餘年，蕭然於功名之際，蓋將徜〔四〕徉江湖之上，以終其志焉。會閼逢之歲，法人俶擾海上。朝議北洋爲京師門戶，而當時淮軍諸將莫先軍門，且以軍門不競於功名，其樹立必尤足偉也。有詔強起至天津總護諸將，屯於境上以待。既法人行，成命仍以湖南提督留籌備海上，雄鎮屹然。廟堂南顧，而釋其憂。而軍門乃以今茲夏六月歸然登六十壽，舊時同襌儔侶、義從爪士之在北方者，謀稱觴爲軍門壽。

某曰：方軍門起淮上，提一旅轉鬭而前，經歷歲年，連殄巨寇，所克攻城壘數十所，破滅賊衆不可勝數，颷駭電激，捷出神怪，固天下之所震耀而稱說也。然某以爲〔五〕軍門今者總勁兵，守重地，淵謀沈慮，批患折難，運於無形，乃尤天下之所倚賴而慕望者乎？方今海濱萬餘里之地，蕃夷從萃，結約互市，疆務孔殷，朝野上下之所淬精劘慮而圖也。自大難削平，薄海綏定，踰二十載，諸老將以次凋謝，稍稍盡矣。幸得有久於兵閒曉暢戎機如軍門者，授以專閫之寄，拱衛京邑，以彊本折衝，邊地有所恃而無恐，遠人慴伏而不敢發，其所係於安危之機何如哉！

昔南山有臺之詩，頌美『樂只君子』，以爲『邦家之基』，而終祝之以『遐不黃耇』。然則世之依賴軍門，而祝其眉壽耇駘，亦若是焉已矣。某等舊在行閒，從軍門最久，其知軍門亦最深，用敢推大軍門之盛業，以祝其無期之壽云。

録自濂亭遺文卷二。

【校】

〔一〕成：黎本、張孝栘本作『臣』。

〔二〕績：黎本、張孝栘本作『積』。

〔三〕褂：底本作『袿』。據黎本、張孝栘本改。

〔四〕徜：黎本、張孝栘本作『倘』。

〔五〕爲：黎本、張孝栘本作『謂』。

卷五　書劄

與黎蒓齋書

蒓齋仁兄親家足下〔一〕：　前在金陵，相從譚蓺，譏評古今人，私心甚快。別後倏忽月餘日矣，寒牕短檠，時時隱几思足下，不可弭忘。裕釗自惟生平於人世都無所耆好，獨自幼酷喜文事，顧嘗竊怪學問之道，若義理、攷據、辭章之屬，其涂徑至博，其號稱爲耑家，亦往往而有，獨至於古文而能者蓋寡。自曾文正公没，足下及至甫又不得常聚晤，塊坐獨處，四顧犖然，無可與語。近者李佛笙乃頗有意於此，時相從問爲文法，所入雖未深，然佛笙故天亮出於人人，乃時有解悟處，此差足語耳。

夫文章之事，非資才敻絕，而程功致力之深且久者，則必不能以至； 才優而力深矣，其能至以幾於成與不能成，則亦有天焉； 既至而幾於成矣，其傳不傳，與傳之顯若晦若近與遠，則又有天焉。且誠令其至而幾於成，成焉而傳，傳焉而顯且遠，而吾文信不敝於百世，吾身則既泯然死矣，其取吾文而歎慕貴惜之者，吾皆不得而見之矣。捐棄一世華靡榮樂之娱，窮畢生之力，苦形瘁神，以儌幸於或成或不成、或傳或不傳之數，而慕想乎千百歲後冥漠杳渺邈不及見之虚譽，而不以自止，豈非所謂至迂而大惑者哉？宜彼世之所謂賢儁，能一切以取富貴顯榮者，訕笑而背馳之也。

雖然，莊周有言：『民食芻豢，麋鹿食薦，蝍蛆甘帶，鴟鴉耆鼠，四者孰知正味。』生人之耆好，各賦受於其生初，其不齊至不可以巧秝祘，則夫孳孳焉勤一世以殫心〔二〕於文字之業者，無亦所耆出於其性，而不能以解者歟？且吾觀古之能文者，若司馬遷、韓愈、歐陽脩之徒，其始設心措意，亦無過存乎以文自見，卒其所至，世不得徒文人目之。是故深於文者，其能事既足以自娱嬰，及其所詣，益邃以博，乃與知乎聖人之道，而達乎天地萬物之原。獨居謳吟一室之中，而傲然俾睨乎塵壒之外，雖天下又孰有能易之者哉？又遑暇校量於我生以前與身後之贏失而爲之進退哉？

思足下不得見，索居無聊，輒一吐其匈臆之所積〔三〕，自怡取快意而已。然〔四〕非足下，僕亦不發此也。天氣驟寒，惟萬萬保練自愛。不宣。

録自濂亭文集卷四。

【校】

〔一〕據稿本補。

〔二〕以殫心：據抄本補。

〔三〕積：抄本作『鬱積』。

〔四〕然：據抄本補。

答吳至甫書

春間奉到往歲除夕惠書，承已改官畿甸，將以儒者之學，澤我民萌。敬賀！敬賀！

六月初旬，李佛笙太守復遞到三月晦一函，適裕釗有悼亡之戚，先期歸里，一昔始來鄂城，悤悤未及報。所需姚氏評點漢書，一時未遑鈔寄，請以異日可耳。

來書過以文事見推，且虛懷諮度，諄諄無已，裕釗則何足以知此？雖然，既承下問，不敢不竭其愚。

古之論文者曰：文以意爲主，而辭欲能副其意，氣欲能舉其辭，譬之車然，意爲之御，辭爲之載，而氣則所以行也。欲學古人之文，其始在因聲以求氣，得其氣則意與辭往往因之而並顯，而法不外是矣。是故契其一，而其餘可以緒引也。蓋曰意、曰辭、曰氣、曰法之數者，非判然自爲一事，常乘乎其機，而緄同以凝於一，惟其妙之一出於自然而已。自然者，無意於是而莫不備至，動皆中乎其節而莫或知其然，日星之布列，山川之流峙是也。甯惟日星山川，凡天地之間之物之生而成文者，皆未嘗有見其營度而位置之者也，而莫不蔚然以炳，而秩然以從。夫文之至者，亦若是焉而已。觀者因其既成而求之，而後有某者某者之可言耳。夫作者之亡也久矣，而吾欲求至乎其域，則務通乎其微，以其無意爲之而莫不至也。故必諷誦之深且久，使吾之與古人訢合於無間，然後能深契自然之妙，而究極其能事。若夫專以沈思力索爲事者，固時亦可以得其意，然與夫心凝形釋冥合於言議之表者，則或有間矣。故姚氏暨諸家因聲求氣之說，爲不可易也。吾所求於古人者，由氣而通其意，以及其辭與法，而喻乎其深。及吾所自爲文，則一以意爲主，而辭、氣與法胥從之矣。閣下以爲然乎？

閣下謂〔一〕苦中氣弱，諷誦久則氣不足載其辭。裕釗邇歲亦正病此。往在江甯，聞方存之云長老所傳，劉海峯絕豐偉，日取古人之文縱聲讀之。姚惜抱則患氣羸，然亦不廢哦誦，但抑其聲使之下耳，是或亦一道乎？

裕釗比所遇多乖舛，又迫憂患，於此事恐終無所就，閣下才高而志遠，年盛而氣鋭，它日必能紹邑中諸老盛業，用敢進其粗有解於文事者，以爲涓埃之裨。惟亮詧。不宣。

録自濂亭文集卷四。

【校】

〔一〕謂：埽葉本作『為』。

與鐘子勤文烝書

子勤尊兄先生足下：裕釗近從蔣部曹所側聞先生之懿，私心甚慕。鄉日又於部曹所獲睹手書，乃承垂問及於不肖，且感且愧，用敢奉書於左右，而一陳其所欲言。

蓋自康、雍、乾、嘉以來，經學號爲極盛，非獨遠軼前明，抑亦有唐而後所未有也。然患在窮末而置其本，識小而遺其大，而反以詆訾宋賢，自立標幟，號曰『漢學』。天下承風，相師爲賢，君子病焉。近乃復有一二篤志之士，稍求宋儒之遺緒，推闡大義，而不溺於纖小之習。然或專從事於義理，而一切屏棄考證爲不足道，蒙又非之。

夫學固所以明道，然不先之以考證，雖其說甚美，而訓故、制度之失其實，則於經豈有當焉。故裕釗常以爲道與器相備，而後天下之理得。至於本末、精粗、輕重之數，是不待口說之辨而明者也。然學者常以其所能相角而遺其所不能者，以開其隙而招之攻，是以學術異趨，紛然而未已。夫以其然，其必有窮貫乎本末、精粗之數，而無所不能至者出焉，存其說，百世以俟聖人而不惑，而一切之爭可息也。烏乎！非有絕人之資，勤篤之力，其孰能與於此？雖然，必樹是一人者爲之宗，以靖天下之紛紜而一其趨。於是學者得有所歸，隨其才力之所至，雖淺深大小不齊，而於道皆有所明。夫然後學術一，而成材眾矣。豈不瘉於水火相盩，更出迭勝，而以黨仇攻伐爲事者哉？

伏惟足下才高而識邃，智崇而業廣，自許、鄭、賈、孔，下逮國朝顧、閻、江、戴、段、王之說，既無所不窺矣，又將一折衷於宋儒，以求當乎周公、孔子之意。由是而推之，則裕釗之所稱者，足下豈有意乎？抑將啟此一途，以待後之作者乎？相去千餘里，不得面奉誨言，惟幸辱教焉。不宣[一]。裕釗頓首。

録自濂亭文集卷四。

【校】

[一]不宣：據抄本補。

答劉生書

曉堂足下：蚤春承寄示文數首，入秋又得手書，勤拳貇至，足下之用心，何其近古人也。足下諸文，所爲尊君事略最肫摯可愛。讀《老子》，中一段詞甚高，闖然入古人之室矣；前幅微覺用力太重，少自然之趣。他文識議並超出凡近，而亦時不免病此。

夫文章之道，莫要於雅健。欲爲健而厲之已甚，則或近俗。求免於俗，而務爲自然，又或弱而不能振。古之爲文者，若左邱明、莊周、荀卿、司馬遷、韓愈之徒，沛然出之，言厲而氣雄，然無有一言一字之强附而致之者也。措焉而皆得其所安，文惟此最爲難。知其難也，而以意默參於二者之交，有機焉以寓其閒，此固[一]非黽莫所能企，而亦非口所能道。治之久，而一旦悠然自得於其心，是則其至焉耳。至之之道無他，廣穫而精導，熟諷而湛思，舍此則未有可以速化而襲取之者也。吾告子止於是矣。

夫文之爲事至深博，而裕釗所及知者止於是，其所不及知者，不敢以相告也。以足下之才，循而致之以不倦，他日必卓有所就。此乃稱心而言，非相譽之辭也，足下勿以疑而自沮焉可也。足下文知友中多求觀者，故且欲留此，俟他日再奉還耳。惟亮督。不宣。

録自濂亭文集卷四。

【校】

[一]固：底本作『同』。據黃本、埽葉本、抄本本改。

復某邑侯書

閏月之望，奉到四月十日手書。捧讀之餘，且感且愧。以執事拳拳之雅，不肖雖愚無知，甯有不感激而應命者？況裕釗自幼束髮受書，過不自量，竊斐然有述作之志。今以桑梓之鄉，志乘之重，重以百餘年之廢墜，卽微明命，猶思奮筆於其間，其有承大君子再三之召而顧恝然自外乎？惟是生命不辰，適丁大故，三月之內，再罹鞠凶，大義私情，具有萬不可者。前書悤悤，未盡所懷，故復敢悉陳其愚，而執事察焉。

竊惟送終者，斂形之後，莫重於葬。今先君先妣窀穸未安，筮宅筮日，蚤暮遑遑，若舍而他適，則茲事將遂曠邈，必且久淹歲時。且過時不葬，違先聖之明訓，冒國家之刑章，斯謂罪人，遑問〔一〕餘事？禮：卒哭而祔，小祥以前，寢堂饋奠，猶生事之，鼂夕哭醑，必躬必親。斯乃古今之達禮，人子之至情也。況裕釗自痛生平飢驅四方，衣食奔走，晨昏多缺，抱恨終天。今昕夕所稍得自盡者，不過歲月之間，而復違焉，其胡能忍？

且自先王制爲縗麻之服，以爲至痛飾，使賢者得以遂其情，不肖者亦以怵於目而動於其心。後世教誼頹紊，甫經虞祔，遂墨其衰。往者有宋朱子曁國朝四明萬氏、崐山徐氏，皆痛疾言之。裕釗曩讀其書，爲之凜然。每與徒友論辨及此，以謂禮教之廢壞，風俗之衰薄，士大夫之知禮者，所宜力振流失，而返之古初。嚮之所稱謂，何今至於大故而自蹈其失耶？然服疏衰之服，以居廬堊室之中可也。若遂入城，廁身局中，既欲守禮，亦虞戾俗。墨縗則實疚隱衷，素縞則恐駭物聽，進退審顧，無一而安。揆諸事情，尤爲未便。蓋三年之喪，天下之至痛也。故古者天子諒闇，三年不言。既練，然後君謀國政，大夫士謀家事，所以致其哀而不敢以問之也。故曰『重志之謂也』。大功猶廢業，況以父母之喪，而與於纂修之役乎？致悲戚則廢務，思職事則忘哀。且執事亦安用此昏悖瞀亂之人而任之事哉？

昔歲之冬，湘鄉曾相國詒書招赴金陵，近黃子山太守亦以試事見邀，裕釗並瀝述前情，壹爲辭謝，非獨於明命有所廢格。且以執事之國士遇我，裕釗甯不慊焉？惟是慘痛之際，奄忽之期，實於先靈未忍違去。而私計執事宏宣遠猷，樹立方未有艾，儻不以裕釗之愚不肖，異日所以自效於左右者，惟所使之。斯則裕釗所得少自盡於先人者，無過日月之際，而竭誠殫力以報知己者，方且誓心於無窮。執事其亦可以悲其志而原其罪已。

若以志乘之修，必有取於愚者之一得，則謹條數事列於左方，執事或有取焉。其與效馳驅於前，亦奚以異？如謂離其喪次，執事在公，則輾轉私衷，其不能自克也決矣。肅復布臆，惟垂察。不宣。

附脩志末議六條

一、地志於目錄家屬地理，而治地理者，必以輿圖爲本。宜仿晉裴秀氏之法，爲之計里畫方。或五里、或十里爲一方，每方或一寸若寸五分，周之得四寸若六寸，裴氏所謂分率，以辨廣輪之數者也。又皆以虛空鳥道圖之，使東西南北、四正四隅，辨方正位，較然不易，裴氏所謂準望，以正彼此之形者也。其人所經行之路，迂直、高下、險夷各異者，別相綴爲黑子識之，而注里數於其間，所圖黑子、驛路爲圜形，非驛路爲銳形，裴氏所謂道里以定所由之數者也。即其所謂迂直、高下、夷險之體，亦於是寓焉。一邑之中，城池鎮市，山陵川澤要隘，四至八到，皆詳著於其上，圖後以說輔之。一市之中，廛肆若干戶，居民若干戶；水陸可通某所；山陵或爲平迤，或爲險峻，大小高庳若干里若干丈，川澤廣狹若干丈若若干頃；谿谷支流所出、所會；舟楫所通，春夏水漲可抵某所，歲寒水落可抵某所；某道某涂所達某所；橋梁、堤堰及要隘若干所，皆一一登記明晰。然後一邑之政，自治民行軍，詰奸捕盜，興修水利，阜通財賄，自可披圖按籍，一覽瞭如。

一、賦役爲州縣鉅政。自開國以來，所定舊章中，間隨時變通，著爲定令。下迄咸豐中，巡撫胡文忠公所改定漕糧章程尤爲切要，並宜全錄成案，一無遺漏。庶上下均有所守，而吏胥不得因緣爲姦。此最利國利民之大者。

一、土地之宜，百昌所殖，上奉國賦，下繫民生。其各鄉田野，高原下隰，種植樹藝，所宜因地有殊。並宜就訪其鄉之士商農民，考問翔實，區分同異，具著於書。

一、史家藝文有志，肇始蘭臺。其中但載書目，不紀文字，以不可勝載也。以後列史志藝文經籍者一皆祖述班氏。而近日各行省及府州縣志，往往坿載詩文，連篇累牘，實乖體例。夫茍篹著可以行遠，則錄其書目而已。若既無成書，又或所刊詩文集，恐遽未能與於作者之林，則何取而載之？今宜一以班志爲定，但著書目，其它所有詩文概屏不錄。

一、自昔郡邑志，若宋之剡錄暨乾道新安、咸湻臨安諸志，皆詳贍彬雅，事蹟完具，爲後世所取信。洎明代朝邑、武功縣志乃始專尚簡要，往往爲固陋者所藉口，昭代諸儒，頗以爲譏。蓋簡略過甚，事必不詳不備，徵文考獻，將何賴焉？大氐著述之要，貴在詳而不穢，贍而有體。凡關於政俗之大者，必宜綜覈明練，使可依據。惟論次人物，是則務崇簡質，無令繁蕪，徒穢簡牘。

一、局中宜廣儲書籍。自經傳、史鑑、歷代名人詩文集，旁及傳記、雜家、說部之書，一有未備，則討論不周，必至舛漏，貽譏來者。凡所需簡册，或購之書肆，或假諸藏書之家，務求富有，乃可集事。

錄自濂亭文集卷四。

【校】

〔一〕問：底本作『間』。據黃本、埽葉本改。

答李佛笙太守書

價至，奉讀手書，爲之感歎無已。及讀所示大箸，則又大喜且詫，不謂足下銳進一至此也。來書謂：『此行誠失計，然獲交不肖，時相從問，得學問文章之要指，挈長度短，固亦未爲失。』裕釗豈敢任此？顧足下之文，乃精進〔一〕若是，則信所得多矣。

文誠出於人，人足以信乎今而傳乎後，窮之百世，而自必其不磨，雖百郡守不以易也。且所謂窮通、得喪、愉戚、寒飢者，溫飽者，擾擾一旦暮之事耳，何足道哉！何足道哉！知足下故必不以一官置意中，然卽爲衣食計，則亦有命焉。力所能謀謀之，所不能謀則聽之而已，固亦不足恤也。裕釗鄉時讀論語，獨深有契於孔子『不知命，無以爲君子』之一言。且嘗試縱觀生民之初以至今日，盛衰倚伏，與夫人之賢不肖，芒乎紛乎，眇不可紀極，終其興若廢，有一之非其命者邪？或乃棄其脩行立名，所得自爲之事，奔耆騁欲，一切以徼非望，卒泯泯以没身，甚且爲詬於天下後世者，甚可悲也。

既亮識其然，又自少酷嗜學問文章，是以一意摶精於此，而不遑恤其它。惟是年齒日長，神智日耗，恐遂終無所就，時獨以爲懼。近者，撰得書元后傳後〔二〕一篇，乃忽妄得意，自以甚近似西漢人〔三〕。且私計國朝爲古文者，惟文正師吾不敢望，若以此文校之方、姚、梅諸公，未知其孰先孰後也。雖則狂謬至是，乃復私自疑，輒録寄足下，爲我一決其然否。其然邪，是吾益也，用竊自憙也。不然邪，卻退矣，吾滋懼焉。請必明語我，俾得一自釋焉。抑以足下之果勢勇鋭若是，使由是屏棄百爲，以從事於斯，且使裕釗駭憚畏避而不敢與競也。

承欲來爲一握手之歡，聞之喜忭無已。書不能盡意，俟爾時當極意一傾吐耳。

録自濂亭文集卷四。

【校】

〔一〕精進：抄本作「精進於古」。

〔二〕書元后傳後：抄本作「廣西廵撫方公家傳」。

〔三〕甚近似西漢人：抄本作「學史遷甚近似之」。

答黎蒓齋書

承兩惠手書，並賜寄拙稾，均奉到。裕釗此文頗規橅司馬氏，而迹未能忘，足下遽謂能突過姚、梅二家，私心固未敢以自信耳。梅氏文已遵來示，簡得二十餘首，另紙寫目並呈上。

人各有所耆好，必不可强同。且卽一人之身，而先若後所厭喜，固往往異矣，此固不可以爲定也。柏梘山房集，其得失頗如尊論，然梅氏勝處，最在能窮盡筆勢之妙，其脩詞誠愈於方、姚諸公。然一意專精於是，而氣體理實，遂不能窮極廣大精微之致，此其所以病也。

自唐以來稱文者，惟韓退之於本末精粗表裏之數，無所不盡，故焯爲百代之宗。其他或注意於此，而時不能無脱漏於彼，固賦於天有以限之，抑其人之致力各有所偏至也。文之難爲工，故若是哉！曹子桓有言：『文章經國之大業，不朽之盛事。』裕釗從事於此，三十有餘年矣。曩既苦才薄，又自少至老，憂患寒飢之擾其慮，奪其日力，進尺寸如走千里。今雖欲追古人最上之境而從之，而齒髮日衰，精力益減於前時。顧視前後，中心恂慄惴懼，灑焉若新寒之栗體。

嘗以謂千百世之中，四海之内，有志奮厲爲文辭者不少。下者，才力之不逮；其稍進者，或學不得其術，或所遇足以苦之。贏詘於人者居其半焉，贏詘於天者居其半焉。學焉而不能成，成矣而不能極其至。振古以至於今，英才志士，同聲而悲咤者，亡慮皆以此也。

因論梅氏文，意有所觸，不覺覼縷至此。惟諒詧。不宣。

録自濂亭文集卷四。

復查翼甫書

翼甫足下：積年睽隔，思子爲勞。鄙人以宿昔性嬾作書，每奉惠函，輒久稽裁荅。昔歲，足下遘罹憂戚，竟亦未及聞知，弔唁竝闕，深歉於心。秋間，君來我去，如相避然，爲之惆悵無極。足下謂豈其中有數存者邪？諒哉！

讀來書，欵欵深深，使人再三諷誦而不能已。又先後承惠諸珍册，良深感謝。承示大著春秋地理異同釋，觕讀一過，已覺甚精核，體例亦善，足徵好學深思，非世俗之所能及。頃以事當返里門，忩忩不得暇，俟明春來至金陵，容更細加紬繹。惟鄙人於地理之學，鄉日不過略涉其藩，恐未能爲足下剖晰幽賾，決定然疑。或爲作一序，略道足下纂述之恉，儻尚能爲役乎？

足下勤學不勌，爲今世所罕覯。惟學問之道，義理尚已，其次若考據、詞章，皆學者所不可不究心。斯二者，固相須爲用，然必以其一者爲主而專精焉，更取其一以爲輔，斯乃爲善學者。不然，人生祇此精力，祇此歲年，『行歧路者不至，懷二心者無成』，孫卿之言，不易之論也。欲爲古文，則程功致力之始，『熟讀深思』四字，足以盡之。其所資於考證者，莫要於典禮制作之原，古今治亂之賾，更求之蒼雅訓故之書，令文章爾雅，遠於鄙倍而已，其他偏指末學，可一舉而掃除之也。且即專精考證，亦宜務其正大而深博者。

本朝經學，號稱極盛。然其能闡述六經之宏恉，洞明古今之要最，勒成一書，卓然自存於天壤者，僅乃十餘家已耳。自乾嘉以來，家箸一編，人立一説，枝辭碎義，汗牛充棟者，不可勝數。迄今未幾時，其書已若存而若亡，更歷數百年，誠有如歐陽氏所云『散亡磨滅，百不一二存者』。竭耳目心思之力，積數十年之勤所爲者，乃終歸散亡磨滅之書，是亦不可以已乎？知道者必無惑乎此。

裕釗衰老日甚，鬚髮十九白矣，幸差能食，精神尚不大憊耳。小兒駑鈍，爾時且專攻舉子業，其餘皆懵不曉，來書獎借之已甚，非所以厲之也。尊外舅近晤見不？希爲道意，并詢賓日昆弟近好。久不相見，道阻且長，爲之惘然。且雖足下與渠等，想亦不能長合并也。

復詢近佳。惟亮詧。不宣。裕釗白。

録自濂亭文集卷四。

與張煦堂大令書（二）

前數日閲邸鈔，知以被議左遷，爲之惋愕無已，不謂足下事遂乖舛至此也。

人生所遇通塞，固不可以常理論。或材行志節出於人人，而困阨沈淪不得行其志。或録録無所短長，比肩尊官顯秩，賢人君子，俯首噎氣，傺侘不敢出一語。其不肖之徒，庸虚嵬瑣之醜類，乘機冒進，舉生倖心，人自期以方面公輔，茫不復有閫域制限。於是乃蠲棄廉恥，相奔於邪徑幽竇，抵死并入，以求得之。雖然，其遂以是顛躓，身敗而名裂者，亦不可勝數也。且所謂一意自守，不肯少貶以阿世俗，而卒躋通顯者，抑豈獨無其人邪？屈信存亡之際，是有天焉，非人之所能爲也。故曰：『莫之爲而爲者，天也。』天故不可得而知也。

且嘗試獨居妄度，自天地剖判至今且千萬歲，天亦稍衰且老矣。固時不免矇瞶瞀亂，其所處是非臧否，以施愛憎賞罰，亦豈信能盡其理邪？夫天處高，而人錯居其下，而權命一懸寄焉。又時不免昏亂錯迕，則夫人之所謂窮通得失廢興者，譬猶深夜瞑目摯手以走曠閬之虚，夷險一惟所値焉斯已耳。其又孰從而意之邪？

足下質直勁正，出於天亮，又達於當世之務，宜在顯位施澤於當世者也。其至是，命也。然使命不終否，復進而上，一反手間耳。亦莫知其爲之者也，正己以俟之而已矣。

羅少村都轉常晤見否？悤悤未及作書，請以此示之。使聞狂言，取一笑爲快，不足令他人見也。

録自濂亭文集卷四。

【校】

〔一〕稿本題作『與張煦堂大令㚖書』。

復柯遜庵書

初四日別後，遂於翼日登舟，塗中託芘，幸安隱。以十二日行抵金陵，適查翼甫寄到惠書，並通志局更易聘書及聘幣各一函，具曉中丞綢繆無已之意。

惟裕釗自往歲承中丞之命，即以茲事體大，非所敢任。蓋方志於目録家雖屬地理，而自唐宋以還，繼踵增益，引伸滋繁，自山川、郡邑而外，典禮、食貨、兵制、職官、選舉、星紀、災祥、舊聞、今事，旁逮古今人物、金石、藝文，無所不甄録其事必確乎能綜極夫千百世之上，其文必卓乎可傳誦於千百世之下，是豈獨輿地之書而已？蓋隱然一方之史，必昔之人所謂兼才學識三者之長，邈焉稱良史之才者，乃足以與於此，豈夫新學小生，區區掇拾補綴者之所能勝哉？是以內省恂懼，遜謝不敏至於〔一〕五六，而中丞公拘係之，乃從維之。雖足下及吾鄉諸君，亦羣以大義相責，謂桑梓之邦，文獻之重，豈宜遜辟？勢不可已，遂乃勉強應命。中丞又屬令草具條例，益不獲辭。然私心皇皇，然疑閒作。及其後中丞公以樊君所譔通志商例刊本見示，發而讀之，始知英才博學，遠出衰朽庸虛之上。於是，益寤曏者堅拒固辭之未失，而繼此慒焉受任之妄且愚，亟悚并集，復何顏面更厠其閒？用敢返公聘幣，踧焉辭謝，陳力就列不能者止固其所也。

今足下重致公命，書成之後，仍以參閲相屬，重感中丞懃拳篤摯之誼，徬徨不知所出。再四思維，其參閲、總纂諸名必不敢居，脩脯亦所不敢受，惟俟它日書成，謹當如命，雒誦一過。想鉅手雄筆，亮無從更贊一詞，然苟萬一有一知半解，亦必不敢不竭其愚。是則裕釗於中丞庶幾可告無罪，而中丞所以處裕釗，綜計前後，亦可謂隆崇優渥，毫髮無負者矣。敢布〔二〕區區，伏惟善爲說辭〔三〕，代達鄙忱，無任屏營感愧之至。

録自濂亭遺文卷三。

【校】

〔一〕於：底本作『此』。據黎本、張孝栘本改。

〔二〕布：黎本、張孝栘本作『不』。

〔三〕說辭：黎本、張孝栘本作『辭說』。

答吳摯甫論三江書〔一〕

前辱教以禹貢『三江』必宜從班志，博辨〔二〕閎肆，篤信好古。甚盛！甚盛！

顧鄙志猶有不敢安者。天下地勢，凡山脈經過之地處，其水皆左右分流，判不相入。雖行至平地中斷，其中亦有微有岡阜隆起以爲之障。然故可以人力疏鑿，如班志之『中江』，經由銀林、鄧步之間，說者以爲禹迹，此自可信者。若其南徽、甯、池諸郡，萬山複沓，峻極於天，旁魄綿亘數百里，絕無平迤中斷之所，雖神禹無所施其開鑿之功，其左右諸水，并各自分注。且其上游亦皆山谿澗谷，湍激峻悍之流，舟楫之所不至。問之行旅商賈，皆能言之。而謂大江洪流徑行於其閒，此萬無一可通之說也。吾意足下雖篤信班氏，曲爲之辭，而固亦心知其不可通乎？

足下且以我非考之本經，徒以其不可通避就而爲之辭。不知裕釗正以班氏之不合於經，而後乃悟其非耳。經於『導江』曰『東爲中江』，此南之別爲一江，居然可知者也。今乃以禹、廝二河不見禹貢爲解。夫禹貢之所略者固多矣。漯川之流於大河，特爲枝津，固不可以耦北行之經流，禹貢但以兖州之漯賅之，於『導河』略而不述，自固其所。若夫南江、中江同爲江之所分，勢均力敵，乃僅舉其一，而其一顧置而不言邪？則其義果何居邪？

足下又據鄭康成之說，謂『東迤』者爲南江。禹貢既言之矣，蒙又非之？禹貢『導山』、『導水』，曰『至於某』，曰『會於某』，曰『過某』，曰『爲某』，皆實指其地無虛言之者。南江爲江所分，則質實言之，曰『東爲南江』，宜也。顧乃迂其辭曰『東迤』，爲此孤縣隱射之語以疑後世，此何爲者邪？且迤，邪行也。大江下流自東邪行而北，適與禹貢『東迤北』之文合，其嚴於辭也若是。許叔重說『迤』，文亦即引夏書『東迤北會於匯』以釋之，正其明徵。今曰『東迤』者爲南江，則江本東注，且如班、酈之說，其下亦自石城直東指吳，何『迤』之？所稱鄭康成及國朝漢學家，故皆不知文者，爲此說誠無足怪，知文如姚惜抱及足下，亦從而和之，誠愚之所未解也。

足下又謂江河『各有主名，非河不得名河，非江不得名江』。是説也，於古未之聞也。蓋程泰之始倡之，而胡朏明實堅持之。胡氏特以此鎮壓他人之口以自伸其説耳。且漢非江也，而曰『東爲北江』者，何也？則將曰『漢入於江，即謂之江』云爾。然則『導漾』之文，宜至『南入於江』已，而其下三語，誠當爲衍文，有鄭夾漈之説者矣。則又曰『漢自爲一瀆入海，故不可以附於江也』。若然，胡又被以江之名也？吾故曰胡氏之説，進退無據之説也。夫非獨漢而已，九江亦非江也。禹貢『導水』，凡〔三〕即是水而異其名者，則曰『爲』，若『北播爲九河』、『東流爲漢』、『又東爲滄浪之水』之類是也。其所過他水，則曰『過』，若『東過洛汭』、『北過洚水』、『過三澨』、『過漆沮』之類是也。今曰『過九江』，他水而非江也，明矣。江之可爲通稱，不待辯而晰矣。

夫誠釋然於『東迆』之説之疏舛不足據，與浙之可通名爲江，則更取禹貢之文，夷懌以善，虚志而讀之，將以班氏之以南江爲江所分者之合於經乎？抑將以南江自爲一江者之合於經乎？

且班氏之説，其失尤未可以一二數也。彼所謂『分江水』『至餘姚入海』者，誠即南江也。則吴特南江中途所經之一縣耳，奚獨以系之吴也？況自吴歷由拳、海鹽、烏程、餘杭、錢塘諸縣，以達餘姚，相距且數百里，而云在吴南東入海，自昔紀水道未聞有若是者。錢氏塘亦知其不可通也，從而爲之説曰：『由拳以往諸縣，故皆居吴國南，國後爲縣』。是以南江入海於餘姚言之，又於吴言之。且班志之『吴』，国邪？縣邪？曰吴國南東入海則可，曰吴縣南則不可，人能知之矣。即若班志『湔氐道』、『毘陵』，所紀皆江水，然北江於毘陵言之者，以湔氐非揚州之境，必毘陵可言北江也，非若石城、吴之皆在揚州也。其入海，毘陵之北即江都之南，非若吴、余姚之相去懸絶也。雖若歧爲二，其爲一水，讀者可以立喻，誠有如來書所云『志文簡核，彼此相備』者。若所云『分江水』與『南江』者，辭不別白，指不分明，求之而邈不得其所歸。足下乃援『湔氐』言岷江『毘陵』言北江以例之，豈其倫哉，豈其倫哉。抑其所謂『中江』者，其上由今之當塗、高淳、溧陽至荆溪縣東南，經東氿以入太湖，中僅一東壩爲之限。自東壩而東爲胥溪，爲永陽江，爲荆溪，故道歷歷。中江左會滆湖，以入太湖，不入滆湖，且雖滆湖亦入太湖。由太湖入海，莫大松江。中江經太湖以入於海，而南江固亦在吳南東入海者也，則適皆松江而已。

足下引酈書佚文，謂班氏『未以松江爲中江』，中江乃『自滆湖東出，直吳淞之口』。不知足下何從更得此水道，誠蒙之所未喻者。夫班氏志之『中江』卽松江，非獨景純一人言之，自昔說班志者亦皆言之。雖以錢溉亭墨守班氏，然生長是邦，目〔四〕驗較確，亦以庾仲初所云『松江』卽漢志之『中江』，初無異辭，此誠所謂不能更創一說以易之者也。班氏之混南江於中江，更無能爲之解者也，裕釗亦豈不知而妄言者哉？夫裕釗非故欲異於班氏也，以從班氏不若從景純之於事理爲協耳。景純所注水經久佚，不可知其詳，其與班氏異同，蓋無由考定。然卽果與班氏〔五〕同者，則吾亦但取其岷江、松江、浙〔六〕江之一言而已矣。

班氏推表山川以綴禹貢、周官，立言矜慎，誠如尊論。然亦安知非傳寫譌誤以至是邪？若鄭康成之說三江，單詞孤義，僅佚而見於兼明書、初學記及孔疏之所引，其『江至彭蠡分爲三』，孔之說，亦未必果與班氏符合。且班氏合岷江、北江而一之，鄭康成乃以岷江爲中江，尤其乖戾之顯然者。至說文稱『江水至會稽、山陰爲浙江』，王鳳喈謂『江水』當作『漸江水』，其說『浙』『漸』二水與尊說乃若兩已之相背。王氏祖朏明之說，謂三江實一江者，固不可從。其以江不可通於浙江，說不可易也。

年代遐邈，古書舊說殘譌舛錯，往往有之，重以經師儒生紛厖岐異，不可究詰，獨以爲但當據經辭及事理以斷之耳。足下或謂我『師心背古，果於自用』，固所甘之，不敢辭也。惟亮察。不宣。

録自濂亭遺文卷三。

【校】

〔一〕本書又見論學手札第五十二通，文字互有出入。

〔二〕辨：黎本、張孝栘本作『辯』。

〔三〕凡：黎本、張孝栘本作『几』。

〔四〕目：黎本作『自』。

〔五〕氏：據手札、黎本、張孝栘本補。

〔六〕浙：黎本、張孝栘本作『淛』。

卷六　傳狀

誥授資政大夫廣西巡撫方公家傳〔一〕

公姓方氏，諱顯，字周謨，號敬齋，湖南巴陵人。方氏自元明以來，世有名賢。公曾祖某，祖某，父某，比三世不仕。父、祖以公貴，贈如其官。公少孤，母許太夫人督之學嚴至。既長，以歲貢生任湘鄉縣學教諭，稍遷廣西恭城縣知縣。公爲人英達沈毅，自少讀書，慨然有志於經世之學，而好古兵法。

雍正四年，詔諸行省舉賢能之吏，大吏知其才，薦擢貴州鎮遠府知府。當是時，鄂文端公總督雲貴，始建議開苗疆，改土〔二〕官歸流。雲南東川、烏蒙、鎮雄諸土〔三〕府，既皆內屬，然貴州苗自若其故。所謂貴州苗者，其南曰古州，曰八寨；其西南曰丹江；其東北曰九股、清水江。九股、清水江際鎮遠，而丹江際凱里，八寨際都勻，古州際黎平，參錯萬山之中，阻險而羣居，地方三千里，眾數十萬。於是，黎平知府張廣泗建請開貴州苗，鄂文端公善其策，未即許，而獨檄公至雲南問狀。

公對以爲：『貴州生苗，獷悍者居泰半無所統，黔、楚、粵行旅之往來，皆阻苗疆，迂道而後達。苗又益時出剽掠，爲商旅患。中國奸民觸法，捕之急，則逃入苗中，無敢問者，吏民咸以爲苦。其內則弱肉强食相噬齧，雖彼民亦自苦之。誠及今宜爲計。諸苗區〔四〕固峻險，然泉甘而土沃，有丹砂、水銀、木棉、材木、竹箭、金鐵之饒。清水江西通黃平、平越；東走湖南、廣西。今誠以德威撫而有之，漢苗良楛〔五〕之民，攝然壹安其所，舟楫達於四遠，財賚流衍，華夷富樂，國家大安。此百世之利也。』

鄂文端公曰：『是則然。然子度開苗難易若何？』

曰：『無難易，惟其人而已。』

又問：『剿與撫宜孰施？』

曰：『二者宜並施之。第撫先而剿後，既剿則尋撫之耳。』

因條上平苗便宜十六事，文端公深韙之。於是始奏開貴州苗，改流如雲南矣。

文端公檄張廣泗招撫古州、丹江八寨諸苗，而九股、清水江諸苗以屬公。是歲雍正五年也。明年，公以三月至梁上。四月，至挨磨者磨。八月，至柏枝坪。披心腹，布德威，順風首塗，苗民悅喜。訖十二月，而九股及清水江南北九十有二寨，一皆撫定。

先是，施秉有劫盜匿臺拱、在農二寨，副將張禹謨捕不得，至是禹謨率師次柏枝坪。二寨既就撫矣，禹謨追其舊惡，謀因兵威屠之。二寨懼，棄寨逃林谷，將爲變。公聞之，曰：『如此，苗人人自危矣，大局且以壞。』持不可。遂獨馳一騎抵二寨，寨皆空無人。公則宿寨中，犁旦，張蓋出，令從者一人前導，繞林谷疾呼曰：『鎮遠府來活汝，即今汝疾出。』苗民爭出，擁馬首驚問。公曰：『無恐。速歸寨，汝曹就撫即良民，天子必不殺良民。』苗拜且泣曰：『公活我。活我。』公乃坐石上相與語，如平生歡。并詢所疾苦，苗又益喜，且拜曰：『公仁人也。』遂相率歸寨。公益宿臺拱寨中者三日，而諭以縛獻施秉盜，無不聽命者。

明年二月，反號董敖、柳受、柳利諸寨，復相繼就撫。又討平公鵞寨之爲亂者。諸苗以次稍稍定。鄂文端公乃始奏請置貴東道控苗疆，以公補其處，仍留守清水江。而張廣泗亦平古州八寨、大小丹江，又與公同平九股，以功至貴州巡撫。頃之，雞呼黨諸寨畔，復往擊。明年，平之。九股、清水江諸苗悉平矣。鄂文端公以古州苗畔，檄與公〔六〕偕者古州鎮總兵蘇大有往，而命公總統清水江軍務，文武官吏，一聽節制。於是申〔七〕軍令，誓將士，毋掠、毋淫、毋侵欺善良、毋踐果穀。苗民以忿爭來愬，爲處其曲直，皆悅服以去。乃益築城郭，建官廨，治礮壘〔八〕、營房。苗民競來助役，勞以酒食，益驩欣鼓舞趨事。逮九年三月，而諸工役竣。公出，循清水江，巡視塘汛〔九〕。黔、楚商船，千帆箕張，雲翔上下，苗民攜老扶幼，聚江干臨望。或稽首馬前，以果蓏菜茹獻者，繦屬於道不絕，觀者動色相詫，以爲曠古以來所未有也。

公至誠遇物，不爲藩蔽，故所至人人信歸。其在兵忠勇激發，而志守堅決，臨利害不可奪；敏於事機，所策慮輒當成敗。公鵞之變，率諸寨圍我師於柳羅，張禹謨欲走，公不可。既巡撫張廣泗來解柳羅之圍，議以爲公鬻首亂，宜置諸黨專攻之。公謂不若先散諸黨。從其策，而公鬻果以孤立敗。將擊公鬻，霖雨，江盛漲，欲渡無所得舟，公夜選鋭卒善游者數十人，乘大霧往奪苗舟十餘以濟，進擊連破，遂平之。討雞呼黨也，以計招誘苗酋計包辛等八人，至則并斬之以徇，而雞呼黨以破。逮其後臺拱之變，事尤危，則尤賴公力。

臺拱者，最苗中扼要地也。苗平，初議增置一營爲防禦，當是時，鄂文端公既以入覲留京師，拜大學士矣。高文良公其倬來代文端任，而公亦晉貴州按察使。明年，張廣泗復調甯遠副將軍去，廵撫元展成來權貴州。而苗方新集，遽建城於臺拱，九股苗故習刼奪，久弗便也。其秋〔十〕，羊翁、烏羅、桃賴諸寨倡爲變，九股諸苗〔十一〕皆附焉。公方以增兵建城留臺拱未行，九月七日未明，賊大至。公先詗得狀，與總兵趙文英嚴爲備。賊至，擊走之，進破羊翁寨。越數日，賊復夜至，公以兵寡，令人爇兩炷香手之，爲若火繩狀者以疑，賊走之。於是，賊乃踞排略以困我師。排略者，臺拱之咽，援軍及饋運所由也。是時臺拱官軍僅二千五百人，苗衆且數萬，扼險而守。援兵再至，再失利。自賊始攻，或欲棄臺拱走，公拒之。及圍久，糗糧皆盡，廹冬寒，益凍餒，衆洶洶不自保。會得制府檄，令退師就糧下秉，文武集帳中密議，莫能決。公忿發言曰：『黔苗全局安危繫臺拱，一舉足，盡動摇矣。且即出臺拱，下秉能必至乎？徒損國威，失臣節，奚益？』因〔十二〕拔所佩刀，示諸公曰：『事急則某死此耳，吾不能棄此走也！』已而，軍中微有聞知其事者。公乃召將士爲具陳利害，且激以忠義，聞者莫不感動。於是，總兵霍昇方以兵趨援臺拱，未及至，賊奪我後山，樵路絕。公夜出奇兵，奪以還。而賊益至。事且急，公鞭馬直前趣賊。或止公以文吏不可前，公曰：『前亦死，不前坐困亦死，等死耳！』衆聞，益殊死奮擊〔十三〕，大敗賊軍。乘勝遂拔烏孟、井底二寨，取其米穀以餉飢軍。亦會霍昇兵克大關躍入，臺拱兵並出，夾〔十四〕擊之，賊大潰走。凡堅守六十九日，而臺拱之圍解。於是諸軍大集進擊，諸寨皆破殄。最後提督哈元生至，攻蓮花坉悍苗，大克之。而九股苗復定。當是時，微公扼臺拱，制其樞，黔中幾且殆。自鄂文端公既定雲南，繼開貴州苗疆，發議於張廣泗，而決策於公，卒終始其事，出萬死以保全局，崎嶇前後七年而事集。

乾隆元年，丁母憂去官。服除，遷四川布政使，尋擢巡撫。大小金川、雜谷諸土〔十五〕司相仇殺，公遣人諭之。諸土〔十六〕司慴公威，事壹解。而議者欲遂乘此令改流如滇黔，公具疏力陳不可，乃止。始，公既平貴州苗，自爲平苗紀略述其事。因論馭苗之宜：『無事毋激，有事毋諱。大事毋畏，小事毋張。』未幾，而苗疆吏果以徵糧不善，致羣苗怨畔，濯征三載，然後克之。及乾隆中葉，討伐大小金川，先後用兵八年，縻帑金七千萬，窮極勞費，而事乃定。世以此推公之明大體，習邊事，非人所能及也。五年，以楚粤邊苗不靖，調廣西巡撫，逾時辦治。六年，謝病歸，薨於里第。公之調廣西，上聞公疾，詔且留四川毋行，而公已就道。既至，屢降溫詔慰諭，遣太醫視疾。及薨，天子震悼，官其次子桂爲知縣。

公內行肫摯，服官所至有惠政，事多，不具著。初至鎮遠，時有寺僧爲神所怒，謂賢太守至，臥不起承事，痛誅責之。鎮遠人書之府志以爲異。臺拱之圍，樵採既絕，軍中掘草木根以爨。入四五尺，所見黑土〔十七〕類煤，投以火，則皆爇。衆咸拜曰：『天也。』二事人尤憙稱之，傳爲神。

公子四人：鶴，中書科中書。桂，舉人，官至浙江甯紹臺道。鰲，安仁縣學教諭。麟，歲貢生。女二人，皆適士族。孫十三人，曾、玄無慮數十人，皆能取科第仕宦，有聞於時。光緒中，徠孫湖北補用道任武昌知府曰大湜者，以謂公事具載國史，而世或不能盡知，乃請爲家傳，藏之宗祏〔十八〕，以詔後世子孫，且以諗其鄉里。於是爲論著公事之大者，俾後之人有考焉。

張裕釗曰：有苗自唐虞之盛不能臣，及我世廟任鄂文端，舉生民以來之蠻區一變革之，豈不偉哉！方事之殷，中外動色相駭，羣疑交訌。今觀公及鄂文端所相與問答語，然後知天下事無不可圖者，所難惟得其人耳。然予嘗睹世所謂賢者、能者，遭時之艱，則一以不可爲慭謝之，伈伈媿媿〔十九〕，補綴〔二十〕苟焉，以偷〔二十一〕一日之安，顧不知其後之伊胡底也。烏乎，亦獨何哉！亦獨何哉！

録自濂亭文集卷七。

【校】

〔一〕稿本題作『廣西巡撫方公家傳』。

〔二〕土：底本作『士』。據稿本、黄本、埽葉本、抄本改。

〔三〕土：底本作『士』。據稿本、黄本、埽葉本、抄本改。

〔四〕區：底本字跡漫漶。據稿本、黄本、埽葉本、抄本補。

〔五〕楛：稿本作『蒡』。

〔六〕公：稿本、抄本作『君』。

〔七〕申：底本作『江』。據稿本、黄本、埽葉本、抄本改。

〔八〕壘：稿本、埽葉本、抄本作『臺』。

〔九〕汎：稿本、埽葉本作『汛』。

〔十〕其秋：抄本作『其年秋』。

〔十一〕苗：抄本作『苗寨』。

〔十二〕因：抄本作『困』。

〔十三〕擊：底本作『三』。據黄本、埽葉本、抄本改。

〔十四〕夾：底本、黄本、埽葉本、抄本作『衷』。據稿本改。

〔十五〕土：底本作『士』。據稿本、黄本、埽葉本、抄本改。

〔十六〕土：底本作『士』。據黄本、埽葉本、抄本改。

〔十七〕土：底本作『士』。據稿本、黄本、埽葉本、抄本改。

〔十八〕祏：底本作『祐』。據稿本、黄本、埽葉本、抄本改。

〔十九〕虩虩：稿本作『偲偲』。

〔二十〕綴：稿本作『苴』。

〔二十一〕偷：稿本作『倖』。

方府君家傳

君姓方氏，諱某，字秋岡，湖北興國州人。余嘗銘君考贈君之墓，又爲君伯兄善化君傳，既詳其家世矣。

初，贈君死白蓮教之難，藁葬秦中。君既長，持千錢，獨身走三千里，往求其喪。有盧翁家秦中者，君婦翁也。家〔一〕富饒，遇君厚甚。是時君家貧，或說君從〔二〕依盧翁割田宅以居爲利。君曰：『父不得歸先人兆域，兄不得拜父之墓，弟不得奉母之祀，徒役於利，獨與妻孥留，此世之人則能之。』卒以贈君喪歸。與伯兄居，居貧苦身，兄弟相友弟怡然。

及善化君成進士，爲縣令湖南，君從歷數任，財賄出內，囊篋細碎，一需君力。飭其家，無敢習爲仕族華靡事，壹〔三〕如在約時，曰：『吾無以益吾兄，庶以此成其廉。』當道光辛卯、壬辰之際，湖南北連歲大水，中〔四〕更猺民之變，善化君捐廉俸，倡士民飲食餓者。又供億過境王師資糧扉屨，紛擾艱棘，一任君辦治。事立辦〔五〕而民獲其所。善化君之初權鄙也，有役持府牒至縣索賄，張甚。善化君欲杖之，幕友固爭。君曰：『畏上官〔六〕，縱姦役，使虐一縣民，何以縣令爲？杖之，不悅於府，不過罷官歸耳。力貧〔七〕猶能爲人，柰何乎忍此！』善化君遂杖之，而知府果不憙，思有以中傷之。然善化君卒不悔，君亦不沮。當時皆多善化君能庸善以抗彊禦，而君能以義贊成其兄之美，爲皆賢遠於人。

君篤厚出天性，其赴義若飢渴於飲食，仁其親以及於人。有某者，君從〔八〕兄，溺某水所。君往，求得一尸水際，驗之非是，從者欲棄不收。君曰：『有如人得吾兄而棄之，於我何如？』卒爲棺斂瘞之，亦旋獲某尸於百里外以歸葬焉〔九〕。既又爲存其家，撫其孤子，至今以爲君德。其在湖南，歲寄百金以遺里之貧人。在家買田，捐緡錢爲曾祖以下祭祀之用，其餘利及於諸兄弟。君之善夥矣，今取其尤難能者。

君有子三人：翊元，候補知縣。某，縣學生。皆能守其家法。而翊元力學行而甚文，善於裕釗，狀君行義來告。

裕釗曰：君求親喪數千里外，棄所欲來歸。佐伯兄爲循吏。人有父莫不爲子，有兄莫不爲弟，如君其能爲人子爲人弟矣。君幼常讀書，敏甚，逾時而卒三經。其世父以生計，命棄去，君終身以未得竟學爲憾。雖然，學將以何爲？如君之脩於內者，雖彼學者何以過之哉！

録自濂亭文集卷七。

【校】

〔一〕家：抄本作『號爲』。

〔二〕從：黄本、埽葉本、抄本作『留』。

〔三〕壹：抄本作『一切』。

〔四〕中：底本作『宇』。據黄本、埽葉本、抄本改。

〔五〕辦：據抄本補。

〔六〕官：底本作『宫』。據黄本、埽葉本、抄本改。

〔七〕力貧：抄本作『自力』。

〔八〕從：底本作『留』。據黄本、埽葉本、抄本改。

〔九〕葬焉：據抄本補。

贈中議大夫前浙江甯紹臺道方君家傳〔一〕

府君諱桂，字友蘭，號雲軒，姓方氏，湖南巴陵人。父顯，廣西巡撫，裕釗嘗爲之家傳，既詳其繫世矣。府君以雍正壬子舉於鄉，從巡撫公平貴州苗，議敘隨帶軍功加一級。巡撫公卒，既除喪引見，以知縣發廣東，權會同縣。補英德，兼權曲江。調潮陽。以大計『卓異』引見，賜朝衣一襲。擢雲南昆陽州，權安甯、晉甯，兼攝易門縣事。復任昆陽。乾隆二十年，詔疆臣舉可任知府者，大吏交章薦府君，擢臨安府知府，權澂江，調東川道。遭繼母憂，去官。服除，授甘肅鞏昌府知府，調蘭州，遷浙江甯紹臺道。入覲，賜朋黨論拓本一，貂皮二，紫金錠一，香珠一。三十三年，以估船事獲罪，戍伊犁。三十七年，召還。五十一年，卒於家。後以子貴，贈中議大夫。

府君爲吏，熟知民之利病，而精察吏事。其仁民如其骨肉然，聞有利於民，竭力就之如不及。民所不便，必釐剔而更張之。長養其羸〔二〕弱，而鉏其暴彊者。奸吏、蠹役、豪黨，根株痛斷，小民咸得其處，故所在以治。安甯惡民楊珍，暴横閭里，虎狼行，前數州牧莫敢誰何者。府君捕至，痛懲之，安甯人人額手誦府君。其後府君再至，有遮道先迎者，問之，楊珍也，則已改棄宿惡，稱善士焉。於是知府君之治革暴頑矣。

府君始官廣東，瀝歷雲南、甘肅，先後治縣四，州三，典郡五，所至有聲績，循良聞於天下。其遷甯紹臺道，入覲至京師也，宰相陳文恭公迎而亟問之曰：『君在甘所施設何？而舒司寇稱之亟也。』先是，甘肅平涼、慶陽、鞏昌三郡大饑，詔例賑外，展賑二月，撥西安藩庫銀六十萬濟之。府君以蘭州知府奉檄往。故事，首郡不外從役。總督文襄公舒赫德以謂：『賑饑至重也，非方某故莫能任此者。』至平涼數日，西安餉未至，民待食急，會部撥城工銀三十萬過平涼，府君則以便宜輒截留。主者難之，府君曰：『今日之事，猶救焚拼溺也。苟獲罪，某專執其咎。』饑眾卒賴以全。文襄公聞，則大以爲善，具以其事對。文恭公歎息久之，曰：『司寇之言，爲不誣矣。』

其爲官尤長讞獄。潮陽俗故健訟。始至，宿獄山積。府君日晨出坐堂皇決獄，日晡乃飯。飯已復出，四鼓猶未寢。不數月，宿獄二千有五十一刮劃絕，世所未嘗聞也。英德民有爲何人所殺者，賊不得，而有遺刀其旁。府君悉集鐵工示之刀，問得造者主名，捕鞫壹服。船人以舟中賈客入城，遂不返，不知所如，往告請捕治。

檢賈客物皆自若，衆謂船人無與也。久之，得一尸帽峯山下，腐不可辯識。腰乃有繫鑰，以試賈客篋鎖，牝牡適相入，知爲賈客尸矣，終不知賊誰何。府君諦視良久，曰：『賈客，船人殺之也。帽峯山居縣城北，若尸從城中來，當北首。今尸南首，是自舟中來晰矣。』以訊船人，立吐實。它發奸擿伏如神，多類此。然當時士大夫尤重府君能急惠利、達權衡，遇事敢擔荷，近古名臣風迹，謂折獄其餘事云。

子應清，山西雁平兵備道，有治績。應任、應和，皆貢生。應綬，縣學廩膳生。應綸，浙江鹽運使。後嗣多以科第仕宦顯者。

論曰：所謂估船事者，故事，定海營防戰艦，三歲一脩，六歲再脩，九歲則更造。其故船移甯波船廠，取值輸之官，命曰折變。一船例爲值百〔三〕六十四金有奇。時有趕繒船二，水艍船一，盡九歲尚頗完，議復展三歲。及三歲當折變矣，會奉檄裁汰戰艦。裁汰例，諸未及年限船，以時值定估，無成數。府君謂三船雖已及年限，而適會裁汰令下，宜用依時值估例增倍之，爲百二十四金有奇。事上，大府慮不實，命提標中軍李國樑往會估復議，倍爲百八十五金有奇。大府以爲可，許之奏銷入。部議以聞，上詔浙江巡撫更遴員覆估。巡撫某以某遊擊往。遊擊佞邪人也，利其事，頗動作以怵府君。或謂府君宜少通意，府君曰：『是事吾自問故無他，若以賄行，是無罪而有罪也。』不爲動。遊擊恨焉，歸構之巡撫，估值驟增三百二十三金有奇。逮府君對簿。府君至，曰：『會估爲李國樑，若某有利於此，國樑必與焉。否則豈甘爲某隱，代人受過者？亶問此事一白矣。』巡撫爲弗聞，已乃一掃滅去會估事，而以短估劾奏，府君由是獲罪，戍伊犁。府君故尤以廉節箸稱，前後所莅，雖脂膏沃區，曏日奸貪窟穴，一不以自私。英德人至以方包孝肅，謂英德令惟方君不役我取一英石也。其清節如此，然卒被誣汙言，嬰嚴譴，至於困躓以終。烏乎！大臣不爲國愛惜人才，聽用讒慝憸人，而以自快其私，君子之務實心實事，不苟阿以狥人者，安所逃其禍哉？悲夫！

録自濂亭文集卷七。

【校】

〔一〕稿本題作『贈中義大夫浙江甯紹臺道方府君家傳』。

〔二〕贏：底本、黄本、埽葉本作『羸』。據稿本改。

〔三〕百：底本爲墨丁。據稿本、黄本、埽葉本補。

先府君暨先妣事略

府君姓張氏，諱善準，字樹程，一字平泉，自號曰愚公，湖北武昌人。自先世世有文學，敦行孝義，鄉里稱積善之家曰張氏。曾祖諱維滄，國子監生，貤贈脩職郎。祖諱本用，歲貢生，任廣濟縣學訓導。考諱以誥，國子監生，今湘鄉相國曾公，嘗表其墓曰『武昌張府君』者也。

府君少服先人之訓，長而刻苦自勵於學。蚤歲補諸生，以制舉文有名於時，善化賀督學熙齡尤激賞之，拔冠其曹。然府君顧不以此自憙，而獨壹志於學問。於古尤篤耆浚儀王氏困學紀聞、崐山顧氏日知錄二書，以謂考證家惟二家之書最爲周於用。嘗剌取其要都爲一編，手錄至數過。年五十遂絕意進取，爲歲貢生以終。

身雖不仕，而隱然懷耿介之節。居平，於一身豐約得喪，未嘗以措意。至聞國家中失安危善敗，乃憂樂之如其家事。咸豐中，南中亂起，當世任事諸公，多抗節死王事，府君聞，尤悼慟若喪親戚，語及泫然涙霣下。一日，篝燈夜讀書，忽甚悲失聲。舉家驚往視，府君方手一編，顧曰：『無它也。有傳胡巡撫祭李九帥文至者，余讀之悲甚，乃不自覺耳。』胡巡撫者，益陽胡文忠公林翼。李忠武公續賓，當時稱李九帥也。自是家人聞外間兵事，至相戒不敢以聞。居平愛樂慕望天下忠賢良臣如不克見，而深疾貪汙不職之吏與當世士居家專壹耆財利，以故俗日益壞，而亂無時已。每獨居燕語，及與知友書，言之絕痛。又嘗誡裕釗：『汝吏才短，尚無求仕。然苟一旦仕，則必無爲身家謀。且既仕，則汝身爲國家之有，雖余亦不得子也。』遇物故恭慎，雖至卑幼，必恂恂致敬禮。嘗曰：『居家亹當一意務卑下慎密，毋獲罪於人。若居官，則死生以之。』然府君家居，遇族鄰知友媢好有患禍疾疢，蚤夜奔走在視，徧任其勞苦，其人其家望府君以爲倚恃。及其後聞府君之卒，怳若徹屋而露處。

其卒以同治三年十二月十日，年六十有九。所箸有史學提要續編凡〔一〕六卷，藏於家。其爲學至老不少懈，卒之前幾日，猶操筆治輿地圖。

府君既卒，明年二月十九日，而先妣金孺人卒。慟乎！距府君之卒三月耳。

孺人，同邑貤贈脩職郎諸生諱昭煥之女。年二十三，歸府君，生子裕鍇及裕釗二人，女子子二人。

孺人外家故高貲富室，諸舅取科第，爲世聞人。孺人之歸也，夫家父母家皆鼎盛，孺人躬執儉約，未嘗有富貴之容。其後連歲大水，田廬毀敗，家始益窶。府君間授徒外出，孺人持家事尤艱苦。每歲農時，辨色起，日具數十人食。盛暑，汗泚於顙。日不遑暇食，夜深不得寢，初不言勞。裕釗記幼時某歲歲除，孺人居爨下，促促治酒漿，家人飯且畢，孺人乃始飯。甫執箸，謼曰：『一事幾忘之。族中某當遺之食，某孤嫠當與羹肉。』立起入厨，俾人遺之。諸子謂：『母屬勞甚，胡不俟飯畢邪？』孺人曰：『少時飯何害？我心不此釋也。』其好勤勞而不遺阸窮，多此類。病革時，有媼來問疾，孺人以其孤苦，素周之者也，猶指以屬諸婦曰：『它日汝等善遇之。』

孺人自少讀書，通大義。故平生於財物無所顧藉。處族婣間，尤能喻府君之志，而曲成其義。其間蓋多曲艱隱戹，不可以言盡者。

卒年七十有三。時世母朱孺人且八十矣，撫孺人而泣謂裕釗等曰：『自吾與汝母爲張氏婦五十年，未嘗以一日至面赤也。語未嘗不歡。汝母亡，今不可復得矣。』因哭盡哀。諸子婦及羣從子婦聞，皆慟哭不可止。府君晚歲患痔漏甚劇。孺人亦患咳，歷二十餘年，秋冬常卧牀蓐，至春深乃稍能起。以家貧故，侍奉多缺。至今中夜思之泣，自以不可爲人，舉體皆栗。慟乎！將安贖此罪哉？

録自濂亭文集卷七。

【校】

〔一〕凡：底本作『几』。據黄本、埽葉本、抄本改。

卷七　雜記

游狼山記

光緒二年秋八月，黎蒓齋筦榷務通州，余過焉。既望，與蒓齋游於州南之狼山。

山多古松，桂檜栢數百株。倚山爲寺，寺錯樹閒。最上爲支雲塔，危踞山巔，萬景畢納。迤下若萃景樓及準提、福慧諸庵，亦絕幽敻。所至僧舍，房廊屈曲，左右蒼翠環合，遠絕塵境。側身回矚，江海蕩天，近在戶牖。隔江昭文、常熟諸山青出，林際蔚然。時秋殷中，海氣正白，怒濤西上，皓若素蜺，滅沒隱見。余與蒓齋顧而樂之。

狼山，淮揚以東，雄特勝處也。江水自岷蜀徑吳楚，行萬里，至是灝漾渺莽，與海合會。山川控引，界絕華戎。天地之所設險，王公以是愼固，古今豪桀志士之所俾睨而籌也。昔阮籍遭晉室之亂，作詠懷詩以見志；登廣武山，歎悼時之無人。今余與蒓齋幸值茲世，寇亂殄息，區內無事，蕃夷絕域，約結堅明，中外以恬熙相慶，深憂長計，復奚以爲？

余又益槁枯朽鈍，爲時屏棄。獨思遺外身世，捐去萬事，徜徉於茲山之上，蔭茂樹而擷澗芳，臨望山海，慨然憑弔千載之興亡；左挾書册，右持酒杯，歗歌偃仰，以終其身。人世是非理亂，天地四時變移，眇若墜葉與飄風，於先生乎何有哉？

歸，書而爲之記。

録自濂亭文集卷八。

游虞山記

十八日，與黎蒓齋游狼山。坐萃景樓，望虞山，樂之。二十一日，買舟渡江。明晨，及常熟。時趙易州惠甫適解官歸居於常熟，遂偕往遊焉。

虞山尻尾，東入常熟城。出城迤西綿二十里，四面皆廣野，山亘其中。其最勝爲拂水巖。巨石高數十尺，層積駢疊，若累芝菌，若重鉅盤爲臺。色蒼碧，丹赭斑駮，晃耀溢目。有二石中分。曰劍門。駢壁屹立，詭異殆不可狀。踞巖俯視，平疇廣衍數萬頃，澄湖奔溪，縱橫蕩潏其閒，繡畫天施。南望毘陵、震澤，連山青翠相屬。厥高鑱雲，雨氣、日光，參錯出諸峯上。水陰上薄，盪摩闔開，變滅無瞬息定。其外，蒼煙渺靄圍繚，光色純天，決眥窮睇，神與極馳。巖之麓，爲拂水山莊舊阯，錢牧齋之所嘗居也。嗟乎！以茲邱之勝，錢氏乃〔一〕惘不能藏於此終焉，余與易州乃樂而不能去云。

巖阿爲維摩寺，經亂泰半毀矣。出寺西行少折，踰嶺而北，雲海豁開，杳若天外，而狼山忽焉在前。余指謂易州，亦〔二〕昔游其上也。又西下，爲三峯寺。所在室宇，每每可憩息。臨望多古樹，有羅漢松一株，剝脫拳禿，類數百年物。寺僧具酒菓筍麵餉余兩人，已日昃矣。循山北過安福寺，唐人常建詩所謂「破山寺」者也，幽邃稱建詩語。寺多木樨華，由寺以往，芳馥載塗。返自常熟北門，至言子、仲雍墓。其上爲辛峯亭。日已夕，山徑危仄不可上，期以翼日往。風雨，復不果。

二十四日，遂放舟趣吳門。行數十里，虞山猶蜿蜒在蓬戶，望之瞭然，令人欲返棹復至焉。

録自濂亭文集卷八。

【校】

〔一〕乃：據抄本補。

〔二〕亦：抄本作「一」。

北山獨游記

余讀書馬蹟鄉之山寺，望其北，一峯崒然而高。嘗心欲至焉，無與偕，弗果遂。

一日，奮然獨往。攀藤葛而上，意鋭甚。及山之半，足力勦，止。復進，益上，則澗水縱橫，草間微徑如烟縷，詰屈交錯出，惑不可辨識。又益前，聞虛響振動，顧視來者，無一人，益荒涼慘慄，余心動欲止者屢矣。然終不釋，鼓勇益前，遂陟其巔。至則空曠寥廓，目窮無際。自近及遠，窪者隆者，布者摶者，迤者峙者，環者倚者，怪者妍者，去相背者，來相御者，吾身之所未歷。一左右望，而萬有皆貢其狀，畢效於吾前。

吾於是慨乎其有念也。天下遼遠殊絕之境，非先蔽志而獨決於一往，不以勦而惑且懼而止者，有能詣其極者乎？是游也，余既得其意而快然以自愉。於是歎余向之勦而惑且懼者之幾失之，而幸余之不以是而止也。乃泚筆而記之。

録自濂亭文集卷八。

愚園雅集圖記

光緒五年，歲在屠維，畢陬之月，集耆宿英彥之屬，十有八人，觴於江甯城南之愚園。園故明徐氏西園舊阯，主人因而更營之，亭臺池舘、花石竹木之勝，稱於一時。行尋坐照，趣昭物博，觴詠極樂，竟日乃罷。是日白樂天生日也，故以其期集焉。

昔樂天當唐室之衰，遘値讒媢，遠跡高舉，晚歸洛陽，於履道里得故散騎常侍楊馮宅，息跡其中，窮極池臺水竹琹酒弦歌之樂，爲池上篇以紀其事。然此猶曰全身遠害，閒居獨游而已。其刺蘇州，以九日宴集，醉題郡樓，乃益酣嬉淋灕，快然其自得，恣情而罔恤。當是時，朝政昏瞀，牛李朋黨交煽，河朔再亂，中外交訌，樂天豈一無所關其慮而誠有樂乎此哉？

蓋君子之處於世，夷懌險艱，不能以一致。或中有不自得，則壹放意於林泉巖壑，賓朋讌集以自遣。若劉伯倫、陶淵明之躭耆於酒。倪迂、顧阿瑛、冒辟疆之徒，當元明之季，園亭賓客之盛，甲於東南。而杜子美値天寶亂起，飲李氏園，其爲詩乃曰：『上古葛天民，不遺黃屋憂。至今阮籍輩，熟醉爲身謀。』可以知其趣已。其在成都，迺至與田父泥飲，狎蕩傎到而不厭，況其所遇爲耆彥勝流者邪？其爲樂豈復可意量耶？故當其流連景光，襄羊亭沼，俾倪竹石，掎裳連襼，狂飲大噱，放形遺物，橫行闊視，忘得喪，外非譽，齊彭殤，混侯虜，寵辱不驚，理亂不聞，穨然與造物者游，而衆莫知其所以，乃以全其眞而得其志。此昔之君子，胥先後而若出一塗者，無慮皆以是也。

今諸賢之集，其與樂天暨昔之君子之所志，未知何如？然茲游之樂，不可以無述也。主人既屬黃沛皆太守爲之圖，又介范月槎丈屬裕釗爲之記。裕釗辭不文，則益固以請，既卒不獲辭，乃爲記之如此。

武昌張裕釗書。

録自濂亭文集卷八。

金陵曾文正公祠脩葺記

同治十一年春，曾文正公薨。詔天下凡公嘗所立功行省皆建祠祀之。而公之功於金陵尤最，又先後三蒞金陵，其施澤彌深且久，於是建祠於城西之龍蟠里。既成，補用副將兩江督標左營游擊王君廷貴者，故曾文正公所拔識，裕釗嘗以文祝其五十壽曰『王覲臣副戎』者也，懼歲久祠阤壞，乃謀諸往日門生故吏、舊部將校，醵金錢購置室屋，收其僦值以爲修葺之資。數年，王君卒。記名提督督標中軍副將譚君某繼經紀其事，於是屬裕釗爲之記，且告將刊之貞石以垂無窮。

裕釗惟文正公之澤在天下，結於人人之心，而金陵人尤謳思至今弗衰，雖愚夫孺子，莫不感激垂涕。顧或賴文正公之力，致身通顯，安富尊榮，至乃孤恩負德，文正公既殂，而遂倍之。烏乎！彼獨非人心者歟？王君一武人，非有所希幸而拳拳若是，譚君又益繼之，如彼等者聞之，宜少愧已。詩曰：『蔽芾甘棠，勿翦勿伐，召伯所茇。』夫召伯之德誠遠矣，『蔽芾』之詩人，豈不亦忠厚矣乎！裕釗故嘉兩君之義，樂爲推論其事，並取醵集金錢人名氏與所購置室屋收取僦值之最，具刻於石，俾來者加之意焉。

光緒七年春三月，武昌張裕釗記〔一〕。

録自濂亭文集卷八。

【校】

〔一〕記：稿本作『撰並書』。

重修南宮縣學記〔一〕

南宮縣學，自明成化十七年移建今邑治，其後歷弘治，迄國朝嘉慶中，重修者十有二。今又近百年，稍稍圮壞。攝縣事李君與邑人復謀葺而新之，朞年而工竣，乃走書屬裕釗記其事。

裕釗惟天下之治在人才，而人才必出於學。然今之學者，則學爲科舉之文而已。自明太祖以制藝取士，歷數百年，而其弊已極。士方其束髮受書，則一意致力於此。稍長，則顓取雋於有司者之作，朝夕伏而誦之，所以獵高第躋顯仕者，取諸此而已無不足，經史百家，自古著録者芒不知爲何書； 歷代帝王卿相、名賢大儒，至不能舉其人； 國家典禮、賦役、兵制、刑法，問之百而不能對一； 諸行省、郡縣、畺域，不辨爲何方； 四裔朝貢會盟之國，不知其何名，卑陋苟且成於俗，而庸鄙著於其心，其人能瞋目攘臂而道者，則所謂仁義道德腐熟無可比似之言而已矣。烏乎！ 以彼其人服中外官，膺社稷人民之寄，生民何由而乂安？ 內憂外患何恃而無懼哉？

且朝廷取士，其立法之始，蓋亦欲羣天下之士，範之孔孟之道，以端其趨。又益試之諸經藝策問之屬，以覘其所蘊蓄。其所以博士於學問之涂者，故不可謂不備。士誠一一求其實而踐之，其學之成，固自足出而爲天下用，即其試於有司，亦未必不角出於庸鄙〔二〕之人。然而相習而靡者，苟得之弊，中於人心，而莫有能振拔於其閒者也。士莫先於尚志，而風俗之移易，莫大乎君子之以身爲天下倡。今天下師儒學子，誠得一有志之士，閔俗之可惘，恥庸陋汙下之不可以居，毅然抗爲明體達用之學，以倡其徒，同門從學輩，類蓄其品流，置炙就燥，〔三〕志氣所動，人蹶而興，由一人達之一邑，由一邑達之天下，風會之變，人才之靡〔四〕，未有如斯之極〔五〕。嗟乎！ 九州之大，獨無一二豪傑之士有意於〔六〕學〔七〕者乎〔八〕？

今南宮近在畿甸，沐澤游原，且又南宮子所生長者〔九〕也。流風遺烈，宜其有未泯者。有能聞斯言而皇然興起者乎？ 則李君是役誠不爲無裨〔十〕也已。

光緒十二年五月記。

録自濂亭遺文卷五。

【校】

〔一〕重修，據碑文、黎本補。

〔二〕鄙： 碑文作『俗』。

〔三〕同門……就燥： 碑文、黎本作『同明相照，同類相求，水流溼，火就燥』。明，碑文作『明』。

〔四〕靡： 碑文、黎本作『奮』。

〔五〕未有如斯之極： 碑文、黎本作『未可以意量也』。

〔六〕於： 碑文作『乎』。

〔七〕學： 碑文、黎本作『此』。

〔八〕乎： 碑文、黎本作『哉』。

〔九〕長者：碑文、黎本作『之邦』。
〔十〕禆：碑文、黎本作『裨』。

蟲單傳

蟲單者，楚人也。其先代有鳴蜩者。當夏后氏之世，以能候時節，勸課農事，佐公劉治豳。及周有天下，追論其功，以詩歌之。其後有蜩與螗者，仕於殷紂。殷亡，人因並罪之，黜爲民。其子孫散居諸國，處山澤之間。在宋、鄭者，曰蜋蜩。在秦者，曰蛥蚗。在齊者，曰螇螰，其女爲齊王后，以怨死者也。其在楚者，曰蛉蛄。

蛉蛄之後，顯於秦漢之際，皆以列侯、將軍、九卿入侍天子。當是時，蟲氏最號貴盛，而單尤稱爲賢。善音樂，有文章。然性孤潔，不樂與人偕，故自名曰單。高帝時，以行能清高，薦爲諫大夫侍中，甚見親任。嘗以黃金塗飾冠冠之，使垂緌侍左右。丞相何、曲逆侯平功最高，及季布、陸賈諸公，當世名人也，見單，皆頫俯首承下之，然單遇之常落然。將軍曲成侯蟲達，不與單同出，慕單爲人，請坿爲宗族，單不可。高帝、惠帝相繼崩，呂后稱制，宦者始頗用事。單時人，常與中黄門貂等偕，心恥之。

一日棄官去，入商洛山中不復出。遇佳山水、穹林茂樹，輒終歲留。長日獨坐樹間，縱聲哦誦，窮晝夕不倦。人或竊聽之，皆莫能辨識。意其所讀皆皇古上世鳥迹蟲篆、幽經怪牒，當世所未見也。晚乃好神僊家言，求得辟穀方，專精學之。日惟吐納呼吸，餐朝露，於時俗人一無所求請。久之，頗通神化，無秝日而知四時之運。又能化身中爲五色。其後益厭薄人世塵垢汚濁，常獨居遠想，望之儻乎若不可測。居無何，客往候不見單，遂不知所終。元封中，上行幸泰山，人或見之深山中，欲迹之，忽遠舉不復見。殆羽化仙去云。

太史公曰：余聞之莊生，蟲單當呂后世，其族人有與單同侍中者，車府令堂良，心害其寵，嗾侍御史彈之，族人由是落職。單感此，遂告歸。見幾決去，潔身遠迹巖藪之閒，浩乎無求，以終其世。烏乎！人何所不易足？顧世常受多欲之累，挾其能以自鳴於勢物之地，馳驅垢濁，日求人而不知止者，何也？

録自濂亭文集卷七。

代湘鄉曾相國重修金山江天寺記

金山自昔名勝稱天下。由六朝而後，崇飾梵宮，盛侈游詠，歷千有餘載，軼興軼衰。至於國朝，聖祖、高宗省方巡守，相繼駐蹕於此。當是時，列聖深仁厚澤，涵濡薄海，中外禔福。翠華所莅，萬姓歡忭鼓舞。寺觀之作，增飾崇麗，踰於往昔。康熙中，詔賜『江天寺』額。天子先後賁龍〔一〕章於其上，照耀江山，昭垂來葉，稱說弗衰。游觀之區，蓋莫尚於此已。

逮咸豐中，遘粵賊之亂，崇臺傑閣，琳宮紺宇，蕩焉無遺。憂時攬古者，眾以悼於其心。蓋依古以來，金山之盛，未有過於我朝；其焚燬之烈，亦未有逾於今日者也。

賊既平，國藩奉命來督江南。百廢叢脞，日不暇給。其後復奉命視師北方。今合肥相國李公鴻章來權兩江，始議修復金山寺宇〔二〕。事未及集，亦以奉命視師去。及馬端敏公新貽莅任，乃始檄〔三〕候補道薛書常董其役。馬公薨，而國藩復由直隸調任南還。越明年十一月，而金山之役竣。自供奉宸翰之所，浮屠之宮，登覽憩息之舘，至於庖湢齋房，都若干區，一仍舊制。溯經始至落成，閱二歲有餘，縻白金三萬兩〔四〕有奇。於是所謂金山江天寺者，乃遂復其故焉。相國李公屬國藩爲記其事〔五〕。

國藩惟金山興廢之迹夥矣，以其名與地之著也，故曩者之廢，過者尤心惻焉。當粵賊盜據金陵，環吳之彊如崩如沸，疇暇問斯寺之脩復，而今乃克覩其成若是。日中而移，月盈而虧，於西而夷，於東而隮，川流而澤止，谷墳而陵圮。古今者，盛衰興敗，臧否成毀，遞相禪而成焉者也。人事與天運，故杀會乘於其機。天道培栽而覆傾，人道傾否而持盈。當其善敗之既著〔六〕，悅焉若出於慮表，而莫知所由。徐而覗〔七〕之，則莫不有端焉以浸〔八〕而致乎其極也。自〔九〕萬事萬物，洪纖鉅細，靡不由是。若金山者，處江山之交，而據東南之勝，其興若廢，乃尤與時之治亂相爲消息。以往者之盛而至於廢，既廢矣，而復興於今。由〔十〕今以往，廢興之運，成敗之應，天固實主其間〔十一〕，抑豈非人之與有責者哉。

今馬端敏公既前徂謝，相國李公又遠在畿甸，皆不獲見此寺之成。獨國藩幸得見之，而且頹然老矣。後之人或不以斯言爲可棄，而深念乎此。烏乎〔十二〕！豈獨茲山之幸也歟？於是爲紀其興事蕆功之始末，與其庀材賦工之詳，並余之所以致其意者寓焉，以諗來者，且以質之李公云。

同治十年十二月朔有三日記〔十三〕。

録自濂亭文集卷八。

【校】

〔一〕龍：抄本作「雲」。

〔二〕寺宇：抄本作「江天寺」。

〔三〕檄：抄本作「令」。

〔四〕兩：據抄本補。

〔五〕屬國藩爲記其事：抄本作「以記屬國藩」。

〔六〕日中……既著：抄本作「盛衰興敗，臧否成毀，遞相禪而古今成焉。雖窮人智力，莫之能違也。然其間得失之數，常以人事與天運，交相會而乘於其機。及其善敗之既著」。

〔七〕覘：埽葉本作「視」，抄本作「覘」。

〔八〕浸：抄本作「漸」。

〔九〕自：抄本作「蓋」。

〔十〕由：抄本作「則由」。

〔十一〕廢興……其間：抄本作「欲興者之無或遽廢，固天實主其間」。

〔十二〕烏乎：抄本無二字。

〔十三〕抄本作「同治某年月日湘鄉曾國藩記」。

代某學使安陸府試院增脩號舍記

安陸府試院，舊在石城門，前明察院〔一〕故址，國初順治中所建也。地卑下，積潦無所洩，人咸病之。道光丁亥，始改卜於陽春臺之左。咸豐丙辰，京山土寇陷郡城，試院〔二〕燬焉。至明年復故。然其號舍僅若干，每歲科試至者，或苦隘不足以容。蓋自軍興以來，海內士民懷敵愾之義，捐金錢，助饟糈，天子嘉之，加惠諸州縣，輸銀至萬兩者，得廣學額一名，箸爲令。於是安陸諸屬邑，皆得廣學額至數名。士爭景附，就試者滋益多矣。

同治乙丑春，余以歲試至安陸，太守覺羅同君，告余以議增號舍，余韙之。及今秋科試至，則增作之號舍，功已蕆矣。先是，試院中甬道空地甚廣遠，因即其地爲之，且兼用形家言，謂前此病曠遠，宜實之，使氣鍾聚也。既至，太守屬余爲記其事。

余惟國家嘉臣庶之義，推恩以惠士類，太守又承宣德意，益擴試院，而大其規。上之人所致益於士而無已者，如是其至也，則士之所宜自益以副上之求者何如哉？夫上下相求，君子固恥相爲市，然未嘗不相爲報也。上之人博試士而進之，其所求於士也亦厚矣。然則士必益增脩其故使壹足以饜其求，無苟焉域於卑近而已也夫？而後〔三〕於聖天子與賢卿大夫之所益於士者，庶其無負也已。

是役也，經始於六月四日，訖八月十日告成。增作之號舍八百餘所，合前凡二千五百有奇。

同治五年九月某日記。

録自濂亭文集卷八。

【校】

〔一〕院：底本爲墨丁。據黃本、埽葉本、抄本補。

〔二〕試院：抄本無二字。

〔三〕夫而後：抄本作『其』。

卷八　碑志　哀祭

贈道銜湖北升用知府荆門直隸州知州李剛介公殉難碑記

自洪楊之亂起，賊先後轥入湖北者五，而省城凡三陷，文武官吏死者不可勝紀。若宣城李剛介公，則其尤可爲悼惜者歟？

公諱榞，字紫藩。幼從侍厥考松江府君官舍。久之，遂明習吏事。又益考求往古成敗得失與當世之務，無所不究。以國子生試順天，屢躓，入貲爲縣令。道光二十六年，選授湖北公安縣知縣。咸豐元年，調孝感。明年，調鍾祥。其冬，粤賊自長沙轥岳州，犯武昌，所在奸民相嘯競起。鍾祥馬騾子諸匪黨，及襄陽之郭大安，天門之葢天王，皆巨盜劇魁。黨眾大者萬餘，小乃數千。公親教練壯士千餘人，捕馬騾子等數十人，斬之。偵知郭大安謀以眾數千奔粤賊，設伏閒道，擒之以歸。乘大霧掩擊葢天王，悉俘其眾。當是時，武昌、漢陽相繼陷，楚中大震，卒上游諸郡帖然無恐者，皆公討平諸盜之力也。

明年，賊大掠東走，省城復。大府以公事入奏，擢荆門直隸州，調署江夏縣。鍾祥數萬人守安陸府署及公署請留，公出諭眾，眾泣，公亦泣。是歲裕釗以新甯江忠烈公聘至鄂城，忠烈及鄂中大吏，交口一聲稱湖北八州六十縣無李令比者。會粤賊林鳳祥等自豫入楚，陷黄安，趨麻城。公以兵馳往，擊賊黄岡之鵝公頸江口地，大破之。窮追至安慶，與安慶兵夾擊，盡殪諸賊。還，值宿松警，復破賊下倉埠。詔以知府升用，賞戴藍翎。

踰月，賊復自江西大至，寇廣濟之田家鎮。湖北糧道徐君豐玉、漢黄德道張君汝瀛，檄公往。連戰皆捷。最後戰，他將畏懦不進，公卽率所部渡江擊賊。賊敗走，孤軍追之。賊還戰，又敗。益追至富池口。賊知公軍無繼者，分舟中賊登岸，襲其後。公引就水軍。水軍走左，陷淖中。賊乘之，與所部八百人皆鬬死。咸豐三年九月十日也。越日，而田家鎮不守。賊遂長驅西上，復陷武昌，鄂中所在麋沸矣。事聞，詔贈道銜，褒卹有加。公安、孝感、鍾祥之民，家祭巷哭，如喪其親，醵金錢爲營佛事，奉木主祠廟中。

始公爲縣，所至，於其地遠近、夷險、豐耗，民俗醇訛、奸蠹根株，人所疾苦，盡知之。所爲治行之出於至誠，人樂爲用，雖至頑族皆感涕，願效死力。故於公之殉難以死，哀思之無不至者。裕釗以往歲至鍾祥，距公死難之歲十有四年矣，鍾祥人人爲言公治鍾祥事，皆曰：吾鍾祥入本朝踰二百年，縣官數李公獨第一，惜也殉難死，去吾鍾祥數月耳。語次淚熒於眦。裕釗因益嘆公德入於人之心，久而不忘，至於如此。同治二年，湖北大吏復奏公死事甚烈，在官政績尤卓著，請令宣城及死事所建專祠祀之。詔可。予謚剛介。

五年，其孤鹽提舉銜湖北候補通判襲雲騎尉雯，走書裕釗，請爲公殉難之碑，將勒之於富池口〔一〕。富池口，在興國州東北六十里，水經注所謂『江之右岸，富水注之』者也。爲序而銘之曰：

臯臯訛訛，有百其侶。皆壽而康，乘車曳組。傑出有公，萬目環之。翦奸迪蒙，迺父迺師。天乎何爲？民之無賜。殲我賢良，自今疇恃。人之賢公，曰善爲吏。吁公之有，百始一試。克究厥施，維國之芘。富水之濆，潯陽之漬。豐碑玢璘，大江沄沄。流公之名，千祀有聲。

録自濂亭文集卷五。

【校】

〔一〕口：底本作『日』。據黄本、埽葉本改。

贈知州銜候選州同貴築王君殉難碑記

嗚呼！此貴築王君與其弟殉難處也。

先是，君曾祖勇壯公凱，嘉慶中以宜昌鎮總兵擊教匪於南漳之馬鞍山，死之。祖國華，當道光中葉，爲湖南提標遊擊，攻叛猺於甯遠之池塘墟，復力戰死。父，古州都司臻祜，又以咸豐初從吳文節公禦賊黄州之斗城，死焉。及同治中，而君與其弟又以征苗死。先後七十年間，一門五忠，四世相望，累朝褒贈，寵命踵屬，豈惟國朝二百餘載無與倫比，抑伊古以來罕遘之偉節也！

君諱朝選，字翰臣。少英敏，多材藝，能爲詩文。又以將家子，益通曉兵法。年未及冠，聞都司君斗城之難，痛哭走楚。過洞庭，遇風濤大作，屬有神異之助，得保無恙，人以爲孝感所致。至斗城，求父尸不獲，誓不反。時益陽胡文忠公巡撫湖北，與都司君故相善也。知其家兩世太夫人皆在堂，力慰遣歸。然君慟父之死，終思一得當殺賊以自效。既奉父衣冠營葬已，甫服闋，復走從胡文忠公於皖。留軍中且一載，而粤賊躪貴州，省城戒嚴。君以兩世太夫人故，聞則立馳歸。既至，適省城圍解，堂上皆無恙。居頃之，將仍赴皖，而祖母周太夫人卒，君以承重孫主喪，不果行。未幾，安義鎮總兵林自清率師禦回寇於某所，知君材賢，請與俱。君辭不獲，勉從之。則又延君弟郡文學禮乾同入幕中。禮乾故亦佳士重於時者也。頃之，移軍開州燕子哨，而後軍無統率者即以屬。君既駐軍，方與賊相持。一日，忽戰馬咆哮，君心知有變，請據險以待。弗聽。其夜賊果大至，諸軍皆潰走，君雖先已有備，孤軍勢不敵，力戰死焉。弟禮乾亦同死。同治某年月日也。事聞，君以州同與其弟皆賜卹蔭如例。

自君曾祖勇壯公立功乾嘉之朝，爲時名將，祖考兩世並以忠勇謀略著稱。君兄弟亦皆義烈奇士，使盡得竟其力用，功績之所樹，豈復能量其所至？雖然，必信若是者，其馨烈之赫，以彼校此，訖亦何以尚茲？獨世之需才，而英傑之不易遇，以君家累葉之賢，國家乃不得罄其功用以裨助時艱，是以君子之所爲痛惜者也。於是，蒐採君之遺事，並上及其先世，即君殉難之所，伐石紀績，而系以詩。其辭曰：

品庶毎生，蹈死實難。瑟縮巽懦，接踵摩肩。一夫決脰，萬衆駭歎。謳思涕泣，如不可扳。矧乃四世，五賢相繼。一瞑不視，浩然同逝。天震地齵，神咷鬼盼。懿爍之流，何千萬歲？維勇壯公，實啟厥祜。惟君昆弟，克終厥緒。揆原都卒，縱論其美。刊此頌詩，立懦起靡。

録自《濂亭遺文》卷四。

孔剛介公祠堂碑記

同治元年春，濟甯孔剛介公昭慈殉難於臺灣之彰化。事聞，賜祭葬。詔祀昭忠祠，蔭襲騎都尉；又從臺灣人之請，建專祠於臺灣；予謚剛介，詔史館立傳。九年，濟甯人復請建祠其鄉，詔可。於是又專祠於濟甯。

公有子翰林院編修憲曾、新河縣知縣憲高，屬桐城吳刺史汝綸爲碑銘刻之濟甯祠堂，而臺灣之祠顧尚未有紀，於是復以屬之裕釗。裕釗既不獲辭，則具著公之閎烈大節尤爲重於臺灣者，系以銘詩，而使鑱諸石。

始，公由翰林院庶吉士改官，以知縣官福建，累擢鹿港同知、臺灣府知府、臺灣兵備道，先後治臺灣者十有四年。臺灣〔一〕縣絕東南海外數千里之地，界阻華夷，屏蔽全閩，形勢號稱險要。自國朝肇置郡縣，民俗榛狉，桀悍難治。公居臺灣十四年之閒，反者六起，最後彰化奸民戴萬生，一旦乘不虞作亂，有衆數十萬。時總兵罷老，知府又新至，兵械糧儲，百罔一備。警聞，公方臥疾兵備道署，立起，自捐金錢，募民兵輿，疾馳入彰化。淡水同知秋曰覲戰死，賊乘勢薄城下。公厲士衆堅守連三晝夜。有內應夜開門內賊，率衆巷戰。中大創，遂抗節以死。

公之成進士，入詞垣也，儀徵阮文達公一見器之，曰：『此人它日必以幹濟風節顯。』及任臺灣，穿臺、嘉兩邑界上之渠，息旱潦之患，瘠壤大饒。識林軍門文察於微時，白其枉獄，薦之渡閩討賊，卒破走粵寇，以功名顯。力持外國通市不得至臺灣郡城，而處以滬尾閒處，民賴其利。每因事處畫，輒中竅要，智裁勇斷，恩明信洽，威德流聞。其初涖臺灣府也，三上書論戍兵空籍之弊，請改募土兵，革虛名，以收實效，反覆累數千言，事竟格不行，故臺亂迭起。然公常倉卒集事，捷出返掃，應時殄破。既乃卒隕於彰化之難，此其可爲痛悼者也。

自公歿後，臺灣事日益棘，日本、法蘭西先後俶擾境上，幸而壹解。朝廷始議經營臺灣以障南服，改設巡撫以下官吏，徵兵轉饟，辟啟巖疆，爲強本折衝之計。慕想宏偉，仔肩鉅任，而公則既以難死矣。銘曰：

孔子之允，著在史氏。代有聞人，曲阜是紀。洎公曾祖，遵泗西地。復顯濟甯，越公大起。宏猶亮節，鏡照八鄙。廟祀其鄉，欒櫨韡韡。式是邦人，是則是似。維以擊重，尤於臺澎。臺澎莽莽，百蠻所偵。巨蛟雄虺，鋸牙怒睛。內外應和，黿嘯鼉鳴。公來治之，武緯文經。戢其矛鋋，吹以簧笙。奸慝瘖伏，絃歌匌訇。島夷來入，處之旁棖。屏處聽命，莫我敢瞪。終竟厥施，厦其無傾。胡天弗弔，弗求厥甯。一炬之燎，摧我棟楹。云如可贖，百身猶輕。爲此頌詩，聲之寰瀛。

録自濂亭遺文卷四。

【校】

〔一〕灣：底本作「南」。據黎本、張孝栘本改。

誥授通議大夫例晉資政大夫通政使司通政使朱公墓碑〔一〕

公諱某，字某〔二〕，姓朱氏。當道光、咸豐之際，以文學取科第，仕至通政使司通政使。年五十有五以卒。卒之七年，公長子琛成進士，入翰林，追悼遺澤，慨然念先烈之未章。於是具輯公之行治，將求當世之名能文章者，推闡而顯大之，用報公以不朽，而過以墓刻之詞屬裕釗。裕釗既不獲辭，乃爲之書曰：

公先世故家婺源。宋建炎中，自婺源遷涇，爲涇人。公既長，應有司試，其族人有占籍江西之貴溪者，往就試，補學官弟子，於是又爲貴溪人。曾祖某，國子監生。祖某，父某，皆以公貴，贈如公官。妣皆贈夫人。

公自少以穎異稱，從塾師學制舉文，及以聲律爲詩賦，出語輒能工。及其後官京師，同輩推公所爲，稱之曰「能」。道光丁酉，選拔貢生。癸卯，舉於鄉。甲辰，成進士，爲翰林院庶吉士。丁母憂，歸里。尋丁父憂。服闋，散館改刑部主事，遷員外郎，授軍機章京。累遷郎中、監察御史、鴻臚寺少卿、通政司參議、太常寺少卿，轉貳大理，擢太常寺卿，授通政使司通政使，典試山東。既入都復命，署刑部右侍郎。同治六年，以省墓乞假歸。秋九月某日，以疾卒於家。配葉夫人，簉〔三〕室王孺人，皆先公卒。王孺人生三子：長即琛。次某，國子監生。次某。女子一人。以某年月日，葬於某所之原。

公在〔四〕刑曹，單心平讞，庶獄以清。及爲御史九卿，尤以忠懇自效。文宗即位，疏請蠲諸行省積年逋賦。又嘗因冬旱，疏請恤刑以消沴氣。江西勦於兵，奏飭撫臣録殉難士民入告，予以旌卹。其它陪補遺闕，謹漸塞萌，密疏屢陳，不聞於外朝者，其事尤衆。

有子能蒸蒸致孝，以謂公所言於上者，當世不能盡知，懼遂泯沒沈堙，而欲得能傳載公者之一言以爲信。裕釗惟古之君子，忠誠鬱積，貫徹幽顯，雖奄閟於一時，而卒大禄於後世，彼自有不可泯滅者存於厥志耳，固非區區文字所能爲其銖兩輕重。然以天下之爲人子者，不忍其親，而思有以推大之，其意不可以不答也。迺爲之銘以歸之。銘曰：

士之不遇，其十而九。遇而無述，又維厥訴。究言其極，自我而已。我之不能，雖顯胡裨？我之無忝，雖晦胡恥？猗嗟我公，其又奚云？仕躋於朝，忠迪於君。矧公有後，克承公施。再世詞垣，有鳳在池。抑抑令儀，浟浟孝思。刻辭貞石，以塞其悲！

録自濂亭文集卷五。

【校】

〔一〕續碑傳集題作『通政使司通政使朱公墓碑』，稿本題作『誥授通政使司通政使朱公墓碑』。

〔二〕續碑傳集作『公諱夢元，字貞起，號錦堂』。

〔三〕篚：抄本作『側』。

〔四〕在：抄本作『自在』。

誥授光禄大夫贈太子太傅雲貴總督岑襄勤公神道碑

公諱毓英，字彦卿〔一〕。其先蓋漢舞陰壯侯彭之裔。宋皇祐中，有仲淑者，從狄武襄平儂智高，留知永甯軍，遂家焉，其地於今爲廣西之南甯。從〔二〕徙泗城，由泗城再徙西林，故今爲西林人。曾祖，諱某。祖，諱某。考，諱某，文學生。三世皆以公貴，贈如公官，妣皆一品夫人。文學贈君有子四人，而〔三〕公爲長，次毓祥，次毓寶，次毓琦，並以材能箸稱，而公尤爲魁倫。年十七，試於縣，府及提學使皆第一，補學官弟子。

咸豐初，廣西亂起，倡團擊土寇有功，議敘候選縣丞。於是，雲南回寇方俶擾。六年，以縣丞率義勇入雲南，從克趙州賊巢，將攻宜良之湯池，破之，遂克宜良。會參將何自清擊路南賊，大破之，路南復。自克宜良，當事察公謀勇，堪兵事，且任治民，即檄署宜良。復檄攝路南。督兵攻澂江，又兼行澂江府事。先後以功賞戴藍翎，留滇以知縣用，擢同知直隸州，加運同銜。丁大母鄧太夫人承重憂，奏留給假治喪，仍辦軍務。尋奉檄入回衆，說馬如龍，如龍〔四〕心折公，即來歸，盡獻其所據城邑。公益推誠與相結，如龍委心焉〔五〕。至於其後，雖或入讒搆，尋復感寤，卒得其力用。

同治元年，代理布政使事，加按察使銜，換花翎。無何，回弁馬榮賊殺總督，據省城反。公與諸弟率所部千餘人保藩署及城東南陬，而密馳書如龍，激以大義，趣赴援。如龍遂以夜至，內外夾擊，盡殪諸賊，獨馬榮遁走曲靖，而省城復安堵。公既已定省城之亂，乃西出師。當是時，滇中回寇充斥。其杜文秀尤凶狡，爲諸賊最，馮蒼洱上下關之險，而竊據大理爲巢窟，嘯召數十萬人，悖逆恣睢，放爲不道，千里咸被其毒。公師出行攻取諸近縣首路楚雄〔六〕，而東路告警，即以兵東指，克霑益、平彝。仍西攻楚雄，克之。益西克定遠〔七〕大姚諸州縣，至鶴慶、浪穹，且進規大理。而馬榮與回酋馬聯陞再陷霑益，犯馬龍，東路復告急。公不得已，復還，大破賊聯陞及榮，得誅之，遂克曲靖。曲靖，迆東大郡也，又糧運所由。既克，公則大喜。而楚雄以西諸〔八〕所克城邑，復皆淪陷。公乃壹意經營曲靖，籌軍食，簡兵馬，爲重固不可拔，與省城相輔，近峙東偏，隱然重鎮矣。

於是，公乃以迆西巨寇延蔓，猝不可爬梳，自亂起以來，當事者謀不素定，東瞻西失，此捷彼挫，從賊而與爲奔命，故訖無成功。今宜專意東討，先治黔中豬拱箐之賊，綏定邊境，稍以次討平迆東南諸寇，東方靖而後楚雄以西乃可圖也。會勞文毅公崇光自兩廣改督雲貴，行次平彝。公迎謁。文毅詢滇兵事，具以其意對，文毅則大韙之。於是，乃遣馬如龍出西路，而專屬公以豬拱箐之役。豬拱箐者，居貴州威甯州境，其近接者曰海馬姑，皆穹山巉峻，幽阻險絕，苗衆十餘萬穴其中，時出攻剽，滇、黔、蜀三省之閒屢合軍攻討不能克，夙以爲患。公既受任，且發，而鎮雄降賊叛據州城，師出東道，應時討破。

先是，公已累功升用道員矣。既克曲靖，晉布政使銜，賞勉勇巴圖魯名號。五年〔九〕，補授迆南道。明年正月，補授雲南布政使。二月，公師次豬拱箐，所部五千人。黔、楚諸軍之先至者望見之，以謂與賊衆懸絕若是，且立燔，必無幸也，衆相與目笑之。公則堅壁休士，而日密與諸將謀計，設閒窺形，得其瑕釁。一旦縱奇捷出，冞入其匈腹，萬衆崩沸。自二月始至，訖六月，凡百二十有四日，而豬拱箐、海馬姑之賊，一剷殄絕。諸軍訖〔十〕服，相顧愕然。捷聞，賜頭品頂戴。

於是，公且班[十一]師還，而省城之急聞。先是，如龍兵出失利。杜文秀知公之遠出也，悉衆東犯，連陷數十城邑，進薄省城，人大恐。公聞，疾馳還，道宜良、七甸以趨省城，所過連破賊壘數十，斬獲萬計。至則益遣師出攻澂江及城西南州縣，皆立破。而馬如龍亦來會，驩然相約，戮力破賊，賊爲氣奪。然環城賊壘尚碁布如故，皆錮若金鐵，阻若阱擭，牢堅不可撼。重[十二]援賊飈至，豕突震蕩不可常。我軍盡鼜力攻，死傷相繼，而卒無如何，諸將苦之。公知賊狡悍，難驟與力搏，非旁出以撓之，勢不可戢也。既以七年三月拜雲南巡撫之命，乃分遣諸將出賊後，直搗迆西。益約結騰越、永昌、麗江諸豪傑與相援應，蠭午騰擊，更進迭舉，賊惶駭不知所爲。公乃督將士亟攻，城外諸壘，應手迸破，悍酋劇寇二十餘萬人，壹殄[十三]薙無遺類。公威震遠近。坐澂江復陷，降二級留任。是時公已命諸將進攻迆西，而自督軍攻迆東南諸賊，日漸有緒矣。及賊復陷澂江，乃進攻澂江，圍其城。九年秋，以鄉試還省城[十四]。事已，復往攻。十年春，克之。仍進討諸賊。越十一年，而迆東南悉平。而前所遣出迆西諸軍，亦已先後克永昌、鄧川、浪穹、趙州、雲南永平、蒙化諸城，進據上下關，以逼大理。公聞，以十一月馳赴大理，躬督諸軍環城力攻。文秀出戰，敗，還走入城飲藥，未即死，其黨以獻，立斬之軍前，大理平。明年，順甯、騰越、雲州諸賊，復以次悉殄滅，全滇底定矣。奏入，賞穿黃馬褂[十五]，並賞給騎都尉世職。已而復晉太子太保銜，其騎都尉改一等輕車都尉，開復降二級留任處分。尋兼署總督。

自咸豐之初，粵[十六]賊肇禍，其後捻寇、回寇，羣不逞之徒相繼蠭起，國家徵兵轉饟，龕除中土大難，搏[十七]精殫力，僅而克濟。其雲南懸隔西南萬里之外，承歷久凋敝之餘，兵弱而莫之助，饟竭[十八]而莫之繼，亂瘉益滋，日進無已。公起諸生，閒關覊旅，洊膺艱鉅，乃始統規全局，謀定後動，益蹈難感激，躬履行閒，率先士衆，危困艱阻，出入百死之中，卒翦除[十九]巨憝，奠定全省，以有成功。故自軍興以來，論邊省[二十]人才，九牧同聲，推公爲冠。以繼母鄧[二十一]太夫人憂去官。光緒五年，服闋入覲，授貴州巡撫，加兵部尚書銜。七年，改福建，督辦臺灣海防。尋改署雲貴總督。九年，遂拜爲眞。於是，越南法蘭西之釁作，公誓師請出關。於時和戰尚未有定局，進次興化以須。旋奉詔命節制關外，粵、楚諸軍統歸調度。公方具疏固辭，而他軍遽潰走，興化孤軍無繼，糧又盡，則以便宜退保保勝，復坐鐫二級留任。居無何，有詔與法決戰。命至，公立督師進，力戰於宣光，大捷於臨洮。前後攻取越南八城，破殺法衆萬餘人，斬法酋數十人，獲輜重兵械至不可數。方部署諸將渡河以規北圻諸省，會和議定，罷還。

初，公復〔二十二〕出，天子閔塞外用兵之勞重，嘉公不避艱險，詔開復前處分，疊頒尚方珍物、藥餌以勞勤苦。既還，奉詔嘉予加一雲騎尉世職。頃之，奉皇太后詔，頒內帑銀五千兩以賜南征將士。而論者亦以謂法人之亂，諸軍苦鬬於霪雨毒霧之中，傾命搏戰，以死相貿，爲內地所未有。然諒山、澎湖、基隆皆有利鈍，而滇軍始終無撓。且以雲南極敝之區，而著績若是，故尤以爲難能。然公亦以瘴癘洊侵，嬰茲貞疾矣。

十五年春〔二十三〕，用歸政大典，晉太子太保銜。越五月，薨於位，享年六十有一。疏入，天子痌傷，贈太子太傅，賜祭葬，予謚襄勤，命入祀京師賢良祠〔二十四〕，建專祠雲南。諸子孫，推恩賞官有差。而貴州及泗城府屬復從畺吏之請，並建祠祀公。先夫人同邑江氏，後夫人連平賴氏，皆先公卒。江夫人生子春榮，山西即用道〔二十五〕；春煊〔二十六〕，知府銜選用同知。賴夫人生子春煦〔二十七〕，工部主事，升用郎中；春蕡，國子監生〔二十八〕。妾周氏，生子春蔭。女六人。孫八人。諸弟皆以從公立功，致通顯：毓祥，按察使銜，分省補用道。毓賓，雲南按察使。毓琦，分省補用道。十六年閏月十四日，葬公於臨桂縣東之堯山高高嶺。江夫人祔。

公既平滇亂，先後經畫善後事宜，及撫貴州、福建，皆具箸功績。生平於鄉里、宗族、朋友、故舊，恩誼尤篤。俸入所餘，不留私橐，以行德惠。其善治懿行不可殫述，獨述公之偉烈系安危之大者，具綜其始末而聲以詩。其辭曰：

黑水洪波，滔天羣飛。豺虺貙貐，搖毒爭歸。莽莽六詔，一方而痡。猗歟岑公，其守洸洸。崒如一柱，持我危疆。爰公始迹，聲自宜良。雷厲四征，遂度瀾滄。千艱萬扤，有奮無恇。奠彼駹虒，謐若金湯。氓獠讙謡，童耋相羊。島夷不諰，眄我南徼。帝命公往，是征是擾。鳶跕之鄉，毒淫所湊。曳足覩賊，紮欷長嘯。餐蓼寢蓋，爭命於寇。卒其憤發，羣眾忘死。一決罔顧，萬酋崩阤。封狼讋慄，徐帖其耳。寂其功伐，疇歟公比。惟是害殄，寢淫被體。疾疢用淹，躬瘁名偉。臨桂之邑，堯山之原。伐石紀績，維以萬年。

録自濂亭遺文卷四。

【校】

〔一〕公諱毓英字彦卿：續碑傳集作『公諱某，字某，姓岑氏』。

〔二〕從：續碑傳集作『後』。

〔三〕而：續碑傳集無。

〔四〕如龍：據續碑傳集補。

〔五〕焉：續碑傳集無。

〔六〕清史稿岑毓英云：『(毓英)率師西勦，復富民、安寧、羅次、高明、祿豐、武定、祿勸、廣通、陸涼、南安諸城及黑元永三鹽井，進擣楚雄。會東路有警，之銘檄回省，分兵克霑益、平彝；赴楚雄督攻，克其城。進復大姚、雲南趙州、賓川、鄧川、浪穹、鶴慶，分道進規大理上、下關。三年，克定遠；圍攻鎮南，大破援賊於普棚。馬聯陞復陷霑益，犯馬龍；回軍破之於天生關。進攻曲靖，復馬龍、霑益，進克尋甸，禽馬榮、馬興才；克曲靖，禽馬聯陞：並誅之。』

〔七〕遠：據續碑傳集補。

〔八〕諸：續碑傳集無。

〔九〕五年：續碑傳集作『及是歲同治五年』。

〔十〕訖：續碑傳集作『詑』。

〔十一〕班：續碑傳集作『頒』。

〔十二〕重：續碑傳集作『動』。

〔十三〕殄：續碑傳集作『獮』。

〔十四〕城：續碑傳集無。

〔十五〕褂：底本、續碑傳集作『袿』。據黎本、張孝栘本改。

〔十六〕粵：續碑傳集作『髮』。

〔十七〕摶：底本作『搏』。據黎本、張孝栘本、續碑傳集改。

〔十八〕竭：續碑傳集作『盡』。

〔十九〕除：續碑傳集無。

〔二十〕省：續碑傳集作『地』。

〔二十一〕鄧：續碑傳集作『謝』。

〔二十二〕復：底本作『後』。據續碑傳集改。

〔二十三〕春：據續碑傳集補。

〔二十四〕入祀京師賢良祠：據續碑傳集補。

〔二十五〕山西即用道：續碑傳集作「二品蔭生，遇缺簡放道」。

〔二十六〕春煊：續碑傳集作：「賴夫人生子春煊，光緒十一年廣西鄉試舉人，候補五品京堂」。春煊排在春煦之後。

〔二十七〕春煦：續碑傳集作：江夫人生，官「選用知府」。排在春榮後，春煊前。

〔二十八〕國子監生：續碑傳集作「即選道」。

代誥授通奉大夫江蘇布政使倪公墓碑〔一〕

公諱良曜，字孟炎，號濂舫，安徽望江縣人。曾祖諱某。祖諱某，國子監生。考諱某，候選布政司理問。皆以公貴，贈如其官。妣皆封太夫人。理問君篤於行義，值歲大旱，輸麥以賙餓者，所全活不可計數。又嘗捐錢萬緡，築濱江堤以寓賑貸，請官治之，而不有其功。有子六人，而公爲長。

公少從伯父教授君謨〔二〕於鳳陽學舍。教授君故阮文達公門下知名士也，藏書號稱極富，校讎之役，恆以委公，由是得遍覽墳籍。又益從教授君執友洪稚存、鮑雙五諸公游，聞識益擴。年十六補學官弟子，旋舉嘉慶癸酉拔萃科，廷試二等，選授江甯縣學訓導。舊時任學官者，類耆年謹迂，而公獨年少，以明練强力，能有所堪任，重於上官。道光元年，俸滿擢知縣，以理問君憂歸。服除，選授雲南宜良縣知縣，調補廣西靈川縣。又調臨桂。以大吏薦，除龍州同知。又遷江西南安府知府，調知南昌府事。遂擢江蘇蘇松〔三〕督糧道，嘗權江蘇按察使，又再權布政使，前後任蘇松督糧道凡七年。

始，公爲縣令至郡守，所至以才能著稱，吏民弭服。於龍州，誅土豪劉志友兄弟二人。於南安，盡力弭粵東壤界之盜，遐邇抃詠〔四〕。於南昌，壹完復屬邑堤防，郡無水潦之患。及任蘇松督糧道，而蘇松賦故爲天下劇，其後重設海運，益殷以鉅，公八走運渠，三治海運，無毫髮愆失。又相度白茆、滸浦諸水道，排決淤澱。導蘇、常二郡之水以入於海。置石閘，以時啟閉，至今以爲長利。

蓋公凡所任官，於職事無所不辦治，廣西及兩江大吏，爭推公以爲能吏。而權按察時，遇事變，賴公力遽〔五〕遏亂萌，尤以聲最於吳中。

初設海運也，糧艘水工，以失業譁於巡撫轅，舉城皇駭〔六〕。公故歲將漕運，有威惠於其眾，立召唱〔七〕禍數人，曉譬壹解。西洋夷人，以傳教爲青浦民所拒，殲其數人，大譟，要致青浦民於辟，且揚言『不者將遏滬上糧艘無入海』。巡撫恐憂，命公往。公至，則直登夷舟。或尼之，不聽。當是時，夷〔八〕勢張甚，伺公登，發巨礮以迎，海波震沸，從者怛懼失色，公夷然不爲動，直剖示以曲直所居，許爲責青浦民以示懲耳。夷人遽折服，青浦大驩，而糧艘以無稽期。連〔九〕二事，微公事幾殆，江南畺吏益推其能。

又歲滿當遷，由是遷甘肅按察使，是歲咸豐元年也。入覲，對漕事稱旨。會浙漕船滯〔十〕，復有詔調補江蘇按察使，卽治浙漕。既莅任而疾作，力疾益綜諸務，浙漕以濟。居無何，而粤賊陷金陵，乃復以公爲江甯布政使。又代辦江蘇巡撫，且一月，返布政。以前巡撫及布政使〔十一〕截留漕糧若干石未以聞，公與有責，得旨降調，仍留治海運。而公以劬瘁積久，重寇亂起，鎮撫防禦，旁午萬端，疾乃日益劇，不可爲矣。四年十二月十二日卒於蘇州，春秋六十有三。

公配太湖張氏，封夫人。子三，某某官，某某官，某諸生。女三人。孫三人，某某。以某年月日，葬於某所。公所讀書甚衆，耳目經歷，輒能口哦。生平無聲色、貨利之耆，雖身歷顯宦，而被服共養有如常時，苞苴問遺，一不及門。始終服官四十年，家無贏儲。銘曰：

公實潁茂，擢出自少。彬彧其文，瓊佩有耀。出筦郡邑，威德竝耀。飾以儒雅，厥聲彌劭。周歷南服，洊膺遷調。事蓑棼絲，奸穴奧窔。公來披之，如疢獲療。駭機將發，睒睗〔十二〕騰趠〔十三〕。徐擢其芒，瞿視驚掉。祗勤昕宵，謹秉機要。名聞洋溢，四遠流照。謂當益顯，遽罹嚴詔。爲人受疵，亹匪我召。終其勤能，帝心燭燎。胡遂霣沒，使走相弔。萬代千齡，永閟崖峭。銘此豐碑，惟德之肖。

録自濂亭文集卷五。

【校】

〔一〕續碑傳集題作『江蘇布政使倪公墓碑』，稿本題作『誥授通奉大夫江蘇布政使倪公墓碑代』。

〔二〕謨：抄本作『模』。

〔三〕松：續碑傳集作『州』，訛。按清史稿職官道員糧道中有『蘇松』，而無『蘇州』。

〔四〕遐邇抃詠：據抄本補。

〔五〕遽：續碑傳集無。
〔六〕皇駭：抄本作『官吏皇駭』。
〔七〕唱：續碑傳集作『倡』。
〔八〕夷：抄本作『夷人』。
〔九〕連：續碑傳集作『速』。
〔十〕滯：抄本作『稽滯』。
〔十一〕又代辦……以前巡撫及布政使：續碑傳集無。
〔十二〕晹：底本、黄本、抄本作『暘』。據埽葉本改。
〔十三〕趭：底本、黄本、埽葉本、抄本作『趡』。按依韻當作『趭』，今依續碑傳集改。

誥授中議大夫三品銜補用道夔州府知府蒯公神道碑代合肥李相國

自鴻章督淮軍，始平江南，繼定河北，吾鄉豪儁魁傑，雲興霧浡，踔起相從。提一旅之師，征伐江蘇、浙江、安徽、湖北、河南、直隸、山東諸行省，所至芟除醜類，恢復名城，以功伐光燀海内者不可勝紀，而吾友蒯公乃獨以循績著。

同治三年，鴻章既克蘇州，始以公攝長洲縣事。江蘇承宋末官田、明〔一〕初税籍之弊，賦重民困，既遭亂離，民力益不堪。鴻章乃奏請裁減蘇、松諸郡賦額，以紓疲氓。有詔俞允。公因是益痛抉糧吏積弊，户無大小，壹令平均。而巨族諸有勢不便，或以蜚語聞上，事下兩江總督、江蘇巡撫問治。當是時，公方淬精劘慮，力求民莫，靡廢不舉，靡害不蠲，摧强植弱，讞獄若神，甿庶悦豫，户頌涂謳，績譽流聞遠邇。於是，大吏具奏公治行尤異，所坐一與湔濯。奏上，詔書嘉許，有『好官』之褒，且責言者誣妄失實。由是累擢至知府，以道員用。旋攝蘇州府事。又移知太倉州。又連攝鎮江、江甯府事。尋授夔州府知府。所至之地，抃舞讙呼；所去之邦，望塵漣洏。及其後，卒官夔州，萬衆悲號，交走相弔。吴、蜀之民，誦説慕詠，至於今不衰。蓋公勤恤民隱，深達時宜，鉅細洪纖，壹是號爲辨治。大吏重其能，天子嘉其績，而百姓被其仁恩，古所謂明察之官，忠信之長，慈惠之師，於公見之矣。

始公家居，值粤賊之亂，以諸生督民團禦賊。事勢險棘萬端，乘機應會，卒用保全。其任長洲，某鄉民與新陽盛阿香聚衆抗租，上官令公以舟師往，公持不可，單舸馳入，曉譬立定。及鎮洋令以苛斂激變，某觀察征夔州鼇稅幾致亂，臭鹽磧民相聚私煎，知縣某匿不敢出，勢皆岌岌不終日，得公壹解。論者於是益知公非獨長於字民，其履危不懾，折衝壞牙，捷出剸斷，故不後於吾鄉諸君。然承大亂之後，撫極敝之民，使一方帖然，其功之所昭，與夫斬將搴旗，破堅禽敵者，亦豈易爲軒輊哉？

公諱德模，字子範。其卒以光緒三年九月二十一日，春秋六十有二。以某年月日葬於某所之原，淑人李氏祔。其季翰林院檢討光典，具述遺烈，屬馮編修煦志其墓，又請爲神道之碑於鴻章。凡公世次、子姓、歷官、行治，及其他諸懿軌，編修銘幽之文，曲折委備，既具言之矣。鴻章乃獨撰〔二〕次大端，論其拊循之功深有裨於當時者，而系以詩，使行路歌之，以慰吳、蜀遺民之思，且以諗當世在位君子有察吏之責者，俾慎所擇焉。其辭曰：

烏乎！郡守縣令，國之安危，民之愉戚，實在於斯。其在平世，惟守惟令。苟非其人，民乃大病。楚毒憤冤，一呼響應。大亂斯餤，波駭猋横。崩沸蕩潏，上下奔馳。窮天下力，僅乃克之。既其克定，有若沈疴。甫杖而興，千瘡萬痂。惟令惟守，苟非其人。如彼宿火，瞋焉而焚。存亡之幾，能少希閒？烏乎蒯公，維民之天。手援陷溺，出之重淵。上幬下蒻，以靖其眠。弱者申舒，暴者局卷。禍菑弭伏，兆人賴焉。往在吳中，寇氛始湔。我佐我佑，實倚公賢。公棄我去，奄忽十霜。朋舊之恩，民庶之望。縈胃塡膺，如何能忘？伐石鑱辭，樹之崇岡。嗟茲來者，罔或毀傷。

録自濂亭遺文卷四。

【校】

〔一〕明：底本、張孝栘本爲墨丁。據黎本補。

〔二〕撰：底本、張孝栘本爲墨丁。據黎本補。

誥贈奉政大夫山東長山縣知縣黎府君墓表〔一〕

君諱安理，字履泰，號靜圃，姓黎氏。先世自蜀之廣安遷貴州遵義，爲遵義人。考諱正訓，廩貢生，以君子貴，贈奉直大夫。妣鄒氏，贈宜人。

君生而家寠貧，繼祖母悍戾無人理。嘗取毒蠚內君口，又誘之溪旁，推置水中，皆瀕死，獲救蘇。贈君既以不容，常外出，後遂遠館四川灌、射洪。鄒宐人亦逐居母家。君齒甫十歲，獨留繼祖母所，督課之過於成人。晝則刈薪芻，刃傷指幾斷。夜使舂，舂不舉，繩碓首挽踏之，刻宵盡米三舀乃罷。日食恆不飽，泣諸鄰，鄰惻然飯之。已少長，鄒宐人乃復歸，則日從宐人齋粟事祖考及繼祖母。祖考古質木彊老人也，繼祖母又益責君備，稍不合，詈楚隨下，君屏息竦侍〔二〕，益謹以遬〔三〕，恬無怨言。

鄒宐人既歸而憊益甚，所居室榻連於爨，轉側不容足，重積勞，嬰錮疾，尤苦操作，君常分任〔四〕勞辱。以貧故，復躬負販供羞膳。又以其閒習舉子業，多授徒至數十人。稍閒輒歸，佐治家事，左右往來周章。恆挾一册就薪火，或置膝閒誦之。庭無缺供，館無廢業。閒值嘉會，燕御親賓，獨身佐鄒宐人，代治菓脯飲饌之屬，米鹽凌雜，條次無遺。如是者歷三十四年，用能得祖考歡。

訖祖考卒，殫力營葬，鬚髮爲白。至乃繼祖母之歿，侍疾連晝夜不倦，治喪事一無闕違。人人歎息稱願，以謂〔五〕至難能者也。贈君之館於灌也，竟客死，葬焉。君於祖父母既以尊親之故，無敢疾怨。又絕痛父母遭值屯艱，所不忍言，私獨銜恤飲恨。贈君既卒歲時，走灌縣，終日繞墓彷徨，夜則臥墓側，時時悲號泣下，惻感行路。

又以兩弟遨〔六〕放不返，亡不知所如，鄒宜人以爲大戚。君則徒步走數百千里，出入黔、蜀，歷二十餘郡縣，卒迹仲弟得之。而其季竟不歸，遺一子，愚甚，三年不能識一字，而君撫之如己子。其後鄒宜人瘉病困，夜不能寐，爐火坐達旦以爲常，服食臥起，一自君調護。親意所需，冥會逆合，未發輒喻。乃益具酒食，召宗親相過從晤語，以順適親指。婁婁道往事，至有可傷者，鄒宜人泣，君亦泣，侍坐皆相顧泫然。如是者又數年，而鄒宜人卒。君於是精力瘁敝，志亦益恫矣。君生平遭遇不幸，人倫之變，毒酷慘絕之境，萃於一身，而處之壹無不盡。如史傳所記孤臣孽子，奇節至性，稱於當時而傳誦於百世，其困躓危苦，或未至若是，此天下之至行也。

君以乾隆己亥舉於鄉，嘉慶戊辰大挑教諭永從，復選授山東長山縣知縣。越四年，告歸。己卯十一月辛未，年〔七〕六十有九卒。道光元年〔八〕十二月甲申，葬下沙灘大林山。

君長身鐘音，讀書目數行下。貧無所得書，書皆出手寫。於經易、史通鑑，尤致精。制舉之文，上逼國初諸老。爲人方直剛毅，鄉邑以爲模楷。歸田後，里中無少長，咸稱之曰『長山公』。其令長山，著稱廉明。家居，惠澤周於閭里。尤憙急難。從兄某以事罹法，君往救出之，道墜崖幾死。友人厄遠所求援，君立馳赴，迫夜困極，遂宿亂冢間，不悔亦不德也。諸所爲，世或以此稱君，然於君抑末已。君所爲書，曰四書蒙講、夢餘筆談、鋤經堂詩文集，合若干卷，藏於家。

配楊宜人。子二：恂，嘉慶甲戌進士，雲南巧家廳同知；愷，道光己酉〔九〕舉人，貴陽府開州訓導。皆有潛德邃學。女子六：長適周善萃，次適縣學生張顯謨，次適鄭文清，次適國子監生詹祖榮，次適舉人吳朝東，次適張欽昊。孫九人：兆勳，湖北隨州州判；兆熙，國子監生；兆祺，軍功保舉候選知州加知府銜，賞戴花翎；兆銓，雲南姚州知州，賞戴花翎；兆普，翰林院待詔銜；庶燾，咸豐辛亥舉人；庶蕃，壬子舉人，兩淮候補鹽大使；庶昌，以諸生獻書於朝，特予知縣，分發江蘇，保擢直隸州知州；庶誠，從九職銜。多以文行知名。曾孫十七人，其賢者曰汝謙，好古學，光緒乙亥舉人。烏乎！由君之爲報施之說，信有不誣者。黎氏之大，孰知其所極至哉？

君歿且六十年，而墓刻有待。庶昌故與裕釗友善，又有新特之好，狀君行義來告，曰：『有若吾祖之德，泯不昭於紀載，誰謂世有醇懿卓絕若是者乎？』於是獨論君之至孝大節殊特古今者，使揭於阡，訊於永永無極之世。武昌張裕釗表并書〔十〕。

録自濂亭文集卷五。

【校】

〔一〕碑傳集三編題作『山東長山縣知縣黎府君墓表』。

〔二〕待：底本、黄本、抄本、碑傳集三編作『待』。據埽葉本改。

〔三〕遫：底本作『遬』，黄本、埽葉本、抄本、碑傳集三編同。按，『遬』，張開也。意不類，當作『遫』。蓋二字形近而訛。禮記玉藻：『君子之容舒遲，見所尊者齊遫。』阮元校勘記：『石經作遫，岳本同。此本遫誤從文作遬，閩、監、毛本同，嘉靖本同，衛氏集說同，釋文同。』王引之經義述聞禮記中云：『舒亦遲也，齊亦遫也。遫，籀文速字，疾也。言君子平日之容，舒遲不迫，見所尊者，則疾速以承之，唯恐或後也。」

〔四〕任：底本作『仕』。據黄本、埽葉本、抄本、碑傳集三編改。
〔五〕謂：碑傳集三編作『為』。
〔六〕邀：底本作『邈』。據黄本、埽葉本、抄本、碑傳集三編改。
〔七〕年：抄本作『春秋』。
〔八〕元年：抄本作『辛巳』。
〔九〕己酉：抄本、碑傳集三編作『乙酉』。
〔十〕并書：據抄本補。

知府銜洮州廳撫民同知劉君墓表

君姓劉氏，諱詩，字古愚，號松坪，湖北鍾祥人。祖某，國子監生。考鵬起，縣學生。性耆學，尤精方書。人以疾請者，無風雨寒暑必往視。又益備藥物、楷薪、壺罌之屬，以給諸貧無力者，使即其家煎飲之，所利益甚眾。時人爲之語曰：『欲得活，劉公藥。』有子四人：長詳；次誼；次即君；次詢。誼，成嘉慶庚辰進士，官至宗人府府丞。祖、考兩世累贈通奉大夫。君少承父兄之業，刻志勵學。苦資鈍不能記憶，每讀書取一紙糊之案上，鼂夕哦誦，至漫滅不可讀，乃更一紙，有遺忘輒自抶其手，攻苦如此。

嘉慶戊寅，同從子兆玉舉於鄉。道光壬午成進士，以知縣發甘肅，歷署臯蘭、平羅、狄道諸州縣。所至稱治。調署巴燕戎格廳通判，地故接邊徼，土番雜居，號爲難治。君上書總督那公，以謂制馭之策，莫若募熟番從事〔一〕，以省追捕之難；勒蒙古精鋭，以補防守之缺。那公韙之。未幾，補兩當縣。至兩當數日，檄署山丹。是時兵討回逆，州縣吏其億〔二〕過竟王師徭役芻糧，率不能辦治，山丹尤甚。君至，則察吏胥之爲奸利，致丁夫官馬〔三〕亡匿者，痛懲艾之。明日，應役者踵相躡至，軍行如流。事已，還兩當任。其後再調署平羅。又嘗署鹽茶廳同知，及靜甯州知州，皆仍復任。前後任兩當凡九年，治崇簡靜，民以乂安。在平羅，躬督役脩數渠，立大雨中三晝夜不退。渠成，民賴其利。久之，調甯夏縣。甯夏渠工，故事歲令民捐脩，例一民一夫。水利同知某思漁利，惎〔四〕巡道改一民二夫。榜示通衢，甯夏民大譁，眾萬人圍巡道署，且致變。君聞，立單騎馳往諭之。眾羅拜曰：『此眞吾父母官也。』悉解去。君亦卒爲請於巡道如舊例。是時大府行閲邊兵，未至甯夏，數百里聞緣道居民讙呼，稱甯夏劉知縣。大府歎異。既至，加敬禮焉。頃之，擢洮州廳同知，以捐脩洮州城，加知府銜，署平涼府知府。數月仍返任。

道光二十年，以疾告歸。三十年九月某日卒於家，春秋六十有八。配范恭人。繼配陳恭人。又繼配孔恭人。子四人，某某。孫五人。曾孫一人。以某年月日葬於某所。

始君爲吏，所至皆有聲，顧以抗直忤上官意，故久不得調。其後乃稍遷，卒亦未大顯。遇不遇，命也。君自於所守得耳。使君稍貶其故，偷爲一切以赴時俗之所賢，亦烏知其遂有進於是耶？然世或以君所守爲戒，力反之以徼幸於一當，終其遇若否，抑豈彼之能自主哉？然則君固贏於人人者已。武昌張裕釗表。

録自濂亭文集卷五。

【校】

〔一〕從事：抄本作『備緝』。

〔二〕其億：抄本作『共』。

〔三〕官馬：抄本作『馬匹』。

〔四〕愖：抄本作『嗾』。

廬江吳徵君墓表

徵君諱廷香，字奉璋，一字蘭軒。先世故涇茂林吳氏，遷廬江，爲廬江人。祖某，父某，皆武生。咸豐元年詔舉孝廉方正，徵君以優貢生爲邑人推舉應詔，廬江吳徵君之名，聞於一時。

三年，粵賊自楚東下陷安慶省城，廬江土寇大作。邑團練鄉兵推徵君爲督，擊土寇於邑之北鄉，擒其渠斬之，盡破碎其黨。粵賊亦棄安慶去，長驅至金陵，陷之。其夏，賊復自金陵西上，再陷安慶，皖北數百里皆震。徵君乃復倡義團練，得義勇六百人。而自率三百人守梅山黄姑閘，以遏江路之賊。當是時，官吏兵民所在迸散，賊遂自安慶北犯，桐城、舒城、巢縣、無爲州相繼淪没，獨廬江以團練爲賊憚不敢入。十一月，廬州復陷，安徽巡撫江忠烈公忠源死焉，皖中益大駴。而廬江以練餉匱，衆不支，稍稍散去。訖十二月晦，而廬江亦陷矣。徵君憤且泣，自〔一〕必終當一得當殺賊以報國。

會明年二月，提督和春擊賊廬州，大克之。七月，提督秦定三之兵大捷於舒城。紅單船舟師復自海道〔二〕入，扼東西梁山，江路絶。賊羣衆北趨，諸州縣守賊少。而是時曾文正公方率大軍自岳州乘勝趨武昌，所至克捷。徵君聞則蹶然以起，謂誠以此時出賊不意，攻縣城克之。因益與長江上下及諸路官軍相聞，合謀以圖，皖中賊可大殄也。召募得三千人，與外委熊允升率之趣縣城，益密約舊時勇目居城中者朱大標爲内應，以八月晦大破賊，盡殪其衆。賊渠任大剛走，追斬之。縣城復。大江東西以兵攻克城邑，自徵君始也。城既克，而安慶、桐城、無爲州、巢縣諸屯賊四面至，環城急攻。徵君出擊之，輒有所斬獲。居無何，賊率大衆自江路來攻。

先是，徵君豫乞救於廬、舒大營，久未報。及賊大至，何觀察桂珍檄知縣蔡蕚、沈承貽，以六百人自六安赴援。至則縱兵大掠，及出戰，遇賊即返走。賊益大焚掠，四野火光燭城中。徵〔三〕君夜登城望，椎胷泣曰：『吾志清逆亂，不克遂，而重禍吾鄉人。援兵不至，來者非人！吾故死此耳，亂將若之何？』居數日，糧竭。蕚、承貽夜遁走，城尋陷。徵君率衆巷戰，衆皆潰，獨張道全、陳長有、徐新業三人者從，遇賊十字街，力戰死之。道全、長有皆從死。獨新業爲賊得，後逃歸，述徵君死事故甚烈。而外委熊允升亦同日死。事聞，詔建專祠於廬江，賜祀祭，予雲騎尉世職。

徵君死，賊勢復大張。廬、舒大帥頓兵久無功。紅單船舟師以乏餉尋卻退。曾文正公討賊至九江，亦失利，移軍入江西。皖中千里，土崩魚爛矣。

徵君配張夫人，生子長慶。既長，復糾合義舊，從討賊。其後曾文正公暨同時諸公先後克定諸行省，粵賊平。長慶以從征有功，累官至提督。於是贈徵君及其祖、父皆振威將軍。而廬江之人，以長慶繼有守縣城功，嘉徵君之有子，而益慕思徵君之烈。衆言諸安徽巡撫請於朝，於是復追贈徵君四品卿銜。

始，徵君爲諸生，與桐城戴存莊鈞衡、馬命之三俊，以學問文章風節幹濟相期尚，進退必於禮義，益究切當世之務，慨然欲有所立於時者也。爲人敏達沈毅，偉貌，美鬚髯，善言論，見者竦動。初謀起義，或危其事，尼之。徵君掀髯笑曰：『如若言，亂將誰拯耶？』其人攝然。及守廬江，事急將自裁，或奪刀請速行，益抗聲曰：『復城，守城，吾義也。城陷而走，義何居焉？出城一步，非吾死所也！』乃卒抗賊以死。徵君之死，年四十九矣。既死，邑人徐良有求得其喪，藁葬之城中。越三年，咸豐六年某月日，長慶改葬徵君於鼇戴山之陽。又二十有三年，乃求爲表墓之文於裕釗。

自軍興以來，文武搢紳至於士民，遘會禍亂而死者，何可勝數？雖其人非素厲名節，一旦不幸，倉卒以死，既已捐軀喪元，不及賊汙，君子則壹從而褒之。至乃忠誠激發，內斷於心，義不苟倖，視死如歸，則其尤可尚歟？非守死善道知命不惑之君子，未之能也。若徵君者，是已。其志之定久矣。烏乎！名義之大，死生之際，千古之榮辱，一息耳。士志行學守不素裕，一日存亡禍福顯臨其前，猝焉以爭決此一息者難矣哉。

光緒四年十月，武昌張裕釗表。

録自濂亭文集卷五。

【校】

〔一〕自：續碑傳集作『暫』。

〔二〕道：續碑傳集作『運』。

〔三〕徵：底本、黄本、埽葉本均作『府』。據稿本、續碑傳集改。

汝南通判馬府君墓表

君諱樹華，字公實，號篠湄。先世故六安趙氏，明永樂中文學諱驥者贅於桐城馬氏，蒙馬氏族姓爲桐城人。而趙氏之先，實固始祝氏也。既蒙馬氏居桐城，遂稱桐城望族，科第仕宦相繼，世有聞人。曾祖翩飛，國子監生，舉孝廉方正不就，以樸學醇行主講席吳中，學者稱一齋先生。祖春生，候選訓導。考邦基，國子監生。兩世皆以君貴，贈朝議大夫。

君，嘉慶丁卯副榜貢生，以直隸州州判發江西。丁朝議君憂歸。服除，越數年，權河南清化通判，補汝甯府汝南通判。以母左太恭人老，乞養歸。咸豐初，粵賊之亂起，君倡邑人糾義勇禦賊。戰敗，爲賊得，以刃脅降君。君不屈，遂罵賊以死，咸豐三年十月二十一日也，年六十有八。事聞，詔崇祀昭忠祠，賜卹蔭有加。

君自少讀書，則厭薄世俗之學，聞鄉先輩流風遺躅，心獨慕嚮之。既長，從姚姬傳先生游，益研精聖籍，博稽典章文獻及古詩文家徑涂指歸，皆擥取其要旨。其後除喪入京師，復從姚伯昂總憲、陳碩士侍郎、顧南雅通政、徐星伯、汪孟慈太守，暨諸方聞長者，以文學風義相尚，學術益進，名譽益聞。蓋君之學，主於考求遺經，辨證是非得失，期協乎心之所安，而實能踐諸行事，以是飭於身，亦是以行於家，施於有政。其在官，所至有威惠，民用洽和。於時大吏若善化賀公長齡、侯官林文忠公，皆雅重君。文忠尤以君屈於下僚，不盡其用，爲君惜也。

其後居家，遭朝議君喪，喪祭一遵古禮。孝奉其母，仁畜其弟。自乞養歸，蠲治室廬，雜蒔卉木。歲時偕其弟〔一〕，躬挽輿，奉左太恭人日游〔二〕其中以爲樂。益篤於宗族內外，置延景堂、義莊，以贍族人。捐建祠堂，以祀其始祖。參酌古今，定爲祭禮，具有儀法。又旁羅邑之耆舊先賢前言往行，廣甄博採，勒爲成書。治績之美，內行之懿，術業之精，纂述之勤，壹能充其所學，而自慊於其志。及遭寇亂，卒致命遂志以死，可謂貞皦篤學、捨命不渝之君子也。所箸闡幽彙記、龍眠志略、桐城選舉記、咫見漫錄、可久處齋詩文集及劄記，合數十卷，經亂多亾佚，僅有存者。

配吳安人，生子一，起泰，附貢生，選霍邱縣學訓導。先君卒，無子。以君從子起升子，縣學生承襲雲騎尉其祀爲主後。繼配姚安人。側室吳氏，生子一人，起益，議敘布政司理問。女一人，以貞女旌。

君卒之若干年，以某年月日，與弟典簿君合葬於某所，君兄弟之志也。既葬，其嗣孫其祀者，好學能古文，嘗問學於裕釗，於是來請爲表墓之文〔三〕。

裕釗惟桐城自有明以來，多世家鉅族，名德鉅人，文儒忠義之彥，歷數百載，後先相望。及國朝方、姚之徒出，以古文爲海內倡，而桐城文章遂冠天下。後更喪亂，風流篤厚，稍稍衰矣。然以裕釗所從游處，往往猶多俊傑之士，瘉於它邑。固其山川奇秀，鍾孕英瑋，抑豈非風俗〔四〕之所竦動，師友〔五〕之所漸被者然哉？然則風教之於天下，所繫人才、風俗盛衰，豈其微哉？因以是思君之懿文卓行追配前哲，且尤惓惓於一邑之文獻，有以也夫！有以也夫！

典簿君諱樹章，字幼白，號怡軒，候選詹事府主簿，加太常寺典簿銜。與君友愛，臻至兄弟閒自爲師友，自所以仁其親，以及其九族，一與君合同無閒，翕然若塤篪之和。君之創置義莊及宗祠，一皆典簿君經紀其事。又瘉增置先世墓田，倡率邑中義舉，惟力與財所能，無敢少愛。厥後復捐所居宅以爲試院。馬氏兄弟之風義，桐城人至今能言之。

典簿君初娶張孺人，繼娶左孺人，簉〔六〕室崔氏。子二人：起升，府學生，議敘府同知。起恆，浙江即補縣主簿。女一人。孫五人，長即其昶，爲君主後者。典簿君之葬也，與君合。又其行足尚也，宜竝得書。

武昌張裕釗表。

録自濂亭文集卷五。

【校】

〔一〕弟：抄本作『弟二人』。

〔二〕游：抄本作『游觀』。

〔三〕於是來請爲表墓之文：抄本作『致父之命來請為墓之文』。

〔四〕俗：抄本作『烈』。

〔五〕師友：抄本作『師友淵源』。

〔六〕簉：抄本作『側』。

候選郎中查君墓表〔一〕

君諱紹籛，字鏗友，號玉彭，一號堯斟，姓查氏。先世避元季之亂，自徽之婺源遷浙之海甯，於是爲海甯州人。曾祖懋，附貢生，候選知縣，以長子瑩貴，贈吏科給事中。祖世倓，刑部福建司郎中。考元偁，掌貴州道監察御史。曾祖妣汪氏、劉氏。祖妣李氏。妣劉氏，生妣李氏。皆封恭人。

君聰令夙成，嘗所讀書甚衆，尤篤耆朱子之書。又有經世大志，於當世之要，人情之賾，無所不究悉。然其爲學，必要歸於務本，故尤篤於孝思。自道光丙午舉於鄉，援例候選郎中，衆謂君且用於世矣。君顧以親老，不欲遠離，遂決計不仕。

其居家事親之節，昏而定，晨而省，朔望率家人具衣冠而拜，毋敢以一日閒，毋敢不齋慄。家之務，無問鉅若細，無問居膝前若在遠，無問少若壯，大若既老，夔夔翼翼，一諮稟而後行事。仁其親以及其弟，罔或失其愛，罔或私其力與財。君家故高貲富室也。侍御君年考既高，析產於其三子，以鄉里之產與君若季，以天津鹺商與仲。道光中，銀值騰躍，仲爲鹺務累，且不支，君請於侍御君，以己與季所受產集貲累鉅萬，轉運天津以濟之。已而，銀值日益昂，負日益多，復罄己所有以償。其後卒不濟，則又躬自浙馳赴天津，爲之經紀其事，遂遘膨疾以歸。君家以此中落，而君亦且憊矣。

自是君所患時作時止，居頃之疾益甚，遂以咸豐四年六月某日卒於家，春秋五十有一。越十八年，同治十年十二月九日，葬於某所。君初娶馮恭人，先卒，於是祔葬君墓之右。繼娶趙恭人。子二人：湄，某官。承源，某官，嗣君弟某爲主後。女三人，皆適名族。孫六人：光，某官。次燕緒，州學生。次宸華，同治元年卒於難，亦祔葬墓次。次庭榦，國子監生。次龍槫，議敘六品銜。次麟樾。女孫四人。曾孫一人。燕緒故嘗從余游，及是致父之命，求爲表墓之辭。

裕釗惟君以弟之故，毀其家，瘁其躬，一不以自恤。其於兄弟也，篤矣，人人以爲難。余謂君則誠篤於孝耳。『明發不寐，有懷二人』，小宛之詩人，念我兄弟，故所以若是其厚且摯也。故曰『孝乎惟孝，友於兄弟』，於君徵之已。余悼夫俗日益薄，忘其一本之愛，而罔念朁先人，兄弟之閒，凌競爭敚，甚者乃爲仇讐，而莫之禦也。聞君潛德摯行，故憙具論其事，鏤諸貞石，表諸墓門，用以垂示永久，風厲衰俗，庶其少有憬焉。

同治某年月日，武昌張裕釗表。

録自濂亭文集卷五。

【校】

〔一〕稿本題作『誥授中憲大夫候選郎中查君墓表』。

漢陽馮府君墓表

府君諱作新，字南亭，姓馮氏，湖北漢陽人。考諱彝，贈榮祿大夫。子三人，府君爲長。

榮祿君之卒也，府君年甫十二，兩弟益穉昧，族人機肉視之。母氏王太夫人撫府君而泣，且曰：『汝父不幸遽下世，獨遺汝昆弟，煢煢孤露，若是奈何？覬汝能早自樹，益率厲兩弟，共敦勉刻苦，立而家耳。』府君雖幼，聞王太夫人言，則謖然。稍長，益發憤治術業，蚤夜攻苦不少衰。王太夫人懼其以是致疾也，俾納粟爲國子監生，而悉以家事任之。府君則日行視原隰，差量地勢，物土遠邇肥磽，耕甿苦樂良楛，承敝通變，以阜其家，家日益饒。又以詩書勗其兩弟，兩弟文譽日起。王太夫人於是爲少慰，瘉於曩時。人咸謂府君能奉母之教而喻其志，以卒娛其母，賢於人之以顯赫爲榮也。

然府君雖絶意進取，而耆學固〔二〕不少閒。日取宋五子及諸儒先書，編摩諷誦，復而不厭，以是澤其躬，行於其家。閨門之内，長幼尊卑肅然。春秋時，祭婚喪賓客之禮，一衷諸古，鄉人宗之。自其家既饒，尤以濟人利物爲亟。後值歲祲，家中落。然苟遇孤窮困阨宂所存恤者，視力所能，不敢不勉。道光二十九年，大水所至，田廬漂沒，道殣相望。府君集貲振施，既罄竭無餘。益走書它所，告諸好義之士，醵金相佐助，所全活若千人。謹敕其家日用飲食，務從貶約，乃至每飯常不飽。或問之，府君曰：『遘此大祲，人民餓困轉死，怵目恫心，不敢飽也。』烏乎！循是言以觀，雖古仁人之用心，何以異哉！

府君以咸豐元年三月十一日卒，十一月二十三日葬於黃陂縣嶕頭廟鄭家灣橫山之陽。配曾太夫人，江夏縣處士諱自桐之女。生子三：長禮藩，道光丙午舉人，浙江候補道，權浙江鹽運使。次禮敦。次禮鏞。

禮藩既貴，累贈府君榮祿大夫。又具饌府君里居世次，與其行義，請爲表墓之文於同年生張裕釗。且曰：『有黃陂金叟者，往晤禮藩軍中，告禮藩曰：「子亦知子之所以至是乎？皆尊君盛德之效也。」禮藩敬對曰：「謹受教。」因具述先府君行事甚衆。叟曰：「是皆人所知，尚有人所不知者。」禮藩則敬以請。叟曰：「尊君之所不言，某亦不敢言也。」堅叩之，終祕不語。』烏乎！觀禮藩所述金叟之言，府君之隱德多矣。

武昌張裕釗表。

録自濂亭文集卷五。

【校】

〔一〕固：底本、黄本作『故』。據埽葉本改。

馮母曾太夫人墓表

太夫人懿恭性成，自少讀書，通大義，熟聞古列女、孝子行事，漸漬服習，益篤以敏。居母家則祗事父母，躳躳維謹。年〔二〕二十二，歸漢陽馮府君。裕釗表馮府君之墓，太夫人族世子姓，蓋具詳之矣。馮府君既以母王太夫人之命，周歷田野，經紀租入，歲時恆出外。太夫人則壹意共養王太夫人，晨夕膳羞，問寢侍疾，纖悉勞辱之務，傾身任之。王太夫人意所偶需，瞚未及發，太夫人嘿揣冥契，還至立具，有若夙成。牖闥階席，堂室庖匽，踵接響應，間無留事。體故素羸，又夙有眩冒之疾，疾作輒竟日不食，然弟聞王太夫人謦欬，蹶興遄往，不僁晷刻。王太夫人間感疾患，益祗栗在視，寢食俱廢，必既瘥乃復。

初，王太夫人亦絕愛，亟拊而數休之，而太夫人益謹不怠。嘗以謂：『親有疾，宜所最謹者二焉：疾中，或假寐。侍疾者，偶離側，及既寤欲有所需，苦疾呼，遂嘿而罷。且老人憐子婦尤臻至，疾少閒輒撫慰令退休，已雖飢欲食，渴欲飲，亦强〔二〕自抑止，侍疾者慎諸此。』聞者咨嗟太息，以爲信古之所謂『視無形，聽無聲』者也。王太夫人年考故最高，閱壽八十有六，時太夫人亦年踰六十矣。子婦及孫男女以十數，然猶日侍王太夫人，齋遬捧盤匜，手羹湯以進，一如少壯時。王太夫人既卒，哀禮備至，朝夕饋奠，必躬必虔。先後嚴事王太夫人四十有二年，始終無一息懈。烏乎！至矣。

太夫人之卒，以咸豐十一年二月六日，春秋六十有九。明年九月既望，祔葬於黄陂縣蕭家岡王太夫人墓次。太夫人長子禮藩既屬裕釗表馮府君之墓，復以太夫人墓刻爲請。

裕釗以爲孝行之難久矣，婦人之於舅姑，則尤所難焉。若太夫人豈非所謂天下之至行者哉！具譔純懿，綜極微顯，鑱之貞石，勒之墓門，既用風厲澆俗薄行，且以昭示永永無極之世。

武昌張裕釗表。

録自濂亭文集卷五。

【校】

〔一〕謹年：二字底本漫漶不辨，據黃本、埽葉本補。

〔二〕强：埽葉本作「且」。

外舅黃君墓表

外舅黃君既歿之二十年，其長子壻張裕釗始表於其墓。曰：

君諱宣，字仲卿，湖北大冶人。祖某，國子監生。考顯訓，廩貢生，歷署棗陽縣學、荆州府學訓導。有子三人，而君爲長。道光丁酉舉於鄉。已而有疾，久之遂喪明。同治元年，年五十有五，卒於家。初娶朱孺人，繼娶王孺人。子二：長鶴立，安徽候補巡檢。次羣陛。以某年月日，葬於大冶縣某里之分水坳。

君少負英達之資，習知人情，術業通敏。既舉於鄉，春秋鼎盛，家又故高貲富室，門第日益隆起，鋭意自奮於功名。已而再走京師試禮部，不得志。又以疾喪明，益憒憹。偏求良醫，治療百方，卒不效。其後益蘗集憂患，迍邅抑塞，重寇亂起，顛連頓仆，家日益落，而君亦自此歿矣。君既歿不數載，王孺人亦卒。羣陛已早殤。鶴立權典史全椒，復卒於官舍。諸孫益厄困孤苦。自裕釗甫勝衣過君家，今年且六十，先後所見，數十年之間，盛衰縣絕，至於如此。烏乎！可傷也已。

君爲人夷愉開豁，於財物無所顧籍，遇人尤篤厚肫摯。有以緩急告者，未嘗不立應。或乃捐數百金不惜。又益篤故舊，喜賓客。自蚤歲則善飲酒，既嬰疾疢，歷屯難，乃一以酒自遣。朋舊昏婭過從，盛治酒饌，劇飲讙呼，肴核杯斝，必罄竭乃罷以爲快。客或醉不能飲，幸君失明，私乘間爲隱欺，幾少逭，君廉得輒不懌見於其面，心望客乃欺我瞽也。由是皆相戒，莫敢爲欺者。裕釗既長，亦時時侍君飲。君飲罷輒長吁，已乃默無一語。

裕釗固〔一〕君尤所愛憐也，乃至王孺人亦絕愛。亡妻，其母朱孺人也。餘子女皆出王孺人。而王孺人之畜裕釗，故逾於其羣聟者，雖鶴立及其婦亦然。故裕釗述黃氏事，則愴然以悲不自止。朱孺人聰明識道理，君屢爲裕釗言而悼之。王孺人尤樸厚慈良，晚歲乃益僨於作苦，裕釗常愍焉。以君及兩孺人之賢，而其終若此。嗟乎！孰從而訊之哉？

録自濂亭文集卷六。

【校】

〔一〕固：底本、黄本均作『故』。據埽葉本改。

定州王君墓表

君定州王氏，諱灝，字文泉，號坦甫〔一〕。生而英亮開敏，勇於有爲，能急人之困阨，疏於財利，泊如也。獨好讀書，百氏羣籍，瀏覽博涉，夜以繼日，才資意量，益倜乎軼於衆矣。

道光丁酉，以優行貢太學。壬子，舉於鄉。明年，粤賊自山西犯臨洺關，畿甸戒嚴。君奉檄練義勇，破賊無極，州境以甯。其後畿南土寇、粤〔二〕寇繼起，最後捻賊復自山西東犯，四境羹沸，而定獨屹若，君實有力焉。君家故以貲雄也，君又益無所顧籍，往往捐千金如脱屣然。其練勇禦賊，皆出私財濟之。他若更立定武書院規制，以嚴程課，廣餼稟、賓興之資，以惠多士。同治、光緒之際，燕、晉壤接，寇亂、饑饉薦臻，飲食餓者、資遺流民所需，大者萬緡，小者千緡、若數千緡，君壹曰『於我乎取』。又益傾城殫智，區處擘畫，躬其勞劇，閒值盤錯艱阻，危疑震撼，君臨壹是辨治。故自定州有君，有廢輒舉，有難立夷，義聲仁聞，既翔於遐邇矣。

顧君常獨居，深念功所及猶未云博，事所就猶未云遠。以謂幽冀之邦，上古帝王之所治，千載豪傑大儒之所藪萃也，高文懿典紛綸往昔，而亡佚滋多，心竊悼焉。於是，窮搜境以内前古以來下至於兹二千餘祀名賢遺籍，博延方聞綴學之士，校讐編訂爲畿輔叢書若干卷，都百有十種。先後經營十載，縻白金一萬有奇。剞劂且峻，而君遽以疾卒。遺命其子：『必終吾事！』於是卒刻期蕆功以竟君志，惜君不及見其成也。

嘗以謂天之生斯人也，於千萬不可紀極羣醜類之中，特畀以聰明才智，崇高厚實，而獨豐之，豈徒使私自厚而已？蓋隱命之，因所憑依以輔人之不足焉耳。其在通貴尊顯義職濟物者無論已，下至閭里阡陌，高貲富室，以及智過十人、智過百人者，並得因其勢與力以自效，利濟之事皆與有責焉。自世之衰，則人知自營以利其躬已耳，君獨喜施豁如。周人之急，拯時之危，宏功渥澤，周洽旁流。既施之並世，益推以及古之人，使此邦之閎册鉅製、逸文墜簡，徧昭布於海内。往者通人哲士、幽潛遺佚之所託命，後者新學英彦之所霑溉於無窮。盛矣哉！君之爲功於一方也，不可泯也已。

君以舉人議敘同知銜，以團防功賞四品頂戴。其卒以光緒十四年八月六日，春秋六十有六，以某年月日，葬於某所之原。曾祖義曾〔三〕；祖萬年，乾隆戊子舉人；考寶華，嘉慶丁卯舉人。皆贈通奉大夫，妣皆贈夫人。配許恭人。繼配何恭人。生子二：長延經，早卒。次延綸，光緒乙酉優貢生，候選訓導。女一，適行唐中書科中書李鹿鳴。孫一人，思範。

武昌張裕釗表。

録自濂亭遺文卷五。

【校】

〔一〕甫：黎本、張孝栘本作『圃』。

〔二〕粤：黎本作『臬』，張孝栘本作『臬』。

〔三〕義曾：碑傳集補注云：『尒昌案，松坡狀作「又曾」，當有一誤。』碑傳集補賀濤定州王文泉先生行狀作『曾祖又曾』。

天門縣知縣安府君墓表

君初諱錫齡〔一〕，後易名諱慶瀾，字鏡秋，山東聊城縣人。考諱某，有子四人，而君爲次。君〔二〕少讀書攻苦，稍長，從其〔三〕鄉諸老宿遊，術業益進。

道光丁酉，舉於鄉。辛丑成進士，以知縣發湖北。始至，權穀城縣事。數月，除爲眞。穀城故襄漢閒僻邑，重嘉慶中教匪之亂，民俗凋敝而多盜。忸於樸陋，人文益衰，士不與科目之選者百有餘年。君下車，以嚴察御吏，以至誠喻其民。治獄務盡人情，不厲嚴威，不事刑鞫。暇日則輕輿簡僕，從循行縣境，窮鄉絕區，無所不周歷。親入廬落，問民所疾苦。洞極幽微，具曉其利病，及施設所宜，章志明民，鉏其患害。邑舊無節孝祠，君創立之。簒次通俗淺語，以諄誘愚無知之氓。嚴什伍守望之法以治盜，五夜徼巡，躬與從事。所至，發姦摘伏如神，甿俗大和，盜賊屛息。乃益興起文學，率厲羣士，競於行誼，風以詩書。躬自開説，指授徑涂，時省而月試之。又益捐廉俸以爲諸生既稟之需；籌集數千金，取其息以資應舉之士，遠邇慕鄉，髦彥並出。始以道光二十二年莅穀城，越二十四年臮二十六年甲辰、丙午兩鄉試，邑人黄定鏞、周天衢相繼舉於鄉，而君亦以是二年再爲分校官，穀城人傳以爲一時盛事。至是訖今且四十年，穀城文學科第甚盛益興，繇君始也。二十八年，權孝感縣事。旋補天門縣，未至，會連歲大水，君留孝感。殫精揖志，拊飢濟菑，處畫百端，重積憂勞致疾。

三十年五月六日，年五十，卒於孝感官舍。孝感、穀城之民，悲哀感泣，如喪周親。君初娶李孺人，先君卒。繼配李孺人。子二：寶荃、寶蓉，皆廩膳生。以咸豐元年奉君喪歸於聊城。明年二月二十二日，與李孺人合葬於東昌府城南之大興村西新塋。

君內行尤篤，門庭之內，族姻之閒，往往多曲藉隱阸之事，而君處之，一無不盡者。居官以廉儉自將，身沒之日，囊橐蕭然。其去穀城，或以財物餽行，一辭謝不受。穀城之人，祖道河干，爲歌詩以送之。又爲立德政碑，以志遺愛。乃益爲圖紀其事，今楚中所傳琴鶴帆影圖者也。

君卒之三十年，爲光緒八年，穀城人請祀君於邑之名宦祠。大吏上其事，下部議行。於是寶荃、寶蓉走書武昌張裕釗，請爲墓刻之辭。裕釗故君丙午分校所得士也，爲表於墓上。曰：

裕釗聞穀城長老，今猶有能言君治穀城縣事者。道光二十七年，夏，穀城枯旱，民大恐憂。君觸盛暑，徒步走絕險，禱南漳之老龍洞。返，未至穀城，天大雨滂沱，連三日夜。四野讙謼，歲則大熟。精誠之至，神鬼順從。然則君之行化於穀城，還至立應，若樹表而責之景也，曷〔四〕足恠哉！

録自濂亭遺文卷五。

【校】

〔一〕齡：稿本作『麟』。

〔二〕君：稿本作『自』。

〔三〕其：稿本作『本』。

〔四〕曷：底本作『易』。據稿本、黎本、張孝移本改。

建德周府君墓表

府君諱樂鳴，字振齋，姓周氏。其先世唐荊州刺史訪自婺源遷秋浦，其後秋浦析置至德，五代楊吳改曰建德，故今爲建德人。自荊州越六世至繇，咸通中用進士爲河南尉，與其弟繁皆以文章有名，棄官偕隱於九華山，世德至德二周。再以薦起，仕至撿校御史中丞。又幾世至泰星，宋徽宗時爲大將軍。又十幾世至諱某者，家資累數千金，以代人償逋負，遂至困貧，是實生府君。

府君幼讀書穎敏，爲文操紙筆立就。既貧窶，乃始棄去。竭力治家人產業，卒亦不遂。然能以苦約自將，故家雖貧，而終其身未嘗有所乞假於人。治其家以禮法，閨閾之內不聞譁笑，子弟鞠躬屏息以事賓客、長者，出入戶庭皆有節，門館肅然。然其與人處乃益敬以和。遇所尊者，雖倉卒道涂，必齊遬〔一〕張廾以竢其過；自鈞敵以下，藹容善言，若恐傷之，益相敦勸以善。時取四子書及它前言往行，稱道講說，言之若恐不至。遠近百里，其博夫鶩民，咸稱數以爲謹迂，私相與嗤之。然苟與府君遌，無少長貴賤，無愚智賢不肖，亦莫不憮然改容而禮之也。

府君援例爲國子監生，以孫貴，贈榮祿大夫。娶余太夫人，躬執勤約，號稱賢母。二子：長某，太學生。次某。女一，適某邑楊氏。孫二人：馥，二品銜，直隸按察使。馨，候選州同。曾孫八人：學海，光緒戊子舉人，內閣中書。次學銘，辛卯舉人，刑部員外郎。次學熙，工部郎中。次學復，縣學生。次某某。府君以同治四年某月日卒，春秋八十有一。某年月日，葬於某縣段家嶺先墓之次，余太夫人祔。某年月日，改葬於建德之周家山。周氏自唐宋爲時著姓，先後聞人相望。自入國朝，始稍凋落。迄嘉、道之閒，益替矣。及府君以潛德懿行爲鄉里矜式，其後葉乃復貴顯，日益以昌大。

初，荊州之遷秋浦也，卜居於周家山，周氏累世冢墓在焉。至中丞復遷紙阬山，遂世居其地。既多歷年所拜掃或闕，重咸豐中亂起，而周家山先墓遂失所在。府君既葬段家嶺十餘載，一日，馥昆弟往掃墓，得異徵，心知地不善，改卜周家山，乃盡得先世墓地。於是營起祠堂，祀自荊州以下之葬於其山者，故山松楸蔚然在望矣。人以爲周氏復興之徵，實皆府君遺澤之所致云。

録自《濂亭遺文》卷五。

【校】

〔一〕遨：底本、黎本、張孝栘本均訛作『遨』。

吳母馬太淑人祔葬誌

往者桐城吳育泉徵君之卒，裕釗既爲之銘，以鑱諸貞石。越光緒元年，而徵君之配馬太淑人，繼以七月某日，年若干卒。

其次子汝綸，復以書來，曰：『先子銘幽之辭，既幸得子之文。而吾母今又没，吾兄弟薦罹閔凶，慘怛哀慕，不知所出。惟吾母之摯行，宜不得没者，庶其有聞於後。而且諏日祔於先子之墓次。敢復請志其藏，以卒吾父母終始之賜，其感且不朽。』裕釗則敬諾。

汝綸又曰：『吾母之來歸也，資送千金。自吾父推田宅與諸父，皆吾母私錢所購買也，而吾母無幾微慊於其心者。既吾父召諸父同爨，又長育諸從子及孤甥，又以錢穀振內外宗黨之貧乏者、疾病者、婚喪不能舉者，而吾母壹與之同。吾族及里之人，今皆能道之。然其事吾大父母，尤有至性。吾父常終歲外出，尤以是不憂其家。自吾父少游京師，大父每爲書稱婦之賢，以釋其子也。自大父之世，吾家食指衆，費用恒不給，閒值艱窘〔一〕，大父悄焉獨傍偟，吾母輒先喻之，立出服器脱簪珥以應。其後吾母筐篋罄竭，家亦瘉貧，益蚤夜作苦，而吾母故怡然不少怨悔。晚歲嘗從容語余兄弟曰：「吾少時治麥屑爲饘，雜水磨之，日晨起，盡五六升。汝伯母故羸善病，吾數代而休之。吾脛瘡潰，血淋灕霑漬衣若朱綉也。諸叔治田食麥，吾與汝伯母飲水耳。木棉花繁，則吾娣姒之田擷之。吾妊及月，不少息，及生兒墮地死矣。然舅姑愛我，我誠苦乃復樂之。今舅姑亡矣，思若此豈可得邪？」因悲哽不自止。自大父之病而嗜食鱓，既没，吾母聞賣鱓聲則泣，而漁者爲之遠迹。其至性如此。』

裕釗曰：烏乎！此可銘也已。夫其心一篤於仁，而不少私其利，至於困阸而不怨，自學道之君子難之，而太淑人故若是哉。或服儒服，稱號士大夫，顧乃競於財而忘其親者，盍亦觀於此乎？於是爲論其事而系之以詩。至於太淑人族世子姓，則裕釗銘徵君墓既具詳之已，故不復著云。其詩曰：

相夫子，嚴尊章。躬窈窕，婉以莊。生同其德没同藏，有岺新阡鬱高岡。罣牢山川孕俊良，千齡萬代無毁傷。

録自濂亭文集卷六。

【校】

〔一〕窘：抄本作『寠』。

兄子慕梁葬志〔一〕

伯兄鐵巖之子慕梁，名後灝，中殤也，故字之稱慕梁。其生以咸豐二年七月六日，余時客都中。再逾月歸至家，至則日已夕。先子方館江夏田氏未歸。先妣聞余至，喜，燈下抱慕梁出視余曰：『汝兄舉子矣！』

先是，伯兄連舉子而殤。余睹慕梁則大快，舉家盡歡。然慕梁生羸甚，常時多疾疢，先子及先妣及家人皆隱以爲憂，顧皆銜莫敢相告〔二〕，且幸其少長或良已。卒以同治三年五月，復遘疾，至八月二十二日殤，年十有三年矣。傷哉！

慕梁幼聰慧，先子絶愛憐之。生六歲，授之四子書。諸經已，復授之盱〔三〕江黄氏史學提要，慕梁輒能述歷代世次、年祚長短，及東晉十六國、五季十國本末，言之歷歷。余每考問之以爲樂，而益憂其不壽。殤之前三月，一日，從羣兒嬉，語羣兒曰：『我今歲且死。』羣兒呵曰：『無妄言。』慕梁復深語曰：『我非妄，信也。』語次輒淚下。既殤，羣兒始言之。事甚怪，不可解。抑慕梁知思其死〔四〕，而竟以死？傷哉！

慕梁以殤之次日，葬於宅東學堂林祖墓之側。先子慟悼不可言已，命予爲志其葬。每操筆，心悲而止。踰四月，先子亦卒。明年二月，先妣卒。余益慟不忍爲。今三年矣，追述先子之命，流涕而爲之志。

録自濂亭文集卷六。

【校】

〔一〕抄本題作：『亡姪慕梁葬志』。

〔二〕顧皆銜莫敢相告：抄本作『然未嘗相告也』。

〔三〕盱：底本、黄本均作『肝』。據埽葉本、抄本改。

〔四〕抑慕梁知思其死：抄本作：『抑足明慕梁知思其死也』。

唐端甫墓誌銘

今年夏，友人唐端甫以疾卒於金陵書局。裕釗既往哭。越三月，孤子嘉登將以其喪歸葬於某所，於是爲之銘以歸之。曰：

端甫姓唐氏，諱仁壽，浙江海甯州人。考諱鳳林，國子監生。家故高貲富商。及端甫生，而穎異絕人，年十四，補學官弟子，有神童之譽。是時嘉興錢警石先生以宿學官海甯州學訓導，意獎掖〔一〕後進，晚年得端甫及濮陽彝齋春泉，則大異之，兩人皆從錢先生遊。端甫既負異稟，又其家故饒於財，大購書累數萬卷，往往多秘笈珍本。乃益發憤鑽研，尤究心於六書音訓之學。讎校經史，文字疏譌舛漏，毛髮差失皆辨之，由是名譽益聞。其後屢應鄉舉，不得志。及咸豐八年，粵賊躪擾浙中〔二〕，端甫奔走流離，田宅財物，埽地剗絕，所購書亦蕩盡。端甫又善病，既經喪亂，志意蕭然，與少年時夐絕矣。然端甫故處之恬如，好讀書如其故，所詣日以邃。性靜正，不以喜怒隨人，與人相對，或移晷無一語。獨善食酒，引滿連〔三〕傳〔四〕數十不亂，酒後輒面赭，乃頗振厲，談噱亦時爲感慨不平之鳴。其介特故內函，罕有知者。篤於古誼，今之人有不能及也。與君同處金陵書局，德清戴子高望者，死，而無子，死後無一不賴端甫力者。端甫及戴君皆曾文正公所招致也。端甫來金陵，以同治四年。越八年，而文正公薨。其明年，戴君死。又四年，而端甫卒，實光緒二年六月十四日。

自同治三年，大軍克金陵，曾文正公及今合肥相國李公，相繼總督兩江，始開書局於冶城山，校梓羣籍，延人士司其事。文正公尤好士，又益以懿文碩學爲衆流所歸。於是，江甯汪士鐸，儀徵劉毓崧，獨山莫友芝，南匯張文虎，海甯李善蘭及端甫，德清戴望，寶應劉恭冕、成蓉鏡，四面而至。而文正公幕府辟召，皆一時英俊，並以學術風採相尚。暇則從文正公游覽燕集，邕容賦詠以爲常。十餘年之間，文正公既薨逝；劉毓崧、莫友芝、戴望諸人皆先後凋喪；汪士鐸已篤老自引，杜門不復出；張文虎亦謝去；其他或散走四方；及是而端甫又以死，金陵文採風流盡矣。

國家自聖祖天縱睿智，右文稽古。列聖相繼，益紹明制作，廣厲學官。鴻生鉅儒，應期並出，度越百代，而吳〔五〕越爲尤最。際會者，或被殊恩蒙渥賚，遺聞盛事，爲藝林傳説。及乾隆中葉以還，薄海熾豐，天子命建三閣於杭、鎮、揚諸郡，頒四庫書庋〔六〕其中。而江浙所至，家尚藏書，刊布珍册，流衍海内，絃誦相聞。其封圻大吏，若阮文達、畢尚書〔七〕等，尤憙招延文儒之士，一時號稱極盛。逮咸豐初兵起，區寓〔八〕糜沸，東南尤被其毒。諸人士死亡轉徙，典籍焚燬，斬焉無遺，學者亦益廢壞。物盛而衰，乃至於此。其後，雖以曾文正公削平寇亂，興起儒學，然薨逝曾不數年，而人物蕩然，豈人文〔九〕與時興廢，固天實主之，而不可强者邪？余〔十〕既以悲端甫之故，因并有感於今昔之事，於是遂備論之。抑以明端甫所以至是，固〔十一〕時與命則然，其聚散存亡之數，亦非獨一人之可爲悼慟也。

端甫娶〔十二〕莊氏，早卒。子一，卽嘉登。女一，未嫁。端甫之卒，年四十八矣。其生平所爲書皆未就，獨有詩若干卷，藏於家。銘曰：

嗚呼端甫！子墓吾銘，吾獨子悕。子而有知，其唯吾詞。

録自濂亭文集卷六。

【校】

〔一〕拔：埽葉本作『拔』。

〔二〕中：埽葉本作『江』。

〔三〕連：底本奪。據稿本、黄本、埽葉本、抄本、碑傳集補補。

〔四〕傳：稿本、碑傳集三編、碑傳集補無。

〔五〕吳：底本爲墨丁，碑傳集補空一字。據稿本、黄本、埽葉本、抄本、碑傳集三編補。

〔六〕庋：底本作『度』。據稿本、黄本、埽葉本、抄本、碑傳集三編、碑傳集補改。

〔七〕尚書：抄本作『制府』。

〔八〕寓：底本、黄本、碑傳集補作『寓』。據埽葉本、抄本改。

〔九〕文：埽葉本作『物』。

〔十〕余：底本作『全』。據稿本、黄本、埽葉本、抄本、碑傳集三編、碑傳集補改。

〔十一〕固：碑傳集三編作『故』。

〔十二〕娶：抄本作『妻』。

莫子偲墓誌銘

子偲姓莫氏，諱友芝，自號郘亭，晚號眲叟。世居江南之上元。明弘治中，其遠祖曰先者，從征貴州都勻苗，遂留居都勻。至高祖雲衢，又遷獨山州，自是爲獨山州人。曾祖，嘉能。祖，强，州學生。皆以君考貴，贈如其官。考，與儔，嘉慶己未進士，翰林院庶吉士，改官爲四川鹽源縣知縣，再改官爲貴州遵義府學教授，曾文正公表其墓曰『教授莫君』者也。教授，故名進士，日以樸學倡其徒，教〔一〕其子弟。子偲獨〔二〕一意自刻厲，追其志而從之。當是時，遵義鄭子尹珍亦從教授君游，與子偲相劘以許、鄭之學，積五六年，所詣益邃，黔中官師徒友，交口推轂莫子偲、鄭子尹，而兩人名遂冠西南。

子偲之學，於蒼雅故訓，六經名物制度，靡所不探討；旁及金石、目錄家之說，尤究極其奧賾，疏導源流，辨析正僞，無銖寸差失。所爲詩及襍文，皆出於人人，而於詩治之益深且久。又工眞、行、篆、隸書，求者肩相摩於門。子偲癯貌玉立，居常好游覽，善談論，遇人無貴賤愚智，一接以和。暇日相與商較古今，評騭術業高下，正論詼嘲間作，窮朝昏不勌。自通州大邑至於山陬嶺海，公卿鉅人、學士大夫，咸推子偲以爲不可及；下逮武夫小吏、閭巷學徒，語君名字無不知；及其他嘗與君晤，無不得其意以去者。然君雖樂易，而中故介然有以自守。自道光辛卯舉於鄉，其後連歲走京師，朝士貴人，爭欲與之交，然君必慎擇其可。有權貴介君友求書，辭不應。某相國欲招致授子弟讀，婉謝之。既屢試禮部不得志，以咸豐八年截取知縣，且選官，顧君意所不樂，棄去不復顧。以其年六月出都門，從胡文忠公於太湖。明年，復從曾文正公安慶〔三〕。越四年，又從至金陵。胡文忠、曾文正公皆君嘗所與游，舊知君者也。及今合肥相國李公巡撫江蘇，請州縣吏於朝，而是時中外大臣，嘗密薦學問之士十有四人，詔徵十四人往，君其一也。於是文正公暨李相國及諸朋好，爭要君出仕，敦勸甚至，君一辭謝不就，攜妻子居金陵，時獨出往來於江淮吳越之交。子偲既好游，而東南故多佳山水，又儒彥勝流往往而聚，廼日從諸人士飲酒談詠，所至忘歸。

同治七年冬，余與子偲自金陵偕送文正公於邗上。返，過維揚，登焦山，道丹徒，至吳門，並舟行者累月，日日接膝談語，十事而合者七八。余尋別子偲赴杭州。明年，復來吳，與子偲益買舟徧覽靈巖、石樓、石壁之勝，觀梅於鄧尉。越日，至天平山，謀且上其巔。子偲苦足力乏，坐寺中待余。余乃獨從一小童，攀藤葛，淩怪石，陟絕頂以望太湖。既下，子偲迎余而笑相詫，以爲極一時之樂。距今忽忽四五年，日月夢想，屢欲尋舊游不復果〔四〕，而子偲則且卒矣。子偲之卒，以同治十年九月辛丑，春秋六十有一。

生平所爲書，曰：黔詩紀畧三十三卷、遵義府志四十八卷、聲韻考畧四卷、過庭碎錄十二卷、郘亭詩鈔六卷、樗繭譜注二卷、唐本說文木部箋異一卷。其編訂未竟者，尚有詩八卷，郘亭文、影山詞、郘亭經說、古刻鈔、書畫經眼錄、宋元舊本書經眼錄、舊本未見書經眼錄、資治通鑑索隱、梁石記各若干卷，藏於家。

配夏孺人。子：彝孫，附貢生，先一歲卒。繩孫，兩淮候補鹽大使。女二人。孫一人，尚幼。子偲兄弟九人，多有名於時。子偲既卒，其季弟祥芝，官江甯知縣者，請假於大府，以十一年二月與繩孫走萬里〔五〕，載其柩歸於貴州，卜六月壬申葬於遵義縣東八十里青田山先塋之次。且行，徵銘於余。余與子偲故相得也，既踰月，爲之銘而歸之。其辭曰：

烏乎子偲！迹半天下，名從之馳。卒歸藏於故邱，無所不慊矣，其又何〔六〕悲？

錄自濂亭文集卷六。

【校】

〔一〕教：續碑傳集作「訓」。

〔二〕獨：底本「獨」後爲一墨丁，黃本作「以」，埽葉本、續碑傳集作「能」。據稿本、抄本改。

〔三〕安慶：抄本作「皖」。

〔四〕果：抄本作「得」。

〔五〕走萬里：據抄本補。

〔六〕又何：續碑傳集作「何以」。

吳徵君墓誌銘

徵君姓吳氏，諱元甲，字育泉。先世自婺源遷桐城，爲桐城人。六世祖諱爾昌，直明季流寇之難，用諸生唱義，危身以扞鄉里，七姓祀之。高祖諱大陞，歲貢生。曾祖諱泌，國子監生。祖諱太和，候選府經歷。考諱廷森。自高祖以下，四世皆以篤學醕行，爲人稱說至今。自祖以下至君，三世皆以君子貴，累封通奉大夫。

君生九歲，能操筆爲古文，作中正論三篇，長老驚歎。既長，爲六皖名諸生。曾文正公嘗嘉其文學，客而館之，而尤重其爲人。蓋君有至行，約其身以致孝於其親。居外，則服劬瘁以致甘旨；入門，則鞠躬夔栗，蚤夜侍側，無敢以跬步違，命之退然後退。居父喪，終日麻衣坐藁鞂中，俯首垂涕，泣無一語。家人恐憂，瀹蓡而進之，拒不飲。已而紿曰：『茶也。』飲之。蓋昏瞀不復能辨識，其至性如此。推所以仁其親者，以及其昆弟，以至於族婣，至於親疏、遠邇、豐約、愉戚、得喪，必以人先，而己後之。苟利於物，不敢以私其有。苟慊於心，不敢問瘁其身。處於家也，遘諸昆弟謀析產，君則大戚，卧數日不起。既乃悉推田宅以與兄弟。兄弟田宅再喪，再贖而歸之。既力不能贖，則皆召之同爨。昆弟沒，而諸子曁孤甥皆長育於君，諸子孤甥視君猶父也。乃旁逮其鄉里，亦莫不同心而仰君，若其親戚。邑有大計大疑，必推君主其事，無不辦治者。

咸豐初元，詔舉孝廉方正，衆以君應詔，君固辭，卒以公論强之。自道光之季，連歲大水，及咸豐中粵賊躪縣境，飢敝之餘，米粟騰躍，人無所得食。君家故貧窶也，以其勤力所得，市米穀盡散之鄉人，而妻子至採菜茹拾樗橡爲食。又嘗斂數千金饋軍，家人乏食，遮道告之，不顧。又益糾合義勇，以與賊抗，所捍百數十里。其在軍，席地而寢，市餅爲食，不虛縻鄉里一錢，不顧問家事。大軍既克安慶，當事敘籌餉之勞，君謝曰：『吾邑人朘膏血，剝肌髓，以急國難，而吾乃以爲利邪？』衆聞，莫不多君，益推以爲仁人長德。

自孔門之教，必孶孶於爲仁，而要其歸，則以孝弟爲之本。故曰：『不愛其親而愛他人者，謂之悖德。不敬其親而敬他人者，謂之悖禮。』又曰：『愛親者，不敢惡於人。敬親者，不敢慢於人。』蓋『親親而仁民，仁民而愛物』，由此以達彼，緣本而之末，其道固然也。自爲仁之義不明，而本與末不相貫備。士或侈言施濟以譁眾取榮，而所厚者薄。或內行勅備，而無所裨助於世。又其甚者，竊自坿於儒者之學，而自門以內，父子兄弟之間，曾不可以告於人，銖金尺帛，鉤析計量。而視人之苦樂，乃頑然不以爲忻戚。稱仁講義，洋洋盈耳，而靦焉自以爲鄒魯、濂洛之徒，此孔子所謂『穿窬之盜』者耳。烏乎！使其本〔一〕心未盡失者，聞徵君之風，其能無少媿於其中歟？

君以同治十二年某月日卒於深州官舍，春秋六十有四。配同邑馬氏，嘉慶庚辰進士四川閬中縣知縣諱維璜之女，封淑人。子四人：汝經，桐城縣學生，山東候補縣丞。汝綸，同治乙丑進士，深州知州。汝繩、汝純，並國子監生。女一人，已嫁而卒。孫二人：奎、駒。

汝綸有學問文章，其居官明達治體，故善於裕釗，而裕釗所畏焉者也。以書來告曰：『將以某年〔二〕月日，葬先府君於某所，敢請銘。』銘曰：

烏乎！徵君之義，惇於其家。暨於其鄉，靡有疵瑕。惟其不顯，施止於此。以其所有，推及四海。澤之所被，其曷有已？嗟時之人，惟己之私。貪冒險詖，彼獨何爲？銘此懿行，爲世表儀。

錄自濂亭文集卷六。

【校】

〔一〕本：底本字迹漫漶不辨。據黃本、埽葉本、抄本改。

〔二〕年：據抄本補。

文學余君墓誌銘

裕釗幼則爲大母太孺人所鍾愛，每夜分讀書畢，家君侍太孺人歸寢，裕釗必操幾杖從〔一〕。太孺人嘗指裕釗而語家君曰：『吾父爲善終身，而重厄於世，不爲世所知〔二〕。是子讀書敏且勤，長〔三〕若能爲文者〔四〕，必命爲吾父志〔五〕其墓，慎毋忘吾言也。』家君命小子裕釗謹誌之。後稍長，始學爲古文，以太孺人言，屢欲爲之，苦才薄〔六〕，每操筆而中止者至於再四。距今忽忽十餘歲，裕釗年幾及壯，太孺人亦没且踰年，而銘卒未就，此小子釗所以撫心追悼，泫然而不能已者也。

先是，太孺人常謂裕釗曰：『吾父早歲〔七〕補縣學生，後屢應鄉舉不得志，而讀書至老不輟。爲人忠厚仁恕，所遇無賢愚〔八〕，必致其誠，而尤篤於內行。吾伯父某公性豪侈，不〔九〕屑以儉約治其家，家日以落，而吾父怡然不之計也。其後窘益甚，吾父處之益安，至其終身，未嘗有幾微之色見於顔面。其見於外者〔十〕，吾不得詳，其處於內而爲吾所及知者如此。』

嗟乎！俗之偷久矣。自裕釗年長，所見鄉里貴富顯榮之族，多相競於利，而至於兄弟之相與處，其或以田廬貨財幾微之瑕釁，尋及於相仇而無已者皆是也。如君之所爲，其出於人豈不遠哉？然自君没後，家益貧，後嗣尤衰落。君有子三人，先後相繼喪。其在家君爲兄弟行者六人，連喪其四。其在裕釗爲兄弟行者十餘人，今存者數人而已，然皆貧不能自存。豈天之報施善人，終無時而信也邪？抑豐悴有時，其中落而後乃克昌者邪？裕釗既有感於君之爲善而不獲其祉，因即太孺人之所以語家君而命裕釗者，爲君次其終始，且以俟其後焉。

君姓余氏，諱翼運，字迪亭〔十一〕，邑之某里人。以某年某月某甲子，年七十一卒於家。以某年月日，葬於某所之原。銘曰：

維君有令德，孰乃靳以世榮。雖然視世之赫赫者，君則已贏。銘其幽者君彌甥，大書琢石章厥名。

録自濂亭文集卷六。

【校】

〔一〕從：抄本作『以從』。

〔二〕吾父……世知：抄本作『吾父力學篤行，困躓終身以没，而潛德不爲世知』。

〔三〕長：抄本作『他日』。

〔四〕爲文者：抄本作『以文見於世者』。

〔五〕志：抄本作『銘』。

〔六〕苦才薄：抄本作『而才薄不自勝』。

〔七〕吾父早歲：抄本作『吾父好讀書，以某歲』。

〔八〕爲人……無賢愚：抄本作『志行端直，宅心醇粹，遇人無賢愚』。

〔九〕不：抄本作『恒不』。

〔十〕者：底本、黃本、抄本均無。據埽葉本補。

〔十一〕諱翼運字迪亭：抄本作『諱燕翼，字運』。

誥授中憲大夫即選道江蘇候補知府黃君墓誌銘〔一〕

君諱克家，字蒙九，姓黃氏，湖北隨州人。曾祖某，議敘從九品。祖某，國子監生。考某，州學增生。世以仁孝稱於鄉里〔二〕。祖、考皆以君貴，累贈通奉大夫。妣皆封夫人。

君年少志美，未冠，以廩膳生入都，所治術業。以摯當世有司取科第者，皆精善出於儕輩。又益嫻於時俗之務，用智能自㬥見。都下達官長者，人人爭欲識君。中道光丙午順天舉人，歷官覺羅官學漢教習、內閣中書。先後往來京師二十餘年，名聞益廣。同治三年，援例捐知府，發江蘇候補。當是時，今合肥相國李公權兩江總督，故與君舊，知其才，至則檄筦海門釐捐。抉剔宿弊，歲入加於常時。又權海州。海州故悍强，號難治，君能用嚴察剷奸芒，州境以清。又州自經亂爲瘠區，往者以虧累爲戚，而君獨不憂空無。由是一時咸稱其能。謂君〔三〕且〔四〕蒙遷調。顧君意有所不得，遂棄官以歸。歸之明年，以官海州時有獄既成讞，詳請大吏入奏，得旨改流。事決矣，而得罪者以訴於上，於是當事乃復檄君至江甯覆訊，留數月未得報。

先是，君配鄧恭人，以是年五月卒。家尋毀於火。君以獄久留不決居江甯，鬱鬱不得志，遂遘疾。甫三日卒，同治十二年十二月九日也。是時君館於裕釗，裕釗與君同年生也，於是告之同人，相助爲棺斂。明年正月，君子承蕃、承翰奉君喪歸於隨。以某年月日，葬於某所。

始君徒步走京師，年力富盛，既以才技稱於世，益徧識當代名公貴人，自必當坐致通顯。顧久不獲遂，年長矣，乃始以入貲宦爲外官。踰數年，卒未顯。歸，將以少息也，而又訖輾轉官事以客死。嗟乎！進退、顯晦、愉戚、窮通、得喪之際，豈夫人之能自爲者哉？世之人或竭其耳目心思才力，苦營度於得失利害以求一當者，其亦可以已夫。

君之卒，年五十有二。承蕃，其長子也，中書科中書。承翰，次子，候選郎中。季子承璧，候〔五〕選州同。女一，已嫁而卒。孫二人，某某。銘曰：

謂天處高，芒其奚爲？胡抗倏隊，胡縱倏羈？胡豐倏悴，而險倏夷？舛迕萬端，疇識其倪。豈伊自今，千禩於茲。君亮寤此，尚其無悲。

録自濂亭文集卷六。

【校】

〔一〕稿本題作『即選道江蘇候補知府黃君墓誌銘』。

〔二〕里：據抄本補。

〔三〕君：據抄本補。

〔四〕且：抄本作『且當』。

〔五〕候：底本作『侯』。據黃本、埽葉本、抄本改。

吳母孫夫人墓誌銘〔一〕

沅陵吳君之配〔二〕，曰夫人孫氏，處士諱某之女。年二十歸吳君，時吳君甫十四歲。

先是，吳君母氏鄧太夫人故多疾，考贈資政公憂其不壽，又不欲娶後妻，懼異日亂敗我家，故爲吳君擇婦，必得年長者。及夫人來歸二日，而鄧太夫人卒。資政公遂一以家事付之。夫人則兼綜內政，罔有遺失。晝潔酒漿，宵治麻枲，田奴織婢，率作有程，門庭具飭，井匽蠲絜，雞彘蕃孳，瓜芋碩大。室以大和。祇奉資政公養生喪死，終始之義無違。撫小姑自髫齔至於笄，至於嫁，恩意篤備，姑忘其煢。以是吳君得一意自力於學，取科第，爲世聞人。始以內閣中書官京師，其後出治戎事，累官福建臺灣道，宦游數十年，奔走動萬里。夫人攜諸子居里閭之日爲多，其綜理百度，一如其朔。中値寇亂，顛躓艱苦，劬瘁萬端，馴致疾病。然猶日問家事，不以自暇逸。天命不延，以同治十一年冬十二月丙辰卒於家〔三〕，春秋五十有五。

初封恭人，晉封夫人。子某，縣學生，分部行走郎中。女一，適湖南候補縣丞李某。孫男女四人，某某。卒之明年冬十二月壬辰，葬於宅後挍場坪之原。吳君命子某撰述遺徽，徵銘刻石。屬有感乎余心，辭不盡於嘉歎。銘曰：

嗚呼！倫紀之際難矣。後母之變，雖古之賢哲，猶有痛〔四〕心乎此。吁，資政公殆云蚤見，亦有夫人，乃遂克踐。嗟乎！使天下之家，咸有子婦若是，雖失慈母，甯有瘠子？緒觸感予，悼曷云已。嗚呼！夫人賢遠矣。

錄自濂亭文集卷六。

【校】

〔一〕稿本題作『孫夫人墓誌銘』。

〔二〕之配：抄本作『有賢配』。
〔三〕家：抄本作『某所』。
〔四〕痛：抄本作『慟』。

亡妻〔一〕黃孺人墓誌銘

孺人，大冶黃氏廩貢生歷署荆州、棗陽、松滋學官諱顯訓之孫女，而舉人諱宣之長女也。生五歲而喪其母，育於大母。越四年，大母亦卒。祖若父傷其無母也，體又羸，而又益〔二〕甚惠以婉，以是尤加憐焉。

年十九，歸裕釗。事吾父母不敢以云盡孝，然世之爲婦者，視舅姑恒不若其父母，而孺人之於吾父母，其自視乃若人子然。蚤夜依依致養，苟可以適吾父母而力能爲之者，未嘗不勸爲之也。處內外族姻，不敢以云盡道，然篤有恩意，而無敢愆於禮。既其没，而長幼卑尊莫不慟惜之也。迺至吾族疎屬之人，多有流涕者。自其居父母家，故生長富貴。而從裕釗於貧約，甚苦家事，操井臼，長育子女，終歲不獲自暇逸。生又多疾，力疾而躬作，勞亦憊矣。而遽以死，傷哉！

蓋孺人自其少時，其家人常竊憂其不壽。及歸裕釗，時時亦獨自以死爲畏。間值疾病，則謂裕釗曰：『吾得與君相守至老死，雖苦猶甘之。然此卽不敢望，幸沆兒〔三〕授室，使吾得見新婦。更少寬數年，徐乃死，死不敢恨矣。』命之不競，終已不獲少延以慊其所僅欲遂也。悲夫！

且其卒也，裕釗攜長子後沆方居省城中。及歸，而孺人已前卒二日矣。聞孺人且卒，念之爲泣下，此尤可隱者也。孺人之卒，以同治九年六月五日，年四十有五。有子二人，其次曰後澮。女子五人。孫二人：孝沐，孝移〔四〕。以光緒十二年二月廿七日，葬於武昌縣靈溪鄉貳里一甲之柯家山山〔五〕。銘曰：

昔君未没，我戲謂君：『我後汝死，必善爲文。以不死汝，汝勉爲賢。』孰謂今日，迺踐斯言。握管悲來，有霣如泉。嗟我與汝已矣，永萬古而訣離。文縱不磨，又安用之！

録自濂亭文集卷六。

【校】

〔一〕亡妻：據該墓誌銘拓本補。該墓誌銘為張裕釗親筆書丹刻石，一九八五年十二月發現於鄂州市太和鎮邱山村磚廠。現藏於鄂州市張裕釗紀念館。

〔二〕又益：抄本作『益又』。

〔三〕沉兒：抄本作『長男沉兒』。

〔四〕孫二人：孝沐，孝移：抄本作『孫一人：孝沐』。

〔五〕文中小字原爲墨丁。據張裕釗紀念館藏該墓誌銘拓本補入。

漢陽萬君墓誌銘

君漢陽萬氏，諱正緗，字敬堂。少孤，劬躬瘁勞，以事其母，以立其家。

家既饒給，則又推所有以仁其邑之人。故事，初補郡縣學弟子員者，類有獻於學官及其它諸費用，雖至窶貧，必竭蹶從事。漢陽亂離凋敝之餘，尤以爲苦。君稱母命，輸產直萬金有奇，以其入爲邑中諸生初入學者之資，一邑寒畯暢然。漢陽城西濱大江，有隄迤南延數十里，其内農田五千餘頃，居民廬墓相望，皆倚隄爲障。每歲修葺，舊履畝輸費，吏胥追呼爲民病。又所費或虛冒不實，重夏秋江漲艱危之際，緩急無取資。君獨憂之，謀於邑宰，倡輸三千金爲夏秋盛漲防險之需，以風動上下。邑宰爲言於上，大府感焉，議籌白金一萬，益勸輸富室，眾輸白金七千，與君所輸合二萬金。事由是集，隄以無虞，而貧民得免催呼之擾，胥君力也。君急人阨窮，若其在己。居恒惠恤士類，憮俺孤嫠，建橋樑，平道涂，以至義塾、義冢，濟溺振飢，或獨任，或助輸，遇事必竭其力，雖屢瀕乏匱，不少悔。先後所耗，絫數萬金，仁譽流聞。由是朝廷褒其美，大府重其義，而閭里感其仁恩。自楚中官吏暨鄉人士稱善人者，必曰『萬君，萬君』云。

君議敘浙江同知知府銜。以光緒十五年二月乙未，春秋六十有七卒。其年某月某日，葬某所。曾祖某，祖某，父某，皆贈資政大夫，妣皆贈夫人。配田夫人，生子三：長某，早卒。次某，分省補用道。次某，廣東海豐縣知縣。孫三人，某某。將葬，以狀徵銘裕釗。

裕釗惟人之蕓然而並生於世，惟此同類之相收相恤而遂其生，以是爲異於物而已。唐虞之盛，三代之隆，聖人在位，而民莫不與被仁政之澤。由周衰以降，雖以漢文景、唐太宗之世，海内富樂，然去古之治固已遠矣。其世不及，是則民尤昬墊愁苦而無所告愬，猶賴仁人君子，因其所處之廣狹，隨分而自盡，以其百有其一濟耳。有能出己之有以施於人如萬君者乎？是亦晚近之世之民之所託命也。銘曰：

衰俗仳仳，各仞其有。扃鐍閉拒，粟陳貫朽。人之苦饑，云我胡負？允義萬君，鍥己裨人。惠利所及，枯蘇而春。胡不百年？奄忽沉湮。鑱辭幽宮，垂之無垠。

録自濂亭遺文卷五。

通州張生母金孺人墓誌銘〔一〕

孺人姓金氏，通州張生謇之母。光緒五年十一月十八日，年六十一卒。

既卒，謇走書來告，且請爲墓刻之辭，曰：『吾母之始至也，家無石粟尺帛之儲，親戚不通問。吾父歲常外出，家四十餘口，皆賴母經紀。力貧作苦，暍不追涼，寒不附火。雞鳴而息，辨色而興。謇兄弟甫四五齡，母夜篝燈教識字，益擁絮，手衣履箴作，且作且覆問謇等。深宵，寒風凜烈，室中蕭然，顧視謇兄弟輒淚下，蓋其悲苦有不可道者。且卒謂謇兄弟：「吾生平辛苦萬狀，汝兄弟好自樹，毋爲吾羞。且苟有賢師友，乞一言以志吾苦者，不恨已。」烏乎！謇兄弟無似，長而無以慰答母氏之勞苦。今母亡矣，惟託諸文字，可以無窮者，庶其報吾母於萬分一。卜明年三月十三日，葬吾母通州城東之畊陽原。敢請先生幸賜之銘，以章諸幽，其感且不朽。』

謇故嘗問學於余，余嘉其學行，亟稱以爲賢者也，稱述其母故信。且往者謇又時時爲余道孺人之賢，余故稔知孺人躬懿行。蚤歲遘遇饑阨，劬力盡瘁。後稍能自給，而惠利周於人人。尤有明識，曉大義，殆非世俗之所能及也。

先是，謇父明經君彭年，其考少孤，育於外姑吳孺人。吳孺人無子，子明經考而鍾愛明經。明經先娶於葛，生子譽〔二〕，以後其弟。吳孺人春秋高，慮明經艱於嗣，不得兼承吳氏祧也，聞東臺金處士向南有女賢，以告明經考，聘爲婦，覬生子爲吳氏後。比歸，生子慶、華、詧、謇，慶、華早卒，而詧、謇遂蒙吳氏姓。其後，葛孺人復生子警。詧、謇稍長，且就試；而警及兄譽皆質魯不能學，明經隱以爲恤。孺人輒知之，曰：『以諸兒故邪？張氏爲士族三世矣，有子能讀書而後於人，孰忍是？且子歸張，而祀兼吳，以恩則無負，以義則不誖，何疑焉？』督、謇乃復姓張氏。其平居訓迪督、謇諸子，必以遠大中正，無世俗之言。諸子有過，痛笞楚不少貸。所與游，必問其何人，近者察視，遠者參詢，輒能決定其賢否。其賢也，則喜，至必加敬禮；不賢邪，戒勿與近，而其人後果往往敗。督以縣丞發江西。而謇用文學有時譽，以孺人卒之前四月舉優貢生，鄉試乃被擯，當路鉅公合口歎息。或以告孺人，孺人愀然謂謇曰：『汝等不勉自厲，其何以堪？是名過實災也。』烏乎！今世士大夫得大官要人一言之奬借，抃喜震動，忽若上仙衈乎，惟恐天下不徧〔三〕聞知其見賓敬於某公者也。孺人之賢，於人也何若哉！

謇書孺人事累千餘言，多難能之行，余論其大者，足以不泯已。銘曰：

汙俗靡靡，庸鄙貪競。簪笏冕紳，而妾婦行。女也士行，乃有孺人。遠識懿範，卓偉繽紛。厥有令子，萃起海濱。饌德來諗，淑鬱飶芬。我爲銘之，以砭彼昏。

録自濂亭遺文卷五。

【校】

〔一〕稿本題作『金孺人墓誌銘』。

〔二〕謇：底本作『謇』。據稿本、黎本、張孝栘本改。

〔三〕徧：底本作『偏』。據稿本、黎本、張孝栘本改。

大冶殷君墓誌銘

府君諱學源，字教之，湖北大冶殷氏。祖，玉獻。考，泰昌。

府君少讀書不遂，去而發貯鬻財，久之，遂以貲雄於鄉里。然生平不妄取人一錢，不鍥人以自利。人以屯囏阸苦告者，立解囊篋周之，一無所顧藉。體貌故敦厚，而神精以明。策事往往多奇中，以故趨時逐利，所至輒有功。至乃論人賢否姦僞若事臧否成敗，中失未至，嘿揣百靡一僫，見者以謂龜諏而筮告也。昔太史公論郭縱、烏氏倮、蜀卓氏、無鹽氏之倫，而歸本於『誠壹』之所致，若府君其所謂『誠壹』者耶？

府君配鄭夫人，繼配姜夫人。子伯揚，欽加二品銜議敘清軍府。孫七人：長應壽，附貢生，工部主事。次應兆，廪貢生，刑部郎中。次應庚，供事分發府經廳。次應辛〔一〕，邑庠生。次應癸、應甲、應臺。府君以光緒乙亥年六月十三日卒於家，年六十有二。以光緒己卯年某月某日，葬於飛鵝嶺之陽。

録自濂亭遺文卷五。

【校】

〔一〕辛：底本作「敏」。據張孝栘本改。

祭胡文忠公文

嗚呼！惟公之生，淵岳孕精。渥窪神馬，自天來下。不識韅羈，聊浪九野。歷塊一蹶，漻乎來歸。鳴玉和鸞，中於天機。

始迹黔徼，擾畜蠻夷。雞豚稌黍，易我猿狉。功施譽流，霆震風揮。爰躋監貳，瀳膺封圻。

江流東瀉，羣凶披猖。帝假一臂，搤賊之亢。西睨悼慄，屢眴而傾。貙貐豺狼，百萬噤聲。堅城老窟，賊所根柢。高步蹴之，一剷千里。皖鄂連壤，莽莽相屬。昔也如燔，今也如沐。

任將選吏，治兵治民。爾賢爾能，我弟我昆。弊政昏俗，牢關深根。手抉其肩，萬目一新。如寐斯覺，覩日在晨。公昔莅茲，楚人實倚。聞公之喪，愕焉失恃。

臨沒遺憾，逋寇未殪。疏薦忠賢，碁布重地。禱茲來者，嗣我之志。憂國之藎，死生罔替。

藐焉小子，曩辱公知。送喪不及，有淚如縻。瞻望遠道，馳辭抒悲。

尚饗。

録自濂亭文集卷八。

祭曾文正文

嗚呼！昈自嬴劉，芒芒百代。光岳之精，銷鑠散壞。挈往校今，百靡一逮。姚姒子姬，邈乎甯再。

孰謂並世，欻還我公？謝羣冠倫，奮起湘中。遂度千載，蹈古比隆。

維公楙學，三代與期。六經百家，窮源汎涯。導達漢宋，藩決塗夷。於天地人，靡隩不窺。炳爲文章，遷雄諸唯。

維公經務，洞治之機〔一〕。曰惟五禮，哲王之遺。及兵與食，國之大謀。古稽而合，今施而宜。千聖之心，仰而思之。

公之得人，爲天下憂。文武鉅公，麾纛旂旐。峩冠大帬，耆彦酋酋。旁逮群碎，壹足褒者。若金競耀，容於一冶。

公益龕亂，再造九區。忠誠饋餾，雲龍廾扶。手提萬衆，摧蕩匈渠。南掩楊越，北極女水。西指昆侖，東至於海。

六寓褰開，天海清泚。老涕孺嬉，絕蘇尩起。凡公樹立，横被八垠。紛千萬億，横目〔二〕之民。怙公若父，嚴公若神。

豈謂我公，睇若浮雲。獨居深曠，莫眄其津。衆之所駴，公之所咍。公跂莫至，晨皋暮伊。亹亹其邁，戰戰其危。贊元消沴，潛運密移。天眷聖清，庶其予回。

孰謂我功，我其敢知？孰謂我罪，我其敢辭？公乎卓越，亶惟在斯。徽烈之多，迺公穅粃。人之不諒，云公逶迆。吁嗟近古，疇則躋茲。

如何奄忽，天實罔極。九重震悼，萬姓雨泣。矧我小子，靡所比似。薄陋滯拙，世之所棄。辱荷公知，區區文字。譬海納川，我乃涓澮。暇日請謁，公屢色喜。評榷古今，往往移晷。矜〔三〕我誨我，我礲我砥。翼我熹我，畀我無已。

我屬別公，昔冬之季。孰云幾日，遂隔萬世。天下之慟，一身之私。哀來無端，涕隕如縻。公乎有知，其稔予悲。

嗚呼哀哉！尚饗。

録自濂亭文集卷八。

【校】

〔一〕洞治之機：抄本作「洞鏡治機」。

〔二〕目：底本作「自」。據黄本、埽葉本、抄本改。

〔三〕矜：抄本作「嘉」。

祭楊慰農先生文

維某年月日，門下士張裕鍇、裕釗，謹以酒醪牲體魚臘之儀，致祭於慰農先生之靈：

烏乎！在昔我聞，師及先子。總角斷金，至於沒齒。維鍇與釗，甫童而髫。俶從師游，先子命我。我實不材，瓦礫樗薪。師一見之，如塗獲珍。加我於膝，飫以聖文。欲落其實，日糞其根。寒遷暑貿，五載之勤。

誰謂洎長，駑駘不前。鍇途多舛，婁蹇而顛。釗裁一駕，稅乃終焉。後遭干戈，萬塗沸糜。

師宦鄖襄，穹林傾碕。鍇、釗敞網，或羈或馳。樊山嵂嵲，漾水渺瀰。風颭雲霾，皇[一]師千里。

中師假歸，先子逝矣。辱師親吊，室未遑入。問所藏地，往睇而泣。

誠結於中，匪世所及。維師遇物，其厚有倍。尤於舊故，終始不怠。骨肉之愛，延於兩世。立今追往，一一可涕。

自先子沒，怛焉靡恃。豈知今日，師又逝只。煢煢藐孤，如蕣斯委。學既不進，行復不植。百靡一成，孤公盛德。奠此醪羞，以志哀惻。

尚饗。

録自《濂亭文集》卷八。

【校】

[一]皇：埽葉本、抄本作「望」。

黎庶昌選集

點校　方寧勝　楊懷志

整理説明

黎庶昌（一八三七—一八九七），字蒓齋，别號黔男子，貴州遵義人。出身翰墨之家，幼年喪父，從塾師楊開秀及伯父雪樓先生受教，后又師事表兄、經學大師鄭珍及内兄、詩文大家莫友芝，鑽研經史，精於古文。十餘歲參加縣、府試，屢獲第一，二十一歲成爲府學廪貢生。清咸豐三年（一八五二），貴州爆發各族人民大起義，時局動蕩，以致全省停止鄉試十五年。無奈之下，黎庶昌於咸豐十一年進京參加順天府鄉試，又兩度落第，只得留在京師以教授蒙童度日。同治帝即位後，下詔求言，黎庶昌慷慨上萬言書，陳述興利除弊、匡時救國的大計方略，一時震動朝野。皇帝下詔以知縣職銜發往江南曾國藩大營聽用。同治二年（一八六三），黎庶昌進入曾氏幕府，參贊軍務，同時與張裕釗、吴汝綸、薛福成等人一起隨從曾國藩研習古文義法，名列『曾門四弟子』。同治八年署吴江知縣，次年調署青浦知州。曾國藩逝世後領管淮揚堤工支應，受理揚州荷花池釐金局榷務，調通州花布釐金局榷務。

光緒二年（一八七六）冬，首任駐英公使郭嵩燾檄調黎庶昌充三等參贊，出使歐州。自此先後擔任中國駐英、法、德、西等國參贊。光緒七年，朝廷擢升黎庶昌爲記名道員，賞給二品頂戴，派充出使日本欽差大臣。光緒十年，因母親去世，回國守孝。光緒十三年十二月，新任駐日公使李光鋭患病不能成行，朝廷復任黎庶昌爲出使日本大臣，三年後任滿回國，獲授四川川東兵備道道員，兼重慶海關監督，政績頗著。甲午戰爭中，清軍大敗，他聞訊憂憤成疾，無法理事，便告病還鄉，於光緒二十三年十二月二十日卒於家中，享年六十一歲。

黎庶昌治學，縱横百家，務通大義，又能因時而變，包容他説，顯示出開闊的學術視野。此外，黎庶昌還精通史學和地理學，在版本校勘學和民俗學方面也有一定造詣。但他最突出的成就仍在古文方面，傳世作品有拙尊園叢稿六卷、西洋雜志八卷、西亥入都紀程二卷、日東文燕集初編、二編、三編等，並撰有曾文正公年譜二卷、沙灘黎氏家譜等。作爲『曾門四弟子』之一，黎庶昌研事理，辨神味，都以曾國藩爲師，主張『因文見道』，雄奇萬變。他遵循曾國藩經史百家雜鈔的宗旨，編選了續古文辭類纂二十八卷，收文四百四十九篇，頗多史傳類文章，在一定程度上突破了姚鼐古文辭類纂所規定的古文師法的範圍。

黎庶昌一生際遇曲折，閱歷深廣，下筆爲文，往往流溢出一股雄奇博大的氣勢。具體而言，他出國之前的文章，講求法度，字斟句酌，骨格峭折似王安石，風神逸宕如歐陽修；出任使節後，受異域環境與文化生活的影響，所爲古文，已經擺脱了桐城派『雅潔』的拘束，自由抒發，題材新穎，内容充實，形式多樣，文筆素淡與華艷兼相爲用，文風雄肆雅健而不失清新飄逸。吴汝綸稱其後期作品『佳篇至多，其體勢博大，動中自然，在曾門中已能自樹一幟』。（吴汝綸尺牘卷一答黎蒓齋）

黎庶昌古文主要收録於拙尊園叢稿和西洋雜志中。其中拙尊園叢稿六卷，有光緒乙未（一八九五年）金陵狀元閣石印本，卷首有薛福成所作序言，卷末有羅文彬所作跋文，内收古文一百二十一篇。西洋雜志八卷，有光緒庚子（一九〇〇年）遵義黎氏刊本，除收録黎庶昌作品九十篇外，還摭録了郭嵩燾、劉錫鴻、李鳳苞、陳蘭彬、曾紀澤、羅豐禄、錢德培等人的日記、書信和隨筆等。此次編輯黎庶昌選集，即以上述兩本爲底本，選録黎氏古文一百四十九篇，按原書卷次排列。拙尊園叢稿諸作除黎氏家祠記、跋日本津藩有造館本正平本論語集解爲節録外，餘者悉數全文收録；同時從西洋雜志中選取思想性、藝術性、史料性俱佳的古文二十八篇，以期反映黎庶昌散文創作的成就和特色。編選時有關校勘、標點等問題，遵從國家清史編纂委員會文獻整理工作通則要求。由於編選者水平有限，其中難免错訛不當之處，敬請讀者諸君批評指正。

方寧勝　楊懷志

目録

上穆宗毅皇帝書

廩貢生臣黎庶昌謹稽首頓首惶恐上言皇帝陛下：

臣愚伏讀七月二十八日星變詔書，勤求中外直言，特開忌諱，冀聆幽隱遺闕，仰見皇上寅畏天命，勵精圖治之至意。

臣竊幸詔書一下，必有直臣烈士，披瀝肝膽，昌言儻論，侃侃諤諤，指陳利害，以聳動天聽，爲一代除積弊，爲萬世開太平，爲國家固本根，爲生人振氣節，上以回天變，下以盡人事。乃涉月踰旬，而王公宰相無有言者，督撫大吏無有言者，甚而至於臺諫諸臣，亦無有言者。臣愚區區之心，不勝憤悶，謹應詔昧死爲陛下一言。

臣聞天道福善而禍淫，氣和則致祥，氣乖則致異。祥多者其國安，異多者其國危。此天地之常經，古今之通義也。故聖人因天道以慎人事。春秋二百四十二年間，日食、星隕、山崩、川竭、螟蜮、旱潦、雨雪、冥晦之屬，無一不備。書以明天道之至嚴而可畏，不可以纖小忽也。周衰，聖王不作，陵夷至於秦、漢以還，禍變日甚，災異尤多。然其大者爲危亡傾覆之徵，小者亦政治敗忽之驗，歷史所記，殷鑒昭然，不可誣也。自陛下即位以來，纔期年耳。上年冬地震金州，雨雪不作。今年正月日三暈，二月星變；春夏之際，陰霾晝晦者數日，大風揚沙塞河，河北旱蝗四起，陝甘大水，漂没總督；秋，京師等處大疫，死者相望，廣東颶風震括千餘里，人民傷亡萬計；七月星隕，彗星又見於西北。此皆異常之變，稠見疊集於一年之内，以警戒於陛下，非小小災異之事可爲寒心者也。陛下知天命之可畏，深宮修省乾惕以弭其變，故詔下數日，而星象滅亡，雖大戊之化祥桑，成湯之禱旱雨，無以加茲。以此見天人之際，感應至捷，又不可誣也。然則革今日之積弊，行先王之德政，而休祥有不立至，變異猶有復作者哉！

臣願陛下察臣愚而寬臣罪，陛下深處法宮之中，尊居九重之上，庶僚莫能覩其面，豪傑莫由進其忠，雖殫精極思，竭蹶以圖天下之治，而本末輕重，利害得失，既不能周歷而洞悉，又未能合天下之才智，熟思審處，以維萬世之安，徒委之諸王、大臣，諸王、大臣不盡深思遠覽，敢於任天下之重，逡巡塞責而已。夫天下，大位也；治天下，公事也。陛下居天下之大位，辦天下之公事，將撥亂世，反之正，不進天下之英賢傑士，而與謀根本不拔之基，創生民未有之業，徒以引繩削墨，拘文牽義，坐致乂安，此亦卻行而求前者之計也。

臣觀今日大勢，猶賈生所謂『病腫，四肢不能運用』。竊恐日削月弱，痿憊不起之證，深中膏肓，一旦元氣厥絶，而國有不濟之患矣。賢才者，國之元氣也。人無元氣則亡，國無元氣則滅。乃者，陛下亦嘗汲汲以求賢爲事矣。然而一歲以來，奇才異能之特進者，誰也？鴻識博學之顧問者，誰也？山林隱逸之辟召者，誰也？末僚下位之汲引者，誰也？公卿大臣之薦剡者，又誰也？陛下有求賢之意，而諸臣無求賢之心，卽有求賢之心，而陛下又不示以求賢之格，於是天下之賢才，銷亡淪滅於草莽中，而卒無以自見。過者或至目天下爲無才，豈不謬哉！今之言求賢者，動曰循例。夫循例，則人人皆可自進，而無待於陛下之求之也。賢才者，將以備非常之用，愈求愈出，而非可以例限者也。設例以待奇傑之士，彼既不樂俯而就，而又往往以跅弛見黜，良臣志士，復扼於例，而不得盡其才。充例者，類皆庸陋宂闒，不足以計議天下大事。三者皆執例之咎。陛下因循而不變，無惑乎？天下之糾紛舛謬，王政不綱，百度訌潰，至於此極也！陛下誠能掃除一切文法，準漢代求賢之意，參之以司馬光十科之議，責諸臣以求賢歲訪其才之所宜，書而進之，不時拔用，賢多者受上賞，壅蔽者蒙大戮，不必限軍功之一途，不得棄幽隱而不舉。陛下博以諮之，寬以收之，量以用之，行之數年間，臣見中國元氣振，而痿憊之證可徐起矣。

夫中國者，天命人心之所依歸也，衣冠禮樂之所萃聚也，百代聖君賢臣之所維持，以至於今日者也。自周之衰，嬴秦恣興，殘虐生民，爲中國一大變；五胡雲擾，冠履涂炭，爲中國二大變；五季之際，紛爭戰伐五十餘年，黯無天日，爲中國三大變；金元禍宋，古所未有，爲中國四大變。四變之中，益以三大害。楊、墨之無君父，一大害也；黄老之清静無爲，二大害也；佛氏之虚無因果，中於人心，牢固而不可破，三大害也。中國經此四變三害，而天地之正氣幾乎息，先王之禮樂法度，掃地盡矣。我聖祖皇帝以堯舜之德，修文武之政，使天命人心有所依歸，使衣冠禮樂有所萃聚，使百代聖君賢臣之所維持者，敝壞而復整。是以天下爲壽爲富且二百年。至於今日英、法諸夷之禍，合四變以爲一大變者也。耶蘇之教，合三害以爲一大害者也。堂堂中國，坐令數千魑魅魍魎横行，而無毫髮之忌憚，恣睢不道，惟所欲爲，此天地神明之所震怒，忠臣烈士所痛心疾首，憤不願與俱生者也。先帝北狩之痛，天下臣民未嘗一日忘諸心也。陛下豈肯含垢蒙恥，隱而不言，置而不問，以聽中國之斃哉！外夷之志在中國，不自今日始也。乾隆、嘉慶之際，窺伺已深，當時中國元氣尚厚，惟以優容示爲寛大，而不知遺禍之烈，至於如此。若再姑息隱忍，臣恐數十百年後，挈二百餘年衣冠、禮樂、子女、玉帛之天下，一旦被髮左衽於夷狄，變人類爲禽獸，化孔、孟爲耶蘇，盡四民爲行教，稍有變動，而中國不可復問矣。

陛下鑾輿返正已久，不聞進天下賢豪與王、大臣等議所以控馭之方，籌所以防備之策，思所以殄滅之道，而姑息之，苟安之，不知外夷豺狼之心，制之受其害，不制亦受其害。制之，害速而淺，猶有再振之機；不制，禍大而遲，終成噬臍之患。從古至今，中國之與夷狄，未有不以和議而倖存，即以和議而致亡者也。春秋，許九世復讎，陛下奈何不以大義，聳動天下之人心，禁罷一切奇技淫巧，使激勵奮發，人人深惡痛絶，思報君父之大讎如其私讎，羣起而攻之，而中國始可圖矣。斯亦今日中原盛衰消長之機，而皆繫之於陛下者也。今日人心之所以敝壞，國家之所以孱懦不起者，由朝廷無以策勵而倡導之也。陛下即位之初，新政屢出，人人翹首引領，以謂中興旦夕可致。及行之數月，而氣亦漸餒矣。孔子曰：『欲速則不達。』孟子曰：『進鋭者退速。』中庸惟稱至誠爲無息。三者之間，是不可以不深省也。

陛下之氣正，則天下氣正矣；陛下之氣衰，則天下氣衰矣。陛下上承先帝付託之重，下繫四海元元之望，宵旰求治，以冀中興，而以文墨取人，以律例舉事，是猶縶騏驥之足，而欲爲千里之行也。今日之弊，其亦可謂多術矣。言慎法，則胥吏弄法；言課官，則百司曠官。

宰相卿貳，不擇賢愚，但依銓次以充數；督撫大吏，不問能否，但憑資格以遞升。分滿漢以設官，則非官，不必備之義。守令輕於遷調，實爲擾亂生民之階。民隱不得上聞，恩澤不得下及，疏通正途，而官方仍窒，求進直言而極諫未聞。言財則財日窮，言兵則兵日玩，言教化則教化不行，言風俗則風俗不厚。凡此皆亟宜更張之弊，而陛下今日之所未行者也。臣請爲陛下切指之。胥吏弄法，此不持大綱之過；百司曠官，此不責實效之過；授官論銓次，進人以資格，此惰於量才之過；民隱不上聞，恩澤不下及，此粉飾太平之過；官分滿漢，此畛域太明之過；輕用守令，此疏於民瘼之過；官方不澄，此不愛名器之過；直言不進，此畏聞咎失之過；兵日玩，財日窮，教化不行，風俗不厚，此安於積習，不思變通之過。陛下爲天下父母，爲中興令辟，尚不能掃羣弊而空之，更誰望哉！是以朝廷之上，因循遷就，翕翕訿訿，不特大疑大難，相顧愕眙而不肯任，即小小勞怨，亦且退避不遑，遇艱難輒曰無法，效輭媚稱爲合時。以盡忠孝者爲大愚，以講利弊者爲多事，無正色率下之義，無進忠納誨之心，無推賢讓能之美，無以死勤事之節，素餐竊位，廉恥道消，此乾綱之所以岌岌欲墜，而陛下中興之治，徒遷延歲月，鋪張具文，而無與收實效也。陛下卽位之初，亦嘗憤中外之緘默，而大計之無聞矣。故聲靈一布，遐邇震動。蔣奇齡進中興之策，王柏心陳經論之篇，海內嚮風，正氣伸雪，不可謂謀國之無人矣。乃前者御史曹登庸以多言貶官，職員龐鶴年奏陳封事，不聞奬進，以作敢言之氣，培忠直之原，而反以越職編管。自是之後，言者寂寥，此可見天下有以測陛下之意向，而緘口卷舌以退矣。天下莫不願陛下之稍假顔色，而欲爲效忠瀝悃也，慮陛下不由斯道也。不由斯道，則壅蔽之患起矣。前此求言之詔數下，然其大旨，不過循例内責之諫官，外責之大吏而已，而於士民陳獻之路仍未開，百司職事之禁仍未弛，國家之大計仍未盡去其忌諱也。多忌諱則採納皆虛矣，禁陳獻則聽受不宏矣。陛下何不大開天下忌諱，使人人得自盡其愚，則諫諍之氣伸，而萬世之議出矣。天地剛毅正大之氣，散布於中國，中國人士必有當之者，不應至今日而不發洩。然臣觀今日士氣，頽靡頑惰而不振，此獨何也？

臣又有以知陛下取之不以道也。古者鄉舉里選，猶以考行爲難。後世變科目以取人，一切已非先王之舊，然猶諮以時務，兼舉行誼，而又廣爲科目以待之，尚可得才於十二三。今盡困天下之聰明才力於場屋中，而場屋之士，又盡一生之精力，不爲效命宣勞之用，徒用之於八比、小楷、試帖無足用之物，天下貿貿，莫聞大道。而其試之也，又第取之於字句點畫間，其亦可謂靡靡無謂之術矣！使天地剛毅正大之氣，消磨沮喪，而無一復存，術不遵孔、孟、程、朱而墨守王安石之經義，士不講修齊平治、詩書禮樂，而專講小楷時文，世不尚禮義廉恥而尚鑽營奔競。朝廷以此望士，士以此報效朝廷，以故人心日壞，人才日下，風俗日墮，皇路荆榛，聖道息滅。悠悠長夜，良可痛也。臣愚以謂程文之士，資格之官，殊不足以當度外非常之用。而又竊怪陛下抱用賢之美意，樂於求才而疏於識才，急於取才而略於培才，獨不罷去一切八比、小楷、試帖之弊，兼舉德行、才能、文學與夫孝弟、力田、茂才、異等之屬，以復前代取士之良法也。陛下之喜怒，天下之真喜怒也。喜則必賞，怒則必罰，天下謂之真賞罰。往者，肅順、端華等之大逆，爲天下所切齒，陛下奮雷霆之威以誅之，天下莫不服陛下之至神。頃者何桂清以誤國罪魁，江表人民欲食其肉，陛下徇私情而不誅，天下於是惜陛下之不斷。夫賞罰者，天子之所與天下共，不得而私者也。賞罰乖於上，羣情懈於下。陛下方奉天行討，將帥如林，海内豪傑，喁喁内向，冀成雲合響應之勢，而賞罰一乖，自失重望，此不可解之事矣。陛下之賞罰壞，則天下之賞罰無一不壞，舉可惜矣。名器者，賞罰之大端，用人之先路也。

今開捐籌餉，借名器以濟天下之窮，宜可以裕度支矣。而臣見近年以來，捐例日繁，捐價日減，報捐者日以多，四方之告匱者復日甚一日，得不償失，有明徵矣。陛下處祖宗極盛之後，奈何以天下黜陟大柄，反履於部議，假手於吏胥，受賣官鬻爵之名，爲直尺枉尋之計，競奔海内，流毒朝廷，百姓因以受其殃，陛下莫能正其弊，此亦非萬世之利矣。無論非常偉出之才，不樂由此途；國家用人之法，不必經此重。而堂堂中國，三綱五常之所繁，政教典禮之所出，戎夷蠻狄之所瞻仰，自令官方混濁，善惡不分，姦宄同流，貪婪雜出，斷非聖朝之所宜矣。鄙夫孺子，今日入兑，明日升庸，而與公卿相揖讓；商賈皂隸，今日釋褐，明日居官，儼然執國家之大權。君臣上下，惟見以利相接。臣憂其國之危矣。傳曰：『禮義廉恥，國之四維。四維不張，國乃滅亡。』今日之勢，何以異此！故臣竊謂今日之積弊，未有如開捐之糜爛者。士不必讀書而躋大位，民不必耕種而服美官。天下之人，見其取之至速且易，於是苟有積蓄者，輒思爲此苟且至便之計，羣趨衆騖，如蠅蚋之集朽腐而不返。不特無以抑生人僥倖之氣，養國家廉讓之風，而反令天下之人，以爲民爲恥，其患非淺鮮矣。

陛下建中興之治十已四五，而此端不塞，臣實病之。名器之壞如此，因之有官宂之害。內而王公宰相以下，其名以數千計也；外而督撫將軍提鎮以下，其名以萬餘計也。此猶正額也，而每歲科目之所得、開捐保舉之所進，又數倍之。綜計天下之官，當不下十萬人，而僕役書胥幾數什倍者，尚不在此數。夫開捐則濫，濫則易，易則人人視官爲私物，幾成子孫世襲之珍，而富家便利矣；官宂則滯，滯則貧，貧則無所不爲，而寡廉鮮恥矣。二者交爲國之大害也。國家有此，無業之民既不能自食其力，必安坐袖手，以待元元之養，而百姓方流離瑣尾，無一日之安，無一省之靖，男不得耕，女不得織。加以軍輸追迫，有司侵漁，未有窮極。尚冀其能安貧忍死而無横潰決出之虞哉！臣恐河北之響馬，江浙之長髮，皖豫之捻匪，黔蜀之苗教，滇秦之回紇，從此不可復制，此消彼長，迭爲宗社隱憂，而危亡之轍見矣。

臣竊計今天下，其危道有十二，而賊與外夷不與。開捐取利，上下交征，一危也；宂官蕪雜，貽害百姓，二危也；捐釐抽稅，刻剥無已，三危也；律例牽掣，百度不張，四危也；空言粉飾，務爲太平，五危也；言路不宏，見聞多隘，六危也；士無實行，正氣不伸，七危也；禮義廉恥，上無倡率，八危也；官人不擇，援例是銓，九危也；州縣無權，濫授輕調，十危也；兵制破壞，散漫不修，十一危也；財源閉竭，不思變通，十二危也。不特如此，京師亦有十危焉。無勁兵，一也；無一月之儲蓄，二也； 多游民，三也； 盜賊公行，不用重典，四也； 旗人坐食，毫無生計，五也； 商人把持，物價涌貴不常，六也； 律例屢更，法令不一，七也； 户口繁重，無所統紀，八也； 官祿不給，無以養廉，九也； 閒暇時日，不策備防，十也。凡此危道不除，而欲底治天下，豈不難哉！ 乃者，陛下亦嘗除弊矣，然除之不盡，不如勿除，爲其除與不除等也； 亦嘗興利矣，然興之不力，不如勿興，爲其興與不興等也。

夫治國猶張絃作室也，絃壞不取而更張之，絃不可調也； 室圮不從而改造之，室不可居也。非更張而遂謂前人製絃之不善，改造而遂謂前人作室之不堅也。今國家大局敗壞若此，陛下第用守而不用創，不知法敝不變則不可守，事繁不省則不可守，人才不更則不可守，積弊不去則不可守，律例不寬則不可守。臣愚以謂今日之事，當用創爲守，而後天下乃大可爲也。陛下何不鑒前代治亂之故，考今日得失之由，重守令之權，講取士之法，寬用賢之格，宏聽言之路，除宂官之害，罷開捐之途，去滿漢之閑，破律例之習，復鈔幣之法，修兵政之壞，延攬天下賢才，開誠布公，與之籌根本不拔之基，創生民未有之業，庶足恢宏國脈而光先帝舊德也。

陛下以沖齡踐阼，孜孜求治，志在中興，又有兩宫皇太后親裁大政，和衷集事，用以宏濟於艱難，誠百代之昌期矣。故臣敢昧死上書言事，粗陳大略，而亦不知其言觸犯忌諱也。昔宋當南渡之後，君臣上下安於一隅，惡聞恢復之説。陳亮以一書生，猶數上書陳當世利害，欲以感悟孝宗，況陛下大一統之君，同符聖祖虚己求言、樂於聽受，顧(可)[何]詔下月餘而無一人竭忠盡愚，以塞陛下之清問哉！ 陛下不以臣妄愚不肖，賜之優容，俾臣得竟其説，條具數事以聞，此尤區區犬馬微忱，不勝大願，干犯天威，罪當萬死。臣謹言。

録自拙尊園叢稿卷一。

上穆宗毅皇帝第二書

廪貢生臣黎庶昌謹稽首頓首惶恐上言皇帝陛下：

臣頃者不自揆量，妄論世務，上瀆聖顔，干犯忌諱，退而席藁私室，以待雷霆之威。逮奉詔書，陛下匪惟不加譴責，曲賜優容，並諭命臣條晰其說。臣今者是竭忠盡愚以報上之日也。

臣聞自古天下有治人，無治法。孔子亦曰：『人存政舉。』治世之要，不出此兩言而已。得其人，則雖進今日爲三代也可；不得其人，則紛更擾亂，以圖一日之安，不能也。今天下大弊，臣愚前書已略具矣，臣不復贅，惟在陛下之因時變通而已。夫天下之變，無一定之局也，以無定之局而執一法以繩之，法終必至於窮，而於變仍無濟。運用之妙，又在存乎一心而已。陛下虛己求言，含宏若此，臣不敢不盡愚，謹遵聖訓，將臣愚前書所謂重守令之權，講取士之法，寬用賢之格，宏聽言之路，除宂官之害，罷開捐之途，去滿漢之閑，破律例之習，復鈔幣之法，修兵政之壞數事，有所見者，類具以聞。至於變而通之，神而明之，以創爲守之法，非區區愚臣所得而盡也。惟陛下垂意，則幸甚。

一、求賢爲今日第一義。應請將司馬光十科用人之目，頒之天下。倣漢舉賢良文學例，飭京外大吏四品以上，各舉所知，每歲依科省舉數人，不限以數，亦不得踰十人以上，務求慎重。無論山林隱逸，布衣搢紳，末僚下位，皆得被舉。由地方官給資入京，許馳驛。朝廷試以事，或如漢以鹽鐵發論，反覆詰難，能自理其說者，量才官之，彙效者不次超擢，毫無發明者放還。大吏無真知，聽其闒而不舉，如舉主係請託受賄，或參劾，或訪聞，與被舉者同坐罪。

一、軍功保舉，仍聽照常，惟當立之限制，嗣後非克復城池，不得入奏，一切勝仗，歸克復彙案保舉。保舉之格分三等，戰功爲上，助理軍饟者次之，防堵團練文案爲下。除戰功外，理饟防堵團練文案數者，非二三年不得敘功。保舉之人，必所辦之軍務平，始令其選缺赴任。如其人不在軍營，託情受賄保舉者坐罪，與上法同。

一、內而宰相、尚書、侍郎、都御史，外而總督、巡撫、布政使，或致仕，或遷調，或臨没，應許薦賢自代。

一、一省治亂係守令，天下治亂係督撫。督撫權重，尤宜擇人，應請嗣後勿以資格躋升，必擇素有功業，風節凜然者除授外，此守令、宰相、尚書、御史五者，亦不得拘以資格除授，慎重與督撫同，皆勿輕遷調，以責成效。

一、京官當用守令。今一二品大員，尚有自外召入者，三四品以下，悉由内放，並無外召。昔張九齡有言：『古者，刺史入爲三公，郎官出宰百里，致理之本，莫若重守令。凡不歷都督、刺史，雖有高第，不得任侍郎、列卿；不歷縣令，雖有善政，不得任臺郎給舍。』應請今後授官，京外並用。凡九卿科道之屬，許以守令，召入補授。

一、漢武帝從公孫宏之議，下至郡太守、卒史，皆用通一藝者。唐高宗初，詔諸司令史考滿者限試一經。宋孝宗時，臣僚亦言：吏事必歷而後知，人才必試而後見。爲縣令者必爲丞簿，爲郡守者必爲通判，爲監司者必爲郡守，故唐、宋以來，吏皆以進士爲之。今則不然，一切佐雜之屬，皆視爲俗吏，而吏真不可爲矣。應請稍重州判、縣丞等官資望，即以進士及舉人大挑，揀選拔貢爲之，考滿始升爲令。至翰林一途，明初爲修史而設。後定庶吉士之額，此途目爲清要。今則大者出即督撫，小亦府道，實啟浮競之風。應請今後庶吉士散館，轉爲部曹。若譔修國史及他文章論著，即以薦辟中之博通經史者爲之；或致仕之官有學問者，亦可充此選。

一、科舉取士，誠不可廢，惟今八比、小楷最空疏無謂。應請罷去，倣朱子議，第一場易、詩、書爲一科，三禮、大戴爲一科，三傳、爾雅、孝經爲一科，四子書爲一科，凡四科。科出經義一道，答義者先條舉注疏及後儒之説，既備，然後以『愚按』結之，曲暢其旨。其不條衆説，竟入己意者，雖通，不中格，有司不依章句截搭配題者，降級。第二場周、程、張、朱、陸爲一科，孫、吳武經爲一科，管、荀、老、莊、董、賈、揚、文中爲一科，國語、國策、史記、漢書、三國志爲一科，晉書、南北、隋唐、五代、宋、遼、金、元、明諸史爲一科，凡五科。子、史論五道。第三場，時務策三道爲一科，詩一首爲一科，凡二科三場，並用無軒輊。會試亦然。至取士之額，寬則人多倖進。應請今後鄉、會額減十之二，生員額減十之五，副榜悉裁。

一、府縣提學小試分爲四場，先經義二道，次子、史論二道，次時務策二道，次詩、賦各一道。至拔萃、優貢二途，尚有鄉舉里選遺意。應請嗣後飭提學專取品行識量，非此，雖稍有文采者，不入選。

一、殿試應請倣賢良文學、直言極諫等科，意策問當世大務，許其悉意敷陳，無所忌諱，勿拘以字迹。如有董仲舒、劉蕡、文天祥之才者，特旨再三策之，盡其所長。首舉以爲士林勸，朝考論、疏、詩如故。

一、絶學如曆算、樂律、測望、占候、火器、水利之屬，各設爲科，以附於鄉、會試後，不定額。有應者試之，果有發明，與舉人、進士一例進取。不能則罷，無則闕。

一、郡縣學官，毋得出自選除，應由郡縣公議，如書院例，請有學行者爲之。自布衣以至宰相之卸事者，皆可。其人有干清議，聽郡縣公易之。至大學祭酒，應選當世大儒，待以賓師之禮，其重如宰相等，或宰相、尚書退處爲之。入學讀書者，由廩生以上皆聽，勿用捐納，以端進始。教之必以經世大務及先王禮樂制度之屬，崇尚氣節，爲天下先，朝政缺失，許其直言。

一、開捐枉濫，名器不重，前書已具，而臣猶有説者。或四方奸宄，挾貲入京，借報捐爲名，與公卿大夫往來交接，訪聞中外密計，與賊暗通消息，未行而賊已知，此弊尤密。應請京外一律停止，以詔下之日爲斷。其已捐者聽。惟飭各省督撫量加澄汰，貪劣庸陋者陸續罷還鄉里，餘一體録用，有異績者仍不次超遷。

一、總督、按察使、道員、提督皆係宂官，官宂則費繁，而大者尤甚。應請裁官自此數項始，歲可省百萬之費。巡撫視如總督，布政使視如巡撫，兵刑、錢穀、驛務之屬，俱布政使總之，許照六部例，省併照磨經歷庫大使爲六科，掾科一人，以進士爲之。知府視如道，知縣視如府，州判、縣丞之屬，亦略重。提督則巡撫兼署，而總兵視如提督，副將以下，其權以次遞推。此外二品以下文武，酌裁十之二；六七品以下文武，酌裁十之三，則費省而事少矣。

一、今日貪取之風，膠固於人心而不可去者，以俸禄之薄而無以贍其用也。漢書言：王莽時，天下吏以不得俸禄，各因官職爲姦，受取賕賂，以自供給。唐楊綰爲相，承元載侈汰之後，欲變之以節儉，而先益百官之俸。宋太祖亦言：與其宂官而重費，不若省官而益俸。今請痛裁宂官，即以所裁宂官之俸薪養廉，加增於未裁之官，京、外一律，而於守令宜尤厚。然後衙門陋規，及一切節壽門包之屬，始行禁止。嗣後有奉法不力，貪鄙無狀者，按律治罪不貸。

一、宂官既裁，守令之權重，寬一切文法處分，使便宜行事，慎擇其人，與督撫等久任之，勿輕移調。凡有興革利弊，必令始終任其事。嚴定考課法，清廉不阿，肅清境内盜賊者，爲上； 修地利，崇學校，勸農桑，勤訊獄者，次之； 平穩無過失者，下。三年考績如此者，俱再任六年，如法考之。有爲士民愛戴如漢循良者，巡撫臚列事迹以奏，特旨褒嘉，崇其職而不遷。惟貪墨者隨時奏劾，立予罷斥，削職爲民。

一、用人之法，惟求其當。今國家滿、漢太分，是亦一弊。在朝廷大公黜陟，原屬無私，然如宰相、尚書、侍郎之屬，必曰滿幾缺，漢幾缺。科道以下無一不然。既存其名，卽不得泯其迹。應請今後凡滿、漢之名並列者，悉除去，不拘補授。滿人而當，悉用滿人不爲私； 漢人而當，悉用漢人不爲過。詩曰：『溥天之下，莫非王土，率土之濱，莫非王臣。』願化此畛域之見。

一、古無諫職，人人皆可以諫。設以官，而言路反隘。應請今後蕩除忌諱之禁。内官無大小，皆言； 外官由知府以上，許專摺論事； 武職斷自總兵而止； 州縣有陳民間疾苦者，許由知府上達； 士民陳大計者聽，亦不必應詔始言。言有可採，錄用施行。御史如故。

一、紓今日財富之困窮，宜莫如行鈔。製鈔一依舊制，惟分等不宜繁碎。應以五千貫、千貫、五百貫爲大鈔，百貫、五十貫爲中鈔，十貫、二貫爲小鈔。大中鈔裝潢成卷，小鈔亦裱糊，務極精好。大中鈔當會票之用，小鈔當錢票之用。二貫以下無鈔者，仍鑄精好制錢，以便流通之用，外以金玉、水晶、銀銅刻爲五印，命官掌之。大鈔鈐大印五，中鈔鈐中印五，小鈔鈐小印五。先行京師，以次頒於各省。布政使印記發各府，各府印記發各縣，各縣印記發錢莊，錢莊印記然後發行民間。期以三年通行，不必分畫疆界，此省之鈔可用於他省，此縣之鈔可用於他縣，令於通衢大邑設立辨鈔之人，以防作僞。民有誤用僞鈔者，不加罪，惟根究其作僞之人，斬之。私減鈔價者治罪，告僞鈔者賞。行鈔之始，必先重入。下令天下，凡錢糧關稅，悉皆收鈔，二貫以下收錢，勿畸輕畸重。以鈔爲母，錢爲子，子母相權，始能行之久遠。凡京外出入，非鈔勿納，務使鈔之在手，與現錢無異。鈔本卽計歲帑爲之，如歲入百萬之帑，卽可造百萬之鈔。鈔出之始，許民以銀易鈔。鈔既通行，始禁民間不得以銀爲幣。凡監造之官，制鈔之人，地方官奉行無弊者，量予議敘加級。頒行之時，明定則例，布告天下，不得有意輕重，亦不得格外勒索。行之既久，鈔有昏爛者，許解部焚毀。如此則無成色，無扣折，賫輕用便，破用銀之見而鈔無不可行矣。惟宜堅之以信，出之以斷，宜多行而不宜少行，宜久行而不宜暫行，宜必行而不宜試行，宜速行而不宜緩行。從前寶鈔之壞，由於民間得之者不能取銀，又不能交庫，價由是日賤，而各部各院及崇文門之領款者，俱不肯收鈔。頒發各省者，又沮以『不得搭解部庫』一語。其他關税，各處仍是取現銀買鈔解庫。後井田科案發，至有空紙易現銀之説，而寶鈔爲棄物矣。然今尚不至於全廢者，賴捐銅局搭收之故。今若行鈔，必追究已往之失，改易章程，不特今新制之鈔許行，卽寶鈔亦舉而行之，而民始信。民信而鈔行決矣。昔順治中嘗造鈔十二萬，後因充裕停止。陛下以同治建號行鈔，非法祖之一端乎！

一、營伍散漫，非聚不能成勁旅。應請倣于謙練十團營之意，籍天下正兵多少之數。其始以調防爲詞，合諸汛之兵，歸諸營汰之，上其籍於標；又合諸營之兵，歸諸標汰之，上其籍於督撫。督撫稽其數，酌量分駐於各州縣城池，以備調遣。如境内有搶劫盜賊，卽由守令調遣捕之，督撫留精壯數千，制爲一大營，領以將，置之居中要害之地，以備非常。小省以二萬五千人爲度，大省以三萬五千人爲度，南方卽以現募之勇充之。有大賊起或入境，督撫卽日征發起行，前驅以擊賊。於是營制合而無零星之弊，浮額裁而減軍費之需，計當無便於此者。

一、兵之强弱視乎將，將之應變不窮視乎帥，將才易得，帥則難其人。今之帶兵者，有總督，有巡撫，有欽差，有督辦，有幫辦，有團練大臣，有將軍、都統，有提督，其權皆相等，權多則不能合一，而意見紛歧，往往敗事。今以現有軍務省分計之，應請江蘇、安徽、浙、閩等省立一大帥，山東、河南、直隸、陝甘等省立一大帥，雲貴、四川立一大帥，其帥卽以應裁之，總督留三缺以處之。巡撫之屬，悉聽節制，或裁撤之，庶足以重事權而歸畫一。

一、京師東倚大海，西擁太行，北負長城，南顧河洛，誠天府之固，金湯之雄。然無事則尊居上游，有事則孤懸一角，非勁兵不足以資鎮衛。應請籍五城之兵，澄汰老弱，多則裁，少則募，無論滿、漢俱可充額。以二萬人制爲營，分屯五城，選膽識之將爲統領，晝則習技，夜則更番捕盜，並附近京畿一帶響馬，隨時襲擊，一有警急，召則立至。但須合五城之權於一人，而又勿拘以咨調之常格，有事徑報統領斯可耳。

一、八旗生計，舍屯田別無良策。臣按：嘉慶中富俊爲吉林將軍，奏屯雙城堡，分爲中左右三大屯。三屯之中，通爲百二十屯，每屯鑿井二，井給銀十八兩。每户窩棚銀四兩，每丁給三十晌，先開熟二十晌，五年徵糧二十石。移駐京旗，至時發給熟地十五晌，荒地五晌，通二十晌，餘十晌，荒熟各半，給屯丁三十户，京旗三十户。三大屯議移駐京旗三千户，每歲移駐二百户，願移者十月報部，次年正月起程，每户給裝銀三十兩，本旗津貼銀十五兩，車馬、耕牛、農具、籽種皆官給。到屯後，每户給屋四間，官爲之建。計移一户，不過在二百金。道光中行之，已有成效。後富俊又欲廣其法於伯都訥圍場，松筠亦請開養什牧及大淩河馬廠，俱不果行。近蔣奇齡亦稱東三省沃壤數千里，並獨石口外之興和、新平等城，熱河等處之閑田，與旗民贖産入官籍産，應請責成吉林將軍等官次第舉行，每歲移二三百户，誠一勞永逸之計。若果曠地衆多，並請將京師游民，擇就近地方，一律移徙，以宏生計。

一、八旗皆有駐防，駐防之外，不許寄居。應請今後開此禁，凡在外仕宦者，照商籍寄籍例，許其買業居住，在所住州縣呈明，編入旗籍。田土、命、盜諸務，照平民歸地方官經理，生子隨時呈報督撫，歲終咨部。願考試者，卽在所駐州縣一體應試。其願爲商賈者，照開墾例給資。隨其所之，惟於所在州縣呈明入籍。入籍後俱聽其自爲生理，官不復問。

一、外夷以奇技淫巧炫惑中國人士，人士向風。今請將中國服色，仿古五等之制，定爲品級，使公卿、大夫、士民到目可辨，則人有限制，華靡自抑。並洋貨使用，亦定爲品級，使與中國限制同。至中國從教之人，應取先王『屏之遠方，終身不齒』之義，令其照僧道、喇嘛等類例，卽服夷服以示區別。如此，不特可啟斯人愧恥之心，並可杜奸民冒充從教之弊。第舉行必由通商衙門移文外國總理，飭其一律下令，始不至漏網者多。區別既明，並應試亦嚴爲禁止。

一、外夷洋藥之禁甚嚴，中國反開此禁，陛下既冒不韙之名，徵收其稅，應請將此項稅例，重爲加增。稅增則價必昂，平民之吸食者，當不禁而自止，亦足以稍遏頽流。

以上各條，就臣妄愚之見所及敷陳，爲陛下獻，以備採擇。然此不過補苴之術，而非本之所在也。本之所在，得人而已。臣自恨閱事未到，窮理未深，知識未通，讀書未富，所言極知謭陋。然區區愚忱，惟願陛下開誠布公，以接賢豪，誠正修齊以端主極，集思廣益以收羣策，深謀遠覽以固本根，則我清室之隆，永永無極矣。臣無任瞻依闕廷，激切惶悚之至。

十月初八日，内閣奉上諭：『都察院代奏貢生黎庶昌條陳時務一摺，所稱「薦賢才，慎保舉，及殿試條陳時務」各等語，迭經降旨，諭令中外臣工薦舉賢員，並訪求山林隱逸之士，及軍營保舉明定章程，殿試策許敷陳時政，不得專取楷法，現在中外臣工薦舉賢才尚不乏人，而山林隱逸以及末秩下僚，或以德行，或以政事，或以文學，各擅所長，湮没不彰，甚爲可惜。允宜及時登用，以副闢門籲俊之典，著京外三品以上各員，並直省學政，悉心訪察，臚舉所長，咨調來京，候旨考試，視其器識，破格錄用，不得視爲具文。至各省孝廉方正，亟宜選舉，名實相副，不求聞知之人，著該督撫秉公薦舉，給咨來京候試，不準再涉遷延，虛應故事。軍營保舉，自上年明定章程後，本日復因嚴樹森之請停止記名藩臬，極爲妥協。黎庶昌所稱「分爲三等敘功，戰功爲上，理饟次之，防堵團練文案又次之。理饟、團練防堵文案，非二三年不準敘功保舉。各員俟軍務平後，始行選缺赴任」等語，尚屬可行，卽著各該軍營遵照辦理。貢士策問，著遵照本年三月間諭旨，準其敷陳政事，缺失毋庸避忌，並不準專取楷法，嗣後閲卷大臣務當悉心校閲，力挽頽風。其餘所稱京官兼用守令，以進士舉人爲佐雜，科舉罷用制藝，小試分爲四場，會試後附試絶學，教職由公舉，停止開捐，酌增廉俸，試行鈔法，改設營伍等條，是否可行，著各該衙門分别妥議具奏。欽此！』上諭：『前因貴州貢生黎庶昌條陳時務，由都察院衙門代奏，當經諭令該衙門轉飭該貢生，將應陳事件詳細具呈。兹據都察院據呈代奏，詳加批閲，其中雖有更改舊章，事多窒礙之處，間亦有可採擇，業經另行降旨施行，並交該衙門分别核議外，黎庶昌以邊省諸生，攄悃陳書，於時務尚見留心。方今延攬人才，如恐不及，黎庶昌著加恩以知縣用，發交曾國藩軍營差遣委用，以資造就。該員其勉圖實踐，用副殊恩。欽此！』

蒓老之上此疏，年甫二十有六。不第行文驅邁雄闊，格律精美，而當時利病，洞見症結，條分縷析，雖未能卽時一一採用，今又二十餘年，默觀大事改更，復有與條陳合者。

昔賈太傅之陳政事疏，諸葛武侯之隆中對，范文正之上宰相書，文信國公之殿試策，皆在二十及三十以内之年，多未曾出山，而天下之形勢，祖宗之成法，以及用人行政之得失，並所以整頓規畫之方，指陳周密，利害分明。賈生不幸，未竟其用；武侯、文正、信國三公，後來致身將相，實皆克踐其言。

世人動云『古今人不相及』。今讀蒓老此疏，真覺諸公去人不遠，平心而論，使諸公生於今日，所見所陳，恐亦無以有加。他日刊全集，宜以此疏冠諸首簡，以誌皇太后暨先皇帝特達之知，且以昭國朝諸名公未有之盛事焉。光緒十四年戊子冬十二月，桐城蕭穆謹識。

録自拙尊園叢稿卷一。

周以來十一書應立學官議

昔周衰，孔子自衛反魯，憂道不行，退而贊易，敘書，删詩，定禮、樂，修春秋，垂範百王，是爲六經，尊盛與道無極。樂經遭秦而闕，僅存其五。然而孔子没，門弟子各闡師説，曾子述孝經，游、夏之徒譔論語，左邱明、公羊、穀梁傳春秋，至戰國而有孟子，爾雅、禮記浸尤晚出。自是而七經、九經、十一經之名以立。及至孟蜀刻石成都，十三經遂著爲令。其於孔子所删定，固已增益其七八矣！唐雖以經升老子，而不久卽廢。南宋時，朱子作集注，始於戴記中摘出大學、中庸以配論語、孟子，題曰『四書』，詔學者讀書當自四書始。淳熙以降，翕然宗之。元皇慶中定制以四書試士。明代樂其易簡，因仍不革。學使者校藝，專以論、孟、學、庸發題，先四書而後五經，廢注疏而遵朱説，道術因之一變。我聖祖仁皇帝、高宗純皇帝深維其弊，力矯末流，詔譔七經傳説、彙纂、義疏等，頒諸學官，示天下以實事求是之旨，包舉漢、宋，不名一家。康熙、乾隆以還，巨儒雲興，經學由是盛絶。然所廢舉，亦祇系傳注之間，非於經外別立一書以崇配者也。

嘗謹按：國家自府、廳、州、縣學政校士，以及鄉、會試，雖以四子、五經垂教，舍是莫由進身，而私家誦讀，往往溢出令甲，頗有視爲不刊之典者。當周末時，莊子著書多寓言，然其指事類情，於諸子中最爲瑰放特出，陸德明釋文已列爲經，而作之音義。太史公稱『國風好色而不淫，小雅怨誹而不亂，離騷兼之。』王逸注楚辭，尊離騷曰經，朱子從而不廢，後世騷學、選學相因爲用。欲袪文章流別之僞，文選其最要矣。司馬遷史記究天人之際，通古今之變，其閎識孤懷，蓋未易幾也。班孟堅紀述漢事，斷代爲書，文字之淵源，經世之大法，粲然畢備。許叔重説文解字博奥精嚴，六藝遺文，賴以不墜，實軼爾雅一經之上，本朝蔚成絶學。儀禮十七篇，士禮雖存，頗闕王朝邦國舊典，欲觀後世帝王因襲之迹，惟杜氏通典、馬氏通考博要能通。通鑑上續左氏，事始三家分晉，體大而思精，言馴而不雜，則亦優視聖作矣。杜子美冠絶古今詩人，韓愈文章粹然，一出於正，其道自比孟子，使孔門用詩文二子者入室矣。校此數家之言，兼包大小，豈非文武道不墜地，在人卓然，俟聖不惑者哉！故其書之傳，遠者一二千歲，少亦七八百年，非有名爵利祿之資，然而歷世相承，誦習不絶，莫不飫其精深博篤，取用宏多，有以協人心。衆好之同，如饑渴飲食，不可一日離也。其視爲經，固已久矣。往者嘗與曾文正公討論羣籍，公獨以謂：子若莊子，辭若離騷，集若文選，史若兩司馬氏、班氏，小學若許氏，典章若杜氏、馬氏，詩文若子美杜氏、昌黎韓氏，所謂曠代命世大才也。躋其書以配經典，誰曰不宜？今以功令之所頒若彼，學士大夫之所誦習若此。記曰『入其國，其教可知也』。又曰『民之所好，好之。』

竊謂莊子以下十一書，宜因私家肄習，特爲崇異，立入學官，使列十三經後，以莊子次孟子，楚辭、文選、杜詩、韓文次毛詩，史記、漢書次尚書，通鑑次左氏，通典、文獻通考次三禮，説文次爾雅，各降一等，命曰『亞經』，俾天下人士益隆所習，咸馳鶩乎通儒，於以廣術興微，翼贊聖業，非復謏聞曲學之私，將樂與海内知言君子一平其議也。

録自拙尊園叢稿卷二。

圖畫章句三大儒遺像記

六經皆出於孔氏。自夫子在時，七十子之徒，各以所傳發聞於世。受易則子木矣，習書則子開矣，問樂則子貢矣，學禮、述孝經、受春秋則孺悲、曾參、左邱明矣。然惟子夏氏之儒博而能兼。詩有序，書有説，易與喪服有傳，樂雖無書，記乃得諸弟子魏文侯所述。文侯又爲孝經作傳。其於論語、爾雅，揚子雲、鄭康成皆以爲仲弓、游、夏等譔定，而春秋屬商傳業者公羊高、穀梁赤，則又其高第弟子也。六藝章句之興，實自子夏氏始。蓋夫子没，子夏以其學教授西河，身爲魏文侯師，年且八九十，巋然老師宿儒。及門人徒授受賡續，沿流益分，諸經或至曠闕，而詩學獨盛。六傳以至大毛公，漢興，猶未絶也。故徐防稱之曰：『詩、書、禮、樂定自孔氏，發明章句始於子夏。』不其然與！

漢踵秦火之餘，收拾遺經，春秋分爲五，詩分爲四，易有數家之傳，禮壞樂崩，書缺簡脱，自韓嬰、申培、后蒼、孟卿、膠東庸生、瑕邱江翁等號爲名德，始治兼經，東漢益衆，然皆莫能相通。至鄭康成氏出，凡易、書、詩、周官、儀禮、禮記、論語、孝經無不融會貫通，爲之箋注，而又尚書有贊，毛詩有譜，三禮有音，六藝、七政有論，禘祫有議，許慎五經異議有駁，臨孝存周禮有難，以至何休之春秋發墨守，箴膏肓，起廢疾，如此其勤也。小無不盡，大無不賅，子夏氏以還，可謂命世集大成之巨儒者矣。

朱熹氏奮於千載之下，其爲儒也，格致以明理，章句以治經，既傳易矣，又以費直合彖、象於經，不見文王、周公、孔子之遺，而又爲之本義書傳以屬門人蔡沈矣。而又别定古經，使人知伏生今文之舊；以孝經多附益也，於是爲之刊誤；以春秋爲皇帝王霸之書也，於是别出左氏經文。及纂通鑑綱目，事竊取之義，書法尤致兢兢。乞修三禮也，周官爲綱領，禮記爲義説，儀禮爲本經，具採注疏諸儒之説，而合大學、中庸於論、孟，尤以『章』句名篇，一守漢經師家法。雖毛詩之傳，論語、孟子之注，不盡遵用故訓，涵泳所安，自成爲一家言。大要與漢儒不合者，寡矣。自餘旁搜博紹，六藝之外，闡闢塗徑尤多。古韻之復萌芽於吴棫韻補，而詩傳引其端；古文尚書之譌，伏疑者七百年，而臨漳書後發其覆；離騷百代辭原也，病王逸之迂滯，而别注楚辭；韓愈文章之雄也，爲天下所歸，因譔韓文考異，無一不從訓詁中來。其於章句之學何如也？

世儒耳食目語，不究朱子研經宗漢之旨，而概以道學附之，不識康成整齊六藝之功，而反以訓詁少之，皆非博篤至論也。若子夏氏之發明，則更數典而易忘矣。六經之義，坦然明白，至今日而如日正中懸諸不刊之典矣，詎知夫皆天縱此三大儒者出，其絶地通天之力，以纘斯文於未喪，而其學皆自章句得之。夫下學則上達，章句明而後義理生，自然之驗也。余故圖其遺像，備朝夕警省，亦將終身焉從事斯語已耳！

録自拙尊園叢稿卷二。

讀三國志

吾觀陳壽之於諸葛孔明也，其猶七十子之服孔子乎！孔門籍弟子衆矣，而能善言德行者，獨稱宰我、子貢、有若爲智。宰我曰：『以予觀於夫子，賢於堯、舜遠矣。』子貢曰：『仲尼，日月也，猶天之不可階而升也。』有若曰：『出於其類，拔乎其萃，自生民以來未有盛於孔子也。』三子者之所以尊孔子若此！

壽譔三國志，書成於晋武帝泰始十年，上距蜀亡之歲，十有二年，距孔明卒已四十一年，故家文獻略無存者。古者，國必有史，而蜀乃無官，壽獨旁搜博紹，譔定故事，隨史表上，又採遺言軼行，散見於各志、傳中，凡士經孔明片語褒抑者，若等於春秋之嚴無不謹，而書之勤亦至矣。晉書以『應變將略非長』一語爲壽詬病，後遂從而和之不察。余讀諸葛氏集表而悲壽屈之深也。夫爲人臣而至於周公、召公，亦可以止矣。文章至於尚書謨誥亦可以無憾矣。壽之所以推重孔明者若此，而世猶以壽父參馬謖軍被罪，借私隙咎亮，曲致其文。嗚呼！亦見其爲淫詞之設而已。

孔子欲見南子，子路不悅，公山弗擾以費畔召，子欲往，子路曰：『末之也已，何必公山氏之之也。』然則謂子路貶孔子，可乎？孔明之伐魏也，以區區蜀漢一隅，而當曹魏三分有二之衆，夫人而知其艱危矣！彼孔明者，乃獨行其志而不悔，順萬世之心以爲公，申討賊之義以爲大，其志其事，雖與湯、武放弒同可也。夫湯、武之放弒，幸而其事之成也。孔明之伐魏，不幸而其事之未成也。然而湯、武之難易，不可與孔明同日而語。雖然，微壽良史直筆，孔明帝蜀之精神，亦不能曲傳諸千載後，皜如陽暴耳。吾故曰：『陳壽之於諸葛孔明也，其猶七十子之服孔子乎？』

録自拙尊園叢稿卷二。

何忠誠公編年紀略書後

往時，獨山莫友芝子偲譔黔詩，於邦人事搜討甚力，私怪何公忠誠爲有明一代臣節勁殿，其事蹟自史傳外，罕有能舉軼者。因就其家訪之，得公從孫琮編年紀略一卷，首尾完具，足補史氏闕遺。又因以考見全州、桂林兩大戰績，及主將招降不屈、從容盡節諸狀，曰：『噫，烈已！』子偲欲遂旁採他氏，爲年譜一書，遭黔亂，客游江淮，未竟也。

紀略成於康熙末年，距公成仁之歲已七八十年，其時忌諱之禁稍弛。迨乾隆中，詔修通鑑輯覽，史臣珥筆，一秉聖裁，書法至爲矜慎。輯覽所附三王事，凡書定者六，克者四十二，入者三，至者五，襲者一，平者三，圍者三，擊敗者二，攻者四，未嘗有言戰者。獨於攻全州也，曰騰蛟率焦璉、郝永忠、盧鼎、趙印選、胡一青五將，合力拒守，大戰全州城下。攻桂林也，曰騰蛟督焦璉、胡一青等分三門力戰拒守。於公之攻永州也，曰圍城三月，大小三十六戰，遂爲所陷。

是王師入關後，放兵南下，觸之者皆若焦熬投石已耳，獨公堅不可撼。使史公督師江上時，即已能如公之守全州、守桂林，則揚必不失，揚不失而金陵尚可有爲。否，或二公者易地以守，明之亡不亡，未可知也。晉畫守淮，決於肥水一戰；宋主和議，成於順昌、朱仙鎮兩捷。從古未有不戰而能自立者。孟子曰：『天時不如地利，地利不如人和。』如公之竭忠盡力，不得令展於江淮用武之地，至全州、桂林，則地利已失，以此挽回全局至難。吾於是不爲公惜，而爲明之用人惜也。廢興之際，雖曰天命，亦豈非人事措注有善不善哉？雖然，彼弘光者，又烏足以語是哉！

錄自拙尊園叢稿卷二。

書柈湖文錄後

有明歸熙甫善屬文，得太史公書趣，桐城望溪方氏稱之，姚郎中鼐又推望溪之說以尊歸氏，歸氏文由是大顯。然望溪爲文與熙甫絶不類，即姚氏亦不近似之也。

巴陵吳君南屏敏樹自少篤嗜熙甫文，嘗手纂成帙，公車攜入京。一時名流如梅伯言、朱伯韓、邵位西、王定甫輩聞而爭求之，以爲異。蓋是時天下方重姚氏學，以謂學子長必自歸氏始。而君伏處窮鄉，初固未嘗聞知也，其好熙甫文出於天性。及君自爲之，清縝往復，善談名理，亦瑣瑣喜道鄉曲事，聲音笑貌宛然一熙甫也，無町畦而動應繩墨，雖君亦不自知其然。所居曰鹿角市，濱臨湖陰。巴陵洞庭，極天下壯區處也。時時獨往來於君山，登九江樓，寄寫其邈漠無涯之思。天水漫濫，生世富貴貧賤，趣舍得喪，舉一不關於胸，宜其文之幽渺獨絶，稱是大湖也。爲人清夷和惠，即其文可想見之焉，況接其人乎？

同治戊辰歲，君來游江甯，年六十四矣。曾文正公客之幕府，與余及桐城吳摯甫汝綸、陽湖趙惠甫烈文三人者爲忘年交。君故善飲，每夕必得酒而後寐。一夕與客劇談，忽忘飲酒，客去，夜分向盡，索之厨下，不得。顧視牀頭有巨甕，命僕趣啟封，封涂膠，驟不可啟。君乃自持門撐擊剝之，其聲磌磌然。余遥與君戲語曰：『徐之，否者酒且迸矣！』良久，甕啟，持椀汲引。椀巨，甕又不可入，君益叫躍號呼，如渴驥將奔泠泉也。卒易盞斟酌之，乃已。翼日，相與大笑，以爲樂。其不滯於天機若此。

君歸，數年而卒。今讀柈湖文，余名在焉。慨然想望巴陵洞庭間遂無復有斯人，因書以誌感。光緒九年八月。

録自拙尊園叢稿卷二。

刻孫淮海先生督學文集序

吾黔僻在西南隅，自後漢時道真尹公從許慎、應奉受經書、圖緯，還教鄉里，以北學開南中之陋，仕至荆州刺史，歷有名德，惜無傳書。厥後土宇乖分，黔服陷於蠻夷，鬱千餘年不能振拔，遂無人焉能繼起，以昌明聖學、興起斯文爲己任者。

至明乃得文恭孫淮海先生。先生當明中世，傳陽明王氏之學於貴谿徐樾波石，卽能洞徹良知之弊，嗣又討論於蔣道林，其學以求仁爲宗，以誠意慎獨爲要，以盡人合天爲求仁之終始。其於成己成物，位育參贊，天人一體之原，心契微眇，温故知新，浩然自得。晚歲築學孔精舍以居，尤致精於易理。生平難進易退，不以依違徇人，亦不以激烈取異，匡君德，鑴巨璫，論革除，清國學，兢兢焉惟以維持風教，作育人才爲急務。物來順應，沛乎有餘，海内羣以名臣大儒歸之，可謂命世賢豪，不待文王而興者也。惜其身没之後，傳業無人，明史未爲立傳。雖有郭青螺表章於前，田山薑揚搉於後，而遺書湮晦，行蹟無存，三百年來通人學士，幾至不能舉其名氏，況於黔之後生小子乎？

先生之書，見於明史志者，淮海易譚四卷、律吕分解發明四卷、論學會編八卷、莊義要删十卷、學孔精舍彙稿十六卷。本朝四庫著録已少論學、莊義二種，而其散見於黔書理學傳及温純恭毅集、毛在遺稿序、黄虞稷千頃堂書目者，復有春秋節要、四書近語、左粹題評、教秦語録、雍論、學孔精舍續稿、道林先生粹言、教秦總録、歸來漫興等編。道光、咸豐中，獨山莫友芝子偲搜求邦故，竭數十年之力，僅得易譚四卷、四書近語六卷、左粹題評十二卷、教秦緒言一卷、幽心瑶草一卷、學孔精舍詩稿六卷，因爲先生立傳，詳載黔詩紀略中。光緒四年，子偲之弟祥芝彙刊爲文恭遺書，别輯雜文一卷，附於其後，餘皆不可復得。

今年夏，庶昌偶於日本友人中村正直家，獲先生督學文集四卷，取以與雜文校，增多八十餘篇，首末完備，雖不能復還彙稿舊觀，庶幾先生遺文粗具於是。乃舉而刻之，將使吾黔人士，由先生之書以推知先生志業，講明而昌大之，使聖學復明於時，又益知先生之文如星日之氣，歷久彌光，遲之三百年，猶於海外遇之，終不可磨滅。然則士之有志於聖，慨然以斯道自任者，可以興已！光緒十五年八月黎庶昌。

録自拙尊園叢稿卷二。

續古文辭類纂敘

右文四百四十九篇，總二十八卷，分上、中、下三編，皆以補姚氏姬傳古文辭類纂所未備也。

上編經、子。姚氏纂文之例，首斷自國策，不復上及六經，以云尊經。然觀其目次，每類必溯源經、子之所自來，雖不録猶録也。今次爲三卷，曰論辨，曰序跋，曰奏議，曰書説，曰詔令，曰傳狀，曰雜記，曰箴銘，曰頌贊，曰辭賦，曰哀祭，其爲類十有一。左氏敘事之文自爲一體，姚纂無類可傳，則取曾文正公經史百家雜鈔之目以入之，録敘記爲一卷，又别增典志一卷；典志亦雜鈔之目也。

中編曰史。姚氏纂文，不録史傳，其説以爲史多不可勝録。然推此義法類求之，馬、班而降，可讀之史蓋少。今録史記紀、傳、世家爲五卷，漢書紀、傳爲四卷。序跋、奏議、書説、詔令、辭賦、哀祭，姚纂所遺而尚有可頗采者爲一卷。三國志、五代史其書最爲馴雅有法，漢以后史之良也，取一二類著焉。通鑑法左氏，敘事體也。史之八書，漢之十志，皆典章國故，與周禮、儀禮全經同，録敘記爲一卷，典志爲一卷。

下編方、劉前後之文。『文無所謂古今，要趨於當』。

姚氏之論卓矣！而譔次方、劉文，或爲世儒所非，此方、劉文之不足以饜人意，姚氏無可議也。今依此例傅益之，使究一代之變。其爲類十有三：曰論辨，曰序跋，曰奏議，曰書説，曰贈序，曰傳狀，曰碑志，曰雜記，曰箴銘，曰頌贊，曰辭賦，曰哀祭，曰敘記，次爲十卷，無者姑闕焉，古文辭粗備於是矣。

文章之道，莫大乎與天下爲公，而非可用一人一家之私議。自劉向父子總七略，梁昭明太子集文選，而後先古文章始有所歸。宋歐陽氏表章韓愈，明茅順甫録八家，而後斯文之傳若有所屬。姚先生興於千載之後，獨持灼見，總括羣言，一一衡量其高下；銖黍之得，毫釐之失，皆辨析之，醇駁較然。由是古今之文章，謬悠殽亂，莫能折衷一是者，得姚先生而悉歸論定。即其所自造述，亦浸淫近復於古。然百餘年來，流風相師，傳嬗賡續，沿流而莫之止，遂有文敝道喪之患。至湘鄉曾文正公出，擴姚氏而大之，並功、德、言爲一塗；挈攬衆長，轢歸掩方，跨越百氏，將遂席兩漢而還之三代，使司馬遷、班固、韓愈、歐陽修之文絶而復續，豈非所謂豪傑之士，大雅不羣者哉！蓋自歐陽氏以來，一人而已！余今所論纂，其品藻次第，一以昔聞諸曾氏者述而録之。

曾氏之學蓋出於桐城，固知其與姚先生之旨合，而非廣己於不可畔岸也。循姚氏之説，屏棄六朝駢麗之習，以求所謂神理、氣味、格律、聲色者，法愈嚴而體愈尊。循曾氏之説，將盡取儒者之多識格物，博辨訓詁，一内諸雄奇萬變之中，以矯桐城末流虚車之飾。其道相資，無可偏廢，故既敘述略例，亦明夫不敢封己抱殘，守一先生家言，暖暖姝姝而私自悦以足也。然遂欲執塗之人而强同，則是又大惑已。

曩者余鈔此編成，客有示余長沙王先謙氏所譔續古文辭類纂刻本，命名與余適同，而體例實異。王選祇及方、劉以後人，文多至四百數十首；余纂加約本朝文纔二百四十餘，頗有溢出王選外者。而奏議、辭賦、敘記，則又王選所無。人心嗜好之殊，蓋雖强同，要之於姚氏無異趨也，後之君子，並覽觀焉。

唐以前史、漢並尊，自昌黎韓氏太史、子云、相如之論出，不及孟堅，而馬、班始有軒輊。其後柳子厚、李習之之倫祖述其言，遂若斯文之傳，孟堅擯不得與，此與以耳食何異？ 獨蘇明允稱之曰：遷、固雖以辭勝，然亦兼道與法而有之，時得仲尼遺意焉，而惜乎其少信從也。余謂子長網羅百代，孟堅紀述一朝，義法固自有當，未可執彼議此。且班書典雅宏贍，微特元、明人莫能爲，即唐、宋諸賢，昌黎而外，亦未有能幾之者。曾文正公略師班氏，其文規恢閎闊，遂崒然直躋兩漢，況進於此者邪？故今斷以馬、班、韓、歐爲百世不祧之宗云。

桐城宗派之説，流俗相沿，已踰百歲。其敝至於淺弱不振，爲有識者所譏。讀曾文正公暨吳南屏二家之書，斷斷之辯，自可以止。然工輸雖巧，不用規矩準繩，又可乎哉？ 本朝文章，其體實正自望溪方氏，至姚先生而辭始雅潔，至曾文正公始變化以臻於大。桐城之言，乃天下之至言也。昔孔子論文，義主修辭，而以立誠爲本。昌黎韓氏則曰：『沈浸醲鬱，含英咀華。』未有辭不工且雄而文能造其極者！ 余今所論纂，博觀慎取，蓋亦有年； 凡神理、氣味、格律、聲色有一不備者，文雖佳，不入。望溪方氏致力於史、漢獨深，其讀史書後各篇，多足闡發馬、班義理，頗取以綴諸傳之後。

道光初，興縣康撫軍刻姚氏古文辭類纂，本有畫段圈點。後數年，吳啟昌重刻於江甯，以爲近乎時藝，用姚先生命去之。然觀先生答徐季雅書，不又有圈點啟發人意愈解説之言乎？ 余以後世之變，何所不有？ 自秦燔詩、書而漢儒有章句之學；自劉向校書而後儒有校讎之學；宋、元、明以來品藻詩文，或加丹黃，判別高下，於是有評點之學；本朝以經藝試士，科場定例，又有點句句股之學，皆因時適變，涂轍百出不窮。今悉采而用之，不得以古之所無，非今之所有。傳曰：『法後王』。謂其近己而俗變相類也，吾又何疑焉！

古人選文，不錄生存，杜標榜也。余意不然，文章優劣，如人之有妍媸美惡，觸目自見，匪一人之力所能私。姚先生以乾隆四十年出都，數見劉海峯於樅陽，其纂次古文辭時，海峯尚存也。余論本朝之文，蓋至咸、同間而極盛，錄者尤多。自曾文正、吳南屏、鄭子尹而下，其人大都生平所親炙，否則亦其與接者也。武昌張廉卿、桐城吳摯甫，夙所嚴憚，無錫薛叔耘，頗與去聲商訂此編，桐城蕭穆敬甫，雖未録其文，而匡諍啟發，裨助宏多，皆孔子所謂益友也。嗚呼！文章經國之大業，不朽之盛事。世有直諒多聞，引繩墨以糾余不逮者，禱祀求之矣！

光緒十五年秋九月，遵義黎庶昌蒓齋敘。

録自拙尊園叢稿卷二。

答趙仲瑩書

仲瑩仁兄世大人閣下：秋初，接到三月廿二日手函，會僕有西京、大阪之游，卒卒未報，頃夏子猷至，又奉九月既望惠書，并拜川墨之賜，藉審文翰餘暇，博覽羣編，用爲身心之助。甚休！甚休！

京師學問海也，亦利祿之所從出，非豪傑之士，卓然有以自命者居之，鮮不馳騖聲華，咻於衆俗，而莫能振拔。以仲瑩今日居地，自世俗言之，依日月之末光，據清華之要選。所與游處，又皆賢公卿大夫之有氣力者，稱古今而譽盛美，誰不謂宜！而來書深自謙抑，勤勤下問，若歉然有不足於中，而樂取人善，以自廣益，此其用心，固賢人君子之所難能。而僕乃私喜草木臭味之不遠者也，雖鄙陋無狀，敢不竭愚以爲高明之助！

竊以爲本朝學問，義理、考據、辭章三端，至今日而塗轍大明，皆可尋求而自致。然書籍浩博，畢世不能殫其業，若不循持要領而泛泛以求，則恐舍本逐末，遺精得粗，寶碔砆而棄珠玉，必有誤用其精力者矣。夫六經之當諷味，盡人而知之矣。六經之外，余謂有可讀與經等者。於子則取老、莊、荀、周、程、張、朱，於史則取兩司馬、班氏，於集則取文選、韓、歐陽。合此十餘家之書，窮原竟委，熟讀而深思，長吟而詠歎，久之，必有如杜元凱所謂『江海之浸，膏澤之潤，涣然冰釋，怡然理順』者，其他則供流覽而已。況此十餘家之中，亦有不必盡記誦者乎。本朝人喜言考據，然其學在今日實已枝搜節解，幾無賸義可尋，騖而不已，誠不免於破碎害道之譏。惟獨文章一事，余意以爲尚留未盡之境，以待後人，而因文見道之説，僕尤篤信不惑，何也？蓋文以載道，周子固嘗言之也。古之善爲文，莫盛於司馬遷、班固、韓愈、歐陽修。韓、歐之文，世頗以道歸之矣，而馬、班則未也。獨蘇明允稱之曰：『遷、固雖以辭勝，然亦兼道與法而有之，時得仲尼遺意焉。』望溪方氏推尊子長，曾文正公則兼及班氏，謂其經世之典，六藝之旨，文字之源，幽明之情狀，粲然大備，是豈逐世俗爲毁譽哉！故僕近者妄有古文辭類纂之續，於史、漢所選獨多，欲以踵姚氏義法後。

閣下苟無意於文則已，若有志於此，異日取吾書而讀之，以求合乎桐城之法，與宋儒者不悖之言，其於因文見道一説，將深造而有得也。夫道與文並至者，孔、孟是也。下此見道有淺深，言道有醇駁，而皆由文字悟入，則自漢、唐以來，無或異也。天地之運，積久必變，以故夏尚忠，商尚質，周尚文。三王之道若循環。今天下似亦考據將衰之時也，救敝之術，莫若古文。斯文廢興，蓋有天命。僕既自朂勉，亦以進於閣下，願負荷無忽。有不當，希更往復，惟亮詧。不宣。庶昌頓首。

録自拙尊園叢稿卷二。

答李勉林觀察書

辱書蒙誨以所不及，勉以無自菲薄之道，非甚見愛，誰肯爲言此？雖然，第以僕前書云云爲有所憤嫉，則實不然。庶昌方十七八歲時，讀古人之書，即知慕古人之爲，思以瑰偉奇特之行，震襮乎一世，故年二十六而應詔上書言事，頗自傅於蘇子瞻、陳同甫一流。二十七而從軍江皖，三十四而綰符治縣，四十而奉使出洋，今十五年於茲矣。中間自奉諱外，未嘗一日歸休於家。其非無意用世，欲以肥遯自高甚明，然而行能有進、有不進者，各人所遭之勢異也。曩者嘗從事曾文正公矣，亦又周旋於李傅相、丁文誠二公之間。

方同治初年，將帥聯翩誅討叛逆，庶昌皆躬與其會。當是時也，彙徵如拔茅，求材若拾遺，不以此時與羣賢馳鶩並進，而乃欲於垂白就衰之年，芸芸不已，斯亦徒見其惑矣。古之人量而後入，不入而後量。如僕今日所處，已非量入之義。使臣一役，歉猶有所難勝，況更踰分干進，以覬巨艱之任乎？脱不如是而從俗，俛仰庸庸循循，相與競爭於蒙昧之中，使人熒而失守，又非愚拙所安也！二者俱無所處計，惟卷懷以退，然後可葆吾真而全吾志。與閣下交三十年，其視僕肝膽，豈不然哉！

且吾聞之，君子之仕也，將以行道驗所學而已。道足以拯天下，雖皇皇日求登進，而賢哲不以爲。非學足以究天人，雖汲汲以赴功名，而反躬不以自恥，無他，爲有所濟也。故曰：隱居以求其志，行義以達其道，窮則獨善其身，達則兼善天下。道如是，是亦足矣，而或邂逅不如志，雖聖賢不能違道，希遇必有説以處之，故又曰：用之則行，舍之則藏，不知命，無以爲。君子誠知命之繫於天，而一不由乎己。得其時，則行爲禹、皋，爲伊、吕可也；不得其時，則藏爲孔、顔，爲孟、荀可也。卽或行或藏，而處於時不時之間，爲柳下惠，爲令尹子文，亦可也。其行也，衆民廣土，不見爲有餘；其藏也，獨寐寤言，不形其不足。古之君子，惟能究極乎此，而無願乎其外，故安命樂天，無入而不自得。孟子所以稱禹、稷、顔回同道也，推孟氏之義，豈惟世俗所謂富貴功名者不足道，卽叔孫豹三不朽之説，功與言，抑其末矣！達乎人之謂道，修於身之謂德，崇其德之謂學，事誠一貫，君子亦惟修德已耳。後世習尚，雖大遠於古，然名世如諸葛孔明、司馬君實、范希文、歐陽永叔、王陽明、湯潛庵、曾文正公諸賢，猶庶幾乎此詣此旨，夫豈以進退得失爲有餘不足哉！

庶昌讀書雖陋，頃歲以來，頗以聖賢知命之學，默自體勘，若有所契於心，故於得喪一塗，不甚措念，冀幸有聞道之日，非果懷抱鬱鬱而爲是不平之論，輕世肆志以取快也。遠承教督，不獲面譚，書以悉臆，伏惟亮督。不宣。庶昌頓首。

録自拙尊園叢稿卷二。

楊性農先生重赴鹿鳴燕序

並吾之世，居洞庭湖東西，而以古文名重天下者二人，曰柈湖老人巴陵吳南屏敏樹、武陵楊先生彝珍性農。往者，同治戊辰之歲，庶昌從事曾文正公幕府，適吳先生來游金陵，文正客之幕中，獲與游處，譚藝甚洽。吳先生顧不以晚進少我，遂訂爲忘年交。先生則自在家，時卽讀其移芝室集，欽企先於柈湖，後亦就通音問。而先生道德高，雖居武陵，嘗卜築郊外之方家沖，屏處不入城市，無緣得見。光緒十一年，庶昌奉諱自日本還黔，道經常德，以爲必可一遂瞻謁，適會先生不在，斬焉衰經之中，迫從奔星，又不及見。然先生固嘗枉書下交也。

吳先生之文，由歸熙甫以希風子長，非筆墨町畦所能囿，沖夷澹蕩，得洞庭之清。先生之文，浸淫唐、宋，不名一家，如沅、潕會流，納衆派之水，排崖激埼，宛潭膠盭，至洞庭而一放，皆天下極觀也。先生之不仕，高尚其志，與吳先生同；著書之多，以古文名世，亦同。其集亦皆播行於世，士論定久矣。吳先生不幸前喪，獨今先生尚存。年登耄耋，德業猶日進不已。自古文章盛衰，與時高下。方唐之中世，遭值安、史播孼，肅、代而降，繼體撻伐，號爲中興，而韓愈、柳宗元、李翺、皇甫湜之徒，遂起於貞元、元和間，戛然修復於古，唐之文章，一變至道。及我朝咸、同，兵事起，翦叛誅暴，武威之震邁絶唐室，而文章亦極盛於此。時曾文正公挈其衰，先生與梓湖諸人昌其術，豈非天之爲哉！抑何古今事勢之累迹也！

先生以道光壬辰恩科舉於鄉，至光緒十七年辛卯正科，歲值周甲。國家行事例，得重燕鹿鳴。此非直湖湘士大夫之慶，實誦先生文者所當共慶。庶昌又辱先生知，不可無言以稱休典，於是獨論先生文之有關運會者，綴爲式燕之辭以祝，使當工歌鹿鳴、笙簧鼓吹之際，取而閲之，未必不忻然進一觴也。是爲序。遵義黎庶昌。

録自拙尊園叢稿卷二。

章子和墓誌銘

君諱永康，字子和，別號瑟廬，大定章氏。由拔貢生中咸豐元年舉人，癸丑成進士，改翰林院庶吉士，散館再改中書，升侍讀。曾祖某，祖某。考首乾，妣某氏、諶氏，母謝氏，以君貴贈某官某封。始贈君前妻生永孚，永孚母卒，繼取諶，歸未幾，而贈君逝。君庶出也。生而失父，及期，母謝亦卒，於是二子者皆育於諶，撫養教誨，迄於成人。而諶故無出，君子以謂諶母所爲，極天下婦行之難能矣。其後君貴，諶又謝世，君思母教不忘，命工作機聲鐙影圖以志哀，一時題詠甚廣。君子又以是賢君也。

君爲人頎身玉貌，雅度温温，所居錦茵繡幕，狀類婦人女子。初入翰林，年二十餘，名譽藉甚。及改官中書，非意所樂。當是時，海疆多故，君居京師，與名流數輩悲歌擊筑，侘傺傷懷，嘗要今中丞南皮張公之洞賦行路難古樂府十餘章，詭切時事，微顯志晦，深文隱蔚，進乎春秋。其友涇縣吴承修讀之歎曰：『子和肝膽，皆芬也。』黔本山國，大定尤處萬山之交，僻陋在夷，世鮮名達。君出而天才綿麗，冠絶時流，有騷人之遺風焉。夫其性情悱惻，牢愁悲思，則楚臣屈原之所爲惓惓君國也。人才不擇地而生，如君固天地清淑所特鍾，而非一隅一世之有矣。君以咸豐十年冬出京，其兄方官江西知縣，道往省之，還黔數年，將改官知府，分發補用，已治行矣。會黄號賊陷大定，倉卒及難死焉。同治三年十一月十六日也。春秋三十有幾。

君死，屍卒不獲，大吏亦未具其事上聞。余聞而悲君數之奇，謀輯所爲詩歌傳世。吴君承修搜得君詩四十餘首，詞數首，介其鄉人洪都轉汝奎詒余刻之，光緒元年攜至荷花池釐局勘定，録副未竟，局燬於火，稿失大半，僅存者行路難樂府而已。君之厄乃至於是邪！蒼蒼者，其果有知邪？果無知邪？吾不能名矣。

君無屍，宜具衣冠葬。配某氏，子某某。銘曰：

水西孤城如斗大，惟黔采風等自鄶。藐姑仙子真天人，起家孝秀無等倫。威鳳不翔豈其志？翦爲國殤天亦瘝！請陳俛詩行路難，化爲碧血千萬年。

録自拙尊園叢稿卷二。

先兄魯新墓誌銘

同治四年正月，先兄魯新以書抵余金陵，寄所刊詩詞，命爲覆審，且曰：『吾困於病久矣，吾貧益甚，歲暮，單褐不完，妻子有饑色。然皆不一累心者，以古人差足與娱也。』庶昌發書歎息，謀迎致之江南，使發半道，而兄卒於家。其年九月，仲兄赴告我於徐州，庶昌爲位以哭。時軍事方急，未卽銘。後遂閲十九年，始克敘，藏諸墓。

兄諱庶燾，字魯新，別號篠庭。遵義黎氏。曾祖諱正訓，歲貢生，妣鄒氏。祖諱安理，以舉人官山東長山知縣，妣楊氏。考爲開州訓導，諱愷，妣張氏，母氏吴，生子四，兄於次長也。生十六歲，我君卒官開州，仲未成童，季者纔二歲耳。既痛父没，煢煢在疚，又傷諸弟孤露，無與成立，乃遽發憤强起，求爲人先。自其時卽已岸然旌異，迨後八九歲，家居讀書益力，志凛凛抗古矣。每有述作，輒就諸弟與相違覆，剖瑕摘舋，辨析毫釐，交訟互褒，董勸並進，兄弟間自爲師友儼如也。中咸豐辛亥鄉試舉人，踰年，仲兄庶蕃亦舉於鄉，計偕北上，至鎮遠之潕水，以疾作，不能前。歸而大困，得反胃之證，不良飲食，一歲中瀕死者數矣。兄曰：『窮於天者，吾不得而爭之矣！千秋之業在人者，吾何敢讓？』於是蠲棄萬慮，一從事於詩，以鳴其坎壈不平之氣。自世所尊漢、唐以來能詩者之説之法，靡不涵茹錯綜以適厥旨，課迹責音，振華挹髓，與古大翫，故其爲詩，屏去窕曼，鏤腸鐲胃，冥索章句，形神寂漻，辟邪觝巇，密栗氣清，規規然務合繩削而始止也。卒存詩曰慕耕草堂者三卷，曰依硯齋者四卷，别有琴洲詞二卷。嗟乎！君子疾没世而名不稱，以窮若彼，以成若此，其在我，豈不碻然信券著哉！而説者曰：自古通人哲士，肩項相望，雖顔氏之聖，不得夫子而名不彰；揚雄氏著書，渾渾近古，知之者獨一侯芭、桓譚而已，劉歆猶以爲無禄利而空苦，況區區文字淺末，操術眇小，世又不常有芭、譚其人，而求索諸杳冥不可知之天。然則兄所持以爲千秋者，其果足恃焉否邪？

抑又悲已！病凡十四年，中間遘亂者十二年，困臥顛沛之中，未嘗一日去書，誦聲琅然，恒達旦不息。其卒，當同治四年乙丑二月十九日，春秋三十有九。將卒之前月，舊疾益篤，水漿不能咽，形瘐骨瘵，顫顫柴立，無復人理。臨絶，適湄潭黄號賊大至，環攻我禹門寺寨，飛礮及其榻，家人倉皇棺斂，卽厝宅南坎下。明年九月十四日，仲兄卜兆於姚家巷水井堡之陽，葬之。既葬踰年，庶昌歸自河南曾文正公軍，省兄之墓，宿草在目，欲尋昔日之謦欬，而已邈然不可復聞已。追維夙命，負疚孔多，人能宏道，末如命何！其詩詞刻者，將别爲删定以行。配楊氏，妾駱氏。子尹頤，幼殤；尹融，光緒庚辰科進士，簽發吉林，卽用知縣；女一，未字，殤。銘曰：

厄於身，昌者詩。畀以名，靳厥施。彼蒼蒼，實爲之。久而定，來者知。訊異世，爲此辭。

録自拙尊園叢稿卷二。

鄭徵君墓表

先生諱珍，字子尹，晚號柴翁，姓鄭氏。其先吉水人，七世祖益顯爲劉綎部將，以明萬曆庚子從平播，綎班師，被論回衛，益顯領舊兵屯防水煙，遂爲遵義人。曾祖某。祖學山，縣學生員。考文清。兩世精醫，衍德於術。妣氏黎，余姑也。

先生自幼精力之過絶人，寓目輒能記誦。余世父雪樓公以憂歸自桐鄉，多蓄典籍，先生以甥行學於舅家，悉令鼓篋讀之，恒達旦夕，肘不離案，衣不解帶。數年而學以大明。道光五年選拔貢生，受知於歙縣程侍郎恩澤。侍郎詔之曰：『爲學不先識字，何以讀三代、秦、漢之書？』先生大感悟，益進求諸聲音、文字之原，與古宫室、冠服、車輿之制。方是時，海内崇尚考據，名曰漢學，從者波靡。先生師承其説，實事求是，不立異，不苟同，卽已洞知諸儒者之弊，治經宗漢，析理尊宋。踰二年，復從侍郎於湖南，歸而與府教授莫猶人先生游，益得與聞國朝六七鉅儒宗旨，久之經術益大涵肆，莫可殫詰。

先生之爲學，其孤詣有可得而言者矣。其初，實致力於許、鄭二家之書，以爲不明傳、注，則經不能通；不明訓詁，則傳、注不可得而讀。其於康成、叔重，信之惟恐不篤，尊寵之惟恐不及。既治三反，苟有惑，則發憤潭思，又不合，則羣綜諸儒之説，旁參曲證，必求一得當程、朱氏之義理而後已。如是者積三十餘年，而先生之於三禮、六書，乃始渙然怡然矣。蓋經莫難讀於儀禮，昏、喪尤人道之至重，則爲儀禮私箋；古制莫晦於考工，則爲輪輿私箋、鳧氏圖説；小學莫尊於説文，以段玉裁、嚴可均二家之説綦備，則爲説文逸字及説文新附考；奇字莫詳於郭忠恕汗簡，而謬俗實多，則爲汗簡箋正；漢學莫盛於康成，則爲鄭學録。每勘一疑，獻一義，刊漏裁誣，卓然俟聖而不惑，斯亦天下之神勇也。

先生嘗以謂遵義漢牂柯地，自郡人尹珍從許慎、應奉授經書、圖緯，教授南域，後遂無有經術發聞者，於是毅然以道真自命，故學成而先生褎然爲西南巨儒。以道光十七年丁酉舉於鄉，甲辰大挑二等，凡三爲校官，最後補荔波縣訓導。適狝夷作亂，大舉攻城，縣令蔣嘉穀病不能視事，先生募南丹廠工三百人，署以軍政，縋城出擊，斬馘甚衆，城賴以完。未幾，遂棄其官以歸。

先是，先生自得鄉舉，後即已厭薄仕進，惟從政於門内甚謹。存則授几授杖，以至視形聽聲，無不致敬以勉於分所當爲；没則附身附棺，以至繼志述事，無不盡慎以達乎心之所安。晚歲經營子午山廬於墓次，將浩然自得以終，不復與聞人間事。同治二年癸亥，乃用大臣密薦，詔赴江蘇，以知縣補用，未行，而口疾作，遂以甲子九月十七日終於家。春秋五十有九，配余從姊黎孺人。子一，知同；女子二人。孫男幾人，孫女幾人。

先生之學，鴻肆而核辯，經術所不能盡者，益播爲詩古文辭以昌大之，瓌奇孤邈，力闢陳常，論者以爲漢學家所未有。譔著之書已刊行者儀禮私箋八卷、輪輿私箋二卷、説文逸字二卷、説文新附考六卷、汗簡箋正八卷、鄭學録四卷、巢經巢經説一卷、巢經巢詩鈔九卷、樗繭譜一卷、母教録一卷，未刊者有考工鳧氏圖説、説隸親屬記、老子注、世系一綫圖、巢經巢文鈔、無欲齋詩注，凡若干卷，而遵義府志、播雅兩書，尤爲邦人文獻所繫。往者，吾讀國史儒林傳，見高宗純皇帝崇尚儒術，於時顧棟高、梁錫璵等皆以經明學粹下詔褒許，列於册首。如先生者，内而懿行集於身，外而經術顯於衆，以視棟高諸人，孰爲優劣，未易遽定。其可與於儒林邪？抑猶未邪？將以俟諸知言君子。

録自拙尊園叢稿卷二。

翰林院典簿胡君墓表

光緒十年八月十一日，翰林院典簿黎平胡君卒，年六十七。明年五月十六日葬某里某山。君諱長新，字銘三，獨山莫友芝别字曰『子何』而爲之説，遂以子何行。道光丙午舉人，丁未進士，即用江蘇知縣。賓客有賀者，君曰：『勿爾，吾未自信未可出而仕也。且母老，不宜遠行，又奚爲？』於江蘇立請改教職，得貴陽府教授。一年，丁母憂，服除，選銅仁府教授，未行，郡守留襄軍務。苗匪圍黎平，如楚乞師，事定，乃之任。以功保國子監學正，加五品銜。提督學政韋業祥又以『端介可風』薦升翰林院典簿，不樂赴，病免，歸掌黎陽書院。在銅仁十年，而黎平尤久，先後凡十五年。

君之學蓋自知恥始，其程已以宋五子爲侯的，以經史爲衡繩，以小學爲羽翼。於並世人師鄭珍、莫友芝，友黎兆勳、莫庭芝，獨其徒未嘗有聞。然而銅仁之人曰：『胡先生教人，能使愚者明，惰者起，頑者革，今之胡湖州也。』黎平之人曰：『胡先生律嚴而道尊，言動而躬隨，今之石徂徠、孫泰山也。』其於忠孝、節義、禮讓、廉恥，若出天性，皇皇動圖，無日時不然，無事不然，不可一節名也。

曾祖世範，歲貢生，銅仁訓導。祖榮，增廣生。考秉鈞，嘉慶乙丑進士，河南扶溝縣知縣，因事降改教職，授遵義訓導。娶劉氏，子一，生同，所著書曰籀經堂集。君葬四年而墓未有表，黎庶昌曰：古者，賢士有易名。今謚不下行，道何由光？君執德秉貞，碻然自守，始末不渝。若用昌黎韓愈銘孟貞曜故事，取學政語，謚曰『端介先生』，具列諸石，則君之生平行誼，不待户説，皆明白且行遠矣。以書播告士林，咸曰『宜』。光緒十四年正月表。

録自拙尊園叢稿卷二。

工部侍郎石公神道碑銘

同治未改元之歲，天子既黜八大臣不用，誅鉏姦慝，思擢一二貞亮守死之臣以風示有位，於是超拜天津知府石公爲順天府尹。詔曰：『近年吏治廢弛，封疆大吏以奔走逢迎者爲能，其悃愊無華者，往往目爲迂拙，未列上考。昨已超擢天津知府石贊清爲順天府府尹，俾資觀感而樹風聲。』天下翕然，頌帝德知人也。

先是，咸豐十年八月，西洋英、法兩國以條約不諧故合寇天津，吏民駭散，總督以下官多受辱。公時爲知府四年，私念空城徒死無益，不若徑往赴敵，卽單車抵英酋所，陳説大義，諭以我朝神武，宜速罷兵議和，毋自取覆盭。慷慨而談，顔色不變。英酋雖未卽聽，然心敬中國有人矣。既而以五百人劫質南營，公卽倔强嫚罵，時時引手搏頸曰：『速殺我，取吾頭去。』酋益敬禮有加，爲具食，不肯食，進酒不肯飲，勺水不入口者三日。酋皆私竊自謂此大皇帝忠臣，不可屈，宜還之。而天津士民數十萬人復集，日夜環奏輪舟，距躍讙譸曰：『還我石父母來！』於是英人羅拜送出，戒其部勿得侵擾百姓，以敬石大人。郡界肅然，莫敢犯者。兩宫太后聞而嘉之，詔軍機處記名，以道員請旨簡放。蓋公之以忠節受上知事如此。

公諱贊清，字次皋，一字襄臣，貴筑石氏。道光戊戌進士，直隸卽用知縣，補阜城，署獻縣、正定、盧龍知縣，大計卓異，升蘆臺撫民通判，署永定河北岸同知，升順天府治，中署通永道、霸昌道，補天津知府。同治元年，以府尹兼署刑部右侍郎，迭充辛酉科舉人覆試閲卷大臣，壬戌科會試搜檢大臣，順天鄉試監臨官，稽察右翼覺羅學，九月補授直隸布政使。二年，調湖南布政使。三年，奉旨祭告南嶽。四年，護理湖南巡撫。五年，召入爲太常寺卿，稽察左翼覺羅學，轉宗人府府丞。六年，補授都察院左副都御史，再補工部右侍郎。時黔省賊氛延蔓，糜爛幾不可收拾，公先後條奏，請促川、楚合力進兵，又請飭裁撤湘勇，移饟接濟。議下三省督撫施行，厥後黔亂卒由此定，從公言也。而直隸遭旱大饑，三口通商大臣崇厚又舉公籌辦全省荒政，謂可獨任其難。朝廷方虛心倚任，未幾而公遘嗌疾。八年，益甚，請告開缺，不帀月，卒於京師。春秋六十有幾。曾祖某。祖某。考某。祖、考皆贈資政大夫、工部右侍郎。妣某某氏皆封夫人，配某夫人。無子，以從子承霖嗣。某年月日歸葬貴築北郊紅邊里吉宅壩之陽。

公由縣令敭歷中外三十餘年，皆以清正愛民著稱。而天津治績尤異，百姓歌之曰：『爲國爲民天津府，剛毅不撓胸有主。』及海疆變起，羣吏望風解竄，公獨以二千石守死自效，不爲外侮所屈辱，天下高其節，競以比漢典屬國蘇武云。今公没二十年，墓道之文未具，庶昌深恐遺事湮軼，後無復能言者，乃表公大節於阡，而别綴他行誼聲諸銘詩，使並有考。銘曰：

擾擾羣生，孰能無死？泰山鴻毛，惟其所止。止而得所，死則死耳。求死如飴，時或不死。大節炳完，如石公是。公之爲政，學道愛人。輔仁造士，羣彦莘振。釐剔姦拐，平市米銀。令行禁肅，化暨海濱。公之聽斷，老吏若神。曰石一堂，民自不冤。潞河漫漫，郡爲冲壑。公日不遑，殫求民瘼。露籲風梳，隄卑埝薄。導水歸流，民迺反作。公事上官，不爲跛骫。直道而行，仕已任彼。坦懷率真，亦厭苛禮。御吏如奴，視民猶子。雅善談説，名論波起。雜以詼謿，粲花齊委。文章游藝，飣餖一編。厝堂香屑，誰與後先？天機雲錦，儷巧組妍。風雅道變，極於是焉。紅邊郭外，踰越阡陌。攢峯之阿，吉壤所宅。天實留此，永奠公魄。刻銘表忠，用載史筆。

録自拙尊園叢稿卷二。

趙剛節公神道碑銘

公諱德光，字輝堂，郎岱張氏。少隸提督趙德昌戲下，數從征伐，冒姓趙，有大功於黔，黔之人皆樂稱趙氏，遂不復改。

黔亂之興，至同治五六年而極，公嘗以孤軍枝柱省垣，蔽翼三府七州十一廳縣之地，勇冠三軍，所向無敵，中外皆以名將目之，公亦自以討賊爲己任也。咸豐六年，始由勇丁征勦雲南回匪，積功保六品軍功藍翎。八年，雲貴總督吴振棫飭令回黔，勦匪於平越一帶，以千總拔補，賞五品頂戴。十年，克復修文縣城，擢都司，賞換花翎。苗匪踞獨山州城，攻拔之，北徇下羊場、巴香，直抵清水江，削平四十餘壘。明年破賊沙潭江口，再捷於主戎山，威名由是漸起，賞豪勇巴圖魯名號。

同治元年，進攻王卡。王卡者，在清水江外，賊之老巢也。山箐深峭，公得降人，詗知賊以腰蘿溪、新寨巖爲門户，旁則花巖、梯子巖，間道走蘿溪。公分軍塞其旁，別遣奇兵瞰寨巖後而建旗鼓，自將當其前，與賊爭山，累肩越壘以進，氣鋭甚，遂奪王卡，拔出男婦數千人，追至尚大平，毀賊寨而還。衆聲大和，命以副將留黔補用。二年，克復舊縣，補都勻協副將，記名總兵。三年，公方營東山平圖霸芒，而省門告警，率師回援，縱擊於紅邊、北衙，大膊於永樂堡，再蹙之小箐，又以其間收復龍里，與賊戰於城内江西街。賊陷鎮西衛，攻清鎮，廣順、定番、長寨俱失，公引兵而西，連下數城，出奇制勝，所在戰克復北定、開州、修文。賊逼青巖，又南出貴定、龍里，黔西大定望援切，巡撫張公亮基檄公往應。公自開州橫出陸廣河，掃蕩而前，又以次勘定，已而開、修再失，公憤禍變之靡已也，益晉部曲而申討之，警備不虞，雖以記名提督迭署古州安義鎮總兵，遥領而已。方是時，省之南則潘名杰，省之北則何得勝，二巨憝者卵翼其間，又傅以苗教回狆，黨嗥朋咻，羣盜如麻。公提孤軍當四戰地，數不滿六千，頻年轉戰，無一虚日，饟餫匱竭，至或忍饑赴敵，露處於嚴風酷雨之中，終日荷戈，不獲一飽，而含宏淵默，未嘗一見顔色，人咸以爲難，愈益欽敬。其攻賊也，尤善爲超距鵰劫之法，賊莫知所爲備，皆畏憚之，號曰鐵腳板云。五年，擢署貴州提督，正月克復永甯州城，踐血而西蹵，募役司，踔張宫堡，掇翁貴廣興，撇賊而東，跐倉坡，踣舊縣，搤黄土坎，軍久無功。張公令圖油溪，公曰：『貴定百里皆賊，雖有忠義、永固諸團，僅能自守一隅，不足以牽賊勢。某以孤軍深入，而甕城、洛白諸隘，係賊藩籬，無軍進討。今張樑、李忠恕、童三元等咸觀望不進，使賊得專并一路，乘我後軍，此劉廣橋民屯所以被襲也。兵則愈疲愈少，賊則日戰日多，況油溪在黄土坎後，其能越寨進勦乎？』會暑疫回省，其秋赴援安順，追賊至頭鋪、二鋪，大破之，安順圍解。六年春，再援定番，出賊不備，疾馳至穿心堡，乘雷雹中奮擊，士皆殊死鬬，賊大潰，墜崖罣樹死者以萬計，斬賊酋許八大等，進迫花山，降二十餘屯，直抵底季登山營兩峯間，斷賊樵汲，遂拔陳喬生逆巢，聲威大震，遠近快之。賞换博奇巴圖魯，旋密疏奏保按察使鮑桂生請破格擢用。上以公武臣擅保文員，命傳旨申飭。郎岱賊入安平，公乘勝要敗於蘆荻，哨日加晡，率數騎渡河度地勢，驟中伏鎗墮馬，從者驚潰。賊出，剖心裂腹，攫公首以去。同治六年七月初五也，年纔三十。越二日，趙德昌所遣守備楊嗣基接應公者，至公死所，賊猶未退，衆皆痛憤，見紅巾賊十餘負公首疾馳，嗣基揮騎窮追，及之沙子哨，悉數殲滅，奪回。事聞，上悼惜殊甚，加太子少保銜，照提督陣亡例賜卹死事，地方及貴州省城、郎岱廳、原籍建立專祠，予謚剛節，賞騎都尉兼一雲騎尉世職。曾祖某，祖某，考某，贈振威將軍。妣某某氏，皆一品夫人。配雷夫人生子甫彌月耳。某年月日葬某里某山。

公之行軍也，一以愛民爲主，有警即赴，如患難之在其身，以故百姓戴若慈父母，諸路告急，皆求提督親行。一聞公至，相率輸豬雞菜果，或炊飯以待。及其卒也，士民皆巷哭失聲，悲痛至不忍聞。嗚呼！忠且仁已。銘曰：

世變之興，利賴賢哲。文武同塗，有殄斯滅。黔亂紀餘，孰爲其烈？文則銅山，武則剛節。惟公首出，光嶽所分。將材天授，匪由學壓。票姚冠軍，氣吞凶逆。匹馬入陳，萬夫辟易。人方卻退，公獨撼堅。衆如振槁，公屹若山。爲民復讎，視如家事。有功莫居，遇險弗避。嗟我黔士，君子六千。豈無軀命，誓與同捐。感公忠勤，不忍背畔。萬棘千艱，共濟時難。中道而税，隕此長城。震驚邊徼，人喪父兄。莫敖衛楚，不知所益。決腹斷脰，以憂社稷。公實近是，大勇忘身。千載墮淚，視此刻文。

録自拙尊園叢稿卷二。

贈内閣學士前安徽鳳潁六泗兵備道任君神道碑銘

君諱蘭生，字畹香，江蘇震澤任氏。任之先，出於孔子弟子當陽侯任子不齊，傳三十三世，至梁新安太守昉始家江南，又三十二傳曰伯通，自宜興徙吴江同里鎮。吴江與震澤同城，今又爲震澤人。

君生而英敏縝栗，自少則見端緒，年十二隨父訓導君拯饑，委己救人，具列條理，長老驚歎。爲文章慕先古，不中時程，嘗一就禮部試，罷去，遂以同知投效皖營，喬公松年委充前敵營務處，至則大爲果敏公英翰所賓敬，事必咨而後行。雉河集者，今所設渦陽縣捻賊老巢也，貫渦河之中，捻賊絶欲得之以躪潁、亳、壽三州之地。同治四年，僧忠親王戰没曹州城下，賊酋張總愚、任柱、賴文光益横，合衆十餘萬南趨，圍之數重。時守兵三千人，形勢寡弱。英翰公謀曰：『今賊衆兵少，不冒萬死一生之計以求援，則彈丸小集，糜爲齏粉矣。』於是屬君與今雲南布政使史君念祖堅守，而自率數十騎卽夜潰圍馳出，賊偵知，益疾擊。君廣設方略，隨敵應變，神卜鬼諏，賊不能窮，逡巡失氣。圍中食且盡，君以餘粟分置四門，虚内倉而實其外，標眎充積，矢守益固，相持四十餘日，而英翰公以援師至，卒大破之，賊鹿埵隴種而遁。聲譽翔起，遠近皆奇君才，以謂可屬大任矣。厥後蹙李允於盱眙、滁州，遏任柱於宿遷，殪張總愚於臨清，靡役不從，算卽克捷。臨清之役，英翰公凱旋至南樂，軍士十一人爲某寨所阬殺，衆怒，欲屠之。君請以二千人往，單騎款寨門，一諭而服，斬八人而事已。歸渡黄河也，馬步四萬，君下令舟各載二十人，渡南予券，日暮計券受直，軍至如流。是時，君已改防軍營務處，兼綰淮北牙釐局，駐壽州，君綜覈之才冠絶一時，奸蠹所叢皆能窮抉奥竅，絲粟不得欺隱。復以餘力治寇，捻賊雖平，而皖、豫、潁、亳間孽芽包荒，伺間輒發。君耳目廣布，悉鉤致其計畫主名，先事覘情，翦其牙翅，應時摧破，無留餘者，一州以甯。累功至記名鹽運使，安徽補用道，賞布政使銜。

光緒三年署鳳潁六泗道，安徽巡撫裕禄公、兩江總督沈文肅公葆楨、吴公元炳交章論薦，五年遂拜真除之命矣，中間一署按察使。君既與民蘇息，於是盡飭吏治，以清獄訟、整緝捕爲課吏之首，以勸農桑、興水利爲養民之原，以修書院、設義塾爲教士之本，陂塘、道路平治修濬，義倉豐備，儲使充牣，大小庶政，條綜周密，廢墜皆起。然獨君精力能行之，他人學者不能至也。而晉、豫大饑，流民走死入皖，君守便宜發倉廩賑濟，前後收養資遣凡十一萬餘人，皆占記籍，尤以此名譽在口。先是，君任鳳潁六泗道七年，以留用革書屠用亭被劾落職。居無何，紳民謳思善政，醵金八千兩代籌捐復，再奉命發往安徽。

是歲河決鄭州，黄流四溢，皖北尤被其烈。君復任賑撫事，益感激馳驅，乘騎周歷轄境，形神並罷，疽發尾間，未幾竟卒。光緒十四年四月十九日也，春秋五十有一。安徽巡撫陳公彝臚陳事實，照道員積勞病故例，從優議卹，贈内閣學士，事蹟宣付史館立傳，附祀英翰公專祠。嗚呼偉矣！

君之先世，代有隱德。曾祖祖望，祖振勳，均國子監生。考酉，附貢生，候選訓導，皆贈資政大夫。妣皆夫人。配陸夫人，妾潘氏。子二，傳書、傳薪。女子子五人。某年月日葬君某所。君鄉人淩君淦者與余善，以余昔令吴江，寓書以神道之文相屬，而余亦自美君政略，故忘其弇鄙而樂爲之辭。銘曰：

豪傑代興，大難斯靡。前湘後淮，異軍特起。亦有皖軍，克趾厥美。將帥聯翩，勘亂而止。維民有瘼，吏事實難。任君天授，嶽嶽膽肝。外臨戰陳，内靖凶頑。愛人學道，秉心所安。淮潁之間，捻巢榛莽。梟狼是棲，人禽反掌。君不鄙夷，曰吾師長。撫此獷區，風蘇雨養。七年報最，民和政成。古有遺愛，如君式賡。請詞復秩，直道在氓。我銘貞石，永播休聲。

録自拙尊園叢稿卷二。

丁文誠公專祠碑

光緒十一年，四川總督丁公奏請建昭忠祠，祀公與中丞唐公炯，援黔之軍之死事者，詔從之。明年，衆議建祠於貴州省會之南，雪厓洞之側，四月祠未成而公薨。遺疏入，天子動容嗟悼，詔葬公山東歷城，與諶夫人合。贈太子太保，入祀賢良祠，予謚文誠。躋於中興輔佐之次。未踰月，山東巡撫請建公專祠於濟南。

維時唐公方以越南事繫部獄，庶昌丁憂在籍，乃走省城，集耆老搢紳大夫而謂之曰：『當咸豐之際，黔亂肇興，苗、教並發，省垣兵饟兩詘，坐致困斃，各省方救死扶傷不暇，何有蚍蜉蟻子之援？丁公毁家起鄉兵擊賊，捍閭里，由近及遠，救安平，援貴陽，勦平越、獨山、甕安、麻哈，守都匀，馳驅五六年，軍事稍定，省城危而復安。其後北平捻匪，護援京師，中原肅清，撫山東，督四川，前後且二十年，勳業尤磊落動宙合。而其平日植躬儉介，志意皎然不欺，有禹、墨之遺烈，使頑懦皆起。黔自建省以來，名臣碩望接踵代興，考其勳德之隆，未有如丁公者也。且以本籍故事言之，李恭勤尚書也，治行爲乾隆間最。楊勤勇，果勇侯也，平定新疆、川陝。王壯節、朱勇烈、王勇壯，大臣死綏者也。或裂尸斷臂，或累世效忠。劉松齋，天下之清官也，教匪之亂，無役不從，唐威恪則名臣而蹈節者也。以至石侍郎抗天津之難，陶文節殉都匀之守，然而通祀不過名宦，祠不過昭忠、鄉賢，未有旌特殊異之典，豈朝廷忘之哉？毋亦鄉人簡忽無任事者之過也？今丁公勳德尤盛，若醵金請建專祠，事既應法，且慰鄉人仰止之思，感發興起，欽聳來哲，其於臣道未必無裨。』皆曰：『君言是。』於是合四十八人上言巡撫潘公。潘公以聞，得旨報可。其明年，唐公出獄，復以巡撫銜赴滇督辦礦務，道出貴陽，經理祠事，前敘永廳同知華國英佐之。又明年落成。吾友莫庭芝寓書來告，祠建於雪厓洞，與黔軍昭忠祠相屬。於是庶昌大書其事於麗牲之碑，並爲之辭，使可歌以侑樂。公諱寶楨，字稚璜，平遠州人，咸豐癸丑進士。辭曰：

圖雲兮關東，爛鼉日兮曈曨。紛龍蛇兮在户，叛陸離兮新宫。豆籩陳兮咽簫鼓，羅滿庭兮惟黔士女。公之靈兮亘霄，騎箕維兮回翔。以下子弟兮八千，被犀甲兮彗戈鋋。勇氣之兮昔日，相患難兮後先。孰爲生兮孰爲死？公之靈兮宜顧而喜。悲游子兮故鄉，魂魄猶思兮樂此。願公留兮勿歸，公歸去兮黔士心悲。撫瑶華兮延佇，建芳馨兮以遺我來者。臣有則兮士有師，我銘質兮公知之。

録自拙尊園叢稿卷二。

特用知府華君墓誌銘

自丁文誠公創辦黔滇邊岸官運法權，蜀鹽之利盡入縣官，以贍度支之急，歲增銀百餘萬兩。户部恒倚以爲重，建議者唐公炯，而卒成之者華君也。

君諱聯輝，字棣塢，遵義人。同治初元，教匪肆擾遵義，君避亂徙家貴陽，乃始棄儒學賈而業鹽，君精心多計畫，且讀且賈十餘歲，居積致數萬金。輒以分散親戚、朋友、鄉故、貧乏，澹然若無營者。君之意以爲人者，萬物皆備於我，上當博施濟衆，充滿乎仁聖立達之量，次亦宜存心利物，求有濟於世，庶幾吾儒性善之旨，否則雖苟富貴何益，時人莫能識也。惟唐公然之。

光緒三年，文誠總督四川，將整鹽法而未得要領，唐公言於文誠曰：『自古有治人，然後有治法。遵義華某者，其於鹽務利害至精熟也。今公欲掃孔桑之豪析，規劉晏之常平，將非其人不可。』公乃以書致之，與計事，大悦。歎曰：『果奇才也，唐某誠知人！』改運事一倚君主辦，君亦竭誠贊畫，巨細躬親。蜀鹽敝壞久，始變法改爲官運商銷，事不更州縣之手，舉百餘年中飽悉奪而予之官，胥吏交怨，而富商豪賈夙斡井竈之利，以役細民者，莫能持輕重，亦不便所爲，相與煽議厖譏，羣蜚四掣，冀且復舊。商情亦訌沮觀望，不肯領運，而公家運本詘，貸外省者四十萬，僅得乃八萬。文誠亦頗疑，以問君，君曰：『公此舉裕課、卹商、便民，深合大學理財之道，非聚斂掊克比，法無可疑者。今獨商情未達耳，某願親赴各岸一行，與之區畫，保爲公成之。』君至，開説利病，狐猶冰釋，不一月而繳本領運者四十餘萬兩，官運由是大啚其法。於瀘州居中置官運總局，井竈所置廠局，各口置岸局、廠局，就井竈糴鹽，委員押運以授岸局，岸局轉而糶之商人，不復問其所之，而第設卡以事稽察。凡滇、黔兩邊額引、帶銷、配運、出納，皆筦其權於總局。復於總局置裕濟倉以平鹽價，置大盈庫以受各局委輸。其引課税釐，皆納銷於成本之中，商無私估，官無外取，引無留滯，課無責逋，利歸公家而市無騰踴之患。方是時，黔、滇兩邊商號林立，不杖官法之能行，而恃君一言以爲身家進退之計，蓋其平日經事綜物，宅心公普，爲衆所信服者深也。

君中光緒乙亥鄉試舉人，文誠以官運既成，奏請破格録用，特旨以知府留於四川補用。君辭不就職，在局數年，亦不受薪俸。光緒十一年正月初九日卒，春秋五十有三。西南士大夫商賈聞者，莫不歎君之未盡厥施，繼以嗟惜，文誠尤深惜之。曾祖開宣，祖文才，考銘軒，皆贈如君官。妣皆恭人。配蕭氏。子二，之湘先没，之鴻以某年月日葬君沙子哨。君事親孝，爲弟悌，處鄉黨仁厚，可以風勵薄俗。其弟國英別有行略，余採入黔故頌，不悉書。今特揭其功在國家者，以待論定於太史氏。銘曰：

俊傑者謂識時宜，蜀鹺敝壞誰職之？緊惟華君整其維，大利在國返度支。綱緒既就駕而馳，天乎人與吾匪知！劉晏後舍君焉誰？

録自拙尊園叢稿卷二。

蕭吉堂先生墓誌銘

黔有經師曰吉堂蕭先生，神明於易。先生治易，不求諸傳注，而求諸本經；不求諸本經之象數，而求諸其辭、其字。其始若極穿鑿可怪笑者，取本經經傳之辭，除其重復，得字一千三百三十有六，大體以卦彖字為母，爻、翼字為子，依許氏説文求其故訓，離其偏旁，齝其聲紐，茫如涉大水無津涯而觸牆壁也。先生益不自悔，窮探力索，研幾極深，神謀鬼諏，啟其橐籥，竟搆玄解，久之得直卦例若干事，因而旁推交通，恢游餘刃，凡十易稿，積十六年而成屬辭十二卷、通例五卷、通説二卷，最數十萬言。

又取繫傳中孚七爻為一六，居下履九卦為二七，居上咸十一爻為三八，居右離十三卦為四九，居左大有一爻兼乾、坤為五十，居中成『大有圖』，即孔子之言，具河圖之數，以為綱領。又於二十二卦中三陳之履九卦，取履至明夷三九，明夷至履四九卦圖，以應序卦、雜卦之次第。又於十九爻中以中孚七爻、七乘之以應大衍用數，證大衍章古本所以直接七爻之義。其説以乾、元、亨、利、貞五字爻辭五十字，卦名四大一有，大有象爻五十字，為五十有五，準天地之數，爻辭、十翼不同字各五百五十，由天地之數推廣而出，文、周統舉於卦爻，孔子分配於繫傳，皆不假強為一，若三聖人者之於易卦、傳、爻、翼，用字皆有定程，度其用心，不當拘曲若是，而先生卒以是上契書不盡言之旨，推見天地之心，自然之妙，不歉不溢，為漢九師、宋五子、陳摶、劉牧、邵子、來知德諸儒所未著。因漢而悟宋，由困而得亨，可不謂神乎？其知變化之道者乎？

先生諱光遠，字吉堂，遵義人，道光十七年丁酉舉人，選青谿縣教諭，未赴。虛儋寡欲，不騖仕進，迭主湘川、培英、育才書院講席數十年，弟子去來數百人，無有能傳其業者。以先生之學皆由神悟，不可得於語言文字間也。光緒乙酉年某月某甲子卒，春秋八十有幾。曾祖某，祖某，父某，娶某孺人。子二，某縣學生員，次某。孫幾人。葬某所某山。先生之書，別有易字便蒙均語、毛詩異同、漢書彙鈔、詩文集若干卷，皆非其至。至者易圖，要之，先生以易名也。銘曰：

易道坦然自明白，鉤河摘洛數乃僻。諛夫鑿之益乖格，詎知至理目日覿。三聖心源並一迹，卦彖爻翼義各適。字匪苟用有定式，數位乃與天地則。先天之圖在孔翼，聖伏神徂孰為摘？鑽堅仰高守以墨，窒極得通卦塗闢，三千年間見真易。

録自拙尊園叢稿卷二。

向伯常墓誌銘

吾友溆浦向君伯常，識足以致知，勇足以幾道，故有濟時之志，而不屑以功名終也；有高世之行，而不欲以文辭著也。自君之沒，蓋未嘗一日不思，思之未嘗不以是儀於人。今二十五年矣。吾求友於天下，亦善且多，未見有如伯常者。

伯常天質曠美，又能摶志好學，大抵務精博而求有要，不苟尋聲以逐時好，亦不迂遠以闊事情，期在明體適用，不睎至於聖不止，平居終日闇修而已。自古仁聖賢人，孔子所慟歎如顏淵、冉伯牛，吾智不及知。若後世李元賓、王深父之倫，卽吾能知之矣。以伯常儕顏、冉，非知道者所敢任，然或冀靳一至焉，雖與之極其量可也。至如元賓、深父，則信可以過之，其爲雄駿非常傑出之士矣。君雖不遇孔子，猶得遇曾文正公，未爲不幸，而惜乎其止於是也。其止於是，天也，非人也。君子之所共惜也。

伯常諱師棣，由諸生以軍功保舉，特用江蘇知縣。同治四年冬，從事曾文正公徐州幕府，一日得暴疾不溺，遂卒。年三十一。余請於文正，具棺斂之。文正嗟悼不自克，率僚屬用軍禮祖奠，遣之反葬。其尊人在和州，未及聞也。既行，而余始以伯常之死告。曾祖某；祖某，廣西某縣知縣，妣某某氏；娶某氏，子學耿，某年月日葬君某所。光緒十五年，庶昌乃追爲之銘。銘曰：

苗秀之特兮，孰使其不實也？玉瓊之猛兮，孰使其不器也？嗚呼伯常，吾烏測其所自也。

録自拙尊園叢稿卷二。

長姬趙孺人墓誌銘

光緒十六年九月，余遣孺人送兒子尹驄自日本還黔歸娶。十月二十七日癸亥，孺人道没於嘉魚簰洲司舟次，春秋三十有六。尹驄還至武昌，以電來赴。時余在東京。東京有所謂凌雲閣者，高數百尺，於是翌日造凌雲之頂而望吊焉，致余升號之意。東臨滄海，西極武昌，浩乎渺漫，孺人之音容，不復可接於吾之耳目矣。歎息良久而罷。

孺人蘇州趙氏，年十五歸于余爲側室，余字之曰『曼娟』。慧婉有志操，頗識字，能讀百家傳説諸書，卑約自持。入門而兄嫂皆喜，女姪咸慰，順事嫡長，以温以飭，篤摯不渝，久而交愛。中間嘗一還家，不鄙夷其鄉人，無疏數新故，一接以和，尤惟賤尤予存卹，宗族閭黨爭譽之不容口。余是以知孺人能型於家也。甲申八月，余在日本三年矣。海上方有警，吾母病足，久未瘳。一日，心動亟，使孺人歸覲。隻身渡海，還至滬上，母見大懽，翌辰而吾母考終，得與含斂。余是以知孺人能事親也。余之奉諱里居也，將出山，猶豫未決，孺人責余：『丈夫當激昂志氣，出而出耳！荷促井閈中，幾見山水間有不朽盛業乎？』余悚然敬異之，立治行，入都再拜出使日本之命。余是以知孺人能相夫子也。今又以余羈旅王事之故，躬送子還黔，孺人之所以爲余則至矣。余於孺人何也？而不幸前喪，是豈所謂命邪，抑非邪？斯足慟已。

初，煙臺條約成，始有遣使西洋之役。海外事茫如也，湘陰郭公嵩燾檄調參贊四人出洋，皆以大瀛廣遠，疑沮不樂往，獨余奮行。使期敦迫，余自通州花布鳌金局至揚州寓舍，暫與家人别。孺人年少，不敢沮余行，而意不欲往，惟數數視其釧環，默無一語。余乃置酒私室酌，孺人酒酣，起而爲逴遠之歌，召善謳者撫絃而節之，歌曰：『逴遠國兮天一方，際入日兮浩洋洋，御輪船兮涉地維，徑萬里兮使倭遲。海水廣大橫絶之，載黄鵠兮高翔馳。吁嗟！黄鵠之舉兮安可得而繫羈？』歌數疊，孺人嗚咽流涕，不能自止。明日别去，去六年而始歸。歸而再使日本，挈孺人以行。是時日本新變法，崇重西術，每有大朝會，備禮延見各國公使、夫人。余守行人受命不受辭之義，以權宜爲悄，使孺人入宫參謁其帝后。帝后斂容謝焉以爲達禮。其後主客交際日隆，分誼由此始也。子一，卽尹驄，國子監生。孺人既没，寓其柩於武昌，將以某年月日返葬遵義縣東七十里小青棡林先壠之次，預爲銘，伐石以待。銘曰：

吁嗟！孺人其來也何從乎？其往也何悤乎？將俾汝以託吾宗乎？胡歲年之隆盛兮，命櫟絶而不逢乎？天地至廣大兮，其孰能摶控乎？生既非我有兮，死益曠然若發蒙乎？歸骨於故邱兮，依吾母以永終乎？千秋萬歲兮，哀人生之無窮乎？

録自拙尊園叢稿卷二。

仲姬王氏墓誌銘

仲姬字新寶，松江秦氏女也。父母死，鬻於戚黨王氏，因冒姓王。松江密邇滬濱。王氏教之歌舞，攜至滬，欲以納之薈芳里中。姬堅執不從，爲其家人所厭薄，遂得歸于余。

余適有奉使日本之役，舉家東渡，大爲長姬趙孺人所愛，悦姬頎身小束，居室温謹，有幽閒之度。光緒十七年，余任滿歸國，仍寓家滬上。趙孺人前没數閲月矣，姬思念不已，時時愴然。未幾生一女乳憐，越三日而病，病四日而没，實六月十七日也，年二十有二。將没之前夕，余妻臨視，指乳憐曰：『妾不幸短命，以此女累夫人矣。』轉壁歔欷而泣，余妻亦泣。已而曰：『棄之。』蓋測余妻年老衰病，不能終撫育之事也。其語尤痛絶不忍聞。始趙孺人之病道，没於韡洲司舟次。余遠在日本，及姬之死，余又在都，距南歸十餘日耳，皆不獲一見，以遂永訣，亦命也夫。

是年八月，余赴任川東道，溯江西上，挾兩棺以行，抵金雞背，舟覆，遂流百里，幸拯而起。生故與長姬相親愛若姊妹也，死又同厄於水，於是便道還家，即以其棺合葬小青棡林先壠之次，爲之起冢，而題曰：『吴姬之墓。』身則泯然不知其返故鄉也。遠近聞而悲之，或曰：『是葬非古法也。』余曰：『後世人事變古者多矣，獨此一家乎？又烏足病乎？』銘曰：

是爲拙尊園主人之妾，依父母之松楸，歸骨此土，永奠於幽。

録自拙尊園叢稿卷二。

莫芷升墓誌銘

君諱庭芝，字芷升，獨山莫氏猶人先生之子，子偲徵君弟也。君既樂有賢父兄，進則劬志好學，怡怡孝友，退則闇然自修，不違如愚。比長，而業日進，遂通羣經、諸子，兼及説文、漢隸、分篆、詩古文辭，然皆視爲術之寄於道，未尊其學。要以省身寡過爲宗旨，近曾子。家素貧，嘗館穀於外，遨遊公卿間，食力自奉。妻子饘粥或時不給，無幾微見於顔辭。天性平恕，與人交，終身無所忤，卽有横逆，君不與校，或反引咎責躬，視其心恒坦蕩然，若不知富貴功名之可以術取也者，醇篤而已矣。而又非遁於莊周、列禦寇之倫，湛冥得喪，自放以適其趣。自周道隱，仲尼没，世論無德行之科久矣。以余觀今世，士欲與之進中行之道，若君，殆其人邪！

君舉道光己酉拔貢生，選思南府教授，晚主講貴陽學古書院，與黎平胡君長新子何齊名。胡君之介，君之和易，皆官司徒友所交服而論定者也。光緒十五年四月二十四日卒，年七十三。

貴州一省，僻在西南夷，文獻寥落，近古無徵，自君考猶人先生爲遵義府學教授，始以樸學倡導士林，洗南中之陋。其於漢志牂柯郡縣鉤覈精嚴，教授君没，君兄子偲徵君繼之，高名宿望，震爆一時，譔遵義府志、黔詩紀略以存國故，黔事始爛然可述。厥後子偲游江南，君又踵爲黔詩紀略後編，耑綜國朝之事，搜討尤勤，潤色益備。蓋自嘉慶中葉以還，君家父子兄弟緜嬗賡續，垂七十年，斯文賴以不墜。及君没而遺獻盡矣。君配何氏，子桐孫、橙孫，橙孫先没。孫先甲。女幾人。某年月日葬君某所。

君生平工小篆八分書，自得天趣，爲文章無存稿，亦無多譔著。自黔詩後編外，僅存青田山盧詩二卷、詞一卷，余爲刻之日本，附於黎氏家集後。君本以儒行著稱，晚歲味道益篤，白髯飄然垂尺許，儀度甚偉。每出入，羣兒環繞聚觀，驚若神仙者流也。余欲爲君圖像而畫工無人，惜其莫能圖何哉！銘曰：

孰道之蘄？孰聖之睎？匪雕匪續，良玉素絲。嗚呼芷升，儒質近孔。天實照之，循牆入室。君其庶而墓門有石，我銘在茲。

録自拙尊園叢稿卷二。

莫善徵墓誌銘

君諱祥芝，字善徵，晚多鬚髯，又號拙髯。獨山莫氏先世居江南上元，明弘治中有名先者，征貴州都匀苗，留守家焉。四傳至雲衢，遷獨山州兔場，遂爲獨山人，君高祖也。曾祖嘉能，祖强，附生。考諱與儔，嘉慶己未進士，翰林院庶吉士，四川鹽源知縣，遵義府學教授，皆贈通議大夫。曾祖妣氏吴、氏周，祖妣氏邱、氏蕭、氏張，妣氏唐、氏李，皆淑人。君兄弟九人，居齒最少，諸昆仲多用學行顯，獨君以才能爲士論所推。

自咸豐初年，從巡撫韓公超勦滅桐梓賊楊龍喜於葛彰司，聲譽頓起，衆往往指目莫九爲異才，堪任軍旅矣。初以縣丞候補湖南，曾文正公之起兵，挈君東下，嘗令登山瞭望繪圖，以定攻守之策。咸豐十年，楚軍合圍安慶，文正與胡文忠公檄署懷寧縣事，假石牌爲治所，公私孑立，而大兵開濠置壘，日役數千人，責君應付。羽書征發，局門成市。君佐軍撫民，事辦無擾。當是時，文正方以氣節勵天下，士皆爭自策磨。君位置尤峻，不肯詘體於人，爲忌者所中，誣以貪墨事。文正奏劾君，既而知其枉，復奏白君以縣丞降補，檄筦山内糧臺數年，翕和衆軍，調饑餉渴，經費至數百萬，無毛髮欺侵。金陵平，以勞擢兩階。君爲人强毅精敏，天性長於吏職，雅善折獄，他人數十百言不能得其情者，君一二語已中窾要，尤喜摧抑强宗，雖謗怨羹沸不止。嘗以三事名齋曰：『不生事，不畏事，能了事。』其自負若此。初任六合，歷署高郵、上元、通州，兩涖江甯，調補上海，屢以海運保擢知府，加三品銜，升太倉。直隸州在任候補袁榆生者，文正公壻也，金陵平後，君覓坊口巨館一區置報銷局，袁納賄，率親兵數十直入堂上阻撓，詐稱已寓。君壯聲呵折，立笞親兵數百。袁大沮，文正公聞之，嘉其勇敢不惑。高郵生員馬某者，積惡訟棍也，操刀筆數十年，破人財無算，歷官皆不能治。君遣役逮捕，窮籍其奸猾狀，即日下獄論如律，一州盡驚。總督馬端敏公新貽初任兩江，其庖人索供應，詬縣僕。值君衙參，命予杖。司閽者出左祖，君笞庖人墀下畢，鎖還縣，請發閽並治。端敏使弟來謝，良久乃釋。

同治九年，金陵譌言奸拐迷人，民間無故相驚恐，各以十字架木布列街衢，道無行者。君出巡視，鞭作俑者一人，風使解撤，一日而市廛復安。已而盜殺端敏，城中再擾亂。君繫盜縣獄外，懾羣小，内鉤致獄辭，百官就讞數月不決。朝廷遣大臣馳傳詣治，卒從君初讞定議。某商設鹽肆金陵，苦售不廣，請於巡道孫公衣言集醬園數百家，稽缸派額。孫公韙其説，君抗言病民不可，持之堅，與孫公大忤，而議卒不行。孫公故與君兄子偲徵君友善者也。上海東北近郭盡租界，惟南市自成一境。富商鬱氏有地居市尾，英人重利啗得之，爲闢地自廣計，君亟白大府，就籌二萬金值還，而以其地建海運局。由是南北二市截然分明，二十年無敢越尺寸。縣民程宗霍訴人殺其弟於塗，遺刃刻名金某。逮金至，則樸願不能語。君察宗霍貌很戾，腕束重帛，解視，拒傷宛然，笑謂之曰：『殺人者，汝也。』宗霍色變，乘間詰磨，不刑而悉得其圖産謀害、嫁禍諸始末，遠近以爲神。

光緒十年，法人封閉海口，糧艘中梗，南漕數十萬抵滬。駁船不能卸載，舟子七八千人環叩糧道主持，不得，則持械集商船公所，毀牆室。奸人旁煽召呼，勢益衆且變。君至，徑入大衆中，諭以勿動，爲平亭收放積貯之策，衆且譟且服，斂手而退。崇明沙田，百姓畲種成熟，皆民産也。巨紳李某罷歸，假書差名，悉占爲己業，縣莫敢誰何。君至太倉，發案牘，究書差主名甚急，李知事屈，丐上官求解，盡反民田。君不許，責李輸巨金助賑，乃已，仍置書差於法。君生平治迹，大抵皆類是。事多不悉書，書其著稱者。其在六合，清釐田畝，招集流亡，曲有恩紀。在江甯，開上新河四千六百餘丈，保衛民圩，請辦抵徵緩復額，民力賴紓，修上江兩縣志以存文獻。治上海最久，通商數十國，事有交涉會審，君必示以誠信，遇不可，則守約固爭，堅若金石，大爲外人所屈服。城中乏水，潮落則艱於取汲。君廣擇善地開井，井成而民甚便之。其涖太倉，驅逐江湖游猾，而於皖楚貧民流寓墾地者，爲之調停主客，使可並安。又預籌遣散之法，此皆實惠及民，廩廩有良吏風，不可得而遺也。光緒三年，舉治行卓異，沈文肅公葆楨以風骨遒峻特薦，吳公元炳繼之。天子方留以待用，而不幸没矣。

君卒以光緒十五年三月初一日，春秋六十有三。配余淑人，早卒。繼配張淑人。子三：科，分部郎中，先没；祁，出嗣君八兄生芝，兩淮候補鹽大使，庶昌之第二女壻也；棠，貢生，主事銜。女三，長、次殤，三守貞。孫天錫、天賚、天麟，孫女幾人。君没後，寓家蘇州，祁等卽以光緒十七年二月八日葬君光福鎮銅井山之陽某山某向。

初，君家兄弟廬墓之志甚堅，道光中教授君卒，卜葬遵義縣東七十里青田山，距黎氏六里而近。同治九年君兄子偲卒於興化，君解江甯任，持期服走數千里返葬之青田。兄子彝孫復踵葬焉，及君没而遂卜兆蘇州。君兄芷升後君一月卒，又羈厝貴陽。人事之變幻，豈身後所及料哉？銘曰：

光福之原，太湖吐吞。靈秀所宅，匪仁不鄰。吁嗟！善徵奠魄於此，以祚其子孫。

録自拙尊園叢稿卷二。

貴陽王氏四世五忠三節烈合傳

嘉慶五年閏五月，湖北宜昌鎮總兵官王公凱討教匪於南漳之馬鞍山，死之。越三十三年，其子國華襲職爲湖南提標營參將，討江華猺，復以戰死。咸豐四年，國華子古州營都司臻祜從湖廣總督吳文鎔討粵賊，駐軍黄州，堵城兵敗，又死焉。及同治四年，臻祜子朝選、禮乾，亦以勦匪殉難於開州之燕子哨。先後七十年間，祖、父、孫、曾專將死國，四世五忠繼踵於一門之内。至光緒十七年，而其家復以三節顯。嗚呼！此自史傳以來未有之奇烈也。此所謂一瞑不視，窮天地，亘萬世而不顧者也，豈不壯哉！豈不壯哉！

勇壯公諱凱，字清宇，貴陽人。少豁落有大志，乾隆三十八年從領隊大臣奎惠、定邊右將軍明亮征大小金川，由行伍超至營長，勤勇爲諸軍冠。兩川平，凡四十五戰，功皆最。自貴州平遠外委，累升雲南武定營撫標、左營守備，賞戴藍翎。四十九年升湖北道士洑都司。五十三年八月，遷衛昌營游擊，賞換花翎。五十五年升湖南桂陽營參將。五十九年遷江南安慶協副將。六十年擢浙江定海鎮總兵。嘉慶二年，以不善乘舟爲巡撫玉德所劾，上念其有勞，發往南籠軍營，交雲貴總督勒保帶兵勦狆苗。是年十月補貴州都匀協副將。三年四月。授湖北宜昌鎮總兵，赴白浪營防勦。會均州賊至，與大兵夾擊，殺八百餘人。湖廣總督景安令公率湖廣、河南、江南、江西兵屯鄖西、巴東，以防四川逸賊。既而勦賊於竹山、竹谿，皆勝。五年閏五月，偕領隊大臣明亮與青號賊徐添德戰於南漳之馬鞍山，公先入陷陳，大兵繼之，不克，公爲賊所圍，四面盪決，殺三人，身亦被數創，遂隕於陳。事聞，天子曰：『王凱在軍數年，甚爲出力。今臨陳捐軀，深堪軫惜，著照提督例賜卹，予謚勇壯。子國華襲騎都尉兼一雲騎尉世職。』

國華字文山，好讀書，性沖和，都雅君子也。嘉慶六年襲職，十年署古州守備，歷署上江、古州都司撫標、守備，代理大定副將。二十年五月補凱里營都司，又署上江、下江、荔波游擊。二十四年六月調威甯，再署上江、下江游擊。道光六年權湖南提標營游擊。次年署本標參將，八年兼署都司。十二年江華猺反。從提督海淩阿征之，二月至甯遠之池塘墟，力戰死，賜卹如例。子臻祜襲職。

臻祜字伯昌，爲人剛正，有才藝。道光十三年襲騎都尉，十九年署黎平營守備，二十年以後迭署撫標，貴陽、鎮遠游擊，臺拱參將、提標、游擊，以捕革丙苗功，補古州都司。與胡文忠公林翼友善，後文忠作傳，呼以爲伯昌將軍也。咸豐元年，粵賊陷永安，巡撫周公天爵奏公謀略精詳，檄調赴永安，從都統烏蘭泰攻克其城，又破金田村、莫家村、水竇各賊巢，尋以病歸，仍涖古州。任三年，粵賊順江東下，廷旨甄材，雲貴總督吳公文鎔又以公世家將門，才具勇練入告。六月至長沙防堵，旋至江西，解南昌之圍。十月粵賊陷黄州，時吳公已改湖廣總督，四年正月從吳公駐師堵城，大雪盈尺，賊大至，公背水而軍，大戰良久，賊敗走。另股賊由長江繞襲我軍之后，勢不支，復力戰死焉。吳公亦殉。

公有子二人，長朝選，字翰臣，候選州同；次禮乾，字健臣，貴陽諸生，皆有才學，工書畫，年甫弱冠，聞其父之死，扶服抵堵城，求屍不得，誓不復反。往謁胡文忠公，文忠以堂有重慈，力慰遣歸，至則奉父衣冠以葬。貴築陳銛者，重其家世忠臣，以女妻翰臣，婚數月，再往文忠英山大營，冀報父仇，殺賊雪國恥。居無何，粵賊石達開竄貴州，省城戒嚴，翰臣復歸省視，已而丁祖母周太夫人承重憂，欲再赴鄂，不果行。翰臣故將家子，多籌策，年少才俊，又爲胡文忠公所器異，士大夫皆樂與交也。

安義鎮總兵林自清防勦教匪於開州一帶，軍燕子哨，募翰臣兄弟名，雅意招致，至則以營務畀之。林分三軍，適後軍將乏人，卽以翰臣接統。一日，馬嘶甚烈，翰臣疑有變，請移營據險，不聽。是夕賊果大至薄營。諸軍皆潰，翰臣、健臣同戰死。同治三年十二月初一日也。

翰臣妻陳氏，有賢行，在室割股療親疾。夫弟禮坤，本遺腹生，年二十始患痘病，勢危篤，陳恐王氏遂絕，禱於神，復割股以療之，病卒起。自後世儒者之論，繩之於事，爲越禮，然陳以一婦人而能效忠王氏，激發於天性之親，割肌剔膚，雖死不惜，又遑知世論之非與是哉！健臣妻李氏，歸健臣三月而寡，今光緒十八年，守節二十九年矣。而禮坤妻胡氏，其志節尤烈尤奇。禮坤既無兄弟子姪，以生員並襲一等輕車都尉兼一雲騎尉。光緒六年歸標，八年置貴州中營游擊，九年入都，籤掣湖南補用參將。假歸，以親老不忍遠離，請留黔補用，而其母羅夫人聞法、越事起，閩、粵將用兵，以禮坤將種，欲令立功，承先人志業，仍令改回原省。至湘數年，落魄無所遇，舌耕餬口，最後始爲巡撫張公煦所知，檄統護衛親軍，不幸數月而没。胡氏未之知也。胡氏，廣東萬州知州胡君藻廷女，習詩書，愛物下人，持身儉謹，事姑尤以孝聞。生女順英。光緒十二年，嫂陳卒，胡念陳氏割股救夫之痛，卽男視己女如陳出，爲之制服盡哀。再踰年，羅夫人卒，年七十八。禮坤無音耗，貧不能葬，胡盡典衣物，百方假貸，成禮。迨禮坤寄金數十至，胡忍死不用，悉以酬葬姑之費，遠近大賢之。光緒十七年九月九日，禮坤没，耗抵黔，胡始聞而仰天長號曰：『王氏累葉忠孝，今無一脈之存，傷哉命也！吾何以生爲？』是夜飲藥而卒，顔色如生。王氏竟絕。荔波知縣湯君曉庵，好善士也，爲之醵金斂葬於省門外南郊祖塋。嗚呼，天之報施善人，其何如哉！

或曰：『三代爲將，道家所忌，必亡其宗。』豈信然邪？且天道至難明也。以伯夷、叔齊之賢而餓死首陽，以顔淵之聖貧居陋巷，而卒蚤夭。盜跖、莊蹻大盜也，聚黨横行而皆以善終；張湯酷吏也，深文巧詆，夷滅者幾何，而奕葉持寵，與漢相終始。降及晚近，枉道詭遇，希世苟合，儌倖於封侯富貴之倫，至或累數世不絕，尤不可勝道。然而其生則存，其亡則忽，以視王氏忠義節烈，炳如星日之麗天，百世而下，聞者欽悚，記者傳誦，且至歷久不滅而逾彰者，青雲之士皆將景而附之，其得失賢不肖又何如也！

録自拙尊園叢稿卷二。

誥授光禄大夫都察院左副都御史薛公墓表

公生而天性惇敏，劬志好學，凡經史百家之書，自少無所不窺，亦無所不羅致，而以餘力屬文，布紙操筆輒就，其於醫學家言尤致精熟，若有夙契然也。中咸豐五年順天鄉試第二名舉人，世所稱南元者，制藝一出，鏗鏘中金石，羣士驚誦，奉爲規矩準繩，如趨大匠之庭，不敢踰越尺寸。科舉術業之精又如此！

公諱福辰，字撫屏，别號時齋，江蘇常州府無錫薛氏。初官工部員外郎，粵賊起，梗塞長江，公考光禄公知湖南新甯縣事，選廣西潯州府知府，未行而没。公奔走經營，返喪歸里。已而賊益盛，連陷蘇、常，又奉母避之實應，復至京。連蹇不得志，乃往參今傅相合肥李公幕府，先後三年，擢知府，赴山東候補，佐平遠丁文誠公塞河，兼綜全局，捧土束薪，障捍危險，若抗大敵，窮四十五日之力，卒塞侯家林決口，河南北方千里民困頓蘇。未幾，遂拜濟東泰武臨道之命矣。涖任四年，勇鋭一如治河時。

光緒三年，丁母憂，及再入都，人度公必以治河功外簡。適會慈禧皇太后慈躬不豫，徵醫旁午，於是傅相李公鴻章、楚督李公瀚章、鄂撫彭公祖賢交章論薦，供奉内廷者三年，每進一方劑一藥，斟酌損益，湊極淵微，必求得當而後已。暇則稽徵靈素，凝思竭精，無少倦懈。至或隆冬入直，風雪霜露，早夜交侵，寒冽鍼砭肌骨，不敢告勞。蓋臣子之於君父，委身致命，皆義分也。而況侍皇太后醫藥乎？朝廷亦視公殊異，累有金幣、文綺、豐貂、蟒玉、珠串之賜。其他恩遇，尤不可勝紀。迨報皇太后大安，特授廣東督糧道，賞加布政使銜。再報萬安，復賞頭品頂戴，調補直隸通永道。通永距京四十里，皇太后、皇上偶爾違龢，仍不時召之診視，天子猶以爲遠也，遂擢順天府府尹，轉補宗人府丞，遷都察院左副都御史，皆欲以近公。

而公適疾作，累疏陳請開缺。天子不得已許之。嗚呼，遇亦隆矣！公返籍未市月，以光緒十五年七月二日卒於無錫里第，春秋五十有八。曾祖考世琛，國子監生。祖考錦堂，府學生員。考湘，廣西潯州府知府。曾祖妣許氏，祖妣顧氏，妣顧氏，三代皆贈光禄大夫，妣皆一品夫人。配王夫人、繼配樊夫人先没，又配竇氏，皆封一品夫人。子邦彦，出後從弟殉難優廩生福楏，襲雲騎尉世職；邦襄，三品廕生，候選知縣；邦龢，刑部候補主事；邦藩，出後第五弟福祁。是年九月十七日卜葬無錫縣東漆塘山之陽。王、樊兩夫人祔。

公昆季六人，余皆及見，與公交最先。公弟今出使大臣叔耘福成，前四川補用知府季懷福保二人者，誼尤篤。叔耘以余能知公也，自英國寓書屬爲誌墓，遂表而揚之，以達叔耘豤豤友於之意。光緒十九年九月，遵義黎庶昌。

録自拙尊園叢稿卷二。

趙宜人墓表

四川新甯知縣趙君二珊廷璜之妻贈宜人鄭氏，以光緒三年六月十二日終於官所，年五十有二，歸葬遵義留青阡先冢側。二珊既自爲銘矣，而其子怡、懿、恒思母教不忘，復以墓道文請，於是黎庶昌表於其墓曰：

宜人爲大儒鄭徵君珍女，生而淵静慧敏，喜讀書，數從問古先列女事，又慕班大家之爲人也，故徵君名之曰淑昭，而字以班班，愛悦逾於他女，重相攸。鄉人誦言趙氏子二珊賢，可壻，徵君曰『然』，遂適趙。方是時，吾鄉士大夫家風氣淳古，二珊尊人芷庭君與兄芝園同居，芝園性剛耿，舉家嚴憚，獨宜人能推二珊之志，以事舅者事伯舅，大得其懽心。及事舅姑，凡舅姑所愛，無弗愛竭其愛，而宗族三黨之和可知也；舅姑所敬，無不敬致其敬，而婚喪賓祭之肅可知也。相夫子以正順，率羣從以禮，内外俱無間言。

咸豐四年，楊龍喜亂作，地方多故，二珊率嘗去家謀食，宜人處艱窘中，縮米節薪，以育諸子。姑病喘尤甚，調護萬方，承唾抑搔，終宵倚侍，無一息苟甯，見者以爲絶婦道所難能也。芝園君遺一孫，歸自賊掠，宜人撫如己子。已而病没，哭之慟，率諸子告於祏，命異時生子者後之。子三：怡，光緒己丑舉人；懿，丙子舉人，名山縣知縣；恒，癸巳舉人。女一，蕙。

宜人之教諸子也，經多口授，或據竈觚，或攜之菜畛，或置紡車舂臼之旁，必使隨音緩讀，背誦如流乃止。課嚴而有恩，諸子學問之基，皆由此起。晚頗爲詩，然不存，没後怡輯録余篇爲樹蘐背遺詩一卷。樹蘐背者，宜人自署室也。余與宜人同里閈，其母又庶昌從姊也，故得聞其内行。余之所叙於阡者如此，自余所未言，諸子能文，不能遺也。

録自拙尊園叢稿卷二。

周楚白墓誌銘

君諱希祖，原名聘珩，字楚白，江西泰和周氏。家貴州三世，君兄希韓占籍黔中，遂爲貴筑人。生而天性篤摯，懽娱悲戚，一惟父母之愛是從，忘其爲有己也。父母具存，出則牽衣授杖，左右扶持；入則侍寢問安，調致甘暖。平時欣欣然爲孺子容婉，使二老怡悦，或時不樂，則愉色而進，長跪請祈至於泣下，必求懌豫而後已。及遘疾病，卽又癯憂棘思，醫藥飲食，慇痒經營，不假僕婢之手，下逮委瑣細碎，若槃匜巾櫛之盥濯，抑搔唾涕之奉承，諭志服勞，莫不曲順親指。其視兄弟也，愛敬與父母同，其視姊妹亦無不同。厥後君考壽終五年之間，迭遭數喪，又益重以婚嫁。舉家事，無問巨細，君皆一身當之。雞鳴矣，衆指尚逸而勤動率先；月出矣，舉室就安而偃息獨後。諸務叢集，治辦有條，豐儉適宜，咸共稱美，而家徒壁立，内顧無儋石儲，米鹽淩雜，一筴百艱，終歲貉縮，精力固已耗損矣。太夫人復多病，常困牀蓐，君調護勤劬，益進不已，無一息之離，無一節之懈。年三十猶未娶，若不知有室家之樂者。太夫人及兄憂之，君乃反以毋汲汲爲解。病既篤，顔色蕉萃，忍息不肯呻吟，恐驚兄、母，卒以不起。蓋余生世五十八年，行迹幾徧宇内，以所聞見士大夫家羣從子姓，純行若君者，殆絶無而僅有，可謂天下至孝也。

君卒於光緒十九年六月十七日，年三十有二。娶陳氏，病亟，割股救君不愈，遺腹生子，未彌月亦殤。先是，君祖諱作楫，道光中仕貴州貴西道。考諱繼煦，光緒中仕思南府知府。考昆季三人，伯仲皆無子，故以君長兄希韓、仲兄聘珣相繼後之。今君又無後，希韓復以次子徵鈺爲之嗣。其第六妹，則余子尹驄婦也。某年月日卜葬某所某山。

君讀書有卓識，博綜羣編，國朝大儒所謂義理、考據、辭章之學，皆已刺得要領，篆書尤雅勁絶倫，深得冰、斯意趣，進希石鼓文，余尤奇愛之。光緒十九年，君奉母太夫人將赴成都就婚，道重慶，余留居川東道署，先後凡八月，相與討論六藝文字，決其必成。嘗屬君爲書趙、王兩孺人墓誌，刻石而藏之。其爲人，内介外龢，於義利之界辨析甚精，獨嚴取與，時賢所不逮。不謂歸未帀月，而天遽奪之速也。惜哉！惜哉！銘曰：

耿耿元精，純孝積成。下維倫紀，上薄日星。昔有顔子，終三十二。君壽與同，何求何忮？中庸之行，聖道不頗。我銘紀實，遺漏孔多。巉巖健筆，愧王介甫。旌此孝思，亦足千古。

録自拙尊園叢稿卷二。

直隸正定縣知縣循吏周君家傳

君諱灝，字子純，貴築人。祖奎，舉人，官教諭，孝友篤行，没祀鄉賢。父際華，進士，河南輝縣知縣，調江南興化、江都，兼權泰州，皆有惠政，而輝縣治行尤異。桐城方宗誠作傳，稱爲循吏者也。君爲輝縣君第六子，性廉正戆直，尤不喜諛，事必擇義而後動，其愛民疾惡，出於天性，不以死生禍福易所守。道光甲辰進士，直隸即用知縣，初署沙河，補定興。

定興當驛道孔軌。咸豐壬子，廣西賊起二年矣，上命大學士賽尚阿公督師往討，賜遏必隆刀寵行。時天下初亂，各省徵兵，皆用承平軍興法。大帥入境，居有供，行有餽，兵弁有酒食，賽公隨從數百人，求索不饜，則撞：叫讙，鞭奴僕，毁器具，勢張甚，吏民皆驚走伏匿。君患之，督師行館在北河，去縣十里，君單騎上謁，臨河驟不得船，君遽攝衣亂流而渡，至則毁館垣，從後入見賽公言狀。賽公責君供張不辦，君盛氣與爭，擲冠於地，請賜遏必隆刀。賽公始改容謝，手令箭畀之，員弁暴稍戢。然自是大府雅不喜君，君亦不苟求合，孤行己意而已。

明年改正定。九月大股賊林鳳祥、李開方北犯，賊自渡河，破臨洺關，陷沙河、柏鄉、欒城，橫厲而前，浸益驕，視正定旦夕且下。正定城大四十里，倉卒無備，百姓相率避寇入城。君仗劍坐門關督守，命閉城。知府某旗人也，請送眷屬回京，不許；請縋城出，亦不許，乃宣言曰：『吾守土官也，有言出以亂衆心者，吾必按軍法治之。』民情乃定，令户出一人乘城，夜則持燈植立，不得移尺寸。復遣壯士數百人，瀕水列陳。賊從滹沱南岸，望見城上火光甚設，知備嚴，軍又迫河而守，計無復施，相持六晝夜，不敢徑薄，遂旁竄天津，正定卒無恙。京師之所以不遽震驚者，以正定阻遏賊鋒也。民譽大起，朝廷亦以君守城有殊狀，將不次擢用。會有鎮標兵鬨事。鎮標兵者，箕踞坐茶肆，見君過，不爲禮，從者呵之，標兵不遜，反大詈，君予以笞。鎮營大譁，號召數百人，將毀縣庭，百姓聞而護君，聚衆與標兵鬭。知府故以守城事嗛君，左袒鎮營，大府亦素惡其彊直，遂奏劾君，革職永不敍用。百姓益憫憫不能平也，愬大府，乞申雪不得，則聘君主講恒陽書院，合十四邑人士供贍之，知君廉，無以自活。踰二年，直督易譚公廷襄，百姓復愬狀，譚公據情入告，得旨開復，或勸君從此稍和融，可以安其位。君笑曰：『吾豈桔槹也哉？吾終不能任人俛仰矣。』再署安肅故城。故城城窳敗不可守，又值捻匪竄入，君朝服坐堂皇待盡，竟不攻而去。譚公益奇之，調甯河，布政使某尼不使行，留府發審。

同治元年六月，罹疫卒於省寓，年五十有三。娶某宜人，繼娶景，皆前卒。妾岳氏守節。子開陽，長蘆鹽大使；次某。孫五人，長祜，光緒五年順天鄉試舉人。君卒後，以黔亂，喪不能歸，正定士民聞之，買地卜葬君城南，爲起高冢，會葬者數千人，請建專祠，歲時奉祀不絕。

論曰：方君之由故城罷歸保定也，余在君所授子弟讀。疾革入視，已不能言。及卒，斂衣數襲，棺綫莫能具，得僕某爲之左右周章，始就斂。余親見其如此。語曰：『廉吏可爲而不可爲。』如君之守死愛民，皆巧宦所諱避怪笑以爲大愚不靈者，卒其食報如是之速，三代直道之存，曷嘗不在斯民哉！　余久欲爲君傳，而其軼事頗有未詳者。光緒十五年，始得君從弟、江蘇候補知府蓮譔次行略，因删正之，而獨著其大節，俾國史傳循吏有所考鏡焉。

録自拙尊園叢稿卷二。

書朱軍門克金陵城事

記名提督朱洪章，黎平人也，字煥文，英豁沈勇，爲中興一時名將。其克金陵城，尤推首功，世罕知之者。

同治三年夏，官軍攻城，久不拔。李臣典建議於龍膊子山麓堅石最多處重開地道，日列隊伍環攻；積溼蘆沙草填壘，欲平接而前，與城齊，以疑寇，使多備。六月十五日甲申，地道告成，議推前鋒，未決。有營務處朱雲章者，楚人也，以不得統軍爲恨，大言於洪章前曰：『若輩平日自命天下壯士，今趣臨大敵，便如鼠子卻縮探頭穴中，吾知若無能爲也。』洪章怒曰：『孰畏死者而汝爲是言呼？攻守未奉帥令，若使某爲先登，有不蹈萬死以取洪酋生致闕下者，如此皎日！』兩人爭論於營幕中，曾公國荃聞之，亟召諸將入，署名令具軍令狀，於是洪章遂署第一，武明良第二，劉連捷第三，其他以次署畢，凡得九將。李臣典實主地道事，雖列名，未嘗任頭隊也。乙酉日中發火，城崩二十餘丈，洪章率所部長勝煥字三營千五百人首先登城，從倒口衝入。是時煙焰漲天，甎石雨下，賊復擁大衆謀堵築，從城頭擲火藥傾益下，燒士死者四百餘人。洪章摧鋒勸進，所向披靡，仰登龍廣山，結爲圜陳外傳，與賊排擊。諸將畢登，乃分軍爲三並馳，洪章趨中路，直攻僞天王府之北。大戰一日夜，俘禽僞王次兄洪仁達以獻，金陵平。論功李臣典居首，洪章最四三間。或代爲不平，説洪章往刺幕府，洪章謝曰：『是何言之鄙也！寇亂方平，而爲將者爭功相殺害，此與賊黨何異？不將垂笑萬世乎？公止矣，吾義不肯爲也。』友人江甯知府孫海岑，昔爲余言如此。孫名雲錦，桐城人，克城時充行營文案，故能備述其詳。

光緒十四年，洪章以雲南鶴麗鎮總兵入覲，迂道至金陵謁見曾公，憑吊死事諸人，立石瘞所，曾公爲之識曰：『同治三年閏六月十有六日，龍膊子地道告成，火發，轟開城垣二十餘丈，甎石雨下。長勝焕字等營首先登城，前隊奮勇，死者四百餘名，同瘗於此。嗚呼，慘矣！亟誌之以表忠藎云爾。』知其事者以爲實録云。

録自拙尊園叢稿卷二。

誥授光禄大夫建威將軍長江水師提督黄公墓表

自粤賊洪、楊倡亂，梗長江以阻我師，使水陸不相及，湘鄉曾文正公起而掃蕩之，創治水師，縱横決戰，垂近十年，長江數千里之險，乃復爲我所有。其間諸將代興，或騰遠，或死綏，殆不可勝數。而雄偉絶特，前則楊公岳斌、彭公玉麟，後則黄公昌岐威名尤震海内。迨文正公奏立經制水師，舉公爲提督，節制五省，此自古以來所未嘗有也。楊、彭二公之戰歷剗岳、鄂、彭蠡，徇吴、皖而克石鐘山，斷鐵鎖，下梅家、九洑二洲，勳最烈。士大夫不敢忘，至刻石以播千載。

公則佐皖軍攻福山鎮，劈搏於狂飈巨浪中，溺而不死，卒拔福山，斬酋首，賊燄頓衰，皖軍由是大振。其北攻捻賊也，拒張家洲，軍少，士一抵千，公鼓勇猛戰，竟破走之，衆服其膽略。蓋時及援德州，至張秋水淺，舟不得入，公徒跣禱津，三日水起盈丈，報稱龍見，舟遂達運河。而是時，東光、南皮河決，水漫溢與運連，圈賊如環，捻不得脱，遂滅。是豈所謂有神助者邪？抑亦福將之效也。

公諱翼升，字昌岐，湖南長沙人。形質頎偉，年少自負，考入長沙協標，充隊長，始從向忠武公榮勦賊廣西。既而曾文正公檄回湘中管帶水師右營，隨同出師。瀕江所遇皆賊，若岳州，若金口、武漢，若廣信、九江、湖口，若菱湖，若太平、蕪湖、東關、運漕、金柱關、東梁山等隘，大都陷陣而前，無所於避，凡七年，由把總累遷至淮陽鎮總兵，管帶淮陽水軍，擢江南水師提督，又拜總統淞滬水陸之命，西克金陵，東取蘇州，始終皆與其役。又奏平捻之績，天子念公功高，水師關繫重大，曾文正公方立持久章程，即以公補實。又慮長江廣遠，非一人之耳目所能周察也，復遣楊、彭二公互相巡閲。楊公輒稱病免，惟彭公獨任焉。公與彭公性頗殊，彭公性剛梗，有犯必繩以法，羣下憚之如火。公性寛容，有事輒以情諭，羣下望之若雲。居久之，意若不相悦者。會因舊傷觸發，請開缺調理，得旨允從。擬終老金陵，游預事外而已。光緒十八年，朝廷再起公爲提督，重涖長江。二十年甲午，日本寇擾中國，防務棘艱，公劬勞甚，病亦甚，以八月初十日卒於金陵，年七十有七。

先時，公以武功受殊遇，賞戴藍翎花翎，賞剛勇巴圖魯名號，賜黄馬褂，賞一等輕車都尉世職，封三等男爵，賜紫光閣繪像，紫禁城内騎馬。皇太后萬壽慶典，賞加尚書銜，逮遺摺入，照提督例賜卹，予謚武靖，事蹟宣付史館立傳，諭賜祭，葬長沙，原籍及立功省分準建專祠。子宗炎，俟服闋，以道員即選。孫恩綬，及歲時帶領引見。嗚呼，酬庸極矣！元配陳氏，誥封一品夫人，先公十六年卒。繼配余氏，誥封一品夫人。子三，其次宗楠、宗錫均早没。女子四人。宗炎將以某年月日葬公湖南某縣某里某山某向，丐今湖口鎮總兵柳君金源屬庶昌爲公表墓，誼不敢辭。初，黄公未離籍時，柳君在公所佐治家事，後從之南征，亦以武功顯。軍務平，補水師參將，駐紮三江營。光緒元、二年，庶昌經辦荷花池釐金局，與君往還甚密，遂爲篤友，而公亦庶昌舊識也。今譔此表，固以答柳君之命，而於公之事迹，舉其尤大者章之，使覈實可信，毋令後世以溢美謏辭譏余，並累及於公也。光緒二十一年乙未正月，二品頂戴四川川東道監督重慶關遵義黎庶昌。

録自拙尊園叢稿卷二。

禹門寺築寨始末記

嗚呼！軍興以來，團練禦賊者衆矣。而以一鄉一寨枝柱十餘年，幾與全省兵事相終始，如吾鄉禹門寺者，蓋亦罕聞云。

咸豐四年八月，桐梓姦民楊龍喜作亂，破縣城，出婁山關，進窺遵義，據雷臺山，圍郡城百二十日，浸及於吾里。里人就禹門寺設局，治團練禦賊，於是始有築寨之議。禹門寺者，濱臨樂安江，一峯崛起，周回里餘，澄潭曲抱，上有古寺，頗壯觀，號曰禹門。

國初高僧丈雪、徹智駐錫之所，西距郡城八十里，北距綏陽五十里，東距湄潭七十里，吾黎氏舊居左障山也。

明年春，賊解圍遁，築寨議尋罷。其秋，楊龍喜平，下游苗匪、教匪相繼起，教匪陷銅仁、思南、石阡、思州，苗匪陷丹江、八寨、古州、清江、臺拱、施秉、都勻、黄平、清平等府廳州縣。七年黄平、平越流民糾合教匪内侵，官軍禦之於重安江，失利，遂陷黄平舊司，據甕安、玉華山爲巢穴，同時思南人安某立靈覺團，與鄰團不協，鄰團以反狀告，知府福全謀執之。安氏陽爲應募入城，殺知府以叛。別有劉依元者，本涪州教匪，爲州官所捕名，逃至思南剛家寨，依油匠何工顔以居，仍以燈花教惑衆，共創大團名志和，與安氏相比附。其不入教者，又聯余慶、施秉、思南、龍泉數縣人爲團，以『時和年豐，民康物阜，公平正直，普樂咸熙』十六字爲號，別稱人和，衆七八萬。既而兩團交攻，爲安氏所并。八年進圍龍泉，陷印江、石阡，由黄精樹犯湄潭之偏刀水。偏刀水，巨集也，提督蔣公玉龍軍此年餘，戰敗，遂爲賊踞。自是賊之在玉華山者，目爲黄號。賊之在偏刀水者，目爲白號。而安氏所有之賊，目爲老號。玉華山賊以沈太和、賀大六爲首，沈、賀死，何二强盜卽何得勝、殺人王王超凡及陳某、傅某、石某等統之，各擁衆稱王，爲省門巨患。偏刀水之賊，劉祖祖、何工顔、楊和豐、冉八閻王、秦崽崽二等統之。劉祖祖，賊中呼依元之稱也。後二年，新舟場人張保山，本江西賈人子，充團首，不法，爲遵義縣令鄧公爾巽所斥，乃往投白號，詭稱明代後裔。衆惑之，尊立以爲僞秦王，總其衆，號朱民悦，或稱朱王，鑄嗣統錢散行之，使民堅其信。時湄、甕、思、石間，羣盜如毛，獨龍泉人李璠結團固守，拒戰數年，龍泉無恙。遵義與湄潭毗連，恃三渡關至山羊連山百餘里爲之障，自乙卯以還四五年間，吾里雖未遭賊躪，然其間楊龍喜餘孽如鄒辰保、楊應陸之踞桐梓落水洞，何元驥、穆明玉之踞綏陽川主洞、蠻王洞，王龍之踞正安鼻孔山石筍，官軍次第討除，無不征調鄉團防堵險要。

七年秋，余兄庶蕃又募勇隨縣令江公炳琳勦賊甕安之上塘，每有徵發，禹門寺率爲東路兵鑲會歸。九年冬，黄號賊渡羊崖關，犯遵義。江公拒戰兩路口，失利，死之。擾及東鄉，焚蝦子場，庶蕃以鄉勇要擊於水白渡、羊舞場，賊旋退。白號賊亦進踞孫家坡，綏陽縣令秦公安慶破走之，屯先鋒營以蔽湄潭。十年十月，又破之於山羊口，斬賊首伍得勝。是歲也，廣西賊僞翼王石達開自泗城竄入興義、貞豐，破廣順，走黔西大定，窺四川。而提督田興恕爲欽差大臣勦賊，檄總兵沈宏富統虎威軍進攻玉華山，相持年餘，不克，退還遵義。初，平越人吳元彪以策干蔣公玉龍，蔣公謂其有反相，不用。又走遵義説當事，當事者悦之，命將二千人往屯高臺窑上。元彪爲人沈勇有急智，數以計窘賊，賊恨之甚，合黨絶其饟道。元彪乏食，引還。秦公解湄潭任，先鋒營亦散，遵義防弛。十一年冬，黄號賊乘勢趨渡上關，安、白兩號賊趨三渡關、五里坎、大板角，分道入寇。從兄兆祺、縣人張師敬各率鄉勇禦賊於高洞子、三渡關，皆潰。於是張保山據七星坡，楊和豐據驪龍壩，龍大勝據闌牛坎，冉八閻王據楊柳田，安字老號據麻家垻，連營百餘里。綏陽縣令于公鐘岳兼攝遵義、湄潭、正安三州縣事，親率所部駐禹門，分遣把總吳元彪、都司鄒開桂屯金盆山、馬鞍山，沈宏富亦遣都司左近光屯宋家垻，吳元彪攻賊於皁角堰，以除夕拔之，執龍大勝。于公方移屯，而宋家垻不守，他鄉勇之往營牛心山者，亦不能軍。僞秦王張保山逕由楊柳田上據禹門寺。同治元年正月十日也，于公還軍緑塘河，余兄庶蕃亦募勇出張飛隴，約鄒開桂三面急攻，賊遁，仍復禹門寺。吳元彪攻拔闌牛坎、驪龍垻，疾襲張保山，走之，遂營七星坡。正安人胡先紹、先科率團練來援，破賊於麻家垻，遵義復無賊。然自是險隘俱習賊時去時來，不常其得失，來則所在焚掠，團練禦之亦退，由是築寨之議興矣。于公之任遵義也，屢勸鄉人仿古堅壁清野法，修築寨堡自衛，示三出而衆莫應，至是余兄庶蕃、從兄兆祺及里人劉漢英首任斯舉，相度形勢，就禹門寺築寨，鳩工積石，閱五月而寨成。爲門者四，濠、牆、樓、堞皆具，巋然一方重鎮矣。同時興起者，樂安里則有緑塘河、白泡塘、新舟場、馬鞍山、龍坑等以數十計，而禹門爲最大。東隅里則有東皁、東勝、東平等以數十計，而東皁爲最大，置守粗備。

其秋閏八月，石達開再由四川入遵義，號稱十萬，逼郡城，城無見糧，大恐。于公檄調禹門團練助濟軍食，兆祺以三百人運糧往，與賊黨遇於米泥垻，力戰一日夜，卒護入城，人心始定。鄒開桂屯城外紅花岡，賊張黃蓋，登插旗山以瞰城，城上發礮轟擊，稍稍引卻。又爭開桂壘，開桂出戰，殺數人。賊無意攻城，數日釋圍西走，所過鄉寨，有施放鎗礮者，輒搖手止之，或僅索酒食。復趨大定，入雲南，其餘股迫近禹門。兆祺禦之繖水，敗還，再發精鋭要之，賊已不宿而去。二年正月，東隅里人吴某誘高臺白號賊入寇，與禹門團練戰於大水田，賊敗走。黃號復犯忠莊塘，鄒開桂等挫衄，遂徧擾縣西南境。已而黃號聶定邦與白號爭高臺，定邦破其十三營，據有白號之地，黃號益强盛。

至五月，而吴元彪又反。先是，元彪至遵義，乞饟，于公陽應之，沈宏富惡其爲人，以他事執下獄。其黨藍山虎等乘不備，破獄出元彪，遁回七星坡，據營以叛。知府張公日崙欲和解之，使人持五千金往犒。元彪得金益張，結盟與黃號賊合，心知禹門必爲患害，首遣其黨李春山、萬得勝一夜行八十里襲禹門，昏黑中賊已登陴，守陴者始覺，團勇奮起殺賊。賊退，再至，再創之。七月，元彪改計攻綏陽，亦不能下，遂擾鄭家塲，大收其穀，誘脅羣寨，左至雙洞門，右至堆蒿堡，或破，或降，或觀望。新舟塲向與禹門掎角，亦反爲元彪。獨禹門傑然與抗，其附禹門者，西路緑塘河一寨而已。元彪使人説黃號專力禹門，黃號亦利禹門有積蓄，率衆來攻。礮斃其賊目，賊退，遷怒他寨，遂屠白泡塘。三年春，元彪與聶定邦有隙，定邦攻破元彪雙洞門，元彪亦襲踞定邦紅心寨，定邦赴救復之，攻元彪黨李春山，元彪詐爲黃號旗幟，往助戰，突襲定邦。定邦敗走，元彪誘白號賊平定營叛將劉名貴共擊雙洞門，定邦不能救，雙洞門復爲元彪有。八月，元彪再圍綏陽，知縣邵公維新與邑人廖熙麟誓以死守。其冬，縣降人宋玉山糾合黃號於寶峯山，寇掠東、西、南三鄉，破數十百寨，殺戮甚慘。禹門益增守備，築甬路屬之河，以防汲道。綏陽被圍久，邵公四出乞援，從兄兆祺以團勇赴救，賊益廣招白號劉名貴、石先鋒等分擾四境，屯繖水黃魚橋以阨，外援阻不能達，城中糧盡，斗米值銀八兩，餓死者相屬。四年二月二十三日，城陷，邵公死之。

方是時，禹門一寨北拒吴元彪，東拒白號，東南拒黃號，環三面皆賊，居民晝則疾耕採樵，夜則分陴守禦，危苦萬端。兆祺等數以大義稱説激勵，寨中人皆曰：『誓不與此賊俱生。』其守益固。二月十九日，黄號賊大股來攻，寨中出三百人與戰，奪其營帳數百，賊退，屯龍坑。龍坑距禹門十里，賊因其糧日日索戰，寨勇輒出應之，殺傷過當。夏四月，賊從車水降寨楊大二等計火龍坑營，引其黨近萬人，直屯於隔江之大山坪，與禹門相望，示無還志。數日，又渡江營於寨旁之騾子堰後岡，樵採道絶。庶蕃等飛書至郡乞援，郡人王藻章以壯勇三百來赴，事益急，使練總鄢正家募敢死士，得百人，乘夜登後岡，逼賊壘，而軍各持門扇、箱籠之屬累土填石，相距咫尺，賊覺來爭，刀矛接於肘腋間，勇皆殊死鬬，不退。比明營成，而賊氣大沮。寨中多草舍，賊自岡頭以火箭射入，皆及濠而顛，否則過越寨西，未嘗一著草木。又發大礮轟賊不知其先已入藥，再食之，礮炸而飛，未傷一人，論者謂有神助。庶蕃等計議，以爲賊今致死於我，我不一大舉，與決雌雄，寨終不可保也。五月八日，悉發精鋭，分兩道出攻賊，奇兵別從尚水渡，戒之曰：『萆山以望我軍，兵既交，則疾出賊後，斫其營，縱火燔之，雖死勿退！』賊戰正酣，忽望見火光，大驚，反奔。寨勇蹙之，遂平江南各壘，騾子堰賊亦潰退，屯車水。迎水棧寨首苟雲九素與楊大二有隙，聞禹門寺破賊，聲威大震，來約濟軍潛往襲車水。是月既望，又拔之，斬楊大二，黄號賊悉遁回高臺。凡八十八日而圍解，寨勇傷亡者幾三百人。

綏陽之初陷也，聞楚軍統領、雲南布政使劉公嶽昭駐軍綦江幾半年，號爲援黔，以不知虚實，不敢進。禹門寨首合謀，遣綏陽附生楊遇澤、遵義人劉應奇等齎蠟書往通消息，促進兵。行至七寶寨，五人者猝遇賊，死。余兄聞而復遣健往，詭裝爲丐，乃得達。七月，楚軍至綏陽，合圍數月不下，劉公問計於禹門寨，兆祺、庶蕃等獻言曰：『綏陽城小而固，吴元彪亦悍賊也，堅忍善守，然其城在平地，近黄魚橋、河源兩界，有山下流頗狹。若從黄士坎一帶築壩，束水灌之，可不戰而克也。』劉公從之，綏陽圍攻正急，宋玉山復誘黄號自南鄉入襲，破郡城北門，爲城團擊退。劉公分軍往援。五年，壩成，其夏，水大至，淹城不没者二尺許。元彪懼，率劉名貴等降，綏陽克復。八月，楚軍入遵義，南鄉賊宋玉山等亦降。遵義肅清，禹門寺解嚴，鄉人始下寨，東南猶時時小警。然賊到而希矣。

余以咸豐庚申去家，至同治六年歸自河南曾文正公軍幕，覽戰爭之遺蹟，睹城堞之猶存，慨然想見鄉人百戰艱難，守死勿去之義。郡城之不亡，禹門一寨之力也。而其事終始不獲上聞。寨始有二千餘户，丁壯數千人，及是而罹於兵，罹於饑餓，罹於疾疫，枕藉如山，死亡不可勝數；而賢人君子若余世父雪樓府君、從兄伯庸兆勳、胞兄魯新庶燾及大儒鄭君子尹珍先後皆隕没於寨；數百里内外殘破創痍，豺虎縱横，蓬蒿滿目，國中終日行不見所識。天運人事，足以悽愴傷懷矣。於是追述始末，粗備掌故。元彪後改名奇忠，從劉公入雲南，肅清大定以西，每戰先登，累功至督標中軍副將。里人黎庶昌記。光緒八年六月。

録自拙尊園叢稿卷二。

夷牢亭圖記

士大夫之有園林者衆矣，或處鄉，或處城，莫不欲極山水之趣。然率舍自然之一境，而以意匠巧爲營度。本無是山也，累土疊石以爲高，曰某峯某岡某垞；本無是水也，捎溝引泉，劑灰款而渟之，曰某池某湖；本無是庭堂也，架木結構，雕飾精嚴，曰某亭某館某臺某榭。胥假外物而爲之名，凡此皆以求適吾趣而已。若夫君子，因天地自然之用，隨所遇以養神明，其爲適不亦更大矣哉！

余家樂安江幽勝處，直拙尊園之西。隔江有邱隆起，可十丈。往時卉穢蒙蔽，無徑可尋，未嘗有過而問者。經亂盡顯，木之柟者斥，竹之翳者剔，石之稜者覿，童然若伏龜之下飲於谿。一日，偕余弟夏軒步登之以望吾園，遠而望山堂、水牛山諸勝，近而禹門寺及石頭之塔，青山之柏，桂岡、堯灣之桂，大嶺之楓松，悉羅拱環列，若與爲揖讓，而拙尊園當其北。吾弟別業在其南，平疇衍迤，與目際會，炊煙縈帶，墟落如罫如畫，斯亦天假之園以適吾適者。余得之大喜，乃謀構草亭其上以攬之，不十日落成。邱故無名，取牂柯之義，繫之曰柯邱亭，曰夷牢。夷牢者，唐李吉甫元和郡縣志稱樂安江水名也。或曰夷平牢落也，或曰夷語以樂爲牢。余皆弗深究。第日與吾弟巖居川觀，坐此亭以盡四時之變。

時方春也，梅梨桃李怒華，麥秀陵陂，生氣盎勃。夏至時，鳥變聲於衆緑陰中，子巂鶯燕，旦暮互啼，欣然有會於耳。蠶事畢，人家插秧行水，被蓑戴笠，叱犢餉耕，婦子嬉於隴畝。秋稼既成，當七八月之交，而黄雲布野，蚱蜢如繁星，農夫腰鐮刈穫，趁新月荷擔歸，笑語樂豐歲。及冬盡，百物腓殘，雲水寥落，獨餘山松庭桂，不改故容，使可悦目而怡性。一亭之觀化不窮若此。余雖未知古仁知之樂山水何如，而以此澄慮洗心，似亦超然榮觀之外，不爲世網所縛束。

今來日本二年矣，念斯亭不忘，又懼本懷之日汩也，因屬吴縣顧君若波作圖，而爲之記，並詒吾弟共賞焉。光緒十五年三月。

録自拙尊園叢稿卷二。

金鼎山新建玉皇殿記

堯、舜、禹、湯、文、武、周公之道衰，而老氏興。老氏者，其源出於黄帝，與世和同，以淡泊爲體，以柔退爲用，著書言道德，大抵閔叔世之愚迷，將一反諸清静無爲已耳。厥後莊周慕其術而悦之，累著十餘萬言，頗仿依其辭，然而姑射神人之喻，鴻蒙雲將之游，率皆寓言，無事實，亦未嘗爲神仙家言，如後世怪迂之變也。神仙之説，蓋盛於七國時燕、齊海上之方士，阿諛苟合，其言益洸洋無涯涘，造爲方丈、蓬萊、瀛洲之誕，伯僑毋忌充尚羨，門子高之不可卽，使世主想望瞑眩，莫不欲得而甘心，而列禦寇書遂有清都紫微天帝之居，爲道家之所自祖，禦寇雖見稱於莊子，而書特晚出，去莊子時甚遠，剽獵莊、晏、楊、墨以成文。唐柳子厚雖辨之，而不悟其書之譌也。世乃反以莊子取列子，不亦傎與？秦、漢而降，變本益厲，刻木爲像，築宫爲祀，道家之言遂一成而不可止。今天下各行省莫不有道教緇衣黄冠，咸奉老氏爲宗主，而又別有所謂玉皇上帝者，體制尤崇於老氏。其徒奉之，必被以冕旒衮笏，一準王者上儀，人亦習見而莫以爲異。

吾邑郡城西四十里，有山曰金鼎，孤峯特起於衆山之上，其高十里。初夕之夜，有星火數十百燦見於茲山左右，若遠若近，起滅不可究詰，羣相與靈之。春夏之際，氓庶朝金鼎者，環數縣不絶。山舊有廟，湫隘塵陋，不足壯觀。光緒中，蜀僧大方性頗好奇，來登此山，遂闢地建玉皇殿於其頂，以費絀久不就，告余爲集貲贊成之，而令移吾鄉禹門寺玉皇像供奉於此，使道釋各得其所，無相淩雜。殿成，楹棟堅緻，丹碧焕然，憑高四顧，孤敻寥絶，足以棲真而妥神矣。

夫道家之言，其事荒渺不足致辨，然取其清虚遺世之意，以養人靈府，使超然恒軼於塵壒之外，儻亦君子之所不廢乎？大方書來，欲余志其顛末，因爲發凡如此，而於工事則别有書。光緒十五年十月邑人黎庶昌記。

録自拙尊園叢稿卷二。

禹門寺置佛藏記

距吾居里許，有寺曰禹門。國初時，蜀僧丈雪暨吾宗策眉九十翁相繼居之，飛樓湧殿，踵事加闢，遂爲壇場勝境。舊有北本佛經全藏，同治以還，兵興寺擾，經卷散軼不完。光緒七年，余奉使日本，遇坊肆間有緇刻南藏本佛經全帙，遂以千金購製寄儲，使與寺藏經樓之名相稱。

十一年，余奉諱旋里，見寺多陁撓，楹棟榱桷，風繰雨濺，日益朽剝，丹艧失華，乃命工修飭改易而髹涂之。四閲月告竣，一木一石，焕然增新矣。余之爲此，非欲求佞於佛，實以其地與吾居相近，治此爲游觀之所，而又念名勝之不可任廢滅也。故葆而存之意，如是而已。

佛之爲教，其初起於祭天金人，事甚微眇，後乃浸滋浸長，以戎夷之法而與孔、孟爭衡。自漢初撥嬴秦之亂，典禮政教不能修復於古，侵尋黄老、王霸之間，佛乃乘虚而增其啖，由是因果禍福，善惡報應，其説中於人心，膠牢而不可拔。而浮屠寺塔之建，蘭臺石室之藏，天子且躬爲之駕，以簧鼓一世人民，是豈佛之罪哉？然自唐、宋大儒論闢後，佛説之不足爲天下患，亦已大明。而後世儒者，乃欲援儒入釋，課其虚靈不昧，以主静良知立爲宗極，使與吾儒心性微旨相亂，不尤過矣哉！

君子之持身也，不敢造次，涉於虛無之境，居常貇貇以忠信誠慤爲本，以戒欺求慊爲功，以存不忍人之心爲用，博約乎文禮之塗，潛息乎仁義之府，無歧其趨，無憧其行，明德而新民，開物而成務，由家之國，推己及人，其始無過致嚴異端之辨，而其終遂達乎天人之故，仁民愛物之原，充類以極於盡性至命，方日從事聖賢不暇，又何有清靜寂滅、窈冥誕幻之説熒視而惑聽哉！ 方今天下乃有所謂耶蘇天主教者，傳自泰西，流衍於中國，竊釋氏緒餘，舉君臣、父子、夫婦、昆弟、朋友，下逮食息之倫，一切以天爲主，平等持視，無輕重厚薄之分，其説尤淺陋，爲釋氏所不道。 知道者固不慮爲彼惑，而愚民時有信從者，亦無人焉爲之反經而揭慝也。 余故因置佛藏，並發斯論，使鄉人知所儆悟焉。 經凡六千七百七十一卷，總二百八十一函，别匱庋弆，令僧顓司之。 其唐慧琳一切經音義百卷，中土久逸，頗存蒼、雅故訓，爲考據之學者，亦將有取乎此也！ 里人黎庶昌記，光緒十五年十月。

録自拙尊園叢稿卷二。

介石園記

友人蔡君念皇家郡城東郭外。 傍山爲園，廣纔半畝。 有亭有池，倚池疊石爲小山，冠一峯，玲瓏而秀特，因名園曰『介石』。 余嘗寓居其中，諾爲之記。

明年，余再使日本。 又二年，念皇益拓而大之。 自小山後鑿垣穿竹徑而上，爲環堵樓。 樓之西屬以回闌，迤邐下至山麓。 别開石屏，爲洞三，署其額曰『穿雲窟』。 窟之外有大圃，編竹爲籬，隔以柴扉，顔其額曰『中隱岡』。 岡以内皆叢樹，卽山半構室廬，曰『翠微軒』。 軒後峭壁三成，怪石磊砢，增葺草亭其上，有古棠梨四映帶之。 據亭俯瞰城郭内外，萬屋鱗櫛，環以湘流，曰『一覽亭』。 亭側壅短垣，植藤花爲屏障，外樹蔬果，將自食力以休老乎其中。 寓書來告，屬踐前諾。 余雖未涉斯園，而其位置頃畝，高下曲折，念皇昔爲余言之，遂若歷歷在目也。

念皇爲余年丈莒谿先生之子。 事親孝，母没不能歸，葬之城東五里許，躬負土成墳，時時往省以致其孺慕之思。 此瞻雲之所由名亭也。 家甚貧，子息單弱，妻又病痿，念皇處之怡然。爲人守狷寡欲，不妄干求於人，其行頗近知恥。知恥，故能介。惟介，故與石宜。

嗟夫！人之生世久者，不過數十寒暑，奈何挾其萬物皆備之躬，不踐吾形而俛首爭拳於利祿之場，營營不以自止；甚或隕身喪名，爲天下笑。若此者，蓋不可勝數也。要其歸，則亦草木澌盡腐滅已耳！吾因是而思夫古之達士，往往離世避俗，雖有千乘萬鐘之在前，斥而弗顧，豈好爲矯激哉？世患不入於胸，斯形役不勞於外，其自待已厚矣。而聖賢者處己則尤有道，不以窮戚，不爲達欣。遭遇合之隆，則行其所志；遘明時之蹇，則卷懷退藏。此所以無入而不自得也，然其學必自知恥始。吾願念皇之益持其介而勿流於許行並耕，則幾道已！黎庶昌記。

録自拙尊園叢稿卷二。

改建五福宮北樓記

重慶，蜀東一大都會也。其地當岷、涪二江之匯，水陸四沖，舟輿之所絡繹，商賈之所駢集，絲麻、布帛、丹漆、鹽鐵之利都積，而委輸渝關，實綰轂其口。人民數十萬，重屋累居，市廛糾紛，鱗比櫛葺，鬱撓而不得舒。凡四方冠蓋之所經，士大夫之所游息，淹歷歲時，大率病其湫隘抑塞，未嘗一得山川之奇以去者，往往而然也。

城中五福宮爲形勢最高處，道士舊觀也，宜可以攬巴渝全勝。及登其堂，舉爲牆室所閉，寓目無見，益又甚焉。光緒十八年，余分巡是土，友人廖君養泉觀察適自川北來游，乃建議拓而新之，土木之事，一惟君是賴。於是就其北三楹改易規制，別爲亭斗出，使可游騁。抉壅障，除陋汙，卻丹華，崇雅飭，不數月落成，顔其亭曰『樓外之樓』，名其廳曰『漲秋山館』。欞檻四周，爽塏疏潔，憑高而視，二江繞其前，佛圖擁其後，涂山龍門之旁湧環列者，笏立而珮趨，雲滃而波駛，鬱鬱棼棼，吐納萬狀，譬若人負瑰偉之質，沈鬱榛莽間久，無過而問焉者，一旦遇真賞拔識，則盡態逞妍，精神爲之一振。覺昔之熟視無睹，今乃爭相傳誦矣。

廖君屬余記之，余謂史稱登高能賦，可以爲大夫。夫古之君子，游必升山陵，處必有臺榭，其所以居高明而遠眺望者，豈侈然民物之上，南面坐大以自恣哉！蓋内有以息一己憧擾之神，即外有以靖萬類囂淩之氣，非苟焉而已也。今廖君之爲此，殆將以古誼策余，然則余以二三守吏，當政繁志軼之後，偶一登臨，撫此城郭萬家之盛，積思凝慮以求轍乎仲尼論庶富教之旨，其於三代賢聖之治，或將有一合也。是爲記。遵義黎庶昌。

録自拙尊園叢稿卷二。

敬志箴

皎然而麗天者，爛爲星日之光輝；凝然而負地者，挺爲山岳之竦峙。横乎其無古者，前有不朽之聖賢；芒乎其無止者，後有不窮之事世。嗟余小子，藐蟣蝨身，混三才而立質，懼草木之同塵。蹈道不實，首初迄今，攘攘五十七年矣，志慮百無一成，況乎憂患之叢集、利慾之薰攖，將遂爲小人之歸乎？抑庶幾一日窺君子之庭，神明告汝，敬持爾志，待瞑而休，勿墮其氣，甯爾之心，除爾之害，抱知命以永終，曾不願乎其外！

録自拙尊園叢稿卷二。

曾太傅毅勇侯别傳

公諱國藩，字伯涵，别號滌生，湖南湘鄉人也。初名子城，後改。其先自江西徙衡陽，明季再徙湘鄉。家世力農，五六百歲間，無與科目顯者。祖玉屏，始奮學，父麟書，老儒，縣學生員，至公乃大。道光甲午鄉試舉人，戊戌進士，改翰林院庶吉士，授檢討。二十三年，充四川鄉試正考官，再遇大考，累遷侍講學士、内閣學士。二十九年，補授禮部右侍郎。

始公居京師，從太常寺卿唐公鑑講受義理學，疾門户家言漢宋不相通曉，亦宗尚考據，治古文辭，與蒙古倭仁公、六安吴公廷棟、師宗何公桂珍、漢陽劉公傳瑩、仁和邵公懿辰數輩友善，更相礲砥，務爲通儒之學。由是精研百氏，體用賅備，名稱重於京師。

宣宗崩，遺命毋庸郊配、廟祔。文宗即位，下廷臣議。王大臣、九卿既集，咸謂廟祔固不可易，郊配亦在所必行。公獨以爲『乾隆中繕治郊壇，考律吕之正義，按九五之陽數，一磚一石，皆有定程。增之不能，改之不可。

今七廟配位外，已乏餘地，論者徒欲於西三幄之南暫置一案，計目前而忽久遠，非所以嚴典祀。大行皇帝深維萬世，慮或有援唐宋故事，陳請罷祀者，因以身制限，俾世世遵行，無更革之患，此大孝大讓、三代聖人制禮之精微也。愚謂毋庸郊配，遺命不可以有違。』與羣臣意不合，專摺建論之。上善其言，曰：『該侍郎議是，諸所奏殊少折衷。』

公又以國家用人之道，有轉移、培養、考察三端，而經筵日講爲人君求治基本，皆宜加意切究，復條奏數事施行，咸納用焉。

是歲廣西兵事起，賊酋洪秀全、楊秀清等據桂平金田村，咸豐元年益熾。賽尚阿公以大學士督師出勦。時上求治急，用人或不測，諭旨輒曰：『黜陟大權，朕自任之。』又尚威儀，羣臣失檢則得罪，百僚恐懼，莫敢正言。公迺上疏極諫，預陳三大流弊，請防其漸。上覽奏大怒，捽其摺於地，立召見軍機大臣，欲罪之。祁公寯藻叩頭，稱『主聖臣直』者再；季公芝昌，公會試房師也，亦爲之請曰：『此臣門生，素有愚直，惟皇上幸而赦之！』良久乃解，仍優詔褒答。

大學士琦善公以番案得罪，入刑部獄，不肯承執。薩迎阿查辦不實，傾害之。薩公時在新疆代任，故事，大臣查辦事件，必隨帶司員。一日會訊，坐甫定，刑部尚書恒春宣言，傳薩公所帶司員備質。公驚問：『此何意也？』恒公曰：『有旨。』公曰：『既有旨，胡不早宣示？』恒公曰：『面奉諭旨。』公曰：『諭旨逮問司員，豈能以面奉爲詞？某亦刑部會審者，未經面奉，不敢附和。司員微曹，要亦會訊官也。諭旨未正其罪而先逮問，今日在堂會訊者，豈不自危？自今以往，大員有罪，誰敢過問者？必欲傳訊，俟奏請奉旨而後可。』四坐悚然，遂已。

公既好直諫，議事數與諸公貴人不和，諸公貴人見之，或引避，至不與同席，公亦視之如無也。爲侍從臣十餘年，歷兼工部、兵部、刑部、吏部侍郎，居位稱職。雖以直諫忤指，上心益察其忠，可屬社稷，卒以此用。

咸豐二年，充江西鄉試正考官，丁母憂歸。其年，賊出永安，圍桂林，陷道州、郴州，攻長沙。解圍，至益陽，折臨資口，大掠民船，浮洞庭而東。岳州、漢陽、武昌俱失守。三年正月，沿江而下，陷九江、安慶，破金陵，據爲僞都。秀全自稱天王。建僞號太平天國。僞東王楊秀清用事，分黨北犯河南、直隸，陷鎮江、揚州，踞之，海内震駭。時公已奉旨督辦團練於長沙，首以人才爲急，拔塔齊布於衆將中，使領兵事，倡勇敢。巡撫張公亮基檄調湘鄉千人守城，公曰：『團練僅衛鄉里，法由本團醵金養之，不饟於官，緩急終不可恃。請改募成軍，乃可資以討賊。』『湘勇』之號，自此起焉。

先是，公嘗論東南各省形勢，郡縣多阻水，欲勦此賊，非水師不可。及新甯江公忠源禦賊於南昌，郭公嵩燾獻言：『江湖一水，遇風日可數百里，賊舟瞬息得達。官軍率由陸路追躡。賊仗舟檝，而我以營壘禦之，此兩不相及之勢也。長江數千里之險，遂獨爲賊所有。請急治舟師，與爭江湖之利。』江公大喜，即日具疏，請飭湖南北、四川各造戰船，廣東製備礮位，交曾某管駕，駛出長江，肅清江面。公亦奏請調瓊州紅單船，放大洋，由崇明入江，廣州内江快蟹、拖罟，泝灘水，過斗門，浮湘而出，收東西夾擊之效。遂出至衡州創辦水師。會賊自江西西上，再陷九江、安慶、黄州、漢陽等郡，武昌戒嚴，廬州新立行省，亦危急。公方以討賊自任，上遽累詔出兵策應。公奏水師未能就緒，難以應敵，上手詔切責之。公具陳饟乏兵單，成效不可必，惟有愚誠，不敢避死而已。上復報曰：『成敗利鈍，固不可逆睹，然汝之心，可質天日，非獨朕知。若甘受畏葸之罪，殊屬非也。』已而廬州陷，時衡陽廩生彭公玉麟落拓鄉里，公一見器之；楊公載福始仕湘陰外委，名微甚。應調至，俱佐理弟國葆營務。國葆薦此二人國士，才任一軍，不當屈爲幫辦。乃檄使募水勇。楊公頓首自陳：『不習水性，不敢受命以負公。』公笑曰：『觀君才氣，無施不宜，勉爲吾任之！』楊公、彭公始治水師。

公徵將弁於兩粤，數月戰船成者，快蟹四十、長龍五十、舢板百五十，度可應敵，乃謀大舉。四年春，號召水陸萬人，別爲二十營，營五百人，以塔齊布、褚汝航、楊載福等領之。益募民船，載運糧米萬二千石、煤萬八千石、鹽四萬斤、礮五百尊、鉛子火藥二十餘萬斤，員弁、工匠、夫役皆具，合者亦不下萬人。傳檄遠近，將而東征。水師初出湖，即爲風所摧敗，陸軍至岳州，前隊遇賊潰退，入城城守。公率戰船拔出之，不利，引還長沙。賊陷湘潭，再邀擊之。靖港又敗，公發憤投水，左右大驚，援救得不溺。後數日，塔齊布公大破賊湘潭，軍心始定。公營長沙高峯寺，重整軍實。或請增兵，公曰：『吾水陸萬人，非不多，而遇賊即潰。岳州之敗，水師拒賊者楊載福一營，湘潭之戰，陸軍塔齊布兩營，水師楊載福兩營。以此益知兵貴精，不貴多。故諸葛祁山之敗，且謀減兵省食，勤求己過。古人亦正切實體驗，非虛言也。且古人用兵，先明功罪賞罰。今時事艱難，賢人君子，大半潛伏。吾以義聲倡導，同履危亡。諸公之初從我，非以利動也，故於法亦有難施，所以兩次致敗，其弊實由於此。』諸將皆服。

方兵之初起，大學士某公昌言於朝曰：『曾某以在籍紳士，非上素所令召，而一呼萬人，此其志不在小。』語浸淫上聞。湘潭克復，奏捷至京師，大臣或指爲妄。上心知非是。一日，特旨召見編修袁芳瑛，問所以破賊狀。芳瑛具言：『臣得家書，述曾國藩等戰事甚悉。』因舉顛末，爲上備陳之。上大悦，即日授芳瑛松江知府，而公志以明。芳瑛者，上從搢紳簿中識其爲湘潭人也。自是大臣乃不復言公。

賊既退出湘潭，渡湖而西，陷常德，其在漢、黄者，陷德安、安陸、荆門，入宜昌，越太平口而與常德賊合，武昌再失，公復引兵趨岳州，連戰，下城陵磯。水師獨衄，亡其將陳輝龍、褚汝航等。尋而復振，會師金口。諸將胡公林翼、羅公澤南、塔齊布公、李公續賓、楊公載福、彭公玉麟皆屬焉。於是進兵，圖湖北。公令羅公攻花園，塔公攻洪山。武昌、漢陽賊聞兵大至，宵遯，遂復兩城。順流而東，所過戰克，大破之田家鎮，斫斷半壁山横江鐵鎖，至於九江。水師浸驕，賊營湖口、梅家洲，攻之不下，舍去，逐利入鄱陽湖，未返而賊夜柵斷湖口，塞其後路，不得出。外江戰船，大爲賊所襲，焚燒數十百艘，公走羅澤南軍以免，退屯九江。於是外江、内湖水師分矣。

賊由小池口渡江西上，再陷武、漢，北擾荆、襄，南入義甯。公遣胡公林翼等軍救援湖北，塔齊布公軍九江，而躬至南昌，撫定水師之困内湖者，檄彭公領之。時湖口賊陷饒州、廣信，入徽州，羅公往勦，克復廣信、義甯，而塔齊布公卒，軍無統，公復至九江。羅公駐軍義甯，上書言：『東南大勢在武昌，得武昌乃可控制江皖，大局乃有轉旋之望。』因詣公，指陳形勢，請率所部援武昌，取建瓴之勢。此時湖口諸軍但當主守，不宜數數進攻以頓兵損威，乞戒諸公堅持，必俟湖北克復，大軍全注九江，乃可議戰。公從之。幕府劉公蓉諫曰：『公所賴以轉戰者，塔、羅兩軍。今塔將軍亡，諸將可恃獨羅公，又資之遠行。脱有急，誰堪使者？』公曰：『吾極知其然。然計東南大局，宜如是，今俱困此無益。此軍幸克武昌，天下大勢猶可爲。吾雖困猶榮也。』羅公遂行。

初，公在衡州困急時，湖北巡撫楊健孫楊江助捐軍饟銀二萬兩，公嘉其意，請入祀健鄉賢祠。部議以爲不應，坐革職，上改降二級調用。及城陵磯捷，賞三品頂戴，克復武、漢，授二品頂戴，署理湖北巡撫。公以未終母喪，辭讓不受。尋加兵部侍郎銜。軍至九江，賞黃馬褂。五年九月，補授兵部侍郎。

其冬，僞翼王石達開由崇陽、通城竄入江西，連陷八府一州，九江賊踞自如，湖南北、江西音問不通。公在南昌，從衆議，復調羅公，不知其已亡。公弟國華、國葆，聞江西急，於是用父命走湖北，乞師巡撫胡公，拯兄難，將五千人行，攻瑞州。湖南巡撫駱公秉章亦資公弟國荃，兵援吉安，兄弟皆會行間。公前所遣回援湖北諸軍，久之，再克武、漢，直下九江。李公續賓八千人，軍城東。楊公載福戰船四百號，泊江兩岸。江甯將軍都興阿公馬隊，佐以鮑公超步隊，駐小池口。凡數萬人，軍容整肅。公自南昌迎勞，望見之，則大喜，兵勢復振。是時下游軍事棘，江南大營失陷，督師向公榮退守丹陽，卒。朝廷以和春爲欽差大臣，張國樑爲總統，復進攻金陵。而賊内亂，僞東王楊秀清、僞北王韋昌輝俱死。七年二月，公丁父憂，奔喪回籍，請開缺守制，得假三月治喪。再疏陳情，具言辦事艱難狀。上雅知公拘謹，重違其意，乃先開兵部侍郎缺，令守禮廬候旨。

胡公既定湖北，馳至小池口，合圍九江。九月，攻破湖口、梅家洲，鄱陽道通，外江、内湖水師絶四年而復合。

楊公乘勝轉鬬，拔彭澤、望江、東流，直指安慶城下，進克銅陵，耀師而還。由是水師雄視東南，復悉奪收漢、黄以下江面，與賊關銅陵而爲界。胡公以此軍本公建立，楊、彭皆其舊部，請起公，復統水師。會九江克復，石達開自江西竄入浙江，浸及福建。上卽家召公，出辦浙江軍務。公至江西，未幾，又詔援閩。僞英王陳玉成，世所稱『四眼狗』者，譎鷙善戰，再破踞廬州。李公續賓赴援廬州，至三河，舉軍覆敗，公弟國華殉難。駱公秉章奏請舍江圖皖，公亦奉旨統籌全局者屢矣，迺規取形勢。九年正月，上奏曰：『就數省軍務而論，安徽最重，江西次之，福建又次之。計惟大江兩岸，各置重兵，水陸三路，鼓行東下，勦皖南則可以分金陵之賊勢，勦皖北則可以分廬州之賊勢。北岸須添足馬步三萬人，都興阿、李續宜、鮑超等任之；南岸須添足馬步二萬人，臣率蕭啟江、張運蘭任之；中流水師萬餘人，楊載福、彭玉麟任之。至江西軍務，亦分兩路：臣與撫臣耆齡任之，臣任北路，耆齡任南路。福建之賊，閩省兵力足以自了。粵賊句結捻匪，近來嘗以馬隊冲鋒，擬調察哈爾戰馬三千匹，募勇數千，擇平曠之地，馳騁操習。臣願竭數月之力，訓練成熟，以備攻勦。惟聖鑒裁示。』上深然其策。

後數月，石達開竄入湖南，西攻永州，圍寶慶。上慮四川且有變，令公以軍防蜀。行至巴河，聞賊已引去，竄入廣西，而上游兵事解。胡公乃建議圖皖，與公合謀攻安慶，使弟國荃督諸軍，在前圍之。多隆阿公軍桐城，李公續宜軍青草塥，公次宿松，經營江北。而皖南賊陷廣德州，遽入浙江，襲破杭州，回竄建平、東壩、溧陽。僞忠王李秀成大會羣賊建平，分道解救金陵。江南大營復陷，官軍悉潰，常州、蘇州相繼失。咸豐庚申閏三月也。左公宗棠聞而歎曰：『天意其有轉機乎？』或問其故，曰：『江南大營，將蹇兵罷，萬不足資以討賊。得此一洗蕩，而後來者可以措手。』又問：『誰可當之？』胡公林翼曰：『朝廷能以江南事付曾公，天下不足平也！』於是，天子慎選帥，以公功效懋著，就加兵部尚書銜，署理兩江總督，促救蘇、常。左公宗棠方嚮用，有旨下公問狀，卽令襄辦軍務，賞給四品京堂。未幾，公補實，授欽差大臣。或言當撤安慶圍，先所急。公曰：『安慶一軍，關係淮南全局，卽爲克復金陵張本，不可以動摇也。』遂南渡江，趨祁門。

公爲人虯髯虎頷，沈毅多度，秉鉞專征，天下想聞風采。江浙賊氛雲擾，官紳告急，軍書日數十至，援蘇、援滬，援浙，援皖，援鎮江，詔詔相銜。公至祁門，未十日，賊陷甯國； 又數日，陷徽州。中國方困兵革，而英吉利、法蘭西寇天津，科爾沁忠親王僧格林沁與戰敗績，京師戒嚴。文宗巡狩熱河，恭親王留守。勝保奏請飛召外援，公發書涕泣，請提兵北上。會和議成，止勿行。其冬，大爲賊所圍，一出祁門，東陷婺源，一出祁門，西陷景德鎮，一入羊棧嶺，攻其北。環城數重，吏士皆有憂色，固請移營江干，與水師相杖。公曰：『無故退軍，兵家上忌，此不可也。』卒不從，使人間行，檄鮑超、張運蘭亟引兵會。身在軍中，意氣自如，猶時時以詩古文是娱。其堅定不摇，率此類也。左公至江西後，數破賊樂平、浮梁間，公薦宗棠可大用，請改幫辦軍務。

十一年八月，公弟國荃克復安慶，捷未聞而文宗崩，穆宗毅皇帝立。帝年少，兩宮皇太后垂簾聽政，以公先帝重臣，委任益至，數詔酌保封疆將帥人才。頃之，節制江蘇、安徽、江西、浙江四省軍務。朝廷每有軍國大議，諮而後行。苗沛霖反，詔分兵討壽州，東南兵事，一皆專決。杭州再陷，公舉左公宗棠辦浙事。始公之起兵，開幕府延客，號得士。合肥李公鴻章以年家子入幕，察其英毅非常器，公嘗欲於淮、徐間别練一軍，而難其人。及得李公，奇其才，欲任之，未有因也。江蘇官紳退保上海，數月望援不至，使使至安慶乞師，公卽遣李公至淮上，召募得八千人，名曰『淮勇』。赴援之時，上海已設會防局，議借西洋兵勦賊。公言：『上海本通商碼頭，借以保守人財則可，若令攻勦蘇州、金陵，代復中國疆土，則不可。』乃止。

同治建元，公協辦大學士。當是時，公鎮守安慶，居中調度，誅討懷集，地方數千里，部兵十餘萬人。公弟國荃，益募勇圖金陵。徇地至蕪湖，水陸皆會，薄雨花臺而進軍。賊堅守，攻之不下，乃增兵圍之，相持踰二歲，公嘗足食足兵以相餉救。其秋，圍師病疫，公憂甚，奏言：『臣德薄，不足以挽厄運，請簡親信大臣，馳赴江南，分任重責。』上諭勞之，曰：『朝廷信用楚軍，以曾國藩忠勇發於至誠，推心置腹，倚以挽救東南全局。自諸軍進逼金陵，逆匪老巢已成阱檻。疊經諭令，毋徒求效旦夕，惟當立足不敗，以俟可乘之機。矧疫沴繁興，各軍病困之餘，詎忍重加督責？其各傳旨存問，當此艱難時會，益以疾疫流行，深虞墮士氣而長寇氛。此無可如何之事，非該大臣一人之咎。意者朝廷政事，多所闕失，是以上干天和。我君臣當痛自刻責，實力實心，勉圖禳救，爲民請命，以冀天心轉移，事機就順。至天災流行，必無偏及，各營將士，既當其厄，賊中亦豈能獨無傳染？該大臣鬱憤之餘，未遑探詢，刻下在京，固無可簡派之員，環顧中外，才力氣量如曾國藩者，一時亦實難其選。該大臣素嘗學問，時事艱難，尤當任以毅力，矢以小心，仍不容一息稍懈也。』

洪秀全被圍久，召李秀成蘇州、李世賢浙江，悉衆來援，號六十萬，圍公弟國荃雨花臺。拒戰四十六日，乃解去。弟貞幹卒勞於軍，卽國葆也。明年五月，水師克九洑洲，長江肅清，金陵城圍合。賊糧垂盡，洪秀全度不支，服毒死。李秀成擁立其子福瑱，仍堅守。時浙江略定，江蘇亦平，李公鴻章兵多，無所用武，有旨飭令會師，未赴。國荃亟治地道鍾山下，克之，三年六月十六日也。李秀成生得，洪福瑱逸出，至江西後擒。天子褒賞功臣，加公太子太保，封爲一等毅勇侯，世襲罔替，賞戴雙眼花翎，國荃一等威毅伯。

金陵既克，洋將戈登、雅妥瑪等來賀。公威震中外，乃議罷兵，裁湘勇，進淮勇，而勦捻事起。始淮勇新集，公語其友郭嵩燾曰：『君亦知吾擢用李公者何？』曰：『不知也。』公曰：『目前大勢，東南軍務可了，淮北捻匪尚無了期。湘軍利山徑險阻，馳騁平原，非其所長。用兵十年，氣亦稍衰矣。繼湘軍以馳騁中原，不能不資淮勇；管帶淮勇，不能不資李公。吾之用李公，欲以爲湘軍之繼，非第爲江蘇計也。』金陵平後，賊竄至皖南、江西。楊公岳斌受命督勦，江西肅清，餘賊入廣東、福建，又二年乃平。

捻匪者，起於潁、亳、光、固間，剽掠以爲生事，不攻城，得亦輒棄去不守。其戰善用馬隊衝鋒，自陳玉成、苗沛霖嘗糾與官軍戰，益習攻鬭，利器械。玉成、沛霖死，僧王移師討之，追勦數年，馳驅山東、河南、安徽、湖北數止，戰失利，賊奪官馬益盛，聚散出没，不恒其處。所酋曰張總愚、任柱、牛洪、賴文光。聚則數萬人，馬萬餘匹，日馳百數十里以爲常。大河以南方一二千里，蕭然咸被其患。

同治四年，公聞僧王輕騎追賊，步兵遲者後數日乃到，歎曰：『王軍罷矣，不已，必及敗！』將密陳於上，止之弗及而王果兵敗，戰没曹州城下。上聞而大驚，念此軍非公莫統，迺召公卽引兵赴山東勦賊，其直、東、豫三省，旗、綠各營，地方文武，節制如故，特使公權重，與王侔者，而李公代爲總督。廷旨督師急，日中數至。公言：『僧王新敗之後，士馬傷殘，未易收集，湘勇能戰者，僅存劉松山一軍，淮勇鋭氣雖新，然衆少，不敷勦辦。當益募新兵，以楚師規模，開齊兖風氣。賊馬飆疾鋒鋭，不易當勢，須出口採買戰馬，添練馬隊。黄河天險，恃以扼賊北渡。若興創水師，又非數月不辦。是數者皆難迅速。度今勦辦此賊，不特西不能至湖北，卽山東祇能辦兖、沂、曹、濟，河南祇能辦歸、陳，江蘇徐、淮、海，安徽廬、鳳、潁、泗。此十四府州，縱横千里，古來四戰之場，捻匪往來最熟，若以此委督辦之臣，而其餘責成督撫，各練有定之兵，制無定之寇，軍務庶有歸宿。』因定以臨淮、徐州、濟甯、周家口爲四鎮，扼要駐軍，饟械委輸皆由水道往進。

兵屯臨淮，居無何，賊竄河南。上令公移駐許州，節制湖北軍務，兼顧山西。至徐州，復令李公鴻章帶兵入洛陽，以漕督吳公棠爲之代。旨未決，事且下三人商定。廷寄到軍中，幕府請問，問：『公意云何？』公曰：『督撫進退，繫國安危，當由天子自任，臣下豈可與謀？吾當不商而奏。』幕府曰：『今主上委心疆吏，視公等猶股肱，故不疑而有是命。不商，無乃非上意？』公曰：『若亦睹漢唐末流之弊乎？自古權柄外移，孰非由漸而致？方今天下未靖，封疆大臣，率任軍寄。人有飛揚跋扈之心，倖端一開，爭覬要地，恐州牧藩鎮之事，將復起於今日，非所以慮社稷也。明聖可爲忠言，不商何害！』乃上奏曰：『歷觀前史明訓，軍事之進退緩急，戰守屯駐，統帥主之，朝廷之上不宜遥制；廟堂之黜陟將帥，賞罰百僚，天子與左右大臣主之，閫外之臣不宜干預。從古統兵重臣，遥執國命，未有能善其後者。同治元年，皇上命臣酌保封疆將帥，比卽奏明，疆臣既有征伐之權，不當更分黜陟之柄，宜防外重内輕之漸，兼杜植私樹黨之端，仰蒙聖諭嘉許。今以要缺督撫令臣等往返函商，如臣愚見，密保尚且不可，會商更覺非宜。因不俟吴棠、李鴻章商定，直攄管見，未審有當萬一否？』太后臨朝稱善。

明年春，駐軍濟甯，察閲運河，至張秋，遂登岱宗而還。鎮兵之初設也，公與諸將約，賊至，迎頭而縱兵。及勦辦年餘，賊横如故。諸將士皆曰：『不苦戰，而苦奔走。』公迺起張秋，抵清江，築長墻，憑運河禦之。未成，而賊竄襄、鄧間。公移而西，更修沙河、賈魯河，開濠置守。分地甫定，賊復突而東。時議咎公迂闊。公在軍久，益慎用兵，書遺李公曰：『目下各軍勦捻，視之無關得失。若非僕與閣下提振精神，認真督率，則賊匪之氣日進日長，官兵之氣日退日消。若淮勇不能平此賊，天下更有何軍可制此賊？大局豈復堪問？吾二人須視勦捻如曾、李家事，儻再無起色，當奏請閣下北征。蓋鄙人不能上馬督戰，閣下能匹馬當先，不過倡率一二次，而士氣振興百倍矣。』會公弟國荃爲湖北巡撫，遂請旨飭李鴻章出省，駐徐州，與山東會辦東路，國荃駐襄陽，與河南會辦西路，自居周家口策應，期以三方并力。而是時言路迺數劾公辦賊不善，乞加譴責。天子明其不然，爲寢其奏，弗聽。公亦憂愧不自安，疏陳無功，請開缺，以散員留兵間效力，援古義自貶，注銷侯爵。不許。俄授李公欽差大臣勦賊，飭公回任。辭不任艱鉅，亦不許。是冬牛洪死，張總愚竄入陝西，任柱、賴文光入湖北，中原少息。賊亦不復合并，由是捻有東西之號矣。

六年六月，公補授大學士。任柱、賴文光再入河南，竄山東，渡運河，而東擾登、萊、青，李公鴻章、劉公長佑建議集四省兵力，會堵運河。英翰公請合兵，守膠萊河，圈賊於海隅，皆主公防河初議。賊復引而西，越濰河，南入海州。官軍陳斬任柱，再擊破之壽光、瀰河，賴文光走，死揚州，東捻平。公加一雲騎尉世職。張總愚入陝後數月，乘冰堅渡河，竄山西，入直隸，擾犯保定、天津、河間，京師戒嚴。丁公寶楨帥先入援，克饒陽，駐固安。左公宗棠駐天津，李公鴻章駐大名，英翰公、李公鶴年各引兵防河南北岸。軍萃畿輔者七八萬人，莫適先縱擊。賊徘徊而入山東東昌、武定，李公移師德州督勦，迺復事防河，卒破平之茌平南鎮，張總愚赴水死，如公策。

閏四月，加授武英殿大學士。秋，調補直隸總督。公朝京師，召見養心殿東室，公免冠頓首謝恩。太后見公容止非常，備禮加敬。是時，太后垂念邊防，以將材爲意，顧問名將若何。公舉多隆阿、塔齊布、羅澤南、鮑超、楊岳斌、劉松山、劉銘傳等謀略以對，太后虛己聽焉。劉公松山始將老湘營，公知其軍票姚整肅，足倚平寇，至臨淮，擴而大之，後遂掃秦隴，定新疆，兵鋒常爲天下冠。故言中興名將，旗人首多隆阿，漢人首劉松山，鮑超亦一代驍將也。會歲暮，公留朝正。既至直隸，練軍釐獄，舉劾分明，期年，風俗大革。

先是，天津訛言有迷拐幼孩、挖眼剖心者，莫知所自。始衆意指目西洋教堂，無據。知府張光藻捕獲姦民張拴、郭拐，訊供實略賣，予嚴辦已。民團旋得武蘭珍詞，引法國教堂王三，有授迷藥事，民教因是鬨鬭。三口通商大臣崇厚與領事豐大業約，集署會訊。於時，百姓讙譁不止，豐大業無所發怒，卽舉洋鎗擬崇厚。崇厚亟起避免，豐大業亦起，徑出。值天津知縣劉傑於途，又不爲讓道，益怒，復以洋鎗擬之，中傷家丁。津民憤，環毆豐大業，立斃。集衆毀教堂，誤連英、俄、美三國，西洋教民死者數十人，天津大擾亂。崇厚具以事聞。公病，方請假養，上令馳往查辦。公至天津，津之教堂幼孩數百人，召問其父兄，皆言無恙，而投訴狀者，率空語無左證。王三捕得，亦狡展。津民恨洋人深，夙仰公威名，冀且助我擊逐之。及出示嚴禁滋事，大失望，怨公。時民教匈匈未已，公慮四國合從敗約，變不測，卽戰，倉卒度不能禦之，京師震驚，思且爲之辨誣，以解散其謀。請明詔通飭各省，知教堂無挖眼剖心事。奏既上，朝士咎公左袒外國，謗議沸於京師。法公使羅淑亞坐府縣主使，欲以議抵，持之堅。案久不決，羅淑亞要挾萬方，動引兵船爲詞。持公不下，怒，去至總理衙門爭，公請交張光藻、劉傑刑部治罪，光藻、傑先予假之順德、密雲。朝廷滋不悦，詰公處分失當，乃召李公鴻章於潼關，引兵馳赴天津會辦。會兩江缺出，仍以公調補，而李公爲直隸總督。刑部定擬光藻、傑罪，發往軍臺効力，上從重改發黑龍江。凶犯次第緝得，皆斬決依律償。再踰月，案乃結。由是公聲名重損。公辭兩江，詔曰：『兩江該大臣舊治，其勿辭。第坐鎮其間，諸事自可就理。』既復任，充南洋通商大臣。

公之督兩江，尚儒，喜引經決事。及治民，頗採黄老術，清静類古蕭、曹。居官有常度，多謀能斷，應事若流水。然幕府左右竊識之，從容而已，然未嘗一息佚素。廉俸禄入，悉以養士，軍所經用，毋慮數千鉅萬，家無改觀者。用人持重，其汎愛樂士，天性也。諸將羣吏，率子弟遇畜之，得庶類之和。尤知而善任，使所成就。薦拔人才，不可勝數。而李公、左公相繼極用，遂匡國家。以故出入將相，訖二十年爲盟主，海内饜服。蘇、常之初失，水師方爭長江，未遑及也。公謂蘇、常澤國，非戰船莫達，而揚州、裏下河數爲賊所瞰注，乃議增設淮揚水師、太湖水師，皆興辦如言。賊既平，水師功高，不可撤，而船礮委棄足惜，復議改置事，遂設長江經制水師，始終公所建也。初，通商議成，公陰有爭雄海上之志，設内軍機所安慶，仿造火輪船。踰年，成小輪一號，試之江可用，迺使同知容閎往西洋美利堅，採辦機器、洋鐵。時李公鴻章亦自購得機器，設局上海，用西法製造槍礮，規模遂開。中國機器之興，歲益增盛，自此始。後公益奏請選派聰穎子弟，前赴泰西各國肄習技藝，期十五年而還，仍以容閎往。其遠略如此。自餘他所規畫天下事甚衆，無不效者。或以爲聖，公曰：『非也。曹公有言，更事多耳！』

年六十二，同治十一年二月四日薨於位。江南士民巷哭，江甯將軍以聞，穆宗皇帝震悼，追贈太傅，賞銀三千兩治喪，賜祭一壇，謚曰『文正』，入祀京師昭忠、賢良祠，各省建立專祠。何公璟、李公瀚章、英翰公先後臚陳勳績，宣付史館。何公承公後，上以守成爲戒。是後更歷數公，一皆無所改作云。子紀澤，以員外郎襲爵；紀鴻、孫廣鈞，賞給舉人；廣鎔、廣銓主事。初殯金盆嶺，薨三年而其配歐陽侯夫人卒，合葬善化平塘。公所定陸軍營制營規、水師章程、馬勇章程、鹽務章程、直隸清訟事宜、練軍章程等，皆經國之大者，世所施行。文章奏議尤美，別有集。他書藏於家。方公在時，門生故吏慕仰之，甚者率圖形去藏之。公薨後，兩江重難其繼。天子盱衡，數權試焉。

光緒中，吏民思公功德不已，門下士黎庶昌迺追美股肱之誼，卽公圖像而頌之曰：毅勇堂堂，蚪髯飄揚。屬任大重，惟哲顯皇。帝之基元，羣盜披猖。六師討伐，經營極方。公拯大難，起搤賊吭。六朝舊都，逆豎居諸。曰荆吳大國，孰予敢踣。楚師既東，包漢與江。濯征十載，遂臨海邦。擒王掃穴，兵威有赫。若火日之烈烈，亂賊息滅。天實命我，祚我聖相。皇奮其威，高視霸王。有宣興周，著列方虎。炎漢再紹，葛亮繼武。亦有汾陽，再纘唐緒。公隆厥聲，伯仲伊、呂。

初，饒州知府張澧翰善相人，相公龍而癩，謂其端坐注視，張爪刮鬚，象癩龍也。公終身患癬，目三角云。

論曰：粤賊之發難也，起桂平，據金田，其事至微。及禍本既成，流毒徧於海內。而外患乘之，沸鼎滔天，區夏糜爛，此曠古所未聞也。當是時，公以紳士在籍，讀禮家居，不操尺寸，雖不與聞軍國可也，迺獨以討賊自任。由今觀之，有若天所命焉，豈所謂篤生者乎？夫舉兵犯難，折而不撓，是其勇也；撥亂反正，吊元元之命，是其仁也；開誠心，布公道，囊括天下之才，而各任其器能，是其明也；收成功於李公鴻章，是其智也；天津之役，揆量彼己，辱身以安君父，是其忠也。嗚呼！可謂臣道之粹精，希世之人傑已！

録自拙尊園叢稿卷三。

讀論語

柳子厚論語辨：『上焉堯、舜之不遭而禪不及己；下之無湯之勢而已不得爲天吏。』所以推尊孔子當矣。獨謂『堯曰：咨，爾舜』以下六十三言，爲孔子常常諷道之詞，則不然。論語紀事之書也。孔子弟子雜記當時言行以垂後世，於古無是體也。游、夏、曾、閔之徒，習見孔子删詩、書，有序贊易象，有文言繫辭，爲序跋所自出，尊其所聞，各稟師説，譔而成編，亦於其末序之云耳，其意以爲孔子之不得位天也。然生民以來，莫盛於孔子，令得在君人者之位尊五美，屏四惡，必用虞、夏、商、周之政甚明。故歷溯堯、舜、禹、湯、文、武授受之辭，以著仲尼躬纘二帝三王統緒，而又終之曰『知言與人』，卽孟子末篇義旨，知人、論世、尚友而已。子厚求其端不得，乃爲之説曰：『弟子或知之，或疑之不能明。』又截去武王書詞，使義不完備。夫孔子讀易至於韋編三絶，鐵撾三折，終身以求寡過，其慎可知也。若以匹夫不踐天子位，時時取二帝三王禪巽討伐之辭，諷於口，識於心，有若闇干天命者，然非聖人所宜用。

蓋論語之學，曾子以授子思，子思之門人以授孟子，孟子晚而獨得其宗，故直繫之曰：『由堯、舜至於湯，五百有餘歲。若禹、皋陶，則見而知之。若湯，則聞而知之。由湯至於文王，五百有餘歲，若伊尹、萊朱，則見而知之。若文王，則聞而知之。由文王至於孔子，五百有餘歲。若太公望、散宜生，則見而知之；若孔子，則聞而知之。』猶夫七十子之志也。其爲序一也。孟子之説毅而顯，論語之旨謙而隱，曰何以如是，曰時不同。

或曰：子申集注楊氏之説善矣。然漢世所傳論語三家，篇第各不同。子以『堯曰』三章統爲後序，不綦誤乎？曰今世行者爲魯論語，與孔子壁中古文章句煩省同。惟分『子張問』以下爲從政，故有二十一篇，而魯論『不知命』章闕，賴古論補之。孔門所傳七十子以來之舊第蓋如此，獨齊論增多問、王知道二篇，爲安昌侯張禹刪去。余謂其篇必後人傳託所爲，與孔子弟子語不類。不然，禹雖妄，不至是。馬端臨固嘗疑之矣。孔子曰：『三人占，則從二人之言。』吾從孔璧。

錄自拙尊園叢稿卷四。

讀易程傳

世言王弼注易，掃象不言，而象亡於晉。象非亡也，不善言理者之亡耳。易，聖人憂世之書也，以卜筮爲用，宜其簡明易直，不當怪迂繳繞，闊遠情事，使人難明。六十四卦之殽列，三百八十四爻之參伍錯綜，象一寓乎其中，而與人事相推移。然孔子所以傳繫之辭，其恒言者，止於陰陽、奇偶、剛柔、動静、進退、存亡、吉凶、悔吝而已，未嘗如漢以來人之説之穿鑿也。

易道至博，而天人既備，仁者見以爲仁，智者見以爲智，象不可勝窮也，舍理以言象，未有不入於小數曲學、支離詭異者。京房、孟喜、虞翻、焦延壽之儔，考其傳雖若甚遠，要皆無當於易。人心之厭久矣，故弼注行而衆家皆廢。

晚得伊川書，因弼注而研致益精，乃始與聖人者性命之旨合。雖以蒙之不肖，讀之亦覺犂然曲饜人心，故程傳行而弼注又廢。道之興壞，雖各有時，然而伊川深造自得矣。

録自拙尊園叢稿卷四。

讀王弼老子注

王弼注老子，甚精妙，得虚無之旨，河上公不可以同日語。及觀弼所爲注易，高下懸絶，與老子不類，判若兩人言也。世稱弼注易，其旨多假諸老子。余謂不然，有老子而後知弼得易之淺也。老子者，玄同以爲體，因循以爲用，無成勢，無常形，不可與聖人吉凶、悔吝、憂患之旨合，而弼頗能言之。弼深於老子而已，於易强爲解事者也。强爲之，則得失之迹自在，讀其書，時若有會，反而求諸性命之理無有。甚矣，學深淺不可假也。朱子曰：『王弼周易，巧而不明。』其知弼者與！

録自拙尊園叢稿卷四。

讀儀禮

儀禮苦難讀，本朝人爲之簡明章句者，張爾岐、吴廷華二家最善，余喜讀焉。漢之興，經書多出屋壁，而儀禮十七篇獨完，世儒頗推周公所爲，斯固不必然，而要爲輔政致太平之書無疑。蓋周禮者會典，而儀禮乃通禮也。讀其書，醇懿典則，制度完備，與謨、誥同風，使人卽欲進退揖讓，鼓舞而不自知，百世下猶若此，況生於其際者邪！孔子曰：『郁郁乎文哉！吾從周。』豈不信哉！余是以歎昌黎韓子之不善讀儀禮也，僅掇其奇辭奥句而已。又曰：『考於今，誠無所用之。』獨不知後世冠、昏之緣飾，喪服之因革，何嘗不出儀禮？所闕失者，王朝邦國禮耳。

余意古經出魯淹中，文相似多三十九篇者，卽是劉歆欲以建立學官，而惜乎其不得也。不然，歆號博極羣書，若其文差與左氏春秋、毛詩、古文尚書不類，又何必爲之發憤增歎也哉！

録自拙尊園叢稿卷四。

讀墨子

墨子十五卷，七十一篇，今存者六十三篇。此六十三篇中，往往有『子墨子』，大抵墨氏弟子所爲也。翟所自著書，祇親士、修身、經上、經下，並説六篇而已。經上下篇文頗怪，疑有錯簡。世或以爲似爾雅釋詁而莫解其意。

以余觀之，特堅白異同之辨，非墨氏要指也。據此，則翟與公孫龍同時，甚明。班孟堅稱墨子貴儉、兼愛、尚賢、明鬼、非命、尚同，是其所長。今取魯問篇語證之，凡入國必擇務而從事焉，國家昏亂則語之尚賢、尚同，國家貧則語之節用、節葬，國家喜音湛湎則語之非樂、非命，國家淫僻無禮則語之尊天、事鬼，國家務奪侵淩則語之兼愛。墨氏亦何嘗不權時達變，與仲尼救世意同？而卒至充塞仁義，無父無君，爲孟子所距闢，蓋别墨者流，若相里勤、五侯、苦獲、已齒、鄧陵子之徒猖言猘行，有以召之耳，豈墨之本旨如是？墨道，夏道也。

今泰西各國，耶蘇、天主教盛行，尊天明鬼，兼愛尚同，其術碻然本諸墨子，而立國且數千百年不敗，以此見天地之道之大，非執儒之一塗所能盡。昌黎韓愈謂孔、墨相爲用，孔必用墨，墨必用孔，亦豈虚語哉！

録自拙尊園叢稿卷四。

禹貢三江九江辨

自漢以來談禹貢三江、九江之辨，其説紛然淆亂至於莫可究詰。余謂非山川形勢之難明，穿鑿者之爲害也。禹貢，聖經也，尚書敘事之文無若此謹嚴者，其篇中本無南江名，世儒泥於有中有北，必求南江以實之，不得已而索諸經外，由是聚訟之説，斷斷而莫之止。

三江分爲五，九江分爲三。爲鄭康成氏之學者，曰左合漢，爲北江；右合彭蠡，爲南江；岷江居其中，爲中江。蘇子瞻書傳主之，曾旼、易祓、夏僎、程大昌、黄度、馬中錫、胡渭等從而證明之。爲庾杲之學者，曰吴都賦注以松江、婁江、東江爲三江，蔡沈氏書傳主之。爲班固氏之學者，曰漢志會稽吴縣下注云：南江在南，東入海；毘陵縣下云：北江在北，東入海；丹陽、蕪湖縣下云：中江出西南，東至陽羨入海，皆揚州川也。孔穎達氏正義主之。爲韋昭氏之學者，曰三江，松江、錢唐、浦陽江也。顧炎武主之。爲郭璞氏之學者，曰岷江、松江、浙江也。歸有光主之。此皆三江異名也。

九江之説，主彭蠡者，太康地記曰：『九江，劉歆以爲湖漢九水入彭蠡澤也。』酈道元云：『贛水總納十川。』胡朏明引漢志以彭水爲豫章水源，不當别出而曰湖、漢、豫章與鄱、余、修、盱、蜀、南廬爲九水也。此以彭蠡爲九江也。主尋陽者，陸德明經典釋文引尋陽地記云：『九江一曰烏白江，二曰蚌江，三曰烏江，四曰嘉靡江，五曰畎江，六曰源江，七曰廪江，八曰提江，九曰箘江。』張須元緣江圖云：『一曰三里江，二曰五州江，三曰嘉靡江，四曰烏土江，五曰白蚌江，六曰白烏江，七曰箘江，八曰沙提江，九曰原江。參差隨水長短，或百里，或五十里，始於鄂陵，終於江口，會於桑落洲。』正義謂名起近代，此以尋陽爲九江也。主洞庭者，始於宋初胡旦，而晁以道、曾彦和、朱子從之。曾氏曰九江，一曰沅，二曰漸，三曰無，四曰辰，五曰漵，六曰酉，七曰湘，八曰資，九曰澧。朱子考定九江，去無、澧二水，易以瀟、蒸，以導江先合澧而後過九江，故不數。澧、無水可疑，亦置之。然瀟訓爲清，水經無是水，而金吉甫亦疑武陵、零陵、長沙間如蒸水者頗多。此以洞庭爲九江也，其説之繁雜至於如此。

吾今一準地望，反覆尋諸經文而别立一解，以求當乎先聖之書法。經於荆州，書江漢、九江、雲夢爲三，明其不可合而一也。荆州一境，當今湖南北兩省地，東境盡黄梅縣，與古尋陽接。然導江之文，明曰東至於澧，澧卽今澧水也。康成以爲澧陵，山名，在洞庭上游。又書過九江至於東陵，東陵卽今巴陵，在洞庭下游，頗疑卽城陵磯。蓋大江東南流，至城陵磯而極，經特舉其迫近者言之，猶漢之於大別，不可以去江數百里之廬江郡東陵鄉當之，亦不得以其山小及名不見於古爲疑也。江自城陵磯折而東北流，可五百里許至漢陽，正與經東迤北之交合，應讀爲句絶。再東南流約六百里，然後匯於彭蠡。若移在漢陽以東，則與迤北之文顯然謬刺。又於導山條，書曰：岷山之陽至於衡山，過九江至於敷淺原，衡山正在洞庭南，連延以至九江之德化，崛起鄱陽湖西而爲廬山，敷淺原卽其麓，所謂博陽山也。然則據導江之文則過在洞庭西北，據導山之文則過在洞庭東南，其地適處荆州之中，故曰九江。孔殷謂孔傳訓以爲甚得地勢之中此也，稱九江者言其流，稱雲夢者言其瀦，亦猶岷江之流，專言之則曰江，分言之則曰北江、中江也。吾是以斷然信朱子之説爲合於經也。況有山海經『澧、沅、瀟、湘在九江之間』一語可證乎！山海經，周、秦間書，他紀或妄，此語則不妄也。江雖有九，從雲夢會流而出，下流實祇一江，故統名之曰九江耳。惟九江異名，上世無書可證，則從曾氏旼之説，以沅、漸、無、辰、溆、酉、湘、資、澧當之，而取説文入江之油以易漸，雖不中，不遠矣。瀟湘係二字，水名，如滄浪之比。余意以湘中記所云是納瀟湘之名者爲是，不當删去瀟字，而資亦應作潰，以禹貢水名，其旁多從水也。

九江既定，卽三江可得而言。三江者，中江、北江、九江也。經書岷江曰中，猶質言正流耳，非必左右有一江夾之之謂。泥古者誤讀『既字屬震澤』句，執北求南，强經就水，無一能合。若果有南江，聖經何故不言，而獨留此祕密以待後人之推測乎？岷江以南，大率山地，無北方移徙之患，不應有此配江之巨水忽歸消滅，至漢時卽無蹤迹可尋，此不待智者而知也。『導漢』章云東爲北江，明著漢之爲瀆，非九江可得而比已。於荆州遠言之矣，曰：江漢朝宗於海，其書東匯澤，爲彭蠡匯取回旋之義，實統江漢以爲言，明著迫遏均敵，非一水之力。而於導江則書，會於漢則不書。又明漢在中江之北，不得以會名也。經之苦心分明如是，朱子猶以彭蠡以下有江無漢，又不見南江之名，疑漢不當言北，遂啟蔡氏有遺官屬往視，未敢深入，以此致誤之論，此不信經之過也。然則揚州一域西境之水，以『彭蠡既瀦』一語當之，東南之水以『震澤底定』一語當之，實已包括無遺。中江、北江、九江合流順軌而經於北境，故曰三江，既入，與書江漢朝宗一也，別無所謂南江。有之卽九江也。九江之水合衆派以成流，至下游而彭蠡之水復合，不可以瀆名。不可名卽不能別出南江，而使與北江相配。經之書北江非苟而已也，爲望秩計也。

吾意以爲聖人之精意蓋若此，近儒李氏紱、秦氏蕙田知三江之爲中江、北江、九江當矣，而譏蔡傳以洞庭爲九江之非，是其一失。張氏敘知九江之卽洞庭矣，而又疑洞庭本雲夢澤，不可以江名，別指湘江爲九江。夫如是，又何以解於贛水之稱南江乎？彭蠡之有贛，猶洞庭之有湘也；彭蠡之有湖漢九水，猶洞庭之有沅湘九水也，其名同，其大小同，會於澤又同。今舍荊、揚二州疆域不求，而獨求所謂南江，幾何其不瞀亂迷失也？吾故準以地望證諸經文，先分荊、揚二州疆域。荊州之疆域定確，知洞庭卽爲九江，而後南江之説不攻自廢；南江之説廢，而後三江明；三江明，而後諸家之論息；諸家之論息，而後禹貢荊、揚二州及導江導漢之文，皆燎如指掌，無復留疑矣。

錄自拙尊園叢稿卷四。

李白至夜郎考

李白之竄夜郎，後人皆據流夜郎半道承恩放還兼欣克復之美書懷示息秀才詩題，以爲白實未至貶所。武威張介侯澍續黔書、趙遵律謫仙樓記辨之甚力，然均不免有所牴牾。今試取白集覆考之。其詩文雖編次無倫，而細細尋究蹤迹，亦自明白。

據唐書本紀『肅宗至德二載二月戊戌，庶人璘伏誅』。計白論罪，當在此年春夏之際。因郭子儀解官以贖，始免死，長流夜郎。又因宣慰大使崔渙、御史中丞宋若思推覆清雪，始得出獄。宋又辟參幕府，上表薦授一官，不報，然後不得不行，前赴貶所。是年九月，廣平王復京師，十月復東京，而白有爲宋中丞請都金陵表，是在未聞收復以前事，白時尚在尋陽，家室旋亦來會，故於烏江留別宗十六璟，有『拙妻、莫邪劍及此二龍隨千里遠從之』之語。此烏江卽尋陽記所云去州五里之九江，名曰烏江者也。其贈辛判官、贈劉都使、留別龔處士、贈別鄭判官諸詩，皆在此前後作。是年十二月戊午大赦，賜民酺五日，有流夜郎聞酺不與之作。明年乾元元年正月戊寅，上皇天帝御宣政殿，授皇帝傳國受命寶符册。二月丁未大赦，改元。四月乙卯大赦，十月甲辰立皇太子，大赦，皆未免罪，故有放後遇恩不霑之作，然已在是年冬間，或二年春間矣。詩云：『獨棄長沙國，三年未許回。』蓋借賈誼自況也。其自尋陽上泝，有流夜郎永華寺寄尋陽羣官之作，行至西塞，有流夜郎至西塞驛寄裴隱之作，詩云：『人愁春光短。』時爲春末夏初可知。及抵江夏，端午已過，有答張相公自荆州寄羅衣二事及五月五日贈余詩之作，又陪長史叔及薛明府宴興德寺南閣，八月與尚書郎張謂、沔州牧杜公、漢陽宰王公泛沔州城南郎官湖，九月九日在荆州飲龍山，九月十日卽事。自此西去荆門，浮舟望蜀江上三峽、巴東，舟行經瞿塘峽登巫山最高峯，晚還，題壁巫山，枕障，皆有詩可按。題壁云：『江行幾千里，海月十五圓。』又云：『積雪照空谷，悲風鳴森柯。江寒早啼猿，松暝已吐月。』是十月以後氣象。由此年十月溯至上年至德二載十五月，則尋陽啟行時適當八月也。自此以後，詞皆隱約，然其流夜郎題葵葉、望木瓜山、憶秋浦桃花舊游時竄夜郎三詩，似又確是在貶所時作。題葵葉云『慙君能衛足，歎我遠移根。白日如分照，還歸守故園。』木瓜山云：『早起見日出，暮見棲鳥還。客心自酸楚，況對木瓜山。』憶秋浦桃花云：『三載夜郎還，於茲鍊金骨。』此詩似已在聞赦令後作，故云三載。情事皆不能移置他處。木瓜山有三，一在介休，一在青陽木瓜鋪，一在常德府城東七里。在常德者，一統志以爲白謫夜郎時所過。余謂白由江夏至荆州，由荆州上三峽，蹤迹甚明，實未經過常德。考唐之夜郎縣，在今桐梓縣夜郎里，而夜郎里有地名木瓜廟者，當爲白貶至之所。玩其詩意，蓋對此木瓜山而感懷。青陽之木瓜山，唐李吉甫元和郡縣志云：『珍州管縣三：夜郎、麗皋、樂源，並貞觀十六年開山洞，與州同置，三縣並在州側，近或十里，或二十里，隨所畬田處移轉，不常厥所。』尤可見白至之時，縣治或卽在木瓜廟也。宋樂史太平寰宇記『牂州亦有木瓜山』。牂州今爲貴陽，木瓜山卽元、明之木瓜長官司，非夜郎縣地。至乾元二年三月丁亥以旱大赦，有『降死罪流以下原之』之明文，白必緣此詔旨得釋。其示息秀才云『半道承恩放還』，半道猶言中間也。蓋白本是長流不赦之人，今中間得釋，故云如此，不定作爲行路解也。是年秋間，始由夔州下峽，其早發白帝城云『千里江陵一日還』。秋下荆門云『布帆無恙挂秋風』，江行寄遠云『別時酒猶在，已爲異鄉客』，皆係一時作。其在江夏書懷贈韋太守良宰詩全是追敘夜郎以前情景，又自漢陽病酒歸寄王明府云『去歲左遷夜郎道，今年敕放巫山陽』，與江夏使君叔席上贈史郎中詩『昔放三湘去，今還萬死餘』措詞一致。以巫山指夜郎，猶夫以三湘指夜郎也，不得執爲卽在巫山奉赦令之據。合此前後事實觀之，白自始遷至貶所，及還江夏，首尾實三年，與『三載夜郎還』及江上贈竇長史『萬里南遷夜郎國，三年歸及長風沙』語適合。若至夔州卽還，僅及年餘，與各詩所謂三年者全盭，不應謬誤若是。

然則四川總志載遵義府有太白宅，在夜郎里有題碑記，信非傅會也。唐書白本傳有『詔長流夜郎，會赦還』。不言半道，可見史之審。張介侯譏近人未讀全集，信然。惟家室實未同行，有南流夜郎寄内詩『北雁春歸看欲盡，南來不得豫章書』句可證。又唐時夜郎縣不在今遵義府治，白田馬上聞鶯詩應以江南寶應白田渡之説爲確，而烏江在尋陽，且非唐歷陽之烏江縣，更不得以遵義之烏江强合爲尋陽之烏江。張、趙二氏説亦誤。又按白集附載唐人李華、范傳正、李陽冰、劉全白等碑志、集序，於夜郎事皆隱没不言，獨前進士魏顥李翰林集序云：『解攜明年四海大盜宗室有潭者，白陷焉。謫居夜郎，罪不至此，屢經昭洗，朝廷忍白久爲長沙、汨羅之儔，路遠不存，否極則泰，白宜自寬。』時白尚未賜環，可見白之流夜郎久而後復。而曾南豐序白集，乃云『乾元元年，終以汙璘事長流夜郎，遂汎洞庭，上峽江，至巫山以赦得釋』云云，蓋以至德、乾元兩年之事合而爲一。南豐能辨唐書流夜郎還尋陽、坐事下獄之非，而又有此失，何也？且言至巫山遇赦得釋，亦緣白詩『今年敕放巫山陽』之句而誤。考夔州以上所經之處，萬縣西山太白巖有『絶塵龕』三字在，石壁上有唐人詩刻，相傳太白讀書處，見潛確類書。

而涪陵有渡曰『李渡』，以太白曾渡此。曹學佺萬縣西太白祠堂記所謂『卽婦人稚子能知之者，過涪陵則南州珍州地矣。』白之至夜郎，夫復何疑？書此以質論古者。又見草中有名白頭翁者詩，疑亦是在貶所時作。

録自拙尊園叢稿卷四。

青萍軒遺稿序

自唐、虞、夏、商、周累世數十王，積二千一百餘年，而秦始皇帝暴興，滅封建，廢井田，燔詩書，殺儒士，禮樂、政教一掃無聞，三代由是曠絶。秦并天下，歷漢、魏、六朝、唐、五代、宋、元、明以迄於今，亦二千一百餘年。西洋一旦挾其智力，跨瀛海數萬里以款中國，通商互市，輪船、火車、電綫、鎗礮、機器之屬，馳騖紛紜，人心競於亡等。此二者，五德剖判以來，非常之變，前古所不見聞，而皆在此二千餘年間。若有數以限之，斯其所以然，雖聖智莫能明也。夫天既以此變嘗試於人，人卽當思所以處此變者，而後謂之善承天。易曰：『物窮則變，變則通，通則久。』可久則賢人之德，可大則賢人之業，嚮令禹、湯、文、武、周公、孔子，易世而並生今日，其必能因勢救變，以承此天也決矣。

余向蓄此論而未嘗以語人。其後奉使西洋，湘陰郭公嵩燾示余以季懷書金眉生六幸圖後，盛言中國大變二，持論乃適如余所云。郭公重益善之，以謂季懷能知言也。季懷，吾友薛君叔耘之弟，才高而識偉，通知治世體要，先後佐今尚書朝邑閻公、平遠丁公幕於山東、四川幾十年。二公賓敬甚至，浸冀大用。及余辛巳歸自泰西，則聞季懷不幸没矣。

余始識季懷在同治乙丑冬，曾文正公勦捻，駐軍徐州，與其兄叔耘及漵浦向師棣伯常聚游幕府，日夕究論天下事，志意偉然。方是時，同幕諸賢各以經世之學相摩礪，余雅不欲以文士自期，亦遂不以此期諸僚友，故於季懷，但知才學足以任事有餘，而其能文章，則未嘗措意。今讀青萍軒遺文，然後歎向者識君之淺。文雖不多，頗據古人藩籬，卓然有以自立，且亦聞桐城遺風而興起者。叔耘念弟之亡，傷懷不已，以余雅故，屬爲序之。因道季懷夙昔所以見重於余，而議論之同若此。光緒九年癸未六月，遵義黎庶昌。

録自拙尊園叢稿卷四。

浙東籌防録序

浙東籌防録四卷，吾友薛君叔耘備法時公牘文字也。光緒十年，法人侵奪我越南屬國地，挾兵船踔入東南洋面，牽綴援軍，旁撓虛喝，眩沮我謀。其時若閩、若臺、若滇、若兩粤，皆别遣重臣宿將，聯翩持節以往，度要駐扼，獨浙無有。杭城雖名會垣，而錢唐天險，阻鼇子門，海艘不能直達，防務實在甯波。其轄下之鎮海、定海，懸隔一隅，孤注與鷄籠等。道光年間前車之轍未遠也。

叔耘奉命備兵甯紹臺，涖任甫數月，卽遘此變。中丞劉公仲良駐省垣，提挈綱維，稔知叔耘賢，防務事悉委成之。又令盡護諸將。凡前敵築臺、增礮、釘椿、沈船、塞口以及遷教士、杜引水、明賞罰、固民心，皆不憚煩勞，百計營度，與諸將協規同力，一泯異同，故備禦嚴而折衷當。部署粗定，馬江之敗耗已聞，自是法益肆其慓疾勁悍之氣，伺瑕抵隙，游目北窺。明年正月，遂犯鎮海口門，卒兩次被創，斂旗而退。相持四月之久，浙防無恙，豈非任得其人哉！

叔耘忠信醇篤，悃愊無華，嘗佐曾文正公暨傅相合肥李公幕府有年，閲天下之義理多，故能措注咸宜若此也。今觀其處事之詳審，持議之明通，不專己，不徇人，庶昌自愧弗如遠甚。宇宙至大，世變無窮，然則是録也，其卽未雨綢繆，海防前事之師邪？神而明之，存乎人。若以爲既往之陳迹而忽諸是，非能善讀吾叔耘書者。光緒十四年三月，遵義黎庶昌序於日本東京使署。

録自拙尊園叢稿卷四。

庸庵文編序

余卽序吾友叔耘薛君浙東籌防録，越四月，其庸庵文編亦踵成。叔耘歉不自足，復以書抵余東瀛，郵致様本，屬爲勘定。庶昌受而讀之，卒業三反，乃引其端曰：

古之君子，無所謂文辭之學，所習者經世要務而已。後儒一切廢棄不講，顓并此心與力於文辭，取塗已陋，而其所習又非古人立言之謂，舉天下大事，芒昧乎莫贊其一辭。

道光末年，風氣薾然，頹放極矣，湘鄉曾文正公始起而正之，以躬行爲天下先，以講求有用之學爲僚友勸，士從而與之游，稍稍得聞往聖昔賢修己、治人、平天下之大旨，而其幕府辟召，皆極一時英儁，朝夕論思，久之窺見本末，推闡智慮，各自發攄，風氣至爲一變，故其成就，上者經綸大業，翊贊中興，次則謨謀帷幄，下亦不失爲圭璧自飭，謹身寡過之士。

叔耘之從公游，在同治四年北征勦捻時，視余略後，而相從獨久，先後入幕府者八年。文正既没，復參今傅相合肥李公幕府，又踰十年。天下不第以高叔耘而益歎頌曾、李兩相國之賢，事同一家，士之居其幕，如客得歸，自適其適，爲前古所未有也。叔耘既佐治久，聞見出於人人，紀述論著，亦且獨多不屑爲無本之學，是編所載，如策治平者六，籌海防者十，敘練兵者一，論治河者一，議鐵路者一，議援越南者四，論傳教者一，論援朝鮮者一，論海防總司者一，書僧忠親王、曾文正、胡文忠、程忠烈遺事者十，雖其言或用或否，其所述或親見或傳聞，而中括機宜，皆所謂經世要務，當代掌故、得失之林也，尤拳拳於曾文正公之德之業，反覆稱述，樂道不厭。蓋自公没已十七年，嚮之同事諸賢，存世無幾，流風餘韻，漸就澌滅，幾無復有能言者。得是編而軼事遺聞網羅無闕，其義比於陳壽之定諸葛氏故事，此尤今日跫然足音，庶昌所爲心契叔耘愈久而彌敬者也。

叔耘辭筆醇雅有法度，不規規於桐城論文，而氣息與子固、潁濱爲近。讀是編者，當自得之，姑不備論云。

光緒十四年七月，遵義黎庶昌。

録自拙尊園叢稿卷四。

游歷日本圖經序

處今日而談洋務，非身之所履，目之所擊，不足以爲異。身履目擊矣，而或不能著書，著書而或浮聞剿辭，寡要鮮實，與不能施於政事，皆君子所弗尚也。鄒衍之談天也，得海外九州形似，惟其未嘗身履目擊，故止於怪迂之變而已。張騫雖鑿空，能躬自應募，傳至大宛、大月氏、大夏、康居，遂通西域三十六國之迹，而傳聞大宛西旁國五六，其言至今可覆驗。衍之智豈出騫下哉？而一則以供游談，一則以開漢業，成就各殊者，見與不見之分也。

德清傅懋元駕部，博學多通，精考據，往年纂順天府志，爲表多至數十，余頗善其書。蓋表者，史之要。自遷、固而降，世多難言之，此非好學深思不能也。然以觀今日歐羅巴人之經國，精粗巨細，無不有表，又益悟此卽孟子條理之謂，智者之事也。懋元與顧比部少逸奉命游歷其國有四，先之以日本，少逸措意新政，懋元則兼及古事軼聞，時才六月，成書二十六卷，分目一百七十，而表居十九。屬草稿未定，又將有美利堅之行。嗟乎！余見懋元之游也，舟行車息，文酒談燕，鉛紙槧筆，叩擿不休，夜則篝燈賡續，指繭目眵，勤亦至矣。昔司馬子長二十而南游江淮，上會稽，探禹穴，闚九疑，浮沅湘，北涉汶泗，講業齊魯，歷鄒嶧、鄱薛、彭城，梁楚以歸，奉使西征巴蜀，略邛、笮、昆明，反，覲父於河洛之間，始有史記之作。今懋元足迹遠過史公，而學又足以經緯所見。美之郊東西萬餘里，輪車自金山七日行至紐約，願益翔核茲事利病，歸爲天子獻。余卽以此弁君書附贈言之誼，可乎？光緒十四年四月，黎庶昌序於日本東京使署。

録自拙尊園叢稿卷四。

日本新政考序

元和顧君少逸比部奉命游歷日本、美利堅、巴西、祕魯等國，以光緒丁亥秋首經日本，明年三月成新政考二卷，因赴美有日，先以所譔排印成編，代鈔胥之役，屬余爲序。

余維日本之與中國名雖隔海，其實自西人通商以來，輪船履洋面若平地。由今日觀之，直庭户間耳。方唐之盛時，彼國數遣信使往來，慕效華風制度，一準唐法，行用至千數百年，亦稍稍習見增厭矣。適會歐美各邦，款關互市，別開生面。明治改元，遂舉唐制廢之，一尚西法，因時制宜，不可謂非善變。君子之觀於人國也，第取其長而已。今君居游半載，遂能提綱挈領，掇其國之大政，都萃而條列之。凡爲部有九，曰洋務，曰財用，曰陸軍，曰海軍，曰考工，曰治法，曰紀年，曰爵祿、曰輿地。九部之中，又分細目七十有三，不繁言費辭，使全國維新治迹，燦若列眉，簡約能賅，真大輅之椎輪也。

庶昌兩次奉使於此，亦思有所記述，而因循未爲。讀是編，實滋愧赧矣。若君者，殆無忝行人之職與！光緒十四年春暮，黎庶昌序於日本東京使署。

録自拙尊園叢稿卷四。

弢園經學輯存序

弢園王君隱居滬北，今秋將彙刊其生平著述三十餘種爲一家言，而別以春秋左氏傳集釋、春秋朔閏至日考、春秋日食辨正、春秋朔至表、皇清經解校勘記、國朝經籍志六種，名爲弢園經學輯存，屬余爲之序。余以未睹全書，久無以報。今始得其朔閏至日考、日食辨正、朔至表讀之，而後信其書之有用必傳無疑也。

古之學者，通經將以致用，非苟爲訓詁已也。本朝人學問偏重考據，乾隆以還，風氣尤鶩浩博，然易自惠氏、張氏，書自閻氏、孫氏，詩自二陳氏，禮自江氏、胡氏而外，求其綜貫全經，殆亦無幾。春秋一書，疑竇實衆。杜氏集解義主簡嚴，而訓詁稍略，又其徵引前賢義訓，不詳所自出，亦元凱著書之體例使然，未可輕議。然服、賈以降，羣儒之説具在，別集一編，使與杜説相輔，抑何不可？至於朔閏日至日食之故，非精疇人術者不能言。

弢園始尚經濟、詞章，繼乃進於經學，又幸生今世歷法大明之後，能通中西祕奥以上推春秋二百四十年難解之結，真如燭照數計，此孟子所謂千歲日至可坐而致者也。其他洋務論著，亦多可採録，見諸施行，不僅此輯存足貴而已。嗟乎！太史公言虞卿非窮愁不能著書以自見，余謂虞卿身爲上卿，有黄金白璧之賜，爵土之封，其後雖與魏齊間行，去趙困梁，而以后世情事揆之，尚不失爲士大夫有力者之家，卽著書亦必有賓客之助，窮愁猶未至於甚。

今弢園孑然一身，行年六十有二，漂摇江海，而此經學之成，乃在大瀛數萬里外之蘇葛蘭，爲余昔所游歷地，此尤足異矣。以弢園之才之學，使得見用於世，發皇盛業，不且與漢學諸公絜長較短，炳著一時，門人學徒奔走後先之不暇，而顧顛倒困厄至於此極，使白頭垂暮之年，拳拳爲敝帚之享，未知天之生此才，何也？是余之所重惜也。光緒十五年十一月，遵義黎庶昌序於日本使署。

録自拙尊園叢稿卷四。

大小雅堂詩集序

吉林尊生承先生有詩一卷，曰大小雅堂集，光緒十三年，余至京師，先生之子仲淵、叔涵昆仲將謀刊刻。十七年歸自日本，再入京師，則集已印行。叔涵以余曾辱先生知，命爲之序。

憶咸豐十年，先生爲貴西道，余謁先生於威甯官舍，友人莫芷升庭芝適主先生所，時一過從，與先生譚藝甚洽，頗蒙國士之目。是冬，余謀赴順天鄉試，先生贈金，且以詩寵行。其後二年，先生擢署布政使。方是時，黔中俶擾苗、教兩匪，燎原交熾，省會尤膺其鋒，策剿籌防，仰承俛接，論者咸以爲難，而先生勇深智沈，應付整暇，所抱雖不獲大施，而精力已爲國盡矣。軍事旁午之餘，仍復典衣餉士，不改故常，蓋其天性然也。同治某年，卒於署任，篋餘敗衣數領，觳薄至不能成斂，遠近聞而感泣。今二十餘年，而先生仲子仲淵部郎，叔子山東督糧道叔涵觀察，先生之孫奉天東邊道奭良召南，侍讀學士準良□□，皆次第登用，將以發皇先生之盛業，其昌大豈有極哉！

先生集中，黔事固所不忘，而於遵義人士尤有夙契，若鄭子尹、莫郘亭兩徵君，趙芝園、芷庭兩明經，趙二珊大令，張半塘孝廉，即余兄伯庸州倅，篠庭、椒園兩孝廉，莫不見於先生之詠歎。然則先生之清德美政，固黔人所當尸祝，而先生之詩，則又吾遵義人所宜珍重愛惜，視爲拱璧者也。

先生詩雖不多，然分四集，其擬古諸作曰南譙集，自滁州北上入都曰燕市集，自官儀曹曰禮部集，自服官貴州曰黔南集。余謂先生詩既已刊行，而先生之詞一卷曰冰蠶者，尤爲海內所矜重。南皮張孝達尚書至載之書目答問中，叔涵觀察若能舉而刻之，使與此集並行，則兩美必合，尤饜士大夫之望已。光緒十九年八月，遵義黎庶昌謹譔。

録自拙尊園叢稿卷四。

跋趙曉峯輯犍爲文學爾雅注

爾雅犍爲文學注，就余所見，知輯者有余蕭客本，有臧庸本，有王謨本，有馬國翰本，有揚州女士葉心蘭本，並曉峯而六。六家中，惟馬氏玉函山房本盛行於時，其題銜直曰『漢郭舍人譔』，張孝達之洞書目答問從之。是不可以無辨。

馬序云：『文選羽獵賦注引「爾雅郭舍人注」。張澍蜀典謂卽與東方朔同時待詔，爲隱語被榜呼謈之郭舍人也。』此其題銜所據，不知朔傳曰『倖倡郭舍人』。陸氏釋文曰『犍爲文學、卒史，臣舍人，漢武帝時待詔』。其爲兩人甚明，所載官階名字詳而有徵，缺者獨一姓耳。馬氏知其不可通，從而爲之詞，曰：『博考漢時官階，當是初爲郡文學，後補太守卒史，以能詼諧，善投壺，入爲待詔舍人，上銜甫以舍人爲名。』此又以舍人爲官，前矛後盾，進退兩無。所據史記褚先生補佞倖傳，祇言郭舍人發言陳辭，令人主和説，不謂如東方朔之好古傳書，愛經術也。漢世同名甚多，如安國、延年、勝之之類，未易枚舉。要之，舍人或姓郭，或不姓郭，俱未可知，當從缺如之義。今直斷以爲卽倖倡之郭舍人，則大誤矣。廣韻以舍爲姓，亦是望文生義，或又以爲卽茂陵郭威，亦非何者。依漢代上書例推之，應題作『犍爲文學卒史臣威』，不當云舍人也。況西京雜記於牂柯盛覽作合組歌、列錦賦一文一詩，皆詳記不遺，豈有犍爲舍人注經三卷反不一及之理？茂陵遠在三輔，與郡國自除之例更不合，是又不待辨而自明矣。

余向疑四川嘉定爲漢犍爲地，城外有爾雅臺，或卽舍人注經之所。及考苕谿漁隱叢話，謂『嘉州烏牛山在水中，昔郭景純注爾雅於此，有臺在焉。』四川通志亦云：『郭璞巖在烏尤山，上有爾雅臺，相傳郭璞入蜀注爾雅於此。』又王十朋詩云：『隱迹江山郭景純，學兼儒伎術通神。蟲魚草木歸箋注，何害其爲磊落人？』據此數説，是宋以前，亦未有以爾雅臺屬之舍人者。然則遵義府志定舍人爲郡産，並非借才異地，奉爲樂祖，其又奚疑？

録自拙尊園叢稿卷四。

題鄭伯更説文正問

據敘周宣王太史籀著大篆十五篇，與古文或異。秦兼天下，丞相李斯作蒼頡篇，中車府令趙高作爰歷篇，太史令胡母敬作博學篇，所謂小篆，皆取史籀大篆，或頗省改。秦又興隸書以趣約易，而古文由此絶亡。新居攝大司空甄豐等校文書之部，自以爲應制作，頗改定。古文經此數變，唐、虞、三代之逸文，至是而所存者無幾矣！

許君憂之，迺有説文之作，其曰：『孔子書六經，左邱明述春秋傳，皆以古文厥意可得而説。』又曰：『魯恭王壞孔子宅而得禮記、尚書、春秋、論語、孝經。北平侯張倉獻春秋左氏傳，郡國亦往往於山川得鼎彝，其銘即前代古文，皆自相似，其詳可得略説。』及偁易孟氏、書孔氏、詩毛氏、禮、周官、春秋左氏、論語、孝經，皆古文也，其用孔氏壁經爲主甚明。故全篇體例，篆文之外，別出古籀者，即所謂與古或異也；別出小篆者，即所謂或頗省改也。六朝以降，不知説文本字之即古文，誤以爲大小篆。孫淵如氏已悉其非，惜未鬯發斯義，不謂精審如段氏，亦沿譌襲謬，直以秦篆當之，於許君存古本恉去之殊遠，豈所謂涉獵者博，多所牴牾與？伯更一一疏糾其誤，每立一義，堅卓宏通，匪惟善讀許書，實段氏之諍臣也已。

君家小學冠絶南中，若能盡發所藏，別譔巨編，緯以矜慎之思，使許學毫無遺憾，不更善之又善乎？

録自拙尊園叢稿卷四。

跋楊龍友畫

龍友畫爲黔人冠，余物色多年，丁亥秋始於京師得山水絹軸，幅高工部營造尺四尺五分，寬一尺四寸五分，上下截均有斷裂痕，題崇禎戊寅冬日文驄戲墨，鈐『龍友』二字印，畫水流亂石間，一橋右轉，入森木叢中，斜露城堞，郭外石坪上，人家三兩，圍以修竹，映帶古木；兩叢少偏，則峯巒拔起，老松離立巖際，波光蕩其外。蓋江邊側視景也。特不能定爲何所。

考龍友以崇禎元年戊辰冬侍其父霞標參政至吳門，別於虎邱劍川上，自石城解纜，畫江行十二幅，自爲記。明年復爲天台、雁宕之游，作台、宕等圖。年纔三十三，董文敏已驚爲出入巨然、惠崇，有觀止之歎。

此幅又在其後十年，距成仁時衹八年耳。其意態變化，益進神明可知。余雖無鑒古識，然視其品骨，蕭澹簡遠，似當在大癡、雲林之間，文、董不逮也。龍友大節彰著，全家殉國至三十餘口，世不以此增重，而獨於其爲士英戚故，訾謷未已。士論之隘，豈天下之至公也哉！撫斯畫，不禁喟然增觸已。光緒十四年戊子正月既望，黎庶昌記。

録自拙尊園叢稿卷四。

跋悅坳遺詩

表兄鄭子行，余作傳稱爲山人者也。君爲子尹徵君之弟，以布衣終。家貧，食力屢空晏如。善形家言，嘗於洪水垻點燈山卜基兆，謂與堪輿書中坳去聲腦天才者合，君得之大喜，自營生壙其間，種松數百。晚歲遷居山麓以近之。

光緒十一年，余奉諱旋里，時君没已七年。一日往省君墓，登點燈山，乃觀所謂坳腦天才者。禮『故人之墓有宿草而不哭焉』，因就其家求遺稿，得詩百餘首。當咸豐六七年時，君與余兄弟過從甚密。及庚申歲暮，寇氛不甯，君勸余謀赴順天鄉試，先之武昌，依余從兄伯庸，遂別，不復合并。其後服官江左，益遠游海外數萬里之歐羅巴，書問曠絶，久不相聞。君獨時時念余不置，形之詠歌，以達其意。睹茲遺編，使人愴惻不能自已。

君讀書雖不多，其詩純任天籟，頗近嚴羽『別材』之說，異夫世之雕章琢句以爲工者。蓋亦擊壤誠齋之支與流裔也。今彙而刻之，題曰悅坳遺詩，並發斯義，使讀者略其辭而觀其意云。光緒十四年九月黎庶昌識於日本使署。

録自拙尊園叢稿卷四。

湘鄉師相曾公六十壽序

昔者孔子之道，大而能博，非徒垂空文而已也。其在弟子，有能政事者矣，言語文學者矣。夫子獨嘗薦顔淵爲好學，而與其用行舍藏，及論爲邦，則損益四代，垂法百王，問答與衆殊科。彼顔氏者，其用未施，道不顯於時也。然自七十子之徒，咸推服之，未嘗聞異辭。蓋於其所素存，必有以驗而然也。及孟軻氏修仲尼之術，明王道，黜諸子；荀卿晚出，著書益崇儒效，而世或莫之信，抑獨何也？後代儒者輩出，言愈尊，效愈寡，至益重以闊遠爲世疵詬，不亦既過矣哉！

公之在翰林，即病世儒舍本騖末，以寡要乏實取譏，恒用自毖，而反求諸修己治人之原，以庶幾乎孔、顔『坐言起行』之旨，其規模意量，固已閎遠矣。及後在軍，又爲聖哲畫像記，具論學問宗主得失之宜，明儒術之足以經緯萬端，稽諸室而從，播諸市而行，持義甚備。蓋自宣宗皇帝平治之朝，公即毅然有以任天下之重。及粵賊洪、楊亂起，倡率義旅，卒然起一方，犯莫大之難而不怍。厥後兵敗九江，厄於南昌，困於祁門，蒙難艱貞，百折而無所於悔。十年之間，卒誅凶暴，削平大亂，反正國家，自江漢、常武以還漢、唐中世，匡復討伐之勤，未始有若斯之烈者也。東南既定，公患兵革不休，於是鑒古矯失，以息事甯人爲天下帥，罷將士，還隴畝，沖襟元覽倓然，不改儒素之常，舉蓋世勇功智名，藐若浮雲之飄於太虚，而曾不一與，斯豈所謂若無若虚知變化者邪？及捻賊再平，天子垂念畿輔吏治呰窳，待公以爲治佐之股肱，未及期年，剔獄以踰萬數。其他若鹽、漕、河防、軍實，次第奮修，振槁扶衰，令馳若流，吏飭民穌，風化肅然，又豈所謂期月已可者邪！蓋讀孟、荀諸大儒之書，而知聖人之道尊。及觀公所措注設施，又益信聖人之術，碻乎其可行俟百世，應時變若爲良、造之御縱横險阻而不失其馳也。

歲十月十一日，公登壽六十，其夫人先以二月二十九日躋壽五十有五。元德齊祉，世以爲難。自在朝之宏公貴人，下逮百僚師士，龐眉黔首，異方冠帶之倫，莫不延跂以望公之康强純固，得恒倚爲重，而頌以無疆之休，若古稷、契、皋陶、伊、吕、周、召、方叔、召虎、仲山甫、衛武公其倫者爲辭，殆不可勝紀。庶昌等從公久，雖遠在數千里外，獨可無一言以壽，於是具道向所以服膺於公者，以爲禽犢之獻云。此文與四川井研王子蕃鴻訓聯名，亦公門下士也。自記。

録自拙尊園叢稿卷四。

送姪尹融之吉林序

吉林於古爲肅慎氏地，自周武王時以楛矢石砮入貢，魯史誌焉。度其闢國在夏、殷以前，遠於齊、魯、燕，召大封且數百千歲，而説者曰吉林，卽古雞林，長白障其東南，松花混同界，其西北山川積高，神靈隩區，帝王者所應運而興也。

聖清受命，滿洲分立五部，其地適當三姓、甯古塔、吉林之中，而吉林爲扈倫四部長，最稱雄桀，地利尤勝。國初迭設昂邦、章京、將軍、都統以治。將軍雖建號甯古塔，而常鎮守吉林。吉林爲省，自此始。雍正、乾隆之際，稍改舊觀，嘗一設州縣矣，未久而卽罷。其時，邊患未形，一切得沿滿洲政俗，簡節疏目，以長以養，百有餘年，而事變乃大異於古。

今天子嗣位，慨然以邊防爲急務，詔將軍與督辦大臣經營險塞，練軍實，起屯戍，開郡縣，繕城邑，將以通商訓民，一準漢法治之，比於十八行省。於是吉林始設道、府，額缺二，州縣同知、通判額缺六，於選人中揀發所謂正途者，需次補授。今年夏，朝廷猶以正途爲乏，著令吏部籤掣卽用人員，吉林特增一籤，而吾姪尹融以進士與選，是非其幸與？

男子始生桑弧蓬矢，以志天地四方，雖適萬里，猶户庭可也。況爲天子守土吏，往卽邠部肇基之域，一旦撫有人民，攬其江山、城郭，土著射獵，高步遠引，倜然想望興王之會，其於吏治必有以進乎古矣。汝往敬之哉！

尹融頃來日本，求示長民之術，余既告戒一二，别爲序，以壯其行。光緒九年八月。

録自拙尊園叢稿卷四。

贈趙殿撰序

聖清受命，起滿洲以總壹海内，凡百制度，皆有改作，獨取士一準明制。賓興三載，大比天下羣士，秋試於省闈，謂之鄉試； 鄉試中式，明年春試於禮闈，謂之會試； 會試中式成貢士，天子御保和殿策而問之，謂之殿試。殿試中式一甲三名，曰狀元、榜眼、探花，謂之鼎甲，得者以爲殊榮，而狀元尤絶異可貴重，極天下之所慕歎者也。自順治甲申迄於今上戊子，凡二百四十五年，舉狀元者九十八人，不爲不多。東南大省，縣或至數人，而西南邊徼之地，至乃合數行省曠數百歲而不得一與，又何其難也！

光緒丙戌科，吾黔貴陽趙君仲瑩實始以狀元及第魁天下，中外尤以爲異士。在黔聞者，相與引觴稱慶，有若榮寵之被其身，雖余亦不自知所以然。余與仲瑩未相識，丁亥仲冬邂逅於上海，睹其容，温然以恭； 挹其氣，粹然以和，蓋成德者器也。雖然，使仲瑩由是翔步清華，從容平進而爲天子文學侍從之臣，以馴致大位，皆其資地之能以自致，不足爲仲瑩異。

吾願仲瑩之有志於道也。昔宋王沂公答劉子儀之戲曰：『曾生平志不在温飽。』明王文成入京師，諸貴人勉以射策甲科爲第一流，文成笑謂：『恐第一流，當是聖賢！』兹二賢者，足以法矣。

夫黔，天下之右脊也。其山川清淑旁魄之氣，鬱極蓄久，而於仲瑩發之，宜益思所以副生才之意，沈潛乎仁義，涵泳乎詩書，直養乎剛大之氣，以待勳業之可成，此殆有天焉，必非偶然者！余與仲瑩别一年，所誼不可終默，卒書鄙懷以贈。光緒十五年春王正月，同里黎庶昌譔於日本東京使署。

録自拙尊園叢稿卷四。

漢孝女先絡碑

孝女先絡者，符人也。漢永建元年十二月，父尼和爲縣長趙祉拜檄謁巴郡太守，過成瑞灘，溺死，求屍不得。絡年二十五，有子女二人，爲作錦囊，分金珠繫頸下，至二年二月十五日，尚不得喪，乃乘船至父没所自沈。其夕見夢於其弟賢，告曰：『後六日，當與父屍俱出。』至日，果父子浮出，郡縣異之，表尚書遣户曹掾爲之立碑，以旌誠孝，人爲語曰：『符有先絡，僰道張帛，求其人，天下無有其偶者矣。』事具華陽國志、後漢書、水經注。獨户曹碑久軼不傳，越千七百六十有三年，郡人黎庶昌譔。

先絡爲黔故首，以其行絶特不世出，不宜聽黯黮，輒依度尚吊曹娥事，别立石刻之。仁懷、漢犍爲符故治，安樂水會。其辭曰：

符女先絡，令善猗儺。夭桃之子，宜室宜家。順元永建，有父尼和。拜檄上謁，郡將於巴。遇灘而隕，腹葬魚蝦。女心菀結，又可奈何？誓求父死，汎逐洪波。六日兆夢，負屍江沱。皭然不滓，翩翩懷沙。蛟龍所畏，鬼神所嘉。緊彼孝女，婉如舜華。朝榮夕悴，萬口咨嗟。哀感行路，女心則那。父一而已，匪恤其佗！楚纍被放，自沈汨羅。城崩野哭，杞婦不髽。僰道張帛，上虞曹娥。視彼孝女，孰爲其多？滔滔江流，萬折而東。一往不復，身則與同。抗此貞厲，以矯世風。

亂曰：湍流悍瀨駭可噫兮，窈窕麗質棄如遺兮，魂靈揚波永抽思兮，精貫金石耀坤維兮。犍牂之寶名馥菲兮，千載未沬紛葳蕤兮，江水可枯石不夷兮。大清光緒十四年，歲在著雍困敦，月在畢陬，日在丙寅。

録自拙尊園叢稿卷四。

誥授奉政大夫黎府君墓表

府君諱恂，字雪樓，晚號拙叟，遵義黎氏。黎之先出自唐京兆尹幹，幹孫植仕爲散騎常侍，自河南徙居江西新喻蒙山，於是爲新喻之黎。宋初有得敘者，官蜀昌州刺史，後家廣安軍之渠江，於是爲廣安之黎，傳若干世至朝邦，明萬曆中始遷貴州龍里，繼遷遵義沙灘，又爲遵義之黎。朝邦四子，長曰懷仁，懷仁生民忻，民忻從梁山來知德高弟胡生游，傳瞿塘易學於府君，爲六世祖，再傳生高祖諱天明，天明生曾祖諱國柄，國柄生祖諱正訓，廩貢生，正訓生考諱安理，乾隆己亥舉人，山東長山縣知縣。國史採列孝友傳者也。以府君貴，兩代贈奉政大夫，祖妣氏鄒、妣氏楊皆宜人。

府君生而沈毅寡言，氣蓋一世，讀書取明大義，不屑屑治章句，本諸身而可從，質諸世而可行，耿介離俗高視，在王仲任、徐偉長間也。中嘉慶庚午鄉試舉人，甲戌進士，改知縣，籤發浙江，累充丙子、戊寅、己卯鄉試同考官，補桐鄉縣知縣。在官五年，考長山公自山東解組來觀政，調歸安，未行，丁父憂歸，家居十四年。道光癸巳再起復揀發雲南，充乙未、丁酉鄉試同考官，迭署平彝、新平知縣，補大姚縣知縣，署雲州、沅江、姚州、霑益等州知州，題升東川府巧家廳同知。咸豐元年致仕歸里。

其在桐鄉也，一以不擾爲治，正獄訟，弭盜賊，寬賦役，釐漕務，舉邑先儒張考夫願學備忘録以詔學子，暇則修其墓，遇吏民如兒奴，稱譽翔洽。在雲南，凡三弭回變，新平彝婦蔡刁氏謀反事覺，府君自省馳三晝夜，勒兵捕勦，廣設方略，擒蔡母子及僞署總督以下四十餘人，斬蔡，釋其餘，遂解散。緬甯回與兩湖客民械鬬，屢期復仇，鎮道至姚州，諭撫回，故以市羊。漢人搆釁，擁衆千餘脅就理，鎮道不敢出，府君坐堂皇叱其酋曰：『汝曹欲反邪？』皆伏曰：『不敢。』曰：『既不敢，爲一羊，孰曲直，當訴我，此攘攘何爲？』與亭決，立麾衆退。大吏不以府君爲能，竟撤任。明年，使領運一起京銅，重困之。甲辰，川匪王某作亂，渡金沙江，入大姚，據仁和街，府君督團練拒守，擒斬六百餘人，賊潰。踰月，姚州花衣村回復圍白鹽井，逼縣境，再率團練創走之。總督林文忠公則徐大善其法，下他州縣仿行，以卓異薦，浸欲嚮用，而府君即引疾去矣。

自先王井田之法壞而廉恥道消，士惟徒手仰給縣官食租衣税，以放其亡等之欲，故有一朝失職，若不可自比數人類者矣。嘉慶、道光之際，海内承平無事，民庶豐樂，正世論富貴利達之時，而江浙又士大夫仕宦豔塗也，府君於是時年甫强仕即引疾家居，浩然有箕、潁之志。及再起家爲令，非意所好，卒守止足之義，請告懸車，一返初服，以視世君子奔命利禄之場，苟患得失老死，芸芸不休，至或禍敗相隨屬者，其賢不肖爲何如也？府君歸休四年，遵義亦亂，比連歲不定，舉家避之板橋、桃溪源、桐梓、石阡，所至焚香展卷，翛然而已。同治元年，里人結寨於禹門寺，因就居焉。明年癸亥八月二十九日卒，春秋七十有九。配周宜人，仁勤淑慎，偕臻耄耋，年八十三卒，合葬車田芝山。子男五：兆勳，湖北隨州州判；兆熙，國子監生；兆祺，軍功保舉知州，賞戴花翎；兆銓，雲南姚州知州；兆普。女三，長適鄭珍，次適楊華本，次適朱正儒。孫男十三人，孫女九人。曾孫男七人。

府君於庶昌，世父也，没二十年而墓道之文未具，懼其久而失真，特述府君高志介節，揭諸阡原，使來者矜式。若其他懿言軼事，別見鄭珍所爲行狀，不備書也。庶昌謹表。

録自拙尊園叢稿卷四。

先大夫側室劉孺人家傳

孺人姓劉氏，貴陽人，先府君側室。少時割股療親疾，歸府君，以才敏見稱，尤篤愛於諸子。始吾母吴太宜人頗病子女繁，而孺人獨不育。維時家貧也，無他僕婢。孺人輒以身兼之，每一子生，吾母乳嬰者，孺人卽哺其孩者。羣小更迭在懷，誠求保抱，纖悉必周，一忘其非己出也。

庶燾初就外傅，不見孺人卽淚涔涔下，不發聲。孺人不得已，日攜女紅往他室就治，使從門罅壁隙間望見之，庶燾且讀且窺，乃喜。率數歲以爲常。其在印江，庶昌甫四歲，患羸弱，竟日號咷，孺人百端曲慰。府君時或抱持緩步庭中，孺人舉巨椀實粉餈隨其後，庶昌以目注視，不食亦不使去，往來窮日夜無休時。他煩數類是，積一歲病瘉，而孺人未嘗有倦容。比長，從師讀，溺愛一如庶燾，必旦晚挾書册躬往送迎之，以故歲十餘，猶隨孺人臥起。不辨爲吴太宜人所出者，恩誼若與吾母等。

府君之没也，實道光壬寅十二月，諸子孤露，愛憐之尤甚，謀所以撫翼者萬方。如是且十年，而諸子以次成立，讀書發名，孺人之力爲多。其後精力衰，得腳氣疾，不良於行，積勞所致也。猶時時助吾母檢校家政，不遺餘力。每夜深人静，星月在庭，僕婢昏昏睡去，孺人必獨自扶杖起行，謹飭門户乃就寢。其勤動尚如此。再踰年，卒，年五十有九。

當府君之没，既歸而家益貧，吾母與孺人私計曰：『今貧如是，諸子又小弱，將何以自存？宜各勤手指。』

於是吾母任紡織，孺人任鍼黹，賴以枝柱不墜，至末年稍稍綏裕矣。自咸豐丁巳以後，地方多故，板蕩播遷，孺人乃復窮約，遂至於没。諸子及今追思鞠養慈惠之德，莫知所爲報，流涕而不能忘也。

録自拙尊園叢稿卷四。

從兄伯庸先生墓表

同治二年癸亥八月二十九日，我世父雪樓公告終。明年春，兄自隨州州判任内奔喪旋里，年六十矣，先以水陸撼頓，失飲食節，至又哭泣，擢哀傷彌甚，既葬，疾作，八月二十日亦卒。春秋六十加一。十一月初三日祔葬車田芝山世父墓右。

兄諱兆勳，字伯庸，晚號磵門居士。九歲即能爲五七言詩，持贈同輩，長老驚歎。既冠，儁邁有奇氣，不肯役志帖括，世父亦雅不欲强之。兄進則奉槃御食左右就養，退則與外兄鄭子尹珍同事研席，鋭志求通於古，而趣嚮各殊。子尹稽經諏史，志爲通儒；兄則顓力於詩，上起風、騷，訖於嘉、道，無不諷味，以爲詩者，性情之極則也。治之六七年而業日以精。道光壬寅、癸卯間，世父出宰滇南，會獨山莫子偲友芝奉其尊猶人先生之柩，東葬吾里青田山，去黎氏舊廬六里而近。三家者互爲婚姻，又同志友善，兄於是方領家政，外喜賓客，内督諸昆季，積苦力行，井井有條理。日夕發書與子尹、子偲相違覆，以詩古文辭交摩互勵，風氣大開。久之，羣從子弟服習訓化，彬彬皆嚮文學矣。

年二十四，補縣學生員，十試於鄉，不得志於有司，始援永昌軍例，報捐教職。己酉，署石阡府教授。又三年，補黎平府開泰縣訓導，最後以防苗功，選湖北鶴峯州州判。至楚，檄署藩照磨，兼鹽庫大使。同治元年，調補隨州州判。時喪亂之後，兄以薄宦羈旅鄂疆，位卑而禄微，權輕而事減，恒不能以通其志，悲愉欣戚，一寓於詩。間與監利王子壽柏心、龔子貞昌運、陽湖徐子楞華廷、中江李眉生鴻裔往來唱讎，詘譏笑歌，肝膽豁露，多不平之鳴。蓋才人不得志於時者之所爲也。少作千數百篇，至老删削且盡，僅存四百餘首。弟輩强編爲侍雪堂詩鈔八卷，尚非意所欲留。早歲刻者，有葑煙亭詞四卷，餘著多未成。家世具世父墓表。配阮氏，妾陳氏、梁氏。無子，以叔弟兆祺子汝弼嗣。孫二。

兄與鄭、莫兩徵君同時並興，名在其次而知之者少，獨今吴縣尚書潘祖蔭稱之，曰：『鄭子尹、莫子偲、黎伯庸皆黔之通人也。』眉生亦亟稱之，曰：『伯庸天機活潑，灑落塵埃，吾不如也。』因爲次敘厓略，俾異世治黔故者有所考論焉。從弟庶昌表。

録自拙尊園叢稿卷四。

仲兄椒園墓誌銘

仲兄諱庶蕃，字晉甫，別號椒園，長庶昌八歲。道光二十二年，我君見背，家貧不能自拔。長兄篠庭念門户繫兩弟，董督之，愈於成人，期在必達其志事所願欲，其爲教之方，雖嚴師弗如，兄亦服教，惟謹敦自勵飭，不樂以凡子居。與庶昌並案讀，屬文必盡夜分，每至月落山寒，窗紙映黄金色，竹露滴瀝有聲，唫哦未已。庭有古橙，我君所手植。時或黄團下賓，大聲砉然，擊屋瓦皆碎，争啟户往拾，返讀如初，恒持用笑樂。如是者三年，業大進，中咸豐壬子鄉試舉人。踰年，北上公車，至澧州道阻，不得達，歸而盡棄其學。

黔亂起，喜言兵事，治團練於鄉，嘗一從縣令江君炳琳勦賊甕安之上塘，軍潰，大爲羣賊所困，徒步歐血，賴天幸得馬以免。然無功，事弗克上，兄亦灑然不以屑意。久之，苗教各匪數犯吾里，兵不得休。同治元年再入，殺戮彌甚，刲人若羊豕，燬廬舍，無貧富貴賤賢不肖，皆一掃括絶盡，人人露立。兄乃率鄉人結寨禹門寺固守，與賊相持凡五年，楚軍入綏陽始解，論功保擢候選知州。庶昌之從曾文正公江南也，遣使迎吾母，兄亦厭兵事，挈家來依，改官兩淮鹽大使，至揚州候補。

光緒二年，庶昌奉使西洋。七年，再使日本，迎母居滬上，兄往來其間。十年甲申，母卒，偕喪歸里營葬訖，將返揚州，喪未終也。庶昌諫不聽，卒以十二年春載病出，抵揚百許日，七月初五遽没於旅寓。年五十八。子尹褘從行，卽以是年歸柩，卜葬小青棡林。娶駱氏、吴氏，妾譚氏，皆前卒。妾丁氏。子二，尹穮，次卽尹褘。女二，殤。孫二。

初，咸豐中，兄以儁才績學爲學政翁文勤同書所賞許，必以詩鳴。及至金陵邗上，詩益豪且多。友人莫祥芝爲哀刻椒園詩鈔六卷、雪鴻詞二卷，没後又得遺詩若干首，他日將並刻之，彙入家集。銘曰：

樂天知命，無入不宜，此聖賢自得之學，豈吾輩所能幾？但苟識其理，亦可少安窮約，守分不移。兄之再出，病已難支。行不逮禮，弟諍不篤，乃遂至於斯而止於斯乎？噫！

録自拙尊園叢稿卷四。

劉君墓誌銘

君諱仕元，字善伯，其先江西人，明萬曆時有名明德者，從劉綎征播，播平，居土崖垻，遂世爲遵義人。與吾黎氏同時占籍樂安里，相距六里而遥，然上世未嘗往來也，君於咸豐初遣子漢英就先兄魯新、椒園學，始爲通家。

甲寅八月，桐梓姦民楊龍喜作亂，圍郡城，里氛日迫，羣情摇摇若懸旌。君首倡團練以拒，賊怒滋入境，持兩端者多不便，反訾君所爲，君曰：『禍由我始，當由我止。』即夜執其人，火其居，率丁壯出禦截嶺，而守賊知有備，不敢犯，竟去，衆乃憬然悟賊可擊也。同治元年，黄、白號匪交熾，四郊多壘，鄉人就禹門寺結寨自衛，主之者先兄椒園及從兄介亭、季和。君命漢英協力戰守，與賊相持年餘，先后卻走僞秦王朱民悦、僞元帥聶定邦、叛將吴元彪等，大得其助。然君爲人，平時姁姁然，遇物恭謹，氣若不勝衣，言不能出諸其口，見者不知其能任事如此。人固未易測也。晚遘目疾喪明。光緒十年十月二十六日卒，春秋七十。明年九月卜葬緑塘河西潘家灣辛山乙向。

曾祖春乾，壽九十有六，五世同堂。祖登東，父正盈，以孫貴，覃恩貤贈文林郎。妣梅氏，贈孺人；配張氏。子一，即漢英，同治丁卯舉人，普安廳教諭。女一。孫家墉，孫女一。曾孫鴻澤。將葬，漢英以銘請，誼不可辭，久乃塞諸。銘曰：

善人劉君，藏於此土。以施後昆，世甯其宇。

録自拙尊園叢稿卷四。

詹節母墓誌銘

咸豐七年，節母詹孺人踵吾門而告於余兄篠庭曰：『妾夫不幸死於非命，今二子幸漸長大，家鮮近親，謹遣詣門下，累先生。先生若聽哀微志，教督之，使有成，所以貺詹氏甚厚。』余兄敬諾。越八年而節母卒。又九年為同治癸酉，子廷鏞舉於鄉。又六年廷鏞以大挑知縣，揀發甘肅，具狀來請銘。

節母綏陽吳氏，粗通書史。父朝東，舉人，其母若姑皆余姑也。姑以姊妹結婣重親，而節母適遵義為詹氏婦，婉嫕貞靜，入門即有賢譽。道光二十三年，夫鈺漁於塘溺死，父母具存，節母哭之慟，已而曰：『命也，吾不敢以輕殉，傷二老心。』時年二十二，即屏去曼飾，銜悲飲辛，嚴事尊章，曲盡子職，逾於夫子。翁姑大稱孝婦，數年翁姑亡，始專家政。

詹氏於吾里為單，家素號饒給。自其翁大人在時，頗以博負進而未察。及是，衆負事白節母，議鬻田鄰里。或諫其名不美，節母曰：『吾非不知，第不鬻田則債莫能償，子母相權，不數年而詹氏田且盡，庸有利乎？』卒割償三分之一，後皆贖如舊貫，衆於是歎節母遠識。其母遭家落，又奉迎而養之，移所以事姑者事母，視微聽聲，一承以志。治家尤謹於法度，喪祭有經，賓客有奉，閭里親族有賙，僮僕手指，各予常程，條次精密，半菽寸齏，尺布段薪，必飭必躬，不言而教行，內和而外穆，以故升其庭肅肅如也，入其室訢訢如也。

當是時，節母賢聲播聞於兩邑，雖以士大夫詩禮篤訓之家，內視欿然，咸自以為不及也。咸豐中遵義數有寇警，鄉人烏驚避之，以此破家者甚衆。節母既遣子就傅，單獨一身經營督察，懷刃自衛，多所保完。十一年黃號賊大至，室廬被毀，始徙居東隅里。明年再徙禹門寺寨，造次顛沛中，姑姊妹之來依者，族黨之流離不振者，猶復有無與共，量力濟施，衆於是又服其仁。嗚呼！節母之行，卓然有以饜服人人若是。於古當魯母師陳孝婦之倫，節母非有所慕效而然也，行乎心之即安而已。同治三年二月十二日，節母卒，春秋四十有三。光緒四年十二月，合葬大林。子二，長即廷鏞，次遺腹生廷謨。

銘曰：

繄彼婦行，德言容功。四者具備，維德之崇。孰為女宗？婉婉士風。詹氏之有，心敬節母。六星未周，隕墜厥耦。子荷婦負，協於姑舅。齊家之教，自古難奚。桃李不言，晚而成蹊。賢行絶出，輿誦實題。貞此苦節，彤管有悽。俟論史氏，視我銘辭。

録自拙尊園叢稿卷四。

楊先生墓誌銘

先生諱開秀，字實田，別號雲卿，姓楊氏，綏陽鄭場里人。自少博聞強記，以制舉文雄於時，每一篇出，壓其鄉之長老，長老咸驚歎屈服，曰：『楊君文，六藝精華也。』然試輒不售，年五十餘始中道光己酉鄉試舉人，一上公車，遂絶意仕進，專以經術教授鄉里。道光末年，嘗就吾鄉禹門寺設塾，士聞先生名，奏而受業者數十人，寺舍皆滿。余兄庶燾、庶蕃，從父兄兆銓及身皆列弟子籍。兆銓、庶燾又先生女壻也。

初，庶昌將詣塾，家貧不能具脩脯，先生聞而呼之，曰：『孺子來，毋苦。』時年十二，令植案講席旁，與其子對坐東西嚮，晨興入塾問先生安否，就受書，周禮、禮記悉出口授，刻程晷肄業，必使背誦爛熟乃已。讀有誤，聞聲糾之，不失一字。如是者數年，獎藉誘掖，門牆益宏。其後徒黨散歸，各以所得傳授，私淑楊氏學日盛。里中為之謠曰：『禹門寺，讀書堂。孰為師？黎與楊。六十年，前後光。兩夫子，澤孔長。』蓋自乾隆中，吾祖靜圃府君設教禹門，後不復見此盛已六十年。故云爾。

先生以同治二年二月二十五日卒，春秋六十有七。某年月日葬鄭場楊家村宅右。曾祖某。祖某。父某，妣某某氏，配王孺人，繼配裴孺人。子二：遇庭，縣學武生；遇澤，縣學附生。吳元彪反，踞綏陽縣城，遇澤往乞師綦江，行至七寶寨，即夜，寨陷於賊，死之。女六：長適吳某；次適黎兆銓、黎庶燾；次適張鼎新；次適丁某，居某寨亦為賊陷，自縊死；次適陳某。孫二人。

先生為人，內行篤修而外甚和易，與人游，汎愛無町畦，尤澹於嗜欲。家貧食力，屢空宴如，其視富貴軒冕，若野馬塵埃之不足汙我也。居恆課士畢，下帷靜坐，神識淵然，超乎萬累之表，近古湛冥者與。性好學，然亦不常見其讀書，晚乃學奇字，頗疏記古文異訓，綴成一家言，尚未卒業。余時少，未知先生所為書可貴，不即副，遭亂遂滅。今求其家無有，惜哉！銘曰：

豐其德，潤其宅，闇然自修不物役。嚴君平、鄭子真，蕲而伯仲思古人。

録自拙尊園叢稿卷四。

鄭兩山人傳

山人名王車王，字子行；玨，字子瑜，姓鄭氏，遵義人，徵君珍之弟也。讀書略通大義，不肯竟學，棄去。家貧薄，有田數十畝，力耕自食。

道光末，徵君以高名宿學爲西南儒宗，郡守以下禮聘造請，士大夫望塵款接，惟恐失顔色。山人獨默默寡譽，以布衣終，姓名不出閭巷，老屋柴門，蕭然物外，於富貴人一不識也。子行隱於堪輿，子瑜隱於醫，二人者各挾其術，周旋鄉里，時時以種德活人爲事，頗爲人解紛，眾德之。民有隱曲及搆爭訟事，兩造莫能平，皆曰：『願待鄭山人一言而定。』其見推信若此。

性嗜釣，無事率嘗在樂安江水上，藉草地坐，或據危石，雖斜風細雨不歸，志亦不在魚也。子行所居曰小河溝，子瑜所居曰望山堂，距吾家里許。咸豐中，余兄篠庭以病廢，與山人交最篤，無三日不過視，過則必命酒肴取娛，劇談雄論，詼謿並作，極夜分乃罷去，折竹然炬以行。明旦視之，則又腰笆簍，短蓑岌笠，草屨，持釣竿出矣。子瑜先卒，年四十三。子行卒年七十。

黎庶昌曰：山人之祖諸生鄭學山，父布衣鄭文清，兩世精醫，皆有隱德。布衣又余姑夫也，尤善飲喜釣，以謂釣者，養生具，非他玩物比。然則釣亦豈其家學與！

録自拙尊園叢稿卷四。

莫徵君別傳

徵君諱友芝，姓莫氏，字子偲，別號郘亭，晚又稱眲叟。貴州獨山州人。父與儔，以翰林院庶吉士再改官爲遵義府學教授，君從來，居遵義。爲人默然湛深，與吾里鄭徵君子尹珍同志友善，篤治許、鄭之學，因子尹以交余從兄伯庸兆勳。三人者，至莫逆也。

君家貧，嗜古，喜聚珍本書，得多與東南藏弆家等。讀之恆徹旦暮不息，寢食並廢。身通蒼、雅故訓，六藝、名物、制度，旁及金石、目錄家言，治詩尤精，又工真、行、篆、隸書，久之名重西南，學者交推鄭、莫。中道光辛卯鄉試舉人，丁未會試，公車報罷，與曾文正公國藩邂逅於琉璃廠書肆，始未相知也，偶舉論漢學門户，文正大驚，叩姓名，曰：『黔中固有此宿學邪！』即過語國子監學正劉椒雲傳瑩，爲置酒虎坊橋，造榻訂交而去。咸豐十年，君以截取知縣候選在都，是時端華、肅順方擅權，欲收召天下知名士，藉助聲譽，介人來求君書，不應。又招致授讀子弟，亦辭謝之。居無何，且選官。睹東南寇亂，不樂，一旦棄去，往客太湖胡文忠公林翼所，爲校刻讀史兵略。胡公卒，又從曾文正公安慶。黔亂，益無所歸，述影山草堂本末以見志。影山草堂者，君所居獨山舊廬也。自是客文正者踰十年。

江南底定，寓妻子金陵，偏游江淮、吳越間，盡交其魁儒豪彥，與南匯張嘯山文虎、江甯汪梅村士鐸、儀徵劉伯山毓崧、海甯唐端甫仁壽、武昌張廉卿裕釗、江山劉彥清履芬數輩尤篤，其名益高，所至求書者屣履逢迎。同治四年，今大學士江蘇巡撫李公鴻章請州縣吏於朝，君嘗與子尹爲祁文端公寯藻密薦，有詔徵用，君卒不就。同治十年往求文宗、文匯兩閣書於揚州裏下河，九月辛丑至興化，病卒。縣令甘紹盤視其喪。年六十一。君弟祥芝方官江甯知縣，請解任，返葬君遵義青田，與先壠相近。文正公善其所爲，曰：『世不行此久矣。』

君生平志存文獻，思爲黔之一書潤色邊裔，道光中與子尹同譔遵義府志，博採漢、唐以來圖書、地志、荒經、野史，披榛剔陋，援證精確，體例矜嚴，成書四十八卷。時論以配水經注、華陽國志。又綜明代黔人詩歌，因詩存人，因人考事，翔實典要，爲黔詩紀略三十三卷。貴州文獻始爛然可述。居金陵，得唐寫本説文木部百八十八文，君自謂『此吾西州漆書也』。以舉正嚴、段二家校注，譔箋異一卷，文正公爲校刻以行。又嘗至句容山中搜討梁碑，躬自監拓，惟恐一字見遺，譔梁石記一卷。其覈如此。别著之書，有聲韻考略四卷、過庭碎録十二卷、樗繭譜注一卷、郘亭詩鈔六卷、郘庭遺詩八卷、郘亭遺文八卷、宋元舊本書經眼録三卷、附録三卷。編訂未竟者，有郘亭經説、影山詞、書畫經眼録、舊本未見書經眼録、資治通鑑索隱各若干卷。配夏孺人。子二，彝孫、繩孫。彝孫，附貢生，先没；繩孫，知府銜兩淮候補監掣同知。

黎庶昌曰：徵君於余，妻兄也，光緒中議續修國史，擬君入文苑傳，公論定矣。然事蹟獨據張裕釗所爲墓誌，尚有遺軼未盡者，故别爲之傳云。

録自拙尊園叢稿卷四。

布政使銜四川候補道蹇君墓表

君諱誾，字子和，姓蹇氏。明尚書忠定公義之后。崇禎末被寇亂，轉徙入遵義，遂爲縣人。曾祖某。祖某，副貢生。考臣，道光乙酉舉人，官婺川教諭，卒祀鄉賢；妣李夫人。母陳夫人，生子三，君其次也。三代皆以君貴，贈中議大夫，妣皆封淑人。後以軍功加級，再晉榮禄大夫，妣皆一品夫人。

君生而英豁沈毅，饒有智略。咸豐四年，桐梓姦民楊龍喜倡亂，圍攻郡城，時贈公方奉命在籍團練，承平既久，兵脃器荒，君始爲當事者畫策，協同戰守，詰姦禁虣，昕夕在勤，閲百二十日而圍解。蹇氏名由是籍甚。自是郡中兵事迭起，一皆倚君主辦，君亦以爲事關桑梓，誼無可委也。積功由廩生累保同知直隸州，分發四川，賞戴花翎，至則大爲駱文忠公秉章所知，署彭山縣知縣。縣故無城，適滇匪李泳和擁衆踞擾迴龍場，君率黔勇百人雜以團練，分屯置守，屹然如遏水使不溢防。始築土垣爲城，病其窳敗，乃集父老，謂之曰：『吾欲易土以石，何如？』衆有難色，君曰：『此彭民百世之利，無可疑者。』因出圖指示城基，曰：『應起某所，止某所，須工費各若干，吾籌之已熟，成否，衹在今日耳。』衆皆曰：『惟使君命。』即委輸金錢，且防且築，六月而城完，賊以遠退。君再破走之快活山，遠近大悦，懽聲動鄰。眉州民團練，解散勇目陳祥興數萬之衆。十一年署茂州直隸州，松潘與茂州毗連，爲番所陷，數數侵擾州境。君治法一準彭山。同治元年，越勦匪首方自閏於綿竹。其秋，大破番巢於疊溪，引軍深入，連下龍池、梭多、勒古諸隘壘，生擒賊酋日吉木諾，進復廳城，君績爲多。由是晉階知府。四年，丁李、陳兩夫人憂，駱公留辦番務，君固請回籍。

方是時，黔省軍事糜爛，蜀邊益棘。駱公念援黔卽所以爲蜀，就令統舊部至遵義設防，而工部侍郎石公贊清亦自條陳軍務，薦君才可大用，堪倚以辦賊。未幾，果有三路援黔之議矣。君以所領當中路，駐勦數年，討平高臺、覺林寺、榿木園各教匪，斬僞朱王，攻復湄潭縣城，分軍與楚師會克清平，天子多君功，免補知府，以道員用，疊加鹽運使銜、布政使銜。又於其間辦結天主堂巨案，約堅條明，民教大安，凡地方義舉，皇皇焉圖之惟恐不及，任之益不辭勞怨。八年，丁贈公憂，服闋，引見回省。新津有通濟堰，爲眉州、彭山兩邑民田所利溉。新津民累靳修築，積訟彌年。君奉檄往勘，爲之平亭利害，衆各爽然，一遵約束以退。旋赴酉陽巡視邊防，歸及重慶，病卒，同治癸酉十二月六日也。春秋四十有六。上自大府帥，下逮僚友，莫不歎君之位與壽不克盡其才爲國家大用惜也。彭山、茂州、遵義士民聞之，先後請建專祠，得旨報可，事蹟宣付史館立傳。其明年五月，卜葬縣西觀田山。初，咸豐中，君兄謂以舉人勦賊殉難，特予建祠。及是，君又以勳績邀此曠典，郡人以爲榮，合祀之文昌宮，後號蹇公祠云。配朱夫人。子二，念咸、念恒，俱廩生。女二，長適清鎮候選從九孫秉懿，次適余從子尹融。孫男四人，孫女二人。

君在軍在官，常手不釋卷，亦頗讀宋五子書以自儆，然不喜著述，僅有權彭、平番、援黔等日記六卷。君弟誂別輯詩文爲諍庵雜著二卷，家書及論學語爲一家言四卷。君没十餘年，而其羣從子姓能篤守家法，門庭雍睦，蔚爲一郡之冠，無改舊規。然後知君之所樹立，皆出自有本之學，非偶然也。其廟食宜也。念咸等數乞余文，爲君表墓，因綴其大者，使揚於阡，用式鄉閭而告異世。

光緒十三年正月，同邑黎庶昌表。

録自拙尊園叢稿卷四。

誥授通奉大夫心泉高公家傳

公諱以廉，字心泉，別號鳳樵，姓高氏，貴築紅邊里北衙村人。累蓄不施，自公之考廷瑶，始以乙科顯，仕至廣東廣州府知府，治行爲嘉、道間最，世稱青書先生。余譔全黔國故採以入循吏者也。

咸豐之際，粤賊亂起，詔各行省治鄉兵，以在籍紳士領之。公與漕運總督朱公樹、江蘇蘇松太道王公玥、湖南攸縣知縣孫公憲典、山東益都縣知縣寇公秉鈞同日被命，欲辭不可，團練踰年，遵義遂有楊龍喜之亂。居亡何，下游苗、教各匪起，省垣由是多事矣。公與陝西鳳邠道黄公輔宸籌辦城守，編保甲，簡丁壯，建碉堡，輸粟鑄礮，刦初訖終，殫力勤恪。每建一策，發一議，省之人咸指目曰：『非高十二公莫能爲也。』迨至朱公等相繼喪，而黄公出仕，遂獨任其難。同治甲子以後，黔事否極，公籌防論戰，足無停趾，官牘私函，手荅口商，竟無虚日，旰宵劬勞，忘視家事，雖至倦瓴不得少休。始公將以鹽提舉之官雲南，爲巡撫蔣公霨遠所留，繼是撫黔者若善化勞公崇光、銅山張公亮基皆倚以襄事，遂不復言出，積二十餘年，卒睹全黔平定，鄉土乂安，亦足酬澄清初志矣。敘功累保至分省補用道，加布政使銜，賞戴花翎，賞給三代應得封典。恩獎優異，里閈榮而服之。

方青書先生之仕廣東也，歸橐數萬金，悉命分贍親族，計口授産，金立盡。公奉志唯謹，及黔亂，起家實無餘貲，而門第猶盛。性又好施予，有廣州風。兵燹之後，疫沴繁興，餓莩相望，凡四境之流離不振者，爭走其門。公衣之食之，病者醫藥之，死則殯葬之，不足則多方稱貸以應，必求達其心之所安而後已。或謂公泰勞，公曰：『吾非不知，第日對此輩，不禁惘然難止耳。』君子居上則道濟天下，居下則善及一方，皆聖賢不忍人之義也。

公有兄二人，早逝。弟以莊，字秀東，官四川雲陽知縣，有治聲。友愛至篤，爲怡怡樓以居，克稱其名。遵義鄭珍、獨山莫友芝、貴築黄彭年皆嘗爲之記。三君，天下所號爲能文章者也。

光緒十二年冬，余至省垣，見公子培淦好學有家法，述公事狀，乞余文，將彙入先德編，因論次其大者以爲之傳。家世已具泰和周繼煦墓誌及公子培年等碑記，不贅。公卒於光緒四年六月三十日，春秋六十有五。

論曰：　咸豐八年，余年二十餘，客有自貴陽來者，盛稱高十二公之爲人樂善不厭，時私已識之。不謂越二十有九年，遂執筆爲公傳也。十二者，公之行第，黔之人不名公而但以行第稱，盛德之感可知，鄭五、歐九之倫，自古有其比矣。

誥授光禄大夫山西巡撫鮑公墓誌銘

録自拙尊園叢稿卷四。

公諱源深，字華潭，號穆堂，晚又號澹庵，和州鮑氏。上世自晉咸和間新安太守宏家於歙，四十三傳至康熙中，有諱啓忠者，於公爲六世祖，遷和之梁山鎮，遂爲和州人。曾祖諱暟，附生。祖諱本泰，附生。考諱東里。皆以公貴，贈光禄大夫。曾祖妣氏沈、氏顧，祖妣氏吴、妣氏吴，皆一品夫人。

公生而簡重沈静，有成人之目。六歲遭曾王母以下喪，哀毁柴立，篤摯踰禮。梁鎮歲比不登，家中落，光禄公經營劬悴，色時不愉，公發憤歎曰：『有急不能貸親憂，焉用子爲？』志學益力，選道光丁酉拔貢生，旋丁光禄公艱。二十六年中式本省鄉試，丁未成進士，改翰林院庶吉士，散館授編修。咸豐元年，天子懋修典學，造次必以儒先自程，詔選七人繕録朱子全書，公與其一。三年，粵賊陷金陵，公於是勇言事，有請振乾綱、儆積玩、固人心諸奏。文宗嘉納。四年，命督學貴州。時黔中苗禍已熾，經過鎮遠黄平苗數攻城，士民徒手抗賊，有司以兵餉請公至省，爲大府言之，不應，遂以苗亂情形入告。故事，學臣不得擅言軍務。有旨申飭，自是不復再關兵事，然智慮所得，爲義不辭難，上亦浸知公深。穆宗繼序，倚任尤重，公凡四爲學政，四入上書房行走，授世子讀，再遇大考，累遷侍講、侍讀，詹事府右春坊、右庶子、侍講學士、侍讀學士，擢太常寺卿、大理寺卿、都察院左副都御史，補工部右侍郎，轉兵部、户部兼禮部、吏部侍郎，迭充順天鄉試同考官，宣宗、文宗兩朝實録館纂修，日講起居注官，順天鄉會試磨勘官，江南鄉試監臨，散館閲卷大臣、會試覆試閲卷大臣、殿試讀卷大臣、朝考閲卷大臣，邀拜上方，珍物之賜不可勝計。

其在貴州也，首發王安國之難。王安國者，遵義團首，積功保至都司，陽禦賊而陰與聯，鄰邑傅之，有衆數萬，潛蓄異謀，端倪大顯。郡守上變告急，大府帥莫敢誰何。公試士遵義，密飭郡守，檄仁懷令江炳琳兼攝縣事。江有幹才，一夕，便道入擒斬之，衆遂瓦解。麻哈州陷苗教，合趨省城，已至近郊，烽火燎及櫓樓，省中公私匱乏，上下縮手。適平遠丁文誠公寶楨以庶吉士在家，募勇勦賊，公飛書乞援。文誠卽以兵赴至省，饑甚，士譁欲潰。公急搜囊中，得數十金，出犒，士皆感激，曰：『學臺如是，吾輩敢不效死？』卽夜出城迎擊，一戰而捷，賊隴種退去。卒至黔亂十餘年，全局糜爛，省城根本之地遵義，富庶之區，保全無恙者，因公始謀也。其在廣西，亦如其在黔時。思恩團首林如海欲假考試斂費，以兵至南甯迎公按臨，意實迫挾。公得情不往。南甯知府某與如海比卽掣撓百端，文報出入皆有查，聲息不得達省。公迂道賀縣言狀，卒置如海於法。厥後督學江蘇、順天，大亂既平，請開書局以饋孤寒，釐正文體以崇實學，士論斐然，與黔、粵時情事不侔矣。

同治十年遂有山西巡撫之命，軍興各行省久虐於兵，獨山西號爲完善，吏治軍政，率狃承平故習。公至，掃除一切，與羣吏更始，取舊案與新牘雜治，鉱棼析微，早夜孜孜，克勤克慎，必得當而後已。始嚴鶯粟之禁，使民重本食。又以晉省外樸内華，力革淫靡，風俗至爲一變。出行邊兵，遵黄河而東，遇險塞冥阸，躬自履勘，甚或徒步以從，見者歎爲宿將所不逮。又仿曾文正公直隸練軍章程，遴提鎮兩標軍士，增益口糧，練成勁旅，足備緩急之用。部内肅然，坐是心力耗瘁，積漸不支，數請開缺，勿許。光緒二年陳乞益力，得旨報可。其時，晉省初旱，卽發糴賑濟。及解任後，乃遂變爲奇荒。公引咎責躬，如不自克。寓居江南之寶應縣，踰年主講金陵、上海書院，布衣粗糲，蕭然與寒畯無殊。以光緒十年六月十四日告終，春秋七十有三。兩配陳夫人，皆前卒。子二，孝光，道銜，江西候補知府；孝裕，附生，提舉銜，兩淮候補鹽運判。女四人，孫九人。曾孫五人。孝光等將以某年月日合葬公江甯太平門外之丁家山，具狀來請銘。

庶昌自咸豐丁巳即受公知，光緒七年奉命出使日本，道經上海，謁公於龍門書院。公喜動顔色，然語及時事，輒歔欷歎絶。生平惻隱民物、憂國愛人之念，至老彌篤。蓋天性使然，非可學而至也。在京在外，無赫赫名，亦不立講學家名目，而慎獨寡過，表裏純白，類古蘧伯玉之流，世所僅觀。以庶昌所見，知公與兩江總督開縣李公宗羲而已。其所論奏，多關根本至計，非外所悉。聞公子别録奏牘若干卷藏於家，不以著，著其卓犖在人耳目者。銘曰：

峩峩梁山，大江之濆。藴蓄既深，誕此哲人。山輝川媚，斂以鴻文。玉堂金馬，爲國貢珍。南紀不靖，有猘黄巾。乾綱乞振，密勿敷陳。輶軒整俗，黔士莘莘。頑金受治，亦躍於甄。膏澤未竟，四郡載仁。春明回翔，上齋作賓。澱園被擾，歲厄在申。鼎湖龍去，攀號乞身。重曦返曙，衆正如雲。起列朝省，勸駕殷勤。粤西禍本，狼嗥虎蹲。欲持玉節，蕩彼荒榛。嬴秦一炬，有觸成塵。漆書竹簡，鉛槧可因。在人未墜，賴公一言。萬手騈膂，墳、典以新。晉疆四稔，煦瘠扶呻。功成身退，匪曰隱淪。歸卧江左，心眷北辰。愛人學道，是謂天民。銘幽紀實，永詔千春。

録自拙尊園叢稿卷四。

臺北府知府循吏林君墓誌銘

君諱達泉，字海巖，廣東大埔人。曾祖某。祖某。考春山，監生。兩代以君貴，贈朝議大夫。君中咸豐辛酉科舉人，以在籍團練，議敘知縣，累保擢江蘇直隸州知府用，賞戴花翎。爲人精敏純白，勤於吏事。嘗一署崇明知縣。縣俗善訟，前任者多選耎不治事。君至，案牘坌集，積盈架檔，書吏以白實陰餂君，君曰：『諾。』明日闢堂皇，縱民入觀，手判口決，巧健替進，更唆互證，承伺顔色。君逆折機牙，使不得發，前者辭窮，後者大畏，相顧愕眙，私共驚歎：『老吏弗如。』旬月未浹，詞訟殺減，民志率服。或咨君初任治劇，果何操而能若此？君曰：『吾無他術，一坦誠相與耳！』期年，調署江陰，治法一準崇明，民譽翔起。又明年，調補海州，州故盜藪也。當歲五六月盡，禾黍滿野，羣賊出没其中，號『青紗障子』，剽劫椎埋，日中數發，莫可誰何。久宦者識之，命、盜案率終歲日得其一者，此爲其極少矣，他訟牒數倍此。君布設方略，會合營伍，躬自逐捕，盡鉤致渠首趙慶安、張飛豹、郭佃揚等按置諸法，黨羽解落，犬吠不驚，境乃夜眠。旁及民隱，藝桑樹麻，早夜孜孜，如勤其家。又廣爲教條，誘民以禮，民益愛之。余所重君，篤在於是。

然君之治蹟，尤以水利暴稱於人，卓犖在目。州有甲子河，歲久淤墊，水溢爲害。是歲天旱，民嗸寡食，君言大府，條其利害，請開此河。即工賑饑，役作萬人，廣所全活，頌聲喁然。其在崇明，大疏沿海港口、江陰澮城河及東横河，蠲錢萬緡，釃渠蕩淤，潮汐遝宣，橋梁剝岸，繕使完整，橈檝利通。櫂夫舟子，謳歈載塗。

光緒元年，廷議改建臺灣淡水廳爲臺北府，增置縣邑，制度草剏，任人其艱，盱衡屬吏，無若君可。於是兩江總督沈文肅公葆楨、閩浙總督何公璟、福建巡撫丁公日昌合疏陳請，部臣猶持故事議駁，特旨詔授臺北知府。戊寅三月入臺治事，百度刱新，開番墾荒，策防禁姦，軍紀民瘼，寄成於君，一任以勇，旰宵疲勞，觸犯炎瘴，忘其有軀，病伏膏肓，忽不自覺，勤猶不已，會贈君赴至，悲痛長號，疽發於背，踰月遂卒。光緒四年十月九日，春秋四十有九。涖臺八月，績止於此。

君通脱簡易，樂與人交，悃款無奥，喜經濟家言，談輒飛舞。初佐丁公幕，復爲曾文正公所知，嘗建三洋總督議，事雖未行，文正偉之。尚書彭公玉麟巡視長江，經由崇明，有老人者饑踣在塗，哀而進食，老人致詞：『林縣官在，吾何至此？』言已，泣下。彭公以語沈公，沈公亦曰：『吾叩江陰邑士，今令若何？則對「如前尹林公不復可得，得其次者，惠我多矣。」』相與嗟歎，共稱良吏久之。及卒，臚語以聞，請宣史館列入循吏，有詔報可。何公亦奏君以死勤事狀，優䘏如禮，贈太僕寺卿。君於是獲上、信友、治民三者，交盡朝野，一致可，無憾辭。配某氏。子四：振庚，蔭生；錫恒，候選主事；振江、振瀛。以某年月日葬君某所。君來服官蘇州，始交於余，誼篤且久。其卒也，君同年友何君如璋已爲碑文，揚之神道，余別譔墓誌，詒君子振庚刻而藏諸墳趾。銘曰：

吁嗟林君，倏焉已陳。繭絲保障，善理其棼。所至日淺，勤而有聞。宦以巧貴，君獨守真。不欺暗室，還我天民。治行絶異，輿誦史甄。昔在漢世，吏道首循。璽書褒美，降寵及身。君施厥半，已比古倫。詔敦信史，永永千春。銘此幽石，無慚鬼神。

録自拙尊園叢稿卷四。

李芊仙墓誌銘

君諱士棻，字芊仙，四川忠州李氏。道光己酉拔貢生，以善詩爲曾文正公所賞。時與中江李鴻裔、劍州李榕，號『四川三李』。

君性通脱，不中程度，喜爲無顧忌大言，有狂名於京師間，達官貴人往往折節下交，而君顧落寞，以此沈滯不進。性又善哭，咸豐之際粵賊亂起，君語及時事多故，或身世蒼茫，如浮萍著於太虚，輒歔欷痛哭。同年生戲呼之曰『文哀公』，君曰：『嬰兒笑語無常，酒人墮車往往不死者，其天全也。公等以此生謚吾，殊當吾意。吾將與阮籍、劉伶爲徒矣。』與人語，亦自系曰『文哀公。』安慶克復，君筮仕得彭澤知縣。彭澤，晉徵士陶淵明故里。君大喜，到官攜琴一張，書萬卷，棺二具自隨。名其二子曰松存、菊存，誦歸去來辭。烽火達於鄰疆，方據案吟哦不覺也。一日語僚友曰：『吾爲縣令長而使四郊多壘，可乎？』即抗言軍情數事，論高而闊，曾文正公笑置之戒，後無復輒言事。未幾，歸安慶，狂益加，率玩不恭，同官忌者尤甚。文正待君依舊，賴是獲安。

余之交君，實自茲始。同治二年也已，再赴官江西，數年，以臨川錢糧空缺案，與巡撫使者劉公秉璋爭論於堂皇，語侵辱之，劉公不能堪，劾君無狀，遂罷居江西，曠絶久不相聞。光緒七年夏，余在歐羅巴，人有傳君詩至者，末署忠州李士棻。余曰：『文哀公固無恙邪？』即以其年歸自海外，相見滬上，追敘舊游，各傷老大，而君年六十一矣，然其狂如故。

初，君在京師，放縱詩酒，與伶人杜蝶雲者暱，及是蝶雲亦老，流寓滬上，仍倚歌曲爲生涯。君之一二故人，始頗數數資給君，君揮霍不顧，金入立盡，久之無繼，落魄甚，依蝶雲以居。蝶雲奉君三年，無失禮，斯足以愧天下士已。九年某月，君還江西，至安慶道卒，春秋六十有三。曾祖某，考某，贈某官。妣某某氏，配某氏。子二，松存、菊存，松存先没。孫幾人。詩若干卷。菊存將以某年月日葬君某所，銘曰：

瞿唐峽西涪水東，有士曰李命實窮。天放傲骨世莫容，一官敝屣如轉蓬。乾坤大句聲摩空，曾文正公贈詩有『時吟大句動乾坤』之語死而死耳文則雄。物蜕返始歸蜀宫，湛湛江水涵青楓。

光緒九年，余在日本，有傳君道卒者，其言甚碻，遂譔此文寄哀。君本曠達士，不拘行檢正，不必以公家言爲之飾諱。昌黎誌王適例具在也。然君仕江西，迭署數缺，實有善政可紀，當别敘述。文成踰年，始聞君尚存，因録副寄視，君喜出望外，以謂此等風誼，雖古人亦何多讓！頗復商訂字句，一皆從之。是年冬，余奉諱歸里，猶見之滬上。抵家數月而凶問至矣。君生於道光辛巳年十二月二十二日，卒於光緒乙酉年八月初七日，實年六十有五。上海縣知縣莫君祥芝經紀其喪。曾祖正藩，妣氏秦、氏閔。祖濂，妣氏何、氏周。父學泗，妣氏周、氏賀、氏顧。配羅氏。子文琮即松存，先没；文琛即菊存，君卒三年亦没。孫四，炘、炯、焯、焕。著述成者有天瘦閣詩半六卷，續集曰天補樓行記一卷。炘等以本年某月某日葬君江西省城外西山，寓書來告，因自日本伐石，謀轉致之豫章，使埋諸壙趾。光緒十四年五月，黎庶昌附記。

録自拙尊園叢稿卷四。

江蘇按察使中江李君墓誌銘

君諱鴻裔，字眉生，别號香嚴，晚以居近蘇子美滄浪亭，又號蘇鄰。四川中江李氏。曾祖純。祖敦魯。考崧霖，舉人。崇世蘊德。君以拔貢生中咸豐辛亥順天鄉試舉人，旋入貲爲兵部主事。才高而學贍，聲譽翔起，公卿多折節枉交，有達官諷使出其門，許以鼎甲，不應。某相國素與君善，君見其權勢日盛，亦謝絶。咸豐十年，不樂在京，將南游江淮，未至鄂，爲胡文忠公林翼奏調赴英山大營，未幾胡公薨，從曾文正公國藩於安慶。

君本文正門下士，文正開幕府治事，辟召天下英儁。程其器能，君恒爲之冠，參與機要。文正嘗曰：『眉生豁達精敏，應世才也。』密疏薦君堪任大受。江南平，明年遂權十府糧道，及北征勦捻，又奏補君徐海道。徐州綰轂南北，時湘、淮各軍之討賊者數萬人更番休替，糧械軍火，皆以徐州爲總匯。君内筦胥儲，外充營務，又以餘力治民，所設施方略甚具。淮勇鋭氣正新，銘字營勇嘗殺人，君擒而治之，卒張軍法，與諸將接納，撫以懽好，主客大和。踰年，擢江蘇按察使，論功晉加布政使銜，賞戴花翎，寖寖大用矣。而君遽以耳疾，再請開缺，竟不復出云。

君既罷官閒居，樂吴中山水，徙家蘇州，得瞿氏網師園葺治之。園故有老樹、怪石、池沼、亭館之勝，積書數萬卷，益蓄三代彝鼎，漢唐以來金石、碑版、法書、名畫以自娱，閉門謝客，徜徉物外，身與世不復相關。性内介，無妄交，交必有終始。生平游宴甚廣，而其契誼最篤若吴縣潘尚書祖蔭、湘鄉曾襲侯紀澤、開縣李制軍宗羲、嘉興錢太僕應溥、吴縣潘方伯曾瑋、歸安吴觀察雲、劒州李方伯榕、湖口高大令心夔、獨山莫徵君友芝，此尤海内共知者，可以觀所與已。

君卒於光緒十一年八月十五日，春秋五十有五。娶敖氏，榮昌望族，遘心疾不瘉。妾二，俱吴氏。無子，以從兄子賡猷嗣，廩貢生，候選道。孫五人：鶱，候選知縣；鵠、鵷、鶚、鴝。某年月日葬君吴縣四都十二圖善人橋金牛塢。

君書法甚精，詩古文亦窺古人堂奥，晚又好釋典，皆以爲寄。没後賡猷僅得詩二百餘首，刻之。君之至鄂也，與庶昌從兄伯庸善，即弟視余，越二十六年矣。銘君之墓，其曷有辭？銘曰：

高才步追淵雲躅，厥蹤治彭麟一角，急流不居此其卓。退棲吴中山水曲，靈巖之宫與木瀆，精魄永綏藏此麓。

録自《拙尊園叢稿》卷四。

知府銜江蘇候補直隸州知州孫君墓誌銘

君諱玉堂，字森伯，號右卿，劒潭其別字也。來安孫氏。嘉慶、道光之世，風氣醇古，士之窮而未達者，或家居耕讀，或以經術啟迪後進，率守先民矩程，無敢踰越尺寸，非若近世之紛紜亡等也。君始與昆季讀書發聞，來安人及旁縣高才生從而問業者，歲數十百人，君悉稱量其材質高下，指授義理，無不得意以去，多成就者。嘗一主邑南板橋鎮章氏，十年不遷，其爲縣人所矜式如此。

道光二十九年，由廩膳生員選拔貢生，朝試優等，例得用知縣。而是時宣宗成皇帝重儒術，以校官有風化責，非端厚者不得與，引見，謂君能勝任，命以教諭用。歸，未即補官，遭内喪，而大亂亦作。咸豐八年，粵賊破縣城，君挈家出走，佐防定遠，敘功擢知縣。既從軍吴會，累保直隸州，加知府銜，賞戴花翎，爲今大學士李公鴻章所器異。論者謂將不次遷除，而部章復選天長縣學教諭。然是時，君在滬，職任繁劇，大府留不遣。皖撫果敏公英翰又爲奏請開缺，仍留江蘇。已而轉饟入都，道病，至天津病甚，僅達而卒。同治十一年九月十七日也，春秋五十有六。聞者惜焉。功名之際，有天有人，獨在人爲足恃耳，天則無如之何也。儒者讀書，將以順性命之理。君深於義理者，必有以處之矣。配王淑人。子二：芑仁，國子監生，軍功保舉府經歷，賞戴藍翎；次點，光緒乙酉拔貢生，直隸州判，敏而多文，從余出使日本。女六，皆適士族。孫三。君卒六年，王淑人亦卒，合葬來安武家集東杈枒樹新阡。所著書二十餘卷，點皆編次藏弆。考丙、祖蔚文以君貴，贈朝議大夫，加級晉中憲大夫，妣皆淑人。

其遠祖諱天馨者，先籍句容，仕明爲衛千户，過來安，樂其俗之樸厚也，徙居之，故今爲來安人。銘曰：

遇於仕爲躓，符於德爲充，德於古爲達，仕於今爲窮。嗚呼森伯，孰重孰輕？何去何從？今黜古薄，緊惟德之崇。既無歉矣，甯此幽宮。

録自拙尊園叢稿卷四。

晉封通議大夫署雲南恩安縣知縣傅府君墓表

君自少則劬志於學，年十餘，入塾讀書。讀偶誤，塾師撻之流血，創久不合，君輟讀家居，日以目誦，蓋數年而默識五經，又數年而益及醫經、形法、名法之學，楗户冥索，日夜求通曉，思欲推其術以濟世。喜聚書，不屑爲章句記問，口未嘗道理學家言，而儒行絶特，與人無苟合。其於孝友、睦婣、任卹，一意踐行，無要譽意，以故世知者少也。道光十一年，累試於鄉，連蹇不得志，喟然歎曰：『士莫恥於無用，行莫醜於空言，悔莫大於過時。吾將出而驗所學矣。』乃客游四川，四川人聞君名，爭延致諸幕，先後佐州縣治者十年，最後彊吏檄讞獄，稱之曰能。君曰：『吾何能？吾惟求其平，未知死者果無憾焉否也。』

二十二年壬寅，援豫工例入貲，以府經歷選用，籤發雲南。二十五年，署臨安府經歷。先是，谿處土司趙理有罪誅，以旁支名維藩者承襲。維藩與頭目李開元不睦，理子平安倖復職，煽開元使搆鬩。建水知縣某主勦維藩，維藩懼，堅壁嚴備以待。君因轉饟至，廉得其情，單騎叩壘門，諭釋之，難遂解。過恩安，見山麓矗大木，而下有焦骨，問故，土人對曰：『鄉俗惡盜，獲則驅至此焚之。』君曰：『法至於是邪？』卽言縣令，請禁弗省。踰年，君來署知縣事，立革此俗。縣有石龍壩河，夏潦漲，遏汛激爲民害，君謀除之，而石堅滑，不任錘鑿。君編麻蟠石，沃以油炬而燔之，石皆焦潰逐流下，工隨以施。數百年水患，一旦豁除，如人沈痾之去體也。民用大和，歲亦有秋。百姓乃歌之曰：『我食我衣，傅公富我。我婦我子，傅公父我。』治恩安三年，他惠政多類是。終以直道事人，與上官意不合，咸豐元年，竟引疾去。其弟殷巖問歸計，君曰：『吾積俸至三百，輒作一利民事，未遑問家也。』五年十一月甲戌，卒於四川宜賓寓次，權葬萬縣，春秋五十有五。

君諱夔梅，字商巖，德清傅氏。曾祖九鼎，祖廷琇，考同聲。配張氏，繼配姚氏。子四：雲龍，兵部郎中；雲萬，同治丁卯舉人，刑部主事，改官知縣；雲夔、雲昭。女二。君始以雲萬官刑部，遇覃恩，贈階中憲大夫，配皆恭人。及雲龍加三品銜，又晉通議大夫，配皆淑人。光緒三年，遷葬德清之尚博村，兩淑人祔。

德清一縣，自本朝以來，多積學博聞之士。君子雲龍其一也。雲龍著書數百萬言，以學行顯。光緒十三年奉命游歷日本、美利堅、巴西、秘魯、古巴、堪納達，行數萬里，驅馳王事，近古甘英之儔。經留日本年餘，役畢，將歸國，出君譜狀，乞爲表墓之文。禮辭不獲，謹揭其大者，列於阡。餘具俞編修樾、洪給諫良品傳中，不備書也。光緒十五年九月，遵義黎庶昌表。

録自拙尊園叢稿卷四。

誥封通奉大夫江蘇補用道李君墓表

君諱宗熉，字輝亭。晚歲獲善地於黟南五都舊庵實中段，奉其高祖父母、父母、伯叔父母以次十餘人，列葬其中，別於左方隙地自營生壙，取魏風樂土之意，刻石墓門，曰『爰得我所』，因自號『爰得』。

安徽黟縣李氏，本唐昭汭王後，至宋銀青光禄大夫德鵬始遷祁門，南宋時有名定者，再徙黟之懷遠鄉，家南屏山下，十七傳而至君。曾祖諱文耀，祖諱世墀，考諱高琳，皆以君貴，贈通奉大夫。妣氏胡、氏胡、氏王，皆夫人。君爲通奉君長子，粤賊之亂，皖城不守，倉卒與通奉君相失。君號泣四求，卒遇之山谷中，奉迎以歸。後賈於外，一日心動還家，太夫人方疾革，語人曰：『兒不歸，吾不瞑矣。』言未竟而君至，母子大慰。是夕考終，人皆以爲誠孝所格，鬼神或相之云。

安慶之未克也，君賈於銅陵大通鎮。無幾何，居積致富，起家爲素封，金帛流衍，修業而息益贏，然非意所樂。通奉君既没，愈泊然寡營，於是專力爲善，以佐縣官之所不及。其著者如晉、豫大饑，輸賑金至數萬兩，燕、齊、蘇、皖、粤西、江右、鄭州諸大水，輸金又數萬兩。銅陵江隄敗，獨修七千數百丈以衛民田，輸金亦踰萬兩。彙刊徽州鄉賢遺集數百卷，捐置各省書籍，致之國子監、南學及焦山書藏。自餘若宗祠、義塾、書院、賓興、橋梁、道路、救生、公惠等，凡世所號稱善舉，無不黽勉圖維，累輸金亦數巨萬兩。他人得一已足者，於君固自視蔑如也。禮賢好古，晚乃彌篤，造次必依儒者，嘗語其子英元曰：『聚財而不散，是愚也；散財而必邀名，是私也。』可以想見君之性質矣。昔孔子與子貢論富，必以好禮爲歸。春秋時陶朱公三致千金，再分散與貧交疏昆弟，太史公以爲好行其德。漢時河南卜式上書，願輸家財半助邊，復持錢二十萬佐徙民。天子謂式終長者，尊顯以風百姓。君之富果視二子何如，而樂善博施，力行不惑，致老益靡厭倦，斯豈所謂富而好禮者邪！其與陶朱、卜式同不同，未可知也。

君卒以光緒十七年九月十三日，春秋六十有四。先是，光緒四年，論晉賑功，敘秩至江蘇補用道，加三級。嗣是不復再與時榮。配余夫人，側室氏林、氏丁。子三：長英元，附監生，分部學習主事；次英亨，出嗣君弟宗煇，早殤；次英耆。女子三人。孫一，顯謨。英元以某年月日葬君自營之生壙，乞長沙王益吾祭酒先謙爲誌銘，而以表墓之文屬余。余始與君相知在日本，時未及晤也。

光緒十七年，余奉使歸國，拜四川川東道，命道出長江，君自大通附輪舟，修相見禮，懽若生平，至安慶而別。不謂其遂止於此也。今表君墓，神明契許，其曷有辭？遂書行誼如右，揭於阡原，使後世有考。光緒十八年秋，遵義黎庶昌。

録自拙尊園叢稿卷四。

書全總戎軼事

道光、咸豐之際，粵賊亂起，各省皆倚制兵討賊，後乃稍稍召募。方楚軍之未興也，戰武宣、桂林，戰湖南，戰金陵，黔軍最著，而全總戎尤以勇聞於時。

總戎名玉貴，鎮遠人，少落拓不偶。初入營伍，補名糧，無所表見，意頗不自聊。及征兵令下，從征粵西，乃稍喜，每戰輒衣白裲襠以自標異，驍果冠羣。都統烏蘭泰公一見大奇之，使募健兒三百人，别爲一營。而是時湖北人田學韜者，亦以勇名，與玉貴埒。烏公擢爲左右翼，凡戰皆此兩人先登，爲賊所指目。及烏公戰没桂林，學韜亦前死，玉貴從他軍至道州，賊酋楊秀清擁衆奄至，大將某棄營走，營内金輜山積。玉貴不忍棄，謀督護而計未有出，賊已迫近，即挺身單騎横矛立橋上，厲聲謾罵，且曰：『吾一人耳，汝敢來鬬否？』秀清初起持重，又未知大將已去，愕視良久，謂其下曰：『此白袍將，吾聞名舊矣。今觀其氣盛言壯，必有伏，不可墮其術中。』竟退。玉貴飛報主者，徐引還，閤營無恙，軍中莫不服其勇也。總督徐廣縉為繪圖呈奏，録首功。白袍將以此名聞天下，時以比唐薛仁貴云。

後隨向忠武攻金陵，提督和春前在廣西、湖南親見玉貴戰狀，及是赴援廬州，絶欲得玉貴自助，咨向調往，遂以副將署壽春鎮總兵。玉貴既至，相度廬州城外有平地可以立營，而前後皆賊屯。玉貴念非出奇不能取勝，引兵直入其間置壘，令曰：『以半軍築，以半軍護。』士皆注鎗持滿，賊錯愕來爭，且戰且築，壘立成，晝夜疾擊，剗平十餘壘，賊幾盡矣。會攻城，爲礮子所傷，數月不愈，卒。廬人惜之，私立祠以祀。或曰：賊酋陳玉成疾玉貴甚，使人於當道掘阬與戰，佯北以誘之，玉貴墜阬死。余至江南，欲問其事，而竟無知者。

録自拙尊園叢稿卷四。

書張敬堂軼事

靈壁張敬堂編修錫嶸同治五年統軍駐臨淮。余在曾文正公幕府，始識其人。

先是，文正公北征勦捻，所部湘勇遣撤殆盡，僅存劉忠壯松山老湘營一軍，餘悉倚淮軍辦賊。公念淮軍五六萬，皆淮南人，不慣麪食。且新建平吳大功，將領頗驕蹇，不樂受節度，欲於淮北別募新營，使異軍蒼頭特起，儲備西北之用，而置將久難其人。

敬堂方解學政任，歸自雲南。雲南遭回匪亂後，公私赤立，學政入境，供張闕如。未及開棚試士，遽丁父憂，間關歸皖。是時，滇黔間驛道艱阻，敬堂往往徒步以行。公見之大喜，謂其誦法儒先，堅忍耐苦，足勝將帥之任，檄募敬字三營，使隨湘軍戰守，令與漸習。會臨淮大水，各營皆築隄自衛。衢市中水深三四尺，兵士市物者率乘船往來，百姓流離滿野。文正議發賑，使敬堂主辦。余竊聽其言論多近諛，意頗少之。私語幕府諸人曰：『侯相生平觀人，百不爽一。今或於敬堂而失之乎？』是秋，余奉諱旋里，及明年八月再至營，則聞敬堂戰没矣，乃大驚。於是庶昌心重敬堂，悔前者之失言也。

敬堂之援陝，以正月六日行抵西安府雨花寨，中塗猝遇賊，前後不能相救，左右纔百餘人，遽直前搏戰，衆寡懸殊，身中數創而隕。事聞，追贈侍講學士。始文正初遇敬堂，一見即許以爲偉器，恒與劉松山、劉銘傳並稱，密疏奏保。卒其臨難，勇決不苟退縮如是，是真能見危致命，無忝所學者。然後乃知文正之知人爲果不可及也。

録自拙尊園叢稿卷四。

黎氏家祠記

古者別子爲祖，繼別爲宗，繼禰者爲小宗。大宗百世不遷，小宗五世則遷，此常法也。然小宗有繼禰、繼祖、繼曾祖、繼高祖之殊，而廟制復有三廟、二廟、一廟之別。先儒泥小記庶子不祭祖、禰之文，遂謂大夫士祭不及高、曾，不知其果得祭與否，皆當視宗法而定，不因廟制爲損益也。魏晉而降，制度疏闊，廟祀代數，大率準官品爲差。宋文潞公欲營家廟，得唐杜岐公一堂四室之式，始有所依循，禮制之不修若此。司馬文正公實記之，而其譔書儀，亦祇上祭曾祖，不敢主高祖之議。唯獨伊川程子以謂高祖有服，無貴賤，皆當祭及高祖。朱子從之，後遂垂爲定制。蓋其言深原禮意，協乎人心，天屬之至安而無以易也。我朝儒者萬氏斯大、秦氏蕙田益稽經傳以證古大夫士禮確然，得祭高、曾、祖、禰甚明。然後又知四親之祭爲三代所通行，無一廟祭禰，二廟祭祖，三廟祭曾祖之異。後世失之，乃不能詳也。

黎氏自遷遵義以來，累代耕讀爲業，未嘗顯聞。至嘉慶中，王考静圃府君始起家，仕山東長山縣知縣。世父雪樓府君繼仕雲南巧家廳同知，俱授爲奉政大夫。先考雨耕府君亦仕開州訓導，授修職佐郎，而從兄兆勳仕至湖北隨州州判，兆銓仕至雲南姚州知州。小子非才，又以二品頂戴記名道員，充出使日本國欽差大臣，重荷國恩，日益昌顯。於法，當古大夫士皆得立廟。咸豐之際，雪樓府君自滇中歸里，即規拓基緒，構建家祠於正寢之東，遭亂未成，熸毁於火，齎志以没。歲月變於上，人事遷於下，今又二十餘年，而祠仍未舉，廟祔之典闕如，爲子孫者，不能無疚。光緒十年夏，從兄兆祺書抵日本，以祠堂爲謀，擬醵金若干，合建一祠，即於祠後附置家塾，以從簡易，所以修雪樓府君之志，而亦庶昌之素願然也。因籌千金爲祠費，未幾，從兄即世，議既不諧，費亦旋爲子弟輩耗去，庶昌雖歉於心，而力不逮矣。遲之又久，乃始就居室正寢中樓，權備四龕之制，以待異時擴充。凡祭式祠規諸大端，比傅前哲成模酌擬，使後有所守。又懼其不能持久也，一皆從儉，僅免貽數典之譏，存餼羊之禮而已。若夫祖遷於上，宗易於下，異時禰位之主既祧，則宗莫能統，必當另立支祠，改易規制，是又望於後之賢子孫，而非今日所能計及矣。庶昌記。

録自拙尊園叢稿卷四。

拙尊園記

結園居室之偏，方廣不盈畝，缺牆西南隅，面山，有庭三楹，積書二萬卷。其中疊石爲池，輪挹溪流瀉諸田，穴牆以入。池屈曲如菌芝，如殘荷，如蝶翼。沿堧行纔七十步，土薄而磽，不中耘鉏。念庭嚮當西曬，審所植，莫若卉木宜，以故環池皆蔭物也。草則蘭、蕙、青莎、蘘荷、蒟蒻；華則玫瑰、月季、海棠、辛夷、芍藥、牡丹、戎葵、芰荷、芙蓉、紫薇；木則梧桐、槐、柳、檬、桂、冬青；果則枇杷、林檎、楊梅、石榴、桃、梨、杏、李、櫻、橘、橙、柑，以至交讓所植相思之木，揚雄、左思詫爲蜀産異類者，靡不羅列庭階之下。每當風月交會，翠緑墮地，波沄微微，俛仰其間，謀耳謀目，翛然以清，穆然以甯，若忘其在深山中也。

園成，友人莫庭芝來居之，請所以爲名。余曰：『天下惟拙，可以已内營，可以卻外擾，動静交養，游息斯能適真。今揭子美詩意，命之曰「拙尊」，明吾志也。』莫君曰：『善。』引牓落成，而爲之歌。歌曰：

『塵坱坱兮八區，眯不識兮路塗。子獨知止兮守故吾，半畝宫兮聊且以娱。充子之養兮神明適居，逍遥兮遂初，將蟬蜕萬物兮而天民與徒。』黎庶昌記。

録自拙尊園叢稿卷四。

禹門山銘有序

山舊名回龍，順治丁亥，丈雪通醉來棲，易曰『禹門』。直郡治東八十里，樂安江經其麓，支危隱秀，有幽奇之觀。道光中，里人鄭珍、莫友芝、黎兆勳樂此，率日月至，己亥秋霽，汎舟抵崖壁下，刻石稱顯之。茲山一旦得與浯溪、澹巖比，誠異遭也。世有漫叟、涪翁，當余知言。余後三先生游幾五十年，手剔荒翳，履危捫石，讀既竟，顧視斜日挂村墟外，煇映林薄，裴回古徑，寂憀長懷，灑然見三先生風流被衣巖谷間也，恐來者闃不聞且旌吾，獨爲銘識之。歲在光緒彊圉大淵獻孟陬穀旦。黎庶昌銘曰：

禹門巉嵒，不崩不騫。上叢招提，下遡洄淵。文游所止，炳燿泮鞬。企斯陳迹，視我銘鐫。

録自拙尊園叢稿卷四。

祭曾文正公文

維同治十一年，歲次壬申三月甲辰朔乙酉，門下士黎庶昌謹以清酒薄饌，致祭於吾師太子太保、武英殿大學士、兩江總督、一等毅勇侯、贈太傅、謚文正曾公之靈。

嗚呼！公遂無意於世邪！昔日之戲言而真以至斯邪！以公之盛德大業，光輝充實，其不朽於世者，方將下凝河嶽，而上爲星日之垂，斯固慊然無憾！獨其耿耿在我者，則不能以不悲。

始吾讀書識字，嘗欲抗志夫先哲，而如幽乏燭，無以辨於學術之歧。自遇公而始有師，以爲世不復見孔子，見公則亦庶幾。自余之從公軍，時方屯蹇，追隨往復，遂已十年及茲，分則僚屬，而其飲食教誨，不厭不倦，於我者視猶如子。竊比回、路之於仲尼，吾之設心制事，孤行寡合，恒若與人異趣。微公則孰諒余之不欺？雖有時懷抱孤憤，鬱不自得，公匪直恕我，且益慰勉我曰：『以待事會之可爲。』公之文章，舉世宗仰久矣，乃獨以百年致託此，又惟公之命，而非予小子之所能知。

嗚呼！公今往矣，伯樂逝而騏驥不鳴，鐘期亡而伯牙絃絶，絃非果絶，而騏驥非果不鳴也，賞音知遇之難！蓋自古而實痛之，然公之云亡，日變月移，世且將至於無復統紀。又朝野上下，君子小人所與爲不幸，夫豈不肖一人之私撫公棺而一慟，陳薄奠以致辭！嗚呼哀哉！尚饗！

録自拙尊園叢稿卷四。

弔諸葛忠武侯文

維光緒十三年五月二日，前出使大臣黎庶昌道出沔陽，謹以隻雞斗酒、黍飯豚羹展謁蜀漢丞相諸葛公忠武侯之墓，而爲文以吊曰：

嗚呼！天人之際，蓋難明矣。以公之純忠大節，而志事弗克底於成；以公之遠略雄圖，而漢祚終於不競，豈非千載難平之故？望古者所爲，遺憾而霑襟，神龍潛淵而久閟；讀公之言教書疏與陳壽氏所志，猶能仿像其生平。余嘗論公之北伐，其智則高祖定秦之智，其心則湯武放弑之心，亘古而間隻，實聖哲之豪英。暨今遵於蜀道，越劍門，登隴首，又翔度乎籌筆之經營，蓋深知益險難恃，而乃身抗大敵，詒君父以安榮。世徒羡出師之名美，孰追溯夫慮患之艱貞？如公之仁爲己任，死而後已，匪惟百世所心敬，鬼神亦且以震驚。蓄私願於卅載，今始得展乎墳塋。雖雞黍之薄奠，類蘋藻之潔精。侯靈昭哉不昧，冀髣髴而來臨！

録自拙尊園叢稿卷四。

祭曾襲侯文并序

維光緒十六年閏二月二十三日癸亥，總理衙門大臣、户部侍郎、承襲一等毅勇侯曾公劼剛薨於位，明日電赴至日本，越七日，三月朔庚午，出使大臣黎庶昌設位，爲文遥祭之，曰：

嗚呼，明德遠矣！蔚此達人，如何不恤？遽返其真，朝野紊歎，余思愈紉。我交君侯，金陵克後。嘉會合并，雖不恆久。二十五年，爲屬爲友。江甯節署，幕府閎懽。羣賢輳止，余蝨其間。湘鄉家法，玉瓊金堅。有斐年少，薪火畢傳。間尋吾室，詼謿大笑。萬書薄腹，避違敏妙。岳牧量移，隨侍北轅。我戀一官，匏繫吴門。兩載南旋，蘇甯非遠。音訊雖通，蹤迹則蹇。太傅之喪，赴悼梁木。三币繞棺，相見痛哭。淚積襟裾，江騰漲陸。謂於師門，不負所目。

歐洲於役，我先君侯。邂逅不幸，召悔取尤。寄詩薦勉，慰我且留。叢蜚聒耳，忽聆鳳啾。戊寅之歲，侯來自東。建旆秉節，聲光熊熊。國書呈遞，於法之宫。彼都君長，曰馬克蒙。免冠握手，頌文正公。威德蓋世，我適與從。侯赴倫敦，我駐巴黎。往來參差，如雁不齊。使期報滿，移馬得利。曾不踰時，遘伊犁事。伊犁烏孫，據爲俄有。遣使交收，喪地八九。玉帛興戎，誰執其咎？聚訟盈廷，戰和唯否？惟帝知人，詔侯往取。事有至難，奪肉虎口。相如叱秦，完璧虜手。棘澀絲紛，砉然而剖。英名海外，震盪童叟。萬夫酋酋，睽目鬈首。窺望顔色，瞻天北斗。我之聞命，奉使東倭。始疑未信，侯曰無訛。英都揖別，浮查日本。杌隉屬邦，贅猶旗斿。狼跳於藩，盜斧其楓。急電請師，濟以兵艦。咄嗟定亂，龍驤虎闞。梟醒大覺，夢乃出窞。辱書枉嘉，謂無竦戁。功大賞遺，國光事闇。

我之奉諱，侯歸自西。兼長譯署，通變指迷。娼嫉百端，反脣以詆。餐腥履革，朋嗾莫稽。天子明察，功臣分定。倚佐海軍，國之彥聖。懿親扶維，共持樞柄。丁亥七月，我趨京華。慰勞相懽，推轂於家。再持使節，喜色在眉。三年契闊，遂止於斯。東西新聞，不識誰某。吁嗟失氣，若慖親舊。大政治家，所蓄未究。天不慭遺，亞洲之囿。人言如此，國則惜之！感恤中外，侯乎何悲？我羈異域，執紼有闕，郵辭寫私，以代奠醊。嗚呼哀哉！尚饗。

録自拙尊園叢稿卷四。

敬陳管見摺

奏爲敬陳管見恭摺仰祈聖鑒事。竊臣伏讀三月十三日硃諭：『嗣後内外臣工，務當痛戒因循，各攄忠悃，建言者秉公獻替，務期遠大等因。欽此。』仰見虚懷納諫，集思廣益，凡百臣工，苟有一知半解，分當竭愚。況如臣者，奉使東西兩洋，已踰八載，聞見所接，思慮所籌，何忍緘默不言以負朝廷望治之意？

頃者法越事定，外禍漸紓，雖有球案一宗懸而未結，將來無論如何擬議，實不足再煩兵端。然則今日所宜加意講求者，專在整飭内政矣。易曰：『物窮則變，變則通，通則久。』處今時勢，誠宜恢張聖量，稍稍酌用西法，不必效武靈之變服，但當求秦穆之榮懷，中外協力圖謀，猶不失爲善國。若徒因循舊貫，意氣相高，援漢家法度以自解，臣慮後悔仍未已也。謹就微臣管見所及，爲我皇太后、皇上約陳數端：

一曰水師宜急練大支。臣觀今日洋務之件，未有急於水師者也；而事體之宏大，條理之精微，亦未有如水師之難。自同治初元，曾國藩、李鴻章、左宗棠即建買船、購礮、開局製造之議，誠見夫西洋船堅礮巨，非此不能縱横海上，與之角逐。迄今二十年來，東南數省，各自爲謀，鮮睹成效。惟北洋水師粗立基緒，然戰艦未備，魄力未雄，實難責與西人匹敵。臣愚以爲中國沿海疆域，袤延萬里，又有臺灣、瓊州兩島，海外孤懸，一朝告警，非有平時練足百號之兵船，斷難分布。就此百號中，宜定以六十號配爲南北兩大軍，專作攻敵之用。每軍應有鐵甲巨艦四五艘，仿照長江規模，創設海部專統，分年籌辦，志在必成。無事則派令出洋學習測量、駕駛，有事則發縱指使概歸海部主政，庶幾章程一而號令齊，可期得力。國家雖費，不得已也。沿海形勢以大沽爲最衝要。水師衙門必應設立於天津。兵船統帶，動涉外交，宜委文臣大員，不當目爲武事，而又鼓舞妙柄操自皇上，不惜巨金以養戰士，或時破格以獎有功，務使天下曉然咸知聖意所措，而水師始可用矣。

一曰火車宜及早興辦。西洋富强之術，首在輪船、火車。火車之行於陸，猶輪船之行於水，理本至常，毫無足怪。而議者多持異端，或曰修築鐵路有礙民生，或曰興此巨工有關風水。此皆未睹其形而妄下雌黄者也。以臣觀之，西法中之便官、便商、便民而流弊絶少者，獨火輪車一事耳。輪船之利猶可移此就彼，火車則非身至其地者不得乘，非己有貨財者無可運。即慮兩國搆兵，易以資敵，殊不知丈尺之鐵，折毁甚易，修續頗難。然臣嘗在西洋矣，目擊歐土鐵路，其多類如蛛絲瓜絡，而同治九年布法之戰，光緒四年俄土之戰，皆未聞因火車而誘敵深入也。似宜飭下北洋大臣，派委妥員糾合公司，先將天津至京二百四十里之火車鐵路勘辦興修，不出兩年，可冀告成。至時鑾駕親臨一觀，是非得失自不可掩，然後明詔各省，逐漸仿行。如聖心以爲不當，不過不推廣而已。存此權輿，亦未見其有害也。

一曰京師宜修治街道。西洋教法務盡地力，家無不修之業，國無不治之塗，而都會地方，尤爲精神所萃聚。凡外國客之往遊者，但觀其街衢之敞潔，屋宇之整齊，車馬之駢闐氣象，亦足聳然矣。大國倫敦、巴黎姑不必論，即小國如荷蘭、比利時，都會亦皆壯闊無比。今中華乃自古最尊之國，京師又四海仰望之區，其外觀可謂不飭矣。臣愚以爲除宫禁未敢輕議，自餘内外兩城坊巷，似宜飭下五城順天府，聽準官民共起公司，設局修理，國家歲撥經費數十萬兩助入之，仿照外國章程，抽收地税、房租，以佐不足。將街道一律平繕治，使寬潔，廣種樹木，添設自來水火以便民用，徙致豪富以實空閒，置巡役以養旗丁，藉工作以消盜賊，務令兩城内外焕然一新，蕩平如砥，則四海之人，皆將悦而願遊於吾宇矣。夫西人最視此等爲振作有爲，亦以此等爲實事求是。與其作爲無益之舉動，或致虚縻，何如興此共睹之工程，使人稱善。此實於國體民生兩有裨益者也。

一曰公使宜優賜召見。今之遣使，古之交質也。然西洋視公使甚尊，每遇國家朝會、燕饗、慶賀大事，多者歲七八次，少亦三五次，無役不有公使揖讓其間，或立談，或授坐，各適其本國所宜，而交誼之重輕，卽寓於詞色抑揚接見之頃，彼之所以爲禮者如此。在我自可仿而行之，應請皇太后、皇上每年於春秋和暖時，特旨示期臨御便殿，召見各國駐京公使一二次，接以温語，賜燕款之。凡其眷屬人等，例得侍從，不苛以儀文，概隨其國俗，則天顔半日之謙光，轉足以伸彼瞻雲就日之忱，而起其肅廟雍宫之敬。斯固無待親政之期，而卽可舉行者也。日本東瀛小國，尚有延遼、鹿鳴、交親等館，以待四方賓客之至，獨我中華大國，通使已久，授餐適館，寂然無聞。臣甚愧之，並望於京師、天津、上海三處，特闢西式客館一所，不厭崇閎巨麗，輔以園囿，足備壯觀。凡遇各國游歷之王公貴臣，及往來公使人等，延使居住，用示懷柔，未嘗非外交之一助。以先王經國大體而言，則懷方氏治其委積，館舍飲食，本周官之遺也。就我朝成憲而言，則乾隆末年英國使臣、荷蘭使臣來朝，又有賜燕保和殿，頒賞如意洲、清音閣之例在，是在皇上酌古準今而已。

一曰商務宜重加保護。中外經商之法，自昔不同，從前口岸未開，華商與華商交易，尚可置而不問。今則事勢迥殊，西人長駕遠馭，挾其輪舟巨艑駛入江海，捆載如山，東南大利，幾至盡爲所有。同治年間，李鴻章奏設輪船招商局與之爭競，逐加恢拓。至近年，始挽回利權十分之一二，然非仗國家洞悉外情，協之以巨款，濟之以運漕，則該局有時尚難自立，卽此可爲保商益國之證。現在各省煤鐵礦廠逐漸增開，電報之設延及七省，近又有雲南五金盡數挖掘之詔，局面愈大，則端緒愈繁，亟宜豫飭經辦大員，通盤計畫，將來源、銷路一一精籌，奏明定案，庶幾有以善持其後。臣愚以爲，如興辦火車、鐵路，則煤鐵不患其無用矣；改鑄金錢、銀錢，則五金不慮其不流通矣；公務要件，率先摘由電傳，則電局不至虛設矣。凡若此類，必仰賴朝廷權力明示扶持，庶免公司倒折之虞，卽杜外人覬覦之漸，商務當日有起色。否則聽從各省枝節而爲之，徒有開辦虛名，不聞見功實效。臣實未見其可也。

一曰度支宜豫籌出入。西人之經國也，每歲必合全國度支之數統籌豫算，詳訂成書，以昭示國内。故其取於民也，恒視所出之度以爲權衡，取之雖重，而民無怨讟，其法實與王制『量入爲出』、周官『歲會月要』之義相符。今以中國至大，西人無不羨其地廣人衆，足可自命强國，而在我，時若有貧寡之虞。此最臣所太息者矣。辦事首先需財，財絀則事莫能舉而國弱，國弱則侮之者衆而益貧，西人豈真愚哉？歲舉國賦，幾半以養軍，無異揮而擲諸大海之中，蓋亦勢處於不得已也。卽如中國，以水師爲急務，然竊計每年非確有五六百萬之饟，卽不能養此數十百號之船。既練水師，亦須整飭陸軍，酌添開花礮隊，鎗礮因之而改作，局廠因之而擴充，斯固勢所必然，又非確有五六百萬之巨款，不能供給裕如。臣以各國度支比較，至多莫如英國，歲入二萬萬四五千萬兩，出亦二萬萬四五千萬兩。最少莫如日本，歲入五千餘萬兩，出亦五千餘萬兩。而中國歲入不過七千餘萬兩，量地則不減於英國，論財則未倍於日本，出款又不可預知，此所以剜肉補瘡，興此廢彼，無一而能持久也。臣愚以爲嗣後似宜將一歲全國度支應出應入之數，飭令各省分款核計，豫約大綱，於前一年先行奏聞，彙候朝廷處分，或分最急、次要、尋常三等應付。急要者務期如額，頒示簡明章程，使之遵守。不足之數，然後酌取於民，但令官吏無中飽之嫌，出入有稽征之册，共聞共見，足可告天下以無慚矣。至於籌辦之法，仍不外規仿西洋。查西法所有而不入我釐金關税者，如官民俸入之税，準票印票之税，煙酒公司之税，火車電報信局之税，皆屬巨宗，若能一一推行，歲增當必不少。而鴉片煙一項，不問中外所産，尤應嚴密重徵，無使漏網。夫取民以濟用，保國以衛民，不當與言利之臣同日而語也。

以上數端，審今日時勢所交迫，而必不可無度中國情事所能行，而非敢高論，但有竭忠盡慮之愚，初無黨同附和之見。儻蒙聖明鑒納，飭議施行，於國是苟補萬分之一。臣感且不朽。

抑臣尤有進者：方今四海合從連衡，雖以日本一隅，猶有所依傍，獨我中國，名爲共入公法，實則屏之局外，而交涉事件又極重大繁多，一有齟齬，動煩宸慮，不知西人情僞，大事必用力爭，小事可因勢利導，然此非身親其境，目驗耳聞，亦難懸得要領。今軍機爲政本所在，總理衙門又洋務匯歸，必宜多有數堂曾出外洋之員，方足以廣獻替誠，使我皇太后、皇上豁達洞觀，特遣一二親貴大臣，馳赴歐洲一游，經歷美國、日本而歸，綜攬全球，虚心訪察，必有歉然知我内政之不足者。臣愚以爲莫如醇親王最宜矣。如此不特目前醇親王輔佐樞廷，處事必歸至當，即異日皇上親裁大政，顧問亦有折衷。自强之本，實在於是。西人質性，臣所素知，若聞親王奉命出洋，其接待之禮文，必有異常隆重者，勝於遣使萬萬矣。臣不勝激切惶悚之至，是否有當，伏乞皇太后、皇上聖鑒訓示。謹奏。

中西交涉爲古今一大變端，所貴審度彼己，擇善而從，庶不至扞格增患。遣使八年，出洋諸公，從未有將中外情形統籌入告者。甲申三月，法約既定，因不揆妄陋，具摺言之，冀備朝廷採納。不料此摺到京，適值越事中變，總署以其情事不合，且有涉忌諱處，竟寢而不奏，將原摺退回，殊覺可惜。此稿本非密摺，曾乞正於李傅相、曾襲侯二公，俱有復書。今摘錄附後，亦見所言不無微中云。庶昌自記。

李傅相函

尊議練水師，築鐵路，修治京師街道，優禮各國公使，保護商務，豫籌度支，並請親藩游歷歐洲各節，大言炎炎，深切時事，足令小儒咋舌。惜當軸未能盡知，即嘉納未必施行，解人難索，可爲太息耳！張幼樵京卿亦有請設水師衙門之奏，交南北洋會議。目下和局又翻，海防餉需支絀，現在水陸各軍尚恐饋運不繼，更無餘力可議及此。鐵路已有人奏請開辦，中旨令總署與敝處會商議復，旋有條陳其弊，以爲斷不可行者。中朝士夫因循襲舊之見，牢不可破，言事者多，曉事者寡。朝廷掮牽成法，回惑羣言，不能灼見其所以然，故議論多而成功少。大疏未鈔發，不審批示云何，想亦存而不論矣。

曾襲侯函

大疏條陳時務，切中機宜，非歷年周歷外洋，見聞精確，不能洋洋灑灑，暢所欲言。其間修治京師道路及請醇邸出洋兩層，弟懷之已久而未敢發。臺端先我言之，曷勝快慰！假令朝廷嘉採碩畫，實見施行，則中國之富强，可以計日而待。儻再因循粉飾，意見紛歧，則杞人之憂方未已也。所奉批旨如何，仍乞鈔示。

録自拙尊園叢稿卷五。

奉使倫敦記

光緒丙子十月，余在江南通州花布釐金局，蒙欽差大臣、禮部侍郎郭公嵩燾檄調出洋，於是有奉使英國倫敦之役。至上海，始知其爲駐紮三年也。

十七日，乘英國公司輪船自上海出吳淞，放大洋，指南行約二千一百六十里，可四日程，而得香港，經過浙江、福建、廣東三省境地。福建以東，臺灣障之，西人謂其海爲中國海。嘗有大風，又多暗礁，船人以爲戒。又自香港指南行，經七洲洋，約四千三百一十里，可六日程，而得新加坡。從雨中過越南，羣山連延，隱約可辨。新加坡爲亞細亞斗入海中處，最近赤道。以圖經索之，蓋距二百四十里而遥。迤西爲馬納甲，對峙者蘇門荅臘，別自一島，不相聯屬，舟行有時望見。其地炎熱卑溼，有春夏，無秋冬。山中奇花異卉，冬至前後號爲繁盛。往游粵黄埔人胡璇澤園，園皆西式，有池沼，而無亭臺，畜養虎、豹、熊、猿、袋鼠、鸞鳥之屬甚衆。胡君固富人，英、俄二國皆假以馭民之職，而郭公欲於此建設領事以之充補者也。

又自新加坡折而西北，行約一千一百四十三里，可二日程，而得檳榔嶼，英語如碧瀾。凡乘法國船往者，至越南之西貢，而不至此嶼。嶼山明水秀，迤南多深林叢木，聞其中有瀑泉，直下數十丈，甚奇偉也。自檳榔嶼指西行約三千六百三十九里，可五日程，而得錫蘭。錫蘭，佛所生也。島周千餘里，其泊船當南岸盡西處一海汊，名曰高諾。椰樹成林極望，結實巨如瓜。剖之，有甘漿可飲。土人貧薄，或取饅頭果食之而飲此漿以解渴。近岸有布喀剌瓦得寺。經皆貝葉書，文若連圓，卽印度字母也。

又自錫蘭易船指西行約六千四百三里，可八日程，而得亞丁，是爲印度大洋。八日中無所睹，惟巨浸稽天，時有飛魚而已。亞丁與阿剌伯連，距紅海口三百五十里。瀕海一山多石，英人建礮臺，設兵二千守之，屯煤於此，備輪船取攜。阿剌伯，唐世天方，於漢條支也，產駝鳥，高可逾丈，其卵大者徑三四寸，余購得其一，史記大宛傳所謂『其巨如甕者』也，西洋婦女取其毛羽以爲首飾。

又自亞丁折入紅海，西北行約三千九百二十四里，可六日程，而得蘇衣士。當紅海中，經過麥加城，望見之焉。地產加非，其實大類蠶豆，西洋搗瀹爲茗，與中國茶葉並行，而麥加號爲良品。入麥西境後，中國謂之埃及海。海盡處分兩汊，東出曰阿喀巴，屬阿剌伯；西出曰蘇衣士灣，屬埃及。中有大山，曰西奈，傳爲摩西以十誡立教地。蘇衣士界亞細亞、阿非利加兩洲之間，地本相連。同治三年，法人賴賽樸司建議以機器開河通商旅，避大浪山海道之險，糜費至八千萬金磅，鑿之七年，卒斷此峽，而兩洲分矣。自蘇衣士入新開河，北行二百六十里，可一日程，而得波塞。波塞臨地中海，昔班超遣掾甘英往通大秦，至條支，臨海欲渡安息西界，船人以海水廣大止之，蓋卽此海也。

又自波塞正西行約二千八百十四里，可四日程，而得毛兒達島。島形如臼，犬牙曲抱，爲英國修泊戰船處，地中海第一重鎮也。街市整齊壯麗，視波塞迥殊。又自毛兒達西行約二千九百四十三里，可四日程，而得支布洛陀，縮轂大西洋之口。觀所謂山礮臺者，環山穿石爲隧道，凡三重，設礮門，置礮五百餘尊，高處距海面一千四百尺，仰望若蜂窠然。自此出大西洋，折而北行，沿葡萄亞、法蘭西西境約三千四百五十三里，可五日程，而得掃司阿母敦。掃司者，英語南方之謂，阿母敦，則其碼頭也。

蓋自新加坡以西、波塞以東，相望萬餘里間，無城郭大都之會，其人民頗有夷狄之風焉。至亞丁，而貧陋極矣。紅海之中，山皆童赤無草木，至或終年不雨。人事地利無足尚者，盡波塞而止。至毛兒達，而異境特開，西洋局面見矣。又自掃司阿母敦登陸，乘火輪車行二百一十五里而抵倫敦，時十二月八日也。總五十一日，凡行三萬一千七百十四里，皆以英之買爾折計，每買爾當中國三里云。使英三等參贊黎庶昌記。

録自拙尊園叢稿卷五。

卜來敦記

卜來敦者，英國之海濱，歐洲勝境也。距倫敦南一百六十餘里，輪車可兩點鐘而至，爲國人游息之所。後帶岡嶺，前則石岸嶄然，好事者鑿岸爲巨廈，養魚其間，注以源泉，涵以玻璃，四洲之物，奇奇怪怪，無不畢致。又架木爲長橋，斗入海中數百丈，使游者得以攀援憑眺。橋盡處有作樂亭，餘則淺草平沙，緑窗華屋，與水光掩映，迤邐一碧而已。人民十萬，櫛比而居，衢市縱橫，日闢益廣。其地固無波濤洶湧之觀，估客帆檣之集，無機匠廠師之興作雜然而塵鄙也，蓋獨以静潔勝。

每歲會堂散後，游人率休憩於此。方其風日晴和，天水相際，邦人士女，聯袂嬉游，衣裙雜襲，都麗如雲。時或一二小艇，掉漾於空碧之中，而豪華巨家，則又鮮車怒馬，並轡爭馳，以相遨放。迨夫暮色蒼然，燈火燦列，音樂作於水上，與風潮相吞吐，夷猶要眇，飄飄乎有遺世之意矣。余至倫敦之次月，富紳阿什伯里導往游焉，即歎爲絶特殊勝，自是屢游不厭。再踰年而之他邦，多涉名迹，而卜來敦未嘗一日去諸懷，其移人若此。

英之爲國，號爲盛强傑大，議者徒知其船堅礮巨，逐利若馳，故嘗得志海内，而不知其國中之優游暇豫，乃有如是之一境也。昔荀卿氏論立國惟堅凝之難，而晉欒鍼之對楚子重，則曰『好以衆整』，又曰『好以暇』。夫維堅凝，斯能整暇。若卜來敦者，可以覘人國已。

大清前駐英參贊黎庶昌記，光緒六年七月。

録自拙尊園叢稿卷五。

尊攘紀事序

宮城岡君天爵强識多聞，仿通鑑紀事本末之例，著書以紀國故。始嘉永癸丑迄慶應丁卯，凡十五年四十篇，命曰尊攘紀事，蓋取尊王攘夷之説而名也。行有年矣，天爵乞余序之。

日本沿古封建制度，諸侯建國七十有三，其後分多至二百七十餘，而諸侯之中，又有所謂大將軍者，爲羣藩長。天皇位雖尊，然惟大將軍乃得專決國事，號稱幕府。文禄、慶長之際，德川氏秉政，天皇恭己以聽，虚擁神器幾三百年。至嘉永中，西洋英、俄、美先後叩關，乞互市，兵威强盛，大將軍不能拒，於是鄰藩水户氏倡攘夷之説，士夫左袒，鬨然一辭，欲以奪將軍柄，而德川氏不悟，遽起大獄，激怒之，適以速覆亡之禍，内訌外沮，迫脅無聊，卒乃稽顙歸政，奉還大權，成其爲尊王之局。雖曰人事，實亦天運使然，莫之爲而爲者矣。私獨怪當時士大夫以尊攘爲名，氣鋭甚，既擯德川氏不用，意必掃境攻戰，盡反幕府所爲，申大義於海内。乃不旋踵，明治改元，卽舉向所攘斥者，一變而悉從之，而水户之論絶不復聞，推移反掌，何其速也！然則夷不夷，亦因心之異視已耳，於人國無與。孔子作春秋，明王道，制義法，諸侯用夷禮則夷之，進於中國則中國之，可知夷狄無定名定形，褒譏予奪，一本政教而言，非謂舍己以外，綜地球七萬里而皆可禽擾獸畜也。

史記大宛列傳載安息在大宛西，最爲大國，臨嬀水，有市民商賈，用車船行旁國或數千里，以銀爲錢，錢如其王面，王死，輒更錢。效王面焉畫，革旁行爲書記，以證今日歐羅巴事甚明，而後漢時之大秦，卽今意大里。史稱：其俗力田作，多種樹蠶桑，銀錢十當金錢一，質直無二價，國用富饒，各有官曹文書，置三十六將，會議國事。其王無常人，皆簡立賢者。人民長大平，正有類中國，故謂之大秦。定遠侯班超嘗遣掾甘英往通之，不能得。當其時，羅馬并兼歐土，廣制萬里，政教號令，鬱然可觀，浸與漢家冠帶比倫矣。況更千數百年間，殊勢異變，益務强兵並敵，雜霸王，假仁義，修盟會，若今西國者哉！

是以君子鑒往矯失，將善謀其國，僶僶焉慎固封域，舍己短，益彼長，不敢輕喪所守，亦不欲賤簡他人以詒釁端，庶幾乎保邦常道。天爵著書，或亦有見於是與！至其文詞健快，如水溢、雲涌，馬逸不可止，自謂必傳無疑。天爵既已知之矣，余又何言？大清光緒九年癸未二月，遵義黎庶昌。

録自拙尊園叢稿卷五。

儒學本論序

日本長尾槇太郎入大學四年，專修古典講習科，譔儒學本論上下篇，以明孔、孟之術，其意以爲古之學一，今則洋學盛行，百端繁興，勢不能并日力以從事於儒，則約而舉其要，以西人著書之法爲尋序考究之方，可謂工於擇術。

嗟乎，儒爲世病久矣！自孔、孟没，而戰國縱横之術興，至秦尤不信儒，其亡遂立而待。西人立法施度，往往與儒暗合。世徒見其迹之强也，不思其法爲儒所包，而反謂儒爲不足用。是烏足語道哉！孔子曰：『物窮則變，變則通，通則久。』雖百世可知，豈非善觀世變乎！曰：『形而上者謂之道，形而下者謂之器。』又曰：『以制器者尚其象。』豈非今世西學之所從出乎？曰：『送往迎來，嘉善而矜不能，所以柔遠人。』曰：『即以其人之道，還治其人之身。』豈非公法條約之所本乎？曰：『通其變，使民不倦。』又曰：『行夏之時，乘殷之輅，服周之冕，樂則韶舞。』使孔子而生今世也者，其於火車、汽船、電報、機器之屬，亦必擇善而從矣。至如孟子其言，尤合於時宜，曰：『凡我同盟之人，既盟之後，言歸於好。』則訂約之説也。『惟仁者爲能，以大事小；惟智者爲能，以小事大』，則交鄰之道也。『國君進賢，必國人皆曰賢』。又曰『不得罪於巨室』，則上下議政院之法也。『征商自賤丈夫始，有布縷之征，粟米之征，力役之征』，則關稅之例也。『一齊人傅之，衆楚人咻之，引而置之莊嶽之間』，則學館之規也。天之高，星辰之遠，苟求其故，千歲之日至可坐而致。聖人既竭目力，繼之以規矩準繩，以爲方員平直，不可勝用。水搏躍可使過顙，激行可使在山，則天文句股重力之學也。堂高數仞，榱題數尺，食前方丈，侍妾數百人，文王之囿，芻蕘者往，雉兔者往，則房室園囿之觀也。齊王好樂，孟子語以與百姓同樂；齊王好勇，孟子請無好小勇；齊王好貨好色，曰與百姓同之，於王何有？嚮令孟子居今日而治洋務，吾知並西人茶會、音樂、蹈舞而亦不非之，特不崇效之耳。自餘若矢人函人，可爲巨礮鐵艦之喻；鑿池築城，守死弗去，可爲礮臺之喻。而暴君汙吏，必慢其經界，遂至爭地以戰，殺人盈野；爭城以戰，殺人盈城。所謂『卒土地而食人肉』，孟子之所戒，何一非當今强大之所戒，孰謂儒果迂闊哉？孰謂孔、孟之道果不可施於今世哉？

僕向蓄此論，在東西洋日久，愈信孔、孟之學爲可行。推此而言，則聖人所謂『凡有血氣，莫不尊親』，更千百年後必有是一日，特非耳目所及見，故人不能前信。久欲爲讀孟子一篇以申余論，因循未及成。今於長尾君書略發其凡，未知能有所證明否也？光緒十六年十月。

録自拙尊園叢稿卷五。

燕集三編統序

周官大宗伯『以饗燕之禮，親四方之賓客』，往嘗讀而疑之，以爲賓客將君命聘問於王國，而王國所以親之之道，止於飲食燕饗間，似不稱先王制禮本原之意。釋之者曰：『不然，詩大小雅之興，在於成周盛時，號爲正聲，鹿鳴一什，冠諸簡首；而鹿鳴、常棣、伐木諸篇，酒醴、笙簧、籩豆、羜牡，言燕飲者居其大半。降至春秋列國，聘盟賦詩見志，左邱明之所紀述，仲尼之所稱歎，尤往往而是。禮所以謂『始於飲食，爲人情之極致也』。且古者，饗依命數行之於廟，燕則行之於寢。饗有節，燕無節。燕則旅降、脱屨、升坐，無算爵，以醉爲度。其疏數不同若此。

方今四洲遣使互駐，事體絶重於古列國時，而又異言殊服，政俗不同，若非飲食燕會相與達款誠、聯情好，卽不幸扞格而有事。然則，使臣之在他人國，遇令典慶節，以禮延致王公貴人，精饌盛筵，葡萄夜光、毛冠金裾、長劍陸離、佩寶星而絡綬帶者，謂之『饗』可也。良辰美景、華燈明燭、賓客滿堂、筆札紛綸、嘉殽脾臄、歌舞遞進者，謂之『燕』可也。余以光緒七年冬奉使日本，有與國同文之樂；暇輒與搢紳儒流敘交會飲，諸君子或爲詩文以張之。而上巳、重陽，每歲必舉特別之會，使與蘭亭、龍山相配。

光緒十三年，余奉命再至。國好日密，駸駸乎有唐世遺風。愈益無事，益得與諸君子道故舊，爲燕樂。於是，會者愈繁，詩與文日益多；歲不下數十聚，或有作，或無作。隨員孫子君異皆理而董之，使自成帙。

今年冬，余任滿將歸國，又有餞別、留別之燕，詩文之外，踵而爲圖；酬唱倍於曩昔，非一編可容。孫子因綜前後所得，彙爲燕集三編。凡得詩若干首，文若干篇，均別爲之題，而屬余誌其首。嗚呼，多矣！自唐以來，未之有也。光緒十六年，歲次庚寅十月，遵義黎庶昌。

録自拙尊園叢稿卷五。

養浩堂詩第二集序

余昔嘗從曾文正公游，文正具知人之明，號爲得士。凡士有一材藝之能者，無不爭炫鬻於其門，而非常奇偉之才，頗間出於其中。方其在安慶時，逋寇未盡平也，而識者有以卜其詩書之氣，必能靖禍亂而致太平。金陵克復，又一聚之江甯，余因得盡交其賢豪長者，一時朋好之樂，以爲雖古今人才之會，未數數然也。

文正既没，曾不數年，人才亦散之四方，或老病且死。余漠然無所信嚮，乃走海外數萬里之歐羅巴，獨居深曠，求所謂朋好之樂者，渺不可復得。既六年，而奉使日本。日本與吾同文國也，東京又爲人才淵匯，首因栗香以交其國人，後遂狎而求之，如歐陽子所交石曼卿者，久之游契日廣。及余再至，與國人益習而適又幸無事，於是，上自公卿大夫，下逮布衣野老之倫，往往歌吟嘯呼，詩酒淋灕，酣恣而不厭。其視在江甯時，殆將有以稱之。余又以得朋好之樂於異國爲足慶也。然余與栗香交十年，栗香嘗守介不妄求合，其位雖不顯，所交多端人正士，必盡栗香所與而後於士無憾。栗香之介，余之博愛，亦其居地使然與！余又以謂日本古多豪俠磊落之士，其風俗感慨而悲歌，與燕、趙相類也。

栗香有室曰『養浩堂』。余嘗登其堂，二人者，傲然無復畔岸，於天下事知無所不言，言無所不罄。其於亞洲天時、人事、地利之故，亦籌之悉矣。栗香喜爲詩，然不常作。余不善詩。栗香數强余爲之，故其後集中吾二人倡酬之作倍於他人。而栗香更謙下，每有作，必使余竄定，頗有糾繩，栗香不余逆也。今年冬，余將歸國，乃裒集辛巳以還所作爲三卷，屬余曰：『爲我序之。』夫栗香之前集，余既已贅辭矣，今又何言？獨吾二人者之與游至密無間，其交誼不可終閟，而余前序所云『由語言文字之微，以進於捐故蹈道之實』者，其言至今浸驗。

嗟夫！栗香雖不自以詩名，而讀其寄懷諸篇，若伊香温泉之游，墨江月夜之興，豪蕩綿邈，亦足以知其胸次所存矣。光緒十六年十二月。

録自拙尊園叢稿卷五。

醫說一首贈淺田栗園

儒道之所以異於他術者，豈非以其心乎？孟子曰：『惻隱之心，仁之端也。』故必有不忍人之心，而後有不忍人之政。禹、稷之己溺己饑，文王之視民如傷，仲尼之老安少懷，皆具此不忍之心而已。推之於醫，何獨不然？是以古昔聖帝賢臣，若黄帝、雷公、岐伯、俞拊之倫，一草一木，相與嘗劑於廟堂之上，其重視人命若此！

西人之横行海内也，日挾其吞噬之器，瞰人肉而食之，鐵艦如山岳，巨礮臥而隱，人入其局廠，而彈藥積如垣墉也。凡所以求爲殺人之具者，無微不備，而智者且益極精研慮，以求異術之變化，使機械技巧詭出而不窮，充其器，非盡族他人之種類不止，斯亦忍矣！雖有好善之情，不足以勝其戕賊之性。

獨至於醫，一若將之以謹慎，行之以至誠。然其法也疏，猶不免武斷一切之意寓乎其間，以治本原之病，則非矣。張仲景長沙方書號爲聖作。而說者猶以爲有大人之病，而無嬰孺之患；有北方之藥，而無南方之治。

況於水土食飲之懸殊，體質强弱之異態，國俗風氣之迴然不侔者哉！

日本淺田栗園先生年七十七矣，精醫學，生平篤宗仲景，雖今日西法大行，而卓然守正，其術亦並行不悖，門徒且益盛不衰。所著澡泉餘錄，嘗推闡道家精、氣、神三寶之説，宗旨頗與靈素爲近。靈素之書，實則養生家言也。余嘗語先生：『東方食米之國，與西人之食牛羊、麪包者，其人既性質不同，醫理亦必有辨。』先生以鄙言爲中理也，因申此義而爲之説以贈。光緒十六年十月。

録自拙尊園叢稿卷五。

題梅所文鈔

光緒十五年春，有以書獻於僕者，則日東人士西島醇也。讀其書，條達疏鬯，步驟於眉山蘇氏父子之間，知爲儁才而未卽見。已而君介隨員孫子君異上謁，年齡甚少，布衣芒屨，岸然而前。睹其貌，翛爾而清；聆其議論，叩其胸所藴蓄，淵然而不窮也。踰年，出梅所文鈔示余，乞爲正定。余益有以觀其深文，有所謂焚書説者，讀始皇本紀而致己慨，其言曰：『方今異邦，上下尊卑同權之説盛行。此邦也雖未有秦皇焚書之事，而道已焚矣。』余尤偉而奇之。

嗟乎！周、孔之道，其在天地，如大海之浸潤萬物，而無微不澈，無一時或息也，豈惟道無息時，卽區區文字爲道之寄迹，亦且歷久而彌新，異邦人不能知也。當周末時游説蠭行，天下騖於合從連衡，而屈原乃於是時作離騷，以香草、美人委屑之辭，攄寫其忠愛無聊之意，今乃與日月爭光。杜子美遭天寶亂離，顛沛於兵戈擾攘之中，而社稷君民一飯不忘，其詩百世稱聖。夫此二者，所謂文辭之末，而猶然不可廢如是，況於周、孔之道乎？士患不自立已耳，若其有志於道，卽盡心文字之間，亦何不可輔世翼教！願君之益勵之也。僕喜君論與鄙意素合，輒道所見相質證，遂以題於卷端。光緒十六年十月。

録自拙尊園叢稿卷五。

書高松保郎斷腕事

高松保郎者，本名義智，江户人也。江户初爲大將軍治所，明治維新改號東京，故今爲東京人。保郎喜任俠，能傾血性救人，嘗慕魯朱家軹、郭解一流之爲人也。少時與某藩士人某某氏善。士人者，豪傑士也，識保郎於疇衆中，遇待殊厚，以族人女山内千代妻保郎。二人者之與游，相得甚親，又要約爲父子也。

士人者一旦觸某藩侯怒，事莫解，無人敢居間。當是時，藩法嚴而獄甚急，非自殺不得明。於是保郎慷慨矢誓曰：『此吾報知己之日也！吾聞古有借軀報仇者，今將斷吾腕以白某某氏之冤，不猶愈乎？』乃往見醫士岡君明鄉説狀。岡君曰：『異哉，子之爲也！吾閲世久矣，見有刎頸而死者矣，有剖腹而死者矣，從未聞自殘其支體以解他人之厄者。且以子之所爲，斷腕而求余治，是猶子放火而使余滅之也，雖謂之愚，可也。』保郎曰：『不然，吾之所爲，非以爲名高而立然諾也，亦非有所利於其間也，然而且爲之何也？夫人有不白之罪，而坐視其死，不仁；與人共肺腑，臨難，胡越棄之，非義；知有可救之道，而怯懦不爲，無勇。是三者皆豪俠之所恥也。吾之爲此，欲以愧天下之儒言而蹠行者。』岡君曰：『善。既如是，任自爲之。』保郎於是拔刀斷其左腕，血淋灕，盛以錦函，使人馳報之某藩侯，曰：『保郎再拜獻腕藩侯閣下，謹以贖某某氏之罪。閣下幸加憐而垂察焉，保郎死骨不腐矣！』某藩侯大驚，亦心義保郎所爲也，乃謝其使者，卒赦士人得不死，而保郎亦以治痊。列藩士聞之，皆曰：『保郎，奇男子也。行雖不軌於正，然絶一腕以存骨肉之交，使其處君臣父子間，脱遇不幸，殺身以成仁，固優爲之矣！』

保郎既已斷腕，益思以身濟人，創立宏通社，闢西教。游説至尾張，又爲忌者所陷。其妻千代病，以書抵尾張，慰保郎，詞多哀婉，竟死。列藩士復聞而悲之。保郎今爲愛生館主，專以良藥救世。余見之東京，蓋煦然儒人也。終身不言某藩侯，故人不能舉其名氏。余奇其事，書告世之傳游俠者。

録自拙尊園叢稿卷五。

與莫芷升書

芷升六兄親家足下：　多年曠絶音問，今春舍姪汝謙書來，始悉山中兄弟近狀。從兄介亭、季和徙居省垣，鄭子行表兄遂已物故，蹇子振作宦蜀都，而鄭伯更甥亦客游粵土，庶昌更遠適數萬里之海外。二十年來人事遷變，風雲變滅，不主故常，獨足下巋然靈光，仍爲老師祭酒，主講會城，汲汲以古學倡導後進。聞與汝謙輩譔國朝黔詩紀略六十餘卷，網羅放軼，闡幽發微，功在桑梓，誠甚盛業。

竊謂黔人之詩，本朝如周漁璜、宫詹，鄭子尹及令兄子偲兩徵君，允足爲黔南冠冕，自餘衆家如家兄伯庸、篠庭，亦皆能戛戛獨造，克樹一幟，合以二百餘年鴻篇巨製，裒然大集，潤色窮荒，計不在盧雅雨山左詩鈔、阮文達兩浙輶軒錄、鄧湘皋沅湘耆舊集諸書之下，似宜趁令弟善徵親家及唐鄂生觀察仕宦得意之際，集貲付刻，以廣流傳，一塞後死者責。歲月不居，世變多故，正未可視爲緩圖也。

庶昌自二年冬間應湘陰郭公嵩燾之調，奉使出洋，倏經五載，駐紮者英、法、德、日四國，游歷者比、瑞、意、奥、葡數邦，其於西洋情事，窺之審矣。歐洲一土，富强者首推英、俄二霸，而俄人譎鷙，志在并吞；英則廣土衆民，稍知持盈保泰，人情法令嚴肅整齊，自當以英爲舉首。各國風氣大致無殊，凡事皆由上下議院商定，國主簽押而行之，君民一體，頗與三代大同。然其國人，顯分朋黨，此伸彼詘，絶似漢、唐末流，而於政令要爲無損。至與外人交涉，全視國勢之强弱，以論事理之是非，外假公法與爲維持，内懷狙詐以相賊害，又絶似乎春秋、戰國。今之遣使，純是周、鄭交質故智，故其國既非蘇、張之舌所能説，亦非陳、班之勇所可施。計彼所以誇示於我者，則街道也，宫室也，車馬也，衣服也，土木也，游玩也，聲色貨利也。此猶有説以折之，至於輪船、火車、電報信局、自來水、火電氣等公司之設，實闢天地未有之奇，而裨益於民生日用甚巨，雖有聖智，亦莫之能違矣。其人嗜利無厭，發若鷙鳥猛獸。然居官無貪墨，好善樂施，往往學館、監牢、養老恤孤之屬，率由富紳捐集，爭相推廣，略無倦容，亦不爲子孫計畫，儼然物與民胞，而風俗則又鄭、衛桑間濮上之餘也。每禮拜日，上下休息，舉國嬉游，浩浩蕩蕩，實有一種王者氣象。決獄無死刑，而人懷自勵，幾於道不拾遺； 用兵服而後止，不殘虐其百姓。蒙嘗以爲直是一部老、墨二子境界。老、墨知而言之，西人踐而行之，鑒其治理，則又與孟子好勇、好貨、好色諸篇意旨相合，吾真不得而名之矣。汝謙欲吾撮舉泰西大要於尊函，一發其凡，望賜示之。不具。庶昌頓首。

録自拙尊園叢稿卷六。

巴黎大賽會紀略

西曆一千八百七十八年五月，中曆之光緒戊寅年三月也，法國開賽會堂於巴黎，至冬十月盡而散，名爲哀克司包息相。先未開會之前一年，法以書偏騰各國，請以珍物來會。至是，會者咸集於是，殊方異物，新奇瑰瑋之觀，無不畢至。其堂建於商得媽司，舊時練兵之所，巨厦穹窿，梁柱榱桷悉皆鐵鑄，而函蓋玻璃，下施地板，東西相望。外綴園亭池館，市肆酒樓，規模壯闊。自西洋賽會以來，詫爲未有。余數數往觀，默誌厓略，蓋千百中之十一耳！

地分三大區：第一區爲各國房式及售零貨處，在三納河西； 中一區爲講求製造各學及日用飲食之所，在三納河東； 又東爲賽會堂。堂長二百十四丈，寬一百五丈。阿房四周外柱，刻石爲四大洲人物。中、左、右三樓高聳，而其中亦分三區： 左區陳設本國之貨； 中區油畫、石像； 右區爲各國貨物。此三區又各界出若干小區，甬道縱横，物皆以類相從。一類之中，又分數十百類。夜則照以煤氣燈，華麗宏博，至不可名狀。入其中者，但覺千門萬户，光怪陸離，目迷五色。

自西柵闌入大門，爲脱漏加得諸高樓。樓上下兩重，〔上一重〕爲作樂處，容坐數千人。下一層左右長廊環抱，如伸兩臂。近肩處各有小樓旁聳，高出正樓數丈，中懸徑尺餘鐵柱，長五六丈，以汽機旋轉之，可升降自如。正樓東嚮地漸低下迤，平處鑿大圓池，累石層級而上，引水於樓闌外跌落赴注之，如瀑布然。池旁環踞石獅、銅牛，池内别設鐵管，激爲飛泉百道。西洋水法，類多如此。

循池左轉爲法國飯館。飯館之西，有小花圃三。北則累石爲數池，高高下下，名爲阿魁爾亞模，養魚處也。東爲虞衡公所。東之北有屋數椽，各自成式，往往仿效野人所居，茅茨樹干，互相枝柱，内陳百穀蔬果種類及山林材木之屬。又一間悉食穀果小蟲，欲人究知其形狀也。又一間以玻璃酒瓶裝爲城甕，日光射之，五色璀璨成文。又一間爲風雨寒暑鍼表。再北爲阿爾及耳房，又東則悉唐花小玻璃房約十餘座，再東則爲講求百工新法之所。東之北爲巡捕房，至此近河沿而止。

循池右轉爲日國飯館。飯館之西南，有大花圃五、唐花房三，極西高處因石壁爲園，卉木翼然，已在長廊之外。

東爲日本房，白板矮扉，以修潔勝。迤南爲瑞典、挪而威、堆義司、埃及、波斯房。波斯房内陳設無多，而承塵特爲精致，概用五色小方塊玻璃嵌成淺深凹凸，如石洞鐘乳然。再南稍高，爲『中國公所』。東嚮，左右兩轅門，飛簷。正廳三間，陳設螺鈿幾榻，院中央一小亭，兩廂十二間，爲售貨處，所售磁器、茶葉、古銅器、雕刻，象牙摺扇獨多。會畢後，中國以此房贈伯理璽天德，移建布窪得不郎囿内。又東爲暹羅房屋，爲唐花房，爲馬爾哥小圃。再東爲陳設各種新式車輛處，亦近河沿而止。是爲河西之一大區。

由正中渡大橋而東，爲中區。沿河左轉，爲考求救生、救火、航海諸法圖器之所。北爲水龍會。再東爲唐花房。又東爲煙鐵兩作房，爲法國飯館。飯館之北，爲石板印像處、保衛牲畜會處。再北，爲唐花房，爲煤氣公司，爲巡捕房、飯館。稍東，有建造房屋灰石式樣所。再北，爲克魯數製造廠、待爾路瓦鐵廠。由此轉東，爲工部局，爲三沙孟鐵廠。又東，爲火油木炭公司，爲唐花房。克魯數以製造鋼鐵兼講礦務著名，與英之烏里飭、德之克魯伯鼎足而三，待爾路瓦、三沙孟亦其次也。油炭公司之南、法飯館之東有大花圃一，小花圃八。大花圃中引泉爲池，至此已近會堂門首矣。

沿河右轉，爲通商海口公局。再東，爲唐花房及種花器具所。唐花之中，又有一所，爲英國花房。又東，爲比利時飯館，其旁有小房，爲英太子果下馬厩。南爲莫納哥房。再南爲日國回式房。稍東又一花圃。日國房之西爲醫學館，南爲水龍會，爲火輪車公司，爲海關及城税局。税局之東，爲英國農務機器廠。廠之北、比國飯館之東，悉皆花圃，布置略與左方同。是爲河東之中一區。

由此升階爲會堂，上有平臺。臺以石闌爲護。入會堂大門，東嚮正中一長間，較左右兩區爲狹，而横分十四區。第一區爲法國古像、古衣冠，以次而英，而意，而美與挪而威，而德，皆油畫及白石雕琢人物。德與法爲仇讎，此次不以他貨入會，衹此存盟邦之誼而已。土耳其以有兵事，亦不與。第六區爲巴黎本城之物，地段較長，爲全堂中央樞紐。中左兩區交界處，走巷中穹然一石墩，建方五尺許，涂飾以金，一千八百七十一年法所償德國兵費，象其多如此也。又次而法，而奥，而日，而俄，而比，而葡，而瑞士與丹，而荷，亦皆油畫、石像。極東一區，爲法國工作藝術諸器用及珍奇寶玩之物，皆國家官物也。

左一長間，雜陳法國百貨，横分之區，犬牙相入，尤爲細碎。而直分者共八行。第一行：首爲學部章程，次大學，次中學，次小學，各堂應用書籍、圖畫、器物，次印書局書坊之圖籍，次丈尺句股權衡，次醫學，次文房百寶，次照像，次畫繪及顔料，次天文地理，次音樂，音樂以被阿魯琴爲多，凡十二區。第二行：精致古銅及鏨花新銅器，次貴重精細之家具，次粗賤之家具，次磁器，次時辰鐘表，次刀劍，次糊壁花紙，次香水，脂粉、胰皁、梳篦之屬，入之異芬沁人，凡八區。第三行：織花錦毯，次簾帳、幾榻所用之織綫花邊，次五色玻璃及玻璃挂燈、瓶、盤、筒管等類，四方亭一具最偉，次金銀刀叉等日用器具，次粗細氊毯，次煤氣爐竈，次鍼黹盒、綫織筐籃、坐幾、小車之類，凡七區。第四行：鎗礮及礮臺圖式，次粗細麻綫、麻布，次各色布匹、綫樣，次手巾、包頭、領帶、手套，次金剛鑽石、真金首飾、鍍金盤盞，次男女裹衣、睡帽、衾枕，次各種戲玩器具，凡七區。第五行：棉花綿布，次花素綢緞、五色絲綫，皆用光學分別淺深攢集成文，次大絨大呢，次毛織粗褐，次錦繡花邊，次男子冠服，次婦女衣裙、鞋韈及翦綵、雜花、駝鳥毛，如行萬卉叢中，穠豔極矣，次女披肩，次行裝衣履箱袋，凡九區。第六行： 礦務各産，次山林各産，次農田各産，次印花布，次漁獵之具，次醫藥、化學材料，次生熟皮貨，凡七區。第七行： 悉皆機器，巨者數丈，小者盈尺。無下數百千種，兩端雜以鋼條銅管，此一行又並兩行之地而爲一。第八行： 各種車式及鞍韂、鞭、韁、嚼、革登之屬，次紅白各酒及造酒盛酒之器，次魚、果、蔬菜，次食油，次麪包，次白糖、蜜餞、牛奶，次豆、穀籽種，凡七區。總五十八區。

右一長間爲各國之物，横分十八區。中、右兩區之間，有露空院落。十八區又各自爲門，以像其本國之形。第一區爲英國。英國之器約分四類，一爲局廠機器，一爲縫紉之器，一爲百工小技之器，一爲光、化、氣、重等學之器。次美國，次瑞典、挪而威，次意大里，次日本。日本間一小區爲農務局，亦頗别致。次中國，所陳磁器、木器爲多，而其出色者則以廣東繡屏爲最。次日斯巴尼亞，次奥司脱利亞。次俄羅斯，多緑松石器物。次瑞士，金表、首飾獨精。次比利時，次希臘，次丹麻爾克，次南亞墨利加共爲一國，次馬爾哥、堆義司、暹羅、波斯、越南，次吕克桑波爾、莫納哥。莫納哥，法國南邊一小國。吕克桑波爾，則荷蘭君主自屬地也。次葡萄亞，次荷蘭。總二十三國。

由是而言，其四周南北兩周已盡。惟東西二周兩長廊，西廊卽大門進處也。右邊皆英太子威爾士所陳珠寶玩具，蓋自印度攜來者。左邊爲哥布蘭織花錦毯、賽匇爾磁器，二廠皆極有名，故特設於此； 又有沙爾勒滿尼一舊箱，未知何所取義。東廊雜陳男女百工技藝，佐以音樂。極東北張挂法國大地圖，中梁懸一金球，有機擺動之，以象地行，四角皆加非酒館。堂以内，規模備矣。

至於堂外，東南北三面，又各自爲區。南北分兩層，近堂一層皆汽爐，雜以花圃。東一區有銅鐵大鐘，有電氣機器，有粗磁器，有玻璃，有唐花之從屬地來者，有越南小屋，有大會章程所，有作冰機器局，有奥國麪包鋪，兩端有飯館，皆各自爲室，不相聯屬。南之外一區，由西而東，爲英國農務機器處，精致馬車處，次爲瑞典、挪而威房，次爲意大里房，次爲學習兵船挂旗傳話處，次爲奥國廳房，次爲瑞士房，次爲比國廳房，次爲丹、葡二國小房，次爲荷蘭酒店，次爲水龍局，次爲巡捕房，與東一區之飯館接，至此有角門可出。北之外一區，亦由西而東，有兩長廊，皆機器。再東爲飯館，與東一區之飯館接，亦有角門可出，兩機器房之中，爲北路大門，東爲辦公所，西爲供事人役住處。堂以外規模亦備。其大略，有如此者。

録自拙尊園叢稿卷六。

刻古逸叢書敘

余使日本之明年，得古書若干種，謀次第播行，屬楊君星吾任校刻。惟夫古籍之僅存，兵燹、腐蠹之無常，其勢不日趨散亡不止。學士大夫雖病之，而無術以免，惟好之而卽求，求之而卽傳，差足救敝於後。余非苟爲其難也。古書之流遺，何幸復見於異邦，而自余得之，且以付刊焉！余亦不自知所以然，庸詎知非天之有意斯文，而啟余贊其始也。

余患不學久矣，今天假此使事歲月，俾得從事讀書，不可謂非厚幸。子曰：『好古敏以求之。』請自茲始。書成，將斂其板運致之官局，以與學者共之。雖然卷帙之重而課成於再期，校讎之繁而委積於一人，或不免抵牾滋多，而譾陋如余，又不能精勘其誤失，使讀者快焉。其力僅足存此書而已。古書之不亡，古人之精神自寄之，豈余所能增重？而獨至搜輯之責，似若默以畀余者，固不敢不勉也。

書凡二百卷，二十六種，刻隨所獲，概還其真，無復倫次。經始於壬午，告成於甲申，以其多古本逸編，遂命之曰古逸叢書，而別條敘目如左。光緒十年，歲在甲申七月，遵義黎庶昌敘。

録自拙尊園叢稿卷六。

書原本玉篇後

玉篇與説文並重，説文討篆籒之原，玉篇疏隸變之流。余意其書必贍衍宏博，辯析羣言，如自序所述，總會校讎，足補文字、訓詁者，及考今世行本大廣益會玉篇注文簡略，所引書多不詳出誰氏，頗與野王序不應。然自唐孫強加字以來，經陳彭年、吳鋭、邱雍等重修，宋本孤行相沿且千歲無異辭，學者雖致獻疑而莫由證其非已。本朝四庫提要據永樂大典兼引顧野王及宋重修玉篇，悟爲二書已斥大廣益本，非孫強之舊，而又以篇字韻不收。上元本至謂重修本注文較繁，故以多爲貴，則亦是臆度，蓋不見原本之故也。

日本柏木探古舊藏有古寫本玉篇一卷，自放部至方部，相傳爲唐、宋間物，間攜以示余。余觀其注文翔實，内多野王案云云，真乃顧氏原帙也。又有言部至幸部一卷，水部涂字至洗字一卷，系部至索部一卷，藏高山寺、東大寺、崇蘭館及佐佐木宗四郎家，不可得而見。探古皆仿寫有副，因贈金幣假而刻之，惟放部一卷，探古祕惜殊甚，別寫以西洋影相法。於是顧氏之書，逸久而幸存什一者，得復傳於世。

今就此本與張士俊仿宋本校，金部凡三百四十九字，張本增多一百二十四字； 車部凡一百七十五字，增多七十三字； 舟部凡六十四字，增多四十六字。不特注文繁簡與重修本倍蓰懸殊，即增加字數，具可因此考見上元本之舊，其可貴非直姚方興大航頭二十八字也。古書之亡者衆矣，而字學尤甚。漢藝文志載小學十家四十五篇，舉所謂史籀蒼頡，爰歷博學，凡將元尚訓纂無一存者，僅存者，急就篇耳。玉篇又其晚出者，獨足惜乎哉！ 光緒八年壬午十一月遵義黎庶昌。

録自拙尊園叢稿卷六。

跋日本津藩有造館本正平本論語集解節録

日本之有論語，始於神應天皇十六年，百濟博士王仁以論語十卷來獻，實當晉武帝太康六年。其時未知所用注解何家，自隋、唐通使，一準中土制度，大寶學令論語用鄭玄注、何晏集解。厥後鄭注廢而何解盛行，轉相仿寫。世所傳最古本有二，一爲津藩有造館本，天保八年丁酉縮刻，當道光十七年。云係其國右大臣菅公昌泰二年所書，唐昭宗光化三年也，以第三卷末題曰：『手自書寫畢，字樣既得其正，子孫可寶之，丞相十八字爲證。』一爲正平本，甲辰道祐居士重刻本，當元順帝至正二十四年。卽錢曾讀書敏求記所誤稱高麗本者。二者皆卷子本，根源中土舊鈔，文字奇古，與宋以後行本，字句增省異同可三百餘事，以陸氏經典釋文證之，多卽所謂一本或本者也。而有造本『孝乎，惟孝』，『乎』作『於』，『譬之宫牆』『之』作『諸』，與漢石經合。『惡果敢而窒者』，『窒』作『室』，與魯論語合；『不知命』章『子曰』作『孔子曰』，與古論語合，尤爲近古，則灼然知其爲隋、唐間傳本，出於開成石經未刊以前無疑也。

録自拙尊園叢稿卷六。

養浩堂詩集後序

余始至東京，聞宫島栗香之名於何君子峩，盛稱其能詩。既而栗香攜所作文來謁，數與往復義理，又知其能文，然詩尚未睹也。曾不數月，而養浩堂詩集告成，屬余綴言於後。

余觀子峩星使之序，黄君公度、沈君文熒之論難，至爲精詳。其相臣三條君又推原栗香家學之所自出，詩道備矣。余何以贅爲？顧惟栗香之言曰：『僕於兩國交懽之始，卽丐何星使序首，具有微意。若幸賜大手筆，而助僕素志，則不朽盛事，於是乎成，亦修睦之一端，其言有足多者。』君子之於國也，亦各自盡其分而已。春秋時列國士大夫聘問不絶，往往賦詩見志，用意微婉，是以聖人嘉而尚之。今之栗香之爲，抑猶是春秋遺風乎？

推栗香之志與事，以充類至盡，將由語言文字之微，以進於揖故蹈道之美。『禮云禮云，玉帛云乎哉！』此使者之所有事也。因樂道斯旨以諗讀栗香集者，於其詩不具論也。光緒八年壬午重九日壬辰，遵義黎庶昌。

録自拙尊園叢稿卷六。

書森立之壽臧碑後

古之自營兆域者，曰石槨，曰壽臧，曰生壙。自宋桓司馬、漢趙邠卿以來，世多有之，皆達者所爲。

日本森君立之，篤信好學，喜聚鈔本古書，點勘證訂，自少至老，卷嘗在手。迹其生平事業，若隱若仕，界於醫、儒之間。今年七十有六，宧游東京且十年矣。東京，昔所稱江户者也。立之别起冢先人墓側，瘞其髦髮臍蒂，而題曰『壽臧之碑』文以誌之。自古游子悲故鄉，森君其有感於是邪！抑狐死邱首，誼當以此爲正邪！余意立之遭值承平，仕不越境，無去國之道，要皆無取於是。

孔子曰：『身體髮膚，受之父母，不敢毀傷，孝之始也。』立身行道，揚名於後世，以顯父母，孝之終也。森君之爲其致若與古人同，而志意則微遠已。光緒八年壬午九月，遵義黎庶昌。

録自拙尊園叢稿卷六。

重九燕集詩序

光緒八年壬午重九，余會日本人士於上野精養軒，修登高約也。明年癸未，再舉斯會，益充其人。東士來與者，曰森立之，曰重野安繹，曰川田剛，曰巖谷修，曰中村正直，曰向山榮，曰長松幹，曰藤野正啟，曰三島毅，曰龜谷行，曰宮島誠一郎，曰石川英，曰森大來，合使署人員凡二十一人，同會署後之西樓。

使署據爽塏地，樓又其最虛處，可以憑高望遠。日影加晡，主賓卽席。雍容翼如，筆札紛綸；肴蔬迭輸，每進益懽，惟酒與萸。余乃舉盞執觚而言曰：『登高之俗，周、秦相襲，所從來舊矣！齊晏嬰、艾孔、梁邱據侍景公於牛山，是其遺也。余意斯節者，古以講武而然，故宋武帝在彭城登項羽戲馬臺，踵成爲故事。而南齊著令以九月九日馬射，益厲習五兵，順應天地清肅之氣，於禮甚宜。自唐貞元中肇置三令節，重九其一；詔公卿羣有司選勝地，至日率官屬飲酒以樂，後乃失真，遂若爲文士所獨有。古今事變萬端，卽一重九，而源流輕重固已若此，況其他紛紛者乎！諸君子服膺聖學，經書潤其腹，韋素被其躬，國殊而道同，羣離而情萃。傳曰「登高能賦，可以爲大夫。」宜有以張今日之雅者。然如牛山之涕泣，則無取。』森君老儒，七十七翁。雷聲淵默，酌道用盅，眷韝鞠跽，睟然其容，辭自上坐，作而歎曰：『使君之言，其可誦哉！』於是，衆賓愉怡，興有所會，託物造耑，酬唱環疊，賦新詩，寫素心；無管弦而極樂，無禮數而有倫。渢渢乎，雅音也。

及夜，酒罷，各各盡懽以散。彙其詩，得若干首，録存而爲之序。遵義黎庶昌。

録自拙尊園叢稿卷六。

跋江亭記

江亭記一卷，日本友人宫島栗香所藏，爲詩九，序、記、跋三，皆文明時題『左金吾太田道灌江户城静勝軒』之作也。

方足利尊氏入京都稱霸，使二男基氏居鎌倉，治關以東，上杉氏爲管領。上杉分兩家，曰顯定，居山内；曰定政，居扇谷。定政之臣有太田持資號道灌者，具文武才，精築城法。及關東亂，大將軍義政使道灌築江户城，備戰守。時後花園天皇康正二年也。城成，道灌居而有之，大布威信，關東人士率背山内，歸扇谷。顯定縱反間，陷殺之，是爲文明十八年。道灌居三十一年，而城爲上杉氏有。上杉氏居之三十九年，復入於北條氏綱。北條氏五代六十四年，又入於德川家康氏。德川氏稱幕府，居此最久，凡二百七十八年，而明治維新，將軍歸政，定爲皇城，江户改號東京，今二十二年矣。總四百三十三年。彼四氏者更嬗迭興，皆視此一城以爲輕重，卽形勢可知也。城據全國之中，負山臨海，池深壘高，雄跨津要，非第名勝之足冠一州而已。栗香工吟詠，暇或登城凝眺芒羊，以想望於盛衰興亡之會，夫亦可慨然而賦矣。光緒十五年三月。

録自拙尊園叢稿卷六。

題藏名山房文鈔

余不才，兩典使節於此，獲與東人士游。東人士亦以余久故，與相習又同文也，用詩文投贈，比古縞紵之獻，事雅且法，余因是以讀其全稿者，有三氏焉，曰中村敬宇、藤野海南、岡天爵。敬宇措注時事，持議欲酌東西之中而劑其平，其文若江湖之水，波瀾渟瀯而無汎濫也。海南儒者，篤行自修，其文若煦日晴雲，藹靄使人可親也。獨天爵志在用世，百不遂一，其懷抱鬱勃之氣，充然不可詘止，其文若深谷高巖，時露巉崿。

余讀其文，悲其志，未嘗不惜其窮老不遇，而無大力者爲之援也。往歲天爵嘗游我中土，適有法、越之難，未得極其意興所至。然北抵長城，南逾嶺嶠，亦足發胸中之奇矣。今以『藏名山房』名編，在天爵自處甚審，非恒人所得喻。文已有諸家評語，不復細論。論天爵之大者，天爵亦許余爲有當知言否？光緒十五年己丑二月，遵義黎庶昌。

録自拙尊園叢稿卷六。

海南文集序

光緒戊子，藤野海南没，余爲之誌銘，刻石立於墓道之右。其女真子以書抵余謝，既而真子修儀上謁，且執君遺文以請曰：『妾不幸遭先人大故，弱質不任事，有弟年幼，後時樹立不可知，恐不瞑先人地下。謹惟先人之在世也，閣下許之以交；及其没也，辱之以銘。今重野君等將謀梓其文，若幸得一言爲之序，因以傳於世，則先人死骨不朽矣。』余聞而重閔之。

始余之來東京也，宫島誠一郎、栗香首因何君子峩以交於余，得讀其養浩堂詩集，介爲之序。既又因栗香以跋元田東埜之詩，而老儒森君立之精考據學，自爲壽臧碑，余亦書其後。後益内交重野安繹成齋、川田剛毅卿、中村正直敬宇、島田重禮篁村、三島毅遠叔、岡千仞天爵、龜谷行省軒等，皆博雅多識，而以能文見稱。以余之喜古文辭也，往往過從，出其所作相質證，而天爵尊攘紀事，余又序之，最後乃交海南。

海南闇然内修，不自表襮，於文章頗趣鄉桐城，亦取曾文正公陰陽剛柔之説以自輔，爲文醇實有法度。設異日有嗜古好奇之士，欲裒輯日本古文以成一編，如曲園俞君東瀛詩選故事者，則海南其名家也。余既喜海南論文與余平昔之旨合，其女真子又能讀父書，而海南之友重野君等當此漢學頽廢之際，不忍聽其文滅没無傳，皆足多也，遂書以爲序。己丑二月遵義黎庶昌。

録自拙尊園叢稿卷六。

黄石齋詩第六集序

神仙之説，愚者惑焉，智者信之，非以其果能尸解形化，吐納飛昇也，仍當於文章道德之人求之耳。凡方士所傳鍊丹符籙諸異術，皆非也。揚子雲曰：『仙者無以爲也。有與無，非問也。』釋名曰：『老而不死曰仙。仙，遷也，遷入山也。』古今人惟莊周書善言仙理，其曰逍遥游、養生主、德充符。吾嘗有味其言，以爲真仙之要，而後世神仙家，如淮南王安、魏伯陽、葛稚川、陶弘景之倫，所著書具在，頗迂誕，使人失守，無當於仙者意。余所取乃獨在陶淵明、李太白、白樂天、蘇子瞻、陸放翁諸家之人之詩，以彼襟懷曠適，不爲事物所關累，超軼於埃壒之表，雖舉仙人而歸之，可也。

往者，於吾土得一人焉，曰柈湖老人，巴陵吳南屏敏樹，爲人若夷若惠，放迹於君山洞庭間，蕭然自樂其樂，詩古文沖夷動澹，讀其書，知其蟬蜕混濁也。

今又遇黃石翁於日本。翁當慶應末年，佐彦根舊侯參藩務，從幕軍西征，頗樹偉績。及王室維新，諸侯納土歸政，有司交轂薦於朝，則又翩然高舉，自甘肥遯，爲無懷葛天氏之民。今年七十九矣。一日，訪余使署，角巾藤杖，鬚髪皓然，儀度甚偉，見者驚爲神仙中人，圖畫所不逮也。

翁生平喜爲詩，多至二千數百首，共編六集。前五集已播行，今將以第六集付梓，乞余爲序。余因推論道家之旨，以見世果有神仙者流如翁，未可交臂而忽之也。光緒十五年己丑八月中秋日，使者黎庶昌。

録自拙尊園叢稿卷六。

春山樓文賸序

小山朝宏君將刻其春山樓文賸，以書抵余，乞爲之序。君之言曰：『僕齡踰六十，平生苦辛，經歷之迹，僅有是耳，則不得不益自蘄。願賜一言，以慰蹉跎之身世。』余謂君言亦何悲也！

大抵人生涉世，方其少壯時，年富力盛，志意偉然，視天下事宜若無不可爲。及夫日月浸馳，更歷憂患，或仕宦連蹇，不得伸向之意氣，穨然就衰，俛仰身世之間，無足控摶，則思託文辭以自見。此自古賢人君子往往而有是矣。

君少以疏狂得罪，久乃獲釋。大將軍柄政之際，羣藩分土而治，士大夫過從，或不如今世之密。明治維新，始一聚之東京。君位雖不達，而文酒游燕皆盡六十州之選，遭時之隆似有過曩昔者，斯足以復幕府之蹟也。爲文紓餘雅潔，與余所見重野成齋、川田甕江、中村敬宇諸子相伯仲。君前有春山樓文選二卷之刻，故此編名曰文賸，實則是編多閲歷之言，今不論。論君身世之大者，以爲序。光緒十六年閏二月，遵義黎庶昌。

録自拙尊園叢稿卷六。

跋外交餘勢斷腸記

勝君海舟以所著書二卷示余，其涉國事者曰外交餘勢，追溯嘉永癸丑以來與歐美各國訂約互市之顛末；涉己事者曰斷腸記，備舉生平更歷世患，觸冒危難之險，皆足裨史家掌故。

方王室未維新也，大將軍德川氏柄政，懲前毖後，知鎖港孤立之爲害，於是創議通商。而當是時，衆説紛呶，爭詆幕政失計，以攘夷爲宗主，論非不正，而不知其無濟世變也。及長藩搆難，釁啟蕭牆，兵連不克，有河決魚爛之勢，大將軍深察時變，奉歸大權，贊成帝業。今二十餘年矣。準前後事勢觀之，然後知德川氏所處爲極巨艱之會，其臣節愈久而愈明耳。語曰：『不習吏視已成事，前事之不忘，後事之師也。』君之述此，豈止爲幕府闡微也哉！外交餘勢已有活字印本，余謂斷腸記亦宜排印並行，庶幾君與德川氏心迹，不泯没於後，亦使論世者有所資以爲鑒也。光緒十六年九月。

録自拙尊園叢稿卷六。

日本正六位藤野君墓誌銘

君諱正啟，字伯迪，別號海南，愛媛縣松山人藤野氏。光緒九年，余鬮使署西樓，修重九登高約，以賓晉東人士。時未識君，有來告者曰：『藤野伯迪蓄道德，能文章，茲會不可失。』因不介而致之，升吾堂，貌愉德充，漢行而唐服，褎然君子儒也。自是雅重君。

明年夏，余往游伊香保，邂逅遇之逆旅，君挈妻女偕行般桓山中，累日究論漢學興發，及礦泉之理之説甚備。時時見君點勘荀卿書，手不釋卷。瀕行，出女真子彈琴作歌誌別，誼至懇篤。真子多文而栗，余私謂君能型其家也。君本以漢學著稱，自國內改尚西法，仕東京二十年，不甚顯。由昌平學校教授，充編修官，凡十遷至正六位勳六等，與重野安繹、巖谷修、長松幹數輩先後同官，始終不離修史局。其年冬，余奉諱返國。越三年，再使日本。君方養痾去京，未即見。歸自熱海，猶手書賀正旦。間一月耳，君子漸來赴，則聞君没矣。年六十三。惜哉！

余以異國人而與君交，既又與君游，卒乃送君之死，以臨其葬，此雖本邦親故朋好，猶不易致，況海外萬里乎？非偶然已，是不可以不書。銘曰：

書同文，百王揆。情之親，不隔海。我爲銘，播遐邇。名在茲，君不死。

大清欽差大臣遵義黎庶昌譔並書，光緒十四年二月。

録自拙尊園叢稿卷六。

游日光山記

日光山一名二荒山，又名黑髮山，在日本下野國都賀郡，距東京百七十里，今爲國幣中社。國幣者，明治維新創設官幣、國幣，分大中小等社，始爲此稱。前世第曰二荒神社云爾。

當唐大歷初，彼孝謙天皇神護慶雲間，有勝道上人者，登此山。弘仁時唐元和中使唐僧空海弘法大師繼之，佛教遂盛。山下爲大谷川，跨以橋，名曰神橋，或名菅橋。橋之右折入一二里所，有小倉山濱一湖，極幽奥，矮松離立，亭亭若人車蓋，御門主皇族爲僧者之稱別墅也。日光中有大瀑曰七瀧，曰布引，曰索麪，曰裏見，曰霧降，曰般若，曰華嚴，皆數見。異名大猷公廟在山之陽，祀德川家康以還三代將軍，東照宮又在其東，今爲別格官幣社，頗相連屬。後水尾天皇元和元年明萬曆四十三年天海僧正僧正，僧官名遷德川先代葬此，二廟相望於白雲綠樹間，飛樓湧殿，回環駁沓，金碧錯彩，壁皆髹漆如明鏡，楣切礎柱，黄金涂飾之。承塵各爲井字函，鏤刻龍鳳、金雞、孔雀圜紋，雜以花竹卉木，而檐牙多出猛獸形，瑰偉奇兀，窮極人巧，大率一準唐制也。門外華表高三丈餘，塔五層，層矗二三丈，有朝鮮制蟲食鐘，其他石燈號蓮葉、蟲蛀、輪回等屬者，重列以百數，皆各國諸侯所進獻。德川氏武威之盛如此，俛仰纔三百年，而國勢亟變，大將軍降於庶人，釋道亦落，國人至結保晃會，歲醵金錢營繕之，抑何其黜之甚也。

余以光緒八年七月游此，信宿飲泉坐石，得養性之趣。一日，騎行入山十餘里，觀所謂華嚴瀑者，直下七十五丈，果奇偉。迤邐上至南湖，南湖一名中禪寺，湖近日光頂處，泓水清淺，直視可里餘，衆峯圍之，樹陰倒垂湖中，幽秀移人，下流即華嚴瀑。湖西北二十里許，聞有湯泉，外國客所聚。雨甚，未能往游也。

録自拙尊園叢稿卷六。

游鹽原記

鹽原在山峽中，當日本下野國鹽谷郡之西，連山皆石，而獨宜木，産楓尤盛，葉又先紅於他郡者，蓋其地高，多風而早寒也。始以峽中深險無塗徑，好游者不一至焉，勝亦遂不顯。明治十八年，橡木縣令三島通庸闢山穿道，使與外通，鹽原之名始著。輪車既達於那須宮中，顧問官高崎星岡君時一往游，乃盡窮鹽原之藴，樂其林壑之森美也，度地置別墅，暇輒休沐其間，蓋得山水之趣，莫善於此。

一日導余往游，余以中土人未嘗有先者，游之，當自余始。自那須西行十餘里入山，紆道盤詘而上，入愈深，峽愈束，奇益愈顯。泉之淙然鳴琴者；瀑之洶然赴壑者；松之偃立若亭若傘者；石之縐若雲者，矗若筍者，垂壁可摩刻者，磥硊嶔崟、熊升鳥騫者；巖之斗出者，奥者，曠者，竇者，廠者，窈窕而脩秀者，使人攬接不厭。幾二十里而後至，至則緣山皆楓葉，棽棽叢叢，紅者若縓，紺者若緅，絳者若丹，日光射之，皆斑駮成錦彩，誠極天下之大觀也。若夫山中之景，四時變幻不同，雨暘明晦，霜月高潔，凡遘遇於心目而得諸興象之間，雖善游者莫能盡其狀也。

高崎君別墅在箒川、甘湯川交會處。川，大水名也，而此實小溪。有橋當其前，旁有蓬萊巖。高崎君所命溯甘湯行數百步，水流亂石間，動宕可喜。踰嶺而西，則人家數十，沿箒川居。宮内次官吉井三峯別業在焉，與高崎君相望也。古諸侯卿大夫聘問鄰國，感物造耑，登高而賦者有矣。未始輶傳四出，互駐其國都，履人國猶户庭，如今日者。然則鹽原之游，余及高崎君窮幽極深，一再信宿，相與俛仰嘯歌於一堂之上，以敘布衣昆弟之懽，殆古人所不逮也。此於交鄰之道，若與若不與夫？豈苟焉以娱悦耳目爲快哉！同游者，爵位局主事宫島誠一郎、譯官陶大均凡四人。大清光緒十五年九月游後五日，使者遵義黎庶昌記。

録自拙尊園叢稿卷六。

訪徐福墓記

紀伊，日本南海也。斗入海中，號爲多佳山水處，與大和國中隔大山，紀伊在其南，大和在其北。大和者，神武天皇始都之橿原也。由大和出紀伊，多險絶難行，非五七日不至，而海道一日夜可達。紀伊有那智瀑，高百餘丈，自海中望之，如白霓下垂，以此名尤著。其地今屬和歌山縣牟婁郡，當上古未立郡時，概稱熊野云。熊野三山，曰那智，曰本宫，曰新宫。新宫近海，徐福墓在新宫山下。

余以七月二十四日，自神户趁商舶抵三輪崎登岸，入山行十餘里，至其地。新宫人士導而前，復踰一山，得平田八九頃，禾苗盈望，福墓在其中央。循田稜數百武至墓所，面山背海，僅餘荒土一邱未墾耳，縱横可四五丈，無所謂冢。有古樹二株爲記，墓前一碑，題『秦徐福之墓』，傳爲朝鮮人書，元文元年新宫藩主水野氏所立。元文元年，當中國乾隆元年也。碑左右積竹筒百餘，中插花朵樹枝。新宫人嘗祈禱於此，以此爲獻。旁有二十餘冢，各距數十百步，傳爲福之親近，陵夷僅存其七。余見者纔二墓。東北又數百步爲神倉山，山麓有飛鳥祠，福祠在其旁，久圮，故址猶可辨識。返至新宫神社，觀所謂福之遺物，事甚荒渺不足道，獨古老傳言：福始至時，尚在新宫東北七里許（日本里每里約中國七里），海岸名秦須地，尤陋隘，後乃徙此。其言致足信。以余游歷所經見，日本平原廣澤甚多，福胡爲而獨取此，豈當日風漂所至，無暇細擇與？抑將以近其國都與？非可得而詳已。福之子孫或言多姓秦，今皆分散各處，維新後悉易他姓，或言藤澤驛福、岡平一郎爲福之後人，嘗有贈物寄新宫神社，或言有徐某在和歌山縣，充醫士，皆疑莫能明。方秦始皇之遣福入海求神仙也，豈意其止王不來？及福挾童男女三千人以至，亦欲廣强支庶，貽之無窮，今二千一百餘年間，而族姓無一存者。古與今相續，其事皆大抵如是也。然而人之欲爲福而猶不止者，則又何也！光緒十六年八月歸後十日記，黎庶昌。

録自拙尊園叢稿卷六。

崇福寺鐘銘有序

日本滋賀縣，近江國園城寺，山中唐院，卽智證大師廟也。大師以文德天皇仁壽三年癸酉入唐，齊衡二年五月至長安，拜左街青龍寺傳教和尚、長生殿持念大德法全爲傳法弟子。天安二年六月還國，持法全所贈梵鐘以來懸諸道場，爲法用之器。厥後隆損失鳴，遂納實庫有年矣。今茲庚寅十月二十九日，當大師一千年忌辰，前從四位勳三等元老院議官町田久成蜚遯空寂，度爲園城寺光淨院兼崇福寺住職范金依式重鑄，而乞其友大清欽差大臣黎庶昌爲之銘，時光緒十六年九月也。銘曰：

粤有巨鐘，業牙旋蟲。攠器警世，聲遠以宏。度中鳧氏，振彼聵聾。云自唐室，浮渡海東。長安古寺，左街青龍。歲久刓敝，石則不庸。弗鏗弗鼓，納實庫中。鯨呑鼉息，閟此廢宮。物閲千變，神力忽通。沙門久成，於論考工。于舞篆景，橅范形容。薪火智氏，續天臺宗。一百八叩，播之無窮。

録自拙尊園叢稿卷六。

曾侯兩次呈遞法國國書情形

戊寅十二月十八日，法國御前接引大臣穆納，駕四馬朝車一輛，從騎三匹，來接曾侯。曾侯率庶昌與翻譯官聯芳、法蘭亭，英國參贊陳遠濟、劉翰清，隨員楊文會等，同至其勒力色宮呈遞國書。曾侯與穆納及外部繙譯大臣、前駐京公使葛士奇同坐朝車，陳遠濟、法蘭亭乘坐穆納之車，庶昌與劉翰清、聯芳、楊文會則乘曾侯之車也。宮門外陳兵一隊，奏樂迎賓。曾侯至門下車，余捧國書隨後，以次魚貫入其便殿，三鞠躬而前。伯理璽天德馬克蒙向門立待，亦免冠鞠躬。余以國書捧授曾侯。

曾侯宣讀誦詞，葛士奇立於其旁以法文譯誦。曾侯呈遞國書，伯理璽天德接受轉交葛士奇，復誦答詞，亦以華文宣讀。其大略云：『中國大皇帝遣派貴使臣前來，本總統不勝欣幸。從此兩國和好愈篤，日益親密。貴使臣品秩甚崇，如有交涉應辦事件，本總統必竭力襄助。且貴使臣之父曾國藩，本總統亦素所欽佩。貴使臣能長在此辦事，實屬彼此有益。』誦畢，鞠躬而退。宮門外兵樂復作。穆納、葛士奇送曾侯回寓，小坐而去。

法國伯理璽天德馬克蒙辭位之後，繼之者爲格乃費。其國駐京公使先有國書，請總理衙門呈奏，告更换新君。朝廷亦以書答之，命曾侯往遞。國書盛以黄綾封套，如請帖樣式，而加增長大，古所謂尺一牘。內用黄紙折叠數開，每開分四行書寫，界以朱絲，年號處未用御寶，蓋便函也。該國亦請便見。己卯九月初一日兩點鐘，曾侯率予與聯芳、法蘭亭同至勒力色宫，適伯理璽天德禮見教皇公使畢，立時請見。曾侯入門鞠躬，格乃費亦鞠躬。曾侯將國書呈遞，並無誦詞，只言中國大皇帝聞伯理璽天德嗣位，特命使臣前來賀喜。格乃費亦問大皇帝安好，即一一握手延坐，略談數語，曾侯起立，鞠躬而出。

録自西洋雜志卷一。

郭少宗伯咨英國外部論喀什噶爾事

郭少宗伯既行此文，庶昌深韙其議。其時適有喀什噶爾使人來英，蓋因中國兵勢甚盛，叠次克捷，國將不支，特求援助。英國之私意，欲建喀什噶爾自成一國，爲印度藩籬。其外部丞相德爾比令威妥瑪屢向宗伯處緩頰，邀使人於威妥瑪家便見宗伯，並擬約章三條，行文照會相商，謂立國仍以中國大皇帝爲主，稱臣朝貢，而英與俄共保護之。宗伯因其所請，據以入奏。然當時庶昌逆料：喀什噶爾業已破壞，萬無久存之理。老湘營一軍，百戰不挫，必蕆大功，欲乞宗伯寢此奏而不克。其後數月，喀什噶爾果爲中國收復，『阿密爾』牙古波毒死，斯議乃止。其年臘月二十日，予在伯爾靈聞捷音，賦詩一章志喜。詩曰：輕車度幕不驚塵，矯矯將軍號絶倫。回準降幡齊入漢，圖書舊版復收秦。雪消葱嶺鴻難度，草長蒲稍馬易馴。索地陳兵君莫讓，烏孫西去付行人。時伊犁尚爲俄人所據，故云然爾。

附録

爲咨會事：照得本大臣日來見新報，内稱印度孟買來信，因『阿密爾』之請，派沙充貴國駐紮大臣，前赴喀什噶爾等因，自係出節制印度大臣之意。本大臣於此，竊疑與萬國公法微有不合。查喀什噶爾本屬中國轄地，設立辦事大臣。前因中國内亂，兵餉匱乏之時，『阿密爾』乘勢攘取其地，遂使關外地方，十餘年來擾亂無已，百姓深受殘害。近年内亂既平，中國方謀經理關外諸地，喀什噶爾應在中國收復之列，並無允準自立一國明文。現在中國正當用兵收復，而貴國特派大臣駐紮，則似意在幫同立國，與中國用兵之意，適相違左。本大臣心甚疑惑，竊恐印度大臣但憑『阿密爾』文移，據喀什噶爾爲所立國之名，遣使駐紮，無相妨礙。本大臣以爲：喀什噶爾本屬中國地名，爲『阿密爾』占據一時，中國例應收復，並非無故構兵。而貴國遣使駐紮，體制亦覺稍替。『阿密爾』本浩罕部，尤不應以侵占中國地方借據爲名。此等關係，實亦重大，不得不一陳論。相應咨請貴伯爵轉照節制印度大臣，再加斟酌，收回駐紮喀什噶爾名目，深爲公便。須至咨者。光緒三年五月。

録自西洋雜志卷一。

古巴設立領事情形

日國屬地古巴一島，在海地之西，距美國祇兩日水程。自咸豐年間以來，閩粵匪徒拐誘本地良民數萬人，販賣至該島傭當苦工，種種苛虐，殆非人理。海禁開後，情形漸以上聞。同治十三年，陳星使奉命至該島查辦，於是始有設立領事、自行保護之議。至光緒四年，中日兩國特定古巴華人條約十六款。五年秋間星使抵日後，派委户部候選主事劉湘浦亮沅充總領事駐紮古巴都會夏灣拿，候選同知陳幾亭善言充領事住別口馬丹薩，前往開辦。

冬間，總領事書來言：從前華工所以受虐者，皆因工主有給發期滿執照之權，即俗所稱爲『滿身紙』者也。工滿之後，逼令重立合同，再行傭工。傭滿復立，逼勒不已，往往至七八年之久，始肯發給滿身紙者。若無此紙，他人不能雇用；而地方官及各國領事，又不肯給隨便往來之準單，即俗所稱爲『行街紙』者。華人一出，該島巡捕立即拘拿，禁於官工所内，逼令再傭。此工主所以作惡有權也。今應按照條約，無論工期已滿未滿，概令到領事署報名注册，每人發給執照一張，並代領準單，無庸倏有滿身紙以爲區别，方不致授權於工主，迫脅之風，或可暫息。故每日到署領紙者，無不歡騰於色。領事署内設木籌數百，每華人入門，散給一籌，編列號數。依先後次第，傳入訊供，簽名發出，至六點鐘而止，然後填寫漢文、日文檔册。又有來署投訴案件者，亦即派人查問。開辦之初，幾於日不暇給。其在外埠者，則託人寄辦每月酌予酬金。規模既定，英、美等國領事，將華人名單，開送交中國總領事保護，概停華人出紙。惟在英國屬土生長、已入籍有據者，仍歸英國保護。

該島苛虐，凡華人必要有工主承認，方能來往自由，否則拘入官工所，以待他人僱用。若經工主辭出而不給滿身紙，亦拘入工所。工主欲脅治華傭，工期將滿，故薄其值，逼令再立合同。如不從，即送入工所，傭當苦工，毫無工價。故華傭往往不得已而仍從故主也。亦有作苦數年，仍由工所發賣者。是冬，駐華公使伊巴里，親往古巴查看情形，實欲與領事議增招工條款，劉君悉力拒止。且語之曰：貴國主意一篇之大旨，不過急於僱用工人耳。中國亦無不願華人出洋之意，祇因古巴從前看待華人太薄，所以有十六條之設也。今若於十六條外，又復别立條規，吾恐貴國求之愈急，則中國拒之愈堅。莫如趁此開辦之初，將弊政實力剔除，俾中國知十六條之非虚設，華人在此均能自主自由。則中國人民既多，是處工價亦好，利之所在，人必趨之，將見不招自來。否則，古巴苦況，舉國皆知，若非將最關緊要者舉辦一二宗，雖勢迫刑驅，終無人至矣。

伊巴里大爲首肯，即好謂劉君：『尊意欲如何辦理？以何者爲最先？無不願實力相助。』劉君舉三事相要：一、華人之不願在古巴者，應照約咨送回國；一、官工所須概行裁撤；一、爲該使應偕同領事巡查外埠糖寮數處。伊巴里均皆允行，並屬古巴總督伯蘭高、副總督嘉衣霞，宜與中國領事遇事和商，以求實濟。古巴總督函致劉君：　凡遇大小案件，請徑致書地方官或糖寮主人辦理。由是得此無限之權利，華傭事件日益應手；　而該島巨紳大族，亦漸通往來。六年新正，劉君大設茶會，張燈宴客，作『婆羅』之局。酒席大宴而有跳舞者謂之婆羅。　副總督嘉衣霞、水師總兵亞利罅之妻，代爲出名，延請女客。糖寮主人聞之，展轉相屬，以求一帖，至有釋放華傭以致謝者，伊巴里賓贊成之。伊使又偕劉君往查馬丹薩所屬之山河堅埠大糖寮一所，然後前赴中國。糖寮內所用華人，每月每人工價洋銀九元，合中國銀六兩三錢；　已滿身者每月至少三十五元，係用銀票，實亦十兩有零。

至本年夏間，該島又開不準華人坐馬車、住客寓、留髮辮及生子女悉入黑奴籍等禁，然官工所尚未全行釋放。劉君先後行文古巴總督，請按照條約辦理。七月間，該總督照復，開列議定章程五條，請譯華文通諭示悉，始一體允行。其第一款云：　凡華人有工主合約未滿者，如工主責工人守約，止可向律例衙門呈控令其遵守；　如合約內有於華人裨益者，華人亦可一體呈控令工主遵守。至華人在公堂上，無論罪案及錢債案，其所得權利以及控訴之法，均與相待最優友睦之國人民一樣。第二款云：　凡合約未滿之華人，不得藉有上款優待之條，便不遵守合約。如合約內工期未滿，須要將工做滿。或有不守合約者，其所應得之責罰，亦不得與其人自主之處相背。因華人現係自主之人，應與相待最優之各國人一例相待。第三款云：　凡各處官工所現在拘禁之華人，除係犯罪應候審結者或已定案者未能即放，其餘或因逃走、或因聽候幫工、或因來歷不明之類，無論因何事故拘留者，限此次出示后之十日內，盡行一律釋放，並給與行街紙，惟行街紙上要注明『官工所放出』字樣。第四款云：　從前差役拘拿未有行街紙之華人及逃走之華人，所有往日一切辦法即行刪除，嗣後不許照舊辦理。因無行街紙者，不得與犯罪同論。惟中日條約載明：　凡島內華人，無論工期已滿未滿者，均應給與行街紙。今限至九月十五日止，如有華人未領行街紙者，即按例罰銀，如無銀交，則按例坐監抵罰。第五款云：　嗣後凡有華人犯罪，須要經明律例衙門審訊，與別國人民無異；　其應得衙門各項寬待之處，亦與相待最優友睦之國人民一體均沾。一千八百八十年八月二十一日。

劉君於出示後，又派員入山搜查，釐剔殆盡，華民共有來蘇之慶矣。行街紙一年一換。初開辦時所發之紙，謂之暫用紙。行街紙例由領事署填寫姓名、籍貫、年貌、住址、手藝，送至古巴督署加印繳還，然後發出。每行街紙一張，無論遠埠近埠、領新換舊，定費收紙銀二元。出港紙每張收白銀四元。督署印費，即於此取給，每張紙銀五角云。

録自西洋雜志卷一。

公使應酬大概情形

各國茶會跳舞會之盛，使者酬應之多，率在中曆臘、正、二、三個月內，惟法國稍遲，英國則更遲，其極盛則在四、五兩月。緣倫敦長年霧雨，必至三月以後始多晴霽；六月既望，國人大率下鄉避暑矣。茶會多者，於第一次請帖內注明；每禮拜幾，自某月某日爲起止。此非特設，可以隨時往赴。

英語謂茶會爲『阿托禾木』，言在家也。法語謂茶會爲『梭蘇窪切爾利』，言消此夜也。余在伯爾靈時，數與英、法、奥等國茶會，見其兼請開色、開色鄰暨卜令司等，以相酬答，此頭等公使之禮。國使無家眷者，欲辦茶會，亦可請素識有名位者之夫人代爲出名延請女客，然不常行。各部大臣及國使請飯，多用其國君主、君后誕期。若遇喜慶大事或凶如俄皇、德皇遇刺未中之類喪之屬，聞信後，公使親往該國使署賀唁，或遣參贊、隨員前往書名投刺亦可，不拘泥也。至辭行、送行，例得寄送名片。親拜者，於名片上折一角。如外部見客，每禮拜必有一日。該部大臣能否接見，先期必有函知。會使署有事則去，無事則否。若有緊要公件，當另函訂期，不在此例。設遇其國更換部院大臣，外部亦必有函知會。俟見過外部，再往各部院投片賀喜；如有與其人素識者，先往投片亦可。此在臨時酌行，總之不外人情而已。

西洋宴客，其桌往往長至數丈，主人或坐於兩端而客夾之，或居中坐而客夾之，皆無一定，總以近主人右手爲上坐，左手次之。上坐每多讓客婦之尊者，主婦亦然。

録自西洋雜志卷二。

跳舞會

跳舞者，其源起於男女相配合。西洋之俗，男女婚嫁，雖亦有父母之命，而其許嫁許娶，則須出於本人之所自擇。女子將及笄，其父母必爲之設跳舞會，盛請親友賓客臨觀，或携赴他人之會，一歲中多者至於數十百起。宮庭舉行者，祇三兩次。官紳殷富之家爲最多。女服極其艷麗，或袒露胸背，男亦衣履整潔。其法於入門時授以格紙，人各一片，雙叠之長可三四寸，如小書形，上繫絲繩，綴鉛筆於其端。凡男子欲跳舞者，先與素識之婦女，一一請其可否。若人許之，則記其姓名次序。若無素識者，主人或爲之進引。依次而舞，多者至一二十次。每次畢，相與點頭爲禮而退，皆有音樂節奏之，此跳舞之上者也。

其次，則爲一種牟首之舞。每歲之中，若大慶節，或因善舉賣票醵金，國人聚爲此會。男女俱戴假面，而露其兩眼，彼此相見，不知爲誰氏也者。女子作爲男裝，男子效他國之結束，或服古衣冠，或增新式，或爲獸首人身，奇形異狀，匪夷所思。直至一兩點鐘，始去假靨，而真面目出。予在伯爾靈，國人爲俄土養傷，曾於克漏爾及敷諾納兩花園見之。在巴黎爲奥國水災，設會於倭必納大戲館内，亦見之。

其次，則爲戲團之跳舞。女子數十百人，皆著一種粉白褌襪，儼若肉色，緊貼腿足，若赤露其兩腿然。腰間用各色輕紗十數層，縫爲短衣緊束之。結隊而舞，則紗皆颺起，此又極變幻之致矣。

是夜，余入至開色鄰看書之室。四壁皆飾以紅緞，懸大小照像十餘。書案有屏圍之，如籬落形，剪彩爲花葉綴於其上。筆硯之屬，率皆鏤金琢玉。室内有一玉碗，徑可一尺八寸。又有白石柱燈二，高可六尺，燃燭其中，若玉蓮花也。

録自西洋雜志卷二。

日國更换宰相

西洋朋黨最甚。無論何國，其各部大臣及議院紳士，皆顯然判爲兩黨，相習成風，進則俱進，退則俱退，而於國事無傷，與中國黨禍絶異。日國宰相干那瓦司，保黨也； 其前任宰相剛波司，公黨也，干那瓦司以才能見稱，一千八百八十年，仿效畢司馬克伯爾靈公會，行文歐美兩洲各大國，請遣派使臣至馬得利會議保護馬落哥回國章程，干那瓦司實爲盟主。西洋宰相，其權本與君主相侔。凡有大政，率與各部大臣或兩院議定後，請君主簽押行之。干那瓦司爲相六年，日君主甚加重任。自上年中曆八月，君主生女，日國舊例，應以西邊之省名阿司都爾利亞司者襲封爲王，俟生有太子，再以此爵讓之。干那瓦司倡議，以後太子則封，公主則否，議院附和其説，此例遂廢。君主以己家事不得已曲從之，而心滋不悦，君后意尤爲慊，奥人亦有怨言。君后，奥國公主也。由是稍稍疏遠。

日國連年以來，度支短絀甚巨，群意皆欲整頓户部，剛波司黨議論紛如。干那瓦司謂欲整頓户部，非令該部大臣久任不可，又慮事有翻覆，因爲文書持往宫中，要君主簽押施行，揣其必允。詎君主謂現今議院諸人，君黨居其大半，剛波司黨不過數十人，盡可竭忠辦去，無須用此文憑。干那瓦司執不可，君主問：然則需幾年？又不能答。君主意恐目下行此文，異日剛波司黨復盛，豈不重爲所累，執不肯簽押，令其再思，此西曆一千八百八十一年二月初八晚七點鐘時事。十一點鐘，干那瓦司辭退文上，君主立即批準。至十二點鐘，各部院大臣俱已更换矣。剛波司屢欲會集彼黨人數，如中國之齊行。前一日干那瓦司尚令吏部行文各省，禁止彼黨，勿令聚議，實不自知其退至如是之速也。

干那瓦司既退，所有部院大臣，及各省地方官、各國公使，或辭或换，幾於舉國更張。外部參贊費爾拉司在部十餘年，亦乞假。惟議院尚未限滿，至期亦當全數另舉矣。初十日接外部文稱：我君主現準干那瓦司所統各部院大臣告退，特將新派大臣名單送閲，宰相薩加司達、吏部尚書工薩勒司、兵部尚書馬地勒司剛波司、水師部尚書巴未亞伊巴未亞、户部尚書加馬濯、刑部尚書阿郎搜馬地勒司、藩部尚書勒盎伊加司地約、學部尚書阿爾巴賴達、外部尚書侯爵未加得拉阿爾密荷。余即以一函致賀外部。薩加司達亦舊任宰相也，任事月餘，無他新政，惟與部院大臣集議，仍請錫封公主爲阿司都爾利亞司王，規復舊制云。

録自西洋雜志卷二。

開色遇刺

戊寅四月初八日，余自德國奉調赴法，離伯爾靈之第三日，即聞開色被人行刺未中。越十餘日，復有被刺未殊之事。因以書抵劉孚翊就詢情狀，劉君言之甚詳：

四月初十日，開色偕其長公主乘車游替愛加爾敦，回至石牌樓五道門前，忽一男子持手槍擊之，連發不中。巡捕聞聲畢集，犯遂就獲。闔城聞之，皆懸旗志慶。學館諸生千餘人，期集於五道門前，百餘人爲一隊，手執火炬，助以軍樂，直趨宫門，祝開色無恙。事過十餘日，復有盎得爾丁令登之變。

盎得爾丁令登，伯爾靈大街也，王宫在焉。泰西之君，大抵勤於政事，亦不廢游觀，而儀文簡略，無扈從警蹕之煩，兩馬一車，倘徉馳騁。道旁行人見之，僅免冠爲禮，其君亦舉手及額以答之。或不及爲禮，亦未嘗介意。每出入，人人得而望見之。開色於五月初二日歸〔至〕〔自〕近郊，距宫門數十武，車經一寓樓下，忽槍聲訇然自窗中出，傷開色右臂及腮。左右大驚，咸入捕賊，逆旅主人亦登樓相助。行刺者傷逆旅主人，旋以槍自擊不殊。開色入宫創甚，於是各國公使及德之百官庶士，日至宫門問安，絡繹不絶。

開色令太子監國，出外養傷。伯爾靈城中雖遭此大變，而肆市無驚，安堵如故。十一月十二日，開色創愈，歸〔至〕〔自〕奥國，伯爾靈通衢自波斯達莫輪車棧房直達宫門，皆以松柏結枝爲牌樓，上綴燈彩，又於車棧前結一極高華表，百姓扶老携幼，夾道擁觀，歡聲雷動，皆祝開色萬壽，開色亦諭勞之。行刺者就獲後，刑司訊之，以『爲民除害』爲詞，迄無他語，刑司亦不株連，久乃知爲『索昔阿利司脱』會黨。索昔阿利司脱譯言『平會』也，意謂天之生人，初無岐視，而貧賤者乃胼手胝足，以供富貴人驅使，此極不平之事； 而其故實由於國之有君，能富貴人、貧賤人。故結黨爲會，排日輪值，倘乘隙得逞，不得畏縮； 冀盡除各國之君，使國無主宰，然後富貴者無所恃，而貧賤者乃得以自伸。彼會之意如此，非有仇於開色也。其黨甚衆，官紳士庶皆有之，散處各國。一曰黑得爾，係工人。一曰諾畢令，係刀克特爾，猶如中國之進士。黑得爾被誅，諾畢令以創死。

録自西洋雜志卷二。

賴賽樸司議開巴納馬河道公會

法國名人得·賴賽樸司凡名字之前有『得』字者，係從王之後，雖非封爵，而亦與爵相類，即同治年間開通埃及之須衣士河者即蘇衣士河，於一千八百七十九年又立一公會，建議欲開南北亞墨利加中間山脊最窄處，以通環繞地球之路。先期致書曾侯，請中國遣員入會。曾侯以余駐紮巴黎，就近飭往，即作爲中國所派之員；遣法蘭亭偕往，以資翻譯。西曆五月十五日九點鐘，開會於巴黎之布爾瓦三舍爾曼第一百八十四號。房内有一圓室，列坐環向，前有一臺，安設長案，四壁懸挂河道圖説。賴賽樸司居中坐，旁有數人環之，各置紙筆。與會者一百餘人，余所識者，希臘公使及外部侍郎密郎。坐定，賴賽樸司起立，向衆宣言開河利益，約一時許散，各給圖説，約次日復會。

至，則會中之人已分出所治之事，共爲五起：第一、估計船隻貨物多寡；第二、討論各國通商事宜；第三、講求風潮沙綫、行船道路、船隻樣式、修河器具；第四、究論開河度支、修理經費；第五、估計利息。余列入第二起，作爲會友。賴賽樸司以次唱名，皆起立點頭爲禮。唱至余名，余亦照例起立，大衆拍手歡呼。唱畢各散。至治事房内，亦設有案桌紙筆，環列坐幾，以次坐定。是日應推舉會長，亦號爲伯理璽天德。各以紙條，書所舉之人姓名於上。余於會中，無以辨其人之短長，因舉外部侍郎密郎。密郎以法人不得入選，而衆舉前任美國炮隊官兼商會地理會官名拉當阿必勒登者爲多，遂定爲伯理璽天德。次又舉參贊二人，余問之旁人，衆意屬德結兒與墨蘭，亦隨衆畫諾。自是或間日一會，皆繫辨論河道利弊、商務得失。凡有駁詰，皆起立而談。有用紙寫出宣讀者，有臨時口陳者。案前數人執筆記載，一一登諸新聞。所開河道，先勘有七處，六處在哥能比，一處在尼加爾拉瓜，中就一湖，稍省人力，而海面低下，兩頭須設閘二十一所，衆皆以爲不便。

二十六日，在工地郎達爾大客寓内公宴。食中賴賽樸司起立，口陳頌詞，以次及伯理璽天德、參贊等，又及他客，衆皆屬余。幸余知商會故事，先已預擬數語。日意格、法蘭亭夾余坐，遂起立，

以中國語通之，法蘭亭從旁翻譯，大衆拍手贊嘆。其大略云：『余以中國人來與諸君開河之會，私心甚喜。諸君欲辦此絶大工程，即中國欽差曾侯亦深爲欣幸。目下若在巴黎，亦當來與會中，樂觀盛舉。從前賴賽樸司開通須衣士，中國早已聞名，現又議開巴納馬河道。賴君歷練本深，此舉必於地方有益。自須衣士開通後，各國往來已形便捷，若再開通巴納馬，船隻周行無礙，其利益更不可限量。我深盼此大工早日告成，今特舉酒，爲諸君賀。』次日會畢，法人先出。他國之人聚議，以法人既有公宴，我輩理應相酬，復醵金，仍就工地郎達爾，於二十八夜設茶會以答之。是夜下議政院首剛貝達亦至。二十九日復會，觀者益多。在會之人，賴賽樸司一一詢其然否，然者應曰『唯』，不然者應曰『諾』，余亦曰『唯』。共計『唯』者七十四人，『諾』者八人，無『唯』無『諾』者十六人，尚有未至者，巴納馬之議遂定，會議事畢。是夜適伯理璽天德茶會，賴賽樸司與同會往觀，告以開會之意。賴賽樸司亦有茶會，均往賀之。此後祇待鳩集股份興工耳。每股份五百佛郎。

以下公會議論問：每年通共估計有若干噸船貨經過此河？并每年每國應有若干噸數？馬爾預司芳納達前開須衣士河參贊，今在本會中第一起答：此不能預言一定過若干噸，但就須衣士河所過之貨驗之，即可見其大略。今將一千八百六十年起，至一千八百七十八年止大數開出，内列英、法、荷蘭三國之船，如有船一百隻，英國應派七十九隻，法國十七隻，荷蘭四隻。何以開單始自一千八百六十年？特因往時歐羅巴、亞細亞經商之人，於未開須衣士之先，即已預籌何項貨物可以通行，早爲儲備；而彼時輪船帆船及各製造家，乃從英國下議院紳士之論，以爲賴賽樸司欲開須衣士河，決無是事。及至河成，第一日開河之期，經過大船六十七隻，衆

始推服賴賽樸司。各處製造匠師一聞此信，即將船隻改造新式，現在遂漸增添，生意日廣，從前造船之工，不至枉費。故須衣士河，可爲實在之證據，足知巴納馬河道開通，亦可得無窮之利益。

今就生意最大之英國言之，一千八百六十年時，英國海口與亞細亞海口所載之貨，祇有二百二十九萬二千四百七十六噸；至一千八百七十七年，增至四百六十四萬一千九百三十三噸；比較從前每百噸多增一百零二噸四十八分，現仍加增不已。所惜開河以前各項船隻不能任意添造，亦不能遽將舊式之船悉改新樣，以之裝載貨物，尚形其少。若使廣爲製造，其貨物之由歐亞兩洲往來者，均須由須衣士經過，當已至一千萬噸之多。現在議開巴納馬河，船隻樣式最關緊要。當開須衣士河時，余曾親身閱歷，此時須使製造家先知，應造何等樣式船隻方爲合用。又經商之人，應確知何項貨物在於何處採辦。

本會中有言每年可過六百萬噸者，果如所言，每日必須有二千零五十噸之船八隻經過，方足此數，但此亦難限定。即如海面有風，船隻不能進口，可以終日無船經過，或一日之間，可以過至數十隻。因兩西洋比較，地中海風浪尤大。當須衣士開河之第一日，從地中海到紅海之船，經過六十七隻，共四萬五千八百噸。足知每年六百萬噸之説，並不虚誣。且信一日之間，經過大船多隻，無停候之虞。

所以然者，由於須衣士不設閘門之故。設如有一百二十五買特爾之長船，經過一閘，等候蓄水漫平，必須一點鐘之久，至速亦須半點鐘。又行海之船與過閘之船不同，海船身深而動輪甚小，過閘船身淺而動輪須大，又當緩緩而行，足以耽延時間。設須衣士河内置有一閘，船隻往來即多不便。

今議開巴納馬河，若欲置閘，約計一日之間，常常啓閉，晝夜勞動，至多過二十四船而止。如此，即果有六百萬噸之貨，於一年之内，亦決不能運過此數矣。

以下巴納馬應開河身丈尺自立門海汊至巴納馬海口，應開深八個半買特爾，底寬二十二買特爾。口旁有路，寬兩買特爾。路旁如係土方，再斜上開寬兩買特爾，高一買特爾； 若係石壁，高一買特爾。 若石壁高一買特爾，斜寬一買特爾十分，應開有石之地一百八十七建方買特爾，有土之地三百四十建方買特爾。 河身灣曲處，準半徑弧綫三千買特爾。 計工八年可成。

以下估計開河價值土方一千七百三十萬建方買特爾，每買特爾二佛郎半，共四千三百二十五萬佛郎。 沙石五萬建方買特爾，每買特爾五佛郎，共二十五萬佛郎。 軟石五百六十萬建方買特爾，每買特爾七佛郎，共三千九百二十萬佛郎。 堅石二千三百二十萬建方買特爾，每買特爾十二佛郎，共二萬萬七千八百四十萬佛郎： 以上總計四千六百一十五萬建方買特爾，三萬萬六千一百一十萬佛郎。

以下別項工程經費有三百洋畝應斫之樹，每畝一千五百佛郎，共四十五萬佛郎。 可就沙爾格河道形勢灣曲一直開通，共四千二百萬佛郎。 東邊從爾利悠加藍河引至排司工地兜海汊，應出土一百萬建方買特爾，每買特爾二佛郎半，共五萬佛郎。 鐵闌、燈樓、浮標等類，七十萬佛郎。 東西進口處應設兩門，中間一門，七百萬佛郎。 開寬河口並起水底之石，每建方買特爾約三十五佛郎，共五百二十五萬佛郎。 進口處用石填底，六百萬佛郎。 近岸處一半堆積大石，以防海浪沖刷，長八百五十買特爾，每買特爾五千佛郎，共四百二十五萬佛郎。 碼頭、棧房、木椿，一百五十萬佛郎。 火輪車橋三道，自十五買特爾至三十五買特爾長，七十五萬佛郎。 股份利息與一切雜費及不能預計之費，每百外另加二十五佛郎，共一萬萬零八百萬佛郎。 以上共總計一萬萬七千八百九十萬佛郎。

以下每年修理之費河内無石之地有三十三吉羅買特爾每吉羅一千，每買特爾有百分中之四十分，土方計十四萬五千二百建方買特爾，每買特爾二佛郎半，共三十六萬三千佛郎。 東邊進口處應去土二十萬建方買特爾，每買特爾二佛郎半，共六萬二千五百佛郎。 河内兩旁讓船小塢，應去土一萬七千五百建方買特爾，每買特爾二佛郎半。 共四萬三千七百五十佛郎。 收拾三門，一副二萬五千佛郎，共七萬五千佛郎。 煤氣燈、望標、木椿，計七十五吉羅買特爾，每買特爾一佛郎，共七萬五千佛郎。修理河底、河岸，六十萬佛郎。修理棧房及更換木料，十萬佛郎。用人工費二十萬佛郎，意外之費三十三萬二千七百五十佛郎。以上總計二百四十萬佛郎。

以下每年管理人工經費碼頭、電報、駁船計七處，每處四萬佛郎，共二十八萬佛郎。兩頭搬運貨物長夫，二十萬佛郎。去沙人工，二萬佛郎。啓閉三門人工，四萬五千佛郎。燈房、望標及别項雜用，共五萬五千佛郎。以上總計六十萬佛郎。四項通五萬萬四千三百萬佛郎。

録自西洋雜志卷三。

拿破侖第一墳墓

巴黎南城有地曰得三窪利得，爲收養殘廢兵丁之所。一千六百七十年，緑衣第十四創造此院，至七十五年工竣。凡受傷兵士及在營當差過三十年者，皆得在此養老，飲食衣服，概由院中供給。武弁每月另給三十佛郎，兵士每人兩佛郎，其有不願在此居住者任便。院中可容五千人，近時收養者可八百人。正面樓房三層，長約二百買特爾，爲兵丁住所。東邊樓房，爲存儲虜獲各國器械處。西邊爲軍器庫、厨房、醫房及看書處。

中有鏤鍍花金圓頂高房，遠望如大禮拜堂者，則拿破侖第一墳墓也。圓頂之内，上一層有白石圍欄，可以俯看。轉從後面甬道斜下，始爲墳墓。棺係絳色石琢成，高聳中央，長四買特爾，高四買特爾半，寬兩買特爾。其石由俄羅斯之芬蘭得省採來，重十三萬五千斤，運脚費至十四萬佛郎。所葬者，拿破侖第一骨灰。周圍白石柱十二，悉刻戰功，懸列當時奪獲各國旗幟。對面錦紋石龕祭臺一座。墓之左右，别葬數人。一爲地諾克，拿破侖大將也，一千八百十三年戰没於伯藏地方。一爲伯爾特郎，久從征戰，及拿破侖擒後，相隨囚放於阿非利加之三得賴納島，一千八百四十年與拿破侖骨灰同時取回。一爲孚邦，緑衣第十四將。一爲地蘭納，亦法之名將，没於一千六百七十五年，均附葬於此。又一間爲小教堂，禮拜日兵士於此諷經。堂内有墳四座，皆拿破侖第一親族也。

軍器庫，門内直竪中國萬斤銅炮兩尊，上鐫『威武制勝大將軍』，咸豐六年僧親王所製。右間存貯法國古時旗纛，並各國軍士服式。左間塑列一千五六百年間名將。庫内存古槍炮盔甲刀劍，及近時各式槍炮，共四千余件。後專庫爲亞細亞各國軍器，内有中國御府珍物數件，謹記如左：

大玻璃高罩盛黄緞金頂綉龍盔甲一副，頂嵌寶石。旁置玉如意兩柄，一刻『執中御極調元化，民協年豐大吉昌』。臣綿恩恭集敬書』小楷二十一字。另一壁懸御用鳥槍十一杆。内一名『葉鐵槍』，柄係象牙牌，刻『筒重四斤用藥一錢鉛丸重三錢一百弓有準』字樣。一名『虎神槍』，槍柄刻『御用虎神槍記』云：

虎神槍者，皇祖所貽武功良具，用以殪猛獸者也。國家肇興東土，累洽重熙，惟是詰戎揚列之則，守而弗失。皇祖歲幸木蘭行圍，諸蒙古部落雲集景從，予小子雖不敏，纘承之志，其敢弗蘉。故數年以來，巡狩塞上，一如曩時。蒙業籍靈，四十九旗及青海喀爾喀之仰流而來者，亦較前無異。然若輩皆善射重武，使無以示之，非所以繼先志也。圍中有虎，未嘗不親往射之。弓矢所不及，則未嘗不以此槍用之，未嘗不中。壬寅秋，於岳樂圍場中，獵人以有虎告，而未之見也。一蒙古云，虎匿隔谷山洞間，彼親見之，相去蓋三百餘步。朕約略向山洞施槍，意以驚使出耳，乃正中虎。虎咆哮而出，負隅跳躍者久之，復入。復施一槍，則復中之，遂以斃焉。蓋向之發無不中，乃於其谿谷叢薄、目所能見之地，斯亦奇矣。而兹岳樂所中，則隔谷幽洞，並未見耽耽闞如之形，於揣度無意間，忽然深入，不移時而殪猛獸，則奇之最奇，其稱爲神，良有以也。夫萬乘之尊，詎宜如孟克特庫之流一夫之勇哉！而習武一度，必資神器，以效奇而愉快，則是槍也，與兑戈和弓，同爲宗社法守，不亦宜乎！乾隆壬申秋九月，御製神武槍記。

又詩云：東人自伊遜，沙崗當圍始。西進由卜克，斯則圍未矣。過閏節氣凉，北鹿向南徙。鹿多鹿隨至，逐逐其常□。盧人抱伏璚，策馬率先已。峻挺鞍轡登，崎嶇涉廿里。去歲叢薄中，今乃平岡起。目中有全形，較去遂易耳。神槍皇祖貽，兑戈和弓擬。百發必百中，一中萬人喜。匪我不辭勞，家法繩無弛。乾隆丙午季秋月上浣，永安莽喀殪虎作。

另一行御書隸體『萬年至寶子子孫孫永寶用』十一字，楷書『嘉慶御用』四字。一〔此處疑脱一『名』字〕『威烈槍』，上懸係牙牌，刻『嘉慶十八年十月十二日賜名威烈槍裝藥二錢，鉛子三錢』。槍柄刻詩云：不數當時突火槍，熙朝武備製尤良。發機連斃逾垣盜，飛彈雙殲能語狼。威烈嘉名恩肇錫，斗星妙用習□□。毋忘肄武俱家法，合以皋比珍重藏。道光壬午録舊作。

又刀劍架上有大刀一口，刀柄刻『銛鋒』二字。又牙牌上刻清文：『張庫阿穆巴楞蒸重六十五兩康熙年間内製』字樣，末有『咸豐御用』小印章。又一口刻『奇鋒』二字。

院例，兵院每日自十一點鐘開，四點鐘止。軍器庫禮拜二、四日十二點鐘開，三點鐘止。拿破侖墳墓禮拜一、二、四、五日十二點鐘開三點鐘止。『斗星妙用習』下脱二字今無可補。

録自西洋雜志卷三。

西洋園囿

西洋都會及近郊之地，其中必有大園囿，多者三四，少亦一二，皆由公家特置，以備國人游觀，爲散步舒氣之地。囿中廣種樹木，間蒔花草。樹陰之下，安設凳幾，或木或鐵，任人憩休。間有水泉，以備渴飲。又有馳道，可以騎馬走車。有池，可以泛舟。各國布置章法，大略相同。

就余所見者言之，倫敦有大囿四，曰海得巴爾克，曰鋭真巴爾克，曰維克多爾利亞巴爾克，曰巴特爾色拉巴爾克。而海得、鋭真二囿，游者獨多，以其近於繁盛之處。海得則尤爲富貴人所喜，長夏之際，車馬如雲，絡繹不絶，而例禁特嚴，游者皆鮮車寶馬；街市編號之車，概不得入。

在巴黎者，曰布窪得不朗，曰巴克莫松，曰比得邱夢，曰布窪得萬生，而布窪得不朗最著名。布窪者譯言木，不朗者白也。囿内鑿池長三里，環抱一小島。島盡處喬木森然，有亭翼臨其上，景致絶佳。池西皆樹林，又里許有假山、瀑布，旁有加非館一座，游車率至此而回。巴克莫松園小而精。餘二處皆近鄉矣。

在伯爾靈者曰替愛加爾敦，有池有橋，大可二百洋畝。曰地茸費爾納海意得，近郊一大松林，清香襲人，最爲幽静。在維焉納者亦曰替愛加爾敦，馳道縱横，加非館二十餘座，景象頗類巴黎。又一小而精者曰阿根加爾敦。在馬得利者曰巴細要得爾賴低爾漏，回抱平岡，日落景致亦雅；惟於園内鑿一方小池，小火輪舟游泳其間，殊少意趣。在羅馬者曰平蕉，據城内高處一小山爲之，樹木無多，而夏時游人甚衆。此外各都會及城鎮之巨者，大率有囿，規模如一，難以悉舉也。

録自西洋雜志卷五。

巴黎油畫院

數十百年來，西洋爭尚油畫，而刻板照印之法漸衰。其作畫，以各種顔色調橄欖油，涂於薄板上，板寬尺許，有一橢圓長孔，以左手大指貫而鉗之。張布於坐前，用毛筆蘸調，畫於布上。逼視之粗劣無比，至離尋丈以外，山水、人物，層次分明，莫不畢肖，真有古人所謂繪影繪聲之妙。各國皆重此物，往往高樓巨厦，懸挂數千百幅，備人覽觀摹繪，大者盈二三尺，小者尺許，價貴者動至數千金鎊。

巴黎商腮利賽之旁，有大玻璃房，十年前賽會所建，今爲陳設油畫處。四月間，國人爲畫會，將舊畫移出，另張新畫，誇多斗靡，愈出愈奇。夜間燃電氣燈照之，通明如晝。有最出色者數幅。一畫歐費爾掩地名瀑布，從崖跌下，紆徐委曲，奔赴注壑，兩旁亂石撑拄，浪花噴激，如霧如煙。一畫石山荒地，淺草迷離，山脚皆累砢細石，群雁爭飛啄食，有平沙落雁之致；一巨鷹攫魚騰起，爪目生動。一畫女子衣白紗，斜坐樹下，手持日照，旁有白鵝求食，萍花滿地，蕉緑掩映其間，清氣襲人袂。一畫垂髫女子六七人，裸浴溪澗中，若聞林中颯然有聲，一女子持白紗掩覆其體，一女子以手掩額，偷目窺視，餘作驚怖之狀。一畫命婦赴茶會歸，與夫反目，擲花把於地，掩袂而泣，花皆繽紛四落，散滿坐榻，其夫以手支頤，作無主狀。此外海景、山景、月景、雪景，以及花卉等物，精妙者尚多，此祇舉隅耳。

録自西洋雜志卷五。

馬得利油畫院

馬得利向有油畫院，其畫多舊。今年新添一所，開院之日，君主親臨閲視。學部先期以函請，予以在國恤穿孝期内，辭未赴也。迨後始一往觀，其中有絶佳者數幅，需價動以數千金計。予力不能致，因記之：

一爲鉛筆紙畫日國地名爪達伊爾納，嶺道坡陀斜上，衆松離立成林。嶺以外天光微透，山凹處烏雲一片映帶之，時有亂鴉數點斜飛。點綴山麓，淺草亂石，綿羊十餘頭放牧，牧童箕踞倚石而坐。筆墨蒼潤，書味盎然，王麓臺、石谷之徒也。一畫荷蘭之阿卜姑得地，池邊野鶴數群，儼如人立，水痕悠遠，環帶疏林，蘆葦蕭疏，風景幽絶。一畫玻璃暖房，窗外雪痕隱約，有瑞典人母女在中。其母倚石柱而坐，後垂棕葉，旁列唐花盆。女方八九齡，髪垂覆額，向母耳語，歡欣之態，溢人眉際。一畫日國海口邑塞夜景，夜深人静，桅檣林立，星點燦然。時有薄雲掩月，月光透入水面，躍躍欲出。天光暗淡，隱見路燈，將軍馬地勒司剛波司潛出馬隊覘賊。剛波司，現任之兵部尚書也。一畫日國女子名馬達拉納悔過圖，身爲由太妝，錦衣綉帶，擲棄其首飾珍玩等物，長髪委地，跪而禱天。一畫十二三齡小女，名馬利亞莫爾賴諾，獨立庭内，神采翩然，其父手筆也。予叩之主者，其人不以出售。

西人作畫，往往於人物山水，必求其地其人而貌肖之，不似中國人之僅寫大意也。所記略得髣髴，惜乎其神妙之處皆不能傳，莊生所謂以指喻指之非指者也。

録自西洋雜志卷五。

巴黎燈會

六月初一日，法人以開辦賽奇大會，各國之人皆來游觀，特於是日張燈開市，作長夜之游，以示相賀，名爲普天同慶。是夜演放煙火三處：一在大會堂門前，一在蒙馬大街，一在布窪得不朗園囿。各街張列旗幟，懸挂燈彩，燈上作愛而（L）、愛弗（F）字，蓋言勤於工作、共享升平也。布窣得不朗囿内，樹上挂五色紙燈十萬個，沿池兩岸懸玻璃燈三萬盞，囿之外亦懸燈三萬二千盞。自布窣得不朗至商腮利賽石牌樓，懸玻璃燈二百二十挂，每挂二百盞，共四萬四千盞。商腮利賽大街，於兩旁路燈上横置鐵管，管皆有齒，罩以玻璃，直抵王宫花園。園内竪立木架，亦挂五色玻璃燈，共三萬五千盞。池内游船一百二十隻，樂船五隻，又懸燈一萬二千盞。總共官設之燈，二十五萬三千，而各人家自懸之燈又數十萬盞，不入此數。另有電氣燈二十四座。王宫花園鐘樓前建木臺，樂工三百人、歌者四百人坐於其上，歌唱作樂。予隨郭星使步至樂臺前，復轉而沿河西行，但見玉宇珠霄，無不通明透徹，真極耳目之大觀矣。其一切經費，皆由富商籌辦。捐項不足，則國家撥款協濟之，總五十萬佛郎云。後數月，予至一戲館，適演燈會之劇。臺上張布幔，鑽鑿細孔，用燈光從里射之，正如萬點繁星，歷歷在目，縱横疏密，無一不肖，亦一奇也。

録自西洋雜志卷五。

輕氣球

上年巴黎大會時，有一大氣球，予未及上。會畢後，聞英國欲買此球，以爲探北極之用，價六萬佛郎。議成而錢久未付，復爲法人索回，安置於舊王宫内，備禮拜日游人坐而上升，予亦隨衆一試。球下懸大圓木筐，護以鐵欄，爲站立處，可容五十人。中心正空，有一巨如手臂之麻繩墜係，長五百買特爾，力能受二十噸。容球之池心，安一大機環以爲管約，使可動蕩自如。引其繩於百步外，用螺旋鐵軸收放，三百匹馬力之汽機進退之。軸心徑三尺許，長可三丈，繩軸共重四萬吉羅，三器價值八十萬佛郎。欲坐者納十佛郎買票，上升在空中五分時，一人舉紅旗數繞，即徐徐而下。升降時微覺身中發熱，若有風則增頭暈。司球者以表驗其輕氣，若過漲足，則曳小繩泄之，臺上作樂爲節。既下，則人受一徑寸大之銅錢，面鑄球形，極其精致，用爲記念。球皮用布縫成，涂以印度膠、松香、白油，日曬雨淋，不易敗壞。其大徑三十五買特爾，圍圓一百零五買特爾，容輕氣二萬六千建方買特爾，空中壓力每建方買特爾重一百吉羅。司球者云，若無繩可升至四五千買特爾，再上則人不能呼吸矣。此球因有繩係，故下降時不用泄氣。間一二日微有走漏，則增氣填實之，晝夜兼放。後二十餘日，余正擬乘夜再升，而其球爲外繩磨破，輕氣走出，不能用矣。幸其破時在夜深，未曾傷人。

貫氣之法，球下有一管，徑六七寸，長可二丈。先將球皮置平地，外絡網繩，方目不過一尺。引皮管套於鐵筒上，用繩扎緊，用煤氣貫入，球卽漸漸浮起。慮其偏重，四面皆挂沙袋墜之。候其漲足，則去沙袋而聯以大索，然後係筐籃而坐以上升。予曾在伯爾靈敷諾園内見之，並記於此。

録自西洋雜志卷五。

敷倫賽船之戲

戊寅六月二十八日兩點鐘，赴武官枯卜家茶會。其所居地曰敷倫，宅之前面擁以矮牆，牆下卽代模司江也。憑牆而望，江景幽絶。是日適有賽船之戲，江之下流有橋，對岸停泊游船數隻，張旗挂彩，奏樂兵士約可百人，余則觀者如堵。先有兩小船排列橋邊，窄狹僅容坐一人，前後有鋭木挺出，各長丈許，如鱘鰉魚嘴，安設雙槳。大者以次遞增，至容坐九人而止。須臾兩小船動槳如飛，後一小火輪船隨之徐行，多人聚觀，以覘勝負。駛至上流約十五里之某地而回，觀者歡呼，摇巾摘帽，以賀勝者，兵士奏樂爲節。次易兩人同坐之船，較勝負如前。次又易四人同坐之船，最後九人同坐，四船並出，群槳爭先，浪花齊沸。據聞此係好奇者聚爲一會，每年較勝負數次。

觀畢，偕德明在初往温博爾敦營中，赴格汝弗士該茶會。温博爾敦，操演鄉兵之所也。每歲必有兩禮拜，聚鄉兵於此，演習放槍。先期支白布棚數百於原野，或圓頂，或人字形，頗類中國營盤之式。其演槍分二法。一爲單演：於對坡之里許築一土埂，長可二百步，兩頭有土堆，高能隱人。刻薄木板爲一走鹿，足躡四機輪，曳之以繩。聞摇鈴聲，人曳繩，鹿卽走出，演槍者從對面擊之，洞穿處望見白點如圓錢形，往往十中八九。一爲合演：凡十人爲一排，亦於前面里許有土堆處安設木把，寬可盈丈，中涂一大圓心以爲的，或紅或黑。十人舉槍齊擊，子聲如雨，中者亦十之八九。主人旋導至一大帳棚内，陳設銀盤、銀壺之類甚多，皆獎賞之具。復至設筵處飲啖，男女數百人，棚外軍士一隊奏樂娛賓。至七點鐘散，主人格汝弗士該，官職如中國副將。

録自西洋雜志卷五。

賽馬之戲

賽馬爲英人所重。在倫敦時，阿思葛德賽馬，國人艷稱之，予未及往。其後德爾比賽馬，始隨星使一觀。德爾比，地名，在倫敦西南可七十里。國人先期於圍場外租賃駐車之所，地價倍增，一車之地租至金錢若干鎊，否者車不得入。外部亦於是日停辦公事。至期，星使坐四馬車而往，至則停車觀者男女十餘萬人，轂擊肩摩，衣裙相躡，予始知西人賽馬之盛，然此祇是歲中舉行三兩日，非如巴黎之每禮拜一次也。

巴黎賽馬處，在布窪得不朗園，分棚列坐，可容二萬餘人。每歲自夏至秋，按禮拜日皆有之，觀者動以十萬計，其盛不減德爾比。較賽之法，樹橛杆於看臺前面正中，上懸彩旗，使騎者易於識別。一人手紅旗而立，騎馬者金花彩衣，以五色爲記，先於橛杆前游奕排列成行。主較者以旗麾之，各皆縱轡西馳，數里外繞行而東。將近橛杆處，爭先愈急。主較者觀其人之馬首先到，疾展旗一次，衆即知衣某色衣者爲勝。勝者予金錢若干，或賞以他物，皆公會所爲。予初次赴觀，是日賽者九馬。第一次七馬並馳，距臺不遠，即有人墮馬。馳未及半，又墮一人。至橛杆者祇五馬，一黄衣者勝，大衆拍掌摘冠，歡呼贊美。第二次五馬並馳，將及橛杆，復墮一人，受傷甚重。第三次則三馬並馳而已。此舉西洋各國鄉會都鎮往往有之，國人莫不以爲盛事，百觀不厭，成爲風俗。並以行於中國，亦是講求馬政之一端也。

録自西洋雜志卷五。

鬥牛之戲

鬥牛之戲，惟日斯巴尼亞有之，爲國俗一大端。距馬得利二里許，山岡略平處，有房傑然特出，鬥牛場也。圜墉四周，而空其中央，徑八九十丈，外爲走廊，內列座，可容一萬數千人。座分三等，上一層爲有房倉之座，正中一廂較大，該國君主之座。第二層爲中等座位，正對君主座爲軍士作樂所。此兩層皆設幾凳，上有房檐罩之。第三層爲下等座位，露空，凳皆石條，累下十二級。三層各有鐵闌爲護，下層鐵闌外有走巷一條，再外以木板植立爲大圓圍，高可及肩，中鋪細沙，爲牛鬥處。其房係馬得利地所建，而租與公司，歲取其息。日國分（四七十府）〔四十七府〕，每府各有其一，多者二三，較法國賽馬之風爲尤甚。每年自西曆三月公司開辦，至秋末冬初下雨時爲止。禮拜是其鬥牛之日，舉國若狂。城外另有一斗鬥場，係禮拜一。

中四月初一日，予買票往觀。坐定，兵士奏樂一通，公司二人騎馬前行，鬥牛之士二十餘人，衣五色衣，各隨其後，繞行圍內一周而出。始開門，縱牛入。騎馬者二人，手持木杆，上安鐵錐，先入以待。所蹋脚鐙，係鐵鞋如斗形，牛不能傷。又有數人，各持黃里紅布一幅，長約六尺，寬約四尺，誘張於前。牛望見紅布，即追而觸之。一彼一此，或先或後，使其眩惑，誘至馬前。牛輒怒而觸馬，角入馬腹，肚腸立出。若迫近人身，則以鐵錐錐之。再誘再觸，凡三四觸，而人馬俱倒於地； 馬無不死者，而人大率無恙。

俟鬥傷兩馬後，即易以人，誘法如前。牛有時不觸； 或逐急，其人即棄紅布於地，而躍出圍外。有持雙箭者，箭皆以五彩布翦綏裹束，捷出牛之左右，插入背脊隆起處。箭有倒鈎，即懸挂於脊上，血出淋漓。如是者三，插入六箭。再易一人，用劍刺之。其人右手持劍，左手持紅布一幅，且誘且刺，劍從脊背刺入心腹，牛即倒地。大衆拍手歡呼； 亦有擲帽於圍內以賀。刺者如怯而不前，或多刺不中脊縫，劍墮於地，衆皆喧讓呵斥。刺中後，兵士作樂爲節。有馬六匹入，分爲兩駕，一拖死牛，一拖死馬，如喪車然。既出，再易他牛入。其鬥法大略如此。善斗者，每次可得一千備細達。

是日凡鬥七牛。第一牛鬥傷兩馬，一馬死於圍內，一馬騎出死； 用劍者六刺始中脊縫。第二牛鬥傷兩馬，一馬死於圍内，一馬騎出死； 牛怒逐人，躍出圍外二次； 用劍者三刺始中，血從牛口噴出。 第三牛鬥死兩馬如前； 用劍者一刺卽中。 第四牛鬥死兩馬，一馬腹裂，肚腸全墮於地，立死； 一馬腸拖丈餘，倒地，騎者用帶束之，鞭起再鬥，然後死； 又別傷一馬； 牛躍出圍外者一次； 用劍者七刺始中，牛倒地後尚欲起立，另一人刺其頭始斃。 予觀至此，已倦，卽歸。

越五日，聞第六牛所傷之馬，騎者亦因馬鞍築胸而死。 是日在坐萬餘人，該國君主亦與焉。 此事西洋各邦，無不譏其殘忍； 然成爲國俗，終不能革。 並屬地古巴，亦有此風。 觀其房式，正與羅馬鬥獸處廢址如一。 聞羅馬古時，以罪人與各種猛獸徒搏，此祇用牛，則習俗由來已久矣。 數月前，有上議政院紳名生達納者，新聞紙館總辦也，發論於議院，請設一鬥牛學堂，以備選人練習，其視重如此。 旋爲他紳議駁，格不行。

録自西洋雜志卷五。

溜冰之戲

溜冰之戲，西洋風俗大同，名爲司蓋丁爾令克。 其法用皮條作如中國草鞋或木屐式，底安鐵骨，長與之齊，而薄其棱。 掌心前後，横貫鐵條各一。 鐵條兩端，安四小木輪，務令堅實圓滑，轉圜如意，着時用帶着緊。 每逢冬令，水澤腹堅，相與游行冰上，以爲嬉戲。 各國近郊，皆有溜冰之所。 如德之替愛加爾敦，法之布窪得不朗，日之王宫前，皆有大水池。 俟冰結之後，男女喜作此劇，多者數百人，少者數十人。 甚則天氣晴明，於池旁列設座位，佐以音樂。 國主以下，親臨往觀，鄭重其事。 日國則開池之日，君主必躬自爲之，以示倡導。

至於平時溜冰處所，長廊巨廈，其地用石腦油和沙土築平，人行其上，與真冰無異，環以闌杆，亦設音樂。 每日男女買票入戲，有一人獨溜者，有數人合溜者，有勇而捷出在前者，有怯而蹇不成步、須人扶持者，有溜而成熟、一足往來、飄飄若仙者，跌而卧者，憩而扶闌者，兩足作騎馬狀蹬而溜者，亦有裝束女子數人結隊而溜者，種種情狀，不一而足，觀者率如堵牆。

余嘗問西人，何多樂此？其人答以不過借此娛戲、勞動筋骨耳。然此祗中人以下多爲之，富貴巨室不輕爲也。若俄羅斯都城大雪後，概用冰車。瑞典、挪而威人，足躡一鐵棱，其尖上昂，兩手張棚，御風而行，如挽弓狀，則更爲出奇矣。

録自西洋雜志卷五。

馬戲

馬戲亦戲館也，無臺，而於中央鑲大板爲大圓圍，蒙以紅絨，高二尺許，寬四五丈，鋪墊細沙，南北有門可啓閉。選膘壯馬調養馴良，錦鞍珠絡，裝飾之華麗無比。試戲之前，或館主、主婦先騎馬出，繞行數周，與衆客摘冠點頭示敬。然後縱他馬入，騎者以鞭語之，鳴左則左，鳴右則右，或緩行，或急行，磬控馳騁，無不如人意指。有時騰踔背上，馬雖跑而步實緩大。或令作交蹄之舞，馬卽昂首點足，隨音樂爲起止，如擊節然。或以身中所佩巾帶等物，擲置於地，將沙掩覆，另撮沙堆數處，使相混亂，令馬尋之，馬必尋得而銜遞與其人。或用四幾横列，令以蹄踢倒，而復銜起。或作爲遇敵狀，騎者倒地，馬亦佯死，而卧於其旁，俟敵退徐徐起立。或用馬八匹、六匹，人居中央，縱横鞭之，往復馳騁，不失行列。或鞭之昂起如人立，以後兩蹄趲行而前，可數分鐘之久。或女子結束於馬背，作跳繩及翻觔斗諸戲。或牽布數副，横張於前，一一超越。或用巨圈糊紙，一人舉之，使女子觸破，從圈内躍過；多者躍至四圈、六圈，可謂至難。亦有鞭馬疾馳，立於背上，徐將鞍轡籠絡之類全數解擲於地，而御空馬者。又有御兩馬而以左右足各踏其一，旁舉一女子者。或用小馬四匹，駕以小車數輛，並馳以賭勝，如賽馬者。無不飛騰如意，可稱神勇。

又有以象戲者，用大小象六七隻，擲木桶於中央，象卽登蓋盤旋而舞。又有横列木板數重，縱馬與鹿追逐，鞭使越過。此外用獅、用豹、用犬、用羊、用猴，戲法尚多，不能悉記。姑就所見者匯敘之，非馬戲之次第如此也。又有人戲。如以巨礮懸於梁上，去地四五丈，下張網綳，令女子倒卧礮心，内設機關，亦微用火藥，於礮門燃火灼之，須臾藥發礮響，其人卽彈出落於二丈之外網棚上。又懸一丈許寬鐵盤於空中，盤舷三四轉，釘以二尺許寬鐵皮，儼如一條徑路。一人駕獨輪手車，盤旋而上，復盤旋而下，或蹋皮球圓轉以行。又於戲臺底安設機器，使女子站臺上定立良久，機關陡發，忽彈至數丈之高，其人卽援梁間所懸繩索，作秋千舞。又於梁間釘鐵環數十，每離尺許，一女子猱援而上，以兩足套入環內，人卽倒垂，次第退換，如步行然。又牽長繩數丈，使一端略高，貫以鐵環，環有小柄，一女子從高處齒銜環柄，垂兩手斜溜下，此皆可謂奇險之極矣。至如吞刀吐火一中國人爲之、援柱走繩之類，則亦數見不鮮矣。

録自西洋雜志卷五。

加爾得隴大會

日國才人名加爾得隴者，以能詩及善撰戲曲稱，始爲兵，繼爲日主召入宮中，作侍從之臣，終爲教士，死已二百年矣。一千八百八十一年西曆五月二十五日，國人爲作百年大會。予初意以爲尋常出會而已，豈知踵事增華，竟是小題大做。先期，馬得利知府致書各國，請派員前來觀會。又徵詩於歐洲各國，以相倡和。本地富貴之家，以及文人學士，亦各自爲會。或萃聚各家珍寶之物，羅列陳設，備人游觀。或聚集文人，講論加爾得隴故事，誦其遺詩。或考試學徒，散給奬賞。有一會最雅，將各國寄到之詩，匯印成册，赴之者各贈其一。其不入選者，則用信封封之，書其人姓名於外，逐一唱名，置銀碗内，用燒酒焚化之，以示吊加爾得隴也。

君主又於半月内開油畫院，開花會，開禽獸會以張助之，游人頓增十餘萬，家家張燈結彩。大街之上，趕會者陳列雜戲、百貨。又爲假山一座高八九丈，上塑加爾得隴像，引水爲瀑，夜夜燃電氣燈射之。又於他處燃放煙火。馬得利知府大設茶會延客。其不惜煩費如此。

二十五日，爲加爾得隴死期，君主至禮拜堂致吊，陳列馬步炮三軍一萬四千人。二十六日，令各館學生五千人會齊，從大街結隊步行，從宮門外加爾得隴像前經過示敬。二十七爲出會正日，君主請至宮中觀看，首爲巡捕馬兵一隊，内有八騎，係二百年前裝束。次爲各戲館旗幟。次爲鐵作之車，工匠十餘人燒爐、熔冶、錘鐵之聲，與音樂相間，自成節奏。次印書作房之車，二人坐於車中，用機器印書，隨印隨散。次鐵路街軍行之車。次各教習會車旗。次賣酒會白鉛所鑄二尺許高大杯，兩人扛之以行。次木匠作房之車。次醫學會旗幟。次初學學堂教習旗幟。次商會車旗幟。次修造房屋會總監工旗幟，次各工藝會總監工旗幟。次新聞紙館之車旗。次葡萄亞派來與會者之旗。次文學會之旗及車。次學生百余人，服古裝，奏樂；其前行一隊，爲女學生，衣被白紗。次别國派來入會作戲曲之教習。次屬地古巴之車，上塑果隆像，卽初尋得亞墨利加地者。次馬兵、步兵、礮兵，水師四軍車旗礮位，每軍之中又分兩隊，一今式，一舊式，兩相比較，利鈍懸殊。次各地方與會者之旗幟。次各省辦會者之車，駕以十六馬，馬皆蒙飾錦絡。次二百年前黄衣兵。次馬得利辦會者之車。次馬得利都城民人合製之車。次加爾得隴後嗣。次君主黑梨木雕花舊車。次君主親兵一隊而畢。每三兩隊之中，間以軍樂。車、旗之後，隨行者少則數十人，多則數百人。過王宫前，男則摘帽，女則摇巾，向君主致敬，亦向加爾得隴塑像爲禮。每隊會首，各持花圈，置於像之左右，西洋上墳禮也。車皆裝束故事。最後一車，中塑加爾得隴，前後飛仙四人，金身裸體護之，尤覺壯觀。

録自西洋雜志卷五。

西洋游記第一

丁丑十月初十日，余自倫敦赴伯爾靈，從維克多爾利亞輪車啓行。行二百三十二里，至都勿爾海口，乘輪船渡海，六十八里至喀利登岸。復乘火輪車行一百九十八里至利兒，大鎮也，居民十七萬有奇。

又二百零四里，至比利時都城曰不魯賽而司，居民三十二萬八千，雖不甚壯闊，而軒爽可愛，火輪車行用電氣燈獨此。先經過一地曰郎教，爲法、比兩國交界處。自比都行九十里至地洛忙，居民一萬二千二百六十，出大呢。

又東南行十餘里，道南有平地名倭得魯，遠視華表巍然，一千八百十五年，英國公爵威林登擒拿破侖第一之所。又約九十里至列時，居民約十萬七千七百餘，有煤鐵廠，工作二萬余人。別有洋槍局，頗著名。自此以東，穿山洞十餘。峰巒回抱，林木幽森，有小溪流繞其間，人家往往沿流居住，絶似畫境。六十三里至威亞威，居民三萬三千，有大呢局六十家，可尖。

又二十七里至察必司達爾，入德國界。又三十里至阿亨，居民七萬三千七百餘，有大呢局四十八家，鍼局十七家，山中有温水，産煤礦。又一百三十里至可倫，德國西路巨鎮，音近『谷壟』，由巴黎赴德都之路自此合，行旅於此換（南）〔車〕，居民十七萬五千。鎮有大禮拜堂，此修彼壞，三十年未畢工。

又六十七里至地士而刀弗，居民六萬七千三百八十，可宿。距鎮西數里，有大江曰爾蘭，上建鐵橋，長一百四十丈。又三十七里至堆司播時，又十二里至阿北好孫，居民十七萬，産煤頗多。又七十五里至兜爾持門，居民六萬二千，有煤鐵廠。又四十九里至哈木，居民一萬六千，有鐵廠。又九十八里至畢雷非爾塔，居民一萬九千，有織麻布局。又二十三里至赫而。又四十七里至明敦，近維新江，有大客寓可尖，有炮臺，居民一萬六千。

又九十六里至亨諾法，故國都也，十年前爲布國所併，居民十萬六千。又四十二里至略德。又九十八里至白根。又十九里至沙爾士威德。又八十六里至司登達爾。又一百三十九里至斯邦道，爲陸兵屯紮處，合肥相國派員至德學習兵法，在此營内，有大炮臺。又二十里至伯爾靈。

自入比境後，其國人民勤於耕作，畦壟縱横相值如棋局，種樹界之，青黄間雜，彌望成林。亨諾法以東，南北有山，綿亘不斷，往往有樹林長數十里，火輪車道出入其間，如畫圖然，亦奇觀也。

録自西洋雜志卷七。

西洋游記第二

瑞士在法國之東，奥國之西，意大里之北，德國之南，山水佳勝，爲西洋冠。郭星使將次回國，始一往游，挈余從行。正月十三夜七點半鐘，自巴黎南路公司曰利涌者，乘火輪車啓行。

是夜經過地茸，法國有名城鎮也。地茸以東，漸次坡陀有山。入瑞士境後，山皆峻。時方大雪，積厚一二尺許，逐望彌漫，與翠柏蒼松互爲掩映。火輪車經山腰行走，俯看兩山間低平處，有小溪一道，迤邐曲折，時有冰凍。人家多臨水而居，屋皆白板，零星而卑陋，無甚巨村落。十四日巳刻，行至兩峰盡處，忽然開朗，有大湖横列於前，清澈可鑒，所謂勒沙得勒湖也。湖東諸山，連綿不斷，石骨秀露，層暈分明，絶似倪雲林畫意。回望兩崖上，雲氣蓊然涌出，旭日射之，皆成黄金色。自是沿湖行，過一巨鎮，街市頗覺整齊，亦名勒沙得勒。湖盡處，復有小湖續之，名爲必焉納。

午初至拜爾楞，瑞士都城也，至一客寓早尖。寓窗憑臨虚處，望見容弗魯數峰高出雲表，積雪皚然，白光射目。飯後至街市一游，道路不甚修潔。旋入其上下議事院，局面稍不及他國之宏敞，而規模則同。中一室列坐百餘，爲各紳議事處，又一室爲總辦七人辦事處。瑞士分二十二縣，每縣舉上議政院紳二人；下院紳則以人數之多寡爲額，大率二萬人得舉一人。其入議院者，共一百三十餘人，辦事則推七人爲首；七人之中推一人裁決，定例每歲一易。西洋民政之國，其置伯理璽天德本屬畫諾，然尚擁虚名。瑞士並此不置，無君臣上下之分，一切平等，視民政之國又益化焉。蓋其地本山國，各邦無欣羨之心，故得免兵爭，而山水又爲歐洲絶勝，西洋人士無不以樂土目之。

游畢，復乘火輪車向西南行，抵魯桑納，近熱勒弗湖邊。時已昏暮，微辨湖光蕩漾而已。自此沿湖行，至十點鐘，抵熱勒弗。城與湖同名。湖如初四五月形，長百余里。會城跨湖西角盡處，水從西出，逐漸低下，置閘限之，鐵橋數道架於其上。東面有石壩二，其中阿爲船隻收泊處。壩外別有小火輪船往來，湖中公司所置也。是夜寓一大客舍，名諾得爾拉地相納爾。主人適有跳舞會，請下樓一觀。

十五日清晨，坐車一游。過橋登其天文臺最高處，遠視瀕湖兩岸諸山，巉巉挺秀，積雪未消，林木森然，雲霞掩映，湖山清迴，滌蕩塵襟，可謂名副其實。東南一帶峰巒崮崒，與白山相接。白山者，歐洲南面最高之峰，其高一萬五千七百四十四尺，積雪終年不化，法語謂之『忙不郎』。下至湖心亭，散步半晌，往游市肆。瑞士無他土產，惟鐘表、樂器最精。入店一觀，所有陳設之物，如盛水瓶、坐椅、榻脚凳、鍼黹盒、裝小照之書册，無一而非八音琴者。又有翠鳥數枚，引鑰開其機關，卽飛鳴上下，聲音宛然，極其精巧。星使購置數器而歸。

三點鐘，至火輪公司。公司之旁，有巨室一所，係電公會以瑞士永無爭兵，特設於此，以期久遠，惜未一睹其規模。旋卽開行，出會城西不遠，有一山峽，卽入法國界。未幾，過一長山洞。其山甚大，名爲付爾達哀爾格呂司。自是皆順河流而行。夜中至利涌，與巴黎南大道合。天明抵馬賽，緣星使眷屬先期至馬賽，約於此間相會也。

凡西人往游瑞士者，率皆夏日，此行尚非其時，然名勝之區，雖匆匆一歷，亦足以暢愜胸懷矣。

録自西洋雜志卷七。

西洋游記第三

郭星使既至馬賽，小住一日，檢料行李，期至意大里之拿布勒海口上船。是日午後，先至山上之禽獸園一觀，次至碼頭視星使所搭之船名『安納地爾』者，旋又偕馬眉叔坐車繞馬賽一周，觀其形勢。馬賽爲法國東南巨鎮，又屬通衢，跨山沿海，生意繁盛。巴黎之外，次數利涌，次數包爾兜，次卽馬賽。東南面山脊插入海中，兩相環向，如蟹螯然。西南面人家因山高下而居，樹木陰翳。近海一舊礮臺。船塢皆在西面。街市數條，屋宇高聳，近年生意減色，漸就頹壞。

十七日，星使復挈予與馬眉叔同行。兩點鐘過都郎，馬塞以東一海口也，爲法國停泊兵船及造船處，閩廠學生四人在此學習製造。過都郎後，輪避山而行，距海稍遠。至弗賴虛司，復與海近。自此以東，皆遵海而行。次至千，次至麗司，次至馬納哥，次至門東。是夜，宿在上海開『公平洋行』者韓伯理家。

韓伯理以車來迎。過門東里許，一石崖中斷，有小水流出，上跨石橋，法與意大里所設。時已夜深，管關者前來查驗，韓伯理告以中國欽使，即開關放行。又數里，然後至其住宅，在山麓陡下數十丈。由都郎至弗賴虚司，山皆沙石，枯瘠異常。近年徧種松柏，不使露童頑之狀。自千以東，門東以西，此一帶皆爲富人避冬處所。人家依山而居，高高下下，房舍華潔。間以柑柚橄欖之屬，彌望成林，青黄雜錯，天然圖畫。雖在冬令，山以北積雪盈尺，而海濱風日晴和時爲多。士女嬉游，輕車快馬，絡繹載途，麗司其最著名者也。

馬納哥據一小山頂，自爲小邦，不歸法國管轄，寬不及五里，長不過十五里。地無賦税，其邦君取賭規以自給。有法富人以三百萬佛郎新建賭庭，夜夜跳舞，招致各國游人，以故往游者衆。予從輪車中，遥見燈火繁盛，山頂有電氣燈數座，即跳舞臺也。往時有兵二十人，近聞頗增至六十人，蓋亦欲以御侮云。

十八日，韓伯理導觀其宅，前後花圃，壁間一石刻。予詢之韓伯理，謂此宅係四百年前一名人舊基，購得後加以修葺，遂成今式。園内臘梅數株盛開，係從中國移植者。飯畢，韓伯理駕車送往車場，距其家十數里，途中一一指點古迹。山半有小徑一條，云是拿破侖第一徵意大里時所行之道。又有古城一座，及他山巔廢屋如中國碉形者，皆目爲千餘年之物。是夜，抵冉納。其地出雕琢白石人物，星使至街肆一游，購置數具。換車復行，過比司，夜深無所睹。

十九日抵羅馬。將及羅馬城，有河一道，其流迅激而渾濁。河之南有古城牆一段尚存，長可里許。別有卷洞廢橋基一道，亦長里許，與古橋相接。入城後，游歷勝迹十餘處。其最古者：一爲廢堂基，寬廣十數畝，石柱石礫之類，尚森然矗立。一爲紀功石坊，其名曰『阿爾勾的岡司當地諾』，疑羅馬初建都黑海口時所立，上有刻字，漫漶不可讀。一爲廢宫一座，門户堂室，宛然具在。一爲鬥獸館，崇墉四周，上下五重，其中可容萬人，今殘缺過半。又有教皇禮拜堂，極崇宏，壁皆紋石嵌成。入門正中一室，新逝教皇墓也； 左右數室，皆先世教皇葬處。堂外有宫毗連，教皇住居於此，與意主同都，徒黨雖盛，而事權迥非數十百年之舊矣。其城内游息之地，在山岡高處，名爲『平蕉』。星使小憩於此，所見游女如雲，皆極美麗。道旁有時辰表一具，用水管激動機輪，尚是中國滴漏舊法。

二十日抵拿布勒海口，亦舊時都會。地形如半環，背山面海，長五十里。街道房屋，不甚整齊潔凈，而繁華特甚。游手無業之民，最爲衆多。西北有馳道頗長，名『恰芽』，直抵一古城瓮而止。東北有火山，山頂一巨穴，深不可測，常有白煙噴出，夜則見爲紅光，酷類野燒，時大時小。山下掘出一古城，名爲榜背，相傳一千數百年前，火山迸裂所淹没者。午後從星使往探，外有城基，周回三里，現掘出者三分之一。街道縱横數十條，皆甚窄隘，最寬處不過一丈，均石塊面成，石上間有轍迹。其要道往往設有石步，蓋積水未消時，以便行走者也。主者導入，細觀有寬廣堂基兩處：一爲刑獄，一爲上下議政院。有飯館數處，爐竈尚存。酒肆數處，瓦瓶長三尺許，羅列如故。有妓館一所，房極窄狹，各有土炕，壁間圖畫春宫，猶隱約可辨。有沐浴處，燒水氣爐猶在，絶類中國盆堂。又有巨屋數所，疑皆富貴人所居。此外復有學堂及他神廟宇。又有戲館三處，其一圓房四周，如羅馬所見者。古跡凡九十余，時迫不能悉觀。予購得一圖，一一皆有指名，不知其何所依據。西洋最古之物，殆莫逾此。入門處尚有死屍數具，皆凝結成石。該處地方官派人經理，現在逐段挑挖，必盡掘出而後已。

是夜，韓伯理請星使至桑家爾諾司戲園觀劇。其園華麗閎壯，上下七重，分爲三十一厢。正中一厢，陳設意主坐位。規模比巴黎之倭必納尤巨。適有名優二人，女子曰巴地，男子曰利高力令，在此演戲，客坐皆滿，價較尋常增倍。末一劇跳舞，女子百餘人，衣分五色裝，聯翩而舞，應弦赴節，夸容軼態，婉妙絶倫。予在他處所見，皆不逮也。

意大里之爲國，土地膏腴，天時和暖，地利特勝。獨其人民衆多，習於懈惰，無爭勝洋海之心。經過村市，大率塵鄙，無甚可觀，不似英法之整潔。豈立國久者，勢當如是歟？其沿海一帶土産，以目所見，則自門東以東，多種橄欖，冉納以南，多種葡萄與桑。聞其養蠶之法與中國同，特繅絲用機器異耳。

二十一日午刻送星使上船，至兩點鐘而别。二十二夜十點鐘，與馬眉叔回至羅馬，易他道而行。二十三日至敷老郎司，意大里新都也。先是羅馬爲教皇所據，法國駐兵海口擁護之，意主雖居敷老郎司，然以羅馬自古名都，終不忘徙居之意。一千八百七十一年，布法交戰，法國將兵船撤回，意主遂乘間遷都羅馬，與教皇同城，敷老郎司遂别爲重鎮。今未十年，街道房屋整潔如新城。内有河一道，水頗渾濁，其激瀉處累石爲斜坡坦注之。午後一游街肆，先觀大禮拜堂二，次至一富人所築之宫，意語謂之巴拉作必的宫，内悉陳油畫，又有錦紋石鑲嵌石桌面數具，甚精，敷老郎司本以此法馳名。其宫跨河兩岸而營，下一層有通道甚長，游人往來，不知其爲橋也。次登一嶺，道名爲維亞地考利，因山爲囿，可以觀覽全城。次游城外一花園，名爲加細勒。

是夜抵彌郎天尚未明，困甚，即投客寓酣寢。午后觀一有名禮拜堂，又至陳設雜貨處，因雨不能暢游，購圖數幅而返。彌郎亦舊都會，街市整齊，特新潔不如敷老郎司，爲意國北路生意聚會地。二十五日清晨至堆爾蘭堆地迂切。自入意境後，經過停車之所，房舍卑小，用人無多，沿路皆無煤氣燈，祇於車到時燃油燈一照而已，公司之省儉如此。至堆爾蘭而行棧復大。

堆爾蘭以西，所以皆懸崖絶壑，穿過之洞甚多。窮民沿山而居，零星錯落，或結茅於雲氣之上，頗類川黔深山窮谷氣象。至脱漏納，過一洞，行三十二分鐘，西洋最長之山洞也。洞在山半，輪出洞後，隨山勢盤旋而下，即入法國界。法人設關於此，稽察甚嚴。關旁一飯館，輪車至此，必停二十一分鐘。行旅當於此就食，否則前後數十百里間，無就食之處。晚經過一湖，名布爾舍。輪車道出湖中，蘆葦蕭疏，湖水清淺如鏡，風景幽絶。湖邊有一鎮名商伯爾利。是夜至馬工，與巴黎南大道合。二十六日還至巴黎。

録自西洋雜志卷七。

西洋游記第四

余在歐洲三年，未嘗輕離使館。己卯秋始蒙曾侯給假游歷。七月初九日八點四十分鐘，自巴黎之坳爾利央車行啟行，約同馬眉叔建忠，先往法之西境。山城後西路山岡迴抱，至埃當布一望平原，過此坡陀入山。一點鐘至都爾，大鎮也。都爾跨路窪河而營，橫直大街兩條，河至此分兩岔，有橋三道頗長。一千八百七十年，布人至此踞東北山頂一舊宮爲營，今廢爲園圃。沿河下流數十百里，兩岸石巖隱秀，叢樹障之，時成邱壑。西人舊目此爲法國花園，蓋指山水清勝而言，若街市則無甚可睹也。

初十日乘火車西南行，六點鐘至包爾兜，瀕臨加爾倫德河。至二十分，先過一橋，加爾倫之北支也，匯流後名加爾倫。河身寬闊，直通大西洋，有石橋爲限。自橋以西，船舶停泊甚衆。法國最大之碼頭，東南數馬賽，西數包爾兜。所產葡萄紅酒極有名，爲法國稅項巨款之一。十一日往觀市肆，貿易較馬賽繁盛，而精潔不如。所見養病院及刑司衙門，皆甚雄壯。又有一大囿，池水清幽，樹陰濃翳。沿池左右，坐椅千百，侵晨游之，頗得涼爽之致。所住之店曰『諾得爾佛郎腮』，十年前德在初經此，其主人猶能記憶。

是日三點鐘乘火車西行，五點鐘至阿爾加商，海濱洗澡處也。海至此分汊曲入匏瓜形，瀕岸一帶皆松樹，居民結構於樹林中，房舍華潔，若隱若現。近年游人日衆，增修愈多。有新造大客寓，亦名『諾得爾佛郎腮』，下榻皆滿，竟無隙地。十二日坐果下馬小車，眉叔自御，至樹陰中一游。路旁一小屋，日國君主行館也，先數日與奧國公主相會於此，訂爲婚姻，居民嘖嘖稱道。午後泛舟海濱，男女成群，乘潮而浴。其小兒女之不能泅者，則提抱而浸於水中，使與水性相習。是夜至山頂聽樂。

十三日七點鐘，乘火車西南行。所過沿海一片百餘里間，皆松林也。至忙松，隨衆下車早飯。一點半鐘至被阿爾利兹，亦海瀕洗澡處，與日斯巴尼亞即西班牙接境。東南一帶，大小〔山〕綿延不斷。山以北爲法國，山以南爲日國，法語謂此山爲比爾賴勒，日語謂爲比爾賴勒要，英語所稱比爾勒司者也。被阿爾利兹兩崖環向，略似山東煙臺，西崖盡處，巨石高聳，下穿一洞，有鐵路貫其中。旁則亂石橫列，海潮激射，白浪如堆。又一石門寬丈許，潮頭卷入，聲若雷霆。從橋上觀之，浪花如雪如絹，瞬息變幻。崖之阿曲，有更衣公所二，有跳舞廳一，皆游人聚會之所。所住店曰『諾得爾加待爾』，極大客舍也，開軒面海，心曠神怡。

十四日一點鐘坐馬車往游巴要倫府城，昨日輪車經過，未及下車，故補游於此。巴要倫街市不甚繁鬧，而頗覺整齊。城外河道寬深，可通舟楫。四點鐘回至原處，觀賽船會。十五日七點鐘，復至巴要倫登火車，折而東行。路出比爾賴勒之麓，遥見山巔積雪皓然。至一地曰波，山峽中斷，房舍層疊，聞爲游人祈福之所，有泉水飲之可以却病，未及往游。過此至達爾布早飯，經山洞二路，皆盤紆曲折，隨山勢高下。至莽脱賴收換車南行入山，兩點鐘至吕商。

吕商在萬山之中，巨嶺層巒，磅薄鬱積，人家皆住山麓，街市僅止一條，特以地有硫磺泉，游人來此洗目治病者衆，爲著名澡堂，係公司所建。往浴者須先買票，令醫官診視其身體之宜浴與否，然後入浴。山峽中有瀑布一道，西人詫爲奇景。十六日坐馬車上山，中途見一廢碉，昔時防日國所築。迤上三四里，始見瀑布，然尚在山脚也。游人至此，或騎馬，或扶杖，拾級而登。眉叔以病，辭不能。予同衆步行，磴道盤紆，且行且憩，約兩點鐘之久，至瀑源處，僅及山半。瀑從崖罅流出，跌落數丈。崖陰積雪不化，凝厚二尺許，懸跨於瀑上，如卷洞然，下山已五點餘鐘矣。

十七日熱甚，所住店名『諾得爾賴加利賴』。十八日十二點鐘，乘火車自吕商出山北行，過都魯司，府城也，換車至加爾加松。晚飯再行至賽惕，爲法國南境碼頭。自馬賽盛後，此遂稍衰。換車復行，至天明，抵馬賽。與船政學生魏瀚相遇於火輪車場，時將回國。予叩以所學，渠謂製造船隻，創畫圖式，差堪自信，餘則未敢言深造。並車至都隆而别。

兩點鐘至麗司。麗司倚山臨海，高門華屋，爲富人避冬之所。送郭星使時，曾經過此間。七月天氣暑熱，游此尚非其時。沿海馳道一條，夾竹桃盛開。有絶大客舍曰『諾得爾盎格利』。予所住曰『諾得爾收宛』，殆其次也。東岸街市數條，甚污穢，原屬意大里，後爲法國所割，故其舊式猶存。近海一大塢，爲泊船處。自都隆以東，游憩之地五：曰千，曰麗司，曰馬納哥，曰門東，曰生爾賴模，相距數十百里，風景大略相同。過門東即入意大里界。

是夜至馬納哥。馬納哥以賭爲國，法富人不郎氏建賭庭於山巔，壯麗無比。聞每歲賭項出入約十四五兆，納八十萬佛郎於邦君。遠方游人來此赴賭者，取保而後入。予與眉叔升其庭，閽者問：『欲與賭乎？』答曰：『非也，行客過此，欲進内一觀耳。』閽者以告總辦，授兩緑票，遂入至賭場。廳長十餘丈，現設長桌三，環坐數層，冬日則增桌至七。桌上皆畫斜格，中設圓轉盤，盤中有球。每次由賭官轉盤，視球之所落，以定勝負。金錢之聲，鏗鏘盈耳，堆積者動以萬計，勝者用象牙長柄小爪爬之，真可謂見所未見。

二十日，韓伯里之友、意大里人名格賴亞義，固邀至韓伯里家。適韓伯里避暑舉家外出，格賴亞義代爲主人，備極款洽。壁間懸有郭星使油畫像，係英國畫師古得曼之筆，前此上海申報館有所刺譏，星使行文詰問者是也，不意於此得見。二十一日六點鐘，自門東坐馬車至彎地末利亞，乘火車東南行，過生爾賴模，亦麗司之比。又過一鎮，曰搔爾達。再至冉納，大城也，出白石，琢像有名。住店曰『諾得爾衣搔爾達』。二十二日七點鐘，乘火車折而北行，入山，過洞四，一點半鐘至彌郎。

自波爾兜以西以南，至於意大里，沿途所見，無非種葡萄及玉米。葡萄以釀酒，玉米以作馬料。至此始見種稻。稻皆旱生，黄雲布野，頗有故鄉風味。所住店曰『諾得爾得拉未爾』，與大禮拜堂相近。堂外觀雄壯，雕刻精工，内則紋石嵌成。余前此經此，曾入觀焉。傍晚，至花園一游。

二十三日乘火車北行，至哥木易輪舟入湖。行至湖中，大風雷雨，湖波爲之涌起。兩點鐘至伯納交，所住店亦曰『諾得爾伯納交』。湖如人字形，西湖盡處有城曰果木，東湖盡處有城曰勒哥，湖即因以爲名，伯納交當其磬折處。湖面寬不過三里，兩岸皆高山。瀕湖時有人家，點綴自成村落，號爲幽静。

二十四日，天無片雲，山色湖光，爽人心目。十一點鐘泛小舟渡湖，觀薩克司王別墅。古樹垂陰，藤蘿寫翠，真佳境也。日中，意君后坐輪舟往來湖中，兩岸皆聲炮，夜則燃燈致慶。是夜意后寓一伯爵家，其園囿稱爲精潔。余往游觀，閽人啓扉導入，未嘗禁止，以此見西例之寬。有俄富人地倭多爾克賴不司者，夫婦携其二女出游，兩年未歸，同寓客舍。二女美秀而文，能法語，與眉叔攀談，由此熟識。二十五日邀同泛舟湖中，游泳良久。二十六日十點鐘登輪舟，克賴不司父女四人送至岸邊，摇巾而别。

十一點半鐘至勒哥，易火車東行，紆回大山之麓。首經一城，名伯爾加木城。在山巔有垣堞，如中國狀，踞勢甚雄。至伯爾希納，遥見大山之下，一片水光，則加爾得湖也。近湖嘴處，有炮臺扼守。八點鐘至衛力司。衛力司因洲渚築成，鎮市四面在水中央，其外尚有兩洲環之。地中海無潮，水勢漲縮不過尺許。西人之論，以爲海面淺仄，月力不能提吸，此説予未敢遽定。輪車道出海中，行約十餘分鐘，始至其下車處。機房外卽係河道，行人往來，概用小船撥載。人家牆脚駁岸，悉在水中。中有大河一道，如大街然，此外支河汊港，布置如同小巷。街市之上，别有橋梁可以環通。所住店曰『諾得爾維克多爾利亞』。

二十七日泛舟一游。河道不甚清潔。近岸大禮拜堂數座，雕刻頗細，不暇入觀。觀一玻璃抽絲局。用玻璃小條，燃煤氣燈燒其端，良久卽熔，引於繅車上，如抽蠶繭，匀細與湖絲等。以之編織器物冠履，軟如葛紵布。泛舟後步游市肆，其街巷之仄，小橋之多，與蘇州閶門一帶相類，特房屋式稍異耳。中一寬闊處，四面迴廊，陳設百貨，名爲『巴列羅亞爾』。旁有意主行宫，游人率於此散步，夜則男女往來如織。

二十八日，往游東頭盡處一園，拿破侖第一收得衛力司時所辟，不甚精致。又至其兵房處，中有船塢，屯一炮船如龜形，上層圓臺，蓋守海口炮臺也。有事則啓閘放出，無事則收入塢内。衛力司本地中海極大碼頭，又爲自主之國。自一千四百年以後，帆船繞阿非利加之路既通，漸就衰落。近則生意寥寥，屋宇多見頽壞。舊時總統所居公所尚在，今改爲藏畫藏書之室矣。

由衛力司至奥境，有兩道。水路乘輪舟渡海，七點鐘可至脱利夜司脱。予則仍走陸路，是晚十點鐘乘火車東北行，至烏地勒小飲。次至阿爾木司買票换車，入奥國境。黎明遥見水光，已距脱利夜司脱不遠。自此經行衆山中，人煙稀少，頗有寥落之概。過勒巴爾什後，山更叢密，循小溪而行，至司登市爾什早飯。次經西利，遥望北面數峰，高入雲表，積雪不化。次至馬爾布過河，有一鎮，景象漸佳。又至格拉兹，巨城也，山勢至此迤平。城在山麓下，有平原，人煙稠密，頗覺繁盛。

十點鐘至奥都維焉納，住店曰『諾得爾安布爾利亞』，系巖敦布爾王故宫。巖敦布爾爲德國所併，此宫售出，改爲客寓，宏麗之極。維焉納西北兩面有山，均不甚高大。丹牛伯江經其東北，歐洲中原最大之江也。局勢宏敞，頗有王都氣象。其離宫别館，皆在東山山麓，有齒輪火車路，可以盤折而上。城内小河一道，入丹牛伯，分爲兩支。市面繁盛在兩河夾抱處，局廠等多在西面城外。一大樹園，馳道縱横，加非館二十餘座。人民習於游玩，風氣與巴黎無殊。予入觀一所，有女士七人聚而作樂，亦向所未見者。大街寛敞，各有鐵路馬車，兩旁種樹，規模在巴黎、伯爾靈之間。兵房公所，率皆壯闊，而王公及外部、下議政院，則又不甚巨麗。樹園外一玻璃長房，一千八百六十二年賽會所建也。丹牛伯江上有鐵橋三道，以石面成，皆長百餘丈。西人評論歐洲都會，於巴黎之外，次數維焉納，洵屬確論。

八月初三日，眉叔將赴伯爾靈，予自維焉納回法。是夜八點鐘乘火車西行，至天明已入德境。過閎稱，絶大城鎮，與北路大城相匹。晚至司達布爾，陳敬如季同隨德皇閲兵駐此，先期與之約會於車場。及予至，敬如因德皇請宴，不能前來，遣人持書留予住宿。予以出游日久，車行匆匆，又不能稍待，遂辭去。初五日早六點鐘，還至巴黎。司達布爾有炮臺數座，德兵皆修補而守之，蓋與法接壤云。

録自西洋雜志卷七。

西洋游記第五

庚辰五月重五後，予挈本署洋翻譯爾路賽，爲日國南境之游。初七日早七點鐘，自馬得利南火車行登車，九點鐘到阿蘭懷司，日君主游憩之所，有宮在焉。宮有兩所，均在大樹園内。先觀其小者，一千七百三年所建，取名『農舍』。房祇兩層，自外觀之，尋常一屋耳。入其内，屋多小間，鏤金嵌碧，陳設精麗。鐘表多古式。一鐘甚大，其下有座，座内設八音琴。中腰一圓盤承之，徑二尺許。盤上銅柱如碗，巨而中空，高可三尺，十二時辰，螺旋而上。每一點鐘至，有鍼轉出其刻字處。又有緑松石桌及鑲邊坐椅各一，俄皇所贈。另一小間如書室，近壁如半月形坐榻，紅絨墊覆之，啓視則厠溷也。房外大樹甚多。房後翠柏二株，其一枝干葳蕤，四垂至地，中設藤椅，可容坐十余人，可稱佳蔭。厨内空無所有，祇壁間懸一洋鐵鍋，雲是七十年前舊物，君主至，必取以烹飪焉。樹園甚大而多果，爲君主私産。四時果熟，園丁摘取儲之果房，不時運送馬得利宮内。

既又觀其大宮，悉鋪凉席，陳設不甚精美。中有三間，一仿阿拉伯回宮之式，一仿中國人物燒磁，一懸廣東雜畫小塊二百餘幅，號爲華麗，皆不免俗氣。宮外月季花頗多，編爲籬落，開時如錦。馬得利大什河經流宮旁，水聲潺潺不絶。

是夜九點鐘乘火車西南行，至阿爾加雜爾换車，初八日十點半鐘抵高爾多。高爾多祇一大禮拜堂可觀。堂係三百年前回人所建，外牆頹剥。入其堂内，縱横十數丈，頂皆作城瓮形，斗拱雙層，承磚之柱八百五十餘株，悉皆紋石所琢，森如林木，此一奇也。頂舊無窗，燃燈萬餘照之。後因其用油過費，始開窗洞。所住店曰『諾得爾瑞士』。

初九日早十點鐘，乘火車西南行，兩點半到賽威爾納，舊時都會也。有河流經城外，海船直通至此。人民城市，較馬得利爲盛。街市中時有軒敞處，人家多於庭堂内養花如小園，闌幹、窗户，悉涂以緑，與樹木相掩映，風景頗佳。城内一回宮，柱礎之類率皆白石，雕刻工細，貼壁以燒花磁，承塵悉紋木鑲成。客廳二間，安設矮榻兀幾，幾多六方形，罩以回錦，尚存昔時舊樣。樓上一層，日君主常來住此，皆改西式矣。宮旁高牆一段，從前係屬走廊。後園内浴池長三四丈，磚石砌爲卷洞而不甚高，相傳爲回妃洗浴處。

飯後又觀一煙作樓，上下共分四區。第一區爲做粗煙卷處。其法用古巴煙葉，搓捻成條，合數條爲一綹，外用小吕宋煙葉一張，抹平斜包而裹之。每成二十枝，用紙條拴爲一束，將刀割齊。勤者日可成八九束。第二區爲做煙包處。先將煙葉之壞者切成細碎，堆積盈屋。用灰色粗紙，粘成條方小包，如信封式。盛煙入鐵盤，盤有舌插入包内，以指押之，卽得一包，隨卽黏固，極其簡易。第三、四區爲做紙卷煙處。每食指套一空心銅甲，攤碎煙於白紙小片上，兩指承而裹之，用甲尖塞其兩端卽成。二寸長小卷，日可成三千枚。堂中所用，悉皆婦女，老者少者，下至七八歲者，約三千餘人。主者按日課工，計所成之多寡，給與工資。散工早遲，聽其自便，章程最善。大約勤者每日可得一個半備細達。備細達者，日國銀錢名，輕重與法國佛郎相等。一個半備細達，約合中國銅錢三百。該婦女等以未曾見中國人，紛紛起立窺予。逐起看畢，出門，捐金錢一磅，爲堂中助善之資，云向例如此。

旋登一鐘樓最高處，遠望煙作之房，頂平如席，此亦新式。臨河一大樹園，爲車馬游歷處，有宫一所甚新，日君主之父昔所居也。初十日所住店曰『諾得爾郎得爾司』。十一日早七點半鐘乘火車，車行至烏爾脱賴納换車，早飯，至拉爾諾達再换車，至波巴地亞又换車，晚九點鐘抵千納達，火車路止此。

千納達在山峽中，是處一舊回宫最著名。宫跨山巔，對面峰巒層疊。山麓有古城瓮，自此迤邐而上，道旁古木參天，緑陰如蓋。宫之前面，有故宫一重，日君拆回宫磚石所建，今廢。轉廢宫而入，始爲回宫。階石柱礎，無一而非白石琢成，長輒盈丈。門楣户額，亦石所建，鏤空花紋，玲瓏剔透，極盡人巧，較賽威爾納之宫，尤爲精致。中央有水池，激水從南北兩廳内流出。宫扉甚巨，而重樓復道，曲折迷人。向南一廳稍寬敞，回君受朝處也。極東一小方亭，爲回妃梳洗處，右顧雪山，左則城市，歷歷在目，最占勝概。山半有古城數段尚存。宫牆之外，傅以碉樓三四座。所住店曰『諾得爾諾司細夜待疏威諾司』，卽在宫牆外樹陰中，故游人率趨住於此。

十三早四點鐘，乘火車西行，回至波巴地亞，换車東南行，過山洞十餘。十一點半鐘到馬納戛，地中海瀕碼頭也，船塢一帶尚修潔，乘月一游。所住店曰『諾得爾維多利亞』。是處有酒作、煙作、面作，而馬納戛酒最馳名。初擬由此趁船，出大西洋而至葡萄亞，既而船隻不便，復由車路行走。十四日十二點鐘，乘火車回至波巴地亞換車，再至高爾多舊店宿。日國多山，貿易亦少，故火輪公司不能四通八達，如英法兩國之便。十五日早四點鐘，自高爾兜乘火車西行。至背爾墨司，至阿爾莫爾冲及巴達蒿司，均換車。巴達蒿司有店，可尖。過此即葡萄亞，以山嶺爲界，東界即巴達蒿司，西界有小城名愛爾窪司，相距不及二十里，兩國均有小炮臺防守。

十六日早六點鐘抵利司奔，住店曰『格朗諾得爾桑脱拉爾』。利司奔者，海汊深匯爲巨澤，寬數十里，馬得利河下流名達火河者，自東來注之，三面有山環繞，中可泊船數百艘，天然一大船塢也。市肆悉沿北岸山嶺，街寬者有鐵路馬車，河内有大小輪船來往游駛。王宮在極西一峰頭，距市頗遠。城中高處多小小樹園，爲游人憩息之所，氣象較馬得利爲雄，然只是生意碼頭，游人至此者少。是日爲西洋慶節，其夜樹園燃燈作樂，予亦隨衆往觀。

十七日晚八點鐘，乘火車從原路而回。十八日至巴達蒿司，至阿爾莫爾冲，由此分道，至蘇打得爾利亞爾，皆換車。十九日早六點鐘，旋馬得利使署。

日斯巴尼亞本山國，經過處人民稀少，大率石山沙土，無叢林茂草。惟賽威爾納一帶，地稍寬平，所種樹祇橄欖，而産麥獨多。至近蒲都，則漸種葡萄。賽威爾納、千納達等處，斗牛之風頗盛。其人氈帽而闊邊，皆斗牛者也。其餘所見，無甚可紀述云。

録自西洋雜志卷七。

西洋游記第六

辛巳二月，予因事由馬得利至巴黎，因挈本署洋翻譯爾路賽，便道一游法國西境。二十日下午四點鐘，乘火輪車出馬得利，傍瓜達爾拉山麓而行，山頂積雪皓然，薄寒侵骨。過哀司哥爾利亞，是處有一舊宫甚巨，夏時游者頗多，天色將暝，未能一登而去。八點餘鐘至阿未納晚飯，竟夜行至天明，抵多諾薩，有造紙作坊。自此以西數十里間，皆近海濱，其著名可游之地，曰三塞巴司典，洗澡處也； 曰巴薩日，海口也； 曰伊爾隆，日國海關也。

自此換車入法國界，曰比達疏窪，日法毗連界河也； 曰芳達爾拉比，海邊一小島也； 曰三商得呂司，曰被阿爾利茲，皆洗澡處也； 曰巴要倫，府城也。至此留住一日。所住店曰『格朗諾得爾堆高墨爾司』，女主美富而賢，待予以上客之禮。午後坐車補觀昔游之所未備。城外有江名阿都爾，頗寬。高下兩炮臺，夾江而守。街市修潔，人民亦衆，中等城鎮也。由此經包爾兜，經盎孤納模，經布窪地夜，二十二日一點半鐘至都爾，皆巴黎往來日國正道。

自都爾易馬車折而西行，四點餘鐘至爾路賽田莊，僅其母一人在此耕種度日，田間一老婦也，年七十餘矣，卽留住莊上。田莊之西，往往開山取石，深入數十丈，窮民因而結屋以居。二十三日予入觀數所，皆頗潔淨。附近一小鎮，有富人所築之室在焉。四面水流環抱，樹大幽陰，室内陳設精致，所懸油畫甚多，儼然王居也，故亦以『沙兜』稱。沙兜者，宫也。

又觀一紙作。紙料分三種： 一爲布筋，一爲木皮。木皮來自瑞典。一爲草料，其草名爲『付爾密要丹納』。製造之法，先將紙料裝入徑四寸〔？〕許鐵蒸桶，高懸丈許，用機器旋轉之，桶轉而湯氣貫入，四面皆匀。蒸至十二點鐘，料卽腐朽，候其冷定，以付洗池。池内有刀梳爬之，梳爬既松，取出壓晶宜成餅，再付清水洗池，加入灰鏹水，名爲『克諾爾預得收』，約二十分鐘，料卽漸漸受白。上有機軸匀攪，池水回環動蕩，視其形如棉絮，啓池底通管漏出濾乾。次日，再入清池攪匀如豆渣，始放從大管流入别室。有木槽承之，澗有平齒，料水從平齒上漫過，逐漸停匀。凡四晶宜而下入五尺寬槽内，一銅絲透空巨軸横擋之，如織布之綜然。流過此軸，粗渣盡去，卽有白粉一層，墊於細絲銅簾上。兩邊用印度膠方條約束，以定寬仄。再過一氈軸，而紙已成。過氈後，又入兩巨軸間，壓平其上面，復卷而上，再壓其下面。壓畢，騰過四烘軸。軸下熱氣薰蒸，須臾卽乾，至末卷成巨捆。

凡經機軸六次，皆一氣呵成，神速異常，不假人力。是局所用水輪機四十五馬力，火機八馬力，亦至省矣。

是夜回至都爾，過路佳河乘火車，六點半鐘至郎奪，所住店曰『諾得爾得佛郎腮』。郎奪爲中亞墨利加通商碼頭，人民繁盛。其地亦有按察衙門、議事博物等院，然不如包爾兜之軒敞。街車不用馬匹，火車專用氣筒壓力，其速與輪車同，爲他處所未有。又搭火車至其海口三納則爾，該處僅止起卸貨物碼頭，無所游覽。近海一帶，即路佳河下流，水面寬深而渾濁，絶似上海吴淞黄浦景象。

二十五日六點鐘乘火車西行，九點鐘至爾賴東，小縣也。自此以西，土地枯瘠，潮水漫溢處頗多。過宛納，生意海口也。十一點鐘至坳爾利央，此爲水師兵船小海口，有炮臺兩所，有官船廠。以無照票，未能入觀。又過千伯爾府城，至朗待爾諾換車。十二點鐘抵卜賴司脱，極西兵船大海口也，所住店曰『諾得爾得拉卜賴司脱』，店之前有一四方園，四圍種樹，像其方形，而翦突其樹，儼如壁立。城内修潔，有一橋甚高，兵船可竪桅而過。其海口天然形勢，入口處頗窄，兩邊俱有炮臺扼守，内則分爲兩岔，江面寬闊，可容兵船數百千號。近口泊有三層鐵甲兵船四艘，專爲學習兵法處，往時閩廠學生數人肄業於此。又有船政局，羅列炮位甚多。法國兵船船廠，東爲都隆，西爲卜賴司脱，兩處最巨。

二十六日下午兩點鐘，乘火車折而北行，過木爾利。四點半鐘過岡其，城在平原上。五點一刻過三不利月，有名府城也，近海，亦夏日洗澡處。九點鐘至未特賴，投一小店宿。此處係小火輪車公司，行人稀少，停候處僅屋一小間，車亦小四分之一，迥非大道氣象。

二十七日四點鐘登車，七點半鐘至一地，易馬車，約三里許，至三密舍爾者，海濱一小島，聳峙水中，如鎮江金山狀，潮退時馬車可至。昔時安置罪人處，今則廢爲游玩之所。創建於一千二百年以前，屢有修葺，悉皆石屋，基址雖舊，而工程甚堅。凡四層，最上一層爲禮拜堂。頂如小米瓜，鏤刻精致。四面圍牆，環以石磡，望之如古宫然。曲徑螺旋而上，山脚新築火輪車路一條，將次告竣，以便游人往來，西人之好奇如此。

下午三點鐘至邦多松登火車，過姑當司，過三諾，皆有名之地。至利松换車，十點鐘至舍爾布爾，宿。是處亦兵船碼頭，街市整齊净潔，惟海口寬敞，不如卜賴司脱之環抱，因於海中築一長壩，設圓炮臺三座守之。環山東西兩面，各有炮臺數座。其近城一座，推爲西洋巨擘。土牆厚三丈，周圍二里餘，實小城也。每數十丈即有一門，下有隧道深入數丈，用磚料砌爲藏火藥處，上有透氣管。船廠及兵房，皆在此臺内。其房多用石磚蓋成，防炮子打入，易於延燒也。土牆上列炮車炮位甚多，炮子堆積如崇墉，然海中實未見有一船停泊。詢之，則知爲現無兵事，皆縱令出洋練習也。所住店曰『格朗諾得爾得拉密爾諾待』。

下午六點鐘登車至利松，分路至利絶换車，天明至突路未爾海濱洗澡處，如前歲所游阿爾加商、被阿爾利兹之比。夏時游人甚衆，房舍修潔，爽人心目。坐馬車往游極東五六里許之末勒爾、須爾墨爾一帶，尤稱華麗静穆，惜未能久留。

自突路未爾乘小火輪船渡海，一點鐘至吕阿弗，北路通商大碼頭，生意極盛，船舶往來，多賈英之立弗普，美之紐約爾克。富人往往族居後山，富庶整齊，尚在包爾兜、馬賽之上。從後山高處下視，有一片清幽之致，頗類美國風景。極西峰頭，遠望突路未爾、阿弗特爾、巴黎三納河口等處，歷歷在目。若天氣晴朗，可及舍爾布爾峰頭。

有地名三阿得爾賴司，有照海電氣塔燈二座，爲他國所無。玻璃罩高二尺，厚及一寸，機器用馬力六匹，每光可敵五千燈。遇陰雨之夜，則動足機力，可敵萬燈，亦巨觀也。電用陰陽二極，尚是舊法。塔外矮屋爲機器房，房之前面豎高杆二，設電綫牌。從前電法未備時，用木片懸於架上，綫動則木片各隨其字爲上下，即暗號也。今未百年，巧拙懸殊，乃至於此。

城内一花園，精潔如巴黎之巴莫克松。累石爲假山，養魚其間，號爲『柯魁爾亞模』，亦頗别致。又有買股份公司、按察司院，其房皆極壯闊，儼然大都會也。所住店曰『諾得爾得諾爾莽地』。是夜，乘火車至巴黎，經過路汪，亦巨鎮。往時偕日意格至此觀銅廠，曾游其地。

有禮拜堂數座，雕鏤甚精，他處所不逮也。十二點鐘行抵巴黎。

録自西洋雜志卷七。

西洋游記第七

辛巳七月，自日斯巴尼亞回華，循其國之東南鄙而行，入法境，經微希至巴黎。復至倫敦，最後漫游，觀船廠於阿母斯湯，觀煤鐵廠於伯爾盟根，觀織布廠於滿飭斯得，觀船塢於立弗普，遂北至格拉斯哥者，蘇葛蘭之都城也。住格郎諸得爾客寓，寓頗宏敞，昔時游人甚多，近亦寥落。見余至，迎客甚恭。客寓對面，一山横峙，高出店址。由店門迤邐斜下數十丈，中央頗寬，都人就此爲兩園，以備游人散步。山頂石巖高聳，上有舊王宫，今改爲炮臺。宫内藏古王冠、刀劍、權棍之屬，鑲嵌鑽石、寶石，稱爲一千三百十四年物也。又塑有英君主丈夫像，文石爲基，光澤如鏡，可以照人。臺中兵士衣紅白衣，帶下係馬尾如麈然，又於其上加小黑刷四。膝以下赤露三寸，靴以白布罩之。帽頂上亦結白纓，下垂尺許，大如帚，旁插紅鷄毛帚一具，其裝束之奇若此。

格拉斯哥西南，海汊深入，地勢雄壯，海濱一帶，風景絶佳。十四日偕翻譯官乘小劃而出，至碼頭另登公司船，船窄而長，可容二百人，陳設裝飾，極其華美，飲饌亦精，專供夏秋間游人消遣之用。船行海中，緩而且平，緑波動宕，時有二三小島，迎面而來。船頭奏音樂一隊，好風徐引，真飄飄有三神山之意矣。中間凡過八閘，至倭本宿。倭本亦小島也，樹木陰翳，群花亂開，店宇皆極幽雅。十五日仍返格拉斯哥。十六日坐輪車至海濱一碼頭，名爲呵爾。搭商船出海，是夜風浪甚巨，顛簸不安。

十七日下午三點鐘，入荷蘭港口，進口卽有一閘，候關吏查驗，乃得入閘。閘門以内，河道深通，兩岸平平，蘆葦成叢，絶似蘇州一帶風景。旁多風磨，係爲抽水之用，蓋荷蘭水高地低，故於口門置閘以蓄之，又多爲風磨以提之耳。其都名爲阿母斯達木，所住大客寓曰『歐爾得威爾諸得爾』。午後觀一舊王宫，無多陳設。有一跳舞廳，高一百尺，寬六十尺，四面無柱，壁皆石砌。又一圓房，懸挂油畫，畫西班亞侵踞荷蘭之圖，相持八十年，卒逐西班亞出境。聞荷君每年四五月至此小住，數日卽歸，國人饋金一萬磅。中間河道寬闊，肆市軒敞，河岸兩邊皆種樹，氣象豐腴。荷蘭國小而富，觀其都會，未可輕也。

是日至拉駭耶，係荷王所居新都，街市不及舊都繁盛，而亦自修潔。王宫卑小，與民居無異。小住半日，午後六點鐘乘輪車赴比利時。荷地低下，所過田疇，皆以水溝爲界，風磨極多。經過爾諾特達木，通商大海口也。又過爾蘭江入海處，江面寬闊，與(洋)[揚]子江同，鐵橋長數百丈。至比都不魯塞爾司宿。

比都街道宏敞，王宫前面一園，對面皆各衙署，共在一街，制度最善。觀一賽會，堂下有地洞爲賣酒處，皆用玻璃燒作葡萄結，燃火其中，陸離生色。又觀其按察衙門，最稱壯闊，三臺高聳，修已十二年，尚未畢工。游畢，至南平棧(赴)〔經〕果倫(經)〔赴〕弗郎克司敷爾，連夜趲行，過窪得魯，至列時，是處煤鐵礦最多，輪車之上，沿途見有火光，皆煤鐵廠也。又見一織呢廠，樓屋數重，燈火通明，夜久尚未息工。出比都後，地土皆平，至列時始多山，過此峰巒重叠，有河名墨司，水源頗高，屢屢泛溢爲害。比人費三百萬鎊，將高源掘移他處，其患乃息。將近果倫，卽分南道行，未至其城。此道在爾蘭江之西，兩岸有山，均不甚高，山麓平疇迤邐，各成邱壑。江面寬處里餘，仄處不及半里，時有淺沙，輪帆船往來頗密。

二十日抵馬陽司，自此折而東行，有小河匯入爾蘭江，道南多矮松，青葱彌望。次至弗郎克敷爾，城大而整飭，内多樹園。有賽會堂一所，小憩入觀，規模雖不大，然點綴亦自疏落。十點四十五分鐘復南行，過加爾速魯，巴敦都城也，國主公爵住此。自弗郎克敷爾以南、以東，皆依山而行，村落潔静，幽雅可愛，號稱仙境。入山十數里，樹林尤多，游人俱喜憩此，街市人家大率客寓也。德國游覽之地，以巴敦名爲最大。

巴敦西以爾蘭江，東以山，南以湖爲界。由巴敦回至倭司換車，赴岡司當，入瑞士境。是處瀕湖，湖如半月形，長數十里，内有輪船往來。小住半日，再赴沙敷司，亦大湖也。所住店曰『諾得爾瑞士』，正與瀑布相對，終夜聞水聲潺潺。店甚宏壯，飯館、客廳皆夾竹桃、洋綉球堆集成園。次日清晨，獨步湖瀕，觀瀑布。循岸過橋，沿曲徑而上，至一小島之頂，復沿至崖下，但見飛濤濺涌，如雪如綿，豁人心目。因歸期迫，無暇再至熱勒弗。是日赴苴爾利克，又經巴爾，中途遇一山洞甚長。十一點鐘抵巴黎，實七月二十三日。二十日間，游行一萬餘里，非有輪船、火車，能如是乎？

録自西洋雜志卷七。

與李勉林觀察書

別來逾歲，卽維起居曼福。庶昌隨星使出洋後，於十二月初八日行抵倫敦，爲期五十一日，凡行程三萬一千餘里。自上海二千一百六十里至香港，又四千三百一十里至新加坡（在赤道北二百四十里），又一千一百四十三里至檳榔嶼，又三千六百三十九里至錫蘭。錫蘭，佛生處也。自此以西無中國人。又六千四百零三里至亞丁，是爲印度大洋，由此折入紅海。又三千九百二十四里至蘇衣士，經新開河頗似中國北方運河，二百六十里至波塞，入地中海。又二千八百十四里至毛兒達島在地中海東西之中，英國停泊兵船處，又二千九百四十三里至磯布洛陀此山皆石，其形如獅，踞地中海大西洋之口，英人鑿出爲隧道，置礮守之，所謂山礮臺也。由此出大西洋，又三千四百五十三里至掃司阿母敦英國碼頭，又換火輪車行二百一十五里至倫敦。在臺灣海、印度洋、地中海，均有風濤之險，而大西洋爲尤甚，幸皆無恙。諸所經過山川城市，風土人情，瀛環志略所載，十得七八，乃歎徐氏立言之非謬。自臺灣以南，波塞以東，恒如中國夏秋氣候； 地中海之西，較爲寒冷，似亦不如京師之甚也。

倫敦都會大於上海二十倍，街衢廣闊，景物繁華，車馬之聲，殷殷砿砿，相屬不絶。夜則萬燈如晝，論者謂氣局冠於歐洲，以此可以推知其國矣。庶昌到此月餘，往觀會堂者一，往與公朝者二，默察該國君臣之間，禮貌未嘗不尊，分際未嘗不嚴。特其國政之權操自會堂，凡遇大事，必内外部與衆辯論，衆意所可，而後施行。故雖有君主之名，而實則民政之國也。大抵西洋今日各以富强相競，内施詐力，外假公法，與共維持，頗有春秋戰國遺風，而英實爲之雄長。俄羅斯虎視北方，屢欲吞并土耳其，而遲迴審顧，不敢公然違盟者，徒爲英所刼持耳。法於德亦未忘舊耻，縱觀大勢，目前尚未暇注意東方。中國誠能於此時廓開大計，與衆合從，東聯日本，西備俄羅斯，而於英法等大邦擇交一二，結爲親與之國，内修戰備以禦外侮，擴充商賈以利財源，此非不足大有爲於時也。否則敬慎守約，不使官民再啟釁端，亦可十年無事。若猶偃然自是，不思變通，竊恐蠶食之憂，殆未知所終極。

十餘年來，中國頗講自强之術，然兵船未能逾新加坡一步。現雖遣使駐紮各國，而商賈不能流通，行旅不至於錫蘭，豈謂之長駕遠馭？前聞中國有開設宏遠公司之議，是舉亦屬要圖，第數十萬金，恐未足以集事。此間建一行棧，修一碼頭，動以兆計。若能仿西國火輪車船公司及電報信局之例，歲領國家之經費，而官爲主持，庶幾權利可收，富强可以漸致。釋此而不務，吾未見其可也。

兩星使呈遞國書後，與其外部丞相以下聯絡周旋，情誼尚不隔閡。惟交涉事少，時日甚覺寬閒，參贊更乏所事。偶一出游，則兒童婦女圍繞觀看，語言不通，如同面墻，以此轉增異國之思耳。庶昌頓首。丁丑二月。

録自西洋雜志卷八。

上沈相國書

中堂閣下：十月初旬，庶昌隨同劉星使自倫敦起程，馳赴德都，助理一切。十五日星使接到鈞函，持以見示，具蒙中堂不遺葑菲，垂問殷殷，仰見大君子之用心，雖海外數萬里，無遠弗届，庶昌既感且佩。敬維中堂福躬綏豫，一德明良，碩畫訏謨，必有消患未形，而爲朝野所利賴、遠人所折服者，泰山北斗，景仰安窮。

庶昌自出洋以來，將及一載，身所經歷國都有四：曰倫敦，曰巴黎，曰不魯塞而司比利時，曰伯爾靈。其氣象規模，以倫敦最爲壯闊；而國政號令之所從出，人情之趨嚮，亦以英國爲最整齊。一履其庭，卽知該國之可與聯和，而不易與競爭。中國與外洋立約通商，以英之碼頭爲最多，其貿易亦較他國爲盛。竊謂今日時勢，似宜有一二强大之國，深與結納，以爲外交；殆未可一律相待，使無輕重厚薄之分。欲擇所從，則莫如英爲宜矣。

俄雖與國爲鄰，而行事譎詐，歐洲之人，無不心畏而惡之，此殆未可深恃者也。

現今國家遣使四出，在外洋亦知中國之誼，意在聯絡邦交，漸臻融洽，迥非昔年情事可比。獨至一遇公事交涉，則各國俱頗自尊大，純任國勢之强弱以爲是非，斯固未可盡以理喻。徒執禮義以相抵制，彼且視爲漠然。私謂朝廷處此時勢，宜常有鞭撻四海之意，并吞八荒之心，然後退而可以自固其國。至遣使駐紮，處處爲國體所關，若欲求益國家，不特公使一職其慎其難，即參贊亦未易言勝任。庶昌於西洋語言文字素未通知，奉使一年，徒能窺觀其大略，而無從細求。耿耿此心，用爲憾事，以此益知出洋當以語言文字爲先務也。

郭、劉兩星使所譔日記，西國情事，大致綦詳，足資考察。惟郭侍郎自被彈劾之後，不敢出以示人。原朝廷所以命使之意，亦欲探知外國情形，其初指未必如此，似宜仍屬隨時抄寄，以相質證，正未可以詞害意。愚妄之見，幸惟恕而教之。

録自西洋雜志卷八。

上曾侯書

竊自天津定約以來二十餘年，沿江沿海要害之地，聽準西人設立碼頭通商居住。西人之心猶以爲未足，復於通商之外，增出『游歷』名目，無非欲假此無限之利權，以遂其竊探内地之私計。舉凡雲貴、甘肅、新疆、蒙古、青海、西藏之地，中國所號爲邊鄙不毛者，鑿險縋幽，無處不有西人蹤迹。故其繪入地圖，足履目驗，詳覈可據。一旦有釁，何處可以進據，何處可利行軍，其國雖遠在數萬里外，中土形勢，莫不了如指掌。而叩之吾華士大夫，反有茫然不曉其方向者。近年遣使四出，持節駐紮各國，情形漸漸通知一二，然亦僅在西洋繁盛之區。而俄羅斯邊地綿長，與國鄰接二萬餘里，疆埸糾紛，時時多故，其在亞細亞洲者，仍屬茫昧無稽。俄人高掌遠蹠，志在得地南侵，蒙古、新疆，垂涎已久。故嘗欲創火車設電綫以達中華，君臣同力謀之數十年，徒以地勢險遠，經營未就。而中國從未有遣一介之使，涉歷歐亞兩洲腹地以相窺覘者。

從前康熙年間，曾遣兵部郎中圖里琛出使，假道俄羅斯西悉畢爾以行，往返三年，僅至土爾扈特而止。其地在哈薩克游牧之西，尚未出亞細亞境也。同治中欽差副使志剛，奉使至俄，亦有從陸路回國之議，嗣以畏難而止。竊謂俄人允還伊犁，收回故地，將來事定之日，正宜早建善後長策，商告俄廷，於出洋人員中，選派數員，酌帶翻譯隨人，亦假游歷名分，兩道並發，徑從俄境陸路回國，至京師銷差。以兩年爲期，限令其從容行走，凡所經過之處，山川城廓、風土人情、道途險易、户口蕃耗、貿易盛衰、軍事虛實，以及輪車、電綫能否安設，一一諮訪查看而記載之。可圖者並圖其形勢而歸，以備日後通商用兵有所考覈，不爲俄人所欺，實亦當務之急。

查俄羅斯赴中國，有東、西兩道此東路係沿舊稱，自咸豐八年定約後，如黑龍江之尼布楚城，吉林之伯都訥及琿春城，乃真東路，此實只中路耳：

東道由舊都莫司姑至尼什尼納弗哥爾諾得俄境地名皆用法文譯音，皆有輪車。由此約三千里至伯爾木，夏則溯倭爾戛與加馬河，冬則乘馬車走陸路。自伯爾木逾烏拉爾卽烏拉山，至挨加脱爾令布爾分道。由北路則至多包爾司克，至拉爾利木，至夜義腮伊司克。由南路則至信托鬧波諾勿司克，至坳木司克，至多木司克。同會於喀司諾亞司克，再至伊爾姑司克及腮林因司克，凡八千里而至加克達卽恰克圖。又十一臺而庫倫，十四臺而喀拉烏蘇，八臺而戛順，八臺而察哈爾，八臺而入張家口蒙古名加爾敢。西道亦由莫司姑分路，至倭蘭布爾亦有輪車，由此易馬車至坳爾司克，至烏拉爾司克，近巴爾加什丹稽司湖卽咸海，傍西爾河卽納林河，行走至嘎薩納，至阿克嗎司日意得一名付爾倍爾諾勿司稽，至土耳迄司當，再行分路：由北則至奥利夜阿達，至多稽克克，至威爾諾夜，至伊犁洋名庫爾查，至烏魯木齊，至巴里坤；由南則至稱墨干得，至塔什干，至闊坎卽浩罕，至喀什噶爾，至庫車，至吐魯番。同會於哈密，而入嘉峪關。此皆通商所必經行之道也。

庶昌久蓄此議，徒以非其時，非其人，不能有所建白。今幸值侯爺奉命訂約，兼使俄都，故敢力陳斯議。倘蒙商之總理衙門，奏明辦理，庶昌不惜軀命，乞充一路之任，以上報國家，爲奔走臣，亦以明文正公知人之美。新疆地勢，自古用兵所必爭，與漢之西域相表裏，班傳向所研究，故又嘗志在西路也。倘以程途艱險，兩道並舉，一時乏人可派，庶昌願至京師後，再出張家口，而至俄都，然后銷差，始終其役。如此，庶昌雖死，亦可以無朽矣。昔博望侯張騫發閒使四出，其姓名皆軼不傳，惟定遠侯班超遣掾甘英往通大秦，至條支臨海欲度，安息西界船人以海水廣大止之，載在范史。侯爺若能行此英謀偉略，是亦今之騫、超也。而在國家勤費不過數萬金，於强敵邊情得以盡悉，亦足規畫久遠，其益似不在遣使駐紮之下。是否有當，伏望採奪施行，幸甚幸甚。

録自西洋雜志卷八。

答曾侯書

八月二十七日接奉賜書，再四伏讀。侯爺當此國事萬緊之際，不憚煩勞，灑灑千言，反覆開譬，有如振聵發蒙，敬佩奚似。

庶昌非不知中朝事事講求撙節，前函所陳，事屬繁費；而言於兩國構兵之際，尤爲不達時宜。第西事總有定時，而庶昌之所謂游歷者，特爲向俄廷説法耳。至就中國言之，則出洋人員，令由陸路回國，無論行走何道，不過中途略加停頓，非如西人之得以任意游行，漫無限制也。目下時局艱難，何敢望侯爺遽以此議入告，至緩急輕重之失宜，同遭駁斥。若便中抄寄總理衙門，作爲新聞紙類看視，姑備一説，以俟將來，存而不論，似亦無所妨礙。且中朝何事不幾經審度而出之？然自同治初元以來，衆議以爲無益耗財之舉，而卒議行者多矣。購買輪船之議，始於赫德，而總理衙門主行之；幼童出洋肄業，發於容純甫，而文正公主行之；輪船公司之設，亦發於容純甫諸人，而伯相主行之。遣使駐紮，時議非者尤多，而廷議又行之，皆知其事勢之不容已也。

游歷名目，最爲無謂。而前此曾派斌椿等出洋；近年丁稚璜宮保亦有派員游歷西藏、印度之事，朝廷亦不以爲非。庶昌初意，頗疑此舉耗費必重。近復細加考求，前所謂中路者，乃俄人經商坦途，無甚艱阻。頃得一英商節略，叙述頗詳。該商經行此道三次，其言由上海、北京經恰克圖回至倫敦，通計只需九十三日，所開賬目，兩人同行，實費中國庫平銀六百六十三兩。其人並走過黑龍江尼布楚一次，費用較中路加倍，惜不得其名。華員行路，自不能如西人之簡捷。兼以所到之處，時有停留。卽照所言加十倍計算，不過六千六百三十兩，爲數似非甚巨。庶昌竊擬四人同行，苟有萬金，僅可綽綽有餘。西路較爲甚遠，再加一倍，則亦足以濟事矣。聞三年前曾有法人夫婦，往游伊犁、浩罕等處回國。現尚訪求其書，未獲。若再得一二西人載記，以相印證，則西路更可豁然無疑。方今中西之氣已通，難易情形，迥非漢代可比。卽與康熙時，亦正事半功倍。此乃時勢使然，非後人之能有勝前人也。當否處，仍求裁鑒。

至於繪畫中俄三路接壤詳圖，自可如命辦理。惟亞細亞一洲，法、德、美三國之圖，只皆存略；獨英、俄二國於此留心，其圖頗細。而庶昌所有之俄圖，僅只歐亞兩洲中間一幅，其於蒙古三省皆闕如。欲繪此圖，必先以俄圖爲主，輔以英圖，兼採他圖，庶幾核實。容俟購得俄圖佳本，始可興辦。蒙示徐、龔、張、祁、何諸儒書目，庶昌向皆知名，未嘗得見。僅見者：徐星伯之漢書西域傳補注，何願船之北徼匯編，圖里琛之異域録，張遂甯相國之日記數小種而已。遂甯相國係隨大軍出塞，至庫倫而還，正在蒙古沙漠一帶，故言之特苦。道、咸諸公，窮搜荒邈，慘澹經營，其著述信足傑然不朽。而庶昌建議之私意，尤不專注重著書立説也。

論新疆善後，絶無萬全之策，惟力守尚是正辦。何以明之？當咸豐年間議割黑龍江時，以爲棄此數千里不甚愛惜之地，以惠俄人，重訂新章，當可保百年無事；乃曾未十年，而伊犁已入俄人之手矣。新疆道遠費重，人人謂難。假令中國此時篤守先王『不勤遠略』之義，卽舉新疆而盡讓之，畫嘉峪關以爲守，而關以内仍不能不用重兵屯紮。俄人得尺進丈，又不數年，而駐軍哈密等處，復假通商爲名，以與中國議增口岸，求索他地，不與則兵戎從事，其將何以自處？一國如是，他國又從而效之，更何以自處？故今日之力爭新疆，與異日之力守新疆，其用兵皆非得已，諸葛武侯所謂住與行勞費正等也。若依中國小儒之見，不但新疆可棄，卽西北等省亦在可棄之列，只留東南數處足矣。中國君主專制之國，有事則主上獨任其憂，臣下不與其禍。當俄人取伊犁之日，議割黑龍江諸臣已不及見矣。設令幸在，而其人富貴固自若也。因侯爺推論及此，故敢罄胸臆之所素積而一發之。小子狂簡，不知所裁，惟侯爺鈞教而已。

録自西洋雜志卷八。